Werner Mittenzwei

Das Leben des Bertolt Brecht

2

WERNER MITTENZWEI

Das Leben des Bertolt Brecht oder Der Umgang mit den Welträtseln

Zweiter Band

Aufbau-Verlag

3., durchgesehene Auflage 1988

Gesamtgestaltung Hartmut Lindemann
Karl-Marx-Werk, Graphischer Großbetrieb, Pößneck V15/30
Printed in the German Democratic Republic
Lizenznummer 301. 120/333/88
Bestellnummer 613 318 3
I/II 03900

Mittenzwei, Brecht 1–2
ISBN 3-351-00218-1

In den USA
Wie aus dem Zeitalter herausgenommen

Kalifornien – kein Traum

Am 21. Juli 1941 lief die „Annie Johnson“ im Hafen San Pedro ein. Die Exilländer Dänemark, Schweden, Finnland hatte Brecht vor seiner Vertreibung nie besucht, in den USA hingegen war er 1935 schon einmal gewesen. Doch das Amerika von New York unterschied sich beträchtlich von jenem Landstrich, der jetzt vor ihm lag. Vom Schiff aus konnte er weit in Richtung Los Angeles blicken. An der Bergkette im Hintergrund lag Hollywood, das Brecht ebenso fremd und wenig verlockend empfand wie dieses Landschaftspanorama mit seinen Palmen, grellbunten Blumen und einem ewig blauen Himmel, unterbrochen nur durch die Bohrtürme im Umkreis von San Pedro. Hier fand er ein ganz anderes Klima als das bisher gewohnte vor. Subtropische Hitze, die Jahreszeiten kaum voneinander abgehoben. Der Winter machte sich nur dadurch bemerkbar, daß die Temperaturen eventuell auf 10 Grad plus sanken. Was Brecht bisher von Amerika gesehen hatte, war die Weltstadt New York gewesen, in der man sich, Geld vorausgesetzt, auch ganz europäisch einrichten konnte und selbst auf Bayrisch Bier nicht zu verzichten brauchte. Das Leben hier kannte er nicht.

Bevor Brecht mit seiner Familie und Ruth Berlau an Land gehen konnte, mußte er noch vor das Immigrationskomitee. Das war in San Pedro nicht weniger streng als auf Ellis Island, wo Fingerabdrücke gemacht und den Neuankömmlingen die ausgefallensten Fragen gestellt wurden. Am meisten hatte Ruth Berlau zu fürchten, die keine Einladung vorweisen konnte und zudem Mitglied der Kommunistischen Partei ihres Landes war. Für Brecht verlief die Prozedur erstaunlich schnell und reibungslos. Er wurde nur gefragt, ob er über die für die Einreise erforderlichen Dollars verfüge. Das vorhandene Geld hatte man vorher untereinander aufgeteilt, so daß jeder die verlangte Summe besaß. Bevor Brecht in den Staaten eintraf, war es Fritz Kortner, der inzwischen ebenfalls in Hollywood Zuflucht gefunden hatte, gelungen, die bekannte amerikanische Journalistin Dorothy Thompson anzuregen, eine Geldsammlung für Brecht in Gang zu bringen. Der Filmregisseur Fritz Lang, der Schauspieler Oskar Homolka, in bescheidenem Maße Kortner selbst, der wenig verdiente, und einige Amerikaner beteiligten sich an der Aktion. Ohne diese Hilfe wären Überfahrt und Einreise kaum möglich gewesen. Seit dem Überfall auf Frankreich besaß Brecht neben Eisler und Kortner Freunde in den Staaten, die sich um sein Schicksal sorgten. 1940 waren hier Lion Feuchtwanger, Leonhard Frank, Alfred Döblin eingetroffen. Gegen Ende des Jahres kursierte in den Emigrantenkreisen von Hollywood das Gerücht – vielleicht ausgelöst durch die spärlich gewordenen Nachrichten aus Europa –, Brecht sei wieder in Berlin, in den Händen der Faschisten. Doch am 9. Dezember 1940 konnte Alexander Granach aus Hollywood an seine Schweizer Freundin, die Schauspielerin Lotte Lieven-Stiefel, schreiben: „Das mit Brecht ist nicht wahr. Wir haben hier Kontakt mit ihm, er ist in Finnland und es wird für ihn gekämpft. Fritz Lang schickt Geld, und Feuchtwanger sorgt für das Herkommen. Hoffentlich klappt es.“[1]

Alexander Granach und Marta Feuchtwanger holten Brecht und die Seinen direkt vom Schiff ab. Ganz in seiner Nähe hatte Granach eine Wohnung für sie gemietet: Hollywood, Argyle Avenue 1954, und vor ihrer Ankunft alles Nötige eingekauft, „von Salz und Pfeffer, Obst, Gemüse bis Klosettpapier“[2]. Seinen ersten Eindruck von den Neuankömmlingen hielt er in einem Brief fest: „Gestern habe ich hier Brecht mit Weigel und zwei netten Kindern (Junge 16 Jahre, Mädchen 11, beide sehr nett) vom Schiff abgeholt. [In Moskau] waren sie 10 Tage, haben alle gesehen: Hay,

Bredel, Rodenberg, Wangenheim. Letzterer ist ein alter kranker Mann geworden. Auch Plivier und Scharrer hat er gesehen, die die nettesten sind. Er war seit dem 15. Mai unterwegs. Mütterchen hat er 10 Tage vor Ausbruch des Krieges verlassen. Er erzählt großartig. ... Brecht sagte gestern, ich will hier gar nichts, ich will nur überwintern. Ich finde die Einstellung sehr schön, laßt uns überwintern."[3]

Inzwischen hatte sich jedoch die Weltlage entscheidend verändert. Am 22. Juni überfiel Hitler mit seinen Armeen die Sowjetunion. Auf einer Breite von 3000 km drang die faschistische Wehrmacht in das Land ein. Brecht war dem kriegsdurchwühlten und faschistisch besetzten Europa buchstäblich in letzter Minute entkommen. Das mag ihm in den ersten Tagen über den nicht gerade günstigen Eindruck vom Exilland USA hinweggeholfen haben. Einfach nur „überwintern" konnte er schon deshalb nicht, weil er hier mehr als bisher in jedem anderen Land auf Verdienstmöglichkeiten angewiesen war. Deshalb riet ihm Feuchtwanger, an der Westküste zu bleiben, in der Nähe der großen Studios von Hollywood, wo man als Schriftsteller leichter Arbeit finde. Brecht schien das einzuleuchten, obwohl es ihn mehr nach New York zog, das er kannte und wo er nicht ganz zu Unrecht mehr linkseingestellte Leute unter den Schriftstellern und Künstlern vermutete als in der Filmstadt Hollywood.

Die Wohnung, die Granach für die Brechts beschafft hatte, befand sich in einem der zahlreichen Miethäuser, die diese Stadt neben Hotels aller Klassen und Pensionen für vorübergehend hier Arbeitende bereithielt. Hollywood war eine Studiostadt, in der man arbeitete, aber nicht wohnte. Wer in einem der Studios einen einigermaßen lohnenden Job besaß, lebte in einer der sogenannten Vorstädte: in Beverly Hills, der „Goldstaubstadt", in der sich die Villen der Hollywoodstars befanden; in Pacific Palisades, mit Wohnungen für den gehobenen Mittelstand; in Santa Monica, direkt am Pazifik gelegen, der Wohngegend für Leute mit weniger großem Einkommen. Im Sinne der Filmbranche bezeichnete man alle diese Vorstädte, die beträchtlich auseinander lagen, als Hollywood, weil die hier wohnenden Künstler und Schriftsteller alle von der Filmmetropole lebten, indem sie sie belieferten. Den deutschen Emigranten sagte man nach, daß sie sich sehr bald ihren europäischen Gewohnheiten gemäß einzurichten verstanden. Vor allem jene, denen zuvor Sanary-sur-mer als Zuflucht gedient hatte, fanden sich in Klima und Landschaft an den Mittelmeerort erinnert. Ludwig Marcuse meinte, vom Lebensstil her sei Hollywood halb Weimar, halb Sanary gewesen: deutsche Bildungswelt und südländisches Klima.[4] In den Augen Brechts allerdings keine Empfehlung. Weder wollte er etwas mit Weimar zu tun haben, noch hatte er etwas für Sanary-sur-mer übrig. Letzteres hätte er wegen der dort geführten Gespräche beinahe schön gefunden, wäre nicht die kitschige Landschaft gewesen. Hier fand er sie wieder.

Die von Granach gemietete Wohnung entsprach Brecht gar nicht. Alles war „nett" eingerichtet, das aber empfand er am schlimmsten. Vor allem besaß er hier keinen separaten Eingang. Der Weg zu seinem Zimmer führte durch die Räume der anderen. Nach einem Monat zogen die Brechts von Hollywood nach Santa Monica, wo die Weigel ein Holzhaus für die ausgesprochen billige Monatsmiete von 48,50 Dollar erworben hatte. Auch die neue Behausung, 25. Straße, Nr. 817, empfand Brecht als „schreckliche kleinbürgervilla mit gärtchen". Doch verfügte er jetzt wieder über einen großen Arbeitsraum. Von seinen Gewohnheiten konnte er nun einmal nicht lassen. Waren sie nicht gegeben, fand er alles unerträglich. „mein zimmer mißt 11 fuß zu 12 fuß, ist stickig und hat rosa türen. da an drei wänden tische und an der vierten das schlafsofa [stehen], kann ich beim arbeiten nur drei sehr kleine schritte machen. etwas unbeschreiblich niedliches, unedles haftet dem raum an, der nicht einmal aus seiner kleinheit etwas machen kann. mein schwarzer soldatenkoffer, ein episches stück, dominierend in dem lidingöer waldhaus und der helsingforser hafenkaserne, unterliegt hier schmählich und ist lediglich ‚not a nice thing'."[5] Ruth Berlau blieb noch einige Zeit in Santa Monica, ging dann aber nach New York, wo sie einen Job als Sprecherin für skandinavische Rundfunksendungen bekam.

Gleich in den ersten Tagen nach seiner Ankunft nahm Brecht Verbindung mit alten Freunden auf, die nicht an der Westküste lebten. Erwin Piscator in New York ließ er wissen, daß er an einer Arbeit an der New School, an der Piscator lehrte, nicht uninteressiert sei. „Rein theoretische Vorlesungen würden mir sehr viel schwerer fallen als seminaristische Veranstaltungen, mehr Vorbereitung brauchen, Studien, Schreiben von Essays, mehr oder weniger pedantische Ausdrucksweise usw. Außerdem bezweifle ich, daß die Schüler unmittelbare Verwendung dafür haben. Ich würde viel lieber auf dem Grenzgebiet zwischen Dramenbau und Darstellungsstil arbeiten und da einige Grenzpfähle zwischen Dramatiker und Regisseur, Regisseur und Schauspieler, Schauspieler und vernünftiger Mensch usw. ausziehen."[6] Weiter schlug er vor, die 27 Szenen von „Furcht und Elend des Dritten Reiches" für die Schultätigkeit zu nutzen, indem er sie einstudierte. Auch seinen amerikanischen Freund, den Schriftsteller Hoffman R. Hays, machte er auf „Furcht und Elend" aufmerksam. Mit diesem Stück glaubte er noch am ehesten an das amerikanische Publikum heranzukommen. New York lockte, denn ein Einstieg in das amerikanische Theaterleben konnte nur von hier aus erfolgen. Einer der ersten Briefe ging an Karl Korsch nach Boston. Von ihm erhoffte sich Brecht wieder einige Fingerzeige zum Studium marxistischer Literatur. So erbat er sich dessen Marx-Monographie, die er, Brecht, nicht hatte mitnehmen können. Die Sehnsucht nach Gesprächen machte ihn fast zu einem Bittenden. „Wenn Sie es irgend einrichten könnten, über Los Angeles zu kommen, sollten Sie es tun, einige Monate lang komme ich sicher nicht nach dem Osten, und das ist jetzt eine lange Zeit, eine ganze Epoche."[7] Bei Piscator erkundigte er sich nach Grosz, nach Borchardt, nach Hanns Eisler.

Bisher hatte Brecht stets versucht, sich in den verschiedenen Exilländern so gut wie möglich einzurichten, ohne zu klagen, ohne Vergleiche zu früher anzustellen, aber auch ohne seine Gastländer in dieser oder jener Hinsicht zu loben. Gleichgültigkeit gegenüber seinen Aufenthaltsorten ließ bei ihm auf Wohlbefinden schließen, soweit das für ihn im Exil überhaupt in Frage kam. In bezug auf das Gastland USA änderte sich diese Haltung schlagartig. Seine Abneigung steigerte sich vor allem in den ersten Jahren zu einem solchen Haß, der sich selbst auf die gewiß nicht reizlose Landschaft übertrug. Für ihn gab es hier nichts, was das Leben lebenswert machte, was einen Anreiz zur Arbeit bot. Tatsächlich erwies sich das USA-Exil als die am wenigsten fruchtbaren Jahre seines Lebens. Nun wäre es aber falsch, alles für bare Münze zu nehmen, was er gegen die USA vorbrachte. Brecht stilisierte persönliche Verärgerungen und Unstimmigkeiten oft ins Allgemeine. Dabei ist nicht einmal jede Formulierung über das US-Amerika eine Offenbarung seines inneren Zustands. Doch ebenso unrichtig wäre es, seine Äußerungen als kulturellen Hochmut des Europäers zu bewerten. Als der enttäuschte europäische Bildungsbürger, der in den USA des abendländischen Kunstsinns entbehrte, kann Brecht wahrlich nicht gesehen werden. Sein Entsetzen über die amerikanische Lebensweise hat man als „Kulturschock", den er beim Betreten des Landes erlitten habe, zu erklären versucht. Doch damit werden nur wieder sehr vielfältige Ursachen auf das Klischee vom entwurzelten europäischen Bildungsbürger gebracht, der angesichts der ganz anderen Wertvorstellungen in den USA die Welt nicht mehr versteht. So lebensuntüchtig war Brecht nicht. Tatsache aber ist, daß er sich in keiner anderen Phase seines Lebens so hilflos, so aller Überlegenheit beraubt sah, wie beim Eintritt in dieses Land.

Wenn allerdings in der Konfrontation mit der englischen Sprache eine Ursache für den „Kulturschock" gesehen wird, so ist damit ein Problem berührt, das Brecht wirklich zu schaffen machte. „Obwohl Brecht ziemlich fließend Englisch lesen konnte (hauptsächlich Kriminalromane) und es jetzt bei Bedarf auch sprach, beherrschte und verwendete er die gesprochene Sprache in stärkerem Maße erst nach 1944, als seine Freundschaft mit Charles Laughton begann. ... Daß er so widerstrebend Englisch sprach, verbarg mehr als nur mangelndes Selbstvertrauen. Für jemanden, dessen Welt das Wort war, mußte das Suchen nach dem richtigen Ausdruck oder seine Ruinierung durch falsche Aussprache wie das Spielen auf einem erlesenen, aber verstimmten Instrument erscheinen. Brechts Bekannte gaben zu, daß seinem gesprochenen Englisch der feine Humor und die Klarheit seines genialen Deutsch abging. Niemand wußte das besser als er selbst. Aber auch die Psychologie des amerikanischen Englisch ging ihm gegen den Strich. Was dieser zur Veränderung der Welt angetretene Schriftsteller am wenigsten sein wollte, war ‚a nice guy', ein netter Kerl. Doch genau dies war es, was Englisch seiner Meinung nach von ihm verlangte."[8]

Er war noch keine zehn Tage im Land, da glaubte er schon feststellen zu können, sich hier in der schlimmsten Situation seines Lebens zu befinden. „fast an keinem ort war mir das leben schwerer als hier in diesem schauhaus des easy going. das haus ist zu hübsch, mein beruf ist hier goldgräbertum, die glückspilze waschen sich aus dem schlamm faustgroße goldklumpen, von denen dann lange die rede ist, wenn ich gehe, gehe ich auf wolken wie ein rückenmärkler. und gerade hier fehlt grete. es ist, als hätte man mir den führer weggenommen gerade beim eintritt in die wüste."[9] Und immer wieder der Vergleich mit früher, als doch alles ganz anders war. „ich komme mir vor wie aus dem zeitalter herausgenommen, das ist ein tahiti in großstadtform ..."[10] „merkwürdig, wie sehr verschieden hier die situation der dramatik ist von der in skandinavien. die hindernisse waren dort ziemlich rein politische, das hielt einen nicht ab, zu schreiben. hier sind es auch noch die allgemeinen einer total kommerzialisierten bühne. ... dieses system könnte funktionieren, so scheußlich es ist, wenn die politische situation anders wäre (vielleicht war das system an der wiege des kapitalismus, bei den elisabethanern, nicht viel anders als an seinem grabe jetzt). aber man braucht die große tabula rasa, auf der man spielt, das beginnergefühl, das publikum, das produktiv mit öffentlichen dingen, eben der res publica, beschäftigt ist."[11]

Sein Unbehagen an der amerikanischen Gesellschaft machte ihn auch gegen Landschaft und Natur in einem Maße reizbar, daß er immer wieder darauf zu sprechen kam. Als wollte er keinen Zweifel daran lassen, daß es hier nichts gäbe, das ihm imponieren könnte. „merkwürdig, ich kann in diesem klima nicht atmen. die luft ist völlig geruchlos, morgens und abends gleich, im haus wie im garten. und es gibt keine jahreszeiten. überall gehörte es zu meinen morgenverrichtungen, mich aus dem fenster zu beugen und luft zu schnappen; hier habe ich diese verrichtung gestrichen. da ist weder rauch noch grasgeruch zu haben. die pflanzen kommen mir vor wie die zweige, die wir als kinder in den sand steckten; zehn minuten später hingen die blätter welk herab. immerfort wartet man, auch hier könne die bewässerung plötzlich abgestellt werden, und was dann? mitunter, besonders im auto nach beverly hills fahrend, nehme ich so etwas wie züge einer landschaft wahr, die ‚eigentlich' anziehend wirken: sanfte hügellinien, zitronengebüsch, eine kalifornische eiche und auch die eine oder andre tankstation ist eigentlich lustig; aber all das steht wie hinter einer glasscheibe, und ich suche unwillkürlich an jeder hügelkette oder an jedem zitronenbaum ein kleines preisschildchen. diese preisschildchen sucht man auch an menschen."[12] Aber zwischen solchen scharfsinnigen, zum Teil geschmäcklerischen Beobachtungen gab er sich auch Rechenschaft, was ihn eigentlich so allergisch, ja abweisend machte: „wahrscheinlich aber sind es die arbeitsverhältnisse, die mich ungeduldig machen. die sitte hier verlangt, daß man alles, von einem achselzucken bis zu einer idee, zu ‚verkaufen' sucht, dh, man hat sich ständig um einen abnehmer zu bemühen, und so ist man unaufhörlich käufer oder verkäufer, man verkauft sozusagen dem pissoir seinen urin. für die höchste tugend gilt der opportunismus, die höflichkeit wird sogleich zur feigheit."[13] Und wenn er unter dem 21. April 1942 vermerkte, „zum erstenmal seit 10 jahren arbeite ich nichts ordentliches"[14], beschrieb er sein wahres Elend. Wenn ihn etwas zutiefst treffen konnte, wenn er etwas als zerstörerisch empfand, so das, was ihn unfähig machte zu arbeiten.

In jungen Jahren hatte Brecht mit seinem Freund Caspar Neher im heimatlichen Bayern vom fernen Kalifornien geträumt. Jetzt, da er mit seiner Familie hier lebte, verwünschte er diesen Landstrich. Was es für ihn bedeutete, ohne Margarete Steffin hier Fuß zu fassen, wurde ihm erst jetzt voll bewußt. Gerade ihre geschickte Art, Kontakte anzubahnen und Gespräche vorzubereiten, ihr Vermögen, Brechts künstlerisch ungewöhnliche Projekte und Ideen sehr praktisch zu vermitteln, wäre ihm jetzt überaus hilfreich gewesen. Ruth Berlau vermochte eine solche Vermittlerin nicht zu sein. Nicht nur, weil sie weder Deutsch noch Englisch hinreichend beherrschte, sondern weil sich bei ihr immer die Person vor die Sache schob. Ihre herrische, herausfordernde Art, in der sie sich in bester Absicht für ihn einsetzte, sollte ihn noch oft in peinliche Lagen bringen. Doch in einer Situation, in der er sich fremd und unbehaglich fühlte, verband er sich um so enger mit ihr. Daran änderte sich auch nichts, als die beträchtliche Distanz zwischen New York und Santa Monica sie für längere Zeit trennte.

Zudem mußte Brecht die amerikanischen Verhältnisse, wo alles nach dem Maßstab des Geldes beurteilt wurde, um so bitterer empfinden, als er zu einem Zeitpunkt dieses Land betrat, da seine finanziellen Reserven ziemlich aufgebraucht waren. Auf Einnahmen aus seinen Stücken und Büchern konnte er nicht mehr hoffen, nachdem die meisten Länder Europas von Hitlers Truppen besetzt waren. Wenn er auch bisher nie aus dem Auge verloren hatte, daß das, was er schrieb, Geld einbringen mußte, so hatte er doch immer arbeiten können, was ihm Spaß machte. Nunmehr sah er sich erstmals veranlaßt, für den Broterwerb zu sorgen. Um sich und die Familie durchzubringen, brauchte er Geld, und das mußte er durch Schreiben verdienen. Zwar standen ihm im Vorkriegseuropa auch nicht gerade die Theater offen, doch der Name Brecht besaß Anziehungskraft genug, ihm diese und jene Möglichkeit zu erschließen. Vor allem verfügte er damals noch über Rücklagen. Die Überfahrt aber hatte alles aufgebraucht. Der Umstand, daß er auf die finanzielle Hilfe anderer angewiesen war, mußte ihn, der in den zwanziger Jahren verächtlich von Künstlern gesprochen hatte, die ihre Kunst nicht ernährte, hart treffen. Im ersten Jahr lebte Brecht von einer Unterstützung durch den von Fritz Lang gegründeten, von Liesl Frank und Charlotte Dieterle verwalteten European Film Fund. Die monatliche Zuwendung von 120 Dollar entsprach annähernd dem Verdienst eines ungelernten Industriearbeiters und nur der Hälfte dessen, was in Kalifornien etwa ein Tischler verdiente.[15] Von der Unterstützungssumme mußte Brecht 48,50 Dollar pro Monat für die Hausmiete aufbringen. Auf Grund dieser Verhältnisse sah sich die Weigel genötigt, die Einrichtung des Hauses wie die Bekleidung ihrer Kinder in Geschäften der Heilsarmee zu kaufen, in denen man für wenig Geld gebrauchte Sachen bekommen konnte. Die graue Bluse, die Brecht im heißen Kalifornien statt der früheren Lederjacke meist trug, hatte die Weigel selber geschneidert. Als die Tochter Barbara erkrankte – man hatte Tbc festgestellt –, mußten sie den Arzt Dr. Schiff, einen deutschen Emigranten, bitten, ihnen die dringend benötigten Medikamente kostenlos zu überlassen. Daß sie trotzdem keine Not litten, ja, daß die finanziellen Probleme nicht zum ständigen Gesichts- oder gar Streitpunkt wurden, war Helene Weigel zu danken, die mit den geringen Mitteln die Familie durchbrachte. Allerdings war man in dieser Gegend auf ein Auto angewiesen, denn die Wohn- und Arbeitsstätten lagen weit auseinander, und es gab fast keine öffentlichen Verkehrsmittel. Ein Auto aber besaßen die Brechts in der ersten Zeit nicht und mußten die Hilfe von Freunden in Anspruch nehmen. Mit Salka Viertel fuhr die Weigel in einem kleinen Packard-Kabriolett nach Los Angeles zum Zentralmarkt, wo man für zehn bis zwölf Dollar für die ganze Woche einkaufen konnte.

Was Brecht seine finanzielle Misere so schwer ertragbar machte, war nicht, daß er von anderen Leuten Geld nehmen mußte, das nahm er ohne Bedenken. Daß sie sich nur das unmittelbar Lebensnotwendige leisten konnten, bedrückte ihn ebenfalls nicht sehr, außerhalb seiner Arbeitsbedingungen stellte er keine Ansprüche. Was ihn in den gereizten Zustand versetzte, war vielmehr der Umstand, daß in seiner unmittelbaren Nähe Autoren, auch deutsche Emigranten, lebten, die ihn in ihrem schriftstellerischen Niveau nicht annähernd erreichten, die aber beträchtliche Summen verdienten. Hollywood war eben nicht das einsame Skovsbostrand, wo er niemanden kannte und niemand ihn. Wer in Hollywood lebte, war dem Vergleich ausgesetzt. Der Wert des Schriftstellers wurde nach seinem Einkommen bemessen. Als literarisch-künstlerische Qualität galt die Höhe des Honorars. Daß sich Brecht nicht mit Thomas Mann, mit Lion Feuchtwanger, mit Franz Werfel, ja nicht einmal mit erfolgreichen Drehbuchschreibern messen konnte, kränkte ihn in einem Maße, daß er an diesem Lande eben alles miserabel fand. In so dürftigen Verhältnissen wie er, „auf milde Gaben verwiesen", wie Döblin es ausdrückte, lebten von den namhaften Schriftstellern der Weimarer Republik nur Döblin selbst und zeitweise Heinrich Mann.

Wer Brecht zu kennen glaubte, den mußte es verwundern, wie gerade er sich immer darüber mokierte, daß in diesem Land alles seinen Preis hatte. War er doch stets davon ausgegangen, daß in der kapitalistischen Welt nicht die Ideale zählen, sondern die materiellen Interessen, das Geld. Daß er in den USA die kapitalistischen Verhältnisse viel ausgeprägter vorfinden würde als in Europa, daran hatte er nie gezweifelt. Als Dichter griff er ja aus diesem Grunde gern auf amerikanische Stoffe zurück. Ihn schockte einfach die simple Tatsache, daß die Menschen es völlig normal, ja „natürlich" fanden, alles, ganz gleich ob Mensch oder Natur, in einem genau kalkulierten Preis auszudrücken. Die wahren Geldinteressen zu verschleiern, hielt man vor allem bei den alltäglichen kapitalistischen Vorgängen für völlig überflüssig. Insofern fühlte sich Brecht mit seiner Technik der Enthüllung der „menschlichen" Verhältnisse als solchen von Kauf und Verkauf außer Kurs gesetzt. Seine künstlerischen Neuerungen, seine auf Veränderungen ausgerichtete Ästhetik erwies sich hier als wirkungslos. „eine besondere chance, die der marxismus in europa hatte, fällt hier weg. die sensationelle enthüllung der geschäfte des bürgerlichen staats gab dem marxismus diesen aufklärungseffekt, der hier nicht möglich ist. hier hat man einen direkt vom bürgertum eingerichteten staat vor sich, der sich natürlich keinen augenblick schämt, bürgerlich zu sein. das parlament ist mehr oder weniger eine agentur und handelt und spricht als eine solche. das ist kaum korruption, da kaum eine illusion besteht."[16] Wie weit das seine eigene poetische Produktion beeinflußte, geht aus einer anderen Notierung hervor: „dieses land zerschlägt mir meinen TUIROMAN. hier kann man den verkauf der meinungen nicht enthüllen. er geht nackt herum. die große komik, daß sie zu führen meinen und geführt werden, die donquichoterie des bewußtseins, das vermeint, das gesellschaftliche sein zu bestimmen – das galt wohl nur für europa."[17]

In dieser Mentalität sah Brecht seine Erfolglosigkeit in diesem Land vorprogrammiert. Sie betraf ihn komplex, in seiner Persönlichkeit, in seiner literarischen Technik wie in seiner poetischen Programmatik. Bisher hatte es ihn nicht entmutigt, daß seine Stücke kaum noch aufgeführt wurden. Auch das Publikationsverbot in verschiedenen Exilländern hielt ihn nicht vom Schreiben ab; es bestärkte ihn sogar, gegen die Zeit und gegen die herrschende Gesellschaft zu schreiben. Aber die amerikanische Mentalität entwaffnete ihn in einem Maße, daß ihm erstmals in seinem Leben die Arbeit nicht das Mittel war, sich dieser Welt zu erwehren. So versteht sich vielleicht auch Brechts Idee gegen Ende des amerikanischen Exils, das „Kommunistische Manifest" in Hexameter zu fassen, aus einer Trotzhaltung heraus: dem Druck der ihn umgebenden Welt damit zu begegnen, daß er den „Aufklärungseffekt" des Marxismus nun an seiner direkten Quelle und in der kompaktesten Form aufgriff und in die Kunst einbrachte. Nicht das „Elitebewußtsein" der europäischen Kultur war es, was Brecht gegen die amerikanische Lebensweise aufbrachte und bei ihm einen „Kulturschock" auslöste. Wenn sich die emigrierten Schriftsteller gegen den ungeheuren Pragmatismus der Hollywoodfilmindustrie zur Wehr setzten, indem sie sich auf die

Großmeister der deutschen Literatur und Philosophie besannen, war das mehr Abwehr und Selbsterhaltung als europäisches „Elitebewußtsein". Daß sich zum Beispiel Berthold Viertel auf der Toilette einschloß und Kants „Kritik der reinen Vernunft" las, nur um sich von dem geistlosen und kunstfremden Gerede seines Studiochefs zu erholen, hätte Brecht sehr gut verstanden. Zwar haßte er das Hollywoodgerede über Kunst, weil da jeder Gedanke vom Erfolgsstreben diktiert wurde, doch das allein hätte ihn nicht entmutigt.

Auch in den Ländern, die ihm bisher Asyl geboten hatten, war er als Schriftsteller kaum bekannt gewesen, wurden seine Werke höchst selten aufgeführt und verlegt. Das verwunderte ihn nicht, waren es doch kleine Länder mit einer Sprache von geringer Verbreitung. Für die USA galten andere Gesichtspunkte. Zum internationalen Ruf eines Schriftstellers gehörte, daß er im englischen Sprachraum präsent war. Doch Brechts Name war in den USA nicht bekannter als in Dänemark. In den Staaten genossen Thomas Mann, Lion Feuchtwanger, Erich Maria Remarque den Ruf, deutsche Schriftsteller von internationalem Rang zu sein, nicht aber Brecht. Abgesehen von der verunglückten „Mutter"-Aufführung, hatte es in den USA bis 1935 zwölf Vorstellungen der „Dreigroschenoper" und je eine Aufführung des Lehrstücks „Der Flug der Lindberghs" und des „Jasagers" gegeben. Das reichte nicht einmal aus, um das Interesse der Fachleute zu wecken. Es war deshalb ganz verständlich, daß Brecht, nun selbst im Lande, alles versuchte, um wenigstens die Aufführung des einen oder anderen Stücks zu erreichen. Obwohl er sich keine übertriebenen Hoffnungen machte, bereitete er sich für seinen Eintritt in dieses Land gut vor. Den „Arturo Ui" schrieb er direkt für die USA. Doch mehr Chancen räumte er bei seiner Ankunft der Szenenfolge „Furcht und Elend des Dritten Reiches" ein. Nachdem es dem amerikanischen Schriftsteller

Hoffman R. Hays nicht gelungen war, dieses Stück in New York unterzubringen, und sich auch der Plan nicht verwirklichen ließ, die 27 Szenen in der New School als Schulinszenierung, verbunden mit praktischen Seminaren für junge Leute, vorzustellen, suchte Brecht nach neuen Verbindungen, um doch noch mit dem kleinen Werk zum Zuge zu kommen, während er „Mutter Courage" oder „Herr Puntila und sein Knecht Matti", die später Erfolgsstücke wurden, gar nicht in Erwägung zog, nicht einmal mehr den „Arturo Ui". Dieser wurde 1963 zum erstenmal in den USA gespielt und war kein Erfolg, was nur beweist, wie real Brecht seine Situation eingeschätzt hatte.

Da sich auf den verschiedenen Hollywoodpartys alles traf, was an deutschen Emigranten an der Westküste ansässig war, begegnete Brecht im Hause des Regisseurs Berthold Viertel auch Max Reinhardt. Es war übrigens das erstemal, daß Reinhardt mit seinem ehemaligen Dramaturgen vom Deutschen Theater zusammentraf. Obwohl Brecht seine abfällige Meinung über das Reinhardt-Theater auch im Exil nicht änderte und es künstlerisch für fast ebenso verdorben hielt wie den Hollywoodfilm, wies er doch mit keinem Gedanken die Möglichkeit ab, daß Reinhardt „Furcht und Elend" in New York inszenieren könnte. Seine Idee, wie sich die einzelnen Szenen verbinden und in einen Rahmen stellen ließen, teilte er Reinhardt in einem Brief mit: „Lieber Professor, nach unserm, für mich ermutigenden Gespräch habe ich mich noch weiter mit dem Stück ‚Furcht und Elend des Dritten Reiches' (oder ‚Private Life of the Masterrace') beschäftigt und, wie ich glaube, für den musikalischen Rahmen eine gute visuelle Sache gefunden. Man könnte in den Mittelpunkt der Aufführung als Hauptdekorationsstück den klassischen deutschen Blitzkriegswagen stellen, den gepanzerten Lastkraftwagen der Stoßarmee, der vom Nordkap bis zum Mittelmeer und vom Kanal bis zur Wolga auftaucht und überallhin die *Neue Ordnung* bringt, die in Hitlerdeutschland bereits etabliert ist. Dieser Truck ist besetzt mit den kalkweißgesichtigen Soldaten der Hitlerarmee, diesen Geknechteten, die überallhin die Knechtschaft bringen. ... Und als Epilog könnten die Schauspieler an die Rampe treten und (inhaltlich) dem Publikum sagen: Ihr aber, wenn ihr diesen Wagen aufhaltet – und haltet ihn auf, um Gottes willen, haltet ihn mit Gewalt auf! –, vergeßt nicht, daß Gewalt nicht genügt in einer Welt, die so kalt ist."[18]

Aber auch dieser Plan zerschlug sich, obwohl Brecht bis zuletzt daran interessiert war, daß Reinhardt das Stück machte. Schließlich gelang es Berthold Viertel im Rahmen der deutschen Emigrantenorganisation 1942 in New York vier Szenen aufzuführen. Hermann Kesten schrieb im New-Yorker „Aufbau" eine distanzierte Kritik: „‚Die Tribüne für Freie Deutsche Literatur und Kunst in Amerika' hat unter der ausgezeichneten Regie von Berthold Viertel und mit schönem Idealismus die ‚amerikanische Uraufführung' dieser vier Szenen im Fraternal Clubhouse unternommen. Der treffliche Ludwig Roth, Lotte Stein, Elisabeth Neumann, Eleonore von Mendelsohn, Marx, Preses und die andern Darsteller haben ihren Part mit Humor und Schärfe gesprochen. ... ‚Der Reinertrag ward für die Rettung bedrohter antifaschistischer Flüchtlinge verwendet durch Vermittlung der Austro-German Division des Joint Anti-Fascist Refugee Comitee'. Karin Michaelis, die vor mir saß, war begeistert – wie sie mir sagte. Das Publikum, das sehr zahlreich erschienen war, schien ihre Begeisterung, nach der Größe seines Beifalls und seiner Beiträge zu schließen, vollkommen zu teilen."[19] Brecht vergaß nicht, Ruth Berlau zu beauftragen, Max Reinhardt zu der zweiten Aufführung einzuladen, „am besten, wenn Du mit ihm gingst, wenn das geht, da er Dich nicht kennt. Du könntest ihn anrufen, ihm sagen, ich hätte Dich darum gebeten."[20] Noch immer hoffte er, Reinhardt werde Geld auftreiben, um eine Aufführung in englischer Sprache zustande zu bringen. Gegenüber Viertel gestand er, daß er eine große Schwäche für den „Theaterwahn" des alten Mannes habe.

Es blieb Brecht nichts anderes übrig, als weiter zu hoffen; denn die Aufführung durch Viertel blieb in ihrer Wirkung auf den engen Kreis der deutschen Emigranten beschränkt. Als Dramatiker kannte man ihn in Amerika nicht. Es passierte noch immer, daß, wenn er auf Partys in Hollywood amerikanischen Künstlern, Schriftstellern und Produzenten vorgestellt wurde, diese ihn baten, seinen Namen zu buchstabieren, da sie ihn noch nie gehört hätten.

Brotarbeit in Hollywood

In Hollywood sah sich Brecht darauf verwiesen, Filmstorys zu verkaufen. Die Arbeit an großen Stücken, und sei es vorläufig auch nur für die Schublade, verbot sich schon deshalb, weil die Familie nicht von 120 Dollar monatlich aus dem European Film Fund leben konnte. Nie hat Brecht eine unglücklichere Figur abgegeben denn als „writing on spec" (auf Spekulation schreiben), als einer, der ohne festen Auftrag Storys schreibt, in der Hoffnung, sie an eines der großen Studios in Hollywood verkaufen zu können. Der Dreiundvierzigjährige kam sich dabei ebenso unglücklich wie hilflos vor. Doch nicht nur er hatte es hier schwer. Die deutsche Literatur besaß in Hollywood keineswegs das Ansehen, das sie sonst in der Welt genoß. Andere Literaturen waren hier weit erfolgreicher. Als die größeren Filmgesellschaften berühmte deutsche Schriftsteller wie Heinrich Mann, Alfred Döblin, Leonhard Frank, Alfred Neumann, Walter Mehring, Alfred Polgar für einen monatlichen 100-Dollar-Scheck einstellten, taten sie das aus rein charitativen Erwägungen und nicht, weil sie sich von ihnen interessante Filmstoffe erhofften.

Verglichen mit diesen Autoren, war das Risiko der freien Mitarbeiter, zu denen Brecht zählte, wesentlich größer. Ihre Arbeit glich der „Goldgräberei". Die einen schrieben endlos, ohne auch nur einen Dollar zu verdienen, während andere, die vor Betreten des Landes überhaupt nicht als Schriftsteller tätig gewesen waren, wie zum Beispiel Robert Thoeren, sich in der Woche 3000 Dollar erschrieben. Curt Goetz, dessen europäische Erfolge in Hollywood nicht übersehen wurden, soll in seinen besten Zeiten bis zu 5000 Dollar pro Woche verdient haben. „Wohl konnten zudem freie Mitarbeiter der Filmindustrie, die Ideen oder Exposés beisteuerten, um 25000 Dollar für ein gewöhnliches

Drehbuch einstreichen (international bekannte Autoren, wie Werfel, kamen zuweilen auf Hunderttausende von Dollar), wovon je die Hälfte bei der Kontraktzeichnung und bei Beginn der Verfilmung ausgehändigt wurde. Doch war nicht nur der Rang derjenigen mit den Lebensrettungsverträgen [Heinrich Mann, Leonhard Frank, Alfred Döblin usw. – W. M.] innerhalb der Hierarchie der Drehbuchautoren gering. Vielmehr war es entschieden unwahrscheinlicher, ein Drehbuch abzusetzen, als es abgewiesen zu sehen. So erklärt es sich, daß erheblich mehr Drehbücher als tatsächlich gedrehte Filme von den Exilanten vorliegen."[21] Hollywood lockte ebenso, wie es enttäuschte. Brecht sah sich einer irren Wertskala ausgeliefert. Sich innerhalb des großen Geschäfts der Unterhaltungskunst bewähren zu müssen wäre ihm nicht unzumutbar erschienen, hatte er sich doch auf diesem Gebiet mit der „Dreigroschenoper" erfolgreich betätigt. Was ihn so gänzlich niederwarf, bestand nicht nur in seiner Erfolglosigkeit, sondern mehr in dem Unverständnis, auf das er allenthalben stieß. Mit seinen Ideen konnte er sich nicht verständlich machen. Hier fand er nicht die Sprache, um mitreden zu können.

Von seiner Arbeitsweise her hätte Brecht eigentlich viel leichter einen Zugang zur arbeitsteiligen Herstellung der Hollywoodfilme finden müssen als Schriftsteller, die ihre Werke in völliger Abgeschiedenheit schrieben. Daß viele Meinungen schon in die Stofferarbeitung eingingen, daß mehrere, oftmals auch andere das Manuskript fertigstellten, damit mußte er sich nicht abfinden, das hatte er in den zwanziger Jahren selbst praktiziert. Doch war er bei seinen kollektiven Unternehmungen stets als der führende Kopf respektiert worden. In Hollywood war das anders. Hier galt er nicht als Spezialist. Als Kunstkenner wurde in der amerikanischen Filmindustrie nur akzeptiert, wer sich zugleich als Hollywoodkenner erwies. Er, der immer von sich behauptet hatte, die Rezepte der Unterhaltungsindustrie zu durchschauen und selbst auch anwenden zu können, verstand eigentlich nie, wie in Hollywood Filme zubereitet wurden. Wohl sah er die Klischees, aber die literarische Technik, mit der sie hergestellt wurden, war ihm absolut fremd. Er konnte sie analysieren, aber sich nicht zu eigen machen. Seine künstlerische Eigenart, die alles durchdrang, was er aufgriff, versperrte ihm jeglichen Zugang. Nicht sein unerbittlicher künstlerischer Anspruch war es, der ihn in Hollywood nicht zum Zuge kommen ließ. In seiner Notlage war er ja bereit, künstlerisch völlig abzurüsten, sich auf jede Machart einzulassen. Aber es ging eben nicht.

Als er sich in Santa Monica niederließ, besaß er dort nicht wenige Freunde von früher, die gute Beziehungen zu den Studiochefs hatten. Fritz Lang und Wilhelm Dieterle verfügten bereits damals über Ansehen und Einfluß. Zu den gefragten Schauspielern gehörten Peter Lorre und Oskar Homolka. Als Drehbuchautoren waren Salka Viertel und Gottfried Reinhardt, ein Sohn Max Reinhardts, erfolgreich. Fritz Kortner hingegen, der Brecht am nächsten stand und wie er einen großen Namen vorweisen konnte, galt in den Studios nichts. Kortner war vielleicht das markanteste Beispiel dafür, wie wenig gerade die besten Seiten der in der Weimarer Republik ausgebildeten Kunst in Hollywood zählten. Der hohe Stilisierungsgrad und das expressive Ausdrucksvermögen deutscher Kunst kamen hier kaum an. Gerade die in dieser Hinsicht stärksten Begabungen konnten sich am wenigsten umstellen. Brecht bewunderte Kortner in seiner totalen Unfähigkeit, sich auch nur im geringsten dem Hollywoodstandard anpassen zu können. Sein Temperament entlud sich in Schimpftiraden, die ihm den Ruf eines Thersites von Hollywood einbrachten.

Zu jenen, die Brecht verehrten und sich bewußt waren, daß es da einen Großen der deutschen Literatur nach Hollywood verschlagen hatte, gehörte Fritz Lang. Nach seiner Meinung konnte das nicht gut gehen. Der berühmte Regisseur von „Metropolis“, „M“, „Das Testament des Dr. Mabuse“ hatte Brecht durch den Schauspieler Peter Lorre bereits vor 1933 kennengelernt. Die Weigel hatte in „Metropolis“ eine kleinere Rolle gespielt. Lang, der sich im persönlichen Umgang gern aristokratisch gab, besaß zwar keine Vorliebe für die Brechtsche Art, Kunst zu machen, dafür aber genügend Kenntnis des amerikanischen Lebens, um ermessen zu können, wie verloren sich dieser in Hollywood vorkommen mußte. Vor Begabungen wie der Brechts empfand er Respekt und fühlte sich veranlaßt, etwas für ihn zu tun. Mit Hilfe seiner Sekretärin und Freundin Lilli Laté hatte er Geld gesammelt – kleinere Beträge, wie er selbst sagte –, um Brecht die Überfahrt nach Amerika zu ermöglichen und ihm hier eine erste Starthilfe zu geben. Brecht seinerseits verhielt sich Lang gegenüber freundschaftlich, hatte er ihm doch einiges zu danken. Vielleicht als ein Zeichen seiner Wertschätzung schenkte er ihm einen kleinen Glücksgott mit dem Epigramm:

> ich bin der glücksgott, sammelnd um mich ketzer
> auf glück bedacht in diesem jammertal.
> bin agitator, schmutzaufwirbler, hetzer
> und hiemit – macht die tür zu – illegal.[22]

Lang, seit 1939 amerikanischer Staatsbürger und nicht gewillt, je wieder nach Deutschland zurückzukehren, betrachtete sich nicht mehr als Emigrant. Mit Brecht unterhielt er sich auf Partys und bei Spaziergängen am Strand schon deshalb gern, weil er ihn als einen Mann kannte, der ebensoviel von Politik wie von Kunst verstand. Solche gab es in Hollywood nicht allzu viele. Den marxistischen Standpunkt Brechts nahm er in Kauf, aber vom Marxismus hielt er nichts und verstand er nichts. Obwohl Brecht auch mit Leuten bestens auskam, die ganz andere politische und künstlerische Auffassungen vertraten als er, änderte sich das sehr schnell, wenn bei dem Gesprächspartner zu der anderen Meinung auch noch der künstlerische Erfolg kam. Erfolgsmenschen mit anderer Meinung konnte er schon weit weniger ertragen. Der Neid mischte sich da immer wieder ins politische Urteil. Vor allem wenn Lang auf seine großen Filmerfolge der Jahre vor 1933 verwies, sah Brecht mehr die Kultivierung eines Lebens- als die Entwicklung eines Kunststils. „bei lang. er preist wieder einmal atlantis über den grünen klee-ersatz. er sieht einen speziellen lebensstil, wo ich hochkapitalismus sehe: möglich, daß ich eben vor lauter hochkapitalismus das ‚eigentliche' atlantis nicht sehe; er verstellt es eben. hier hat man die ungemixte ausgabe vor sich; entwicklung, aber nichts, was sich entwickelt."[23] Lang wiederum warf Brecht, vor allem aber Helene Weigel vor, daß sie ihre Bekanntschaften nur zu dem Zwecke knüpften, um an Leute heranzukommen, die ihnen in Hollywood behilflich sein könnten, die Verbindung aber sofort wieder abbrächen, sobald sich ihre Hoffnungen nicht erfüllten.

Wenn Brecht in Hollywood als Storyschreiber Fuß fassen und Glück haben wollte, brauchte er einen Partner, der sich in den Gepflogenheiten der Branche auskannte und seine Ideen in ein gutes Englisch übertrug. Im Laufe der Zeit arbeitete er mit Gottfried Reinhardt, Ferdinand Reyher, Salka Viertel, Robert Thoeren, John Wexley, Fritz Kortner, John Viertel. Dabei ging es noch nicht um das Drehbuch, zu dem dann ohnehin filmerfahrene Autoren hinzugezogen wurden, sondern einfach darum, eine verwertbare Story zu finden und aufzuschreiben.

Einer der ersten, mit denen er Filmpläne besprach, war der amerikanische Autor Ferdinand Reyher. Sie hatten sich 1927 in Berlin kennengelernt und standen in all den Jahren in brieflichem Kontakt. 1938 besuchte Reyher Brecht in Dänemark. In seiner gegenwärtigen Situation hätte sich Brecht keinen besseren Partner wünschen können. In ihm besaß er nicht nur einen treuen, zuverlässigen Freund, sondern auch einen Spezialisten, dessen Talent in Hollywood gefragt war. Sein Ruf als erfahrener Szenentechniker, der es verstand, literarische Stoffe filmgerecht zu bearbeiten, brachte ihn mit vielen Berühmtheiten der amerikanischen Literatur zusammen, unter anderen mit Sinclair Lewis. Doch keinen bewunderte er mehr als Brecht. Unter den Amerikanern hatte dieser sicher keinen selbstloseren Freund und keinen profunderen Kenner seiner Werke.[24] Hinzu kam, daß Reyher Brecht auch vom Politischen her begriff und sich mit ihm weltanschaulich verbunden fühlte. Seit Mitte der dreißiger Jahre verstand er sich auf Grund seiner Sympathie für die arbeitende und ausgebeutete Klasse als Marxist, was ihn aber nicht davon abhielt, die großen und starken Männer in der Geschichte zu bewundern. Vielleicht faszinierte ihn Brecht auch deshalb, weil er hier gerade diese Bewunderung attackiert fand, aber eben von einem großen und „starken" Mann der Literatur. Bevor Brecht nach Kalifornien kam, gab es für Reyher kaum einen Partner, mit dem er sich über politische Themen aus marxistischer Sicht hätte unterhalten können. Nunmehr betrachtete er den in die Staaten emigrierten Dichter als seinen Mentor. Doch als Hollywoodwriter hatte Brecht die Mentorentätigkeit Reyhers viel nötiger.

Brecht erzählte Reyher von seinen frühen, im amerikanischen Milieu angesiedelten Stückentwürfen, so auch von „Joe Fleischhacker". Aus dem Fragment entwickelten sie in wenigen Stunden die Filmstory „Der Brotkönig lernt Brot backen". Innerhalb von drei Tagen bauten sie ihre Idee zu einem fünfzehnseitigen, in englischer Sprache abgefaßten Handlungsaufriß aus. Das Ganze las sich als eine höchst merkwürdige Geschichte über die Lust, gutgebackenes Brot zu essen. Von diesem thematischen Gesichtspunkt her besaß die Geschichte sogar einen bei Brecht höchst seltenen autobiographischen Bezug. „es gibt kein richtiges brot in den staaten, und ich esse gern brot, meine hauptmahlzeit ist nachts, und es ist brot mit butter. r[eyher] meint, die amerikaner seien immer noch nomaden, und nomaden verstehen nichts vom essen. da muß man studieren, was der boden bringt usw. sie können richtiges brot nicht brauchen, es läßt sich nicht in schnitten verkaufen, und es müssen schnitten sein, die man schnell, im weggehen oder stehen essen kann. es sind tatsächlich nomaden."[25] In Brechts Brotstory läßt sich der Brotmagnat Fleischhacker dazu verführen, das gutgebackene Brot einer Proletarierfrau zu essen. Er richtet ihr eine kleine Bäckerei ein. Dort ißt er im Hinterzimmer inkognito mit gutem Appetit ihr Brot. Als er längere Zeit wegbleibt, mindern die Tochter der Frau und ihr Verlobter die Brotqualität, so daß der Ausstoß erhöht werden kann. Als Fleischhacker zurückkehrt, hat er einen neuen Geschäftsrivalen. Die Konkurrenz wird von ihm sofort zerstört. Fleischhacker läßt von seinen Chemikern eine alte Brotkruste untersuchen, um das Rezept herauszufinden. Als alle Bemühungen mißlingen, verlangt er von der Frau das Rezept. Doch zum Backen von gutem Brot, so erfährt er, braucht es mehr als nur gutes Mehl: „eine gute Tagesarbeit, eine Welt mit guten Nachbarn, ein gutgesinntes Herz und einen gesunden Appetit"[26]. So poetisch das Brotmotiv auch angelegt war, so wenig dürfte die Story in den Studios als ein ernsthaftes Stoffangebot betrachtet worden sein. Merkwürdig war nur, daß Reyher da mitmachte, der genau wußte, daß ihr Einfall nur Kopfschütteln hervorrufen würde. Und verulken ließen sich diese Leute ungern. Da Reyher nichts sehnlicher wünschte als einen Erfolg Brechts, läßt sich nur vermuten, daß er von dessen Persönlichkeit so eingenommen war und nicht wagte, dem verehrten Meister klarzumachen, daß mit solchen Stoffen die Studios nicht erobert werden konnten.

Daß dem Einfluß Brechts und seiner seltsamen Brot-Offerte am ehesten die erlagen, die etwas von seinem Gesamtwerk und seiner Bedeutung in der deutschen Literatur wußten, zeigte das Beispiel Gottfried Reinhardts. Ihn nämlich verstand Brecht so für sich einzunehmen, daß er die Story den Direktoren von Metro-Goldwyn-Mayer (MGM) vortrug. Gottfried Reinhardt, der seit 1934 in den Staaten lebte und es ohne die Hilfe seines Vaters geschafft hatte, sich in Hollywood als Drehbuchautor und Produzent durchzusetzen, arbeitete derzeit als Assistent des Produzenten Bernie Beyman in den MGM-Studios. Als Sohn des berühmten Reinhardt hatte er in Berlin zu vielen Künstlern und Schriftstellern bewundernd aufgeblickt, die er jetzt in Hollywood wiedersah, hilflos, verlassen von Ruhm und Publikum, weil ihnen der Einstieg in die Studios nicht gelungen war. Da es zu Reinhardts Job gehörte, Filmstoffe an die Direktoren heranzutragen, hielt er es für selbstverständlich, sich für emigrierte deutsche Schriftsteller einzusetzen. Warum sollte er nicht auch Brecht behilflich sein? „In seinem unverfälschten Augsburger Dialekt", erzählt Gottfried Reinhardt, „faszinierte er mich anderthalb Stunden mit seinem Filmvorschlag über Herstellung, Vertrieb und Genuß des Brotes, der soviel Chancen hatte, angenommen zu werden, wie ‚Vom Winde verweht' vom Brechtschen Ensemble. Er war fast beim richtigen Mann, aber am falschen Ort, und er machte sich darüber auch keine Illusionen, als ich ihm, mich verabschiedend, versicherte, ich werde mein Möglichstes tun, um die Geschichte unterzubringen. Ich weiß nicht, ob ich darauf stolz sein oder mich der Donquichotterie schämen soll, daß ich tatsächlich in der Direktion einen Überredungsversuch bei einem der MGM-Direktoren zum Kauf der Brechtschen ‚Lüge' wagte. Da die MGM-Direktoren keine engere Beziehung zum Ritter von der traurigen Gestalt belastete, hielten sie mich zwar für verrückt und bemitleidenswert, aber nicht für komisch."[27]

Obwohl der erste Versuch im Filmgeschäft ein Fehlstart war, hatte er Brecht doch mit den richtigen Leuten zusammengeführt: mit Reyher, dessen Talente man in Hollywood schätzte, und mit Gottfried Reinhardt, der das Ohr der Direktoren erreichte. Im weiteren Verlauf kam es zu einer Zusammenarbeit mit Robert Thoeren, der erst in den USA zum Filmautor avanciert war. Zu diesem Job hatte er gegriffen, weil er als emigrierter Schauspieler und Conférencier weder in Frankreich noch in den USA mit der fremden Sprache zurechtkam. Als ihm seine neue Tätigkeit bei der Metro-Goldwyn-Mayer Wochenschecks bis zu 3000 Dollar eintrug, kaufte er sich eine Hühnerranch. Unter den gewieften Hollywoodschreibern unterschied Brecht zwei Typen. Der eine schrieb, um sich den Traum zu bewahren, nach Jahren routinierten Schreibens doch noch einmal mit etwas Wesentlichem hervorzutreten. Der andere schrieb, um den Traum von der Ranch zu realisieren. Zu letzterem gehörte anscheinend Thoeren. Daß er so leicht in der Filmbranche Fuß faßte, mußte den Neid Brechts erregen, der es selbst weder an Bemühungen noch an Zugeständnissen fehlen ließ, um einen viel bescheideneren Wochenscheck zu ergattern. Wenn Neid diese Zusammenarbeit nicht trübte, so nicht zuletzt deshalb, weil sich Thoeren gegenüber Brecht und dessen Familie sehr freundlich und hilfsbereit verhielt.

Im Dezember 1941 schrieben beide an dem Filmlustspiel „Bermuda Troubles". Eine romantisch veranlagte Zensorin greift in eine Liebeskorrespondenz zwischen einem Amerikaner und einer Portugiesin ein. Dadurch aber stört sie eine als Liebesangelegenheit getarnte Geschäftsverbindung, so daß sich die Beteiligten veranlaßt sehen, die Sache an Ort und Stelle wieder ins Lot zu bringen. Dabei geraten sie unter Spionageverdacht. Der Fabelentwurf läßt ahnen, wie weit Brecht in die Niederungen der Unterhaltungsfabrikation zu steigen bereit war. Die Arbeit fand meistens in der luxuriösen Villa des erfolgreichen Metro-Goldwyn-Mayer-Writer statt. „zwischen dem arbeiten telefoniert er ununterbrochen, ständig nach dem beifall der zimmerinwohner angelnd, posiert als reizender ehemann und junger vater, küßt lange seine frau, tochter eines deutschen malers und hiemit lebenslängliches modell, und schwadroniert ohne jede unterbrechung, ohne plan, mit sorgfältigster vermeidung allen nachdenkens drauflos. … als richtig gilt, was schon einmal fotografiert wurde und ‚durchging', als gut, was ein honorar erhöhte."[28] Obwohl sich Brecht sonst ganz gerne ablenken ließ, muß ihm diese Zusammenarbeit eine Qual gewesen sein. Aus dem Kreis seiner früheren Mitarbeiter in Berlin hätte er einen Schwätzer wie Thoeren hinausgeschmissen. Jetzt hielt er still. Doch auch aus dieser Zusammenarbeit entstand keine verwertbare Story.

Als es einmal so schien, als wäre er bei der Storysuche auf eine Goldader gestoßen, fiel er auf fatale Weise einem Betrug zum Opfer, wie er sich nur in Hollywood ereignen konnte. Es handelte sich um einen Filmstoff, den er gemeinsam mit der Schauspielerin Elisabeth Bergner und dem Filmregisseur Paul Czinner entwickelte. Die beiden waren von England über Kanada nach Hollywood gekommen, wo sie – wie so viele – Geld machen wollten, um dann in New York ernsthaft künstlerisch arbeiten zu können. Paul Czinner haßte Hollywood. Er glaubte, in dieser verfluchten Filmmetropole werde es ihm wie dem schwedischen Filmregisseur Mauritz Stiller ergehen, der in Hollywood von seiner Hauptdarstellerin Greta Garbo getrennt wurde und der das nie überwand. Czinner wollte aber weiterhin mit Elisabeth Bergner arbeiten. In Hollywood feierten sie 1941 das Weihnachtsfest bei Brechts. Silvester kamen die Brechts zu ihnen. Die Bergner erzählte Brecht einen möglichen Filmanfang, von dem sie glaubte, daß man daraus, wie es Brecht ausdrückte, ein „metro-goldwyn-mayer evangelium für den kleinen mann" machen könnte. Die Geschichte handelte von einem Mädchen, das hypnotisiert wird und in Trance wegläuft. Bei den Handlungen, die sie dann begeht, tut sie aber nur so, als sei sie in Trance. Wie es mit dieser Geschichte weitergehen sollte, wußte Elisabeth Bergner eigentlich auch nicht. Brecht hielt die Sache für schwer machbar, aber Czinner bat ihn, doch zu versuchen, eine Fabel zu finden. Während der ersten Monate 1942 arbeiteten sie gemeinsam an dieser Story, ohne sie richtig zum Abschluß zu bringen, weil die Bergner nach Washington mußte und Czinner mit einem Film beschäftigt war. Doch dann tauchte die von ihnen entwickelte Story plötzlich mit geringen Abänderungen auf dem Filmmarkt auf. Elisabeth Bergner hatte die Geschichte, um die Wirkung zu testen, auf einer Party erzählt. Viel Zustimmung fand sie nicht. Aber einer hatte sie aufgeschrieben, an ein Studio verkauft und dafür 35000 Dollar kassiert. Einstmals hatte sich Brecht gegenüber dem Plagiatvorwurf mit dem Hinweis auf seinen „laxen" Umgang mit geistigem Eigentum gerechtfertigt, jetzt mußte ihn ein solcher Gebrauch unsagbar deprimieren. Hier verging ihm selbst der Zynismus. Während der ebenso erfolglose Fritz Kortner über alle und alles schimpfte, vor allem über die, die mit einem „fetten Wochenscheck im Maul" redeten, machte Brecht seinem Ärger im „Arbeitsjournal" Luft. Zu keiner Zeit notierte er so viele Eintragungen wie während seines USA-Aufenthaltes. Es war, als hätte er es sich zur Aufgabe gemacht, das „Schwarzbuch" dieses Landes zu führen.

Gern wäre er mit dem seit 1930 in Hollywood so erfolgreichen deutschen Schauspieler und Regisseur Wilhelm (William) Dieterle ins Geschäft gekommen. Dessen Filmbiographien, „Zola", „Pasteur", „Juarez", „Ehrlich", „Mme Curie", waren eine Strecke, auf der Brecht selbst gern gearbeitet hätte. Die Biographien gaben die Möglichkeit, eine Menge Material über die Widersprüche in der bürgerlichen Gesellschaft auszubreiten. Brecht schrieb sogar einen Aufsatz über Dieterles Galerie großer bürgerlicher Figuren. Das massive Lob, das er dem Regisseur spendete, war sicher nur insofern Berechnung, als er damit zugleich andeutete, auch er könne hier einiges investieren. Den mit großer Wahrscheinlichkeit für eine Veröffentlichung vorgesehenen Aufsatz übergab er Dieterle. „Die Dieterleschen Filmbiographien, progressiv und humanistisch und – was allein schon einen Aufstand im kommerziellen amerikanischen Film bedeutet – intelligent, waren im dramaturgischen Sinn bahnbrechend. ... Die Empfindlichkeit der Firmen macht die Darstellung der großen bürgerlichen Figuren selbst zu einem nahezu heroischen Unternehmen. ... In den Dieterleschen Filmen trat der historische Hintergrund nach vorne und stellte sich dem Publikum als Protagonist vor. Selbst wenn eine allseitige, die Klassenkämpfe voll einbeziehende Darstellung unter den herrschenden Umständen nicht möglich war, wurden doch völlig neue emotionale Felder beschritten. Bisher war die Leidenschaft eines Forschers für seinen Beruf nur als Motiv für ein allenfallsiges Ehezerwürfnis benutzt worden, welches dann den Hauptinhalt des Films darstellte. Nunmehr handelte es sich unter anderem um die *Dramatisierung der Mikroben*. Der Held war ein Held im Kampf gegen sie, wie er ein Held im Kampf gegen Menschen war. Jedoch war es nicht eine Einmontierung der Wissenschaft, sondern ihre dichterische Behandlung, was Dieterle interessierte."[29]

Gleich am Anfang seines Aufenthaltes in Hollywood muß Brecht Dieterle einen Filmstoff „Caesars letzte Tage" erzählt haben. An einem solchen Stoff schien der Regisseur interessiert zu sein. Bei jeder sich bietenden Gelegenheit fragte er, wie weit die Story gediehen sei. Doch Brecht kam trotz ernsthafter Arbeit damit zu keinem Abschluß. Obwohl er Dieterles Einfluß in Hollywood keinesfalls unterschätzte, traute er ihm doch nicht zu, daß er einen „Kostümfilm" durchzusetzen vermochte. „die industrie macht keine kostümfilme. sie scheut die nachthemden, in welche die meininger alle römer kleideten."[30]

Mit wem Brecht in Hollywood auch nur einigermaßen befreundet war, mit dem versuchte er, einen Film zu schreiben. Daß er auch Salka Viertel bemühte, ergab sich zwangsläufig. Zu dem Hause Viertel bestanden von Anfang an herzliche Beziehungen. Wider Erwarten gelangte in den Vereinigten Staaten nicht der erfahrene und einst so erfolgreiche Regisseur Berthold Viertel zu Ruhm, sondern seine Frau, die Schauspielerin Salka Viertel. Sie kam in Hollywood groß ins Geschäft, als sie für Greta Garbo, die in ihrer Nähe wohnte, Filme zu schreiben begann. Mit diesen Filmen, wie „Königin Christine", „Maria Walewska", avancierte sie zu einer Garbo-Spezialistin. Es kursierten Gerüchte, nach denen sie die Garbo völlig beherrschte. Dabei beruhte ihr Einfluß mehr darauf, daß sie durch eine sehr spontane Freundlichkeit und ein unaufdringliches Mitteilungsbedürfnis zu beeindrucken vermochte. So überaus erfolgreich, wie die Filmgeschichte es darzustellen wußte, empfand sie sich selbst keineswegs. Der Ruf, auf die Garbo fixiert zu sein, hatte für sie auch seine Schattenseiten. Alles, was man von ihr haben wollte, war mit der Spekulation auf die Garbo verbunden. Salka Viertel, von keinem literarischen Ehrgeiz getrieben, erfand Geschichten, die bei all ihrer praktischen Lebenserfahrung ihrem rührenden Gemüt und ihrem naiven Sinn entsprachen. Vielleicht bestand darin das Geheimnis ihres Erfolges. Doch Brecht mußte es so scheinen, als wäre es ihr gelungen, an die Erfolgsrezepte von Hollywood heranzukommen. Eines Morgens erschien er bei Salka Viertel und trug ihr an, gemeinsam eine Filmstory zu schreiben:

„Er meinte im Laufe des Gesprächs, es sei doch wirklich dumm von uns, nichts gegen unsere finanzielle Misere zu unternehmen; wir sollten ‚unsere Köpfe zusammentun' und uns gemeinsam eine verkäufliche Filmstory ausdenken. Ich fand es sehr schmeichelhaft, daß er meinen Kopf gut genug fand, um es mit dem seinen ‚zusammenzutun' ..., doch es war ihm ernst; wir sollten versuchen, täglich zwei oder drei Stunden zu arbeiten und eine strikt ‚kommerzielle' Story zu schreiben. Natürlich müßten wir genau alle Regeln und Tabus beachten, die ich von meiner jahrelangen Tätigkeit bei MGM her ja gut genug kannte. Er fragte: ‚Müßten wir eigentlich nicht etwas viel Besseres zustande bringen als diese professionellen Hollywood-Schreiberlinge?'

‚Das ist gar nicht so einfach', sagte ich. ‚Was die Produzenten wollen, ist ein originelles und doch nicht ausgefallenes, ungewöhnliches und doch leicht begreifliches, moralisches und doch schlüpfriges, lebenswahres und doch unwahrscheinliches, sentimentales und dabei brutales, sehr gut geschriebenes und doch nicht geistvolles Meisterwerk.'

‚Wir können es doch so schreiben, daß sie gar nicht merken, daß es ein geistvolles Meisterwerk ist; wir müssen das ganz systematisch, nüchtern und sachlich betrachten', sagte Brecht."[31]

Es wäre eine allzu romantische Vorstellung, Brechts Erfolglosigkeit in der amerikanischen Filmmetropole darauf zurückzuführen, daß er sich letzten Endes eben doch seine literarischen Ansprüche nicht verkneifen konnte. Vor Hollywood rüstete er in einem geradezu erschreckenden Maße künstlerisch ab. Da gab es eigentlich gar keine Hemmungen mehr. Was ihm zuletzt dann immer doch noch ein Bein stellte und ihn nicht über die Schwelle kommen ließ, war der Umstand, daß alles, was er erzählte, auch das angepaßt Kitschige, von seinem Habitus geprägt war. Er konnte aus Geschichten jeden politischen und künstlerischen Impuls herausnehmen, aber seine Eigenart ließ sich nicht verleugnen. Doch gerade sie war nicht gefragt. Brecht konnte auch beim Storyschreiben den Stückeschreiber nicht völlig verleugnen. Sein Kollege Georg Kaiser zum Beispiel konnte das. Er erfand für den Film unglaublich läppische und kitschige Geschichten, die keiner auch nur im entferntesten dem Dichter Georg Kaiser zugeschrieben hätte. Während Brecht auf der Jagd nach verwertbaren Einfällen war, verfluchte der in die Schweiz emigrierte Kaiser das Schicksal, in dieser „Wüste des Geistes" leben zu müssen, statt in Hollywood unter Vertrag bei Metro-Goldwyn-Mayer zu stehen. Mit Wehmut erinnerte er sich der früheren Angebote dieser Filmfirma. Obwohl Brecht die Schweiz nicht sonderlich liebte, hätte er mit Georg Kaiser gern getauscht, wäre nicht die Nähe zu Hitlerdeutschland gewesen.

Das mit Salka Viertel konzipierte Filmprojekt mochte noch die meisten Chancen haben. Ein SS-Offizier läßt einer jungen französischen Widerstandskämpferin kurz vor dem Abzug der deutschen Truppen den Kopf kahlscheren, um sie in den Augen ihrer Landsleute als Kollaborateurin hinzustellen. Als ihr Mann zurückkehrt, findet er seine Frau von allen verachtet. Der Abbé des Ortes, der als einziger den wahren Sachverhalt hätte bezeugen können, ist gestorben. Um den Film auch vom Milieu her authentisch zu gestalten, zogen sie den in Hollywood lebenden französischen Schriftsteller Vladimir Pozner hinzu. Salka Viertel sah jedoch die Verkaufschancen des Films, der „Silent Witness" heißen sollte, beträchtlich gefährdet, als Brecht darauf bestand, die Darstellerin der jungen Französin müsse mit geschorenem Kopf auftreten. Daß sich dazu nie eine Hollywoodschauspielerin bereit finden würde, wußte Salka Viertel nur zu gut. Das Team, bestehend aus ihr, Brecht und Pozner, arbeitete täglich von zehn bis dreizehn Uhr im Hause von Salka Viertel. Trotz aller Bemühungen blieb auch diese Idee unverkäuflich.

Auch die Söhne von Salka Viertel, die literarisch begabt waren, aber nicht direkt in der Filmbranche arbeiteten, suchte Brecht zu gewinnen, mit ihm Filmstorys zu schreiben. Aus der Zusammenarbeit mit Hans Viertel entstand u. a. eine Geschichte, die allein schon von der Fabel her nicht ohne poetischen Reiz ist. „Totin, ein unpolitischer

Einzelgänger, der nur für sein Kunstmuseum lebt, geht am Tag nach der Bildung der neuen Vichy-Regierung zum Rathaus und gelobt seine Treue, nur um sein Museum zu schützen. Aber eine Nazikunstkommission, die von einem deutschen Kunsthistoriker geführt wird, der außerdem ein alter Freund von Totin ist, kommt auf der Suche nach Kunstschätzen in die Stadt. Sie wählt sein Lieblingsstück im Museum aus, eine kostbare Holzstatue aus dem siebzehnten Jahrhundert, die als ‚The Crouching Venus' bekannt ist. Totins alter Freund wird zum Todfeind, und die Handlung konzentriert sich auf das Bestreben des Kurators, die Statue zu retten. Er sucht die Unterwelt von Marseille auf. Mit ihrer Hilfe und dem Beistand einer Schenkwirtin, die große Ähnlichkeit mit der Witwe Begbick hat, gelingt es ihnen, das Standbild zu stehlen und Anstalten zu treffen, es in einem Sarg wegzutransportieren. Doch während eines kritischen Augenblicks entdeckt sein Gegenspieler die Statue im Sarg, und Totin muß ihn mit einem Stockdegen töten. Das Standbild ist gerettet, aber Totin wird zum Verbrecher und Flüchtling. Nach dem Krieg sieht man ihn in einem Café, wo er mit der Schenkwirtin einen Schnaps trinkt. Als Verbrecher verlor er seine bürgerliche Existenz und wurde zum Ausgestoßenen der Gesellschaft, der er früher angehört hatte."[32] Den Totin wollte Brecht als Museumskurator dargestellt haben, wie er Toulouse-Lautrec auf einem Foto gesehen hatte, in Zylinder und Frack. Unter dem Titel „The Crouching Venus", so machte Berthold Viertel seinem Sohne klar, könne man die Story in Hollywood nicht verkaufen. So wurde sie in „The Fugitive Venus" umbenannt. Doch zu einem Verkaufserfolg verhalf auch der neue Titel nicht. Brecht verwandte dann den Stoff in dem Text „The Goddess of Victory".

In einem Falle hatte Brecht dann doch Glück. Mit Fritz Lang entwickelte er eine Geschichte, die nicht nur gekauft, sondern auch verfilmt wurde. Als Lang 1942 die groß aufgemachte Zeitungsmeldung von dem Attentat auf Heydrich, den Reichsprotektor von Böhmen und Mähren und SS-Statthalter in Prag, las, war ihm sofort klar, daß der Vorfall eine interessante Filmgeschichte abgeben könnte, zumal seit dem Einmarsch der deutschen Truppen in die Sowjetunion Hollywood sich bereitwilliger zeigte, Filme über den Krieg zu produzieren. Roosevelt wies Hollywood an, im Sinne der politischen Verpflichtung der USA Antinazifilme zu drehen. In den Studios kam man dieser Aufforderung um so bereitwilliger nach, als sich herausstellte, daß diese Filme Kasse machten. Fritz Lang hatte bereits 1941 einen Antihitlerfilm gedreht, „Man hunt", gleichfalls das Attentatthema berührend. Der Heydrich-Stoff schien ihm indes weit verlockender. Die Figur des „jungen, bösen Todesgottes" auf der Prager Burg bediente alle Klischees. Heydrich, hochgewachsen, blond, schmalgesichtig, entsprach im Unterschied zu den anderen Naziführern von der äußeren Erscheinung her dem propagierten Ideal der germanischen Rasse. Zudem war er musisch begabt und ein Leistungssportler, als Meister des Fechtsports erfolgreich, als Flieger ein Draufgänger. Dabei verdeutlichte diese Henkersfigur mit dem sympathischen Aussehen und den imponierenden Soldatentugenden nur die „Normalität" des Faschismus, seine Anziehungskraft vor allem auf die, die in jeder Hinsicht etwas erreichen wollten. Das Attentat wurde am 27. Mai 1942 durch die in England ausgebildeten Unteroffiziere der ehemaligen tschechoslowakischen Armee Jan Kubis und Josef Gabčik ausgeführt. Sie brachten durch Schüsse mit der Maschinenpistole Heydrichs Wagen zum Stehen und warfen dann die Bombe. Heydrich wurde verwundet und starb sechs Tage später. Als Vergeltung ließ Hitler das Dorf Lidice dem Erdboden gleichmachen. Die Männer des Dorfes wurden erschossen, die Frauen und Kinder in Konzentrationslager gebracht.

Da dieser Stoff Kenntnisse sowohl über die faschistische

Diktatur wie über den antifaschistischen Widerstand verlangte, dachte Fritz Lang gleich an Brecht, mit dem er sich, da er in seiner Nähe wohnte, oft über politische Dinge unterhielt. Lang zufolge sei Brecht sofort auf den Vorschlag eingegangen. Eine Story für Lang zu entwickeln bedeutete eine reale Chance, damit auch in die Ateliers einziehen zu können. So angetan von dem Stoff wie Lang schien Brecht allerdings nicht gewesen zu sein. Im „Arbeitsjournal" vermerkte er: „versuche mit lang eine story SILENT CITY zu entwerfen. über prag, gestapo und geiseln. alles das ist freilich ganz einfach monte carlo."[33] Im Verlauf der Arbeit gewann er dem Thema erst recht keine Sympathie ab. Alles schien ihm auf bloße Intrige, äußere Spannung und Aktion hinauszulaufen. Das Politische des Stoffes erschöpfte sich „streng im rahmen bürgerlich-nationaler erhebung".

Im Unterschied dazu interessierten Brecht mehr die sozialen Motive und die Art und Weise, wie Heydrich als „moderner tyrann" auftrat und wie er mit den tschechischen Industriellen verfuhr. Das Projekt bereitete Brecht insofern größere Schwierigkeiten, als direkte politische Vorgänge ins Bild kamen, zu denen er als antifaschistischer Schriftsteller Stellung nehmen mußte. Als Marxist sah er im Attentat keine akzeptable Form des Widerstands. Andererseits wäre es verfehlt gewesen, gerade hier und jetzt die Kritik an dieser Art des Widerstands herauszustellen. Während Langs Interesse in völliger Übereinstimmung mit Hollywood den persönlichen Motiven der Attentäter galt, versuchte Brecht das Verhalten des „breiten Volkes" zu charakterisieren, das durch den Terror des faschistischen Systems zu bewaffneten Aktionen getrieben wurde. Hierin ist sicher der wesentliche Beitrag Brechts zu sehen, auch wenn er sein Anliegen nur ungenügend zur Geltung bringen konnte.

Die „Arbeitsjournal"-Notierungen lesen sich, als sei es zwischen Brecht und Fritz Lang sehr bald schon wegen

Differenzen hinsichtlich der Fabelführung zum Zerwürfnis gekommen. Doch waren es hauptsächlich finanzielle Forderungen und Besetzungsfragen, an denen ihr freundschaftliches Verhältnis in die Brüche ging. Immerhin kannte sich Brecht inzwischen in der Branche so weit aus, daß er zumindest ahnte, was in Hollywood nicht ging. Und er versuchte Lang in dieser Hinsicht auch nichts einzureden. Er hielt sich an die Bedingungen und realen Möglichkeiten des kommerziellen Films. Wie verächtlich er darüber dachte, war eine andere Sache und hinderte ihn nicht, mit Lang sehr ernsthaft an der Story zu arbeiten. Gemeinsam schrieben sie von früh neun bis abends sieben Uhr an der „geiselstory", und in wenigen Tagen war die Handlungslinie skizziert. Im Rückblick auf diese Arbeitsphase meinte Lang später, daß zwischen ihm und Brecht "*niemals auch nur die geringste* Meinungsverschiedenheit über den Inhalt des Manuskripts herrschte"[34]. Das wiederum dürfte übertrieben sein, bestätigt aber, daß sich Brecht an das real Machbare hielt.

Mit dem gemeinsam verfaßten Exposé des Films, der Outline, ging Lang zu dem unabhängigen Produzenten Arnold Pressburger. Pressburger kannte Lang bereits von Europa her und bemühte sich seit langem, ihn unter Vertrag zu bekommen. Als Lang die „Geiselstory" brachte, erklärte sich Pressburger auf der Stelle bereit, einen Vertrag abzuschließen. Auch mit Brechts Mitarbeit war er sofort einverstanden. Lang erkundigte sich bei Brecht, wieviel er für ein fertiges Drehbuch fordern würde. Darauf soll dieser gefragt haben, ob 3000 Dollar zuviel wäre. Bei Pressburger bestand Lang auf einem Honorar von 7500 Dollar für Brecht. Wenn es sich so verhielt, wie Lang später berichtet hat, mußte Brecht über die Honorarsätze in Hollywood schlecht informiert gewesen sein, denn eine übertriebene Bescheidenheit in finanziellen Dingen dürfte ihm schwerlich nachzusagen sein. Da das normale Honorar für eine ausgearbeitete Story, wenn sie von einem bekannten Autor vorgelegt wurde, 10000 Dollar betrug, fand Pressburger die von Lang für Brecht geforderten 7500 Dollar zu hoch. Der Produzent argumentierte u.a. damit, daß es auf Grund von Brechts mangelhaften englischen Sprachkenntnissen nötig sei, einen weiteren Mitarbeiter zu finden, der das Drehbuch schreibe, der aber müsse auch noch Deutsch können. Erst als Lang zu verstehen gab, daß er diesen Film nur mit Brecht mache, willigte Pressburger nach längerem Zögern ein.

Daß ein deutschsprachiger amerikanischer Autor zur Arbeit hinzugezogen wurde, fand Brecht zunächst ganz selbstverständlich und äußerst hilfreich. Im August 1942 begann die Zusammenarbeit mit John Wexley. Wexley galt als ein renommierter Bühnenautor. Von ihm stammte auch das Drehbuch zu einem der ersten amerikanischen Antinazifilme, zu „Confessions of a Nazi-Spy" („Ich war ein Spion der Nazis"). Sein politisches Verständnis ging weit über das allgemeine Hollywoodniveau hinaus. Brecht verhielt sich gegenüber seinem Co-Autor zunächst sehr distanziert. „er gilt als sehr links und anständig"[35], vermerkte er.

Die Zusammenarbeit lief gut an, obwohl sich Brecht über die Manie seines Partners wunderte, jede Seite mit Namen und Datum zu versehen. Da sich Lang bereits um die praktischen Vorarbeiten kümmerte und mit dem Filmarchitekten die Straßen-Exteriors besprach, schied er aus der Drehbucharbeit aus. Bei der Umsetzung der Outline ins Drehbuch gab es keinerlei Differenzen. Wexley war bereit, daß Brecht seine Arbeit noch einmal durchsah und korrigierte. Alle vier bis fünf Tage gingen die fertigen Seiten an Lang, der mit der Arbeit ebenfalls sehr zufrieden schien. Wenn er Vorschläge hatte, gab er sie telefonisch durch. Das partnerschaftliche Einverständnis mit Wexley ging so weit, daß ihn Brecht gewann, am Abend bei ihm zu Hause noch an einem „völlig neuen idealscript" zu arbeiten, das sie dann Lang vorlegen wollten. Das war eine typische Idee Brechts, der den Widerspruch zwischen dem real Machbaren und dem bei einigem Durchstehvermögen Erreichbaren mit einer Art „doppelten Buchführung“ zu lösen versuchte. Auf diese Weise verlief die Arbeit zu allseitiger Zufriedenheit. In der Rückschau meinte Lang: „Es waren sehr schöne, durch nichts getrübte Wochen.“[36]

Der Streit setzte ein, als Brecht, ohne Lang zu verständigen, dem Produzenten mitteilte, wenn er nicht wie John Wexley 10000 Dollar für seine Arbeit am Drehbuch bekomme, steige er aus dem Film aus. Pressburger, der sich überhaupt nur deshalb, weil er am Regisseur Fritz Lang interessiert war, bereit gefunden hatte, an Brecht 7500 Dollar zu zahlen, fühlte sich erpreßt und schäumte vor Wut. Nun mag diese Forderung so unbillig nicht gewesen sein, immerhin hatte Brecht, wenn auch gemeinsam mit Lang, die Hauptlinie der Story entwickelt. Wexley stieg in eine fertige Story ein, an deren Idee er keinen Anteil besaß. In Hollywood aber wurde der Ruf des perfekten Schreibers bezahlt. In dieser Sicht war Brecht ein Dilettant und ein deutschschreibender dazu, der sich das Honorar eines Stars anmaßte. Lang seinerseits fühlte sich gekränkt, vermittelte aber: „Nach vielen Stunden gelang es mir, Pressburger zu überreden, daß es im Interesse einer so viel als möglich reibungslosen Produktion notwendig sein werde, in den sauren Apfel zu beißen und Brecht die zusätzlichen 2500 Dollar zu bewilligen. Ich zeigte Pressburger verschiedene Szenen aus dem Manuskript, die so typisch Brecht waren, daß sie kein anderer Autor hätte schreiben können. Pressburger sah das ein, nannte aber das Vorgehen Brechts eine Erpressung und fand später seine Genugtuung darin, daß, als Brecht und Wexley sich über die Autorenschaft am Drehbuch entzweiten und das Ganze vor ein Schiedsgericht der Hollywood Screen Writers’ Guild kam, er sich weigerte, als Zeuge für Brecht einzutreten.“[37]

Nun lief eigentlich nichts mehr. Brecht sprach jetzt davon, daß Wexley für zwei Wochenschecks alles einriß, was in zehn Wochen aufgebaut worden sei, und die von ihm, Brecht, mit großer Mühe entfernten Hauptdummheiten wieder in die Story hineinbringe. Als sich Lang veranlaßt sah, das über 280 Seiten starke Drehbuch von einem jungen Writer auf 192 Seiten kürzen zu lassen, weil ein so überlanges Drehbuch schon von den Kosten her keine Chance hatte, verfilmt zu werden, kommentierte Brecht das mit Hohn. Was nun abgeliefert werde, sei ein „unglaublicher dreck“. Er fühlte sich vor allem dadurch brüskiert, daß der Kürzung die Volksszenen zum Opfer fielen, in denen er ja die Basis für die tatsächlichen Beweggründe des antifaschistischen Widerstands sah. Obwohl er an dem fertigen Film so ziemlich alles schlecht und von einer anrüchigen Schönfärberei fand, daß ihn allein schon der Anblick dieser geistigen Verstümmelung physisch krank mache, wandte er sich empört an das Schiedsgericht der Hollywood Screen Writers' Guild, als im Vorspann nur stehen sollte: Drehbuch John Wexley. Ihm konnte das Verschweigen seines Namens schon deshalb nicht gleichgültig sein, weil es seine Chancen im Storygeschäft beeinträchtigte. Vor der Schiedskommission trat Lang für Brecht ein. Wexley scheint sich in der ganzen Sache nicht besonders fair benommen zu haben. Nach den Festlegungen dieses Gremiums mußte ein Einzelautor 33%, ein Zweierteam 40%, ein filmschriftstellernder Regisseur oder Produzent mindestens 50% beigetragen haben, um im Vorspann des Films namentlich genannt zu werden. Diesen Prozentsatz aber machte John Wexley Brecht streitig. Die Kommission wies den Einspruch Brechts trotz der Fürsprache Langs ab. Festgelegt wurde jedoch, daß es in einer zweiten Zeile heißen sollte: „Nach einer Originalstory von Fritz Lang und Bertolt Brecht“. Mit diesem Hinweis kam der Film dann auch in die Kinos. Auf der Sitzung der Schiedskommission sahen sich Fritz Lang und Bertolt Brecht zum letzten Mal.

Endgültig auseinander brachte beide die Weigerung Langs, die kleine Rolle der Frau Dvořak mit Helene Weigel und die des tschechischen Quislings Emil Czaka mit Oskar Homolka zu besetzen. Für Brecht war die Besetzung mit der Weigel eine strikte Abmachung, die Lang völlig in Abrede stellte. In bezug auf Oskar Homolka wäre es ihm schon vom Prinzip her gar nicht möglich gewesen, Brechts Forderung zu erfüllen, denn für alle „tschechischen Rollen" waren amerikanische Schauspieler vorgesehen, während die „deutschen Rollen" mit deutschen Schauspielern besetzt werden sollten, die, wenn sie englisch sprachen, das mit deutschem Akzent taten.

Wie sehr Brecht der Vorfall verbitterte, läßt sich aus einer „Arbeitsjournal"-Notiz ablesen, in der er ihn zu einem Exempel hochstilisierte, „die besonders rüde art, in der lang die strikte abmachung, die rolle einer gemüsefrau in unserer story der weigel zu geben, brach – er versteifte sich auf akzentfreiheit, erklärte einige überflüssige sätze, die wexley in meine nahezu stumme führung der figur hineingeschmiert hatte, für nötig, machte einen flüchtigen tontest, versprach einen totaltest, ließ sie darauf warten und arbeiten und drehte dann einfach die erste szene mit jemand anderm, ohne es auch nur mitzuteilen –, wirft noch einmal die frage auf, wie derlei aufzunehmen ist. die alte verpflichtung, gegen private unmoralität heftig zu reagieren, muß angesichts der allgemeinen zustände als verfallen angesehen werden, dieser gegenseitige lehrgang ist eingestellt, da aussichtslos geworden. selbst der freund hat schnell die grenze erreicht, jenseits welcher er keinen anspruch mehr auf empörung erheben kann. was den künstler betrifft, sind die verhältnisse derart, daß jede unzulänglichkeit im talent sofort ihr gewicht in unmoral erfordert und erzeugt. andrerseits kann man die empörung, diesen sozial so produktiven affekt, nicht nur gegen die verhältnisse lenken, weil man sonst die verhältnisse völlig entpersonifizierte, überhaupt nicht mehr mit menschen besetzte, also auch nicht mehr als belangbar und änderbar behandelte."[38]

Daß die Weigel um die Chance einer winzigen Rolle gebracht wurde, kränkte Brecht über alle Maßen. Da für ihn künstlerische Arbeit das Allernotwendigste im Leben war, empfand er es geradezu für verbrecherisch, wie man mit ihr verfuhr. Die vielen Details, die Brecht über diesen Vorgang anführte, lassen darauf schließen, daß Lang, sonst sehr fair gegen Brecht, sich in diesem Fall doch nicht ganz korrekt verhielt. Brecht brach alle Beziehungen zu ihm ab. Zu Wexley meinte er: „nett, aber ein Lohnschreiber"[39].

Fritz Kortner wiederum war Brecht böse, weil er ihm keine Rolle in dem Film verschaffte. So brachten die widrigen Verhältnisse, die große Talente brachliegen ließen, selbst Freunde auseinander und nährten den Zweifel, ob Hilfe und Beistand überhaupt noch möglich seien.

Der Geiselfilm, wie ihn Brecht stets nannte, hieß bis zuletzt „No Surrender". Doch bevor er in die Kinos kam, erschien ein Buch mit demselben Titel. Um einen neuen, attraktiven Titel zu finden, schrieben Arnold Pressburger und Fritz Lang im Studio einen Titelwettbewerb aus. Den ersten Preis von 100 Dollar erhielt eine Sekretärin für den Vorschlag „Hangmen Also Die" (Henker sterben auch). Die durch äußere Verärgerung ausgelöste Distanzierung Brechts von diesem Film, in dem ein Großteil seiner Arbeit steckte, schadete letztlich ihm selbst. In die Rezeptionsgeschichte ging der Film als ein Werk ein, das durch aufgezwungene Konzessionen nichts von Brechts persönlicher Handschrift verrate. Dabei zählt „Hangmen Also Die" zu den besten Antinazifilmen, die Hollywood gemacht hat. Und das war nicht zuletzt Brechts Verdienst.

Luft für poetische Arbeiten

Hollywood bedeutete für Brecht seine ganz persönliche Hölle. Darin eingesperrt, meinte er nicht einmal die Kraft, den Antrieb zu haben, sie zu beschreiben. Das änderte sich, als Hanns Eisler von New York nach Hollywood zog. Im April 1942 verließ Eisler New York, um sich an der Westküste niederzulassen. Er wohnte vorübergehend im Highland Hotel in Hollywood und wählte dann Pacific Palisades zum Aufenthaltsort. Hier mietete er ein einfaches, eher primitiv zu nennendes Haus unmittelbar am Meer. Ein wesentlicher Grund, warum Eisler an die Westküste zog, war der Umstand, daß sich Brecht seit dem 21. Juli 1941 in Santa Monica aufhielt. Mit den Lebens- und Arbeitsbedingungen in den USA war Eisler bisher weit besser zurechtgekommen als Brecht. Durch ein Stipendium der Rockefeller Foundation hatte er auf seinem Gebiet in hohem Maße experimentell arbeiten können. Das „Film Music Project" brachte ihm den Ruf eines Spezialisten für Filmmusiken ein. Doch mehr als alle Filmmusikprojekte lockte ihn in Hollywood die Zusammenarbeit mit Brecht. Als Eisler eintraf, konnte Brecht beruhigt feststellen: „eisler ganz der alte in witz und weisheit. ... ein wenig ist es, als würde ich, in irgendeiner menge stolpernd mit unklarem kopf, plötzlich angerufen mit meinem alten namen, wenn ich eisler sehe."[40]

Eisler fand seinen alten Freund in der denkbar schlechtesten Verfassung vor: deprimiert, mut- und lustlos, auf einem Tiefpunkt angelangt. Brecht notierte: „zum erstenmal seit 10 Jahren arbeite ich nichts ordentliches, als resultat von alldem und mit den zu erwartenden folgen. ich erinnere mich nicht eines frischen atemzugs in allen diesen monaten."[41] Eisler suchte Brecht zu konkreten Projekten zu ermutigen, wenn nicht zu Stücken, so doch zu Gedichten,

Liedern. Ihn brauchte niemand zu überzeugen, wie trübsinnig dieses Hollywood war, doch darin sah er keinen Grund, nicht zu arbeiten. Die Situation, in der Eisler seinem Freund gegenübertrat, war bei aller Bitterkeit nicht ohne Komik. Zum erstenmal mußte der weit mehr zu Depressionen, zur Langweile neigende Eisler den stets auf tagtägliche Arbeit ausgerichteten, einem inneren Auftrag verpflichteten Brecht anhalten, wieder ernsthaft zu arbeiten. Auf Hollywood verweisend, meinte Eisler: „Das ist der klassische Ort, wo man Elegien schreiben muß. ... Wir müssen auch da irgend etwas schaffen. Man ist nicht ungestraft in Hollywood. Man muß das einfach mit beschreiben.“[42] Bei dem Begriff „Elegie“ dachte der belesene Eisler an das große Muster von Goethes „Römischen Elegien“, die er besonders liebte. Sehr bald schon brachte ihm Brecht ein halbes Dutzend „Hollywood-Elegien“.

Als er diese Gedichte erstmals dem mit ihm befreundeten Hans Winge, der sich seinen Lebensunterhalt in einer Wäschefabrik verdiente, zu lesen gab, meinte dieser, sie seien wie vom Mars aus geschrieben. Brecht begründete diese Distanz aus der Eigenart der Stadt selbst, nicht aus der Sicht des Schreibers. Die Distanz zur Stadt beherrsche auch die Bewohner; der alles durchdringende Warencharakter lasse es gar nicht zu, daß sich die Menschen in den sie umgebenden Gegenständen ausdrückten. Äußerlich gesehen, schließen die „Hollywood-Elegien“ an die Großstadtgedichte an, aber die Distanzierung vom Gegenstand schafft eine ganz andere Dimension, die an die früheren Himmel- und Hölle-Gedichte erinnert. Gleich in der ersten Elegie ist das angestrengte Bemühen zu spüren, für die Hölle von Hollywood eine Metapher zu finden, die alles, was bisher über Höllen gesagt wurde, übergipfelt. Brecht erreichte das, indem er Hollywood zu dem Ort machte, wo die exemplarischen Gegensätze, die biblischen Alternativen aufgehoben sind: Himmel und Hölle sind eins.

I

Das Dorf Hollywood ist entworfen nach den
Vorstellungen
Die man hierorts vom Himmel hat. Hierorts
Hat man ausgerechnet, daß Gott
Himmel und Hölle benötigend, nicht zwei
Etablissements zu entwerfen brauche, sondern
Nur ein einziges, nämlich den Himmel. Dieser
Dient für die Unbemittelten, Erfolglosen
Als Hölle.[43]

In der vierten Elegie sucht er sich vorzustellen, wie die Großen aus Dichtkunst und Musik sich in dieser Landschaft ausnehmen würden. Die Genien der Menschheit müßten hier als Strichjungen rumlaufen. Die allgemeine Käuflichkeit wird als eine Existenzweise beschrieben, in der der menschliche Kunstsinn abstirbt und als Qualitätsmerkmal nur noch das Verkaufbare gilt. Kunst überlebt hier nicht, weil ja nur das „Kunst" ist, was Ware wird.

IV

Unter den grünen Pfefferbäumen
Gehen die Musiker auf den Strich, zwei und zwei
Mit den Schreibern. Bach
Hat ein Strichquartett im Täschchen. Dante schwenkt
Den dürren Hintern.[44]

Nachdem er die Verwerflichkeit der Filmstadt in immer neuen Bildsituationen und Metaphern einprägsam vorgestellt hatte, schien es kaum denkbar, daß er mit der abschließenden sechsten Elegie den Ausdruck seiner Abscheu vor Hollywood noch verstärken könnte. Brechts Haß brachte es fertig.

VI

Über den vier Städten kreisen die Jagdflieger
Der Verteidigung in großer Höhe
Damit der Gestank der Gier und des Elends
Nicht bis zu ihnen heraufdringt.[45]

Nicht direkt zu den „Hollywood-Elegien“, aber thematisch in ihren Umkreis gehört ein mit „Hollywood“ überschriebenes Gedicht, das im Unterschied zu der übersteigerten Metaphernsprache der Elegien von äußerster Schlichtheit ist, damit aber nicht weniger eindringlich, nicht geringer im Haß, nicht minder schärfer in der Verurteilung. In vier Verszeilen faßt Brecht seine ganz persönliche Situation zusammen, offenbart er sein Elend, beschreibt er das Schlimmste, was ihm während der ganzen Emigration widerfuhr.

Jeden Morgen, mein Brot zu verdienen
Gehe ich auf den Markt, wo Lügen gekauft werden.
Hoffnungsvoll
Reihe ich mich ein zwischen die Verkäufer.[46]

Die „Hollywood-Elegien“ vertonte Eisler. Als musikalische Form wählte er das vom Klavier begleitete Lied. Der Kontrasteffekt der Form schuf jene Distanz, die Hans Winge beim ersten Lesen der Gedichte empfunden hatte.

Brecht politisierte die Form der Elegie, ohne die individuelle Betroffenheit zu eliminieren. Das Persönliche lud nicht zur Identifikation ein, sondern ging in einer Metaphernsprache auf, die Distanz schuf, einen vor dem Abgrund rettenden Abstand. Der Anstoß zu dieser Politisierung kam von Eisler, der Brecht veranlaßte, Hollywood als „klassischen Ort“ zu betrachten, wo die menschliche Entfremdung ihren äußersten Grad erreichte, wo sich die Gegensätze im allgemeinen Elend aufhoben.

Empfänglich für die Form der Elegie war er auch durch seine Trauer um Margarete Steffin, schrieb er doch zu dieser Zeit mehrere Gedichte, die den Verlust der Mitarbeiterin, der Geliebten, der Genossin, der Lehrmeisterin beklagen. Seinen Schmerz drückte er im „Arbeitsjournal" wie in den Gedichten aus. Am 16. März 1942 heißt es: „ich sehe häufig GRETE mit ihren sachen, die sie immer wieder in die koffer packte."[47] Und drei Monate später: „ich habe nichts getan und werde nichts tun, den verlust gretes zu ‚verwinden'. sich mit geschehenem aussöhnen – wozu sollte das gut sein? ... hitler hat sie umgebracht und der hunger. hitler lebt noch, und der hunger beherrscht die welt. bei meinem versuch, sie zu retten, bin ich geschlagen worden, und es ihr leicht zu machen, habe ich nicht vermocht. die gelungenen werke soll man vergessen, aber nicht die mißlungenen."[48]

Aus den Gedichten über den Tod der Grete Steffin wird die Art des Schmerzes deutlich, der nicht nachließ und von dem er sich auch nicht lösen wollte. Er sieht die Gegenstände, mit denen sie einst umgegangen ist. Die Gegenstände sind noch da, aber die „Fragerin" fehlt. Daß diese Gegenstände auch ein Vorwurf sein könnten, weil er sie immer nur mit Aufträgen beansprucht hatte, diese Konsequenz, die im „Arbeitsjournal" anklingt, fehlt in den Gedichten. Hier tröstet er sich damit, daß nur sie Antwort und Auskunft geben konnte. „Und so beansprucht / Starb sie leichter." Die strenge Form des Gedichts, des Klagegedichts, mildert hier, schwächt bittere Selbsterkenntnis ab.

Klagegedichte widmete er nicht nur Margarete Steffin. Ein Gedicht der Klage und Trauer ist Walter Benjamin gewidmet, dem Freund, mit dem er noch in Skovsbostrand zusammengearbeitet hatte.

> Ermattungstaktik war's, was dir behagte
> Am Schachtisch sitzend in des Birnbaums Schatten.
> Der Feind, der dich von deinen Büchern jagte
> Läßt sich von unsereinem nicht ermatten.[49]

Unter den Gedichten aus dem amerikanischen Exil finden sich auch solche über Landschaften, Städte und Gegenstände. Doch fast jedes ist vom Abscheu durchtränkt. In den skandinavischen Gedichten hatte der Blick des Emigranten auf Natur und Landschaft das Empfinden von Bedürftigkeit, Unbehaustsein, Unrast verstärkt. Der Verjagte wußte nie, ob er den Baum, zu dem er Wasser brachte, im nächsten Jahr noch blühen sah. In den in Amerika geschriebenen Gedichten sind Natur und Landschaft Mittel, um die Unnatur der hier herrschenden Gesellschaftsordnung zu verdeutlichen, die Verwandlung und Deformation des menschlichen Wertes in den Kaufwert. In dem Gedicht „Städtische Landschaft" heißt es:

4

Die Stadt schläft. Sie schlingt
Heißhungrig ihren Schlaf hinunter. Gurgelnd
Liegt sie in der Gosse, heimgesucht
Von unzüchtigen Träumen und
Nahrungssorgen.

5

Die Menschenstrome
Überfüllen die Geschäftsviertel
Die in der Nacht gesäubert wurden
Von dem Schmutz und den Verheerungen der
Menschenströme
Vom Tag vorher.[50]

Das Hauptmotiv der Gedichte, das das Lebensmotiv der Menschen dieses Landes ist, wird auch ganz direkt angeschlagen:

Immer wieder
Wenn ich durch ihre Städte laufe

Einen Unterhalt suchend, wird mir gesagt:
Zeige, was in dir ist
Auf den Tisch damit!
Liefere die Ware![51]

In dem Flüchtling entsteht das Verlangen, denen, die eine solche Lebensweise hinnehmen, zu sagen, daß das kein Leben sei, das sich nur um Kauf und Verkauf dreht. Aber im Unterschied zu früher fragt er sich jetzt, ob sie das überhaupt wissen wollen.

Ich frage mich: Warum reden mit ihnen?
Sie kaufen das Wissen ein, um es zu verkaufen.
Sie wollen hören, wo es billiges Wissen gibt
Das man teuer verkaufen kann. Warum
Sollten sie wissen wollen, was
Gegen Kauf und Verkauf spricht?

Sie wollen siegen
Gegen den Sieg wollen sie nichts wissen.
Sie wollen nicht unterdrückt werden
Sie wollen unterdrücken.
Sie wollen nicht den Fortschritt
Sie wollen den Vorsprung.

Sie sind jedem gehorsam
Der ihnen verspricht, daß sie befehlen können.
Sie opfern sich dafür
Daß der Opferstein stehen bleibt.

Was soll ich ihnen sagen, dachte ich. Das
Will ich ihnen sagen, beschloß ich.[52]

In dieser Zeit entstanden nur wenige Gedichte, die keine Polemik gegen die Unnatur und Würdelosigkeit des Systems von Kauf und Verkauf enthielten. Aber selbst ein solches fast privat zu nennendes Gedicht wie „Vom Sprengen des Gartens" ist geprägt von den deprimierenden Erfahrungen, von der Beschädigung durch dieses System, so daß sich der Dichter zum Fürsprecher des Unansehnlichen, des Preisniedrigen macht, des dürftigen Wachstums, des Unkrauts, des nackten Bodens:

O Sprengen des Gartens, das Grün zu ermutigen!
Wässern der durstigen Bäume! Gib mehr als genug. Und
Vergiß nicht das Strauchwerk, auch
Das beerenlose nicht, das ermattete
Geizige! Und übersieh mir nicht
Zwischen den Blumen das Unkraut, das auch
Durst hat. Noch gieße nur
Den frischen Rasen oder den versengten nur:
Auch den nackten Boden erfrische du.[53]

Dieses Gedicht hat auch einen ganz privaten Bezug, der nicht ohne Komik ist, die sich aus dem Widerspruch zwischen der privaten Ebene und der lyrischen Metaebene des Gedichts ergibt. Brechts Sparsamkeit konnte zuweilen ins Knausrig-Kautzige ausarten, wenn sich in die aus seiner finanziellen Lage ganz verständliche Sparsamkeit jene altfränkischen Gewohnheiten aus seiner Augsburger Zeit mischten. Helene Weigel erzählte: „Es gibt ein Gedicht ‚Vom Sprengen des Gartens', das die Kinder und mich immer furchtbar geärgert hat, weil wir doch den Garten gegossen haben und Brecht in alter Augsburger Sparsamkeit immer das Wasser abgeschaltet hat. Und dann wollte er immer, daß ich alles gieße; jedenfalls in dem Gedicht!"[54]

Das Gedicht gegen Faschismus und Krieg fehlte auch in dieser Zeit nicht, obwohl Brecht wußte, daß er von den USA aus weit weniger Möglichkeiten besaß, sich mit den Mitteln des Gedichts direkt politisch zu betätigen, wie ihm das in den anderen Exilländern möglich gewesen war, wenn auch dort nicht ohne Erschwernisse. Die eigenen Landsleute politisch aufzuklären, betrachtete er auch hier als dringliche Verpflichtung. Das beste Beispiel dafür ist sein Gedicht „An die deutschen Soldaten im Osten", das erstmals in der antifaschistischen Emigrantenzeitschrift „Freies Deutschland" in Mexiko abgedruckt wurde und ein Jahr später, 1943, in dem in London herausgegebenen Band „Und sie bewegt sich doch! Freie deutsche Dichtung" erschien. Brecht, der sich bei aller Distanzierung nie über die verführten, mißbrauchten und ausgebeuteten Menschen seines Volkes stellte, leitete das Gedicht an die deutschen Soldaten im Osten mit der Verszeile ein: „Brüder, wenn ich bei euch wäre". Für ihn ist auch der Soldat der Naziwehrmacht nicht der Unbelehrbare. Gerade jetzt, da für diese Soldaten das Elend größer geworden ist, ihre Vernichtung nunmehr unausweichlich, glaubt er sie für Vernunft und Einsicht zugänglich. An dieser Hoffnung hielt er bis in die letzten Kriegstage fest. Aus dieser Sicht ergab sich sein ebenso sachlich wie eindringlich argumentierender Stil. Nicht von der Position des Emigranten spricht er, sondern des Deutschen, der ebensoviel zu verlieren hat wie der Soldat im Osten. Allen droht die Vernichtung, wenn der Faschismus nicht niedergerungen wird.

8

Brüder, wenn ich jetzt bei euch wäre
Auf dem Weg zurück nach Smolensk
Von Smolensk zurück nach nirgendwohin

Würde ich fühlen, was ihr fühlt: immer schon
Habe ich es gewußt unter dem Stahlhelm, unter
der Hirnschale
Daß schlecht nicht gut ist
Daß zwei mal zwei vier ist

Und daß sterben wird, wer mit ihm ging
Dem blutigen Brüllenden
Dem blutigen Dummkopf.

...

9

...
Daß wir alle vertilgt werden
Heute oder morgen oder am nächsten Tag
Ich und du und der General, alles
Was hier gekommen ist, zu verwüsten
Was von Menschenhand errichtet wurde.[55]

Das Gedicht hätte an seinen Sohn Frank gerichtet sein können, sein erstes Kind. Als Angehöriger des Jahrgangs 1919 wurde er gleich zu Beginn des Krieges eingezogen. Mit einem Landwehrregiment ging er an die Ostfront. Bei einem Bombardement wurde er am 13. November 1943 in Porchow getötet. In seinem Wehrpaß stand: „Vater: Bert Brecht. Beruf: Schriftsetzer."[56]

Zu der in Amerika entstandenen Widerstandslyrik gehört auch Brechts „Lidicelied", geschrieben für den Film „Hangmen Also Die", vertont von Hanns Eisler. Von allen Gedichten knüpft es in Diktion und Rhythmus am unmittelbarsten an die revolutionär-proletarische Lyrik aus der Zeit der Weimarer Republik und den ersten Jahren der Emigration an. Daß das in einem Hollywoodfilm möglich war, ist wirklich erstaunlich, zumal Eisler in die Vertonung die Melodie des Kominternliedes einschmuggelte.

Bruder, es ist Zeit
Bruder, sei bereit
Gib die unsichtbare Fahne weiter jetzt!
Im Sterben nicht anders als einstmals im Leben

Wirst du nicht, Genosse, dich diesen ergeben.
Heut bist du besiegt, und drum bist du der Knecht
Doch der Krieg endet erst mit dem letzten Gefecht
Doch der Krieg endet nicht vor dem letzten Gefecht.[57]

Mit der englischen Übertragung des Liedes war Brecht überhaupt nicht einverstanden. Man hatte dazu einen Texter aus dem Musicalgewerbe, Sam Coslow, hinzugezogen, den Brecht furchtbar beschimpfte. Er fand seinen Text verstümmelt, aus „Genosse" habe der Übersetzer „Bruder" und aus „unsichtbare Fahne" „unsichtbare Glühbirne, Taschenlampe" gemacht. Sieht man einmal davon ab, daß in einem Hollywoodfilm ein Lied nicht mit der Anrede „Genosse" beginnen konnte, war das Gedicht exakt übersetzt. Das Unverständnis lag bei Brecht, der auf Grund seiner mangelhaften englischen Sprachkenntnisse nicht wußte, daß „torch" u. a. „Fackel" bedeutet. Mag „unsichtbare Fackel" auch ein schiefes lyrisches Bild sein, verfälscht und ruiniert wurde der Text dadurch gewiß nicht. Brecht ließ seinen ganzen Ärger mit dem Film auch an dem Übersetzer aus, den er einen „‚hochbezahlten' hitparademan" nannte, der einen „unglaublichen dreck" abgeliefert habe.

Die Querelen um das höchstmögliche Honorar für „Hangmen Also Die" zahlten sich für Brecht insofern aus, als sie ihm Luft schafften für die Arbeit an Stücken. Denn seit seiner Ankunft in Kalifornien war es ihm nicht möglich gewesen, Pläne in dieser Hinsicht mit einiger Konsequenz zu verfolgen. Daß keine reale Chance bestand, seine Stücke aufzuführen, hielt ihn nicht davon ab, welche zu schreiben. Doch bis jetzt war er durch die Brotarbeit so in Anspruch genommen, daß er sich diesem Zweige seiner Produktion noch nicht wieder hatte zuwenden können. Dabei spielte der Zeitfaktor nicht einmal die ausschlaggebende Rolle. Mehr noch blockierten ihn seine generelle Unlust und Niedergeschlagenheit.

Bereits gegen Ende des Jahres 1941, also noch mitten im Storygeschäft mit Kortner, Thoeren und Reyher, findet sich die Notiz: „jetzt entwerfe ich für das theater eine JEANNE D'ARC 1940."[58] Die Idee zu einem solchen Stück war bereits in Finnland entstanden, wurde aber durch die Arbeit am „Puntila" zurückgedrängt. Damals dachte Brecht an folgende Fabel: „eine junge französin in orleans, in abwesenheit ihres bruders eine tankstation bewachend, träumt im wachen und schlafen, sie sei die jeanne d'arc und erlebe ihr schicksal. denn die deutschen rücken auf orleans vor. die stimmen, die jeanne hört, sind stimmen des volkes, was der hufschmied sagt und der bauer. sie gehorcht diesen stimmen und rettet frankreich vor dem äußeren feind, jedoch wird sie besiegt von dem inneren. (in dem gericht, das sie verurteilt, sind lauter englisch sympathisierende geistliche!) der sieg der fünften kolonne!"[59] Innerhalb von zwei Tagen schrieb Brecht neun Szenen, doch die Suche nach Verdienstmöglichkeiten auf dem Storymarkt zwang ihn, das Projekt zunächst wieder zurückzustellen. Erst als die Arbeit für den Lang-Film abgeschlossen war, nahm er es wieder vor. Jetzt trug er den Plan, ein Stück unter dem Arbeitstitel „Die heilige Johanna von Vitry" zu schreiben, Lion Feuchtwanger vor.

Mit dem gescheiten, in der Geschichte bewanderten Feuchtwanger zusammenzuarbeiten schien Brecht sehr verlockend. Nach der strapaziösen Tätigkeit als Drehbuchschreiber kam ihm das neue Unternehmen wie eine Erholung vor. Gearbeitet wurde im Hause von Lion Feuchtwanger in Pacific Palisades. Daß sich Brecht um Feuchtwanger als Koproduzenten bemüht hatte, lag zwar auf Grund der früheren guten Zusammenarbeit nahe, wurde aber durch die Lektüre eines Feuchtwanger-Buches unmittelbar veranlaßt. Als Brecht gerade dabei war, die ersten Szenen des Jeanne-d'Arc-Stücks zu Papier zu bringen, las er das Manuskript von Feuchtwangers Erinnerungsbuch „Unholdes

Frankreich" (später unter dem Titel „Der Teufel in Frankreich"). Was er da am Heiligen Abend des Jahres 1941 erfuhr, beeindruckte ihn stark und blieb nicht ohne Einfluß auf seine eigene Arbeit. Ihm imponierte nicht nur das Verhalten seines Freundes, er entnahm dem Buch auch allerhand Material. Feuchtwangers Anliegen war es, über seine eigenen Erlebnisse hinaus die Gründe verständlich zu machen, die zu dem raschen Zusammenbruch der französischen Republik im Jahre 1940 geführt hatten. „Dieser Krieg war unser Krieg. Hatten wir ihn verloren? Wir hatten ihn nicht verloren. Die französischen Faschisten hatten ihr Land unserm Feind ausgeliefert. Das war ein Schlag für uns, aber es bedeutete keineswegs, daß der Krieg verloren sei. Es bewies nicht einmal sehr viel für die militärische Kraft unseres Gegners. Es war nicht so sehr ein militärischer Sieg. Es war nichts anderes als ein Beweis für die Tatsache, die wir von vornherein gewußt hatten: daß nämlich die Faschisten aller Länder, wenn es darauf ankommt, das nationale Interesse ihres Landes ohne Skrupel ihren Sonderinteressen opfern."[60]

Hier war ein Punkt berührt, der Brecht besonders interessierte. In Hinsicht auf sein Stück ging er sogleich einen Schritt weiter. Was bei Feuchtwanger etwas vage „Sonderinteressen" der Faschisten hieß, wies er klar als Klasseninteressen aus. War er doch in Feuchtwangers Buch auf sehr konkrete Vorgänge gestoßen, die alle belegten, daß die besitzende Schicht Frankreichs den Patriotismus des eigenen Volkes mehr fürchtete als die faschistischen Armeen. An der modernen Variante des Jeanne-d'Arc-Stoffes ließ sich also überzeugend vorführen, was sein Anliegen schon in dem Stück „Die Rundköpfe und die Spitzköpfe" gewesen war: „Reich und reich gesellt sich gern." Im weiteren Verlauf der Arbeit konzentrierte er sich darauf, die gemeinsamen ökonomischen Interessen zwischen der französischen Besitzbourgeoisie und den deutschen Faschisten szenisch darstellbar zu machen, während Feuchtwanger daran interessiert war, auch noch andere Ursachen für die Kollaboration zur Geltung zu bringen. Nichtsdestoweniger bildete die Erkenntnis, daß auch im nationalbewußten Frankreich die ökonomischen Interessen der Herrschenden mehr galten als die höchsten Güter der Nation, die gedankliche Basis für die gemeinsame Arbeit. Aus dieser Sicht bekam der Stoff seine polemische Wendung, seinen kritischen Gehalt. So unterschiedlich sie den Stoff im einzelnen gestalteten, so verschiedenartig die Motivierung der Vorgänge ausfiel, der politische Grundgedanke führte immer wieder zur Verständigung.

Brecht entwarf die Fabel als grobe Orientierung für die Geschichte und das Schicksal der Simone Machard. Simone Machard arbeitet in der Hostellerie des Herrn Henri Soupeau. Während sich die deutschen Truppen Orléans nähern, liest sie nach getaner Arbeit in dem Buch über die Jungfrau. In ihren Träumen sieht sie sich als heilige Johanna. Der Hostelleriebesitzer hat einen Benzinvorrat angelegt, den er den französischen Behörden ebenso verschweigt, wie er ihn den Flüchtlingen verweigert. Als die Deutschen einrücken, ist er bereit, das Benzin dem Feind auszuliefern. Jetzt fühlt sich Simone in ihrer Rolle als Johanna gefordert: sie zündet das Benzin an. Soupeau liefert Simone aus. In dem gegen sie geführten Prozeß wird sie als verrückt erklärt und in ein Irrenhaus gebracht.

„Die einzige Frage", berichtete Feuchtwanger, „über die wir uns nicht einigen konnten, war das Alter der Heldin. Dem Brecht wurde Jeanne-Simone während der Arbeit immer jünger, mir immer älter. Ich erklärte Brecht, ich würde Simone in dem Roman, den ich zu schreiben vorhatte, älter machen; er behielt sich vor, sie auf der Bühne energisch zu verjüngen. Wir entschieden uns schließlich, sie im Text des Stückes als ‚halbwüchsig' zu bezeichnen."[61] Ursprünglich sah Brecht seine Heldin ebenfalls als erwachsenes junges

Mädchen, das für den eingezogenen Bruder die Tankstelle übernimmt. Dann wieder dachte er daran, als Hauptfigur eine etwas schwerfällige, geistig zurückgebliebene und gehemmte Person einzuführen. Selbst als er sich schon für das Kind entschieden hatte, wurde er unsicher und fragte sich, ob es nicht besser gewesen wäre, er hätte „die Zornige“ zur Heldin des Stückes gemacht. Zuletzt entschied er sich dafür, daß die Simone Machard von einer Elfjährigen gespielt werden müßte. Gerade von einem Theaterpraktiker wie Brecht, der wußte, wie problematisch Kinderrollen sind, nimmt sich dieser Vorschlag recht starrsinnig aus, doch als er sich nach zwei Dritteln Konstruktionsarbeit dafür entschied, löste er auf einen Schlag alle bisherigen Gestaltungsschwierigkeiten. Diese bestanden darin, daß ein Patriotismus gezeigt werden mußte, der nicht sehr ernst genommen werden konnte, ohne dabei aber den Gedanken des Widerstands auch nur im geringsten zu beschädigen oder gar zu diffamieren. Während er in „Hangmen Also Die“ die soziale Motivierung des Widerstands nicht hatte durchsetzen können, wollte er jetzt auf alle Fälle eine abermalige Dominanz des Nationalen verhindern. Als Marxist verwarf er den Patriotismus nicht, sah in ihm aber eine abgeleitete Erscheinung, wenig geeignet, die tatsächlichen Ursachen zu erklären. Indem er sich entschied, Patriotismus in den Gesichten und Handlungen eines Kindes vorzuführen, wollte er verhindern, daß sich der Zuschauer in diesen Patriotismus einfühlte, sich mit ihm identifizierte. Die Darstellung der Simone als Kind brachte in das Stück eine Verfremdung hinein, die über die gesellschaftlichen Widersprüche politische Einsicht erschloß. Simones Patriotismus wird als wenig brauchbar, ihr Widerstandswille aber als um so notwendiger und dringlicher erkannt. Die Heldin genießt ebenso das Mitgefühl des Zuschauers, wie sie in ihm die Erkenntnis weckt, sie habe aus ihrem geliebten Buch über die Jungfrau die falschen Schlüsse gezogen.

Wenn Brecht zu Feuchtwanger nach Pacific Palisades fuhr oder von dort zurückkam, machte er meistens bei Hanns Eisler halt, dessen Haus am Wege lag. Mit ihm diskutierte er dann, was er mit Feuchtwanger erarbeitet hatte. Die Gedanken, die Eisler vorbrachte, gingen in die gleiche Richtung, die Brecht selbst schon markiert hatte. Der trainierte Dialektiker Eisler fand sogar den Patriotismus des Kindes noch zu eingleisig. Daß Brecht jedoch das Problem dadurch zu lösen versuchte, daß er die Heldin immer jünger machte, hielt Eisler für grauenvoll. Für ihn war der Vorgang, daß ein Kind in so seltsame Konflikte hineingezogen wird, „ungeheuer brutal". Er meinte: „Das ist auch ein Opfer der patriotischen Erziehung."[62] Deshalb machte er den Vorschlag, die Rolle des Buches, die Verführung durch die Legende, zu verstärken. Brecht sollte zeigen, wie die patriotische Erziehung das Kind zum Opfer abrichtet. Insgesamt hielt Eisler das Stück für viel zu heroisch. Sosehr Brecht auch Eislers Kritik in ihren politischen Beweggründen billigte, sowenig konnte er ihr entsprechen. Denn in Simone nur das „Opfer" einer falschen patriotischen Erziehung zu sehen hätte die andere Seite des Stückes beschädigt: daß Widerstand gerade da nötig ist, wo keiner geleistet wird. Das Kind Simone tut in seiner Einfalt etwas, wozu erwachsene Einsicht sich nicht entschließen kann. Das Versagen der Klasse, die handeln müßte, schlägt sich nieder in der rührenden und aufrüttelnden Einfalt eines Kindes. Das Kind kann nicht der Vernunft der Geschichte, der historischen Entwicklung folgen, es kann sich nur als Opfer darbringen. Wenn Brecht in der Schlußszene, nachdem Simone weggebracht wurde, die Flüchtlinge des Ortes die Turnhalle niederbrennen läßt, so ist das nicht nur als ein Fanal zu verstehen. Mehr noch gipfelt die Fabel in der Herausforderung, daß die gesellschaftlichen Kräfte, auf die es ankam, das Richtige und Notwendige zu tun versäumten.

Für eine solche Lösung mußte Brecht als Stückeschreiber jedoch einen hohen Preis zahlen. Die Besetzung der Hauptrolle mit einem Kind innerhalb einer Handlung, die auf eine genaue individuelle Profilierung und psychologische Motivierung der einzelnen Figuren nicht verzichten kann, empfahl das Stück nicht gerade für eine Aufführung. Brechts Einwand, daß er schon immer ein Theater angestrebt habe, das in der Einfachheit der dargestellten Vorgänge auch von Kindern ausgeführt werden könne, ging an der Problematik vorbei, handelte es sich hierbei eben nicht um ein Stück vom Typus der planetarischen Demonstration. Doch um einen politischen Grundgedanken richtig zu realisieren, nahm er Verluste in Kauf. Allerdings konnte er damals nicht wissen, wie hoch sie sein würden. Sie machten das Stück, das an künstlerischer Meisterschaft und poetischem Reiz den anderen großen Stücken nicht nachsteht, zu einem der vernachlässigsten und am wenigsten gespielten seines gesamten Repertoires.

Brechts Entschluß, daß die Heldin ein Kind sein sollte, ließ Feuchtwanger aufatmen, weil damit die Reibungsfläche in der täglichen Arbeit entfiel. Beide einigten sich dahingehend, daß Feuchtwanger in seinem Roman das Recht haben sollte, die Simone auf seine Art zu gestalten. In dem Roman „Simone“ ist die Heldin eine junge Frau, die sich ihrem Onkel, einem Fuhrparkunternehmer und Tankstellenbesitzer, verpflichtet fühlt, weil er sie in Notzeiten aufnahm und für ihren Unterhalt sorgte. Dargestellt wird die Kleinbürgerin, die sich aus der ideologischen Befangenheit zu lösen beginnt.

Daß die beiden trotz unterschiedlicher politischer Auffassungen so produktiv zusammenarbeiteten, ohne daß einer Konzessionen zu machen brauchte, grenzte nahezu an Wunder. Das muß auch Hanns Eisler so empfunden haben, der ja beide genau kannte und der nie hinzugezogen wurde, wenn Brecht und Feuchtwanger gemeinsam an dem

Stück arbeiteten, obwohl er die Musik dazu schrieb. Es schien so, als wollte Brecht das „Geheimnis" seiner Zuneigung zu diesem Manne nicht preisgeben. So ziemlich alles, was Brecht sonst zu seinen gefürchteten Krächen veranlaßte, gab es in künstlerischer Hinsicht bei Feuchtwanger auch. Aber da blieben die Kräche aus. Er muß sich Feuchtwanger gegenüber immer im Verhältnis des Schülers zum Meister gesehen haben, auch wenn er zu keiner Zeit daran dachte, dessen Spuren zu folgen. Zu ihm hatte er eines seiner ersten Stücke gebracht. Zu ihm war er als unbekannter junger Mann gekommen, der sich in der Literatur einen Namen machen wollte, als der Name Feuchtwanger schon etwas galt.

Den Zwiespalt in Feuchtwangers künstlerischer Existenz allerdings dürfte Brecht nicht übersehen haben – einen Zwiespalt, der jedoch den Mann mehr belebte als beeinträchtigte. Er war nicht nur einer der besten Kenner aller möglichen Richtungen moderner Kunst, sondern auch ein einfühlsamer und einsichtiger Anwalt dieser Künstler. Er selber aber pflegte eine Schreibweise, die Ausdruck jener künstlerischen Mittel war, mit denen sich die Romankunst des 19. und 20. Jahrhunderts profiliert hatte. Seine mit allem psychologischen Raffinement ausgestatteten Figuren weckten im Leser die Begierde, in sie hineinzuschlüpfen und sich eins mit ihnen zu fühlen. Sein Stil machte den Leser sofort zum Komplizen jedweder Figur. Von allen Mitteln aber haßte Brecht die Leimrute der Einfühlung am meisten, zumal wenn sich traditioneller Zuschnitt mit modischem Geschmack verband. Das Geheimnis von Feuchtwangers schriftstellerischem Erfolg bestand nicht zuletzt darin, daß er in seiner künstlerischen Methode diese Gegensätze aufzuheben verstand. Wenn Erfolgsschriftsteller wie Thomas Mann oder Franz Werfel Brechts Neid erregten und ihn zu höhnenden Bemerkungen veranlaßten, gab es derlei selbst in den intimsten Aufzeichnungen gegenüber Feuchtwanger nicht. Keinen einzigen Ausfall. Es scheint, als habe Brecht sich dessen Romane nur erzählen lassen. Was er da erfuhr, hielt er für sehr gescheit. Auch die Vorliebe Feuchtwangers für einen Figurentypus, der über ein Höchstmaß an gesellschaftlicher Einsicht verfügt, immer aber nur der faire Beobachter bleibt – eine Haltung, die Brecht ein Greuel war –, hat er entweder gar nicht richtig zur Kenntnis genommen oder einfach übersehen. Für ihn war Feuchtwanger immer nur der gescheite Mensch, und er betrachtete es als großen Vorzug und Vergnügen, sich mit ihm beraten zu können.

In der praktischen Arbeit hielt Brecht jedoch mit seiner Methode und Theorie des Schreibens keineswegs hinterm Berg. Im Gegenteil. Gerade in der Gemeinschaftsarbeit betrachtete er sich als Propagandisten. Er konnte es gar nicht lassen, darauf hinzuweisen, daß man hier etwas machte, das sich von der bisherigen Handhabung unterschied. Wenn er sich im Verhältnis zu Feuchtwanger auch stets als Schüler fühlte, hinderte ihn das nicht, wie ein Lehrer zu reden. Allerdings war Feuchtwanger bemüht, alles zu vermeiden, was Brecht hätte veranlassen können, sein episches Theater zu erklären. Er schätzte Brechts Sprachkraft, sein szenisches Gestaltungsvermögen, das epische Theater hingegen betrachtete er als eine Schrulle, einen Propagandatrick. In seiner freundlichen, vornehmen Art suchte er das einfach zu übersehen. Wenn Brecht jedoch allzu hartnäckig auf seinen methodischen Vorschlägen bestand und die Arbeit am Stück zu einem Übungsseminar für nichtaristotelische Dramaturgie zu werden drohte, konnte auch er saugrob werden. Darüber berichtet Hanns Eisler: „Mit dem epischen Theater konnte der Feuchtwanger überhaupt nichts anfangen, es ekelte ihn an. Wenn der Brecht, seine Zigarre im Mund, in Hollywood herumging und ihm anläßlich der gemeinsam geschriebenen ‚Simone Machard‘ die Prinzipien des epischen Theaters erklärte, sagte Feuchtwanger ihm mal: ‚Wissen Sie, Brecht, mit dem epischen Theater können Sie mich am Arsch lecken. Ich kann dem Zeug schon nicht mehr zuhören. Gehen wir weiter!‘“[63]

Er brachte Brecht aber auch einfach durch sein profundes Fachwissen auf allen Gebieten der Ästhetik und durch sein stilistisches Feingefühl in Verlegenheit. Es gab da Situationen, in denen Brecht mit all seiner Genialität in die Krise geriet und sein sonst so unerschütterliches künstlerisches Selbstvertrauen schwand. So führte Feuchtwangers Kritik an Brechts Versifizierung des „Kommunistischen Manifests“ zum Abbruch der Arbeit. „Feuchtwanger machte ihm klar, daß es zwecklos sei, Wörter wie ‚Bourgeoisie‘ oder ‚Proletariat‘ in ein Versmaß zu pressen, das sich wie der Hexameter so offensichtlich dagegen sperrte. Er konnte Brecht nachweisen, daß von den zwei- bis dreihundert Hexametern, die er geschrieben hatte, vielleicht zwei oder drei einwandfrei waren. Brecht nahm sich diese Kritik an seinen Hexametern sehr zu Herzen und bekannte im ‚Arbeitsjournal‘: ‚tatsächlich weiß ich zu wenig davon.‘ In einem Interview gestand er später, daß Feuchtwangers Einwände zu einem solchen Minderwertigkeitskomplex geführt hätten, daß ihm die Fortführung der Arbeit schwergefallen sei.“[64]

Das fertige Stück trug den Titel „Die Gesichte der Simone Machard“. Brecht versah es mit dem Hinweis: „Dieses Stück entstand unter Mitarbeit von Lion Feuchtwanger.“ Feuchtwangers eigene Gestaltung des Stoffs war der Roman „Simone“, der 1944 in New York und bald darauf in Stockholm und Buenos Aires erschien. In finanzieller Hinsicht einigten sie sich so, daß jeder ein Drittel des Honorars vom anderen bekam. Da Feuchtwangers Roman im Unterschied zu Brechts Stück ein beachtlicher Erfolg wurde, kaufte Samuel Goldwyn von Feuchtwanger die Filmrechte. In fairer, ja außerordentlich großzügiger Weise trat dieser die Hälfte des Honorars, 20000 Dollar, an Brecht ab. Auf diese Weise kassierte Brecht in den USA sein größtes Filmhonorar, obwohl Hollywood den Film nie realisierte.

Brechts Stück fand selbst unter Freunden wenig Resonanz. Eisler sah darin einerseits zu viel Heldenverehrung, andererseits ein Kind grauenvoll mißbraucht. Auch der frühere Theaterdirektor vom Theater am Schiffbauerdamm, Ernst Josef Aufricht, und der jetzt gleichfalls in New York lebende Schriftsteller Hermann Borchardt, an die Brecht das Manuskript geschickt hatte, bereiteten ihm eine herbe Enttäuschung. Aufricht schreibt: „Er gab es mir zu lesen. Nachher sollte ich es an Borchardt weitergeben. Das Stück brachte Borchardt und mich in Verlegenheit. Es war indiskutabel schlecht. Wir besuchten Brecht zusammen und verabredeten, als Kritik nur ein Wort: ‚Papierkorb' zu sagen. Brecht legte es stumm beiseite."[65] Auch später blieb das Werk Mißverständnissen ausgesetzt. Man hielt es in der einen oder der anderen Art für kein typisches Brecht-Stück. Die Verwendung von Träumen irritierte, obwohl der Gebrauch phantastischer Elemente bei ihm nicht ungewöhnlich war.

Veränderte Verhältnisse – Reise nach New York

Am 11. Dezember 1941 hatten Deutschland und Italien den USA den Krieg erklärt. Vorangegangen war der Überfall der Japaner auf die amerikanische Kriegsflotte in Pearl Harbor. Mit einem riesigen Bomberverband hatten die Japaner die acht vor Anker liegenden Schlachtschiffe der Amerikaner außer Gefecht gesetzt und über die Hälfte der USA-Flugzeuge vernichtet. Dieser ohne jede Kriegserklärung an einem Sonntagmorgen erfolgte Angriff löste bei den Amerikanern einen Schock aus. Am Tage darauf notierte Brecht: „ich stecke mit kortner in einer filmstory für boyer, wenn kortners junge hereinkommt mit der nachricht, japan habe den angriff auf hawaii eröffnet. als wir das radio andrehten, wurde es uns klar, daß wir wieder ‚auf der welt' waren. eine riesige nation erhob sich, halb schlaftrunken, um in den krieg zu gehen. auf der straße horchen die autofahrer auf ihre radios mit sonderbar kauernder haltung. kortner sah im drugstore einen jungen soldaten aus der tasche etwas (was er für ein amulett hielt, es wird eine erkennungsmarke gewesen sein) ziehen und es sich um den hals hängen, im gespräch, ein wenig lächelnd."[66] An diesem Tage, dem 8. Dezember 1941, erklärten die USA und Großbritannien Japan den Krieg. Das politische Klima in den USA veränderte sich. Die isolationistischen Positionen im Parlament, die sich gegen Roosevelt richteten und eine antifaschistische Einstellung der Amerikaner verhindern sollten, besaßen keine Basis mehr. Die Gefährdung der eigenen Sicherheit zwang die USA und Großbritannien zu einem Bündnis mit der Sowjetunion. Die Antihitlerkoalition formierte sich.

Brecht verfolgte die Annäherung der USA an die bisher von der Presse verleumdete UdSSR mit großer Aufmerksamkeit. Einen in der Zeitung abgedruckten Bericht des USA-Admirals Standley über seine Visite bei Stalin klebte er in sein „Arbeitsjournal" ein. Standley berichtete: „‚Stalin erklärte offen, daß, obwohl er anfänglich auf seiten Frankreichs und Englands stehen wollte, diese Rußland entweder ignoriert oder verächtlich behandelt hätten, und er, um Zeit zu gewinnen, ein Bündnis mit Hitler suchen mußte ... Wir hatten viel zu tun, Rußland davon zu überzeugen, daß wir keine Bande von Pferdedieben sind, sondern in Wirklichkeit der Weihnachtsmann.'"[67] Diese Schritte erfolgten zu einer Zeit, als die Rote Armee zur Winteroffensive überging und der faschistischen Wehrmacht empfindliche Schläge zufügte. Die deutsche Front wurde an mehreren Stellen aufgerissen. Hitlers Blitzkriegsstrategie war am Ende. Jetzt begann bei Temperaturen von minus 40 Grad die Einkesselung deutscher Wehrmachtsverbände. Am 8. Dezember 1941, einem Tag mit den häufigsten Eintragungen im „Arbeitsjournal", notierte Brecht: „so merkt hitler in den tagen, wo die größte industriemacht der welt in den krieg eintritt, daß der winter in rußland kalt ist."[68]

Die neue politische Situation brachte für die deutschen Emigranten in den USA neben einigen Erschwernissen und Einschränkungen in ihrer persönlichen Bewegungsfreiheit mehr Möglichkeiten, sich zu betätigen. Sie waren jetzt nicht mehr darauf angewiesen, ob diejenigen, die einen Job zu vergeben hatten, ihre Antihitlerhaltung teilten oder auch nur irgendwie verständlich fanden. Die Antihitlerposition wurde zur offiziellen amerikanischen Regierungspolitik, auch wenn Roosevelt sie mit Verfügungen durchsetzen mußte. Denn noch im August und September gab es in Hollywood ein Komitee, das jene Tendenzen aufspüren sollte, die Amerika zum Krieg gegen Hitler ermunterten. Mit dem Überfall auf Pearl Harbor änderte sich das schnell. 1942, als Brecht mit Lang an dem Heydrich-Film schrieb, wurde die Filmindustrie bereits für den Kriegsverlauf als wichtig angesehen. Ein Sonderbeauftragter des Präsidenten betätigte sich als Verbindungsmann zwischen Hollywood und Washington. Ohne diese neue Situation in der Politik wären die beiden Filmstoryverkäufe Brechts gar nicht möglich gewesen.

Das Geld, das der Verkauf des Drehbuchs „Hangmen Also Die“ Brecht einbrachte, verbesserte seine Lage ganz wesentlich und gab ihm in jeder Hinsicht mehr Bewegungsfreiheit. Er konnte jetzt nicht nur wieder an seine Stückpläne denken, auch seine Lebensqualität erfuhr eine Aufwertung. Bisher hatte er in Kalifornien mit seinen großen Entfernungen ohne Auto auskommen müssen. Jetzt konnte er sich wieder eins leisten. Das Auto brachte Brecht das Gefühl der Beweglichkeit zurück, es erleichterte seine Arbeit. Nunmehr mußte er nicht immer wieder den einen oder anderen bitten, ihn dahin und dorthin mitzunehmen, was er als besonders unwürdig empfand. Allein um in die Studios oder die Büroräume (Offices) von Hollywood zu kommen, wo er zuletzt mit Wexley das Drehbuch schrieb, mußte er zwölf Meilen zurücklegen.

Mit Hilfe des Filmhonorars konnte er auch ein anderes Haus beziehen. Für Brecht muß das wie eine Erlösung gewesen sein, so verhaßt war ihm die Wohnung in der 25. Straße. Im August 1942 zog er um, eine Straße weiter. Den besonderen Vorzug des Hauses in der 26. Straße sah er darin, daß es alt war. Er liebte alte Häuser. Vor dreißig oder vierzig Jahren gebaut, erinnerte es ihn wohltuend daran, daß es damals die Filmstadt Hollywood noch nicht gab. „das haus ist eines der ältesten ..., ein kalifornisches holzhaus, getüncht, mit oberem stockwerk, in dem 4 schlafzimmer sind. ich habe einen langen (fast 7 meter) arbeitsraum, den wir sogleich weiß tünchten und mit 4 tischen versahen. im garten sind alte bäume (pfeffer- und feigenbaum). miete 60 $ im monat, 11 $ 50 mehr als in der 25. straße. ... eigentlich zum erstenmal fühle ich mich halbwegs wohl hier heute. ... auch in den garten kann ich hinaus, ohne wo durch zu müssen. vom tisch aus sehe ich die straße hinunter die autos fahren."[69] Doch das neue Haus versöhnte ihn noch keineswegs mit Hollywood. In einem Brief an Ruth Berlau nach New York, der er seine neue Wohnsituation schilderte, fügte er hinzu, daß natürlich auch hier die „unbeschreibliche Häßlichkeit des Lügenmarkts" alles durchdringe. Er könne fast nur in den frühen Morgenstunden bessere Dinge schreiben, wenn die Morgennebel vom Meer her die Umgebung verhüllen. Den Nebel empfinde er eigentlich gar nicht als unangenehm, zumal er an andere Orte erinnere.

Was sich Brecht in Amerika bisher ebenfalls nicht hatte leisten können, waren Reisen. Von Skandinavien aus war er nach Paris, London, Moskau, ja nach New York gefahren. Jetzt, da er in den Staaten lebte, hatte er nicht einmal seine Freunde in New York aufsuchen können, um die Verbindung zu den Theatern zu knüpfen. 1943 unternahm er vom 8. Februar bis zum 22. Mai seine erste New-York-Reise, der vier weitere folgten. Daß er während seines Aufenthalts in den USA allein eineinviertel Jahr in dieser Stadt verbrachte, deutet darauf hin, wie gern er sich hier niedergelassen hätte. Nach New York zog ihn 1943 einmal Ruth Berlau, die dort arbeitete, zum anderen die Kontakte zum Theater. Als Emigrant benötigte er für die Reise eine behördliche Genehmigung, die ihm die Staatsanwaltschaft in Los Angeles auch ausstellte. Allerdings mußte er eine Einladung vorlegen. Ruth Berlau hatte Piscator um eine solche Bescheinigung gebeten, woraufhin dieser an Brecht schrieb, daß das Studio Theatre seines Dramatic Workshop eine Aufführung des „Guten Menschen von Sezuan" für Januar 1943 plane. Zu den Proben sei die Anwesenheit des Autors erforderlich. In dem Brief an Brecht heißt es weiter, daß der Dramatic Workshop auch einen Vortrag für ihn plane mit dem Titel: „Was trägt das Theater dazu bei, den Sieg zu erringen?" „Mit Hilfe von Piscators Brief, doch ohne die geringste Absicht, den ‚Guten Menschen von Sezuan' zu inszenieren, machte sich Brecht auf zur ‚einzigen Straße mit Theatern' auf dem ganzen Kontinent, dem Broadway, der seiner Meinung nach ‚ein von Spielern unterhaltener Zweig des Rauschgifthandels' war."[70]

Am 8. Februar 1943 trat Brecht von Los Angeles aus seinen New-York-Trip mit der Southern Pacific Railroad an. Die Reise quer durch den amerikanischen Kontinent mit der damals modernsten Eisenbahn der Welt beanspruchte vier Tage und vier Nächte. Sie führte ihn durch die Orangenhaine von Kalifornien, über die Gebirgsketten der Rocky Mountains, entlang der Salzwüsten bei Salt Lake City, durch die Weiten des amerikanischen Mittelwestens nach Chicago, dessen Schlachthöfe er einst zum Schauplatz eines seiner Stücke gemacht hatte, bis der Zug endlich in die unterirdisch angelegte Grand Central Station von New York einfuhr. Über diese eindrucksvolle, vielgestaltige Landschaft des amerikanischen Kontinents, die seine dichterische Phantasie der frühen Jahre beschworen hatte, notierte er im „Arbeitsjournal" nicht mehr als: „arizona und texas erinnert sehr an sibirien, vom zug aus. die grauen zweistöckigen holzfarmen und die leute wirken sehr arm."[71]

Während seines Aufenthaltes wohnte er hauptsächlich bei Ruth Berlau, in ihrem Appartement im 4. Stock eines Miethauses in der 57. Straße von Manhattan. Ruth Berlau hatte im ersten Jahr des amerikanischen Exils ebenfalls in Kalifornien gelebt, erst in Los Angeles, dann in Santa Monica, jedoch zu keiner Zeit im Hause Brechts. Sie selbst meinte dazu: „... ich brauchte unbedingt eine eigene Wohnung, um arbeiten zu können."[72] Auf der anderen Seite hatte Helene Weigel sie in ihrer Nähe nicht geduldet. Soviel Verständnis sie auch für die Verhältnisse ihres Mannes aufbrachte, hier hörte es auf. Was sie bei Margarete Steffin toleriert hatte, machte sie bei Ruth Berlau rebellisch. Im Mai 1942 war Ruth Berlau zu einem Frauenkongreß nach Washington gefahren, wo sie zu dem Thema „Was bedeutet der Nazismus für die Frauen" sprach. Ihr Auftritt mußte politisch eindrucksvoll gewesen sein, denn kurze Zeit darauf fragte das neugegründete Office of War-Information bei ihr an, ob sie Sendungen in dänischer Sprache übernehmen würde. Sie reiste nach New York und sprach dort einen von ihr selbst verfaßten Text für den Kurzwellensender. Nicht nur ihre tiefe, durch Bühnentätigkeit geschulte Stimme fand man für den Funk sehr geeignet, auch der Text interessierte. Man erhöhte ihr das Honorar. Aus dem Angebot für eine einmalige Sendung wurde ein festes hochbezahltes Engagement. Zusammen mit einer Kollegin vom Office of War-Information suchte sie sich eine bessere Wohnung, eben die in der 57. Straße, die schön und zudem billig war, weil sie hoch lag und sich im Haus kein Fahrstuhl befand. Vom Balkon aus hatte man einen imposanten Blick auf das Panorama der mächtigen Wolkenkratzer von New York. Die neue Wohnung und der gutbezahlte Job gaben Ruth Berlau die Möglichkeit, Brecht nach New York einzuladen. „Jetzt, da ich Brecht anständig empfangen konnte, sah ich auch eine Chance, daß er kommt. Ich beschrieb ihm meine Situation und bat ihn, seine Reise schnell zu planen. Daraufhin antwortete er, er finde es sehr schön, daß ich ihn aushalten will, er müsse aber erst noch ein paar Kontrakte erfüllen. An ‚Aushalten' hatte ich nicht gedacht, ich war nur froh, Essen und ein Dach überm Kopf für uns zu haben. Es dauerte mindestens ein halbes Jahr, bis Brecht endlich kam."[73]

Während Brechts Aufenthalt zog Ruth Berlaus Kollegin zu einer Freundin. Brecht bekam auch hier wieder das große Zimmer. Auf dem Balkon ließ er sich vor dem Hintergrund der Wolkenkratzer mit erhobenem Haupt, die Zigarre in der Hand, fotografieren. Das Foto zeigt einen Brecht, der mit sich selbst und mit Amerika zufrieden ist. Auch während der späteren Besuche wohnte er hier bei Ruth Berlau in der 57. Straße. Sofern er nicht eingeladen wurde, fanden die meisten Gespräche, die Brecht mit Freunden führte, in dieser Wohnung statt. Daß Brecht das Zusammentreffen mit Ruth Berlau herbeigesehnt hatte, daß es für ihn ein wesentlicher, wenn auch nicht der einzige Grund seiner New-York-Aufenthalte war, steht außer Zweifel. War er doch seit ihrer Abreise aus Santa Monica zum erstenmal seit den zwanziger Jahren ohne eine ständige Mitarbeiterin. Und das in Hollywood, wo er sich so verlassen und fehl am Platze vorkam.

Brechts Besuch entband Ruth Berlau nicht von ihrem Job. Sie meinte dazu: „Meine täglichen Fahrten zum Office of War-Information hat Brecht allerdings nicht gern gesehen. Ich weiß nicht, warum er mißtrauisch war, denn wir lebten damals – trotz seiner Allergie gegen das ‚Aushalten' – von meiner Arbeit. Einige Male gab das Office Brecht die Möglichkeit zu Sendungen mit Lotte Lenya. Nach der ersten Sendung bat ich ihn, sehr deutlich zu sprechen. Da hatte ich aber einen großen Fehler gemacht, denn Brechts Bemühungen waren so übertrieben, daß die nächste Sendung ganz furchtbar wurde."[74] Warum er es nicht gern gesehen haben soll, daß sie ihren OWI-Job ausübte, leuchtet allerdings nicht recht ein. Jedenfalls klebte er in sein „Arbeitsjournal" ein Foto, das sie als Sprecherin im Studio zeigt. Den Hinweis, daß Brecht Texte für Rundfunksendungen des Office gesprochen habe, gibt es nur bei Ruth Berlau. Bekannt ist lediglich, daß er mit in die OWI-Studios ging, um dabeizusein, als Lotte Lenya sein Lied „Und was bekam des Soldaten Weib" in der Vertonung von Weill auf Schallplatte sang. Wie es dazu kam, hat James K. Lyon recherchiert: „Während Brechts Aufenthalt bat ihn Houseman, die trockenen, nach Deutschland ausgestrahlten antifaschistischen Sendungen durch ein Programm mit seinen eigenen Werken aufzulockern. Brecht war einverstanden, und Houseman stellte genügend Geld zur Verfügung, um einige Musiker und Lotte Lenya zu engagieren.

Houseman behauptet, sie hätten drei oder vier Programme aufgenommen."[75]

Brecht wäre gern bereit gewesen, Texte für die deutsche Abteilung des amerikanischen Kurzwellensenders zu schreiben. Das geht aus einem Brief hervor, den er bereits im Dezember 1941 an Archibald MacLeish, den Direktor des Library of Congress, gerichtet hatte. Jetzt sei der richtige psychologische Zeitpunkt gekommen, schrieb er, um von hier aus über den Rundfunk direkt nach Deutschland hinein die Wahrheit zu vermitteln. „Ich würde mich gern an irgendwelchen derartigen Bemühungen beteiligen. Ich denke, Sie wissen, daß ich nützlich sein könnte. Darf ich Sie fragen, ob irgend solch ein Unternehmen erwogen wird, und wenn das der Fall ist, wo?"[76] Es wurde schon erwogen, aber man dachte nicht an ihn.

In New York wurde dem politischen Dichter Brecht ein Abend gewidmet, der zwar über den Kreis der deutschen und österreichischen Emigranten nicht hinausging, der ihn aber nach den deprimierenden Monaten in Hollywood in seinem Selbstbewußtsein stärkte. Die „Tribüne für freie deutsche Literatur und Kunst in Amerika", an der Berthold Viertel die Szenen „Furcht und Elend des Dritten Reiches" herausgebracht hatte, veranstaltete einen Brecht-Abend. Elisabeth Bergner und Peter Lorre trugen Gedichte vor, die Szenen „Bergpredigt" und „Volksbefragung" aus „Furcht und Elend" kamen zur Aufführung. Seit seiner Ankunft in den Staaten erlebte Brecht erstmals wieder eine politische Aktion, wie er sie aus früheren Jahren kannte. Er sah sich geehrt und verstanden. Dieses politische Klima, das von engagierten Leuten bestimmt wurde, die etwas durchsetzen wollten, genoß Brecht sichtlich. Als die Veranstaltung wiederholt wurde, trug Brecht seine Gedichte selbst vor. Die New-Yorker deutschsprachige Zeitung „Aufbau" schrieb von einem „der seltenen großen künstlerischen Ereignisse der deutschen Emigration".

Einen Monat später kam es in New York abermals zu einer antifaschistischen Kundgebung, die diesmal über die Gruppe der deutschen Emigranten weit hinausging und sich an die amerikanische Öffentlichkeit wandte. Anläßlich des 10. Jahrestages der Bücherverbrennung in Deutschland organisierten Manfred George, der Herausgeber der Zeitschrift „Aufbau", und Ernst Josef Aufricht im Konzertsaal des Hunter College eine Antinazimassenveranstaltung. In dem vierstündigen Programm, das am 3. April 1943 unter dem Titel „We Fight Back" („Wir schlagen zurück") vorgestellt wurde, brachten vor 5000 Besuchern Schriftsteller und Künstler ihre Haltung gegen Faschismus und Krieg zum Ausdruck. Kurt Weill, Lotte Lenya, Fritz von Unruh, Joseph Schildkraut traten auf. Erwin Kalser las die von Franz Werfel für diesen Abend zur Verfügung gestellte „Geschichte vom wiederhergestellten Kreuz". Die Prager Künstler Voskovec und Werich führten eine Schwejk-Szene vor. Zu einem Höhepunkt des Abends wurde der Vortrag von Brecht-Texten. Piscator hatte aus den Fotogrammen der „Kriegsfibel" ein „Zeitgenössisches Bilderbuch" montiert. Elisabeth Bergner trug das Gedicht „Kinderkreuzzug 1939" vor. Lotte Lenya sang, begleitet von Kurt Weill, drei Lieder aus der „Dreigroschenoper" und aus „Happy End" sowie das von Weill gerade vertonte Gedicht „Und was bekam des Soldaten Weib". Auf dieser Veranstaltung wurden auch Originalmanuskripte und Grafiken versteigert. Der Erlös floß in den USA-Kriegsanleihefonds. So groß der Beifall für die vorgetragenen Brecht-Lieder auch war, das von ihm zur Verfügung gestellte Gedichtautograph, der Titel ließ sich bisher nicht ermitteln, erzielte keineswegs eine der Höchstsummen. Er erbrachte 500 Dollar. Ein Gedichtautograph von Franz Werfel erzielte schon 50 Dollar mehr. Thomas Manns Radiorede wurde mit 1500 Dollar und eine Radiobotschaft von Albert Einstein zum 25. Jahrestag der Roten Armee sogar mit 2000 Dollar ersteigert. Für Brecht war dieser Abend wichtig, gab er ihm doch die Möglichkeit, mit seinen Texten an die amerikanische Öffentlichkeit zu gelangen und Vertreter des kulturellen und politischen Lebens kennenzulernen.

Der New-York-Besuch brachte nicht nur ein Wiedersehen mit alten Freunden, sondern auch die Bekanntschaft mit Leuten, die für seine weitere Arbeit wichtig werden sollten. Bei den Proben zum Brecht-Abend der „Tribüne" wurde ihm ein Mann vorgestellt, der das „Lied der schwarzen Strohhüte" aus der „Heiligen Johanna der Schlachthöfe" vertont hatte. Brecht hätte ihn eigentlich kennen müssen, denn von ihm stammte die Musik zur Pariser Aufführung von „Furcht und Elend des Dritten Reiches" unter der Regie von Slatan Dudow. Der Komponist hieß Paul Dessau. Es kann durchaus sein, daß sich Brecht den Namen nicht gemerkt hatte, war ihm doch damals durch Helene Weigel die Musik als „fad" beschrieben worden. Dessau freilich kannte Brecht schon länger, denn er zählte zu den Bewunderern des Dichters. Die Komposition gefiel Brecht, und er erklärte sich sogleich bereit, bei der Einstudierung behilflich zu sein. Doch einen Tag vor dem Abend sagte die Sängerin ab. Brecht schlug Dessau vor: „Dann singen Sie es doch selber. Sie machen das auch viel besser als die Dame. … Eisler singt seine Lieder auch manchmal selbst."[77]

Dessau war mit finanzieller Unterstützung jüdischer Organisationen nach Amerika gekommen. In New York aber mußte er auf eigenen Füßen stehen, und das gelang ihm denkbar schlecht. Er lebte in einem winzigen Souterrainzimmer, in dem das Wasser die Wände herunterlief, so daß sein einziges Wertstück, ein Klavier, bald unbrauchbar war. Um zu leben, arbeitete er auf einer Hühnerfarm, die jedoch weit außerhalb lag, so daß er früh um vier Uhr mit dem Vorortzug schon unterwegs sein mußte. Dieses Leben machte ihn fix und fertig. Alle Kraft brauchte er für den nackten Lebensunterhalt. An künstlerische Arbeit war nicht zu denken. Nichts schien mehr einen Sinn zu haben. Da las er in der Zeitung von der Vorbereitung des Brecht-Abends der „Tribüne". Warum sollte er da nicht einmal hingehen und sich zur Verfügung stellen. Als Brecht nach Santa Monica zurückkehrte, sagte er zu Dessau: „Kommen Sie doch nach Hollywood, da können wir besser arbeiten."[78] Obwohl Dessau im Augenblick nicht wußte, woher er das Geld für die Reise nehmen sollte, erschien ihm dieser Satz wie eine Erlösung. Nunmehr begann für ihn die Phase der Zusammenarbeit mit dem von ihm so verehrten Dichter. Dessau hat das immer als den größten Glücksumstand seines Lebens empfunden.

In New York begegnete Brecht auch Elisabeth Hauptmann wieder. Sie war Ende 1933, als sie schon ihre Ausreise vorbereitet hatte, von der Gestapo verhaftet, aber nach wenigen Tagen wieder freigelassen worden. Ihr Weg führte sie dann über Frankreich nach den Vereinigten Staaten. Hier fand sie zuerst ein Unterkommen bei ihrer Schwester in St. Louis, arbeitete als Haushaltshilfe und danach als Lehrerin. Erst Jahre später zog sie nach New York. Es gelang ihr, sich wieder publizistisch und auch politisch, beim organisatorischen Aufbau einer breiten Antinazibewegung, zu betätigen. Als Brecht sie traf, lebte sie mit dem früheren sozialdemokratischen Polizeipräsidenten Horst Bärensprung zusammen. Brecht bot ihr sofort an, wieder mit ihr zu arbeiten. Dazu hatte sie wohl Lust, aber sie sah keine Möglichkeit, einen solchen Vorschlag praktisch zu realisieren. Brecht konnte sie nirgends unterbringen, wo sie etwas verdient hätte. So wäre es leichtfertig gewesen, ihren Job aufzugeben. Brecht bedauerte, daß sie in New York nicht viel Zeit für ihn hatte. Darin lag schon etwas wie eine Mißbilligung. Für ihn mußte man einfach Zeit haben und auch bereit sein, etwas zu riskieren.

Gespräche gab es auch mit Karl August Wittfogel und Heinz Langerhans, den Brecht als Gesprächspartner sehr schätzte. Durch ihn erhielt er viele Informationen über konkrete politische Aktivitäten der Arbeiter in Deutschland und von Emigranten in den verschiedenen Ländern. Diesmal erzählte er Brecht über die Vorgänge in den Konzentrationslagern. Im Zuchthaus Brandenburg habe er einen Häftling Gedichte Brechts über den braunen Anstreicher vortragen hören. „das moorsoldatenlied war, wie er sagt, in allen lagern verbreitet und erlaubt. er liebte es dort nicht, es war ihm zu sehr sklavenlied. bei der negation im letzten refrain ‚*nicht* mehr mit dem spaten ins moor', auf das ‚nein' warteten immer alle geil und stampften beim ‚nein' auf, daß die baracke wackelte."[79]

Von ganz anderer Art waren die Beziehungen zu Karl August Wittfogel. Er zählte nicht zu Brechts Freunden. Bereits seit der Zeit, als Wittfogel mit seinen ästhetischen Theorien Einfluß auf den Kurs der revolutionär-proletarischen Zeitschrift „Die Linkskurve" nahm, bestand zu ihm – wie zu Georg Lukács – ein eher polemisches Verhältnis, zumal Wittfogel Brecht für einen „Ideologen des Lumpenproletariats" hielt. Andererseits muß es zwischen den beiden schon während dieser Jahre mehr gegenseitige Aufmerksamkeit gegeben haben, als allgemein angenommen werden konnte, da Wittfogel bereits damals als marxistischer Chinaexperte galt, was Brecht bei seiner Vorliebe für fernöstliche Thematik nicht entgangen sein dürfte.[80] Nach seiner Entlassung aus dem KZ Lichtenburg emigrierte Wittfogel 1934 in die USA. Ein Jahr später begab er sich durch Vermittlung von Horkheimers Institut für Sozialforschung auf eine längere Chinareise. Als er im Sommer 1939 nach den USA zurückkehrte, avancierte er zu einem angesehenen Gelehrten der Columbia University und international ausgewiesenen Sinologen. Während es den meisten emigrierten deutschen Wissenschaftlern nicht gelang, sich trotz ihres Rufs zu behaupten, wurde Wittfogel erst im Exil zum beachteten Gelehrten. Als Brecht mit Wittfogel zusammentraf, setzte sich dieser politisch immer deutlicher von seinen früheren Freunden ab. In dem Wahn befangen, Stalin habe Hitlers Machtübernahme gewollt, wurde er später zum Antikommunisten. In diese Rolle glitt er ganz allmählich hinein und füllte sie erst nach dem Kriege, vor allem aber während der McCarthy-Periode, voll und ganz aus. Zu Brecht muß er sich bereits sehr eindeutig geäußert haben, oder Brecht besaß ein feines Gespür dafür, wohin dieser Mann trieb: „auch w[ITTFOGEL], immer ein etwas vorgebeugter gymnasiast mit schüchterner stimme ist jetzt ‚stout', hat reich geheiratet, einen namen als sinologe, eine art salon. im übrigen ist er antistalinist, ein job, der seinen mann ausfüllt. stalin hat hitler bewußt und planmäßig zur macht gebracht, die kommunistische partei in allen ihren organisationen zerstört, geopfert, beseitigt. dem w[ITTFOGEL] hat radek 32 gesagt: ‚dann müssen eben die deutschen arbeiter das zwei jahre auf sich nehmen.' es war von anfang an die spekulation auf den großen krieg zwischen den westmächten und deutschland. w[ITTFOGEL] hat die hitze und das trauma des enttäuschten troubadours (‚und *sie* läßt sich vom reitknecht ficken')."[81] Mit dem Chinaexperten Wittfogel und mit Heinz Langerhans besuchte Brecht Aufführungen der Cantonese Players im New-Yorker Chinesenviertel.[82] Bei keinem seiner New-York-Aufenthalte ließ er das chinesische Theater aus.

Auf dem Abend der „Tribüne" am 6. März traf Brecht auch seinen Verleger Wieland Herzfelde. Auf dieser Veranstaltung, die wesentlich durch seine Bemühungen zustande gekommen war, hielt Herzfelde einen in das Werk des Dichters einführenden Vortrag. Es kennzeichnete sowohl die amerikanischen Verhältnisse als auch Herzfeldes eigene Lage, daß er, der sich selbst von den widrigsten Umständen bisher nicht hatte abhalten lassen, einen Verlag zu gründen, wo immer er sich befand, in New York noch nicht zum Zuge gekommen war. Er lebte in dürftigen Verhältnissen. „wieland [herzfelde] führt einen winzigen markenladen, klagt nicht, plant neuen verlag und entwirft briefköpfe, sein junge trägt als eiskunstläufer zum unterhalt bei.“[83] Wenn Brecht alten Freunden wiederbegegnete, suchte er sich klarzumachen, welche Veränderungen mit ihnen vorgegangen waren, vom Äußeren bis zur geistigen Position. Der Abstand der Jahre ließ ihn sogar das veränderte körperliche Aussehen wahrnehmen, das er sonst bei seinen Beobachtungen kaum hervorhob. Oskar Maria Graf, mit dem er nur ganz zu Anfang seiner schriftstellerischen Tätigkeit persönlichen Kontakt gehabt hatte, fand er etwas vereinsmeierisch, dick und hinterfotzig, sich einrichtend auf eine lange Reaktionsperiode. Daß sich Graf aber dadurch nicht im geringsten veranlaßt fühlte, auch nur ein Wort Englisch zu lernen, schien ihm wieder zu imponieren. Ein Foto zeigt beide in einem Bierlokal, Graf mit feistem, lachendem Gesicht, einen Bierkrug prostend ins Bild hebend. Daneben nimmt sich Brecht schmal aus, geradezu eingeschüchtert von der Fülle und dem Kraftgefühl seines Landsmannes. Es ist, als wolle das Bild zeigen, daß das amerikanische Exil dem bayrischen Dorfgeschichtendichter Graf bekam, dem Großstadtdichter Brecht aber nicht. Von Korsch hielt er fest, daß er dicker geworden sei, fleischig und stämmig, dafür die Augen kleiner, fast listig. Sein ganzer Typ habe sich verändert. Er lebe in Boston von den 100 Dollar im Monat, die das Institut für Sozialforschung zahle. „... er sagt wieder, daß er ja seine wissenschaft dichtet, während ich meine gedichte mache wie ein schuster den schuh. im augenblick interessiert er sich für geopolitik.“[84]

Auch mit George Grosz traf Brecht in New York zusammen. Seit dessen Besuch in Skovsbostrand war die Distanz noch größer geworden. Da es Grosz anscheinend nicht gelang, seine einstigen politischen Anschauungen einfach zu vergessen, bemühte er sich mit verkrampftem Spott und Ironie, sich von ihnen abzustoßen. Er verleumdete jetzt alles, was auch nur im geringsten mit einem politischen Engagement zu tun hatte. Allerdings hatte diese radikale Abkehr schon begonnen, als er seine Übersiedlung nach Amerika vorbereitete, wie aus einem Brief Berthold Viertels an seine Frau in Hollywood hervorgeht: „Verbissen, verbiestert hat er [George Grosz – W. M.] mir stundenlang erklärt, daß es nur den rücksichtslosen Egoismus des Einzelnen gäbe, Ellenbogen – daß jeglicher Altruismus Schwindel und Betrug wäre – Erfindung der Juden und Ausländer; daß es arme Teufel in Masse immer gegeben hat und immer geben werde, daß man gehorchen müsse und sonst nichts – deshalb sei Hitler größer und religiöser als Lenin, weil er den Leuten offen sagt, sie hätten nur zu gehorchen. Und so fort. Wahrscheinlich [...] ging es ihm dreckig, eine furchtbare Enttäuschung und Verbiesterung knirschte aus allem, aber die Häßlichkeit seiner Wut, das Muffige, Spießige – das Hackenzusammenschlagen vor Amerika. ... Stundenlang mußte ich ihm zuhören, bis ich nicht mehr konnte – und ihm meinen schmerzlichsten Ekel wie einen Blutsturz ins Gesicht spie!! Ich konnte nicht anders, ich glaubte, der Schlag trifft mich. Ich bin kein Politiker, kein Leninist, kein Bolschewist – aber das, dieses Ultimatum an Verrat, an grausiger Entschlossenheit zum Umlernen – der Sprung vom ‚linken' Europäer in den Ku-Klux-Klan – entsetzlich!"[85] So bereitwillig sich Grosz der amerikanischen Lebensweise hinzugeben bereit war, so wenig wurde er mit offenen Armen empfangen. Dennoch entschloß er sich, nie mehr nach Deutschland zurückzukehren, sondern mit Leib und Seele Amerikaner zu werden.

Obwohl Grosz an den Veranstaltungen der Emigranten nicht teilnahm, erfuhr er sehr bald, daß sich Brecht in New York aufhielt. Die Nachricht gab er sogleich an seinen Freund Hermann Borchardt weiter, der Brecht ebensogut kannte wie er. Diese Mitteilung ist ein Beispiel, in welchem Jargon Grosz über politische Vorgänge und marxistische

Freunde von einst sprach: „Lieber Hans, der Dichter und Maßschneider B. Brecht is in town, hat ein Stück geschrieben: Tankgeneral Rommel. Personen (sah nur ganz flüchtig hin, soweit ich's behielt): Baschlick; Kabyl; Friedrich, ein deutscher Soldat; Benoit-Emerau; Valutin; von Rabgier, Berichterstatter; Heinzelmann, Gestapoleutnant; kommen noch mehr Personen vor: z. B. Mutter, Schwester und Bruder (ohne Namen); dann Projektionen und ein Erklärer; ferner Musik von Eisler: Trommelfeuerlied – und Stechschrittsong – und Tankjazzsong (soll mit der Bergner aufgeführt werden). ... Willst Du mal mit dem Maßschneider über Maßnahmen sprechen? Bert ist nach wie vor strenger Stalinist – verkehrt mit den eisernen geschlagenen Phalanxleuten. Kommunismus hat verloren. Die Russen müssen nun schon folgen, ob sie wollen oder nicht."[86]

Gegenüber Freunden, die er außerdem noch für geniale Künstler hielt, bewahrte sich Brecht eine unerschütterliche Zuneigung. Selbst politisch verzieh er da viel. Böse konnte er nur werden, wenn namhafte Leute öffentlich mit ihren Ideen brachen und demonstrativ auf die andere Seite überwechselten. Da das Grosz zu jener Zeit nicht tat, mag er über dessen Spott hinweggesehen haben. Seine „Arbeitsjournal"-Eintragung läßt allerdings daran zweifeln, ob er wirklich erkannt hatte, wie weit Grosz von den einmal gemeinsam angestrebten Kunst- und Weltentwürfen abgerückt war. Selbst dessen völlig veränderte, auf die amerikanischen Bedingungen umgestellte Malerei beurteilte er noch ganz aus der Kunstsicht der Weimarer Zeit. „grosz ist der alte, etwas enttäuscht von amerika; seine ausstellung sehe ich, und die stilleben machen mir eindruck, weil da in die deutsche malerei ein großartiges materialistisches sensuelles moment hineinkommt. er verkauft aber beinahe nichts."[87]

Noch nachsichtiger als zu Grosz verhielt er sich zu Hermann Borchardt. Nachdem Borchardt aus der Sowjetunion ausgewiesen und bei seiner Rückkehr nach Deutschland von den Faschisten in das Konzentrationslager Buchenwald gebracht worden war, hatte Brecht seine Freunde auf das Schicksal dieses Mannes aufmerksam zu machen gesucht. Es gelang auch, Borchardt nach den USA zu bringen. In New York lebte er mit 12 Dollar Unterstützung im Monat in den ärmlichsten Verhältnissen. Im Unterschied zu Grosz, von dem Brecht annahm, daß er Einsichten in den Marxismus besaß, hielt er Borchardt für einen unverbesserlichen Moralisten, der in die sozialistische Bewegung geriet, weil er seine hohen Moralansprüche von der bürgerlichen Gesellschaft nirgends respektiert fand. Als einige Monate später Borchardts Roman „Die Verschwörung der Zimmerleute" in englischer Sprache erschien, der von den Emigranten übereinstimmend als konfus, religiös, reaktionär und als eine Schande empfunden wurde, verteidigte ihn Brecht als turmhoch über den Werken der „Werfels und Konsorten" stehend. „nun ist borchardt, bösartig wie viele moralisten, ein abgründiger provokateur, übertreiber von beruf als satiriker usw usw. ... tatsächlich findet man im bürgerlichen lager widerspiegelungen der sozialen kämpfe beinahe nur auf religiösem boden."[88]

Bevor Brecht mit beiden zusammentraf, kam es zu einer Begegnung mit George Grosz, die auf den Spötter und Brecht-Verleumder einen so nachhaltigen Eindruck machte, daß er in einem Brief an Borchardt alles Gesagte widerrief. Fünf Tage nach seiner Mitteilung, daß der „Maßschneider" in der Stadt sei, hieß es nun: „Lieber Hans: bitte tue mir einen Gefallen und vergiß den dummen Brief, den ich neulich an Dich schrieb – vergiß bitte die dumme ‚Ironie', die ich dort gegen Brecht vorbrachte, mit einem von mir erfundenen Stück über Tankgeneral Rommel. Ich bin zurückgefallen in widerliches Berlin von 1928 – bitte vergiß das. Brecht ist ein ganz erstklassiger Freund und Mensch ... welche Fehler in unserer Besessenheit und ‚Verfolgungswahn' – sind wir schon so weit hinabgesunken oder ‚verurteilt', daß wir den viereckigen Fenstern der Scheißhäuser gegenüber wohnen? NO. Bitte Hans, sage Bert nichts, was ich schrieb, ich nehme alles zurück. Ein dummer Witz, verübt gegen jemanden, wie ein kleiner Junge – damals als mir die Jungens nachriefen: ‚Dein Vata, det is ein Freimeier' – nein wir wollen uns nichts mehr nachrufen. Bert war gestern da – ich kann Dir sagen, es war ein feiner Abend, und ich kann Dir sagen, daß Bert okeh ist ... Er ist der alte, ... nämlich ein richtiger Freund, und kein dummer Nebel kann dazwischen kommen – ich bedaure, daß ich in solcher dummen Weise ihn parodieren wollte –."[89]

Im Verhalten gegenüber Freunden verfuhr Brecht sehr unterschiedlich. Als zum Beispiel Alexander Granach eine Rolle in dem harmlosen, aber antisowjetisch angelegten Film „Ninotschka" übernahm, war er für Brecht gestorben. In Gesprächen erwähnte er den Namen nicht mehr. Dabei gab es bei diesem liebenswürdigen, sozial empfindsamen Schauspieler nie solche Haßattacken gegen die Sowjetunion wie bei Grosz oder Korsch. Einige seiner alten Freunde konnten sich eben sehr verändern, ohne daß die Freundschaft völlig aufhörte. Das heißt nicht, daß Brecht alles hinnahm, was diese Verbitterten vorbrachten. Als er mit Grosz und Borchardt zusammentraf, hielten diese mit ihren kritischen Einwänden und Tiraden nicht hinterm Berg. Brecht hat merkwürdigerweise darüber nichts berichtet, als wäre ihm daran gelegen gewesen, über die Freunde nur Positives festzuhalten. Aus einem Brief von Grosz an Borchardt geht hervor, daß sie ihm ganz schön zusetzten, daß er jedoch entschieden erwiderte: „Den Brecht mag ich gern, weil er Humor hat. Du hast ihm ja alles gesagt, seine Antworten waren nicht so gut wie Deine Argumente – aber beide glaubt Ihr doch. Er an Kommunismus – also nach Deiner Meinung an eine satanische Welt. Er ist aber, so sehe ich ihn, nur interessiert eigentlich doch an sich selbst, an Bert Brecht. Als kommunistischer crusader sehe ich ihn nicht."[90] Wenn es Grosz noch nötig erschien, anzumerken, daß sie die besseren Argumente gehabt hätten, können die Gespräche nicht ganz so in ihrem Sinne verlaufen sein. Zumal er in diesem Brief ziemlich zerknirscht bekennt, daß er es eigentlich am schwersten habe, weil er an nichts mehr glaube. Grosz konnte im Gespräch immer ekelhafter werden, je weniger er Argumente vorzubringen und zu beeindrucken vermochte.

Vom 17. April an verbrachte Brecht eine Woche im Hause von Kurt Weill und Lotte Lenya in New City, einem Vorort von New York. Er kam mit wenig Gepäck, aber auch hier hängte er die ihm vertraut gewordene chinesische Maske an die Wand. Am 1. Oktober 1942 waren sie schon einmal in Kalifornien zusammengetroffen.[91] Obwohl er zu dieser Zeit im „Arbeitsjournal" die meisten Begegnungen registrierte, hat er darüber nichts vermerkt. Vorangegangen war ein etwas unerfreulicher Briefwechsel. Um Weills Zustimmung für die Aufführung der „Dreigroschenoper" in San Francisco zu erhalten, hatte Brecht Adorno gebeten, Weill zu schreiben. Der sehr kritisch in bezug auf Brecht gehaltene Antwortbrief Weills an Adorno beendete zugleich die persönlichen Beziehungen zwischen dem Komponisten und dem Theoretiker. Weill schien von Brecht nicht mehr die beste Meinung zu haben. „weill antwortete ihm [Adorno – W. M.] mit einem bösen brief voll von angriffen auf mich und einem lobgesang auf den broadway, der alles brächte, wenn es nur gut sei, und der die europäischen experimente fortgesetzt habe."[92] In New York ließ sich Brecht keine Verstimmung anmerken.

Weill verhielt sich gegenüber dem amerikanischen Kunstbetrieb ähnlich bereitwillig wie Grosz, allerdings mit dem Unterschied, daß er sich durchsetzte und Erfolg hatte. Brechts Verhältnis zu ihm war weit unkomplizierter als das zu Grosz. Bei aller echten Anhänglichkeit war sein Interesse an ihm ganz egoistisch. Er wollte sich einfach an den Erfolgskomponisten anschließen. Da er Weill auch früher schon nicht zu dem engeren Kreis der Künstler gezählt hatte, die mit einer neuen Kunst auch eine neue Welt wollten, war es ihm relativ gleichgültig, welcher Kunstrichtung er sich jetzt verpflichtet fühlte. Ob das Musical „Lady in the Dark" (1939) und die fünf Monate nach Brechts Besuch aufgeführte Musical Comedy „One Touch of Venus", mit denen Weill am Broadway Erfolg hatte und die ihn auch in den USA zu einem berühmten Komponisten machten, nur vom kommerziellen Gesichtspunkt aus Gewicht besaßen, muß bezweifelt werden, auch wenn sie sich später in Europa nicht durchsetzten. Weill streifte das musikalische Gewand der Weimarer Republik ab und schlüpfte mit viel Geschick in ein neues. Das ließ viele frühere Reize vermissen, auch an zeitkritischem Geschmack und mitreißender Originalität, doch ohne Niveau war es gewiß nicht. Aber so vertraut wird sich Brecht mit der neuen Musik Weills gar nicht gemacht haben. Was die amerikanische Kritik verblüffte, wie Weill so ganz amerikanisch sein konnte, interessierte ihn schon gar nicht. Daß Weill allein für die Verfilmungsrechte von „Lady in the Dark" 200000 Dollar kassierte, dürfte Brecht hingegen stark beeindruckt haben.

An einer Begegnung mit Weill zeigte Brecht gleich bei seiner Ankunft in New York großes Interesse. Er rief ihn an und sagte ihm, es wäre gut, sich zu treffen, um wieder etwas gemeinsam zu arbeiten. Darauf lud ihn Weill in sein Haus nach New City ein. Hier machte sich Brecht auch sogleich an die Arbeit, ohne seine nähere Umgebung, den schönen Garten, auf den ihn Lotte Lenya aufmerksam machte, auch nur in Augenschein zu nehmen. An Besuchereindrücken lag ihm nichts. Er wollte Weill vorschlagen, eine Musik zum „Guten Menschen von Sezuan" zu machen. Interessiert an der Begegnung der beiden war auch

Aufricht, der gern eine Produktion am Broadway gemacht hätte. Ihm schien das am ehesten möglich, wenn sich Brecht und Weill zusammentaten. Für ihn blieben beide das Erfolgspaar, mit dem er die „Dreigroschenoper" am Theater am Schiffbauerdamm kreiert hatte. Mit Weill stand er in Verbindung, da dieser nach Stoffen für ein Musical suchte. Empfohlen hatte er Joseph Roths „Hiob" und Jaroslav Hašeks „Braven Soldaten Schwejk". Weill fand Gefallen an der Idee, Hašeks „Schwejk" als Vorlage für ein Libretto zu benutzen. Aufricht schreibt: „Ich erwarb die Dramatisierungsrechte von der Vertretung der tschechischen Exilregierung in New York unter der Bedingung, daß Weill die Musik schrieb und Brecht die Bearbeitung übernehme. ... Weill, der Erfahrung im amerikanischen ‚producing' hatte, errechnete, daß ich 85000 Dollar benötigte. Von vermögenden Emigranten, die alle Hašek gelesen hatten und die sich an die Kombination Brecht-Weill-Aufricht-‚Dreigroschenoper' erinnerten, brachte ich in kurzer Zeit das Geld zusammen."[93]

Bei Brecht fand er mit der Idee sofort Resonanz, denn dieser hatte Mitte des vergangenen Jahres daran gedacht, sich dem „Schwejk" zuzuwenden. „... und wieder möchte ich SCHWEYK machen, mit szenen aus DIE LETZTEN TAGE DER MENSCHHEIT dazwischengeschnitten, so daß man oben die herrschenden mächte sehen kann und unten den soldaten, der ihre großen pläne überlebt."[94] Als Aufricht mit seinem Plan herausrückte, ließ Brecht seinen Vorschlag, auf den „Guten Menschen" zurückzugreifen, fallen. Da alle Beteiligten einverstanden waren, konnte Aufricht den Vertrag machen, von dem er sagte, daß er so ausführlich wie ein Buch gewesen sei und deshalb von niemandem gelesen wurde. Für Brecht eröffnete sich jetzt die Perspektive, den Broadway zu erobern. Sosehr er ihn auch als künstlerisches Markenzeichen verachtete, so war ihm daran schon lange gelegen. Den Schwejk sollte Peter Lorre, die Frau Kopecka

Lotte Lenya spielen. Darüber war man sich einig, bevor überhaupt eine Zeile Text existierte. Noch im Hause der Weills begann Brecht mit der Arbeit. In der einen Woche gemeinsamer Arbeit komponierte Weill einige Lieder, die aber heute nicht mehr auffindbar sind.[95] In der kurzen Zeit gelang es Brecht auch, einen amerikanischen Übersetzer für das Stück ausfindig zu machen. Aufricht hatte ihm klargemacht, daß er, um am Broadway Erfolg zu haben, vor allem eine Übersetzung brauchte, die den Amerikanern einging. Brecht gewann den jungen Autor Alfred Kreymborg.

Auf der Rückreise von New York nach Santa Monica las er noch einmal Hašeks Roman und war wieder vom Zauber dieses Buches überwältigt, von dem er später einmal sagte, wenn er aufgefordert würde, aus der Literatur unseres Jahrhunderts drei Bücher auszuwählen, wäre Hašeks „Schwejk" darunter. Er war sich auch sehr bald klar darüber, daß sich eine so große, dazu noch außergewöhnlich volkstümliche Figur nicht nach Belieben umfunktionieren ließ. „auf keinen fall darf schweyk ein listiger hinterfotziger saboteur werden. er ist lediglich der opportunist der winzigen opportunitäten, die ihm geblieben sind. er bejaht aufrichtig die bestehende ordnung, so zerstörend für ihn, soweit er eben ein ordnungsprinzip bejaht, sogar das nationale, das er nur als unterdrückung trifft. seine weisheit ist umwerfend. seine unzerstörbarkeit macht ihn zum unerschöpflichen objekt des mißbrauchs und zugleich zum nährboden der befreiung."[96]

Zu Hause angekommen, vertiefte er sich in die Arbeit. Nachdem er das Stück „Schweyk im zweiten Weltkrieg" so ziemlich unter Dach und Fach hatte, machte er sich, bevor er es Weill schickte, erst einmal an das Studium des Vertrags. Brecht brachte in einem Brief an Weill auch sogleich eine Menge Einwände vor, vor allem gefiel ihm nicht, daß er auf ewige Zeiten nur als Librettist ohne die Rechte eines

Autors abgestempelt werde. Ruth Berlau erhielt genaue Instruktionen, mit wem sie was besprechen sollte. Sie fungierte als Übermittlerin der verschiedenen Vorschläge an Weill, Kreymborg, Piscator. Peter Lorre hielt er an, Kreymborg 150 Dollar als Vorschuß für die Übersetzung zu zahlen.

Daß sich Brecht als Dramatiker dem Schwejk zuwandte, war ebenso verständlich wie andererseits ganz unverständlich. Verständlich, weil die Figur im hohen Maße jener philosophischen Haltung entsprach, die Brecht vor allem im „Me-ti" und in den „Keuner"-Geschichten entwickelt hatte. Es war die Haltung des Überlebens, indem den Herrschenden nicht widersprochen und dennoch alles getan wurde, um ihre Position zu destabilisieren. Für Brecht bedeutete der Schwejk der dialektisch aufgehobene Held, der Mann, der für niemanden den Helden spielt, auf den die Herrschenden nicht bauen können, obwohl er ihnen nicht widerspricht. Zudem war er, wie die großen Gestalten der Weltliteratur Faust, Mephisto, Don Juan, keine Figur, mit der sich der Zuschauer identifizieren konnte. Sie besaß viele liebenswerte Züge, aber zur Identifikation lud sie nicht ein. Vom Typus her entsprach sie in geradezu idealer Weise Brechts nichtaristotelischer Methode und Figurentechnik. Keine eigene Schöpfung kam seinen methodischen Überlegungen so nahe wie der Schwejk.

Ganz und gar unverständlich wiederum war, wie ein technisch so erfahrener Autor den Schwejk zur Figur eines Stückes machen konnte. Trotz allen gestischen Reichtums kam diese Gestalt dem Theater überhaupt nicht entgegen. Ihr Aufbau vollzieht sich über zahlreiche Episoden und Anekdoten. Wie in der Musik bildet das Mittel der Wiederholung die innere Struktur der Figur heraus. Nichts in ihr ist auf einen festen Punkt gebracht, ja, die Figurentechnik läuft gerade darauf hinaus, jeden festen Punkt in Frage zu stellen. Das wiederum erklärte sich vom Inhaltlichen her.

Im Schwejk verkörpert sich die Weisheit des Volkes. Durch ihn kommt zum Ausdruck, daß letzten Endes die Massen klüger sind als der einzelne. Da sich eine solche Weisheit nur in letzter Instanz ausdrückt, wäre es höchst bedenklich, sie in bestimmten Charakterzügen, festumrissenen Eigenschaften vorzuführen. In einer solchen Abstraktionshöhe können nur Ideale, nicht aber eine so lebendige Figur wie der Schwejk gestaltet werden. Die verändernde Kraft der Massen wird durch ihn nicht direkt ausgedrückt, sondern durch eine seltsame Verkehrung von Prinzipien, durch die Unzerstörbarkeit des Typus, durch die Endlosigkeit seines Aktionismus, der anscheinend kein Ziel kennt. Bei ihm fängt alles immer wieder von vorn an. Diese Art der Bewegung der Dinge aber ließ sich im Drama nicht gestalten.

Brecht stand vor der schwierigen Aufgabe, die innere Struktur der Figur möglichst unangetastet zu lassen, der Erzählweise aber ihre Unendlichkeit zu nehmen. Er mußte einen Ablauf schaffen, der auf einen Punkt hinführte. Brecht löste das Problem, indem er zwischen die Schweyk-Handlung, die er in die Zeit des zweiten Weltkrieges transponierte, jene Szenen in den „höheren Regionen" schnitt, in welchen Schweyk mit denen konfrontiert wird, die vorgeben, sein Schicksal zu lenken. Hitler, Göring, Goebbels, Himmler, der Generalfeldmarschall von Bock unterhalten sich darüber, wie der kleine Mann denkt. Brecht greift die Spielkonstruktion des „Prologs im Himmel" aus Goethes „Faust" auf: Hitler will wissen, wie der kleine Mann über ihn denkt, wie weit er für seine Zwecke zu gebrauchen ist. Auf diese Weise erhielt die Fabel einen zielgerichteten Ablauf, kam Entwicklung in den Stoff, wenn auch nur in einem sehr beschränkten Maße. Die Spielkonstruktion selbst ließ sich nicht weiter ausbauen. Was bei Goethe nur als Prolog diente, erstreckte sich bei Brecht über das gesamte Stück. Ohne Wiederholung und eine Einförmigkeit der Szenen in den „höheren Regionen" ging es dabei nicht ab. Am Schluß, auf den Schneefeldern Rußlands, als Hitler nicht mehr weiß, wie er weiterkommen soll, wendet er sich direkt an Schweyk. Im Norden reicht der Schnee bis zum Kinn, im Süden liegen Berge von Toten, im Osten stehen die Roten. Als Schweyk vorschlägt, daß es vielleicht angebracht sei, nach Hause zu gehen, antwortet Hitler: „Da steht mein deutsches Volk, da kann ich nicht hin.“[97] Schweyk stellt fest, daß seine Oberen weder vor noch zurück können. Doch diese Einsicht veranlaßt ihn nicht, die Haltung, mit der er angetreten ist, aufzugeben. Er ergreift keine Alternative, er reflektiert über Alternativen:

> Und ich sags dir ganz offen, daß ich nur noch nicht
> weiß
> Ob ich auf dich jetzt schieß oder fort auf dich
> scheiß.[98]

Die Kunstfertigkeit, die Brecht aufbrachte, um Hašeks Figurentypus nicht zu beeinträchtigen, ist bewunderungswürdig, wenn man bedenkt, wie sehr er sonst dazu neigte, auch große Figuren umzufunktionieren. Allerdings besaß er in den eingestreuten Liedern die Möglichkeit, dem Stück politische Entschiedenheit und den für ihn unabdingbaren eingreifenden Impuls zu verleihen; sie lieferten, was in der Figur nicht umgesetzt werden konnte. Die Lieder gehören zu den schönsten, die Brecht während des Exils zu Stücken geschrieben hat. „Schweyk im zweiten Weltkrieg“ schließt mit dem „Lied von der Moldau“:

> Am Grunde der Moldau wandern die Steine
> Es liegen drei Kaiser begraben in Prag.
> Das Große bleibt groß nicht und klein nicht
> das Kleine
> Die Nacht hat zwölf Stunden, dann kommt schon
> der Tag.

Es wechseln die Zeiten. Die riesigen Pläne
Der Mächtigen kommen am Ende zum Halt.
Und gehn sie einher auch wie blutige Hähne
Es wechseln die Zeiten, da hilft kein' Gewalt.

Am Grunde der Moldau wandern die Steine.
Es liegen drei Kaiser begraben in Prag.
Das Große bleibt groß nicht und klein nicht
das Kleine.
Die Nacht hat zwölf Stunden, dann kommt schon
der Tag.[99]

Bei anderen Figuren nahm sich Brecht völlige Freiheit. Den Fresser Baloun, bei Hašek eine Episodenfigur, verband Brecht direkt mit dem Schicksal der Hauptfigur. In seiner Freßgier läßt sich Baloun hinreißen, die Gestapoleute nach Umfang und Qualität der beim Heer verabreichten Rationen auszufragen. Um ihn in seiner Verfressenheit vor dem Kriegsdienst zu retten, gerät Schweyk selber in die Militärmaschinerie. In Zeiten, in denen die Großen ihre Raubzüge unternehmen, werden die Vergnügen der Kleinen, gut essen und gemütlich im Wirtshaus sitzen, zu Unternehmen, die in den Untergang führen können. Neu gestaltete Brecht auch die Figur der Wirtin, Frau Kopecka. Das ergab sich zum einen, weil er für Lotte Lenya eine tragfähige Rolle schreiben wollte, zum andern, weil er das Wirtshaus „Zum Kelch" zum eigentlichen Aktionsfeld des Stückes machte.

Mit der Übersetzung des Stückes durch Alfred Kreymborg war Brecht zunächst sehr zufrieden. Der Ton wäre sehr schön, einfach und kräftig, eine dichterische Übertragung gelungen. Doch reichten seine englischen Sprachkenntnisse nicht aus, die Qualität der Übersetzung wirklich beurteilen zu können. Brecht täuschte sich über deren Schwierigkeitsgrad. Der Übersetzer mußte für den spezifischen Schweyk-Ton, den Brecht durch süddeutsche Tonfälle noch besonders abhob, eine entsprechende Variante im Amerikanischen finden. Die Amerikaner, die die Fassung lasen, schienen sehr enttäuscht. Gegenüber Ruth Berlau äußerte Brecht jetzt seine Zweifel an der Übersetzung, die nicht einmal eine angemessene Rohübersetzung sei.

Daß das „Schweyk"-Stück in diesem Zustand für den Broadway unbrauchbar sei, verbargen auch Aufricht und Weill nicht. Aufricht hielt es rundweg für mißlungen. „Brecht hatte seitenlang Dialoge aus den Büchern von Schwejk abgeschrieben und einen Schluß erfunden: Schwejk trifft auf den Schneefeldern Rußlands Hitler und kommt mit ihm ins Gespräch – in der Konzeption originell, in der Ausführung nicht gestaltet. Weill lehnte ab, die Musik zu schreiben, und ich ließ das Projekt fallen."[100] Ganz so abrupt wie in der Rückerinnerung vollzog sich das Ende der Zusammenarbeit zwischen Brecht, Weill und Aufricht nicht. Aufricht verlangte von Brecht, daß er das Stück für den Broadway „amerikanisiere", wenn es ein Erfolg werden sollte. Darauf aber ging Brecht nicht ein. Zum Broadwaylibrettisten taugte er nun einmal nicht. Im Unterschied zu seiner Filmstoryarbeit machte er beim „Schweyk" keine Kompromisse. Als noch gar keine Produktion in Aussicht stand und nur erwogen wurde, daß Piscator die Regie übernehmen sollte, wollte er auch hier mitsprechen, das hieß, er wollte die Regie mit Piscator geteilt wissen, und zwar ganz offiziell. Doch all das blieben Träume. Kurt Weill verlor die Lust an dem Projekt. Seine Reaktion ließ erkennen, daß er nicht bereit war, die Musik für ein Schauspiel von Bertolt Brecht zu schreiben.

Ganz geschlagen gab sich Brecht noch nicht. Er suchte seinen amerikanischen Freund Ferdinand Reyher für die Übersetzung zu gewinnen. Doch der lehnte ab. Als Brecht später mit Charles Laughton zusammenarbeitete, schlug er ihm vor, den Schweyk zu spielen. Als Laughton einmal das

Stück laut vorlas, meinte er, 98 Prozent des Textes würden auch in der jetzigen amerikanischen Übersetzung beim Publikum ankommen. Doch auch er spielte den Schweyk nicht. Nachdem Weill aus dem Projekt ausgestiegen war, schrieb Hanns Eisler drei Lieder zu dem Stück. Die Hauptteile der Eislerschen Bühnenmusik entstanden jedoch erst 1956. Eine Aufführung in den USA kam nicht zustande. Brecht, der im amerikanischen Exil geglaubt hatte, mit dem Stück den Broadway zu erobern, zog später, als er in Berlin über ein eigenes Theater verfügte, eine Aufführung nicht einmal in Erwägung. Zu einem Erfolg und Repertoirestück wurde der „Schweyk" erst nach seinem Tode.

Die Salons von Hollywood

Der kalifornische Raum zwischen dem Hafen San Pedro und Los Angeles mit der Jobmetropole Hollywood kam den meisten deutschen Emigranten wie ein Ghetto vor. Hier gab es die stärkste Konzentration von Künstlern, Dichtern, Wissenschaftlern, Juristen, Ärzten, die vor Hitler geflohen waren. Gottfried Reinhardt meinte, hier hätte sich leicht eine deutsche Universität gründen lassen; an Professoren der verschiedenen Fakultäten jedenfalls fehlte es nicht. Auch ein deutsches Krankenhaus wäre mit allen möglichen Spezialisten zu besetzen gewesen. Ein Theater zumal hätte wenn auch kein Publikum, so doch genügend hervorragende Schauspieler, Regisseure, Stückeschreiber und Intendanten gefunden. In Hollywood kannte jeder jeden. Leute, die sich in Berlin nie begegnet wären, trafen sich in regelmäßigen Abständen immer wieder in den gleichen Häusern. Zu keiner Zeit sonst gab es einen so engen Kontakt und regen Gedankenaustausch unter den deutschen Schriftstellern und Künstlern wie während der Kriegsjahre in Hollywood. Doch von den meisten Emigranten wurde diese Form der Kommunikation keineswegs nur positiv gesehen.

Waren die Arbeits- und Verdienstmöglichkeiten der einzelnen auch sehr unterschiedlich, so litten doch mehr oder weniger alle unter dem Zustand einer gefesselten Produktivität. Die meisten glaubten, das ihnen Mögliche hier nicht erreichen zu können. Selbst die Erfolgreichsten, die nicht mehr nach Deutschland zurückkehren wollten, sahen in Hollywood keineswegs den Ort ihrer Erfüllung. In einer solchen Atmosphäre blieben Spannungen, Streit und Feindschaften nicht aus. „Diese Gegensätze im Ghetto wurden von denen der Umwelt noch verschärft: Nennt Kalifornien doch nicht allein den höchsten Gipfel der kontinentalen USA und den tiefsten Punkt (unter dem Meeresspiegel), nur wenige Kilometer voneinander entfernt, sein eigen, Schnee lagert auch unmittelbar über der Wüste, subtropische Flora, jeden Stil der Welt imitierende Architektur, Gebirgsseen und Meeresstrand wechseln einander ab, Tannenwald und ausgedörrte Canyons werden von Großstadtmenschen bevölkert, die sich am liebsten nicht von der Klimaanlage trennen. Geschminkt, gepudert, kostümiert, brät man in greller Sonne. Theatermenschen ohne Theater. Kolossaler Reichtum wird von Leuten angesammelt, die im Grunde bedürfnislos sind. Als Sybariten verschrien, leben sie in Wirklichkeit nur der Arbeit. Voller provinzieller Minderwertigkeitskomplexe, ist der Hollywooder ... gastfreundlich, aber gegen Kritik empfindlich. Und jeder kritisierte. Besonders der Emigrant. Das lachende Hollywood verträgt kein Lachen, bringt keinerlei Selbstironie auf. Symbol ist Buster Keaton: ‚Dead-pan', und das heißt: versteinertes Gesicht in allen Situationen."[101] Im einsamen Skovsbostrand hatte es Helene Weigel mühsam bewerkstelligt, daß Brecht mit verschiedenen Leuten debattieren konnte. In Hollywood ergab sich das von selbst. Und doch kam bei ihm nie die große Lust zum Gespräch auf, die er sonst immer empfand. Salka Viertel, bei der er oft weilte, meinte, sie habe ihn eigentlich nie laut lachen hören. „Er lächelte sein feines Lächeln, lachte aber nie richtig und herzlich ..."[102] Und dabei lachte Brecht gern und laut und auffällig.

In jedem Ghetto bilden sich Gruppen, natürlich auch in Hollywood, wobei es da keine scharfen Abgrenzungen gab. Jeder lud zu seiner Party andere Gäste ein, auf diese Weise kamen Leute unterschiedlichster Richtungen miteinander in Berührung. So stellte das Haus Thomas Manns eine Gruppierung dar. Eine andere, politisch links orientierte, sammelte sich um Fritz Kortner und bestand hauptsächlich aus emigrierten Schauspielern. Nach Salka Viertel bildeten

Bruno und Liesl Frank, die Polgars, Franz und Alma Werfel einen Kreis, der sich dem Hause Thomas Manns verbunden fühlte und zu dem sich auch Wilhelm und Charlotte Dieterle sowie Fritzi Massary als zugehörig betrachteten. Dagegen habe Max Reinhardt, wie sein Sohn meinte, das Ghetto ignoriert. Die Berühmtheiten Hollywoods seien zwar gern in sein Haus am Pazifik zum Essen und zur Konversation gekommen, aber kaum jemand zu seinen Workshop-Vorstellungen.

Für Brecht gab es in Hollywood zunächst den Kreis der Freunde, mit denen er arbeiten und marxistische Gesichtspunkte diskutieren konnte. Dazu gehörten Hanns Eisler, später Paul Dessau, Ferdinand Reyher, Fritz Kortner, auch Lion Feuchtwanger und Peter Lorre. Davon hob sich der Kreis der „Frankfurtisten" ab, wie ihn Brecht und Eisler bezeichneten, jener Gelehrten der Frankfurter Schule wie Theodor W. Adorno, Max Horkheimer, Friedrich Pollock, Herbert Marcuse. In Deutschland hätte Brecht wahrscheinlich gar keinen Kontakt mit ihnen gehabt und das Gespräch nicht gesucht. In Hollywood war bei aller kritischen Haltung eine solche Distanz nicht möglich. Zwischen diesen beiden Gruppierungen standen jene Emigranten, die sich in den USA sehr unglücklich fühlten, weder an ihre Erfolge von einst anknüpfen noch ihren bisherigen Ruf überhaupt zur Geltung bringen konnten, wie Heinrich Mann, Alfred Döblin, Berthold Viertel, Arnold Schönberg. Ihnen blieb Brecht trotz politisch unterschiedlicher Meinung, ja Gegensätze verbunden. Bei den Partys waren immer auch Amerikaner zugegen, so daß sie nie zu reinen Geselligkeiten unter Emigranten wurden, wie das in anderen Emigrationszentren weit mehr der Fall war.

Am ungezwungensten waren die Treffs im Hause von Salka Viertel. „Da setzte Greta Garbo Max Reinhardt auseinander, wie sie den Hamlet zu spielen gedenke; da ergänzte Chaplin sein Universalgenie und kaperte sich seinen zukünftigen musikalischen Ghostwriter, den brillanten Ohrenbläser Hanns Eisler; da begegneten sich der liebenswürdige virtuose Rubinstein und der unliebenswürdige, seherische Schönberg; da ahmte der Urkomiker Curt Bois die Häßlichkeit des tiefernsten Geigers Bronislaw Hubermann nach; da versöhnten sich nach jahrzehntelanger Entfremdung und wochenlangen protokollarischen Verhandlungen die Brüder Heinrich und Thomas Mann an einem festlich gedeckten Ping-pong-Tisch, wo sonst Schönberg seinen tonaleren Kollegen noch ein weiteres auswischen wollte, jedoch das Zwölf-Ton-System ausnahmsweise versagte ...“[103] Mit Berthold Viertel kam Brecht dagegen weit weniger ins Gespräch. Im Unterschied zu seiner Frau hatte Viertel als Regisseur und Schriftsteller in Hollywood keinen Erfolg, so daß er in anderen Teilen des Landes einen Job suchen mußte. Wenn er wieder eine Weile in Santa Monica Station machte, war er Brecht als ein intelligenter und vielfältig interessierter Gesprächspartner willkommen. Sein Können als Regisseur lernte Brecht erst viel später schätzen. Gegenüber Salka Viertel verhielt sich Brecht stets sehr respektvoll, aber als Gesprächspartnerin scheint sie auf ihn keinen großen Eindruck gemacht zu haben. In seinem „Arbeitsjournal“ erwähnte er sie nur zweimal, so daß daraus gar nicht ablesbar ist, wie wichtig und auch hilfreich das Haus Viertel für Brecht selber und seine Familie gewesen ist, wie viele Verbindungen dort geknüpft wurden. Es kann sein, daß Brecht den Betrieb um Salka Viertel nicht mochte. Sie war ihm zu sehr von anderen umringt, das behagte ihm nicht, da gesellte er sich nicht gern dazu. Doch ohne diese Geschäftigkeit war Hilfe nicht möglich. In ihrem Hause machte sie viele Leute miteinander bekannt. Und das war dringend nötig, denn hier in Kalifornien kannte man von denen, die in Berlin berühmt gewesen waren, oft nicht einmal den Namen. Die Brechts hielt man in den ersten Jahren für ein komisches Ehepaar, das kein Wort Englisch sprach.

Feuchtwanger hatte sich nach einigen Anläufen wieder so eingerichtet, wie er es gewohnt war. Was ihm auch widerfuhr, die kultivierte, von einem geschmackvollen Luxus geprägte Lebensweise verstand er immer wieder herzustellen. Selbst in den widrigsten Umständen verhielt er sich als ein Lebenskünstler. Während sich Brecht über den Lebensstil Thomas Manns, über dessen Haus und Wagen mokierte, obwohl Thomas Mann im Vergleich zu Feuchtwanger geradezu bescheiden lebte, ließ er gegenüber dem Freund kein Gefühl des Neids erkennen. Als es Feuchtwanger nach der Übersiedlung in die USA gelungen war, seine gesperrten Bankkonten freizubekommen, wechselte er viermal das Haus, bis er 1943 die Villa in Pacific Palisades bezog. Das Anwesen hatte er billig erworben, weil das Haus abseits von den anderen auf einem Berge stand und erst mit beträchtlichem Aufwand auf den erforderlichen baulichen Standard gebracht werden mußte. Unter Feuchtwangers Regie bekam es bald Konturen, die die Besucher veranlaßten, vom „Schloßherrn" Feuchtwanger zu reden. Von Brecht, der in seinem „Arbeitsjournal" ausführlich die Gedankengänge Feuchtwangers über den Verlauf des Krieges und über Hitler notierte, gibt es keine Beschreibung dieses Hauses, in dem er oft zu Gast war. Thomas Mann dagegen schwärmte: „Ein wahres Schloß am Meer ist sein, in den malerischen Hügeln der Santa-Monica-Bucht mit prachtvollem Ausblick gelegen, in dessen weitläufigen Wohnräumen die kostbare Büchersammlung sich reiht, die er stetig vermehrt."[104] Und Hermann Kesten schrieb nach einem Besuch: „Gestern waren wir bei Feuchtwangers zum Tee, so sollten Schriftsteller wohnen, in einem Schloß am Meer, auf einem Hügel, mit lauter Rundblicken auf Meer und Gebirge, mit zwanzig Zimmern, mit 11000 Büchern, darunter Erstausgaben, Bodonidrucken, Aldinischen Ausgaben etc., mit Bananen-Orangen-Zitronenbäumen, Eukalyptusbäumen, einem hügeligen Park von zwei acres, einer Sekretärin ... Eigene tropische Fischteiche, Waschbären, Hunde, Katzen, Pumas, Rehe, Stinktiere, alles im eigenen Park. Terrassen, im Park Frühstückstische, Lunchtische, Autos."[105] Hier werde, so meinte Gottfried Reinhardt spöttisch, „hochkapitalistisch gehaust und kommunistisch parliert"[106].

Zweimal im Jahr lud Feuchtwanger die deutschen Schriftsteller und Künstler in sein Haus, um aus einem neuen Werk zu lesen. Eisler erzählt: „Und da las er uns manchmal leider auch vor. Und nun ist es so: Ich lese ja gerne seine Romane, aber nur vorgelesen – höre ich sie nicht. Also, das hat er bei Brecht nicht gemacht. Da hat er den Brecht einfach nicht zugewählt. Aber ich mußte mir das oft anhören. Und der Kortner auch. Da gab's kein Pardon. Da mußte man eben stillhalten. Er las übrigens sehr gut vor."[107] Nach der Lesung bat er um Meinungen, um ergänzende Gedanken zu seinem Werk. Brecht hätte sich hier auch schon deshalb nicht an der Diskussion beteiligt, weil die erste Wortmeldung meist Thomas Mann vorbehalten blieb.

Viel lieber war Brecht das intime Gespräch mit dem gescheiten Feuchtwanger oder das im kleinen Kreis der Freunde. Feuchtwangers politische Ansichten hoben sich meist in der Meinungsrunde ab. Vor allem im deprimierenden Jahr 1941, als die faschistischen Armeen tief in das Territorium der UdSSR vorstießen und nicht wenige Emigranten glaubten, Europa sei an Hitler verloren, zeigte sich Feuchtwanger optimistisch. Brecht freute das. Am 27. Oktober notierte er: „die nazis dringen in die krim ein, bedrohen den kaukasus, leningrad und moskau, die engländer schauen ‚beunruhigt' zu, aber FEUCHTWANGER zeigt alleräußerstes erstaunen, wenn jemand daran zweifelt, daß die russen noch siegen könnten. ein zweifel daran erscheint ihm reiner aberwitz."[108] Als sich eine Woche später Fritz Kortner, Heinrich Mann, Ludwig Marcuse und Brecht bei Feuchtwanger versammelten, äußerte man sich enttäuscht über den schlechten Start der britischen Offensive in Libyen. Feuchtwanger teilte diese Meinung auch diesmal nicht. Die Engländer arbeiteten etwas langsamer, doch am Ende werde Nazi-Rommel doch geliefert sein. Hier war nicht einmal Brecht bereit, ihm so ohne weiteres zu folgen. „ich selber meine, daß keine waffe so jung sein kann, daß sie nicht versagen muß in den händen einer klasse, die so alt ist wie die englische aristokratie."[109] Tief beeindruckt war Brecht über den entschlossenen, alle Möglichkeiten mobilisierenden Widerstand der Sowjets. Hier stimmte er mit Feuchtwanger überein, dessen allgemeinen Optimismus er jedoch nicht teilte. Brecht lenkte das Gespräch von der Libyen-Offensive auf den Widerstand der Rostower Bewohner, die sich den in ihre Häuser eindringenden Soldaten mit Bratpfannen zur Wehr setzten, so den Krieg zu ihrer persönlichen Sache machend. Die faschistische Presse fand eine solche Haltung empörend, sie verstoße gegen das Kriegsrecht. Der alte Heinrich Mann stellte sich ganz auf die Seite Brechts, wenn er bemerkte: „‚ja, tanks sind erlaubt, aber nicht bratpfannen.'"[110]

Eines der häufigsten Gesprächsthemen, nicht nur im Hause Feuchtwangers, war das Phänomen Hitler. Der Autor historischer Romane sah darin für sich ein Arbeitsproblem. Feuchtwanger kam immer wieder darauf zu sprechen. Brecht notierte ein wenig mitleidig: „feuchtwanger und andere können mit dem phänomen HITLER nicht fertig werden, weil sie das phänomen ‚herrschendes kleinbürgertum' nicht sehen. das kleinbürgertum ist ökonomisch nicht eine selbständige klasse. es bleibt immer objekt der politik, jetzt ist es objekt der großbürgerlichen politik."[111] Tags darauf, am 28. Februar 1942, kamen die Feuchtwangers zum Abendessen zu Brechts. Das Thema vom Vortage „Ist Hitler ein Hampelmann?" wurde wieder aufgenommen. Brecht und Feuchtwanger vertraten hier kontroverse Standpunkte. Feuchtwanger wollte Hitler keinen Plan, keine originelle

Idee zugestehen. In seinen Augen war er ein unbedeutender Mime, den die Reichswehr engagiert habe, ihre Geschäfte zu besorgen. Doch gerade aus der Sicht der Kunst fand Brecht einen solchen Standpunkt unzulänglich, weil dann Hitler in der Dramatik nur noch als unbedeutend, als Charge gestaltet werden könnte. Er selbst hatte das Problem dahin gehend gelöst, daß er Hitler nicht in erster Linie als großen Verbrecher darstellte, sondern als Verüber großer Verbrechen. Aber das ganze Thema wäre ihm nicht so wichtig gewesen, hätte er nicht in dem methodischen Ausgangspunkt Feuchtwangers das Problem gesehen. Wieder nahm Brecht wahr, daß sein Freund gesellschaftliche Fragen von einem geistigen Aristokratismus her beurteilte: „der stil ist der mann."[112] Im Unterschied zu Feuchtwanger hatte er keine Bedenken, Hitler als „großen mann" aufzufassen, wenn bewußtgemacht wird, wohin „bürgerliche größe" führen kann. Brecht argumentierte: „man bekämpft hitler nicht, wenn man ihn als besonders unfähig, als auswuchs, perversität, humbug, speziell pathologischen fall hinstellt und ihm die andern bürgerlichen politiker als muster, unerreichte muster, vorhält; wie man ja auch den faschismus nicht bekämpfen kann, wenn man ihn vom ‚gesunden' bürgertum (reichswehr und industrie) isolieren und ‚allein' beseitigen will. würde man ihn goutieren, wenn er ‚groß' wäre? – aber auch eine tiefgreifende dramatische darstellung zb scheint mir nicht möglich, wenn übersehen wird, daß er eine wirklich nationale erscheinung, ein ‚volksführer' ist, ein schlauer, vitaler, unkonventioneller und origineller politiker, und seine äußerste korruptheit, unzulänglichkeit, brutalität usw kommen erst dann wirkungsvoll ins spiel. ... die bestie, sehr krank, sehr gefährlich, sehr stark, denkt scharf im detail, drückt sich am schlauesten aus, wenn sie sich verworren ausdrückt (der stil ist die situation), handelt sprunghaft, krankhaft, ‚intuitiv', produziert dauernd tugenden, die aus not gemacht sind, die berühmten ‚stöße' sind lauter gegenstöße zu anti[zi]pierten stößen der feinde.“[113] Feuchtwanger, der sich an die Meinung klammerte, Hitler sei ein Nichts, kam damit auch bei der amerikanischen Presse nicht an. Einen solchen Artikel druckte sie auch von Feuchtwanger nicht. Mit nicht zu übersehendem Hohn kommentierte Brecht: „aber der amerikaner versteht überhaupt nicht, wie ein mann nichts sein könnte, wenn die USA 40 milliarden zu seiner vertilgung ausgeben wollen.“[114]

Die Diskussion um das Phänomen Hitler beschäftigte viele Emigranten. So ärgerte es Kortner, daß jemand zu ihm gesagt hatte, Hitler sei ein zweiter Napoleon. Was er dann nach einigem Nachdenken herausfand, nahm sich wie das Satyrspiel zu der ernsthaften Gesprächsrunde Brechts mit Feuchtwanger aus. Kortner rief Brecht an und teilte ihm mit, für ihn sei Hitler „ein zweiter mussolini“[115].

Durch Feuchtwanger, aber auch einfach durch die Partys, wie sie in Hollywood üblich waren, kam Brecht mit Leuten zusammen, die er gar nicht mochte. So begegnete er bei Feuchtwanger dem Historiker-Schriftsteller Emil Ludwig, einem der Erfolgreichen der Weimarer Republik, die erfolgreich auch im Exil blieben. „... ein sehr gehemmter, etwas angetrunkener, subalterner, aber mit dem ‚funken' versehener mensch, völlig gesinnungslos, unoriginell, aber dem originellen ausgeliefert, töricht, aber die weisheit schätzend.“[116] Seinem Freund Feuchtwanger konnte es Brecht nicht verzeihen, daß er diesem Manne einen Aufsatz über Ovid versprach. Da Feuchtwanger herausgefunden hatte, Ovid sei aus Versehen ins Exil geraten, ließ er sich von Brecht nicht bewegen, sein Versprechen gegenüber Ludwig „charaktervoll zu brechen“. Mit einiger Betrübnis sah Brecht, wie weit der Forscherdrang zu haltlosen Grundsätzen verführte.

Silvester 1941 feierten die Brechts mit Feuchtwangers bei Elisabeth Bergner. An diesem Abend kam, wie sich Brecht ausdrückte, Erich Maria Remarque „hereingetropft". Obwohl Remarque in den USA sich viel energischer antifaschistisch betätigte und auch als Schriftsteller wieder stärker hervortrat als in seinem früheren Exilland Schweiz, galt er auch hier als ein literarischer Lebemann. Außenstehenden schien es so, als müsse er beweisen, daß es auch im antifaschistischen Exil den Playboy gibt. Auf einer Abendgesellschaft im Hause von Salka Viertel antwortete er auf die Frage, ob er Sehnsucht nach Deutschland habe: „Wieso? Ich bin doch kein Jud?"[117] Brecht tolerierte jeden Lebensstil, wenn er nicht der Arbeit im Wege stand. Doch wer nach seiner Vorstellung so in den Tag hineinlebte, verdiente keine Schonung. Die Charakteristik Remarques, die er in sein „Arbeitsjournal" eintrug, ist nicht ohne Niedertracht, verglich er ihn doch mit dem den Faschisten ergebenen Dichter Hanns Heinz Ewers, der einen Horst-Wessel-Roman geschrieben hatte: „r[emarque] ist im smoking, sieht aus wie hanns heinz ewers, und irgend etwas fehlt mir an seinem gesicht, wahrscheinlich ein monokel."[118]

Andererseits zeigte sich immer wieder, wie verbunden Brecht Menschen blieb, auch wenn sie sich auf einer bestimmten Wegstrecke von ihren früheren Einsichten lossagten, so Alfred Döblin, mit dem er in Berlin oft diskutiert hatte. Dessen Ansichten über das Epische schätzte er nach wie vor. Zusammenkünfte mit Döblin waren jedoch selten, der, ohne Auto, auf die Hilfe von Freunden angewiesen war, wollte er mit anderen ins Gespräch kommen. Ohne Verdienstmöglichkeiten, ohne Erfolg, ohne Anerkennung in der Öffentlichkeit, sich nur auf wenige Freunde stützend, mußte er seine Isolierung als total empfinden. Brecht fand vor allem die finanzielle und häusliche Lage Döblins empörend. Dabei übertraf nach seiner Meinung dieser Romancier alles, was sich an deutschen Schriftstellern in Kalifornien niedergelassen hatte. Tatsächlich ging es Döblin noch weit schlechter als Brecht selber. Nachdem sein Vertrag mit der Filmfirma MGM ausgelaufen war, bezog er eine wöchentliche Arbeitslosenunterstützung von 18 Dollar. „abends bei döblins. kleines möbliertes haus für 60 $ im monat, aus dem sie heraus müssen, jetzt, wo er (zusammen mit 8 andern, darunter heinrich mann, die, aus frankreich ankommend, picturewriterkontrakte bekamen) fired ist. er steht vor dem nichts, zeigt aber seinen alten berliner humor. was für ein geschäft aufmachen? um ein arztexamen zu machen, müßte er ein jahr studieren, als healer müßte er englisch können (ich kann nich 'nen mann in hypnose ersuchen, er soll mir 'n wort sagen, das mir für ihn fehlt)."[119] Das Filmstoryschreiben verlief für Döblin noch unerfreulicher als für Brecht, da er seinen monatlichen 100-Dollar-Scheck von 10 Uhr bis 17 oder 18 Uhr im Office absitzen mußte. Im Unterschied zu Brecht, der sich bereit fand, hollywoodgemäß zu schreiben, erklärte Döblin, daß er sich nicht verkaufen werde. Ein solcher Standpunkt mußte hier, wo alles an der Höhe der Kaufsumme gemessen wurde, völlig unverständlich erscheinen, einfach schwachsinnig. Zur weiteren Isolierung trug bei, daß er den Erfolgsschriftstellern vorwarf, sie würden ihren Wohlstand mit der Preisgabe ihrer dichterischen Integrität erkaufen. So bezog er gegenüber Feuchtwanger eine ähnlich polemische Haltung wie Brecht gegenüber Thomas Mann. In der Kritik an Thomas Mann jedoch, den Döblin für „das Musterbeispiel der großbürgerlichen Degeneration"[120] hielt, stimmten sie völlig überein. Als Brecht sein Honorar für „Hangmen Also Die" erhielt, verzichtete er auf die finanzielle Hilfe durch den European Film Fund und unterstützte nunmehr Alfred Döblin.[121]

Während Brecht an Döblin bewunderte, wie dieser unerbittlich an seinem in den Jahren der Weimarer Republik erarbeiteten schriftstellerischen Standard festhielt und lieber die Rolle eines Don Quijote in Hollywood auf sich nahm, beklagte er, daß sich dieser gesellschaftskritische Dichter dem Mystischen zuwandte und in die Arme der Kirche warf. Brecht, der zwei Tage vor dem Zusammentreffen mit Döblin im April 1942 in sein „Arbeitsjournal" eingetragen hatte: „und tag und nacht tobt auf den schneefeldern von smolensk der kampf um die würde des menschen"[122], mußte es bitter ankommen, wenn Döblin aus seiner antisowjetischen Einstellung auch ihm gegenüber keinen Hehl machte. Leute mit einer solchen Haltung pflegte Brecht sonst zu vergessen. Was Döblin betraf, an dessen Wertschätzung er keine Abstriche machte, empfand er „etwas von dem verständnisvollen entsetzen über einen mitgefangenen, der den folterungen erlegen ist und nun aussagt"[123].

Bereits seit der Übersiedlung in die USA bemühte sich Döblin um seine Konversion zur katholischen Kirche. Die für alle überraschende Entscheidung trug er ausgerechnet auf der Feier vor, die die Freunde zu seinem 65. Geburtstag am 14. August 1943 in dem kleinen Theatersaal von Santa Monica arrangiert hatten. An diesem Tage waren alle gekommen, die etwas mit der deutschen Literatur zu tun hatten, auch jene, die sonst gegenüber dem verbittert polemischen Döblin auf Distanz hielten. Daß die Feier zustande kam, ging vor allem auf die Initiative von Helene Weigel und Brecht zurück. „Wir alle waren sehr gerührt und wollten jetzt einmal den guten alten Döblin, dem wir alle aus Berlin herzlich verbunden waren, feiern. Und Brechts Haus war der organisatorische Mittelpunkt der ‚Organisation der Geburtstagsfeier von Döblin'"[124], erinnerte sich Hanns Eisler. Er selbst übernahm es, Feuchtwanger, Thomas und Heinrich Mann für die Ehrung zu gewinnen. Salka Viertels Bruder, den international gefragten Pianisten Eduard Steuermann, bat er, einen für Döblins Geburtstagsfeier komponierten Klaviersatz zu spielen. Heinrich Mann übernahm Begrüßungsrede und Laudatio. Die Schauspieler Kortner, Lorre und Granach lasen aus Döblins Werken. Blandine Ebinger sang Berliner Chansons.

Es wäre wirklich eine gelungene Feier geworden, hätte nicht Döblin noch das Wort zu einer Danksagung ergriffen, die er benutzte, um ein christliches Glaubensbekenntnis abzulegen. Alle fanden diese Offenbarung peinlich, ja grotesk. Thomas Mann meinte, es sei bedauerlich, daß sich Döblin eine solche Blöße gegeben habe. Ganz und gar zum Narren gehalten fühlte sich Hanns Eisler, der auf Brechts Betreiben alles in die Wege geleitet hatte: „Ich wurde also fast grob. Ich sagte mir, also das geht mir zu weit. Man läuft mir das Haus ein, ich komponiere für diesen Narren ein Musikstück, mein armer Freund Steuermann, statt seinen Urlaub an der Beach zu verbringen, studiert das ein – und ich höre, daß ich Gott suchen soll. Das geht mir zu weit. Ich machte keinen Skandal im Vortragssaal, aber ich verließ so laut und deutlich die Stuhlreihe – wo der Brecht mir immer ‚pssst!' nachrief – und ging weg und machte ein, wie man sagt, ‚unangenehmes Aufsehen'. Also das war eine jammervolle Angelegenheit. Es zeigt eben, daß die Familie Brecht – vor allem der Bert; und auch die Helli muß ich rühmen – wirklich freundschaftsfähig sind."[125] Obwohl Brecht das alles auch höchst peinlich fand – seinen Eindruck hielt er in dem Gedicht „Peinlicher Vorfall" fest –, versuchte er sich jedoch in den Mann hineinzudenken, dem die Zeit solche Wunden geschlagen hatte, daß er woanders Trost suchte als in der Hoffnung auf die neue Zeit. Brecht entschuldigte Döblin, aber nicht ohne die gesellschaftlichen Konsequenzen zu markieren, das Defizit an politischer Haltung, das nach seiner Meinung Döblin immer mehr ins Abseits hatte treiben lassen. „ein fatales gefühl ergriff die rationaleren zuhörer, tatsächlich haben besonders harte schläge döblin niedergeworfen: der verlust zweier söhne in frankreich, die undruckbarkeit eines 2400-seiten-epos, angina pectoris (die große bekehrerin) und das leben mit einer ungewöhnlich dummen und spießigen frau. … als döblin anfing zu beschreiben, wie mit vielen anderen schreibern auch er mitschuldig wurde an dem aufstieg der nazis (‚sagten nicht Sie, herr thomas mann, er sei wie ein bruder, ein schlechter natürlich‘, fragte er nach der ersten reihe herunter), und die frage entschlossen aufwarf, warum denn, glaubte ich für minuten kindlich, er werde jetzt fortfahren: ‚weil ich die verbrechen der herrschenden vertuscht, die bedrückten entmutigt, die hungernden mit gesängen abgespeist habe‘ usw. aber er fuhr nur verstockt, unbußfertig, ohne reue fort: ‚weil ich nicht gott suchte.‘“[126]

Kalifornien führte Brecht auch weit häufiger mit Thomas Mann zusammen, als sich das je in Deutschland ergeben hätte. Einladungen zum 5-Uhr-Tee mit Thomas Mann gab es zwar für ihn nicht, aber man traf sich in den Häusern, die ebenso den Kontakt zu Thomas Mann wie zu Bertolt Brecht pflegten. Die räumliche Nähe indessen änderte nichts an den seit jeher bestehenden Spannungen, die sich im Gegenteil noch verschärften. Gegen Ende des Krieges gab es dafür auch politische Gründe. Doch weitgehend war die Polemik einfach vom Neid Brechts diktiert. Ein untrügliches Gefühl schien ihm zu sagen, daß er nur dann in die erste Reihe deutscher Dichter aufrücken würde, wenn sein literarischer Ruf an den Thomas Manns heranreichte. Noch glaubte er zu wissen, daß der Thomas-Mann-Kreis in ihm vor allem den erfolgreichen Texter der „Dreigroschenoper“ sah. Als letztes Beispiel dafür wertete er die „Furcht und Elend“-Kritik von Hermann Kesten im „Aufbau“. Diese Kritik klebte er in sein „Arbeitsjournal“, versehen mit der Bemerkung: „interessant, wie versucht wird, bestimmte kunstwerke einfach aus der literatur auszuweisen und sie in besonderen konzentrationslagern unterzubringen. die literatur der niedrigen kann keine hohe literatur sein.“[127] Allein schon die Wortwahl, „aus der literatur auszuweisen“, in „besonderen konzentrationslagern“ unterzubringen, erhellt, was sich da an Haß angestaut hatte.

Eisler beklagte immer wieder, „der Brecht war gegen den Thomas Mann von einer – ich kann nur sagen: Renitenz!“[128] Obwohl die Abneigung mit Hinweisen auf die Werke gestützt wurde, spielten diese eigentlich gar keine Rolle, weil keiner die des anderen las. Eisler meinte zwar, daß Thomas Mann einige Stücke von Brecht kannte, aber dessen Rolle in der deutschen Literatur begriff er ebensowenig wie Georg Lukács. Das Groteske dabei ist, daß es gerade Thomas Mann war, der als erster die Amerikaner mit dem Namen Brecht bekannt gemacht hatte. Als Korrespondent des amerikanischen Magazins „The Dial“ wies er im Septemberheft 1923 auf „Trommeln in der Nacht“ und im Novemberheft 1924 auf „Eduard“ hin und nannte den Autor „ein starkes, aber etwas nachlässiges Talent, das vom deutschen Publikum verwöhnt wird“[129]. Was die Thomas-Mann-Kenntnis Brechts betraf, so urteilte Eisler: „Brecht kannte, glaube ich, Thomas Mann nur von meinen Berichten. So eine Art literarischen Berichterstatter hat Brecht sehr gern gehabt. Denn ich lese auch sehr dicke Bücher. Mir macht's ja nichts aus; denn der Abend ist oft lang, und am Abend kann ich net komponieren. Da berichtete ich Brecht immer über schöne Stellen im ‚Zauberberg‘. Und er war immer ganz erstaunt, daß da so gute Sachen drin sind. Da meinte er, das müsse man wirklich einmal durchsehen. Er kam nie dazu.“[130] Von seiten Thomas Manns gab es keinen Haß auf Brecht, eher Gleichgültigkeit. Doch die ärgerte Brecht noch mehr. Was ihn aber im amerikanischen Exil am meisten aufbrachte, war die Selbstverständlichkeit, mit der diesem Schriftsteller eine politische Führerrolle zugespielt wurde, hielt er doch gerade ihn in allen Fragen der Politik für am wenigsten kompetent.

Brechts Wut staute sich zunächst an ganz privaten Dingen, zum Beispiel, daß sich Thomas Mann ein Haus baute. Dem wurde noch dadurch Vorschub geleistet, daß eine amerikanische Zeitung darüber mit einem Bild auf der ersten Seite berichtete. Als Brecht einmal die totale Erfolglosigkeit und Armut Heinrich Manns beklagte, stellte er das so dar, als ließe Thomas Mann seinen Bruder verhungern, während er selbst im Reichtum lebte. „in dieser umgebung döblin und heinrich mann zu sehen ist anstrengend. sie sind da nichts mehr als erfolglos. h m[ann] hat nicht das geld, einen arzt zu rufen, und sein herz ist verbraucht. sein bruder, mit einem haus, das er sich baute, 4–5 autos, läßt ihn buchstäblich hungern. nelly, erst 45jährig, vulgär und von einer groben hübschheit, arbeitete in einer wäscherei, trinkt. die zwei sitzen in einer sehr kleinen, stickigen villa ohne garten in hollywood mit billigen möbeln und manns wenigen geretteten büchern.“[131] Brecht urteilte auch hier polemisch und keineswegs gerecht, so sympathisch sein Mitgefühl für den alten Heinrich Mann auch anmutet. Alles in allem überschätzte er Thomas Manns Einkünfte aus dessen Büchern maßlos, mußte dieser doch, um den gewohnten Lebensstil aufrechterhalten zu können, regelmäßig Vortragsreisen unternehmen. Was die Familie schockierte und sie bewog, im Zusammenleben mit Heinrich etwas auf Distanz zu gehen, war seine Frau Nelly. Im Exil traten charakterliche Schwächen des einzelnen viel stärker zutage, als das in der Heimat je der Fall gewesen wäre. Brecht, der sonst so etwas gar nicht bemerkte, brandmarkte sie im Falle Thomas Manns mit dem Eifer eines Moralisten. Selbst Eisler hatte da gelegentlich die Nase voll. Für diese Art von Feindschaft fehlte ihm jedes Verständnis.

Eisler war trotz radikaler Ansichten in allen Häusern ein gern gesehener Gast. Da er wie Thomas Mann in Pacific Palisades wohnte, ergaben sich wechselseitige Besuche von selbst. Den Unterschied in den Beziehungen zu Eisler und Brecht brachte Katia Mann zum Ausdruck, als sie bemerkte: „Zwischen Bert Brecht und meinem Mann bestand keine Sympathie. Sie paßten irgendwie nicht zueinander“[132], während sie von Eisler sagte: „Jedenfalls haben wir ihn öfters gesehen; er war öfters bei uns und wir bei ihm. Er hat meinen Mann immer sehr unterhalten ...“[133] Für den gesprächssüchtigen Hanns Eisler muß Thomas Mann ein idealer Partner gewesen sein. Ihm, der, wie sich Eisler ausdrückte, so ganz alte Kisten wie Pfitzners „Palestrina“ mit wahrer Andacht liebte, aber als musikalischer Dilettant auch wissen wollte, was die neue Musik denn dagegen einzuwenden habe, konnte Eisler mit Genuß seine Gedanken über die Dummheit in der Musik erläutern. Thomas Mann wiederum empfahl sich bei solchen Gelegenheiten als ein ebenso geduldiger wie amüsierter Zuhörer.

Dieser enge Kontakt Eislers zu Thomas Mann behagte Brecht gar nicht. Von seinen Freunden verlangte er nun einmal, daß sie sich auf ihn einstellten. Das führte gelegentlich zu grotesken Ansprüchen.

„Brecht war immer dagegen“, so Ruth Berlau, „daß seine Freunde heiraten, denn danach waren sie irgendwie anders engagiert und hatten gerade dann keine Zeit, wenn Brecht sie brauchte, oder es paßte dieses und jenes nicht, weil es ihrer Frau nicht paßte. Fast immer hat Brecht die Frauen seiner Freunde und engen Mitarbeiter mit einem gewissen Mißtrauen behandelt. ... Wenn Brecht mit Lou [Eisler – W.M.] nicht reden wollte, mußte Helli mit ihr Kaffee trinken. Lou hat dann geglaubt, Helli will sie von Brecht fernhalten. Aber sie hat Helli absolut mißverstanden. Helli konnte gar nicht anders. Sie mußte sich in der Emigration danach richten, wen Brecht in seinem Arbeitszimmer haben wollte.

Nun hatten die Eislers immer viele berühmte Gäste. Lou hat das dann so arrangiert, daß die Brechts an den Nachmittagen, an denen Chaplin kam, nicht hinzugeladen wurden. Wegen dieser merkwürdigen Taktik – ab und zu wirklich schade – entwickelte nun Helli wieder den Ehrgeiz, zu ihren Abenden mit berühmten Leuten die Eislers nicht einzuladen. Helli hatte Laughton gekapert, aber Lou hatte

Chaplin. Beide hatten einen Trumpf. Diese Chaplin-Nachmittage waren natürlich Lous Stolz. Ich war dabei und habe gesagt: ‚Mein Gott, laß doch auch den Brecht mal ran!'“[134]

Eislers Kontakte zu Thomas Mann faßte Brecht als eine Art „Landesverrat“ auf. Eisler hielt Thomas Mann nicht nur für einen großen Dichter, dessen Romane ihm persönlich sehr imponierten, er beurteilte auch dessen politische Aktivität anders als Brecht. Daß Thomas Mann Mut und Engagement im antifaschistischen Kampf bewies, stand für Eisler ganz außer Frage, während Brecht da immer nur Halbheiten, feige Rückzüge und Kompromisse sah. Die Möglichkeiten, die sich für ihn aus seiner Vorzugsstellung in der deutschen Literatur ergaben, daß er vom Ausland aus über den Rundfunk zu den deutschen Hörern sprechen konnte, nutzte er konsequent. Selbst wenn Brecht Thomas Manns Romane nicht mochte, hätte er doch zumindest diese politische Arbeit gegen Hitler würdigen können. Aber nein, er wollte von Thomas Mann immer viel weiter gehende Erklärungen unterschrieben haben. Während Brecht bei Schönberg sogar ausgesprochen reaktionäre Ansichten tolerierte, gab es bei Thomas Mann keine Schonung, wenn er politisch nicht mit seiner Meinung übereinstimmte. Aber auch in der Zustimmung hätte er ihn politisch nicht für voll genommen. Brechts tolerantes Verhalten zu Arnold Schönberg wurde allerdings nur dadurch erreicht, daß Eisler ihn so in die Kur nahm, daß er alle Polemik gegenüber dem großen Musiker zurückstellte und sie nur seinem „Arbeitsjournal“ anvertraute. Aber selbst dort blieb er tolerant und voller Hochachtung. Ihn zu einer ähnlichen Haltung gegenüber Thomas Mann zu bewegen, gelang Eisler nicht, obwohl er dazu auch die Hilfe Lion Feuchtwangers in Anspruch nahm. „Wenn der Thomas Mann bei mir war, habe ich immer wieder auch versucht, den Brecht einzuladen. Auch der Feuchtwanger. Sie sehen, was für Probleme man hatte: Wen ladet man ein! Auch solchen Unsinn gab es eben. ... Kurz und gut: Mißtrauen, Renitenz bis zu bösartigen lauten Bemerkungen machten ein Zusammensein von Thomas Mann und Brecht ziemlich unangenehm. Vor allem war das Alter Thomas Manns. Er war bereits also aus dem Schußalter heraus. Und was soll das? Also warum das?"[135]

Wenn dieser Versuch einer Vermittlung auch mißlang, so hatte doch Eisler gerade im amerikanischen Exil einen nachhaltigen Einfluß auf Brecht. Was ihm nicht gelang, gelang keinem. Im Unterschied zu Brecht war Eisler enorm belesen. Wirkliche Belesenheit ist ja ebenso selten wie große Begabung. Der innere Antrieb dazu kommt nicht zuletzt aus sublimer Langerweile, die Brecht wiederum überhaupt nicht kannte. Er vermochte mit Gelesenem, auch wenn nur durch andere übermittelt, enorm viel anzufangen. Ihm genügten Bruchstücke. Das Fragmentarische war ihm am liebsten. In ein Gesamtwerk sich einzulesen, in eine fremde Gedankenwelt Schritt für Schritt einzudringen, das lag ihm gar nicht. Er suchte immer nur das, was er auf seine Weise gebrauchen konnte. Wenn Brecht den Eindruck machte, er sei belesen, so eigentlich nur deshalb, weil er erstaunlich viel Material aufnahm und verbrauchte. Dabei erschien ihm der Umgang mit so beschlagenen Leuten wie Eisler und Feuchtwanger lebensnotwendig. Während er aber Feuchtwanger zu sehr in der Tradition befangen sah, wußte er von Eisler, daß der sich auf die schwierige Operation verstand, das Technische vom Inhaltlichen abzulösen. Bei einem Dialektiker seines Formats konnte sich Brecht darauf verlassen, daß er ein Werk von den verschiedenen Seiten durchdachte und nicht nur vom künstlerischen Geschmack her urteilte. Hier lag sozusagen der „geheime" Einfluß, den Eisler auf Brecht zu nehmen verstand. Wenn er einen längst vergessenen Schriftsteller empfahl, wenn er auf klassische Dichter verwies, die von der Reaktion genutzt wurden – wie der vom Faschismus mißbrauchte Hölderlin –, konnte Brecht sicher sein, daß da etwas dran war. Wenn Eisler das musikalische Genie seines Lehrers Schönberg rühmte, der politisch der Monarchie nachtrauerte, so tat er das nicht nur aus Liebe zu seinem Lehrer, sondern aus der Erkenntnis, daß der künstlerische Materialfortschritt nicht immer einhergeht mit dem Verständnis für den politischen Fortschritt.

Zu gelegentlichen Spannungen zwischen Brecht und Eisler kam es aber auch noch aus anderen Gründen, die in der künstlerischen Produktion lagen. Eislers Position in Hollywood ließ sich nicht mit der Brechts vergleichen. Zwar zählte man ihn mehr zur Boheme und nicht zu den Leuten mit sicherem Job in den Studios, dafür aber galt er als erstklassiger Spezialist auf dem Gebiet der Filmmusik. Seine Filmmusiken verschafften ihm in Hollywood Respekt. Brecht nun hätte es gern gesehen, wenn er mehr für ihn komponiert hätte. Doch Eisler wollte sein Können nicht nur an Produktionen wenden, die keine Chance besaßen, aufgeführt zu werden. Dazu war er viel zu sehr Praktiker. Eben weil er sich in der angewandten Musik auskannte und das musikalische Neue auch in den kommerziellen Bereich einzuführen verstand, blieb ihm der Markt von Hollywood nicht verschlossen. Dem Besitz- und Verfügungsanspruch, den Brecht in bezug auf seine Freunde immer geltend machte, konnte sich Eisler einfach nicht fügen. Schließlich mußte er in der harten Geschäftswelt von Hollywood sein Geld verdienen. Diese Eigenart Brechts, alles nach seinen Gesichtspunkten auszurichten, ärgerte Eisler, kränkte ihn und führte bei einem so eigenwilligen Temperament gelegentlich auch zur inneren Rebellion, ohne jedoch den Glücksfall ihrer Freundschaft und gemeinsamen Produktion in Frage zu stellen.

Eisler ging diese Ausschließlichkeit, auf die Brecht bei bestimmten Gelegenheiten plötzlich pochen konnte, gegen den Strich. Deswegen waren sie schon einmal im dänischen

Exil aneinandergeraten. Jetzt wurde die Sachlage durch den Umstand verschärft, daß sich Paul Dessau seit 1943 in Hollywood befand und Brecht mit ihm intensiv zu arbeiten begann. Auf Eisler machte das den Eindruck, als ob Brecht, da er sich von ihm nicht hinreichend bedient fühlte, nun auf Dessau setzte. Eine solche Sicht mochte sicher der eifersüchtigen Regung eines wirklichen Freundes geschuldet sein. Allerdings spielte Brecht gern mit taktischen Varianten, wenn er meinte, dadurch die Produktivität zu steigern.

Seitdem sich Paul Dessau in Hollywood niedergelassen hatte, hatte sich seine Lage in materieller wie künstlerischer Hinsicht ganz wesentlich gebessert. Als exzellenter musikalischer Fachmann betätigte er sich in den Studios als Orchestrator. Das Ausschreiben von Orchesterstimmen empfand er zwar keineswegs als eine ihn befriedigende Arbeit. Doch sie wurde gut bezahlt und ermöglichte ihm, anderen künstlerischen Plänen nachzugehen. Vor allem kam es jetzt zu der von ihm so herbeigewünschten Zusammenarbeit mit Brecht. So unterbreitete ihm Brecht die Idee, die Musik zu einem Opernstoff, „Die Reisen des Glücksgottes", zu schreiben. Die Idee dazu war ihm gekommen, als er in Chinatown für 40 Cent einen kleinen chinesischen Glücksgott erworben hatte, den er dann Fritz Lang schenkte. „der gott derer, die glücklich zu sein wünschen, bereist den kontinent. hinter ihm her eine furche von exzessen und totschlag. bald werden die behörden aufmerksam auf ihn, den anstifter und mitwisser mancher verbrechen. er muß sich verborgen halten, wird illegal. schließlich denunziert, verhaftet, im prozeß überführt, soll er getötet werden. er erweist sich als unsterblich."[136] Doch Brecht kam damit nicht voran, obwohl der Stoff zu seinen Lieblingsideen gehörte. 1944 begann Dessau die Fotogramme der Brechtschen „Kriegsfibel" zu vertonen. „mitunter ruft dessau an und spielt mir übers telefon einen neuen vierzeiler vor. da kommt er wie von einem andern planeten."[137] In enger Zusammenarbeit mit Brecht montierte er aus dessen Gedichten ein großes oratorisches Werk, „Deutsches Misere", mit dem Eingangschor „O Deutschland, bleiche Mutter" und abschließend mit Versen aus den „Wiegenliedern". Da sich Brecht gern in alles einmischte, schlug er Dessau vor, den „einheitlichen Klangkörper" zu liquidieren. Vollendet wurde das Werk, das in seiner Bedeutung und im künstlerischen Format nur vergleichbar mit Hanns Eislers „Deutscher Sinfonie" ist, erst 1947. Mit welcher abrupten, schöpferisch produktiven Wendung sich Paul Dessau auf Brecht einzustellen verstand, war allerdings wirklich erstaunlich.

In Hollywood traf Brecht auch mit der ersten Garnitur des emigrierten Frankfurter Instituts für Sozialforschung zusammen, mit Theodor W. Adorno, Max Horkheimer, Herbert Marcuse, Friedrich Pollock und in diesem Umfeld auch mit dem Physiker und Philosophen Hans Reichenbach. Obwohl sich Brecht sehr gern mit Wissenschaftlern unterhielt, ja das Gespräch mit ihnen geradezu suchte, selbst wenn sie ganz andere Haltungen als er einnahmen, verlief die Begegnung mit den Vertretern der Frankfurter Schule eher distanziert bis ausgesprochen polemisch, ja feindlich. Allerdings darf man sich nicht jedes der Gespräche so polemisch aufgeladen vorstellen, wie das einige Notierungen des „Arbeitsjournals" nahelegen. Brecht bezog von diesen Leuten auch ganz sachliche Auskünfte, an denen er immer interessiert war, und benutzte sie gelegentlich, wie zum Beispiel Adorno, um Beziehungen zu knüpfen bzw. zu erneuern.

Das Institut für Sozialforschung war 1934 nach New York emigriert. Horkheimer und Adorno übersiedelten 1941 nach Kalifornien, zur selben Zeit, als sich Brecht hier niederließ. Sie blieben weiterhin dem in New York fortbestehenden Institut verbunden, entwickelten aber im Raum von Los Angeles – Hollywood ein reges Vortragsleben im kleinen

Kreis. Die Mitglieder des Instituts trafen sich in regelmäßigen Abständen bei Horkheimer oder Adorno zu Seminaren und Gesprächen. Dabei war man bemüht, nicht immer unter sich zu bleiben, und lud Wissenschaftler und Künstler ein, die hier lebten und von denen man sich Anregungen versprach. Als Brecht mit diesem Kreis bekannt wurde, lagen von einzelnen Mitgliedern wichtige Arbeiten vor: von Horkheimer der Aufsatz „Neue Kunst und Massen-Literatur" (1941), von Herbert Marcuse das Hegel-Buch „Vernunft und Revolution" (1941). Brecht lernte die meisten Mitglieder des Instituts gleich im ersten Jahr seines USA-Exils kennen. Noch nicht einen Monat im Lande, traf er bei einer Gartenparty, wie er im „Arbeitsjournal" formulierte, auf „den doppelclown horkheimer und pollock ..., die zwei tuis vom frankfurter soziologischen institut. horkheimer ist millionär, pollock nur aus gutem hause, so kann nur h[orkheimer] sich an seinem jeweiligen aufenthaltsort eine professur kaufen ‚zur deckung der revolutionären tätigkeit des instituts nach außen hin'. diesmal ist es an der columbia, aber seit die großen redsrazzias stattfinden, hat h[orkheimer] die lust verloren, ‚seine seele zu verkaufen, was an einer universität doch immer mehr oder minder stattfindet', und sie ziehen in den paradiesischen westen. was sind akademische palmen! – mit ihrem geld halten sie etwa ein dutzend intellektuelle über wasser, die dafür alle ihre arbeiten abliefern müssen ohne die gewähr, daß die zeitschrift sie jemals druckt. so können sie behaupten, daß ‚das geld des instituts zu retten, ihre hauptsächlichste revolutionäre pflicht durch all die jahre war'."[130] In welchem Maße Brecht diese Gelehrten verachtete oder sich von ihnen distanzierte, läßt sich viel deutlicher an dem Grad der Übertreibung als an den von ihm mitgeteilten Fakten ablesen. Immer dort, wo bei ihm die Pointe wichtiger wurde als der Fakt, konnte man sicher sein, daß er ganz auf Polemik und Aggression aus war. Horkheimer gehörte damals weder zu den Millionären, noch kaufte er sich Professuren. Der Hohn, der aus der Eintragung spricht, zielte darauf, daß Brecht diesen Leuten einfach nicht zugestehen wollte, das Wort „revolutionär" in den Mund zu nehmen. Etwas glimpflicher verfuhr er mit Adorno. „wiesengrund-adorno hier. er ist rund und dick geworden und bringt einen aufsatz über RICHARD WAGNER, nicht uninteressant, aber ausschließlich nach verdrängungen, komplexen, hemmungen im bewußtsein des alten mythenschmieds stöbernd, in dieser routine der lukács, bloch, stern, die alle nur eine alte psychoanalyse verdrängen."[139] In den zwanziger Jahren hatte Adorno über die Funktion der Musik im Werk Brechts geschrieben, doch wird es zwischen beiden kaum mehr als zu flüchtigen Begegnungen gekommen sein. Brecht seinerseits schilderte Adorno und Horkheimer so, als kennte er sie von früher. Feststehen dürfte, daß er durch Walter Benjamin, der gleichfalls zum Institut gehört hatte, über dessen unerquickliche Auseinandersetzungen mit Adorno und Horkheimer informiert war, so daß er sich über das Institut hinreichend unterrichtet glaubte. Daß er von ihren Werken kaum etwas kannte, läßt sich schon daraus entnehmen, daß er sie in ihren wissenschaftlichen Positionen unterschiedslos über einen Kamm scherte.

Dabei beschäftigten sich die Mitglieder des Instituts mit Themen, die Brecht durchaus betrafen. So war von Herbert Marcuse gerade in englischer Sprache ein Hegel-Buch erschienen, in dem er wichtige Aspekte des Marxismus erörterte. Eisler kannte das Buch und schätzte es. Horkheimer führte in seiner kalifornischen Zeit ein Hegel-Seminar durch. Adorno arbeitete gemeinsam mit Horkheimer während dieser Zeit an der „Dialektik der Aufklärung", einem Hauptwerk der Frankfurtisten. In der hauptsächlich in den USA erarbeiteten Theorie machten sie die Vernunft zu einer zentralen Kategorie. Die Vernunft aber spielte im Exilwerk Brechts eine nicht minder große Rolle. Doch während Brecht den Begriff zu einer poetischen Metapher formierte für die elementare Kraft, die von den objektiven Faktoren der Gesellschaft, den ökonomischen Triebkräften und der dadurch in Gang gesetzten Massenbewegung ausging, benutzten die Frankfurtisten die Kategorie in einer ganz anderen Richtung. In der „kritischen Theorie" brachte Horkheimer seinen Begriff der Vernunft folgendermaßen auf den Punkt: „Vernunft kann ihre Vernünftigkeit nur durch Reflexion auf die Krankheit der Welt verwirklichen, wie sie durch den Menschen produziert und reproduziert wird; in solcher Selbstkritik wird Vernunft zugleich sich selbst treu bleiben, indem sie am Prinzip der Wahrheit festhält, das wir allein der Vernunft verdanken, und sich an kein sonstiges Motiv wendet. Die Unterjochung der Natur wird in Unterjochung des Menschen zurückschlagen und umgekehrt, solange der Mensch seine eigene Vernunft und den grundlegenden Prozeß nicht versteht, durch den er den Antagonismus geschaffen hat und aufrechterhält, der sich anschickt, ihn zu vernichten. Vernunft kann nur dadurch mehr sein als Natur, daß sie sich ihre ‚Natürlichkeit' – die in ihrer Tendenz zur Herrschaft besteht – konkret bewußt macht, die nämliche Tendenz, die sie paradoxerweise der Natur entfremdet. Damit wird sie, indem sie ein Instrument der Versöhnung ist, zugleich mehr sein als ein Instrument."[140] Als Werkzeug der Versöhnung sah Brecht die Vernunft ganz gewiß nicht. Gegen alle Formen politisch oder philosophisch formulierter Versöhnung hegte er tiefes Mißtrauen. Noch negativer definierten Horkheimer und Adorno „die List der Vernunft", die die Menschen nur zu weiter reichenden Bestien gemacht habe. Den Gegensatz zu seiner philosophischen Auffassung konnte Brecht nicht übersehen. In seinem Denken, das auf die objektive Tendenz in der Geschichte vertraute, sahen sie nur eine entartete revolutionäre Phantasie.

Zuwider war Brecht bei den Frankfurtisten vor allem ihr

Einerseits-Andererseits. Bei ihnen blieb immer alles in der Schwebe, schien alles auf Vermittlungen aufgebaut. Hier lag ein wesentlicher Grund, weshalb sich Brecht mit ihrer Theorie nicht beschäftigte. Sie lieferte ihm keinen Impuls in Richtung auf die wirklichen Kämpfe. So gern er sich mit Theorien beschäftigte, die unter den Marxisten-Leninisten als umstritten oder abwegig galten, glaubte er bei den Frankfurtisten nichts erkennen zu können, das ihn zu einer produktiven Auseinandersetzung reizte. So kam es, daß sich Brecht völlig desinteressiert an einer Theorie zeigte, deren Hauptkategorien auch die Schlüsselbegriffe seiner Methode bildeten: Kritik, Vernunft, Aufklärung, Dialektik. Der Unterschied, ja der Gegensatz trat sofort zutage, wenn ihr Gebrauch zur Sprache kam. Derart verwerflich, wie Brecht die Theorien der Frankfurtisten hinstellte, erwiesen sie sich jedoch keineswegs. Wenn er sich mit ihnen auseinandergesetzt hätte, wäre eine wichtige philosophische Debatte zustande gekommen. Das kalifornische Exil bot dazu eine Möglichkeit, die später gar nicht mehr denkbar erschien. Brecht etablierte sich in der Literatur als Philosoph, indem er bestimmte philosophische Gedanken so produktiv fand, daß er sie mit dem Methodenverständnis seiner Poesie weiterentwickelte und ihnen dadurch eine Dimension verlieh, die sich dann vom Theoriedenken der Philosophie abhob. Die Arbeiten von Adorno, Horkheimer, Pollock und Marcuse boten ihm dazu keinen Anlaß.

Im Juni 1942 eröffnete das Institut bei Adorno ein ständiges Seminar. Brecht notierte die Namen der Teilnehmer: Adorno, Horkheimer, Nürnberg, Eisler, Ludwig und Herbert Marcuse, Pollock. Daß man Eisler einlud, aber Brecht nicht, kam eigentlich einem Affront gleich. Denn wenn man die Gemeinsamkeit von Horkheimer und Adorno mit dem antiken Paar „Castor und Pollux" charakterisierte, so war die gegenseitige Verbundenheit und künstlerische Zusammenarbeit zwischen Brecht und Eisler in Hollywood nicht weniger bekannt. Nur einen einzuladen mußte also einen Grund haben und sehr genau überlegt worden sein. Eisler erklärte sich das so: „Die luden mich dazu ein. Sie wollten ein Alibi haben. Hier war ein Mann, der mit der emigrierten KPD doch nahe Verbindungen hatte. Und es sollte doch wenigstens damit bewiesen werden, daß man – für alle Fälle – eine loyale Haltung zur Arbeiterbewegung hat und daß vor allem dort nichts Antikommunistisches besprochen wird. Ich ging mit größtem Vergnügen hin. Brecht wurde leider nicht eingeladen. Weil: man hat Angst vor ihm gehabt. Und das Geschwätz, das teilweise dort hochkam, hätte man in Anwesenheit Brechts nicht über die Lippen gebracht.“[141]

Eisler gibt hier seine Sicht der Dinge wieder. Die polemischen, auf Distanz gehaltenen Beziehungen zwischen Brecht und den Frankfurtisten erklärten sich zu einem Großteil aus dem Bild, das sich jeweils eine Seite von der anderen gemacht hatte. Insbesondere für Horkheimer und Adorno war Brecht ein schlimmer Vulgärmarxist und skrupelloser Vereinfacher. In ihren Augen vertrat er einen kruden Marxismus und einen ganz und gar undialektischen Optimismus. Seine konsequente Verbundenheit mit dem Proletariat betrachteten sie als völlig verfehlt und hielten sie wahrscheinlich nicht einmal für echt. Dagegen war Eisler für sie ein gebildeter, philosophischer Kopf. Brecht jedoch nicht. Da sie von ihm nur grobschlächtige Polemik erwarteten, luden sie ihn gar nicht erst ein. Mehr Verständnis besaßen sie für seine Dichtung, doch gerade die fanden sie durch vereinfachtes philosophisches Denken ruiniert. Wenn ihr Blick auf seine dichterische Bedeutung auch weniger durch Tradition verstellt war als bei Lukács, so veranlaßte doch erst der beginnende Weltruhm Brechts sie zu einer anderen Wertung. Brecht wiederum sah in den Frankfurtisten „Halbmarxisten“, denen es an jeder echten Polemik und Kampfposition gegenüber dem Kapitalismus fehlte. Er hielt sie nur für fähig, den Untergang der Klasse wahrzunehmen, zu der sie sich nach wie vor bekannten. In seiner Dichtung charakterisierte er sie als Tuis, die ihren Kopf an die Unternehmer vermieten, aber vorgeben, für die Allgemeinheit zu denken.

Nach einem Lunch bei Horkheimer schlug Eisler Brecht vor, die Geschichte des Frankfurter Soziologischen Instituts zum Gegenstand eines Romans zu machen. Er erzählte Brecht folgende Handlung. „ein reicher alter mann (der weizenspekulant weil) stirbt, beunruhigt über das elend auf der welt, er stiftet in seinem testament eine große summe für die errichtung eines instituts, das die quelle des elends erforschen soll. das ist natürlich er selber. die tätigkeit des instituts fällt in eine zeit, wo auch der kaiser eine quelle der übel genannt haben will, da die empörung des volkes steigt. das institut nimmt am konzil teil.“[142] Obwohl ihm Eisler da eine Idee lieferte, die für sein verzweigtes Tui-Projekt eine sehr brauchbare und obendrein höchst originelle Rahmenhandlung abgegeben hätte, schrieb er diesen Roman nicht. Die ganz ungenierte Bloßstellung des Systems von Kauf und Verkauf in der amerikanischen Wirklichkeit verdarb ihm alle Lust, den Mechanismus dieses Systems darzustellen. Wozu etwas enthüllen, was die Gesellschaft in seiner nackten, brutalen Form zu akzeptieren schien. Erst viel später griff er einige Details des Eislerschen Vorschlags in seinem Stück „Turandot oder Der Kongreß der Weißwäscher“ auf.

Anregungen hingegen empfing Brecht von einem Wissenschaftler, der nicht zum Institut gehörte, wohl aber im Kreis um Horkheimer und Adorno verkehrte, von dem Physiker und Philosophen Hans Reichenbach. Einst von Einstein und Planck als außerordentlicher Professor an die Berliner Universität berufen, emigrierte er nach Istambul, dann nach Los Angeles. Im Unterschied zu Horkheimer und Adorno lehrte er an der University of California at Los

Angeles. An einem Vortrag Reichenbachs in der Universität über Determinismus nahm Brecht teil. Seine Ausführungen beeindruckten ihn so, daß er sich mit diesen Gedankengängen näher beschäftigte und versuchte, sie auf das Gebiet von Kunst und Literatur zu übertragen. Wenn er gelegentlich auch über Reichenbach spottete, so muß er ihn doch von allen ihm bekannten Wissenschaftlern in Kalifornien am angenehmsten empfunden haben. Mit ihm unterhielt er sich gern. Als er später zusammen mit Charles Laughton den „Galilei" ins Englische übertrug, war er froh, von dessen naturwissenschaftlichen Einsichten profitieren zu können.

Während des amerikanischen Exils betrachtete er Reichenbach als seinen Informanten und Berichterstatter über neue naturwissenschaftliche Erkenntnisse. Es gab da bei ihm ein wirkliches Interesse. Eisler meinte: „Die Physik zum Beispiel hat ihn sehr interessiert. Er hatte einen ausgesprochenen Sinn für Mathematik, obwohl er keine mathematische Technik hatte. ... Ich bin überzeugt, daß Brecht, der sich scheinbar auch im Gymnasium nie damit beschäftigt hat – sehr im Unterschied zu mir ..."[143] Zugleich aber kokettierte Brecht mit seinen naturwissenschaftlichen Kenntnissen. Das Bedürfnis, sich auf etwas „Solides", allerorten „Festbegründetes", „Anerkanntes" berufen zu können, muß er wie einen Ausgleich zu seiner künstlerischen Existenz empfunden haben. Sich also wieder im Kreis von Naturwissenschaftlern bewegen zu können, zumal Reichenbach in den USA einen ausgezeichneten Ruf genoß, war ihm sehr angenehm. „mir gefällt die welt der physiker. die menschen verändern sie, und dann präsentiert sie sich doch verblüffend. wir können auftreten als die spieler, die wir sind, mit unsern ungefähren abwägungen, unserm sogutwirkönnen, unserer angewiesenheit auf andere, auf unbekanntes, auf selbständiges. so kann wieder mehreres zum erfolg führen, nicht nur ein weg ist beschreitbar. merkwürdigerweise fühle ich mich freier in dieser welt als in der alten."[144]

Reichenbachs Vorlesungen an der University of California regten Brecht an, sich mit Schriften von Max Planck zum gleichen Thema vertraut zu machen. Aus Plancks Vortrag „Determinismus oder Indeterminismus" übertrug er ganze Passagen in sein „Arbeitsjournal". Auf diese Weise knüpfte er an Überlegungen an, die ihn in Finnland im Zusammenhang mit dem Weltbild der neuen Physik beschäftigt hatten. An Reichenbachs Auffassung gefiel ihm, daß mit allzu fest gefügten Kausalitätsvorstellungen wenig auszumachen ist. „die fragestellung *determinismus oder indeterminismus* ist völlig hoffnungslos. wenn alles, was geschieht, determiniert ist, sind die ketten der determinierungen unendlich, und unendliche ketten können wir nicht überblicken. so ist also ein völliges ausdeterminieren unmöglich."[145] Mit dieser Einsicht polemisierte er zugleich gegen Adorno und Horkheimer, die nach seiner Meinung noch immer über Reichenbachs Vortrag nachgrübelten. „diese verkündigung der physiker, daß sie im mikrokosmos vorgänge entdeckt haben, in welche die uns bekannten kausalen verknüpfungen nicht mehr installiert werden können, reizt sie sichtlich, weil die physiker zugleich zum angriff übergehen und das postulat nach einer anerkennung des kausalgesetzes auch da, wo es prinzipiell nicht aufgestellt werden kann, verächtlich der metaphysik überreichen – mit der feuerzange."[146]

Beeindruckt zeigte sich Brecht davon, daß die Physiker, irritiert durch die Zumutung der „strikten kausaliker", dazu übergegangen waren, mit dem „wahrscheinlichkeitskalkül" weiterzuarbeiten. Der durch die Heisenbergsche Unschärfebeziehung erwiesene Umstand, daß zwischen der Tätigkeit des Subjekts und der Gegenwirkung des Objekts keine scharfe Grenze verläuft, faszinierte Brecht. Solche Gedankengänge versuchte er nun auf künstlerische Vorgänge zu übertragen. Darüber dürfte er sich ebenfalls mit Reichenbach unterhalten haben, der jedoch gegen die unberechtigte Übertragung des Phänomens der Störung durch Beobachtung auf Bereiche außerhalb des Mikrokosmos polemisierte. Hier wiederum ist zu beobachten, wie spielerisch Brecht mit bestimmten Erkenntnissen der Naturwissenschaften und der Philosophie umging, selbst auf die Gefahr hin, sich mit seinen Deutungen in einer Richtung zu verlieren, die er keineswegs anstrebte. Er bestand auf einen gewissen großzügigen, ja oberflächlichen Umgang mit Theorien – im „Me-ti" erläuterte er das Verfahren –, um auf dem eigenen Gebiet Wendungen auszulösen.

Schon über die philosophische Position Hans Reichenbachs dürfte er nicht allzuviel nachgedacht haben. Ihm genügte, daß dessen Standpunkte ihn anregten. Anders wiederum Hanns Eisler: „Ich traf den Hans Reichenbach sehr oft bei Brecht. Er war eigentlich, wenn ich es richtig beschreibe, Neomachist, etwas in dieser Richtung, oder Physizist, wie das heißt – also eigentlich das, was man die Wiener Schule nennt. Und leider wurde dieser sehr begabte Physiker – ich liebte sehr seine populären Büchlein über die Relativitätstheorie von Einstein, die sehr instruktiv waren – damals Philosoph und betrieb Philosophie in also hanebüchen positivistischer Weise, daß sich mir der Magen krümmte. Brecht, der eine ungeheure Abneigung gegen Metaphysik hatte, fand diese Art, Positivismus gröbster Art als Philosophie auszugeben, erfrischend als Hilfskampfstellung gegen die Mittel der Metaphysik."[147] Doch mit dieser Charakteristik wird Eisler Reichenbach nicht gerecht. Dieser von der Physik kommende Wissenschaftler kann nur sehr bedingt in die Nähe des neopositivistischen „Wiener Kreises" gerückt werden. Bei ihm gab es eben nicht nur groben Positivismus, sondern auch kräftige materialistische Tendenzen. Für Brecht schien er gewiß nicht die schlechteste Informationsquelle gewesen zu sein.[148]

Außerdem folgte Brecht keineswegs dieser Richtung, machte er doch von Heisenbergs Erkenntnissen gerade in einer Weise Gebrauch, vor der Reichenbach warnte. Brechts naturwissenschaftliche Interessen richteten sich weniger auf die Denkresultate von Physik und Mathematik als auf eine naturwissenschaftliche Denkkultur, die er in die Künste und die Kunstwissenschaften einbringen wollte.

Gegenüber einigen Schauspielern bewies Brecht eine Anhänglichkeit, wie sie nur Menschen eigen ist, die zu großen Freundschaften fähig sind. Was ihn jedoch veranlaßte, den Kontakt zu solchen Schauspielern – im amerikanischen Exil vor allem zu Peter Lorre und Fritz Kortner – über Jahrzehnte hinweg immer wieder zu suchen, hatte seinen Grund nicht nur im Persönlichen. Von Peter Lorre war Brecht fasziniert, seit er 1931 den Galy Gay in „Mann ist Mann" gespielt hatte. In dessen körperlicher und schauspielerischer Physiognomie glaubte Brecht eine Veranlagung zu erkennen, die dem entsprach, was er unter Verfremdung verstand. Bei Lorre gab es einen, wie es der amerikanische Brecht-Übersetzer Eric Bentley ausdrückte, „psychodischen Bruch" zwischen seinem milden, kindlichen Gesichtsausdruck, seiner naiven Stimme und der enormen Fähigkeit, äußerste Brutalität und menschliche Verworfenheit darzustellen. Dieser „Bruch" wirkte in Lorres Schauspielkunst derart nachhaltig auf die Zuschauer, daß sie sich verwundert fragten, wozu der Mensch alles fähig sei. Eine solche Kunst war Brecht hochwillkommen. Hinzu kam, daß Lorre – ein intellektuell gebildeter und literarisch ambitionierter Mensch – als Schauspieler ganz instinktiv spielte. Man sagte ihm eine erstaunliche Naturbegabung nach. Obgleich Brecht immer den denkenden Schauspieler forderte, arbeitete er sehr gern mit einem Künstler, der auf Spielvorgänge vorwiegend mit dem Körper reagierte. Zu den natürlichen Anlagen gehörte bei Lorre auch der „trockene Ton", den Brecht immer verlangte, weil er darin eine Grundvoraussetzung moderner Schauspielkunst sah.

Lorre war 1934 nach Hollywood gekommen und hatte hier eine erstaunliche Karriere durchlaufen. In wenigen Jahren avancierte er zu einem bekannten und erfolgreichen Schauspieler, zu einem amerikanischen Star. Brecht verschwieg ihm zwar nicht seine Meinung, daß auch er, Lorre, sich von Hollywood habe mißbrauchen lassen, aber sonst kam es zwischen ihnen zu keiner Mißstimmung. Lorre bewunderte Brecht und hielt ihn nicht nur für den größten lebenden Schriftsteller, sondern auch für einen der besten Regisseure der Welt. Im Freundeskreis sagte man Lorre gelegentlich eine unkritische Brecht-Bewunderung nach, aber gerade er konnte massiv kritisieren und beträchtliche Einwände gegen dessen Vorstellungen über Schauspielkunst vorbringen. Von ihm ertrug Brecht alles. Wenn er an einer großen Figur arbeitete, dachte er an den Schauspieler Peter Lorre. Den „Schweyk" schrieb er für ihn. Lorre, der weg wollte vom Typ des „Bösewichts", den er früher so oft spielen mußte, hätte sich gern in der Rolle des Galilei gesehen.

Seinen Schauspielerfreund schilderte Brecht so: „lorre reitet, schwimmt, fährt speedboat, schießt tonpfeifen und ist nett, zwischen patronage und schülertum."[149] Nach dieser Charakteristik muß es den „psychodischen Bruch" auch in seinem persönlichen Leben, im Umgang mit den Freunden gegeben haben, nur bestand er hier zwischen schülerhafter Ergebenheit und väterlicher Bevormundung. In Santa Monica kam es zwischen ihm und Brecht zu regelmäßigen Begegnungen und gemeinsamen Arbeitsvorhaben, die sich über die gesamte Dauer des Exils erstreckten. Bei den Sonntagabendtreffs im Hause Brechts gehörte Lorre zu den ständigen Gästen. Mehrmals half er Brecht finanziell aus, so zahlte er das Reisegeld für Ruth Berlau, als sie 1944 von New York an die Westküste kam, um hier ihr und

Brechts Kind zur Welt zu bringen. Als Brecht zwei Jahre später Elisabeth Hauptmann nach Hollywood holte, griff Lorre wieder in die Tasche. Wie mit anderen, die fest in den Studios saßen, suchte Brecht auch mit ihm Filmstorys zu schreiben. Im Sommer 1943 wollte er mit ihm die Handlung zu dem Film „The Crouching Venus" besprechen. Gedacht war an die Verfilmung von Brechts „Kinderkreuzzug 39". Nach dem Krieg beabsichtigten sie, aus Gogols „Mantel" eine Filmstory zu machen. Doch bei diesem Stoff dachte Brecht schon nicht mehr an Hollywood, wo selbst Lorres Ruf nicht ausreichte, um die Filmentwürfe in den Studios unterzubringen.

Als ein aufrichtiger, besorgter Freund erwies sich Brecht, als Lorre immer stärker drogenabhängig wurde, erkrankte, sich als Star mit kleinen Rollen begnügen mußte, bis ihm schließlich seine Filmfirma kündigte. Ihm, dem von der Höhe des Ruhms in tiefe Verzweiflung und seelisches Elend Geworfenen, stand Brecht bei. In einem Gedicht, das sich im Nachlaß von Lorre fand, suchte sich Brecht dem Freund mitzuteilen. Dessen seelischen Zustand analysierend und ihn zugleich von der Warte des Freundes aus reflektierend, verstand er das Gedicht „Der Sumpf" als Therapie:

Manchen der Freunde sah ich, und den geliebtesten
Hilflos versinken im Sumpfe, an dem ich
Täglich vorbeigeh.

Und es geschah nicht an einem
Einzigen Vormittag. Viele
Wochen nahm es oft; dies machte es schrecklicher.
Und das Gedenken an die gemeinsamen
Langen Gespräche über den Sumpf, der
So viele schon birgt.

Hilflos nun sah ich ihn zurückgelehnt
Bedeckt von den Blutegeln
In dem schimmernden
Sanft bewegten Schlamm. Auf dem versinkenden
Antlitz das gräßliche
Wonnige Lächeln.[150]

Im Unterschied zu Peter Lorre, der seinen in Deutschland erworbenen Ruhm in Hollywood nicht nur behaupten, sondern sogar steigern konnte, lebte Fritz Kortner, der wie kaum ein anderer die Schauspielkunst der Weimarer Republik mitgeprägt hatte, in Hollywood als ein völlig unbekannter, unbeschäftigter Mann. „Es war die Zeit der tiefsten Erniedrigung Kortners“[151], sagte Eisler. Seine Lage charakterisierte ein Vorfall, den er selbst berichtet hat. Als seine herangewachsene Tochter von einer französischen Schauspielerin gefragt wurde, ob sie wisse, daß ihr Vater ein großer Schauspieler sei, war sie zunächst überrascht und verdutzt. Daß ihr Vater ein Star gewesen sein sollte, konnte sie sich absolut nicht vorstellen. Der einstmals so gefeierte Schauspieler galt in Hollywood nichts. Er ertrug diese Erniedrigung auf eine höchst merkwürdige Art. Die ihm von den Filmgewaltigen zugefügten Demütigungen erzählte er lustvoll und in allen Details seinen Freunden Brecht und Eisler. Indem er berichtete, fühlte er sich gerechtfertigt. Brecht amüsierte das sehr, aber zu einer solchen Therapie wäre er nicht fähig gewesen. Beide verkrafteten ihr Elend auf verschiedene Weise. Kortner machte sich frei, indem er seine jammervolle Lage vorspielte, den Schmerz durch Ironie auswechselnd. Brecht übersetzte seine persönlichen Niederlagen ins Gesellschaftliche: Hollywood als das geistige Sodom und Gomorrha der kapitalistischen Welt.

Andererseits bemerkte Brecht an seinen Freunden, weniger an sich selbst, auch die beschränkte Sicht, aus der sie, veranlaßt durch ihre persönliche Lage, dieses Land wahrnahmen und bewerteten. „KORTNER und HOMOLKA, weit weniger LORRE, beurteilen das land nach seinem theater, in dem von spekulanten konventionelle abendunterhaltung' verkauft wird. kortner war seinerzeit ‚politisch denkend' nur in sehr begrenztem umfang, homolka war absolut unpolitisch. beide kritisieren jetzt zb die amerikaner, weil sie nicht politisch sind. beide nähren einen mythos vom deutschen theater der weimarer republik. als welches schlecht war."[152]

Der Kriegseintritt der USA veränderte das Leben der deutschen und österreichischen Emigranten nur wenig. Die Maßnahmen, die die Regierung erließ, waren nicht vergleichbar mit denen, die in England und Frankreich gleich zu Beginn des Krieges gegen die Emigranten eingeleitet wurden. In den USA bestand für die Emigranten eine Ausgangssperre von 20 Uhr bis 6 Uhr, und jeder auch nur zeitweilige Ortswechsel bedurfte der Genehmigung. Daß man sich abends ab 20 Uhr zu Hause aufzuhalten hatte, beeinträchtigte natürlich das gesellige Leben in Hollywood. Brecht vermerkte: „feuchtwanger spricht seit dem curfew oft abends lang telefonisch über dies und das."[153] Wirklich streng genommen und kontrolliert wurden diese Maßnahmen nur in der ersten Zeit. So kamen Ende Mai 1942 zwei FBI-Beamte zu Brecht, um sein Registrationsbuch einzusehen. Sie hatten nichts zu beanstanden. Brecht vermutete, daß es sich um eine Kontrolle hinsichtlich des curfew handelte.

Wirklich beunruhigt waren die Menschen in Kalifornien nur zu Beginn des Krieges. Da man im Raum von Los Angeles weit und breit keine Abwehrflugzeuge sah und es nicht einmal eine Alarmsirene gab, fühlte man sich den zu erwartenden japanischen Fliegerangriffen hilflos ausgeliefert. „Wir hatten den Eindruck", erzählt Fritz Kortner, „daß eine kriegsscheue, militärfeindliche Nation ihren Krieg amateurhaft improvisierte. Die einberufenen Soldaten hatten keine Gewehre, keine Tanks. Es wurde mit Besenstielen und lächerlichen Attrappen exerziert. ... Die einzige Abwehrmaßnahme bestand darin, daß bei hereinbrechender Dunkelheit die Jalousien heruntergelassen werden mußten und die Autos nicht mit dem großen Scheinwerferlicht, sondern nur mit den kleinen Parklichtern entsprechend langsam fahren durften."[154] Als das Land noch schlecht gerüstet war und die Westküste bedroht schien, habe es, so meinte Brecht, in der gesamten Bevölkerung einen Auftrieb gegeben, eine Bereitschaft, gegen Hitler zu kämpfen. Doch schon ein Jahr später sei davon nichts mehr zu spüren gewesen. Vorherrschend war wieder die graue, trübe, schale Stimmung. Der Krieg in Europa – ein Gesprächsthema unter Emigranten und jenen Amerikanern, deren Söhne dort kämpften.

Die Kehrseite der sehr gemäßigten öffentlichen Maßnahmen der amerikanischen Regierung gegenüber den Emigranten war die Tatsache, daß viele von ihnen, vor allem die prominenten, vom FBI (Federal Bureau of Investigation) überwacht wurden, und zwar in einer Intensität, die andere Geheimdienste nur bei der Abwehr eingeschleuster hochspezialisierter Spione aufbrachten. Ein Heer von Agenten, Spitzeln, Zuträgern, Kollaborateuren stand zur Verfügung, um die Telefone zu überwachen, Briefe zu kopieren, Kontakte zu ermitteln, Müllkästen zu durchstöbern. Wo immer ein prominenter Emigrant eine Meinung äußerte, wurde sie weitergegeben und in einem Dossier festgehalten. Am 2. Februar 1942 hatte sich Brecht pflichtgemäß als „feindlicher Ausländer" unter der Nr. 7624164 registrieren lassen. Ab 1943 verschärfte das FBI die Überwachung. Brechts Dossier wurde aus der Kategorie „Überwachung feindlicher Ausländer" herausgenommen und dem Ressort „Innere Sicherheit" zugewiesen, das weit bedenklichere, als gefährlicher eingestufte Personen überwachte.[155]

Als Ende der siebziger Jahre die Möglichkeit bestand, wenigstens teilweise Einblick in die Akten zu nehmen, konnte man sich davon überzeugen, daß über Brecht ein Dossier von tausend Seiten existierte.[156] Begonnen wurde es am 6. März 1943. Es war der Tag, an dem die deutschen Emigranten in New York einen Abend für ihn veranstalteten. Doch die Überwachung begann praktisch schon bei seiner Ankunft in den Staaten.

Eine derart massive Bespitzelung konnte nicht verborgen bleiben. Die Familie Brecht ertrug sie jedoch mit Humor. Da Helene Weigel wußte, ihre Telefongespräche würden abgehört, machte sie sich gelegentlich einen Spaß daraus, die Agenten vor besonders knifflige Aufgaben zu stellen. So übermittelte sie ihrer Freundin ein Kochrezept in polnischer Sprache. Ein derart „dunkler" Text dürfte den FBI-Beamten einige Schwierigkeiten bereitet haben. Abgehört wurden auch die Telefongespräche mit Feuchtwanger, die lang und zahlreich gewesen sein dürften. Noch ehe die amerikanische Filmkritik ein Fazit über den Film „Hangmen Also Die" formulierte, tat das der FBI. Im Dossier heißt es: „Betrachtet man ‚Hangmen Also Die' unter Einbeziehung von Bert Brechts früheren Arbeiten, so hat der Film etwas von seinen Lehrstücken, insofern der Nachdruck auf dem Verhalten liegt, das von Leuten in der Untergrundbewegung gefordert wird."[157] So falsch hier der Film charakterisiert wurde, deutete zumindest der Hinweis auf das Lehrstück „Die Maßnahme" darauf hin, daß sich der FBI auch auf Dienste aus Kreisen der deutschen Emigranten stützte; denn über die „Maßnahme" dürfte man damals selbst in den Germanistikseminaren der amerikanischen Universitäten kaum etwas gewußt haben. Festgehalten wurde von den Spitzeln auch so manche Bemerkung, mit der Brecht auf das reagierte, was er gesprächsweise erfuhr. Einige sind in ihrer hintergründigen, ironischen Fassung typisch für Brecht. Als man Brecht zutrug, die Amerikaner würden Thomas Mann noch vor Kriegsende mit propagandistischem Auftrag nach Deutschland schicken, hielt der Agentenbericht Brechts lakonische Bemerkung fest: „Und ich geh' als Deutscher mit ihm."[158] Man mußte schon sehr vertraut mit der Geschichte der Brecht-Thomas-Mann-Kontroverse sein, um zu verstehen, wie das gemeint war. Der FBI war hier zweifelsohne überfordert.

Das langsame Ende des Krieges oder Was wird aus Deutschland?

Im USA-Exil wurde Brecht bewußt, daß man mit einem lang dauernden Krieg rechnen müsse, geführt bis zur Erschöpfung der derzeit mächtigen Staaten und Klassen. Auch der Kriegseintritt der USA weckte bei ihm nicht die Hoffnung auf ein schnelleres Ende, zumal Amerika vorerst keine Veränderung auf dem europäischen Kriegsschauplatz bewirkte. So wie Brecht von jeher die Vorgänge in der Sowjetunion verfolgt hatte, verfolgte er jetzt, wie sich die Sowjetvölker gegen Hitler zur Wehr setzten. Wie Feuchtwanger glaubte er fest, daß Hitler die Sowjetunion nicht in die Knie zwingen werde. Aber anstatt auf eine allgemeine Zuversicht zu bauen, testete er an einzelnen Vorgängen seine bisherigen Erfahrungen und Überlegungen. Wie sich die Sowjetunion verteidigte, daran meinte er ablesen zu können, was sich in diesem Lande wirklich verändert hatte, wie sich die Gesellschaftsumwälzungen auf die einzelnen Menschen auswirkten. Daß den Faschisten vorerst auch hier ihre Blitzkriegsstrategie gelang, verwunderte ihn nicht so sehr. Doch mit einer kaum vergleichbaren Ungeduld wartete er darauf, wo sich zuerst der Widerstand einstellte, wo sich am Widerstand ablesen ließe, daß dieses Land nicht bezwungen werden konnte. Aus der Ferne vermochte er das nur an größeren militärischen Operationen auszumachen. Einblick in den Alltag des Krieges, in das tagtägliche Heldentum der Soldaten der Roten Armee besaß er nicht. Auf bestimmte umkämpfte Orte bezog er sich immer wieder. So wurde für ihn Smolensk zum Symbol der Wende, des Übergangs von der Verteidigung zum Angriff und zur endgültigen Vernichtung des faschistischen Aggressors.

Auf welche Vorgänge bezog sich Brecht, daß der Name Smolensk eine solche Bedeutung für ihn gewann? Auf ihrem Weg nach Moskau stießen die faschistischen Armeen auf einen erbitterten Widerstand im Gebiet von Smolensk. Die sowjetische Armeeführung ging hier im Rahmen einer großen Verteidigungsoperation zu Gegenschlägen über. Das schnelle deutsche Vormarschtempo von anfangs dreißig Kilometern pro Tag wurde gestoppt. Die deutsche Heeresgruppe Mitte kam nahezu zwei Monate nicht mehr vorwärts. „Die Rote Armee hatte bei ihren Angriffsoperationen von Januar bis April 1942 am Westabschnitt bedeutende Erfolge errungen. In dieser Zeit stieß die Kalininer Front in Richtung Witebsk 250 Kilometer vor. Die Westfront warf den Gegner 80 bis 100 Kilometer in Richtung Gshatsk und Juchnow zurück. Die faschistischen Eindringlinge wurden aus den Gebieten Moskau und Tula und aus vielen Rayons der Gebiete Kalinin und Smolensk verjagt."[159] Brechts Smolensk-Notate häuften sich im April 1942, als nach der sowjetischen Winteroffensive die Stadt wieder hart umkämpft wurde. Am 5. April 1942 vermerkte er, daß in Hollywood Lyrik schreiben, selbst aktuelle, bedeute, sich in den Elfenbeinturm zurückzuziehen. Für ihn war solche Lyrik Flaschenpost. Damit wollte er ausdrücken, sie habe für ihn nur Sinn, wenn sie in eine andere Zeit übermittelt werden könne. Aber ob eine solche neue Zeit komme, werde auf den Kriegsfeldern entschieden. Und abrupt, aber mit größter Folgerichtigkeit beendete er die Eintragung mit dem Satz: „die schlacht um smolensk geht auch um die lyrik."[160] Eine Woche später notierte er: „und tag und nacht tobt auf den schneefeldern von smolensk der kampf um die wurde des menschen."[161] Auch die Eintragung vom 21. April 1942, die Brechts depressivsten Zustand seit seiner Jugend zeit markierte, verband sich bei ihm mit dem Schicksal der Stadt Smolensk: „ich erinnere mich nicht eines frischen atemzugs in allen diesen monaten. als säße ich einen kilometer tief unter dem boden, ungewaschen, unrasiert, wartend auf den ausgang der schlacht um smolensk."[162] In den

Vorstößen und Niederlagen der sowjetischen Armee, die mit dieser Stadt verbunden waren, sah er etwas auf eine Entscheidung zulaufen, die auch sein weiteres Leben betraf. Ob es für ihn noch einmal eine Existenz außerhalb Hollywoods geben würde, schien ihm abhängig davon, wie die Schlacht von Smolensk ausging. Selbst als es ein Jahr später viel deutlichere Zeichen für die Wende des Krieges gab, blieb er bei dem Namen Smolensk. Als die Rote Armee am 25. September 1943 die Stadt befreite, vermerkte Brecht ebenso lakonisch wie entschieden: „die einnahme von smolensk durch die russen verändert die weltlage vollständig."[163]

Noch einmal nährte er die Hoffnung auf einen Widerstand in Deutschland, als sich die sowjetischen Truppen dem deutschen Reichsgebiet näherten. Nunmehr, meinte er, werde sich die stark dezimierte und geschwächte deutsche Arbeiterklasse gegen ihre faschistischen Peiniger erheben. Als sich im Januar 1945 die Hauptmasse der Hitlertruppen aus Ostpreußen und der Danziger Bucht zurückzog und sich anschickte, das oberschlesische Industriegebiet zu räumen, setzte Brecht auf die oberschlesischen Bergarbeiter. So, als würde er jeden Tag den Aufstand erwarten, notierte er im „Arbeitsjournal": „immer noch nichts aus oberschlesien über die haltung der arbeiter."[164] Einen Monat später glaubte er sich das Ausbleiben von Aufständen erklären zu können, wenn auch nur aus der Ferne. Er sah da in Deutschland eine Schere aufgetan zwischen dem Mangel an Arbeitskräften für die Kriegsindustrie einerseits und der Arbeitslosigkeit andererseits, entstanden durch das Ausbleiben der Rohstoffe, durch die zerbombten Betriebe, durch das zerstörte Transportwesen. Doch diese Gründe erscheinen zusammengesucht. Sie sind Konstruktion – ein theoretischer Versuch, um über die enttäuschte Hoffnung hinwegzukommen. Gerade in den letzten Kriegsjahren rieb sich Brecht immer wieder an dem Widerspruch, daß ihm viele Gründe einleuchteten, warum sich die deutschen Arbeiter nicht erhoben, er aber dennoch immer nach Möglichkeiten suchte, die es erlaubten, ja erforderten, den Aufstand zu wagen. Von dem tatsächlichen Ausmaß der Knebelung der Arbeiterklasse, von der geistigen Verwüstung, der Zerstörung des Klassenbewußtseins vermochte sich Brecht im Exil kein Bild zu machen. Eben weil er an einigen Hoffnungen bis zuletzt festhielt, weil er vieles von seinem Bild der deutschen Arbeiterklasse erst nach dem Kriege abbauen konnte, kam er später zu der Auffassung, daß es dem Faschismus gelungen sei, das Klassenselbstbewußtsein der deutschen Arbeiter auf lange Zeit zu zerstören.

Während der ersten Jahre seines amerikanischen Exils war es in vielen Gesprächen um das Phänomen Hitler gegangen. Je mehr sich ein Ende des Krieges und die Niederlage Hitlers abzeichneten, drehten sich die Gespräche um die Frage: Warum kämpfen die Deutschen noch? Obwohl Brecht an dieser Frage selbst sehr interessiert war und sich in ihrer Beantwortung zunehmend unsicher fühlte, verhielt er sich sehr polemisch gegenüber jenen, die diese Frage ebenso ungeduldig wie verwundert stellten, mit dem nicht zu überhörenden kritischen Unterton, seht doch die Deutschen an, was das für ein Volk ist, wie sie sich in ihrem Knechtssinn von jedem anderen Volk unterscheiden. „da sind immerzu die fragen, warum die deutschen noch kämpfen. nun, die bevölkerung hat die SS auf dem genick, außerdem hat sie keine politische willensrichtung, der paar parlamentarischen institutionen zweifelhafter art beraubt und ökonomisch unter dem stiefel der besitzenden, wie immer. die soldaten wehren sich, in den formen der strategischen und taktischen operationen, ihres lebens und liefern arbeit an der zerstörungsmaschinerie, nun so wenig wie schuftend an der gütererzeugenden maschinerie, befaßt mit dem resultat ihrer arbeit. mit einem satz: die deutschen kämpfen noch, weil die herrschende klasse noch herrscht.“[165] Brecht stieß hier auf ein ihm vertrautes Thema, auf die Ungeduld der linken Intellektuellen mit den deutschen Arbeitern. Ihm schien diese Ungeduld begreiflich, ohne jedoch den Standpunkt der Ungeduldigen unbedingt teilen zu können. Ihnen warf er vor, daß sie eigentlich wissen müßten, was eine revolutionäre Situation ausmache. Er verstrickte sich so sehr in die Polemik, daß er sich mehr und mehr zum Anwalt der deutschen Arbeiter machte, die auch im vierten Kriegsjahr nicht daran dachten, sich gegen Hitler zu erheben. Wenn die Organisationen der unterdrückten Klasse zerstört oder umfunktioniert sind, argumentierte Brecht, bleibe dem einzelnen Arbeiter gar nichts anderes übrig, als vorerst einmal nach Zeichen auszuspähen, die die Brüchigkeit der diktierenden Klasse erkennen lassen. Erst wenn sie gegeben sind, könne er darangehen, ihm gemäße Einheiten zu schaffen. Doch selbst dann stünden erst sehr allgemeine, „nichtklassenkämpferische aufgaben".

Brechts Argumentation wirkte deshalb so apodiktisch, so alle Zweifel abwehrend, weil er selbst unsicher war. Er setzte sich hier nicht nur mit anderen auseinander, sondern auch mit sich selber. Der Zwiespalt zwischen dem Wissen, daß sich die Unterdrückten nur in den äußersten Fällen gegen ihre Unterdrücker erheben, und der Ungeduld, daß sie sich erheben möchten, und zwar gleich, brach in ihm immer wieder auf. In den Gesprächen spielte er den Lehrer, gab sich überlegen, verwies auf die unzureichenden marxistischen Einsichten seiner Partner. Doch die polemische Haltung überdeckte nur den eigenen Zweifel, die Fragen, die er sich selbst stellte. Am 20. August 1943, vor den schweren Luftangriffen auf Berlin, notierte er: „man hört von streiks, nicht nur in milano, auch in berlin. mitunter, für einen augenblick, scheinen sich die schlachtfelder, kriegsschauplätze, geographischen reliefs europas zu bevölkern. es sind menschen in milano und hamburg ..."[166] Den Menschen, der seine entsetzliche Geduld gegenüber Unterdrückung und

Ausbeutung abstreift und sich erhebt, das große Thema seiner Stücke, hatte er immer gesucht, und ihn suchte er auch jetzt. Aber die eigene Ungeduld wollte er nicht gleichgesetzt wissen mit der seiner Gesprächspartner in Hollywood.

Die Frage, warum kämpfen die Deutschen noch, schien um so berechtigter, als sich ein Großteil der Emigranten dagegen wehrte, Hitler mit Deutschland gleichzusetzen. Doch im Ausland konnte diese Einstellung wenig überzeugen, solange die deutsche Armee selbst unter den Schlägen, die ihr die Rote Armee versetzte, keine Anzeichen von Verfall verriet. „die lesebuchfabel“, schrieb Brecht im Mai 1942, „daß das deutsche volk oder zumindest die deutsche arbeiterschaft gegen diesen krieg ist, kann immer weniger den ungeheuren furor der deutschen riesenarmeen, die gewaltigen leistungen der industrie und die stabilität der inneren ordnung in deutschland erklären. der widerstand der hitlerarmee gegen die sowjetoffensive in diesem winter deutet nicht gerade auf brüchige ‚moral‘ hin.“[167] Im Ausland entstand so die These von dem unverbesserlichen, bedingungslos gehorchenden Deutschen. Da die Kriegserfolge der Deutschen außerordentlichen Verbrechen gleichkamen, suchte man im Ausland nach einer Erklärung des Phänomens der Deutschen, wie die Emigranten die Frage nach dem Phänomen Hitler gestellt hatten. Die Zeit selber, der Druck des Krieges und der Bedrohung drängten nach einer Beantwortung der Frage, warum sind die Deutschen so?

Eine Antwort darauf gab Robert Gilbert Lord Vansittart mit seinem 1943 in New York erschienenen Buch „Lessons of My Life“. Die hier vertretene Meinung war bereits durch seine 1941 unter dem Titel „Black Record“ gehaltenen Londoner Rundfunkreden bekannt. Zwischen Nazideutschland und Deutschland zu unterscheiden, hielt Vansittart für sentimentales Geschwätz. Im Unterschied zum fairen, humorvollen Engländer sei der Deutsche die Verkörperung von Aggressivität und moralischer Verwerflichkeit. Dementsprechend forderte er eine generelle Bestrafung der Deutschen nach dem Kriege. Obwohl das Buch in England und in den USA nicht unwidersprochen blieb und ihm gegenüber auch andere, differenziertere Positionen geltend gemacht wurden, erreichte es gerade durch seine Vereinfachungen, die im Krieg sehr brauchbar erschienen, größte Wirkung. Sie drückte sich etwa in dem Vorschlag aus, dem sich auch Hemingway anschloß, alle Deutschen zu sterilisieren. Brecht fühlte sich nicht allein durch diese Äußerung veranlaßt, in einer Liste über das, woran er nicht glaube, voranzustellen, daß Hemingway ein Gehirn habe.

Eine ähnliche Position vertrat unter den deutschen Emigranten Emil Ludwig, der 1942 in der „New York Times" schrieb: „Wir können uns gegen die Kriegsleidenschaft des deutschen Volkes nur schützen, indem wir ihm drei Dinge aus den Händen nehmen: Waffen, Erziehung und Regierung. Die Erziehung soll von Nichtdeutschen ausgeübt werden, die die deutsche Sprache beherrschen."[168] Den entsprechenden Absatz schnitt Brecht aus der Zeitung aus und klebte ihn in sein „Arbeitsjournal" ein. Er versah ihn mit keinem Kommentar. Ihm erschien er als ein Dokument geistiger Verlumpung, als ein Beweis dafür, in welche Niederungen eine idealistische, nichtmaterialistische Geschichtsbetrachtung führen kann. Zwar ging auch er davon aus, daß es so etwas wie eine „knechtsseligkeit der deutschen" gebe und daß sie ihre historischen Gründe habe. Sie sei aber von Nichtdialektikern nicht erklärbar. Verwerflich an der Haltung Emil Ludwigs fand er die Bereitschaft, mitzuwirken, das deutsche Volk aus der Versklavung Hitlers in die Versklavung der Siegermächte zu führen, statt die Deutschen zur Selbstbefreiung aufzufordern. Was im Falle Ludwig noch ein unkommentiertes Zitat blieb, wurde im Falle Thomas Manns eine politische Kontroverse.

Im Februar 1942 riefen deutsche Emigranten in Mexiko zu der Bewegung „Freies Deutschland" auf. Diese Gründung, deren Ziel die Schaffung einer breiten Volksfront gegen den Faschismus war und die an die politischen Versuche der dreißiger Jahre anknüpfte, blieb nicht ohne Echo. Es entstanden Komitees in den verschiedenen Ländern. Brecht nahm davon sofort Kenntnis, allerdings ohne zunächst die Gründung mit Folgen für das politische Exil in den USA zu verbinden. An dem Aufruf der in Mexiko lebenden Emigranten ärgerte ihn der Schlußsatz, der sich auf Thomas Manns jüngste Rundfunkrede bezog, in der er darauf verwiesen hatte, daß das deutsche Volk zu seinen demokratischen Traditionen zurückkehren werde. Die Bewegung „Freies Deutschland", so der Aufruf, wünsche nichts sehnlicher, als für diese Entwicklung zu wirken. Daß Organisationen, die sich den Kampf gegen Hitler zum Ziele setzten, in der gegebenen Situation nur ganz allgemeine Aufgaben formulieren konnten, fand Brecht durchaus verständlich. Nur ärgerte ihn, daß wieder die lascheste, unbestimmteste Position, wie er sie in Thomas Mann verkörpert sah, als nationale Repräsentanz ausgegeben wurde. Als am 12. und 13. Juli 1943 in Krasnogorsk die Gründungskonferenz des Nationalkomitees „Freies Deutschland" (NKFD) stattfand, auf der Funktionäre der KPD, emigrierte Schriftsteller, kriegsgefangene Generale und Soldaten erklärten, sie seien sich einig in dem Bestreben, gegen Hitler zu kämpfen, um ein freies, demokratisches und antifaschistisches Deutschland zu ermöglichen, rief diese Meldung die Hearstpresse auf den Plan. „die hearstpresse tobt über die gründung eines komitees zur befreiung deutschlands vom faschismus in moskau, bestehend aus emigranten und kriegsgefangenen. das programm, soweit man aus den zeitungen ersehen kann, enthält nicht mehr, als was etwa der professor tillich (und wohl auch brüning) verlangen würde"[169], kommentierte Brecht.

Die deutschen Emigranten in Hollywood fanden, daß die Initiative von Krasnogorsk nicht ohne eine Erklärung ihrerseits bleiben könne. Am Abend des 1. August 1943 versammelten sich im Hause von Viertel Thomas Mann, Heinrich Mann, Lion Feuchtwanger, Bruno Frank, Ludwig Marcuse, Hans Reichenbach, Bertolt Brecht. Nach vier Stunden fanden sich alle zur Unterzeichnung folgender Erklärung bereit:

„In diesem Augenblick, da der Sieg der Alliierten Nationen näher rückt, halten es die unterzeichneten Schriftsteller, Wissenschaftler und Künstler deutscher Herkunft für ihre Pflicht, folgendes öffentlich zu erklären: Wir begrüßen die Kundgebung der deutschen Kriegsgefangenen und Emigranten in der Sowjetunion, die das deutsche Volk aufrufen, seine Bedrücker zu bedingungsloser Kapitulation zu zwingen und eine starke Demokratie in Deutschland zu erkämpfen.

Auch wir halten es für notwendig, scharf zu unterscheiden zwischen dem Hitlerregime und den ihm verbundenen Schichten einerseits und dem deutschen Volke andrerseits.

Wir sind überzeugt, daß es ohne eine starke deutsche Demokratie einen dauernden Weltfrieden nicht geben kann."[170]

Über diese Abendsitzung im Hause Viertel und das Verhalten der einzelnen Teilnehmer gibt es Kommentare von Brecht und Thomas Mann, von dem eigentlichen Verlauf der Sitzung jedoch nur in Brechts „Arbeitsjournal". Demnach hätte Thomas Mann wiederum jene Rolle gespielt, die ihm Brecht seit jeher nachsagte: verbindlich nach allen Seiten, nichts festschreibend, nichts entschieden beantwortend, aber alles in Bedeutung tauchend. Brecht rückte die anderen scharf von Thomas Mann ab, als hätte es nur eine Schwierigkeit gegeben, die in der Person Thomas Manns. Der Beginn der Erklärung stamme von ihm, weil er die Erwähnung der Sowjetunion für etwas bedenklich gefunden habe. Erst als Bruno Frank ihm zu verstehen gab, daß nach den Meldungen in der amerikanischen Presse die Nichterwähnung des Moskauer Komitees komisch wirke, hätte er eingewilligt. Brecht empfand Thomas Manns Bedenken als opportunistisch, geschuldet einem Repräsentationsverhalten, es allen Seiten recht zu machen, zumal Brecht einfiel: „das letzte mal, wo ich ihn gesehen habe, im februar, sagte er, einen teller mit sandwiches haltend: ‚ich wollte, die russen wären vor den alliierten in berlin.' nachher erfuhr ich, daß er an diesem nachmittag auf dem russischen konsulat eine gratulationsrede für die rote armee auf eine platte gesprochen hatte und traktiert worden war."[171] Für die schließlich akzeptierte Formulierung, „den ihm [dem Hitlerregime] verbundenen Schichten", hatte Thomas Mann die Bezeichnung „Mitschuldige", Heinrich Mann „Trusts" vorgeschlagen. „am ende stimmten alle der obigen fassung zu, und th[omas] verlas sie befriedigt unten, vor den frauen."[172]

Der Krach brach los, als anderntags Feuchtwanger Brecht anrief und ihm mitteilte, Thomas Mann und Bruno Frank zögen ihre Unterschrift zurück. Thomas Mann habe, was gestern abend formuliert worden sei, als eine zu „patriotische erklärung" empfunden. Damit würde man den Alliierten in den Rücken fallen. „und er könne es nicht unbillig finden, wenn ‚die alliierten deutschland zehn oder zwanzig jahre lang züchtigen'."[173] Damit war ein Ausdruck gefallen, der Thomas Manns Meinung ganz in die Nähe der Auffassung von Lord Vansittart und Emil Ludwig rückte. Der unverhohlene Haß, der jetzt durch Brecht in die Auseinandersetzung kam, war zwar durch seine alte, ganz persönliche Abneigung genährt, dennoch brachen hier erstmals tiefgreifende politische Differenzen auf. Nur setzte sich Brecht durch seine maßlosen Übertreibungen selbst ins Unrecht und rückte diese Kontroverse in den Bereich persönlicher Zwistigkeiten. Seine Beschimpfungen, die immer wieder auch den Schriftsteller Thomas Mann einschlossen, verdeckten den eigentlichen Sachverhalt.

Gleich nach Feuchtwangers Mitteilung machte er sich im „Arbeitsjournal" Luft: „die entschlossene jämmerlichkeit dieser ‚kulturträger' lähmte selbst mich wieder für einen augenblick, der modergeruch des frankfurter parlaments betäubt einen heute noch. mit goebbels' behauptung, hitler und deutschland sei eins, stimmen sie überein, wenn hearst sie übernimmt. ist dem deutschen volk, sagen sie, nicht zumindest knechtseligkeit vorzuwerfen, wenn es sich goebbels so unterwarf, wie sie sich hearst unterwerfen? und waren die deutschen nicht schon vor hitler militaristisch? th mann erinnert sich, wie er selber 1914 den einfall der kaiserlichen armeen in belgien zusammen mit 91 andern intellektuellen gut befunden hat. solch ein volk muß gezüchtigt werden! wie gesagt, für einen augenblick erwog sogar ich, wie ‚das deutsche volk' sich rechtfertigen könnte, daß es nicht nur die untaten des hitlerregimes, sondern auch die romane des herrn mann geduldet hat, die letzteren ohne 20–30 ss-divisionen über sich."[174] Noch schärfer wurde Brecht eine Woche später. Der als sachlich und kühl geltende Brecht wußte sich in seinem Haß nicht mehr zu kontrollieren. „als THOMAS MANN vorigen sonntag, die hände im schoß, zurückgelehnt sagte: ‚ja, eine halbe million muß getötet werden in deutschland', klang das ganz und gar bestialisch. der stehkragen sprach. kein kampf war erwähnt, noch in anspruch genommen für diese tötung, es handelte sich um kalte züchtigung, und wo schon hygiene als grund viehisch wäre, was ist da rache (denn das war ressentiment von dem tier)."[175]

Wo verliefen nun aber tatsächlich die Trennlinien in den Auffassungen? Daß sich Thomas Mann gescheut hätte, seinen Namen mit der Bewegung „Freies Deutschland" zu verbinden, wie Brecht behauptete, war insofern unzutreffend, als er bereits eine Woche zuvor dem Nationalkomitee in Moskau eine zustimmende Erklärung übersandt hatte. Darin hieß es: „Ich habe stets den Standpunkt vertreten und verfochten, den ich wiederholt in meinen Rundfunkreden für Deutschland zum Ausdruck gebracht habe, wonach nur eine echte und aufrichtige Umkehr Deutschland von den Mächten des Übels säubern kann, die es in diesen unglückseligen Zustand gestürzt haben. Nur sie kann das deutsche Volk vor der ganzen Welt und vor der Weltgeschichte rehabilitieren und auch Deutschland das Tor in die Zukunft öffnen. In diesem Sinne bin ich mit dem Manifest des Nationalkomitees völlig einverstanden."[176]

Ungeachtet dieser Bekundung zeigte sich aber, daß er nicht unbeeinflußt von der Deutschlandkonzeption Lord Vansittarts geblieben war. Vansittart selbst hatte in seinem Buch Thomas Manns Satz zitiert, handelnd von der „jammervollen Tatsache", daß das deutsche Volk seine nationalsozialistischen Machthaber unterstütze. Aber Thomas Mann nahm nicht die Position Vansittarts ein. Er unterschied sich von ihm ebenso wie von Emil Ludwigs Programm der „reeducation". In die Nähe der Gedanken von Vansittart rückte Thomas Mann hauptsächlich durch die von Brecht notierte Bemerkung, er, Thomas Mann, könne es nicht unbillig finden, würden die Alliierten Deutschland zehn oder zwanzig Jahre lang „züchtigen". Nun entsprach der Begriff „züchtigen" ganz dem Forderungskatalog Lord Vansittarts. Brecht schrieb ihn nicht nur in seinem „Arbeitsjournal" Thomas Mann zu, sondern verband ihn auch in einem großen Gedicht mit dessen Haltung:

Als der Nobelpreisträger Thomas Mann
den Amerikanern und Engländern das Recht zusprach,
das deutsche Volk für die Verbrechen
des Hitlerregimes
zehn Jahre lang zu züchtigen

1

Züchtigt den Gezüchtigten nur weiter!
Züchtigt ihn im Namen des Ungeists!
Züchtigt ihn im Namen des Geists!

Die Hände im dürren Schoß
Verlangt der Geflüchtete den Tod einer halben
Million Menschen.
Für ihre Opfer verlangt er
Zehn Jahre Bestrafung. Die Dulder
Sollen gezüchtigt werden.

Der Preisträger hat den Kreuzträger aufgefordert
Seine bewaffneten Peiniger mit bloßen Händen
anzufallen.
Die Presse brachte keine Antwort. Jetzt
Fordert der Beleidigte die Züchtigung
des Gekreuzigten.

Das Gedicht schließt mit den Versen:

III

Und für einen Augenblick auch
Stand der Bittsteller verwirrt
Denn die Knechtseligkeit
Machte ihm Kummer, wo er immer sie traf.

Aber dann, eingedenk
Daß dieser verkommene Mensch
Lebte von seiner Verkommenheit, das Volk aber
Nur den Tod gewinnt, wenn es verkommt
Ging er ruhiger weg.[177]

Damit war der Vorgang aus der privaten Sphäre in die Öffentlichkeit überführt, zumal Brecht diese politische Äußerung als menschliche Verworfenheit charakterisierte.

Doch das Wort „züchtigen" findet sich in keiner schriftlichen Äußerung Thomas Manns. Sowenig aber auszuschließen ist, daß es Thomas Mann tatsächlich gebraucht hat, so wenig kann widerlegt werden, daß es Brecht einführte, um

Thomas Manns Meinung auf den Punkt zu bringen. Er verstand es ja ausgezeichnet, andere Meinungen zugespitzt zu formulieren, um so die Herausforderung deutlich zu machen.

Wie kam es, daß Thomas Mann von der Erklärung im Hause Viertel abrückte, obwohl er eine Woche zuvor sein Einverständnis mit den Zielen der Bewegung „Freies Deutschland“ nach Moskau übermittelt hatte? Mit der Erklärung der emigrierten deutschen Schriftsteller und Wissenschaftler am 1. August 1943 zeichneten sich zum damaligen Zeitpunkt konkrete politische und organisatorische Konsequenzen ab. Eine Bewegung „Freies Deutschland“ schien auch in den USA möglich. Doch soweit wollte Thomas Mann nicht gehen. In einem Brief an die Schriftstellerin Agnes E. Meyer, bei der er während seiner New-York-Reisen wohnte, kam er darauf zu sprechen, was ihn bewogen habe, sich von dieser Erklärung wieder abzugrenzen. Mit dem Nationalkomitee könne man sich nicht einverstanden erklären, weil es keine spontane Gründung sei. Auch gefalle ihm nicht die Zusammensetzung aus kriegsgefangenen Leutnants und ehemaligen kommunistischen Reichstagsabgeordneten. Nun gab es bei Brecht keine geringere Abneigung gegen die Zusammensetzung des Komitees. Noch weniger als die Leutnants gefielen ihm darin die Generale und Junker. Selbst für die Offiziere, die später bei dem Attentat auf Hitler ihr Leben riskierten, hegte er keine Sympathie. Er ging sogar so weit, Hitlers Maßnahmen gegen die Attentäter „für den augenblick“ zu billigen: „denn wer, wenn nicht er, wird uns schon diese verbrecherbande austilgen?“[178] Doch all das trat bei Brecht zurück hinter dem gemeinsam angestrebten Nahziel, den Sturz Hitlers und die Zerschlagung des Faschismus. Wenn Thomas Mann in seinem Brief an Agnes E. Meyer weiter klarzumachen versuchte, daß er sich mit den Formulierungen, die auf den Unterschied zwischen

Deutschland und Hitler hinwiesen, nicht habe einverstanden erklären können, verlor er sich bereits in Spitzfindigkeiten, die nur dem Zweck dienten, ihm aus der ganzen Sache herauszuhelfen.

Der eigentliche Grund der Kontroverse mit Brecht wurde dann von ihm auch ganz offen ausgesprochen. „Und schließlich finde ich", heißt es im selben Brief, „daß man es dem liberalen Amerika überlassen muß, vor der Vernichtung Deutschlands zu warnen; es kommt meiner Meinung nach uns Emigranten nicht zu, Amerika Ratschläge wegen der Behandlung unseres Landes nach dem schweren und noch fernen Siege zu geben. Es gibt unter deutschen Links-Sozialisten eine Art von patriotischer Mode, darauf zu bestehen, daß Deutschland ‚nichts geschehen darf'. Das ist gar nicht mein Gefühl. Nach allem, was geschehen, werde ich mir über *nichts* die Haare raufen, was die Alliierten mit Deutschland anfangen, wenn es endlich bezwungen ist. Natürlich ist zu wünschen, daß nicht irreparable, die Zukunft belastende Torheiten begangen werden. Aber rein moralisch und pädagogisch gesehen, können zunächst einmal der Fall und die Buße gar nicht tief genug sein nach dem lästerlichen Übermut, der wüsten Superioritätsraserei und Gewaltphantasterei, die dieses Volk sich rauschvoll geleistet hat. Übrigens glaube ich, daß diesmal Rußland den Protektor Deutschlands machen wird, wie nach 1918 England."[179] Was den Einfluß der Alliierten auf die deutsche Nachkriegsentwicklung anbetraf, besaß Thomas Mann vielfach eine realistischere Auffassung als Brecht. Sich jedoch nicht einzumischen, sich „über *nichts* die Haare [zu] raufen, was die Alliierten mit Deutschland anfangen", war für Brecht die jämmerlichste Haltung, die Antifaschisten einnehmen konnten; denn damit war die Chance einer revolutionären Entwicklung, das Freisetzen eigener, neuer Initiativen genommen. Hier hörte für Brecht, dem man schwerlich einen Hang zum Patriotismus nachsagen konnte, jedes

Verständnis auf. Er war außer sich, wie sich dieses „tier", dieses „reptil" auf einen solchen Standpunkt stellen konnte.

Von November 1943 bis März 1944 weilte Brecht wieder in New York. Die verbesserte finanzielle Lage machte es ihm möglich, in relativ kurzer Zeit zum zweiten Male nach New York zu reisen. Wieder wohnte er bei Ruth Berlau. Hier erhielt er von dem politisch engagierten Negersänger und Schauspieler Paul Robeson ein Telegramm, das ihn zu einer Veranstaltung in die Carnegie Hall einlud. Die Kommunistische Partei erinnerte mit einer Massenveranstaltung an den 10. Jahrestag des Reichstagsbrandprozesses. Das Telegramm Robesons lautete: „Wäre froh, wenn Sie als wichtigster Vertreter freier deutscher Kultur teilnehmen."[180] Brecht sagte zu und gab eine Erklärung ab, die vor den 3000 Teilnehmern verlesen wurde. Auf dieser Veranstaltung traf er auch mit den Vertretern der deutschen Arbeiterbewegung zusammen, die er bisher kaum kannte, so mit Albert Norden, mit Jacob und Hertha Walcher, Albert Schreiner, mit Hanns Eislers Bruder Gerhart Eisler, mit Hermann Budzislawski. Aus dem Zusammentreffen mit Walcher entwickelte sich später eine enge Freundschaft.

In New York kam es zu einer ersten Begegnung mit dem emigrierten deutschen Theologen Paul Tillich. Brecht muß schon vorher über Tillich und die Bemühungen eines Kreises deutscher Emigranten, in New York ein Free Germany Committee zu gründen, informiert gewesen sein. Der Name Tillich erscheint in einer Eintragung des „Arbeitsjournals" vom Juli 1943. „Brecht gehörte zu den sechs Teilnehmern der ersten nachweisbaren Versammlung in Tillichs Wohnung", so recherchierte James K. Lyon, „die sich im Laufe des Jahres als Council for a Democratic Germany konstituierten. In den neun Wochen vom 11. Januar bis zum 11. März 1944 nahm Brecht an mindestens sieben Sitzungen des Komitees oder eines seiner Unterausschüsse teil. Er war eine führende Kraft bei der Gestaltung des Komitees.

Nach Sahls Berichten vertrat er den Standpunkt, daß man ehemalige Differenzen außer acht lassen solle und daß die Vertreter der Arbeiterparteien der Weimarer Republik eine Koalition bilden müßten mit ihren früheren Gegnern, den bürgerlichen Parteien. Als es zur Frage der Beteiligung von Kommunisten kam, erklärte Brecht: ‚Es ist entwürdigend, daß Kommunisten nicht eingeladen werden.' Auf sein Betreiben hin wurden zwei erklärte Kommunisten zur Teilnahme aufgefordert ... Die Protokolle der beiden Ausschüsse, denen Brecht angehörte (Studien- und Fürsorgekomitee), spiegeln seinen pädagogischen Instinkt und den festen Standpunkt in der Deutschlandfrage wider. Neben den Plänen, die demokratische Opposition gegen Hitler zu dokumentieren, eine Informationsbibliothek einzurichten und historisches Material zur Widerlegung der Vansittart-Theorie zu sammeln, wurde Brecht damit beauftragt, Vorschläge für Sondersendungen im Rundfunk zu machen, die während der Invasion in Deutschland gesendet werden sollten."[181]

Während der Zeit von Brechts zweiter New-York-Reise befand sich Thomas Mann zu einer Vortragstournee im Osten der Vereinigten Staaten und hielt sich längere Zeit in New York auf. Dem Gründungsausschuß für ein Free Germany Committee lag daran, ihn für eine Mitarbeit zu gewinnen. Wenn er zusagte, wollte man ihm den Vorsitz antragen. Über diese Bestrebungen wußte Thomas Mann ebenso Bescheid wie Brecht. Doch Thomas Mann wollte sich vorerst heraushalten. Deshalb nahm er auch an den Begräbnisfeierlichkeiten für Max Reinhardt, der am 30. Oktober 1943 gestorben war, nicht teil, um nicht mit Vertretern des Gründungsausschusses zusammenzukommen. Schließlich konnte er sich einer Begegnung doch nicht entziehen. Es fand eine Zusammenkunft statt, und Thomas Mann erbot sich, in Washington zu fragen, wie das State Department zu einem solchen Unternehmen stehe. Am 25. November kam es dann zu einer Unterredung mit Unterstaatssekretär Adolf Berle. Der amerikanische Beamte ließ Thomas Mann wissen, daß seitens der amerikanischen Regierung kein Interesse an der Gründung eines Free Germany Committee bestehe und er nur davor warnen könne. Thomas Mann sollte vielmehr besorgt sein, seinen Namen nicht vorzeitig „abzunutzen". Später wurde zwar betont, Berle habe nur einen persönlichen Rat gegeben. Doch daß hier Regierungsinteressen im Spiele waren, lag auf der Hand. Daraufhin teilte Thomas Mann dem Gründungsausschuß mit, daß er nicht zur Verfügung stehe. „Die Sitzung, in der er das negative Ergebnis mitteilte, muß sehr unerfreulich gewesen sein. In einem sehr bald danach geschriebenen Brief an Agnes E. Meyer (Kansas City, Missouri, 5. Dezember 1943) berichtet er von dem Gespräch ‚mit der Corona in New York'. Paul Tillich (der später Präsident des Council for a Democratic Germany wurde) habe gesagt, er, Thomas Mann, habe ‚Deutschland das Todesurteil gesprochen'. Auch erinnert er sich an Bert Brechts ‚höhnisch verbittertes Gesicht'. Er nennt ihn bei dieser Gelegenheit einen ‚party liner' und fügt die Befürchtung hinzu, daß Brecht Mann ‚alles Böse antun wird ... ‚wenn die Russen ihm in Deutschland zur Macht verhelfen'."[182]

Obwohl Thomas Manns Absage ganz dem Erwartungsmuster Brechts entsprach, reagierte er darauf keineswegs „höhnisch" oder rechthaberisch. Vielmehr setzte er sich hin und schrieb an Thomas Mann einen sehr sachlichen Brief. Dabei scheute er sich nicht, zu bekennen, er schreibe ihm, weil er, Thomas Mann, „mehr als irgendein anderer von uns das Ohr Amerikas"[183] habe. „Sehr geehrter Herr Mann, Sie wissen, wie sehr mir Versuche am Herzen liegen, eine Einigung der deutschen Hitlergegner im Exil zustande zu bringen, war es doch besonders die Zwietracht der großen Arbeiterparteien der Republik, die eine Hauptschuld an der Machtergreifung Hitlers trug. Da ich weiß, wieviel Sie zu einer Einigung beitragen können, glaube ich mich verpflichtet, Sie von dem schmerzlichsten Erstaunen zu unterrichten, das Ihr so betonter Zweifel an einem starken Gegensatz zwischen dem Hitlerregime und seinem Gefolge und den demokratischen Kräften in Deutschland allen erregt hat, die ich nach der Zusammenkunft gesprochen habe."[184]

Bei der Besprechung im Gründungsausschuß muß es vor allem um die Rolle und Bedeutung des inneren Widerstands gegangen sein. Daß, um ihn niederzuhalten, Hitler noch immer 50 SS-Divisionen benötige, wie Brecht formulierte, sei schließlich kein kleiner Beitrag im Kampf gegen den Faschismus. „Diesen Kämpfern gegenüber tragen wir, die soviel weniger beitragen können, eine schwere Verantwortung, wie mir scheint."[185] Thomas Mann antwortete darauf prompt. Wenn er sonst in politischen Dingen stets sehr geschickt und diplomatisch operierte, konnte er hier doch nicht seine Verärgerung unterdrücken, daß keiner der Herren, die sich für eine Antikriegsbewegung engagierten, zu seinem Vortrag gekommen sei. „Man hätte meinen sollen, daß wenigstens der Eine oder der Andere von ihnen sich für die öffentlich vorgetragenen politischen Gedanken eines Mannes interessieren würde, den sie für berufen halten, sogar für allein berufen halten, jene Einigung zustande zu bringen. Keiner war neugierig genug. Wäre aber nur Einer dabei gewesen, so hätten Zweifel an meiner Gesinnung, wie Sie sie in Ihrem Briefe äußern, nicht aufkommen können."[186] Deplaciert war das in einem Brief an Brecht insofern, als dieser zum Zeitpunkt des Vortrags noch gar nicht in New York war. Ob er allerdings bereit gewesen wäre, einen Vortrag von Thomas Mann zu besuchen, um ihn so für eine Mitarbeit geneigter zu stimmen, läßt sich schwer sagen. Bevor Thomas Mann die Gründe nannte, warum man auf ihn nicht zählen könne, offerierte er seinem Adressaten eine Definition der Kräfte, die Deutschland ins Unglück geführt hatten. Sie muß als das deutlichste und weitgehendste politische Bekenntnis gewertet werden, das Thomas Mann jemals formuliert hat. An Brecht schrieb er, sich von einem Vansittartismus jeglicher Spielart abgrenzend: „Nicht Deutschland oder das deutsche Volk sei zu vernichten und zu sterilisieren“, habe er in seinem Vortrag ausgeführt, „sondern zu zerstören sei die schuldbeladene Machtkombination von Junkern, Militär und Großindustrie, die für zwei Weltkriege die Verantwortung trage. Alle Hoffnung beruhe auf einer echten und reinigenden deutschen Revolution, die von den Siegern nicht etwa zu verhindern, sondern zu begünstigen und zu fördern sei.“[187]

Aber zu dieser „echten und reinigenden deutschen Revolution“ dürfe von den deutschen Emigranten nichts beigetragen werden, was nicht vorher mit den amerikanischen Regierungsstellen abgesprochen worden sei. So las Brecht diesen Brief. Thomas Mann wiederum versuchte herunterzuspielen, daß ihm Berle vom State Department abgeraten hatte, sich an der Arbeit eines Free Germany Committee zu beteiligen. „Ich bin zu der Überzeugung gelangt, daß die Bildung einer solchen Körperschaft verfrüht wäre, nicht nur weil Angehörige des State Department sie für verfrüht halten und jetzt nicht wünschen, sondern auch auf Grund eigener Überlegungen und Erfahrungen. ... Mit der Entschuldigung und Verteidigung Deutschlands und der Forderung einer ‚starken deutschen Demokratie‘ würden wir uns in diesem Augenblick in einen gefährlichen Gegensatz bringen zu den Gefühlen der Völker, die unter dem Nazi-Joch schmachten und nahe dem Zugrundegehen sind.“[188] Es war ganz unverkennbar, daß sich Thomas Mann mit den Siegern, im konkreten Fall mit der USA-Regierung, in Übereinstimmung wissen wollte und jede Eigeninitiative der Emigranten mißbilligte. Da er damals nicht beabsichtigte, wieder nach Deutschland zurückzukehren, sollten seine Handlungen die eines amerikanischen Staatsbürgers sein.

Daß es in den USA nicht zur Bildung eines Free Germany Committee kam, lag wesentlich an der Haltung Thomas Manns. Denn den Standpunkt, nichts zu tun, was den Interessen Amerikas zuwiderlief, machten sich andere gerade durch sein Beispiel zu eigen. Im Mai 1944, als Brecht schon wieder in Santa Monica war, gelang es dann, ein Council for a Democratic Germany zu gründen. Den Vorsitz übernahm der Theologe Paul Tillich. Die Hauptinitiative ging vor allem von Paul Tillich und Hermann Budzislawski aus. Brecht stellte sich auch in Santa Monica uneingeschränkt dem Council zur Verfügung und übernahm es, im Raum Hollywood die bedeutenden Vertreter der deutschen Emigration für diese Antihitlerbewegung zu gewinnen. Im Auftrag des Gründungsausschusses wandte er sich an Heinrich Mann mit der Bitte, dem Gremium beizutreten. Da er ihn durch seinen Bruder informiert wußte, fügte er hinzu, daß die Haltung des State Department zu dieser Gründung jetzt freundlicher geworden sei. Ob Brecht tatsächlich über eine solche Information verfügte, die sich als eine Fehlinformation erwies, oder ob es nur Zweckoptimismus war, muß offenbleiben.

Im April 1944 gab Brecht Paul Tillich über seine Bemühungen einen genauen Bericht: „Lieber Herr Tillich, ich habe die Herrn, an die ich mich wenden sollte, samt und sonders sehr interessiert gefunden, nur geht hier alles ein wenig langsam, teils wegen der großen Entfernungen (bei Benzinknappheit), teils wegen großer Beschäftigtheit. Auch wünschten einige erst mit andern zu diskutieren. Zugesagt haben bisher: Heinrich Mann, Fritz Kortner, Lion Feuchtwanger, Elisabeth Bergner, Paul Czinner, Professor Leopold Jessner, Berthold Viertel. Döblin, Horkheimer und F. Lang wünschten noch Unterhaltungen. Reichenbach möchte sich mit seiner Universitätsbehörde ins Benehmen setzen, ist selbst jedoch absolut dafür. Er macht in den nächsten Wochen eine Vortragsreise und wird mit Einstein und anderen sprechen, die, wie er denkt, mitmachen werden, aber mündliche Aufklärung werden haben wollen. Bruno Frank ist schwer krank und kann nicht gestört werden. Dieterle steckt in Filmarbeit, ich hoffe ihn in den nächsten Tagen zu sprechen. (Er kann dann am besten Bassermann angehen.) Hoffentlich sind Sie in New York nicht ungeduldig, das Interesse könnte nicht größer sein hier, jedoch stellt eben jede dieser Persönlichkeiten ein kleines Komitee für sich selbst dar, das sich erst klären und sammeln muß, was, wie wir ja wissen, Zeit braucht, aber doch dann gelingt. ... Die bis jetzt vorhandenen Namen sind aber sehr zahlreich, wie mir scheint, und sehr gut. Es gibt in der ganzen Welt kein K[omitee] von ähnlicher Bedeutung. Und in den nächsten Monaten wird es sich zweifellos sehr stark vergrößern. (Die Namen auf der Liste für die Westküste werden wohl schon nächste Woche ziemlich alle zur Verfügung stehen, wie ich es überblicke.)"[189]

Während seines zweiten New-York-Aufenthaltes, der in die ersten Monate des Jahres 1944 fiel, begann Brecht die Arbeit an einem Stück, das zu den Höhepunkten seines Gesamtwerks zählt. In der 57. Straße schrieb er die ersten Szenen des „Kaukasischen Kreidekreises". Die Anregung dazu hatte ihm die Wiener Schauspielerin Luise Rainer gegeben, die in die USA emigriert war, in Hollywood Karriere machte und für ihre Filmrollen mit dem Oscar ausgezeichnet wurde. Als sie mit Brecht in Kalifornien zusammentraf, stand sie auf der Höhe ihres Ruhms. In ihrem Haus in Brentwood war Brecht mehrmals zu Gast. Bei einem Spaziergang im Sommer 1943 am Strand von Santa Monica fragte sie Brecht, ob er nicht eine Rolle für sie habe. Sie erinnerte sich an seine „Johanna"-Version. Die Johanna von Shaw hatte sie 1940 in Piscators erster amerikanischer Bühnenproduktion gespielt. Doch liebte sie diese Rolle nicht sonderlich. Dann kam sie auf Klabunds „Kreidekreis" zu sprechen, ein Stück, das in den zwanziger Jahren zu den erfolgreichsten gezählt hatte. Wenn Luise Rainer von einer Rolle sprach, dachte sie an den Broadway. Kein Gespräch konnte Brecht willkommener sein. Durch die Beziehungen der Rainer mit einem Stück den Broadway zu erobern schien Brecht so aussichtslos nicht. Sie verstand es, den Produzenten Jules J. Leventhal davon zu überzeugen, mit Brecht einen Vertrag abzuschließen. Gleich zu Beginn seines Aufenthalts in New York traf sich Brecht mit Luise Rainer. Sie arrangierte die Verbindung mit Leventhal. Da sie dann aber auf Tournee ging, konnte sie bei den weiteren Besprechungen nicht dabeisein. Die Sache wurde perfekt. Brecht verpflichtete sich, ein Stück mit dem Titel „Der Kreidekreis" für den Broadway zu schreiben. Leventhal bat sich aus, daß Luise Rainer die Hauptrolle spielte. Brecht zahlte er einen Vorschuß in wöchentlichen Raten.

Mit dem Kreidekreis-Thema war Brecht bestens vertraut. Bereits im dänischen Exil hatte er an ein Stück mit dem Titel „Der Odenseer Kreidekreis" gedacht. Er beriet sich damals mit seinen dänischen Freunden über Vorgänge aus der dänischen Geschichte, um sie für das Thema der Auflehnung gegen die Fremdherrschaft nutzen zu können. Mit dem Stück wollte er auf die Annexionspolitik Hitlers reagieren. Doch über einige Entwürfe kam Brecht nicht hinaus. Ein Jahr später griff er das Thema wieder auf, jetzt aber in Form einer Erzählung. Als Handlungsort wählte er seine Heimatstadt Augsburg zur Zeit des Dreißigjährigen Krieges. „Der Augsburger Kreidekreis" enthält schon Handlungslinien, die er dann auch für das Stück nutzte. Erzählt wird von der Magd Anna, die sich aus Mitleid des von ihrer Herrin zurückgelassenen Kindes annimmt und mit ihm auf dem Bauernhof ihres Bruders Zuflucht sucht. Um nicht ins Gerede zu kommen, geht sie die Ehe mit einem Häusler ein, von dem man im Dorfe meint, er sei todkrank.

Doch ihre Sorge um das Kind bringt sie selber in Schwierigkeiten. Der Häusler genest, ihr Mann meldet sich. Nach dem Kriege erinnert sich die Herrin wieder ihres Kindes. Es gelingt ihr, Anna und das Kind ausfindig zu machen. So verliert Anna das Kind, das sie als das ihre geltend macht, an die Herrin. Anna aber entschließt sich, „ihr" Kind vor Gericht zurückzufordern. Der Richter Dollinger, der den Fall verhandelt, bedient sich der Kreidekreis-Probe, weil er der Meinung ist, die beiden, die sich als Mütter ausgeben, lügen wie gedruckt. Bei dieser Probe vermag Anna nicht, ihrem Kinde weh zu tun. Für Dollinger ist damit der Fall geklärt. Anna wird als die wahre Mutter anerkannt, sie bekommt das Kind zugesprochen.

Als Brecht mit der Arbeit an dem Stück begann, verfügte er über einen Stoff, mit dem er sehr frei und souverän umgehen konnte. Im Unterschied zu den meisten anderen Stücken, bei denen er sich auf fremde Vorlagen stützte, brauchte er hier nicht weiter in den alten Text einzudringen und sich mit seinen historischen Voraussetzungen zu beschäftigen. Der Grad der Umfunktionierung der chinesischen Vorlage, auf die sich Klabund stützte, blieb gering. In der chinesischen Geschichte vom Kreidekreis, von Li Hsing im 13. Jahrhundert verfaßt, wird der Nebenfrau Hai-tang ihr Kind von der Hauptfrau weggenommen. Auf diese Weise gedenkt sie sich des Erbes zu bemächtigen. Bei der Kreidekreis-Probe vermag die leibliche Mutter nicht, das Kind mit Gewalt zur Seite zu ziehen, um es nicht zu verletzen. Bei Brecht ist die wahre Mutter nicht die leibliche Mutter, sondern die, die das Kind ernährt und aufgezogen hat. Der freiere Umgang mit der Vorlage enthob Brecht auch der Ideologiekritik als unmittelbarer Arbeit am Material. Es mußte nicht erst präpariert, nicht erst zurechtgerückt werden, um etwas sichtbar zu machen.

Wie Brecht das Stück bereits in der ersten Fassung aufbaute, erstaunt insofern, als er es doch als Auftragsarbeit für den Broadway begann. Er handhabte seine epische, nichtaristotelische Technik in einer stilistischen Reinheit wie kaum in einem anderen Stück der Emigrationsjahre. Bereits am 6. Juni 1944 schloß er die Arbeit ab und schickte den Text Luise Rainer. Sie überwarf sich jedoch in der Folgezeit mit Brecht und nannte ihn „grausam, selbstsüchtig, eingebildet“[190]. Die für sie geschriebene Rolle wollte sie nun auf keinen Fall mehr spielen. Doch darin den Grund zu suchen, daß das Stück nicht auf den Broadway gelangte, wäre ganz und gar verfehlt. Durch den Streit mit Luise Rainer wurde nur die Entscheidung unnötig, die der Produzent Leventhal hätte treffen müssen.

Brecht muß bereits im Juni, als er die erste Fassung abschloß, nicht mehr so daran interessiert gewesen sein, unbedingt mit diesem Stück am Broadway herauszukommen. Wahrscheinlich war ihm im Laufe der Arbeit bewußt geworden, etwas zustande gebracht zu haben, das besser in eine neue Zeit paßte. Der Stoff ermöglichte ihm, den gesamten technischen Standard seiner nichtaristotelischen Dramaturgie freizusetzen und seine politischen Ideen groß ins Poetische, ins Theatergemäße zu übersetzen. Zum erstenmal, seit er amerikanischen Boden betreten hatte, spürte er wieder die Möglichkeit, gesellschaftlichen Ideen die ihm gemäß erscheinende poetische Dimension zu geben. Das muß für ihn ein Vorgang von großer innerer Befreiung gewesen sein, nachdem ihm in diesem Amerika vieles nicht ausführbar erschienen war, was ihn früher inspiriert hatte. Deshalb kümmerte es ihn wenig, ob sich der Broadway dafür interessierte oder nicht, zumal sich ein Ende des Krieges abzeichnete. Es würden sich wieder anderswo Möglichkeiten für ihn auftun. Bald nach Abschluß der ersten Fassung machte er sich an die Umarbeitung. Eine Nachricht aus New York wartete er nicht ab. So wurde das Stück immer mehr zu einem Experiment für ein

Theater der Zukunft, das auf andere Wirkungen aus war als die, die Brecht bisher als vordringlich angesehen hatte.

Die Arbeit begann mit der Niederschrift des Vorspiels „Der Streit um das Tal". In der ersten Fassung tritt der Sänger auf, um wie der antike Rhapsode seine Geschichte vorzutragen. Brecht notierte im Juli 1944: „im K[AUKASISCHEN] K[REIDEKREIS] wird die fiktion benutzt, daß der *sänger* das ganze zum vortrag bringt, dh, er kommt ohne theatertruppe; die szenen sind nur verkörperungen der hauptvorgänge in seiner erzählung. trotzdem muß der schauspieler agieren, als wäre er der regisseur einer truppe: er klopft mit einem kleinen hammer auf den boden, bevor ein auftritt erfolgt, zeigt ausdrücklich, daß er die vorgänge an gewissen punkten überwacht, um zu sehen, wann sein nächster einsatz kommt usw. das ist nötig, damit ein berauschender illusionismus vermieden wird."[191] In der Neufassung des Vorspiels, die im September 1944 vorlag, kommt der Sänger zusammen mit Musikern auf die Bühne, um das Spiel mit den Mitgliedern des Kolchos „Rosa Luxemburg" einzuüben. Indem nicht mehr nur die Fiktion eines Spiels eingeführt wird, sondern der Sänger tatsächlich das Spiel arrangiert, demonstriert Brecht mit dem Vorspiel zugleich Gebrauch und Funktion seiner Kunst, seiner Ästhetik. Durch ein Spiel machen sich die streitenden Parteien, der Ziegenzuchtkolchos „Galinsk" und der Obstbaukolchos „Rosa Luxemburg", einen gesellschaftlichen Widerspruch, einen Rechtsfall klar; sie machen sich begreiflich, daß das Tal denen gehört, die sich am besten auf die Natur verstanden und es im Sinne der Menschen nutzten. Die Kunst wird von den Kolchosmitgliedern gebraucht, um sich, wie es bei Brecht heißt, in der größten aller Künste zu üben, der Kunst zu leben.

Epische Wirkungen werden im „Kaukasischen Kreidekreis" mit einer wahren artistischen Finesse installiert. Doch verbindet sich das Artistische mit dem Poetischen so glücklich wie kaum in einem anderen Stück. Bestimmte epische Mittel, die sonst bei ihm experimentell wirkten und oft als ausgeklügelt empfunden wurden, verstehen sich hier wie selbstverständliche Freisetzungen von Poesie gegenüber dem Wirkungsmechanismus des Theaters. Nicht nur, daß der Sänger einen Vorgang erzählt und zugleich inszeniert, der Sänger übernimmt auch den Part der Figuren, wenn diese schweigen, weil das Wichtige, das sie sagen wollen, in ihrer Sprache nicht ausdrückbar ist. Indem die Sprachlosigkeit der Figuren im Vortrag des Sängers aufgehoben wird, erschließen sich durch diese poetische Überhöhung psychisch und gedanklich Bereiche, die über eine einzelne Figur nicht verständlich zu machen sind. Handelnde Personen wiederum sprechen an bestimmten Stellen von sich in der dritten Person. So werden zeitliche Distanzen, die sich zwischen die Figuren geschoben haben, verdeutlicht.

Die poetische Schönheit und den formalen Reichtum des Stückes hat als einer der ersten Hanns Eisler erkannt. Er hielt es für so anspruchsvoll, daß man es überhaupt nur aufführen könne, „wenn die Proletarier die Macht haben“[192]. Seine außerordentliche Wertschätzung, die dem Stück erst in der Zukunft eine praktische Chance gab, verhinderte es aber, daß er die Musik für diese „Schreibtischproduktion“ komponierte.

Ebenso erstaunlich wie der artistische Gebrauch vielfältiger epischer Gestaltungsmittel ist die souveräne Selbstverständlichkeit, mit der Brecht nach dem Vorspiel die Geschichte in einem zeitlichen Nacheinander vorführt. Erst wird die Geschichte der Grusche, dann die Geschichte des Richters erzählt. In der abschließenden Gerichtsszene treffen beide Linien zusammen: der Richter Azdak und die Grusche stehen sich gegenüber. Eine solche Handlungsführung, die dem Zuschauer zumutet, daß er mitten im Stück wieder auf den Ausgangspunkt zurückkehrt, müßte eigentlich als Wagnis erscheinen oder mindestens als sehr experimentell empfunden werden. Doch dieser Eindruck stellt sich nicht her, was auf die tief berührende und höchst einprägsame Gestaltung der beiden Hauptfiguren zurückzuführen ist.

In der ersten Fassung war Brecht mit der Figur der Grusche plötzlich nicht mehr zufrieden. „sie sollte einfältig sein, aussehen wie die *tolle grete* beim breughel, ein tragtier. sie sollte störrisch sein statt aufsässig, willig statt gut, ausdauernd statt unbestechlich usw usw. diese einfalt sollte keineswegs ‚weisheit' bedeuten (das ist die bekannte schablone), jedoch ist sie durchaus vereinbar mit praktischer veranlagung, selbst mit list und blick für menschliche eigenschaften. – die grusche sollte, indem sie den stempel der zurückgebliebenheit ihrer klasse trägt, weniger identifikation ermöglichen und so als in gewissem sinn tragische figur (‚das salz der erde') objektiv dastehen."[193] Nun machte er sich daran, die Figur der Grusche, die in der ersten Fassung Katja hieß, „aufzurauhen". Sie war ihm zu liebenswert, zu „nett". Feuchtwanger, mit dem er sich oft über das Stück beriet, unterstützte ihn in dieser Richtung. Er hielt Grusche für zu „heilig", vermißte aber andererseits bei ihr einen „Auftrag". Daß Grusche zur guten Tat wie durch einen Unfall gelangte, hielt Brecht gestalterisch für mißlungen, aber sie einfach aus „Güte" handeln zu lassen, wie es Feuchtwanger wollte, sagte ihm erst recht nicht zu. Immer eindringlicher führte er sich Breughels Bild der „tollen Grete" vor Augen, um an dieser Figur Züge abzulesen, die das selbstverständliche Verhalten des einfachen Volkes charakterisieren. Verhalten, das selbst in der durch Ausbeutung und Unterdrückung herbeigeführten Deformation den Menschen in seinen Möglichkeiten kenntlich machte.

Der verlumpte Dorfrichter Azdak, der für niemanden den Helden machen will, ist eine Figur, die zutiefst berührt, weil sie alles Heldische, alles Revolutionäre zurückweist, aber letzten Endes immer bereit ist, für die kleinen

Hilfeleistungen zur Sicherung der menschlichen Existenz des andern das Leben zu riskieren. Ständig wartend auf den Wandel der Zeiten, ist er der Enttäuschte, der selber die andern nicht enttäuscht. Er nimmt es in den kleinen Dingen nicht so genau und besteht auf Schwachheit und Bestechlichkeit. Er findet eine solche Praxis durchaus in Ordnung, wenn sie von den kleinen Leuten ausgeübt wird, die doch immer wieder die Zeche bezahlen müssen. Er macht sich davon, als ihm das Richteramt zu heiß wird. Der Sänger sagt von ihm:

> Und nach diesem Abend verschwand der
> Azdak und ward nicht mehr gesehen.
> Aber das Volk Grusiniens vergaß ihn nicht
> und gedachte noch
> Lange seiner Richterzeit als einer kurzen
> Goldenen Zeit beinah der Gerechtigkeit.[194]

Wie sehr Brecht mit diesem Stück eine poetische Eigenart etablierte, die sich von seinem bisherigen ästhetischen Credo unterschied, so vielfältig und unterschiedlich es sich auch präsentierte, läßt sich aus seinen eigenen widersprüchlichen Kommentaren entnehmen. Einmal betonte er, „Der kaukasische Kreidekreis" sei kein Parabelstück, dann wieder argumentierte er mit den „parabelhaften Fragestellungen" des Stücks. Diese Unsicherheit zeigt nur, daß ihm hier etwas Neues gelungen war, das sich nicht mit dem Begriffsmaterial seiner bisherigen Theorie erfassen ließ. Das Neue resultierte aus der Krise, in die er mit seiner poetischen Produktion im USA-Exil geraten war. Der provokatorische Impuls seiner Dichtung, der den Schein der Idealität oder des Gewohnten zerstörte und die Allgewalt des Geldes, der ökonomischen Macht demonstrierte, stellte sich hier nicht ein. Dieses Land und die Mentalität seiner Menschen schienen auf den ökonomischen Funktionalismus des kapitalistischen Systems völlig eingeschworen. Um seine Enthüllungstechnik neu zu installieren, hätte er eine tiefere Kenntnis der amerikanischen Wirklichkeit, des gesellschaftlichen Wirkungsmechanismus und des politischen Denkens der Menschen haben müssen. Doch darum bemühte er sich gar nicht. Sein Bedürfnis, in die amerikanische Gesellschaftsstruktur einzudringen, war während seines Aufenthaltes in diesem Lande weitaus geringer als zu jener Zeit, da er sich noch in Deutschland befand.

Die dadurch ausgelöste Krise der Darstellbarkeit politischer Vorgänge drängte ihn in seiner poetischen Produktion zu anderen Lösungen. Man hat dem „Kaukasischen Kreidekreis" märchenhafte Züge nachgesagt. Das ist nicht falsch, charakterisiert aber nicht den Ausweg, der hier gefunden wurde. Was das Stück von früheren unterscheidet, ist, daß Brecht seine politischen Einsichten groß ins Phantastische, in das Spiel der Phantasie übersetzte. Zwar spielte bei ihm die Phantasie immer eine große Rolle; denn so rationalistisch, wie man meinte, war Brecht ja nie. Doch sie diente ihm mehr dazu, seine poetischen Modelle über gesellschaftliches Verhalten auf die politische Wirklichkeit rückbeziehbar zu machen. Jetzt bediente er sich der Legende, einer Form, die alles viel freier und unbestimmter transformierte. Sie brachte eine poetische Vielfalt ins Spiel, obwohl Brechts politische Absichten nicht weniger eindeutig waren als früher. Die größere poetische Dimension lud ihrerseits zu einer freizügigeren Deutung ein. Selbst ganz und gar abwegige Interpretationen blieben da nicht aus. Man begriff das Werk als ein Schlüsselstück, obwohl seine Form eine Rückführung der gezeigten Vorgänge auf konkrete historische und politische Ereignisse und Personen eher verbot. So wurde in späteren Analysen Grusches Flucht durch die nördlichen Gebirge als die Darstellung der Reise Trotzkis von Alma-Ata nach Konstantinopel und die Figur des Richters Azdak als die Verkörperung des Politikers Kerenski gedeutet. Auf diese Weise interpretierte man den „Kaukasischen Kreidekreis“ als ein Schlüsselstück über die russische Revolution.[195]

Bei aller Absonderlichkeit sind derlei Deutungen bei einem solchen Stücktypus nicht auszuschließen. Brecht hat dem gelegentlich selbst Vorschub geleistet. In den fünfziger Jahren bemerkte er, das Vorspiel zum „Kaukasischen Kreidekreis“ sei das einzige Stück über die Abtretung Schlesiens an Polen. Obwohl es in seinem „Arbeitsjournal“ mehrere Bemerkungen gibt, wie und unter welchen Umständen sich die deutschen Arbeiter in einem polnischen Schlesien verhalten würden, dürfte es sich hier bei ihm nicht um eine Absicht, sondern um eine nachträgliche Interpretation gehandelt haben. Direkte politische Bezüge im Stück gibt es nur, soweit seine Anteilnahme am Befreiungskampf der Sowjetvölker gegen den Faschismus bewirkte, den Stoff geographisch auf dem Gebiet der Sowjetunion anzusiedeln.

Im Februar, als Brecht sich in New York aufhielt und mit der Arbeit am „Kaukasischen Kreidekreis“ begann, erfuhr er, daß Ruth Berlau von ihm ein Kind erwartete. Im Juni 1944 verließ Ruth Berlau New York und fuhr nach Kalifornien. Die Jahre, als sie in New York ihrem Job nachging, während er in Santa Monica lebte, hatten ihre Verbindung nicht gelockert und Brechts Zuneigung wie seiner Anhänglichkeit keinen Abbruch getan. Die Briefe, die sie zwischen Santa Monica und New York wechselten, offenbaren eine große Liebe. Vielleicht war es gerade das Verhältnis von grenzenloser Hingabe und kritischem Beistand, was er brauchte und wozu sie im jeweils richtigen Moment in der Lage war. Diese Eigenschaften der Ruth Berlau wogen mehr als ihre Mitarbeitertalente. Der häufige Vermerk ihres Namens in den Werken Brechts erweckt den Anschein einer Mitarbeit, die ihr in einem solchen Umfang gar nicht möglich gewesen wäre. Ihr nicht unbeträchtlicher

Einfluß auf die Werke bestand nicht in der konkreten Arbeit am Text oder doch nur in den seltensten Fällen.

Als sie sich von Brecht schwanger wußte, verband sie damit wohl die Hoffnung, daß sich ihr Verhältnis über Jahre hinaus neu und dauerhaft gestalten ließe, obwohl ihr klar war, daß sich Brecht nie von Helene Weigel trennen würde. Die spätere tragische Entwicklung ihres Verhältnisses, das zur psychischen und physischen Zerstörung dieser ungewöhnlichen Frau beitrug, begann eigentlich mit dem Unglück bei der Geburt des Kindes. Doch darüber Ruth Berlau selber:

„Die für mich wichtigste gemeinsame Arbeit mit Brecht war das Stück ‚Der kaukasische Kreidekreis'. Brecht kam Mitte November 1943 für vier Monate nach New York. Er wohnte wieder bei mir. Brecht arbeitete an vielen Projekten und schloß auch einen Vertrag über eine ‚Kreidekreis'-Version ab. …

Brecht fing mit der Arbeit noch in New York an. Zu dieser Zeit wurde ich durch Brecht schwanger. Ich war sehr glücklich, und Brecht war es auch, obwohl er äußerst bemüht war, meinen Zustand geheimzuhalten. Wir hatten uns auch schon über Namen geeinigt. Ein Mädchen sollte Susanne heißen, ein Junge Michel – wie das Kind im ‚Kreidekreis'. Kurz nachdem Brecht das Stück beendet hatte, am 3. September 1944, wurde Michel geboren. Brecht notierte in seinem ‚Journal', daß ich in einem Hospital von Los Angeles ‚operiert' worden sei.

Ich war tatsächlich schwerkrank und lag mit hohem Fieber. Der Arzt verlangte eine Entscheidung: die Mutter oder das Kind? Ich sagte: ‚Rettet das Kind!' In diesem Augenblick stürmte Bertolt Brecht mit weißem Kittel und weißer Haube herein und rief: ‚Ich bin hier, ich bin gekommen.' Brecht kam jeden Tag. Davon hatte ich aber nicht viel, denn ich lag unter einem Atemgerät und war dem Sterben näher als dem Leben. Brecht hat seinen Sohn in dem Raum für Frühgeburten gesehen. Er erzählte mir später, daß ich immer nur nach Michel gefragt habe und daß mir nichts wichtiger war als die Rettung des Kindes.

Eines Tages kam der Arzt zu mir, den Peter Lorre besorgt hatte, weil wir selbst die hohen Krankenhauskosten nicht hätten bezahlen können. Der Arzt setzte sich an mein Bett. Ich konnte nur seinen Schlips sehen, als er sehr behutsam begann, er müsse mir etwas erzählen. Ich sagte: ‚Ich weiß schon, Michel ist gestorben.' Er hat nur wenige Tage gelebt.

Das Weitere erzählte mir später Hanns Eisler. Er sagte, daß er mit Brecht überhaupt nicht mehr sprechen konnte. ‚Brecht war so verwirrt, wie ich ihn nie gesehen habe.' Eisler fragte ihn: ‚Was ist los? Habe ich dir was getan? Habe ich mich politisch falsch verhalten?' Aber Brecht antwortete nur: ‚Nein, es ist privat.' Da ist Eisler traurig nach Hause gegangen, denn Privates war aus Brecht nicht herauszubekommen. Durch die Frauen hat er es dann erfahren: ‚Ruth Berlau hat ein Kind mit Bertolt Brecht gehabt. Sie ist sehr krank. Das Kind ist tot, und wir wissen nicht, ob Ruth noch lebt.'

Brecht hat mich aus dem Krankenhaus abgeholt, bevor ich wieder gesund war. Wir waren arm und konnten uns einen längeren Aufenthalt nicht leisten. Er brachte mich in das Haus von Berthold Viertel. Seine Frau Salka hatte ein kleines Zimmer für mich eingerichtet. Hier erholte ich mich dann allmählich.

Alles das ist für mich eng verknüpft mit der Arbeit am ‚Kaukasischen Kreidekreis'. Brecht sagte zu mir: ‚Sei nicht mehr traurig über Michels Tod. Wenn wir nach Berlin kommen, adoptieren wir sofort ein Kind. Es gibt jetzt viele Kinder ohne Vater und Mutter.' Wir haben kein Kind adoptiert ...“[196]

Neben anderen Faktoren führte der Verlust des Kindes dazu, daß Ruth Berlau im Dezember 1945 einen Nervenzusammenbruch erlitt, der ihr gesamtes weiteres Leben beeinträchtigen sollte. Nach dem Weihnachtsfest verwirrte sich ihr Gemütszustand in einem Maße, daß sie in ihrer New-Yorker Wohnung tätlich gegen ihre Freundin und Arbeitskollegin Ida Bachmann vorging. Der Arzt mußte alarmiert werden. Was vorgefallen war, erfuhr Brecht durch Fritz Sternberg, als er verabredungsgemäß bei Ruth Berlau anrief. Über Reyher organisierte Brecht Hilfe. Ruth Berlau wurde in das Bellevue-Krankenhaus gebracht und am 31. Dezember in eine geschlossene Anstalt in Amityville of Long Island eingewiesen. „Brecht war im Januar selber an einer schweren Grippe mit hohem Fieber erkrankt", schreibt James K. Lyon, „und konnte deshalb nicht gleich kommen. Ein paar Sätze aus einem Brief an Reyher, in dem Brecht über ein Telefongespräch mit Berlau nach ihrer Einweisung berichtet, bezeugen seine starken Gefühle für sie mit dem folgenden, ungewöhnlichen Eingeständnis: ‚Auch muß man ihr erlauben, daß sie mich hier anruft, wenn sie dazu imstand ist. Das würde ihr auch helfen. Daß sie so weit weg ist und so in fremden Händen, beunruhigt mich natürlich sehr.' Der einzige Zweck von Brechts transkontinentaler Reise, die ihn am 10. Februar nach New York führte, war die Pflege von Ruth Berlau. In der Hoffnung auf ihre Entlassung fuhr er mit Bergner und Czinner nach Amityville hinaus, wo er feststellen mußte, daß sie immer noch sehr krank war. Bei einem dieser Besuche sagte er ihr, er wolle sie nach Hause bringen. Sie schrie ihn an, dann müsse er auch Autos für die übrigen zweiunddreißig Patienten bringen, und warf ihn hinaus. Später hat Berlau behauptet, Brecht habe der Bergner zugemurmelt, niemand sei so verrückt wie eine verrückte Kommunistin. Jedenfalls besuchte er sie weiter, bis sie im März soweit genesen war, daß sie zur Pflege in ihrer eigenen Wohnung in der 57. Straße in seine Obhut entlassen werden konnte. Damit war er in den folgenden Wochen hauptsächlich beschäftigt.

Erst als ihr Zustand sich einigermaßen stabilisiert hatte, kümmerte er sich wieder um seine eigenen Theaterprojekte."[197]

Um den Broadway zu erobern, dachte Brecht auch an die Bearbeitung alter Stücke. Elisabeth Bergner hatte ihn auf „The Duchess of Malfi" von John Webster gebracht. Mit diesem Stück beschäftigte er sich zum erstenmal während seines New-York-Aufenthaltes im April 1943 und führte es bei seinem zweiten New-York-Besuch weitgehend zu Ende, wenn er es auch noch nicht völlig abschließen konnte. Eine Aufführungschance für dieses nie sonderlich erfolgreiche Stück sah er insofern gegeben, als sich Elisabeth Bergner für die Rolle der Malfi zu interessieren schien. Unter diesen Umständen würde ihr Mann, der Filmregisseur Paul Czinner, möglicherweise eine Produktion wagen. Für Elisabeth Bergner etwas zu machen, war Brecht auch schon früher bereit gewesen. 1925 versuchte er, für sie in Berlin die „Kameliendame" einzurichten. Männer, die die Bergner in den zwanziger und dreißiger Jahren auf der Bühne gesehen hatten, lagen ihr gewöhnlich zu Füßen. Wenn bei anderen Künstlern sich die Zuschauer in zwei Lager spalteten, so kannte sie nur das der Verehrer. Zu ihnen zählte Brecht nicht unbedingt. Doch suchte er die Verbindung zu ihr auch nicht nur deshalb, um über sie eine Produktion am Broadway durchzusetzen. Sich mit ihr, der „erfolgreichsten Darstellerin des herkömmlichen Theaters", zu unterhalten, fand er stets amüsant. Sie allerdings zeigte kein sonderliches Interesse für Brechts Theater, und auch seine Persönlichkeit faszinierte sie nicht wie andere. Gegenüber seinen Theatertheorien und den von ihm angestrebten Wirkungen verhielt sie sich außergewöhnlich skeptisch. Als Brecht ihr den „Guten Menschen von Sezuan" zum Lesen gab und nach ihrer Meinung fragte, erhielt er als Antwort: „so langweilig wie großartig"[198]. Sie trat in diesem Stück nie auf. Im Epilog vom „Guten Menschen", in dem gefragt wird, ob die Menschen vielleicht andere Götter wollen oder keine, war ihr in letzterem Wort das „k“ zuviel.

Websters Stück bietet eine absonderliche Schauergeschichte: Die Herzogin heiratet heimlich ihren Haushofmeister, der mit ihr drei Kinder zeugt. Als ihre zwei Brüder davon Wind bekommen, eröffnen sie ein schreckliches Strafgericht mit sadistischen Folterungen. Während der eine Bruder darauf aus ist, den Besitz der Herzogin an sich zu bringen, verfolgt sie der andere mit der schrecklichen Leidenschaft der Geschwisterliebe. Bisher hatte jeder der Bergner abgeraten, sich dieses Stücks anzunehmen. Vor allem Paul Czinner meinte, damit werde man beim amerikanischen Publikum kein Glück haben. Brecht, der immer davon ausging, daß es keinen Stoff der dramatischen Weltliteratur gebe, der nicht durch seine Bearbeitung zur Wirkung gebracht werden könne, widersprach allen Argumenten und bot sich an, aus dem Stück etwas zu machen.

Da er fest mit einer Aufführung an einer amerikanischen Bühne rechnete, übertrug er das Stück gar nicht erst ins Deutsche. Für eine neue Dialogfassung – das Stück war in Jamben geschrieben – benötigte er jedoch einen Mitarbeiter, der die englische Sprache besser beherrschte als er. Im „Arbeitsjournal“ sind nur Hoffman Hays, später die Bergner als Koproduzenten vermerkt. Doch die meiste Zeit arbeitete er mit dem englischen Autor Wystan Hugh Auden zusammen, der in New York wie Brecht und die Berlau in der 57. Straße wohnte. Diesen hochbegabten Lyriker schätzte Brecht sehr. Bevor sich Auden ganz dem Katholizismus zuwandte, stand er links. „Brecht schätzte ihn ganz außerordentlich, er hätte gern viel mehr mit ihm zusammengearbeitet. … Auden hatte sich das billigste Zimmer in einem Plüsch-Pensionat genommen, das überhaupt zu haben war. Das Zimmer war immer verdunkelt, weil Auden nie die Gardinen zurückzog und auch nie die Fenster geöffnet hat.

Wenn man hineinkam, konnte man nicht die Hand vor Augen sehen, so verraucht war es. Auden qualmte Zigaretten am laufenden Band. Sein Hemd saß auch nie da, wo es sitzen sollte, und an den Füßen trug er Filzschuhe von ungeheuren Ausmaßen. Das alles störte Brecht nicht, er ging gern zu Auden. Brecht konnte sich gut auf Leute einstellen. Der Umgangston zwischen beiden war stets höflich oder sogar respektvoll."[199]

Audens Bohememanieren, seine spontane Arbeitsweise behagten Brecht gar nicht, aber dessen Begabung als Lyriker schätzte er über alles. In der Art der poetischen Produktion meinte Brecht sogar eine Verwandtschaft mit seinem eigenen Werk zu erkennen. Auf die Mitarbeit dieses Dichters legte er den größten Wert, sogar noch, als ihm klar wurde, daß Auden das Webster-Stück für durch und durch dekadent hielt. Brecht kam immer mit vorgearbeitetem Material, das der Sprachvirtuose Auden dann korrigierte. Dabei muß er trotz des abgenötigten Tempos ganz Erstaunliches geleistet haben. „Die Schönheit von Audens Brecht-Übersetzung für die ‚Duchess' war unbeschreiblich"[200], schwärmte die Bergner noch Jahre danach. Dennoch kann die Produktion nicht so glücklich verlaufen sein, wie Ruth Berlau es beschrieb. Während der Arbeit an dem Webster-Stück muß ihre Freundschaft durch etwas, was beide tief verletzte, zerbrochen sein. Darauf reagierte jeder auf seine Art. Während Brecht die beträchtliche Mitarbeit Audens verschwieg, was er sonst nie tat, charakterisierte Auden den Menschen Brecht mit einem Haß, der schwerlich zu überbieten ist. James K. Lyon schreibt: „In Robert Crafts Strawinsky-Biographie wird Audens Ausspruch zitiert, daß Brecht einer der wenigen Menschen sei, für den die Todesstrafe seiner Meinung nach durchaus angebracht sei: ‚Ja, ich kann mir vorstellen, daß ich sie selbst vollstrecken würde.' ... Doch als man ihn nach Einzelheiten aus ihrer Zusammenarbeit fragte, wiederholte er nur: ‚Meine Erinnerung an die Zusammenarbeit mit Brecht existiert nicht mehr.' ,Er war ein widerlicher Mensch', war die einzige Reminiszenz. Offensichtlich hatten unangenehme Zwischenfälle zu dieser tiefsitzenden Antipathie geführt, doch welcher Art sie waren, bleibt ein Rätsel."[201]

Mit der verworrenen Handlung Websters verfuhr Brecht rigoros. Das Stück wurde von ihm völlig umgeschrieben. Dabei arbeitete er nicht die sozialen Motive heraus, sondern das Inzestmotiv, das bei Webster keineswegs dominierte. Während ihn darin Elisabeth Bergner unterstützte, kritisierten Freunde, daß er sich gerade darauf konzentriert habe, statt den feudalen Besitzhunger als die Triebkraft zu zeigen, die zur Katastrophe führt. Brecht verteidigte sich, indem er darauf hinwies, die poetische Idee bestehe darin, daß die Malfi, durch den Verlust ihrer Lieben und mit dem Tode bedroht, geneigt ist, die blutschänderische Leidenschaft ihres Bruders zu verstehen, zu verzeihen. Den hohen Preis, den sie als Opfer zahlen muß, eröffnet ihr Einsichten in die Abgründe menschlicher Natur, ermöglicht ihr ein Verständnis, das ihr den eigenen Abgang gestattet. Daß sich Brecht nicht die geringste Mühe gab, soziale Motivierungen stärker sichtbar zu machen, hatte seinen Grund nicht sosehr in dem Stück als in seiner Meinung über die amerikanische Öffentlichkeit. Soziale Sensibilität mit einem alten, sehr komplizierten Stoff einüben zu wollen schien ihm beim amerikanischen Publikum nicht sinnvoll. Auf andere Weise als im „Kaukasischen Kreidekreis" hütete er sich auch hier, das soziale, gesellschaftliche Getriebe groß herauszustellen.

Das Stück kam 1946 mit Elisabeth Bergner tatsächlich zur Aufführung. Allerdings nicht am Broadway, sondern in Boston. Brechts Name wurde nicht erwähnt. Elisabeth Bergner erzählt, alle Geldgeber seien vor dem Namen Brecht geflohen. „Es gab nur ein paar herrliche erfrischende Proben, in denen ich den Regisseur Brecht zum erstenmal erlebte. Es war eine revelation, wie sich die Texte für ihn auf der Bühne realisierten. Das war Breughel in action. Es machte Bühnenbild und Kostüme fast überflüssig. Als Regisseur war Brecht ein Visionär, weit über Texte hinaus."[202] Beim Publikum fand das Stück keinen Anklang. Die Leute hätten es gehaßt, meinte Elisabeth Bergner. Zuletzt haßte sie es selber, weil es nur Ärger, Verdruß und beträchtliche finanzielle Verluste eingebracht hatte. Sie zerriß die Skripte und verbrannte die Papierfetzen. Sie meinte, auch Brecht, Ruth Berlau und Auden wären, ohne daß sie es abgesprochen hätten, so verfahren, denn ein vollständiges Manuskript ist nicht wieder aufgetaucht.

Ein Jahr zuvor hatte endlich ein Stück von Brecht den Weg zum Broadway gefunden. Am 12. Juni 1945 wurden 9 Szenen aus „Furcht und Elend des Dritten Reiches" unter dem Titel „Private Life of the Master Race" in der Regie von Berthold Viertel im Pauline Edwards Theatre aufgeführt. Doch Brecht erlebte einen ähnlichen Mißerfolg wie bei der Aufführung der „Mutter" 1935. Obwohl Viertel ein sehr eigenständiger Regisseur war und sich auch gegenüber Brecht behaupten konnte, ließ er diesen gewähren, als er drei Wochen vor der Premiere in die Regie eingriff. Viertel wußte, wieviel Brecht daran lag, seine Vorstellung vom Theater in dieser Stadt zu verwirklichen. Das sehr heterogen zusammengesetzte Ensemble verzeichnete außer Albert Bassermann keine Schauspieler, die in New York einen Namen hatten. „Brecht war wütend. Er bezeichnete die Darsteller, die zum Teil aus Piscators Dramatic Workshop an der New School kamen, als ‚Schulkinder' und fühlte sich durch diese zweitrangige Besetzung hintergangen. ... Als Brecht bei den Proben aus Albert Bassermanns Mund etwas vernahm, was entfernt wie Englisch klang, soll er laut gelacht haben. Der berühmte deutsche Schauspieler war 1939 im Alter von 72 Jahren nach Amerika gekommen, ohne ein Wort Englisch zu können. Er spielte ein paar Charakterrollen im Film, wobei er die erste phonetisch auswendig lernte, ohne zu wissen, was er sagte. ... Aus Respekt vor dem 78jährigen Schauspieler probte Brecht privat die ‚epische Darstellung' mit ihm."[203] Immer dann, wenn Brecht keine Schauspieler zur Verfügung standen, die seine Methode erfaßten, oder wenn ihm keine Zeit blieb, sie in der praktischen Arbeit mit seiner Auffassung vom Theater bekannt zu machen, wurde sein Eingreifen in die Regie eine Katastrophe. Über die Regie des Autors war selbst Piscator so wütend, daß er nach der Premiere an Brecht schrieb: „Neulich abends wäre ich ein paar Mal am liebsten über die Rampe gesprungen, hinter die Bühne gekommen und hätte Dich verprügelt. Nicht weil ich mich beim Anblick des Ergebnisses Deiner Arbeit persönlich beleidigt fühlte, sondern wegen des objektiven Schadens, den Du Dir selber zugefügt hast."[204] Die Kritiken, die Stück und Aufführung ganz schrecklich und langweilig fanden, soll Brecht auf dem Fußboden der Berlauschen Wohnung ausgebreitet und erklärt haben, sie wolle er in seine Gesammelten Werke aufnehmen: die Demütigung, die ihm die einzige Stadt Amerikas, die in Theaterdingen etwas zählte, zugefügt habe, müsse dokumentiert werden.[205]

Auf einer der New-York-Reisen kam es zu einer Begegnung, die bei Brecht so wenig Eindruck hinterließ, daß er darüber nichts notierte. Der frühere Direktor des Theaters am Schiffbauerdamm brachte ihn mit Ruth Fischer, der Schwester von Hanns und Gerhart Eisler, zusammen. Die ehemalige Vorsitzende der KPD aus dem Jahre 1924 widmete sich ausschließlich dem Haß auf die kommunistische Weltbewegung, weil sie nicht in der Richtung verlief, die sie ihrer Meinung nach hätte nehmen sollen. Von jeher ungewöhnlich temperamentvoll, ging sie in ihrer polemischen Leidenschaft so weit, auch ihre Brüder zu diffamieren. Als man in der Ära des HUAC gegen ihren Bruder Gerhart Eisler vorging, stellte sie sich dem FBI zur Verfügung und zeigte ihn als kommunistischen Hauptagenten an. Die Harvard Universität, an der sie nach anfänglichen Entbehrungen einen Job erhalten hatte, beauftragte sie, die Geschichte des deutschen Kommunismus für Harvard Press zu schreiben. Aufricht wußte, daß sie an einem Artikel über Brecht arbeitete, der bei ihr nur gehässig ausfallen konnte. Wahrscheinlich handelte es sich um eine Vorarbeit zu dem Kapitel „Bert Brecht, der Sänger der GPU" ihres später erschienenen Buches „Stalin und der deutsche Kommunismus. Der Übergang zur Konterrevolution". Brechts Übergang auf marxistische Positionen, seine Abkehr von der totalen Verneinung sei verbunden gewesen mit der Bewunderung für das Entgegengesetzte, für Disziplin und hierarchische Ordnung. So sei der poetische Avantgardist zum originellsten Dichter der totalitären und terroristischen Züge der Kommunistischen Partei geworden, zum Dichter der GPU. Dieser Aufsatz lieferte in den fünfziger Jahren das bevorzugte Interpretationsmuster für die Bewertung Brechts. Eine ganze Phase der späteren Brecht-Rezeption wurde so von Ruth Fischer bereits in den USA vorprogrammiert.

Obwohl Aufricht nichts für Brechts politische Überzeugung übrig hatte, auch mit dessen zuletzt geschriebenen Werken nichts anzufangen wußte, war er ihm doch sehr zugetan. Die öffentliche Meinung kannte er gut genug, um einschätzen zu können, daß dieser Artikel Brecht enorm schaden würde. Das wollte er verhindern. Ihm schien, daß ein Treffen der beiden dazu führen könnte, daß der Artikel nicht erschien oder zumindest abgeschwächt wurde. Die Begegnung arrangierte Ruth Berlau in ihrer Wohnung. Den Verlauf schilderte Aufricht so: „Ich stieg mit ihr die vier Treppen hinauf. Sie keuchte, sie war unförmig dick und herzkrank. Der Anfang des Abends war sonnig, bei Rühreiern, die Ruth Berlau servierte, bis die Fischer zur Attacke überging: ‚Brecht, Sie mit Ihrem politischen Primanergehirn fingen an, sich für die Partei zu interessieren, als sie schon von Stalin zersetzt war.‘ In normalen Verhältnissen hätte Brecht versucht, sie niederzuschreien, oder er hätte sie hinausgeworfen. Aber hier in Amerika saß er auf dem falschen und sie auf dem richtigen Pferd. Brecht redete sie achtungsvoll mit ‚Genossin‘ an und versuchte, eine gemeinsame proletarische Brücke zu finden. Die arme Berlau verschwand in der Küche, wenn sie es vor Aufregung nicht aushielt, und brachte frische Rühreier, die niemand beachtete. Um drei Uhr morgens war der Haß zwischen den beiden, die sich gegenseitig für Häretiker hielten, so groß, daß ich vorschlug, aufzubrechen.“[206]

In bezug auf Ruth Fischers bösartiges, existenzvernichtendes politisches Verhalten gegenüber ihren Brüdern pflegte Charlie Chaplin zu sagen, in der Familie Eisler herrschten Verhältnisse wie in Shakespeares Königsdramen.

Das Nachkriegsamerika
oder
„Die Zeit der Schurken“

Als mit dem Angriff auf Berlin die letzte Phase des Krieges einsetzte, interessierte Brecht im fernen Kalifornien der Kriegsverlauf längst nicht mehr sosehr wie in den Jahren, da die Schlacht um Smolensk ihn nicht zur Ruhe kommen ließ. Jetzt häuften sich in seinem „Arbeitsjournal“ die Eintragungen, die sich ausschließlich mit seiner poetischen Produktion beschäftigten. Es war, als müßte er sich jetzt verstärkt darin trainieren, weil die Poesie, bisher von den Hauptschauplätzen politischer Entscheidung durch den Krieg verdrängt, nunmehr wieder wichtig werden könnte. Am 16. Januar 1945 notierte er: „[im] GALILEI mit seinen interieurs und stimmungen wirkt die dem epischen theater entnommene bauart der szenen merkwürdig theatralisch.“[207] Am gleichen Tage, als Brecht diese Eintragung machte, erreichte Hitler die Nachricht vom Beginn der sowjetischen Großoffensive. Daraufhin verlegte er sein „Führerhauptquartier“ in die Reichskanzlei und verzog sich in den Führerbunker. Das Regierungsviertel zwischen Wilhelmstraße und Tiergarten glich bereits einer Krater- und Trümmerlandschaft. Der Krieg kehrte an die Stelle zurück, von der er ausgegangen war. Die Deutschen erlebten jetzt das totale Chaos. Die Vernichtung durch die angreifenden alliierten Armeen wurde noch komplettiert durch Hitlers „Nero“-Befehl, der verlangte, alle Verkehrs-, Nachrichten-, Industrie- und Versorgungseinrichtungen, kurzum, alle Sachwerte zu zerstören. Was Brecht jedoch noch immer mit größter Neugier verfolgte, war das Verhalten der deutschen Arbeiter in dieser chaotischen Endsituation. Am 10. März 1945 trug er in sein „Arbeitsjournal“ ein: „zwischen dem LEHRGEDICHT und den schrecklichen zeitungsberichten aus deutschland.

ruinen und kein lebenszeichen von den arbeitern."[208] Die Antwort darauf schrieb zwei Tage später Joseph Goebbels in sein „Tagebuch": „Ich berichtete dem Führer von den radikalen Methoden, die Schörner zur Erreichung dieses Ziels anwendet. Deserteure finden bei ihm keine Gnade. Sie werden am nächsten Baum aufgeknüpft, und ihnen wird ein Schild um den Hals gehängt mit der Aufschrift: ‚Ich bin ein Deserteur. Ich habe mich geweigert, deutsche Frauen und Kinder zu beschützen, ich bin deshalb aufgehängt worden.' Solche Methoden wirken natürlich. Jedenfalls weiß der Soldat im Kampfraum Schörners, daß er vorne sterben kann und hinten sterben muß. Das ist eine ganz gute Lehre, die sich jeder sicherlich zu Gemüte führen wird."[209]

Am 30. April 1945 stürmten Soldaten der Roten Armee den Reichstag und hißten die rote Fahne. Hitler verübte in seinem Bunker, den er seit zehn Tagen nicht verlassen hatte, Selbstmord. Am 8. Mai 1945 kapitulierte in Berlin-Karlshorst das Oberkommando der Wehrmacht. Als Brecht die Nachricht erreichte, hielt er die Situation in drei Sätzen fest. „*nazideutschland kapituliert bedingungslos.* früh sechs uhr im radio hält der präsident eine ansprache. zuhörend betrachte ich den blühenden kalifornischen garten."[210] Die Sachlichkeit dieser knappen Notiz kann nicht die widerstreitenden Gefühle verdecken, die ihn beim Empfang der Meldung bewegten, obwohl sie täglich erwartet worden war. Die politischen Kräfte, die Brecht ins Exil getrieben, die ihn zwölf Jahre von seinem Wirkungsfeld, dem deutschen Theater, ausgeschlossen hatten, waren geschlagen. Doch diese Genugtuung erforderte einen hohen Preis. Er vermochte nicht mit den Siegern zu jubeln. Es wurde eben nicht nur Hitler vernichtet, auch sein Land. Brecht war hier ganz der, der sich in die deutsche Katastrophe einbezogen fühlte. „freilich, wir, die mit hitler nicht gesiegt hätten, sind mit ihm geschlagen."[211] In Betrachtung des blühenden kalifornischen Gartens machte er sich seine Situation bewußt, jedoch ohne Sentiment, ohne nationale Empfindung. Da, wo er nicht hingehörte, war der blühende Garten, und dort, wo sein Platz war, war Zerstörung, ein verbranntes Land. Daß das Schlimme überstanden war, machte ihn nicht nachsichtiger gegenüber den Verursachern und denen, die es geduldet hatten. In der Bekämpfung des Nazismus sah er weiterhin eine dringliche Aufgabe: „die ohne Gewalt sowenig zu lösen ist wie bloß durch Gewalt."[212] Brecht empfahl, wenn bei der totalen Niederwerfung des Faschismus die deutsche Bourgeoisie mit erfaßt werde, dem nicht zu wehren. „Proletariate *müssen* sich selber helfen."[213]

In dem Jahr, als der Krieg zu Ende ging, kam es für Brecht zu der beglückenden Freundschaft und Zusammenarbeit mit dem englischen Schauspieler Charles Laughton, bis dann die HUAC-Verhöre allem freundschaftlichen Gedankenaustausch unter fortschrittlichen Menschen ein Ende machten. Laughton war schon zu Beginn der dreißiger Jahre nach Hollywood gekommen. Hier hatte er es nicht nur zu Ruhm, sondern auch zu Reichtum gebracht. Er gehörte zu den Großen von Hollywood, die wunderschöne Häuser, raffiniert angelegte Gärten und auserlesene Sammlungen besaßen, die jedoch das alles nicht brauchten, weil ihr ganzes Dasein in der Arbeit aufging. Obwohl er in England nach einem Jahr Bühnentätigkeit bereits als berühmter Schauspieler gegolten hatte, sprach er gegenüber Brecht mit Bitterkeit vom englischen Theater, das seine Schauspieler mit Verachtung behandelte. In Amerika war zwar auch keine Achtung zu haben, aber wenigstens Geld. „wo kann ein schauspieler so leben, fragt er, auf die antikmöbel zeigend und den park mit dem rasen und den mexikanischen granitenen schlangenhäuptern, das ist etwas. hier kann ich shakespeare studieren."[214] Der geistige Aufwand und die künstlerische Noblesse verrieten zugleich den Anspruch, den er mit seiner Kunst verband. Gefragt, warum er

Theater spiele, antwortete er: „Weil die Leute nicht wissen, wie sie sind, ich aber glaube, es ihnen zeigen zu können."[215]

Die erste Begegnung fand im März 1944 im Hause von Salka Viertel statt. Zweifellos war Brecht an diesem Zusammentreffen sehr interessiert; er kannte den englischen Schauspieler aus dessen Filmen, aus „Rembrandt" und „Das Privatleben Heinrichs VIII.". An der Heinrich-Darstellung hatte ihn besonders fasziniert, wie Laughton ein Hühnchen aß. Allein dieser Freßakt, wie er wollüstig, genießerisch und ungeniert das Hühnchen vertilgte, dabei die abgefressenen Knochen hinter sich werfend, verriet mehr über den Charakter Heinrichs VIII. als die unmittelbare Handlung. Die Bekanntschaft vertiefte sich zu einer Zusammenarbeit, die mit einem geradezu luxuriösen geistigen wie materiellen Aufwand betrieben wurde. Sie bahnte sich an, als Charles Laughton im Hause Brechts den „König Lear" und den „Sturm" vorlas. Brecht erzählte, daß er sich für einen solchen Vortrag etwa zwei Wochen lang vorbereitete. Dabei waren außer ihm höchstens ein bis zwei zufällig erschienene Gäste anwesend. Für Laughton war diese Übung eine Art Experiment, das er mit der Leidenschaft eines Forschers betrieb. Als er die Schöpfungsgeschichte für die Schallplatte einstudierte, geriet er in Gefahr, in den „internationalen pfaffenton" zu verfallen. Brecht bot sich sofort als Regisseur an. „ich rate ihm zu einigen exerzitien, und wir gehen in ein plattenstudio, wo wir folgendes aufnehmen: a) die schöpfung, rezitiert von einem franzosen wie jean renoir, b) von einem yorkshire mann (heimat laughtons), c) von einem cockney (at the beginning mr smith created the heaven and the earth), d) von einem pflanzer, der eingeborenen glauben machen will, er habe die welt geschaffen, e) von einem butler (in the beginning his lordship created ...), f) von einem soldaten ‚in the foxhole' (mit ‚so what' und ‚much good did it to us' zwischen den schöpfungsakten). nun kommt das ganze als ein primitiver fruchtbarkeits- und phallus-tanz."[216]

Die dreieinhalbjährige Zusammenarbeit wurde von Brecht wie von Laughton als eine uneingeschränkt glückliche Zeit empfunden. Dabei waren sie beide grundverschieden. Laughton gab sich in einem Maße unpolitisch, ja geradezu feige, daß Brecht in ihm eigentlich das Muster des geistig korrumpierbaren Schauspielers hätte sehen müssen. Doch was er bei seinen Schriftstellerkollegen zutiefst verachtete, übersah er bei großen Schauspielern. Ihr beiderseitiges explosives Temperament, das sie bei unterschiedlichen Auffassungen in der praktischen Arbeit sofort hätte aneinandergeraten lassen, zügelten sie durch exzellente Höflichkeit. Dafür bekam dann Ruth Berlau manches ab, deren Fotografiererei während der Proben Laughton unausstehlich fand.

Daß sich Brecht von Laughtons Verbindungen allerhand versprach, war mit Sicherheit ein Motiv, warum er sich auf ihn einstellte, wenn auch nicht das ausschlaggebende. Zumal man in Hollywood der Meinung war, Laughton habe die Höhe seiner Popularität bereits überschritten und sei Gift für die Kassen der Kinos. Was beide zusammenführte, war eine schwer erklärbare gegenseitige Sympathie und sehr verständliche Verehrung des einen für die Kunst des anderen. Hinzu kam bei Laughton die Sehnsucht, sich selber als Schriftsteller zu betätigen. Mehr als für den Ruhm des Schauspielers hätte er etwas für die Anerkennung als Schriftsteller gegeben. Beide scheinen in der ganz auf den Tag, auf den Augenblick eingestellten Schauspielkunst mit ihrer Leichtigkeit, ihrem Improvisationscharakter bei aller Versessenheit und allem Ausgeliefertsein etwas Unsolides gesehen zu haben. Deshalb versuchten sie ihre Kunst mit dem zu verbinden, was als sicher, verläßlich und vor allem als solid anerkannt galt.

Brecht hielt Laughton für einen Schauspieler, der an seiner Rolle den „theatralischen Gedanken" herauszuarbeiten verstand. In der gegenwärtigen Schauspielkunst schien ihm ein solcher Zugriff mehr und mehr geschwunden zu sein. „... das, was Garrik gemacht hat, wenn er als Hamlet dem Geist des Vaters begegnete; die Sorel, wenn sie als Phädra wußte, daß sie sterben würde; Bassermann, wenn er als Philipp den Posa angehört hatte. Es handelte sich dabei um Erfindungen. Diese theatralischen Gedanken waren für den Zuschauer isolierbar und abzuheben, jedoch schlossen sie sich auch zusammen zu einer ganzen reichen Textur. Einzelne Einblicke in die Natur des Menschen, Ausblicke auf ihr besonderes Zusammenleben wurden bewerkstelligt durch wohlersonnene Veranstaltungen der Schauspieler."[217] Auf einen solchen Schauspielertypus, der von seinem körperlich-gestischen Material her einen dramatischen Vorgang ins Spielerische übersetzte, war Brecht ganz versessen. Daß er bald mit einer Aufgabe aus seinem eigenen Repertoire an Laughton herantreten würde, war nur eine Frage des günstigen Zeitpunkts.

Laughton, der oft an Depressionen litt, konnte durch kleine Vorkommnisse aus dem seelischen Gleichgewicht geraten. Als durch einen Erdrutsch ein Stück seines Gartens in Mitleidenschaft gezogen wurde, kam er tiefbetrübt zu Brecht. „seine frau, vom kabarett kommend, holte ihn ab, und die beiden saßen eine zeitlang, über das unglück ihres gartens sprechend. ‚seit die große fichte gegangen ist', sagte sie, ‚ist das licht im ganzen haus geändert, es ist ein andres haus, man sieht jetzt das meer!' und im ton großer mißbilligung fügte sie hinzu: ‚es hat einen seeblick!' laughton selbst hat, wie es scheint, den schaden noch nicht zu betrachten gewagt, um zu uns zu kommen, verläßt er das haus nach der andern seite. ‚es ist nur der anfang', sagt er, ‚es geht noch mehr, man hat mir gesagt, es gibt da einen unterstrom. offen gestanden, ich möchte jetzt keine leute sehen, ich bin so beschämt. es steht in den zeitungen.'"[218]

Auf solche Verstimmungen konnte Brecht zuweilen sehr feinfühlig reagieren. Im weiteren Verlauf der Begegnungen schlug er Laughton vor, gemeinsam am „Galilei" zu arbeiten, am besten wäre es, wenn er sich selbst an der Übersetzung beteiligte, um die Figur ganz von seinen Möglichkeiten her aufzubauen. Am 10. Dezember 1944 notierte er: „arbeite mit laughton nun systematisch an der übersetzung und bühnenversion des LEBEN DES PHYSIKERS GALILEI."[219] Zuerst machte Brecht Laughton, der kein Wort Deutsch verstand, mit einer englischen Übersetzung des „Galilei" bekannt, die angeblich eine Sekretärin angefertigt habe. Höchstwahrscheinlich aber war es eine Arbeit von Elisabeth Hauptmann. Die Diktion verrät deutlich, daß hier einer übersetzt hatte, dessen Muttersprache nicht Englisch war. Laughton, der sich interessiert an dem Projekt zeigte, beauftragte zwei amerikanische Schriftsteller aus den MGM-Studios, Brainerd Duffield und Emerson Crocker, mit einer neuen Übersetzung, die sie in seinem Landhaus in Idyllwild fertigstellten. Über das Ergebnis zeigte sich Brecht höchst befriedigt. Die vorherigen Fassungen hinzuziehend, begann er die Arbeit mit Laughton, die an den Vormittagen in dessen Hause in Pacific Palisades stattfand. „Wir pflegten in L.s kleinem Bibliothekszimmer zu arbeiten. Aber L. kam mir oft schon im Garten entgegen, in Hemd und Hose barfuß über den feuchten Rasen laufend, und wies mir gewisse Neuerungen in der Bepflanzung, denn der Garten beschäftigte ihn ständig und barg viele Finessen und Probleme. Die Heiterkeit und die schönen Maße dieser Gartenwelt gingen auf eine angenehme Weise in unsere Arbeit ein. Für eine beträchtliche Zeitspanne sammelten wir alles in unsere Arbeit. Sprachen wir über Gartenbaukunst, so schweiften wir eigentlich nur ab von irgendeiner Szene des Galilei; suchten wir in einem New-Yorker Museum technische Zeichnungen des Leonardo für die Projektionen der Hintergründe in der Galilei-Aufführrung, so schweiften wir ab zu der Grafik des Hokusai. L., konnte ich bemerken, erlaubte dem Stoff nur, ihn zu streifen. Die Pakete mit Büchern oder Fotokopien aus Büchern, die er immerfort bestellte, machten ihn nicht zum Bücherwurm. Er suchte beharrlich nach dem Äußeren: nicht nach der Physik, sondern nach der Verhaltensweise der Physiker. Es galt, ein Stück Theater aufzubauen, etwas Leichtes, Äußerliches."[220] Durch die Filmverpflichtungen Laughtons wurde die gemeinsame Tätigkeit, die sich über dreieinhalb Jahre erstreckte, oft für mehrere Wochen unterbrochen. Ende April 1945 muß Laughton aus einem nicht ganz ersichtlichen Grund geneigt gewesen sein, die Arbeit am „Galilei" nicht wieder aufzunehmen. Doch schon vierzehn Tage später betrieben sie wieder in fröhlicher Eintracht ihre Übersetzungstätigkeit.

Die Übersetzung geschah so, daß Laughton Brechts schwerfällige englische Version Satz für Satz mit der Hand niederschrieb und dann seine Übersetzung vortrug. Dann nahmen beide Veränderungen vor. Laughton veränderte dabei ganze Sätze, wenn er meinte, daß sie so nicht spiel- und sprechbar seien. Dabei fiel ihm Brecht nicht in den Arm, obwohl er keineswegs geneigt war, Laughtons Vorschlägen blindlings zu folgen. Er beschrieb den Vorgang so: „L. zeigte in auffälligster und mitunter brutaler Weise eine Gleichgültigkeit gegen das ‚Buch', die der Stückschreiber nicht immer aufbrachte. Was wir machten, war ein Text, die Aufführung war alles. Unmöglich, ihn zur Übersetzung von Partien zu verführen, auf die der Stückschreiber für die geplante Aufführung verzichtete, die er aber für das Buch retten wollte! Das Wichtige war der Theaterabend, der Text hatte ihn lediglich zu ermöglichen; in der Aufführung fand der Verschleiß des Textes statt, er ging in ihr auf wie das Pulver im Feuerwerk!"[221] Was ihn an Laughtons Übertragungstechnik faszinierte und wozu er ihn ständig ermunterte, war die Übersetzung von Gesten.

Auf diese Weise bekam die Sprache ihren theatralischen, in der Brechtschen Begriffsdiktion, ihren epischen Aspekt: das Verhalten der Agierenden wurde körperlicher Ausdruck.

Als 1945 die Arbeit bereits weit fortgeschritten war, zog Brecht auch noch andere zur Mitarbeit heran. Mit dem Physiker und Philosophen Hans Reichenbach beriet er sich über physikalische Probleme. Dabei unterstützte ihn auch Morton Wurtele, ein Freund seines Sohnes Stefan, der sich längere Zeit im Hause Brechts aufhielt. Er versah bestimmte Textstellen mit Kommentaren aus seiner wissenschaftsgeschichtlichen Sicht.[222]

Eine inhaltliche Wende erfuhr die Arbeit durch ein politisch-militärisches Ereignis, das das Denken und Handeln der Menschen in der zweiten Hälfte des 20. Jahrhunderts nachhaltig beeinflußte. Am Morgen des 6. August 1945 warf ein amerikanisches Flugzeug über der japanischen Stadt Hiroshima die erste Atombombe in der Menschheitsgeschichte ab. 80 Prozent der Stadt wurden mit einem Schlag vernichtet. Von den 300000 Einwohnern starb die Hälfte sofort oder nach jahrelangen qualvollen Leiden. Der amerikanische Präsident Truman, den die Nachricht bei seiner Rückkehr von der Potsdamer Konferenz erreichte, jubelte: „Dies ist das größte Ereignis der Geschichte."[223] Die Resonanz in der amerikanischen Öffentlichkeit war keineswegs so. „Der Tag des Abwurfs wird jedem, der ihn in den Staaten erlebt hat, schwer vergeßlich sein", hielt Brecht fest. „Der japanische Krieg war es, der die Staaten wirklich Opfer gekostet hatte. Die Transporte der Truppen gingen von der Westküste aus, und dorthin kehrten die Verwundeten und die Opfer der asiatischen Krankheiten zurück. Als die ersten Blättermeldungen Los Angeles erreichten, wußte man, daß dies das Ende des gefürchteten Krieges, die Rückkehr der Söhne und Brüder bedeutete. Aber die große Stadt erhob sich zu einer erstaunlichen Trauer. Der Stückschreiber hörte Autobusschaffner und Verkäuferinnen in den

Obstmärkten nur Schrecken äußern. Es war der Sieg, aber es war die Schmach einer Niederlage."[224] Es sollte sich bald herausstellen, daß die Behauptung, die Atombombe habe Japan zum Frieden gezwungen, eine Lüge war. Japan war durch die Schläge der amerikanischen Luftwaffe auf Tokio und durch die enormen Schiffsverluste, die die U-Boote den Japanern zugefügt hatten, zur Kapitulation längst bereit gewesen.

Daß ein solches Ereignis wie der schreckliche Beginn des „atomaren Zeitalters" eine Geschichte über den Physiker Galileo Galilei und den Beginn des wissenschaftlichen Zeitalters nicht unbeeinflußt lassen konnte, verstand sich für Brecht von selbst. „Von heute auf morgen las sich die Biographie des Begründers der neuen Physik anders. Der infernalische Effekt der Großen Bombe stellte den Konflikt des Galilei mit der Obrigkeit seiner Zeit in ein neues, schärferes Licht."[225] Zudem wurde bekannt, daß nach der Kapitulation Deutschlands eine Gruppe von Wissenschaftlern unter Vorsitz des Physikers James Franck den Präsidenten gewarnt hatte, die Bombe noch einzusetzen. „Wenn die USA als erste dieses neue Massenvernichtungsmittel auf die Menschheit loslassen, dann verlieren sie die Unterstützung der Öffentlichkeit in der ganzen Welt, beschleunigen den Rüstungswettlauf und gefährden die Möglichkeit eines internationalen Abkommens über die künftige Kontrolle solcher Waffen."[226]

Nach dem 6. August 1945 stellte Brecht den Verrat Galileis an der Wissenschaft in den Vordergrund: Galilei hat seine Wissenschaft in den Kampf geführt, aber im Kampf verlassen. Auf Brechts Veränderung des Stückes reagierte Laughton sehr merkwürdig. Einerseits konnte er sich mit der Selbstverurteilung des Galilei nie abfinden und versuchte auch als Schauspieler, aus dieser Rollenauffassung immer wieder auszubrechen. Andererseits war er fasziniert von den neuen Charakterzügen, die Brecht jetzt am Galilei herausarbeitete, dessen Feigheit, Verlumptheit. „laughton ist vollkommen bereit, seine figur vor die wölfe zu werfen. er hat eine art von luzifer im kopf, bei dem die selbstverachtung in einen leeren stolz übergegangen ist – stolz auf die *größe* seines verbrechens usw. er besteht auf die volle darstellung der verkommenheit, resultierend aus dem verbrechen, das g[alileis] negative züge zur entfaltung gebracht hat. erhalten bleibt nur das exzellente gehirn, das leer funktioniert, unhaltbar durch den besitzer, der sich sinken lassen möchte."[227] Umbruch und Neuaufbau der Figur – der große Physiker, der zugleich ein geistig verlumpter Gelehrter ist – kamen wesentlich durch den schauspielerischen Erfindungsreichtum Charles Laughtons zustande.

Am 1. Dezember 1945 war die erste durchgesehene englische Textfassung von „Leben des Galilei" abgeschlossen. Laughton las sie im kleinen Kreis, vor Helene Weigel, Hanns Eisler, Hans Reichenbach, Hans Viertel, Salka Viertel, Stefan Brecht, Morton Wurtele, Lion Feuchtwanger und Albert Brush. Zuvor hatte er bereits Lesungen in den Militärlazaretten von Los Angeles veranstaltet oder Teile des Stücks seinen amerikanischen und englischen Freunden vorgetragen. Im Unterschied zu anderen Stücken des Dichters, die dieser selber an amerikanische Freunde oder Bekannte herangetragen hatte, schien es hier keine ablehnenden Meinungen zu geben.

Nunmehr dachte Laughton an eine Produktion. Doch sein Agent verwies ihn darauf, daß das nicht vor Herbst 1946 sein könne. Entgegen allen bisherigen Erfahrungen kam sie zustande, wenn auch erst am 30. Juli 1947 in Beverly Hills. Laughton und sein Produzent stellten jeder 25000 Dollar zur Verfügung, um die Aufführung zu ermöglichen. Dennoch reichten die aufgebrachten Mittel kaum aus. So großzügig Laughton die Vorbereitung des Stückes, die Arbeit an der Übersetzung betrieb, für die Aufführung war auch er nicht reich genug, um in gewohnter Großzügigkeit fortzufahren. Bei einer Besetzung von zirka 50 Rollen mußte auf relativ junge Schauspieler zurückgegriffen werden, auf Schüler der Hollywooder Schauspielschule. Brecht sah darin keinen Nachteil; denn Darsteller, die vom Film kamen, hielt er bei längerer Praxis sowieso für verdorben. Hohe Gagen konnten nicht gezahlt werden. Selbst Laughton erhielt pro Woche nur 40 Dollar, andere 20 Dollar und ein Teil noch weniger. Regie führte offiziell Joseph Losey, doch jedem war klar, daß neben Brecht da höchstens noch Laughton ein Wort mitzureden hatte. Losey nahm eine Brechtsche Haltung ein, indem er betonte, er wolle seine Aufgabe nutzen, um etwas zu lernen.[228] Das wiederum honorierte Brecht, indem er Loseys Fähigkeiten über den grünen Klee lobte. Er akzeptierte dessen Ratschläge, soweit sie interne Angelegenheiten und Gewohnheiten amerikanischer Theaterleute betrafen. Dennoch kam es zum Streit. Als Brecht wieder einmal provozierend in die Regie eingriff, warf Losey das Textbuch nach dem Dichter und verließ das Theater.

Die Premiere des Stückes am 30. Juli 1947 im Theater von Beverly Hills gestaltete sich zu einem gesellschaftlichen Ereignis für Hollywood. Allerdings nicht nur oder nicht einmal in erster Linie wegen der Uraufführung eines Brecht-Stückes. Charles Laughton stand nach dreizehn Jahren erstmals wieder auf einer Bühne. Lange vor dem Termin war das Theater ausverkauft. Die Premierenbesucher setzten sich aus der Prominenz von Hollywood zusammen, unter ihnen Charlie Chaplin, Charles Boyer, Ingrid Bergman, Anthony Quinn, Van Heflin, John Garfield, Gene Kelly, Sidney Greenstreet, Richard Conte, Howard da Silva, Sam Wanamaker, David Loew, Lewis Milestone, Frank Lloyd Wright.[229] Wenn die Aufführung auch folgenlos blieb, erfolglos war sie gewiß nicht. Sie erreichte 17 Vorstellungen, die immer ausverkauft waren. Auch unter den Kritikern gab es nicht wenige, die das Stück rühmten und dessen Aktualität sehr wohl verstanden hatten. Mehr als die Aufführung verdient allerdings die Übersetzung von Laughton und Brecht ein historisch bedeutsames Unternehmen genannt zu werden. Sie war eine Neuschöpfung aus dem Geist, der Phantasie und der Sensibilität eines großen Schauspielers.

Wenn es neben der Produktion mit Charles Laughton auch noch zu einer Zusammenarbeit mit Charlie Chaplin gekommen wäre, das Glück Brechts in der letzten Phase seines Exils hätte nicht vollkommener sein können. Doch Verehrung und Bewunderung blieben hier einseitig. Brecht brachte sie Chaplin entgegen, Chaplin aber verhielt sich gegenüber Brecht nur höflich, er verstand ihn und seine Kunst eigentlich gar nicht. Da der Schlüssel zur Begegnung mit Chaplin bei Lou Eisler lag, traf Brecht erst relativ spät mit ihm zusammen. Im November 1944 begegneten sie sich auf einer Party bei Ernest Pascal. Sie standen zusammen am Radio, als die Wiederwahl Roosevelts bekanntgegeben wurde. Doch die Begegnung brachte sie einander nicht näher. Daß Brecht durch die Hausmachtpolitik Lou Eislers von den Besuchen Chaplins im Hause Eislers zumeist ausgeschlossen blieb, verschwieg Eisler in seinen Gesprächen. Vielmehr suchte er den Eindruck zu erwecken, als sei Brecht mit Chaplin ebenso häufig zusammengetroffen wie mit Feuchtwanger.

Wenn auch recht spät, im März 1945, wurde Brecht doch noch zu einer Party bei Eisler eingeladen, bei der Chaplin zugegen war. Brecht notierte: „CHAPLIN kopiert meisterhaft einen chopinfilm mit muni. ein bestimmtes spiel mit dem taschentuch, das muni praktizierte, hat chaplin, sagt er, schon als achtjähriger praktiziert: da stellte er im vaudeville einen unglücklichen greis dar – das leichteste. dann erzählt er von dem geplanten blaubartfilm. ein mann in mittleren jahren, etwas spießiger familienvater, begeht die frauenmorde, weil es eben schwierig ist für einen mann in mittleren jahren to make his living. chaplin beabsichtigt, den CHARLIE der klassischen filme aufzugeben. es ist nicht nur die frage, wie charlie sprechen müßte, nun im tonfilm. charlie war sprachlos in jeder weise. der typ des lumpenproletariers ist dem *new deal* zum opfer gefallen."[230] Brecht war dann auch dabei, als Chaplin zirka zweihundert Personen zur Voraufführung seines Films „Monsieur Verdoux" ins Studio lud. Eisler berichtete, daß an der Stelle, wo die Bankiers während der Wirtschaftskrise aus dem Fenster springen oder sich erschießen, im ganzen Saal nur zwei gelacht hätten, Brecht und er, obwohl sie weit auseinander saßen.

Daß Chaplin, der nicht deutsch sprach, nichts mit Brecht anzufangen wußte, erklärt sich einfach aus der Unkenntnis der Brechtschen Stücke, die nicht übersetzt waren und weder in den Staaten noch in England gespielt wurden. Auch scheint Chaplin dem deutschen Theater der zwanziger und dreißiger Jahre nicht viel Aufmerksamkeit geschenkt zu haben. Wie für die meisten Engländer war es wahrscheinlich auch für ihn eine allzu deutsche Angelegenheit. Obwohl es Eisler sicher nicht unterlassen hatte, seinen Freund bei Chaplin ins rechte Licht zu rücken, für Chaplin blieb Brecht eine etwas fern stehende literarische Erscheinung. „Er war bei der Uraufführung von ‚Galilei' mit Laughton", berichtete Eisler. „Ich glaube, er hat es nicht recht verstanden. Es hat ihm imponiert irgendwie, aber er konnte nichts damit anfangen. Ich saß neben ihm, und danach ging ich mit ihm essen. Er fand: Das ist ja ein großartiger Mann, sicher, aber – er war sehr verlegen – er wußte nicht recht, was das ist. Vor allem war es ihm nicht genug theatralisch. Er fand, das hätte man doch ganz anders aufziehen müssen. Als ich ihm erklärte, daß Brecht gar nichts ‚aufziehen' will, hat er mich überhaupt nicht verstanden. Ich brach das Gespräch dann rasch ab. Es kam zum Respekt, aber zur Erkenntnis kam es nicht."[231]

Die letzten Jahre des amerikanischen Exils hätten Brecht versöhnlicher stimmen können, wäre nicht unmittelbar nach dem Krieg eine politische Wende eingetreten. Die amerikanische Dramatikerin Lilian Hellman nannte diese Phase der amerikanischen Politik, in der Leute wie John Rankin, Richard Nixon, J. Parnell Thomas, Robert Stripling, McCarthy Intellektuelle durch Verhöre, schwarze Listen und gezielten Meinungsterror einzuschüchtern versuchten, die „Zeit der Schurken". Brecht wäre diese Bezeichnung sicher wenig zutreffend erschienen, weil er in diesen üblen Gestalten nur den zufälligen äußeren Ausdruck tiefgreifender gesellschaftlicher Vorgänge sah. Bei der Charakterisierung dieser Phase amerikanischer Politik ging er davon aus, daß sich jetzt „die besieger des faschismus als faschisten zu erkennen geben"[232]. Aus der Sicht der marxistischen Faschismusdefinition erscheint jedoch auch diese Kennzeichnung der Entwicklung der USA von 1947 bis 1953 nicht ganz stimmig. Dabei muß man aber bedenken, daß Brecht nicht beabsichtigte, eine Definition für eine ganze Phase zu geben, ihm kam es darauf an, auf die Ursachen bestimmter Erscheinungen hinzulenken. Denn für ihn ließ sich diese Periode schon damals nicht auf die persönlichen Machenschaften einiger amerikanischer Abgeordneter zurückführen.

Nach dem Kriege wurde das Zurückdrängen des sowjetischen Einflusses zum „A-I-Prioritätsjob" der USA-Politik. Diese Losung, die der Unterstaatssekretär im Kriegsministerium John J. McCloy bereits im November 1945 ausgab, in der Öffentlichkeit durchzusetzen stellte sich keineswegs als einfach heraus. Noch standen die Menschen in den USA unter dem Eindruck der enormen Opfer, die die Sowjetvölker im Kampf gegen den Hitlerfaschismus gebracht hatten. Um das Ruder herumzureißen, machte sich eine massive politische Beeinflussung nötig. Die Politiker sprachen jetzt davon, daß das amerikanische Volk „zusammenhalten" müsse, um das „langwierige Tauziehen“ mit dem Kommunismus durchzustehen. Alles zielte darauf ab, die amerikanische Öffentlichkeit umzupolen. Der Antikommunismus wurde jetzt zu einem mächtigen Faktor der Innen- wie der Außenpolitik. Was sich dann in der zweiten Hälfte der vierziger Jahre in den USA abspielte, bewies sehr deutlich, daß die Angst vor dem Kommunismus in diesem Land noch immer eine Formel war, die sich jederzeit beschwören ließ und die Folgen zeitigte. Das amerikanische Wertsystem basierte auf der ungebrochenen Vorstellung von Privatinitiative und freiem Unternehmertum. Selbst die große Wirtschaftskrise hatte das Vertrauen des amerikanischen Bürgers in diese Grundsätze, die wie ein Naturgesetz verstanden wurden, nicht wesentlich ins Wanken gebracht. Jeder Gedanke, der außerhalb dieses Wertsystems lag, war stets als unamerikanische Haltung betrachtet worden. Die mehr als hundertjährige europäische Denkkultur, die auf den Ideen des wissenschaftlichen Sozialismus, eines Lebens ohne ökonomische Ausbeutung beruhte, war letztlich auf die amerikanische Öffentlichkeit ohne tiefgreifenden Eindruck geblieben.

Es bedurfte nur der politischen Beeinflussung in dem Sinne, daß das amerikanische Wertsystem vom freien Unternehmertum durch „unamerikanische“ Aktivitäten gefährdet sei, um eine Politik des Antikommunismus in Gang zu setzen. Zwischen 1945 und 1947 stieg der Prozentsatz derer, die die Russen als „aggressiv“ beurteilten, von 38% auf 66%.[233] Nach der Truman-Rede 1947, die die Antikommunismusdoktrin staatlich sanktionierte, wurde mit der Exekutivorder 9835 ein föderales Loyalitätsprogramm installiert, das Ämter ermächtigte, die politischen Ansichten seiner Angestellten ohne Rücksicht auf deren Stellung zu überprüfen. Das amerikanische Volk war aufgefordert, sich seiner „Verräter“, d. h. aller „antiamerikanischen“ Bürger, zu entledigen. Die USA verstanden sich nunmehr als „nationaler Sicherheitsstaat", doch der erforderte, wie Charles Bohlen 1948 erklärte, „ein Vertrauen in die Exekutive, das der menschlichen Natur in Wirklichkeit einen riesigen Blankoscheck ausschreibt"[234].

Diesen „Blankoscheck" bekam zuerst das HUAC, das House Un-American Activities Committee. Leuten wie John Rankin, Richard Nixon und vorher schon J. Parnell Thomas, Robert Stripling wurden eine Verfügungsgewalt und ein Einfluß eingeräumt, daß fortschrittlich gesinnte, aber weniger gut informierte oder apolitische Leute meinten, in Amerika habe sich eine Bande von Schurken der Öffentlichkeit bemächtigt. Dabei nutzten diese Gestalten den ihnen ausgehändigten „Blankoscheck" nur voll aus.

Das HUAC war keine Nachkriegsgründung. Es existierte bereits seit Ende 1939 und diente den Rechten in der amerikanischen Politik dazu, die ideologischen Folgen der schwerwiegenden ökonomischen Probleme und Krisen zu paralysieren. So paradox es auch klingt, das HUAC beantwortete die durch das kapitalistische freie Unternehmertum ausgelösten ökonomisch-politischen Krisen mit der Verfolgung jeder Kritik an ebendiesem Unternehmertum. Zu diesem Zweck mußten äußere Feinde erfunden werden, die das Land unterwanderten, um es zu ruinieren. In den dreißiger Jahren bezichtigte man vor allem die New-Deal-Anhänger des Verrats der amerikanischen Ideale. Als sich nach dem Krieg im amerikanischen Wirtschaftsleben neue Krisenzeichen bemerkbar machten und sich 1947 eine Inflation abzeichnete, wurde die Tätigkeit des HUAC, die während des Krieges eingeschränkt worden war, reaktiviert. Hinzu kam, daß der Abwurf der Atombombe mit seinen erschreckenden Wirkungen und Perspektiven das amerikanische Volk verunsicherte. Man fragte sich, ob die USA richtig gehandelt hätten, als erste die Atomwaffe zu gebrauchen. Die USA-Führung benötigte nach dem Krieg eine Bestätigung ihres Handelns. Es mußte erhärtet werden, daß nach wie vor Gefahren für Amerikas Sicherheit, für das Wertsystem des freien Unternehmertums bestünden.

Um seine Offensive wirkungsvoll zu beginnen, kündigte das HUAC in der zweiten Hälfte des Jahres 1947 den Beginn einer Untersuchung über kommunistische Unterwanderung in der amerikanischen Filmindustrie an. Vor allem die Antihitlerfilme dienten als Vorwand, um Hollywood als „rotes Nest“ zu kennzeichnen. Bereits 1946/47 hatte die Zeitung „Hollywood-Reporter“ mit sogenannten Enthüllungen über kommunistische Tätigkeit in den Studios begonnen. Schauspieler, Regisseure, aber vor allem Drehbuchautoren wurden als von Moskau gelenkt denunziert. Ein weiterer Schritt bestand darin, daß man ein Forum von sogenannten Anhörungen einrichtete, in denen entschieden werden sollte, ob der Vorgeladene sich unamerikanischer Tätigkeit schuldig gemacht habe oder nicht. Die meisten dieser Verhöre begannen oder gipfelten in der Frage: „Sind oder waren Sie Mitglied der Kommunistischen Partei?“ Im Ergebnis dieser Anhörungen wurden in der Filmindustrie schwarze Listen angelegt, auf die die Namen derer kamen, die sich gegenüber dem Ausschuß nicht als „freundliche Zeugen“ verhielten. Gerade aber das Verhalten dieser „freundlichen Zeugen“ erschreckte viele fortschrittliche Amerikaner. Als Lilian Hellman ihre Erinnerungen an die „Zeit der Schurken“ niederschrieb, gestand sie den Schock, die tiefe Enttäuschung, die das Verhalten der „freundlichen Zeugen“ bei ihr ausgelöst hatte. „Bis in die späten vierziger Jahre hatte ich geglaubt, daß die Gebildeten, die Intellektuellen nach dem lebten, woran sie zu glauben behaupteten: Freiheit der Gedanken und der Rede, das Recht eines jeden Menschen auf seine eigenen Überzeugungen und das darin mehr als nur stillschweigend eingeschlossene Versprechen, denen zu helfen, die verfolgt würden. Doch nur sehr wenige hoben einen Finger, als McCarthy und diese Burschen auf der Bildfläche erschienen. Fast alle trugen mit dem, was sie taten oder unterließen, zu der McCarthy-Welle bei, rannten hinter einer erfolgreichen politischen Bewegung wie hinter einem fahrenden Zug her, der nicht stehengeblieben war, um sie einsteigen zu lassen."[235]

Zu den „freundlichen Zeugen" zählten unter anderen Robert Taylor, Ronald Reagan, Walt Disney. Neunzehn wurden als „unfreundliche Zeugen" eingestuft, weil sie beschlossen hatten, die Fragen des Ausschusses unter Berufung auf den ersten Zusatzartikel der amerikanischen Verfassung nicht zu beantworten. Das waren: Alvah Bessie, Herbert Biberman, Bertolt Brecht, Lester Cole, Richard Collins, Edward Dmytryk, Gordon Kahn, Howard Koch, Ring Lardner jr., John Howard Lawson, Albert Maltz, Lewis Milestone, Samuel Ornitz, Larry Parks, Irving Pichel, Robert Rossen, Waldo Salt, Adrian Scott, Dalton Trumbo. Von den neunzehn wurden jedoch nur elf vernommen. Brecht trennte sich von der gemeinsam erarbeiteten Verteidigungsstrategie. Die anderen zehn organisierten ein gemeinsames Verteidigerkollegium, das zur Taktik der geschlossenen einheitlichen Verteidigung riet. Ihr Vertrauen auf bestehendes amerikanisches Recht war jedoch insofern problematisch, als sich der Ausschuß, da er sich nicht als Gericht verstand, an keine Richtlinien und Gesetzesparagraphen gebunden fühlte und es im Ermessen des Vorsitzenden lag, Anwälte bei dem Verfahren überhaupt zuzulassen. Praktisch gab es keine Rechte, auf die sich der Vorgeladene hätte berufen können. J. Parnell Thomas erklärte das 1948 als Vorsitzender in einem Verhör auch ganz unverfroren: „Die Rechte, die Sie haben, sind die Ihnen von diesem Ausschuß gewährten Rechte. Wir entscheiden, welche Rechte Sie hier haben und welche Sie nicht haben."[236]

Der Vorwurf der kommunistischen Unterwanderung gegen die „Hollywood Ten" reduzierte sich im Grunde auf eine Antihitlerhaltung und einige Antihitlerfilme, wie sie die Roosevelt-Regierung damals von Hollywood verlangt hatte. Aber selbst wenn man von dieser Antihitlereinstellung ausgeht, die während des Krieges von einem relativ großen Kreis in Hollywood aufrichtig geteilt wurde, hatte sie nichts mit einer antifaschistischen Auffassung im marxistischen Verständnis zu tun. Was der Marxismus als die eigentlichen, im ökonomischen System liegenden Ursachen des Faschismus erkannte, blieb den meisten Hitlergegnern Hollywoods völlig fremd. Selbst die, die vorübergehend Mitglied der Kommunistischen Partei gewesen waren oder die Tätigkeit von Organisationen der Arbeiterbewegung unterstützt hatten, besaßen keinen oder nur einen äußerst geringen Einblick in das Gesamtverständnis des Marxismus. Der mit dem Kampf der revolutionären Arbeiterklasse verbundene sozialkritische Impetus, das Bestreben, sich der Arbeiterklasse zugehörig zu fühlen, war bei den meisten fortschrittlichen amerikanischen Intellektuellen keineswegs dominierend. Selbst ein Mann wie Dalton Trumbo, der aus der Arbeiterklasse stammte, zeitweise der KP der USA angehörte und sich im politischen und gewerkschaftlichen Kampf direkt engagierte, sagte über die Arbeiterklasse: „Ich habe nie über die Arbeiterklasse nachgedacht, außer, wie man ihr entkommen kann."[237] Alles, was über kommunistische Betätigung in Hollywood zusammengetragen wurde, bestand in solidarischen Haltungen gegenüber Leuten und Organisationen, die sich den Kampf gegen den Faschismus zum Ziel gesetzt hatten. Nirgends gab es in Hollywood auch nur einen Versuch, mit den methodischen Einsichten des Marxismus einen sozialkritischen Film zu machen. Eine sozialkritische Analyse des amerikanischen Systems hat der Hollywoodfilm ebensowenig gewagt, wie der Ufa-Film soziale Probleme des faschistischen Deutschlands aufgehellt hat.

So kam Brecht nach Kriegsende in die groteske Situation, daß er, dem Hollywood überhaupt keine Chance geboten hatte, auch nur einen Teil seines künstlerisch-politischen Engagements einzubringen, über unamerikanische, das heißt kommunistische Tätigkeit vernommen werden sollte. Obwohl Brecht eigentlich nicht zu den Hollywoodwriters gehörte, denn er hatte ja nur einmal Gelegenheit gehabt, sich an einem Film zu beteiligen, zeigte er sich zunächst daran interessiert, in deren Verteidigungsstrategie einbezogen zu werden. Das ergab sich aus seiner finanziellen Situation. Im Unterschied zu den „Hollywood Ten“, die meist sehr erfolgreiche und hochbezahlte Autoren waren, besaß Brecht nicht das Geld, um sich einen Rechtsanwalt leisten zu können. Die vorgeladenen Drehbuchautoren, die sich dem Ausschuß nicht beugen wollten, besaßen jedoch die Mittel, um ein Anwaltsteam zu formieren, das sie beriet und die Verteidigungstaktik ausarbeitete. Von diesen Hollywoodautoren kannte Brecht nur ganz wenige etwas näher. Sie wiederum wußten kaum, wer Brecht war. Doch sie erklärten sich bereit, ihn aufzunehmen. Ruth Berlau erzählt, daß sie sich sehr freundschaftlich und aufgeschlossen ihm gegenüber verhielten.

James K. Lyon, der alle Verbindungen Brechts in den USA sorgfältig recherchiert hat, kommt zu dem Schluß, daß Brecht mit den anderen vorgeladenen Hollywoodwriters erst bei den Anhörungen in Washington zusammengetroffen, bei den Vorbesprechungen aber nicht dabeigewesen sei. Im Unterschied dazu berichtet Ruth Berlau sehr detailliert gerade über diese strategischen Vorbesprechungen, die in den Häusern einzelner Mitglieder der Neunzehn stattfanden: „Sie hatten sich gut auf das Verhör vorbereitet und ihre Antworten vorher vereinbart. Als wir zum erstenmal in den Saal kamen, um die Art des Verhörs zu studieren, machten wir eine merkwürdige Erfahrung. Die Achtzehn saßen mit ihren Rechtsanwälten da, hemdsärmlig und mit den Füßen auf dem Tisch, und schnipsten beim Reden immerfort mit den Fingern. Wir haben erst nicht verstanden, warum sie das machten. Später haben wir erfahren, daß das FBI überall Mikrofone aufgestellt hatte. Die Aufnahmen wurden aber nahezu unbrauchbar, wenn man beim Sprechen gleichzeitig mit den Fingern knallte."[238] Brecht bekam einen Rechtsanwalt zugeteilt, der jedoch Einwände gegen eine Verteidigung machte, als er hörte, daß Brecht auch Gedichte geschrieben habe.

Brecht beriet sich sogleich mit Hanns Eisler, der vor ihm, vom 24. bis 26. September 1947, nach Washington zum Verhör mußte. Nach längerem Überlegen erschien ihm für seinen Fall die Verteidigungstaktik der Zehn ungünstig. Er, dessen ganzes Denken und Trachten schon auf die Vorgänge in Deutschland gerichtet war, mußte alles vermeiden, was dem Ausschuß Mittel in die Hand geben konnte, ihn nach dem Verhör ins Gefängnis zu sperren. Eine solche Überlegung bestand durchaus zu Recht, denn die Zehn wurden entgegen ihrer optimistischen Erwartung vom Obersten Gerichtshof zu einem Jahr Haft und 1000 Dollar Geldstrafe verurteilt. Härter noch traf sie, daß sie auf die schwarze Liste gesetzt wurden und entweder gar nicht oder nur unter Schwierigkeiten weiterschreiben konnten. Einige wurden in ihrer schriftstellerischen Existenz total vernichtet. Die Antwort auf die Frage, ob er Mitglied der Kommunistischen Partei sei bzw. gewesen sei, unter Hinweis auf die amerikanische Verfassung zu verweigern erschien Brecht ungünstig, da er kein amerikanischer Staatsbürger war. Doch diese Überlegung dürfte nicht ausschlaggebend für seinen Entschluß gewesen sein. Da er sowieso keine Zugehörigkeit zur Kommunistischen Partei zu verbergen und auch in den Hollywoodstudios keine Rolle gespielt hatte, hielt er es überhaupt für angebrachter, auf jede heroische Haltung zu verzichten und das Verhör als eine für ihn belanglose Sache abzutun. Er legte sich eine Taktik zurecht, die darin bestand, keiner Frage auszuweichen, sie aber unverbindlich, sozusagen in ihrem entideologisierten

Tatbestand zu beantworten. Die Rechnung ging auf und trug ihm vom Vorsitzenden die abschließende Bemerkung ein, daß er ein guter Zeuge gewesen sei.

Brecht wurde aufgefordert, am 30. Oktober 1947 in Washington vor dem Ausschuß zu erscheinen. Die Weigel berichtet, daß die Vorladung ein freundlicher Beamter überbracht hätte, der geraten habe, als Reisemittel das Auto zu benutzen, weil dann bei der Rückerstattung der Fahrkosten mehr herausspringe. Außerdem habe er empfohlen, die Gebühren für die Rückreise gleich anzufordern.[239] „Brechts Tochter behauptet, der Beamte sei nicht ganz nüchtern gewesen, und Wurtele bestätigt ihre Erinnerung, daß die Weigel den Mann zu einer Tasse Kaffee eingeladen habe, während Brecht sich seine Klagen über einen Beruf anhörte, der ihm nur schmerzende Füße und Undankbarkeit eintrüge. Zudem wechselten die Leute, um ihm zu entgehen, häufig ihren Wohnsitz."[240] Am 16. Oktober nahm Brecht den „Los Angeles Limited" nach New York. Vor seiner Vernehmung besprach er sich noch einmal mit Hermann Budzislawski. Ihm schlug er vor, den eventuellen Ablauf einmal zu proben.[241] Hermann Budzislawski ging darauf ein und stellte ihm die zu erwartenden Fragen, so, ob er Mitglied der Kommunistischen Partei sei. Auf diese Weise trainierte Brecht den Gestus, in dem er die Fragen des Ausschusses zu beantworten gedachte. Die Vernehmung fand in Washington im Sitzungssaal des alten Kongreßgebäudes statt. Obwohl er nicht mehr in das Verteidigungskonzept der Zehn eingebunden war, begleiteten ihn die Anwälte Robert W. Kenny und Bartley Crum. Kenny führte den Vorsitz im Verteidigungskollegium der Zehn. Brecht beabsichtigte, als erstes eine schriftlich ausgearbeitete Erklärung vorzutragen, um seine politische Position in Amerika anzudeuten. Im Ausschuß amtierten Karl E. Mundt (als Vorsitzender), der hauptsächliche Befrager war Robert Stripling. Nachdem Brecht den Eid geschworen hatte, gab er als gegenwärtige Adresse New York, 73. Straße, an. Die Frage, ob er einen Dolmetscher wünsche, bejahte Brecht. Dazu hatte ihm Budzislawski geraten, damit mehr Zeit zur Beantwortung der Fragen bliebe. Gleich bei den ersten Fragen ging es um Brechts Tätigkeit in der Filmindustrie.

„STRIPLING: Waren Sie je in der Filmindustrie beschäftigt?

BRECHT: Ja ich – – ja. Ich verkaufte eine Geschichte an eine Firma in Hollywood, ‚Hangmen Also Die', aber das Drehbuch habe ich nicht selbst geschrieben. Ich bin kein berufsmäßiger Drehbuchautor. Ich schrieb noch eine Geschichte für eine Firma in Hollywood, aber diese Geschichte wurde nicht verfilmt.

STRIPLING: ‚Hangmen Also Die', wem haben Sie das verkauft, welchem Studio?

BRECHT: Es war, glaube ich, eine unabhängige Firma, Pressburger bei den United Artists.

STRIPLING: United Artists?

BRECHT: Ja.

STRIPLING: Wann haben Sie das Stück den United Artists verkauft?

BRECHT: Die Geschichte ... Ich kann mich nicht genau erinnern, vielleicht um '43 oder '44. Ich kann mich nicht ganz daran erinnern.

STRIPLING: Und welchen anderen Studios haben Sie Stoffe verkauft?

BRECHT: Keinem anderen Studio. Außer der letzten Geschichte, von der ich sprach, schrieb ich für Versuchsbühnen."[242]

Und dann kam die entscheidende Frage, die man im Verteidigerkollegium der Zehn scherzhaft die Frage „sechsundsechzig" nannte: „STRIPLING: Mr. Brecht, sind Sie Mitglied der Kommunistischen Partei, oder sind Sie jemals Mitglied der Kommunistischen Partei gewesen?"[243] Da sich Brecht bewußt war, daß hier nicht nur nach der nominellen Zugehörigkeit zu einer Organisation gefragt wurde, sondern daß die Frage Bekenntnischarakter besaß, beantwortete er sie nicht einfach mit „nein“, was ja der Wahrheit entsprach. Als parteiloser Kommunist, als der er sich nun bald zwei Jahrzehnte betrachtete, wollte er das Forum des Ausschusses zu einer Erklärung nutzen. Deshalb fragte er: „Darf ich meine Erklärung verlesen? Ich werde diese Frage beantworten, aber darf ich meine Erklärung verlesen?“[244] Ihm wurde gestattet, die Erklärung dem Vorsitzenden zu übergeben, der sie las, dann aber erklärte, hier handle es sich um eine sehr interessante Darstellung der Lage in Deutschland, aber all das habe nichts mit der Untersuchung zu tun. Deshalb entschied er, daß kein Grund bestehe, die Erklärung zu verlesen. In dieser Erklärung schilderte Brecht die Verfolgung unter Hitler auf dem Gebiet der Kunst und Kultur und knüpfte daran die Betrachtung, daß das amerikanische Volk viel verliere und viel riskiere, würde es irgend jemandem erlauben, gegen die Kunst einzuschreiten, die frei sein müsse. Die Parallele war deutlich, deshalb wurde auch nicht gestattet, die Erklärung zu verlesen.

„Stripling: Also ich will die ursprüngliche Frage wiederholen: Sind Sie jetzt oder sind Sie jemals Mitglied der Kommunistischen Partei irgendeines Landes gewesen?

Brecht: Herr Vorsitzender, ich habe gehört, daß meine Kollegen diese Frage für unangemessen gehalten haben. Aber ich bin Gast in diesem Lande und möchte nicht auf irgendwelche juristische Streitfragen eingehen. Deshalb möchte ich Ihre Frage vollständig und so gut ich kann beantworten: Ich war und bin kein Mitglied irgendeiner Kommunistischen Partei.

Vorsitzender: Ihre Antwort ist also, daß Sie niemals Mitglied der Kommunistischen Partei gewesen sind?

Brecht: Ganz recht.

Stripling: Sie waren nicht Mitglied der Kommunistischen Partei in Deutschland?

BRECHT: Nein.

STRIPLING: Mr. Brecht, stimmt es, daß Sie eine Anzahl sehr revolutionärer Gedichte, Stücke und anderer Schriften verfaßt haben?

BRECHT: Ich habe im Kampf gegen Hitler eine Anzahl Gedichte und Lieder und Stücke geschrieben, und sie können aus diesem Grunde selbstverständlich als revolutionär betrachtet werden, weil ich selbstverständlich für den Sturz dieser Regierung war.

VORSITZENDER: Mr. Stripling, wir interessieren uns nicht für irgendwelche Werke, die er geschrieben haben könnte und in denen er für die Niederlage Deutschlands oder den Sturz der dortigen Regierung eintritt.

STRIPLING: Ja, ich verstehe. Nun gut, auf Grund einer Durchsicht der Werke, die Mr. Brecht geschrieben hat, vor allem in der Zusammenarbeit mit Hanns Eisler, scheint er für die kommunistische revolutionäre Bewegung eine Person von internationaler Bedeutung zu sein. Nun, Mr. Brecht, stimmt es oder wissen Sie, ob Sie Artikel geschrieben haben, die in den letzten Monaten in Publikationen der Sowjetzone Deutschlands erschienen sind?"[245]

Stripling, der das Verhör durchführte, zeichnete sich durch eine geradezu komplette literarische Unwissenheit aus. Den Abdruck einer Szene aus „Furcht und Elend des Dritten Reiches" in der Zeitschrift „Ost und West" hielt er für einen Artikel. Befragt, ob er den Herausgeber dieser Zeitschrift, Alfred Kantorowicz, kenne und ob er ihm als Mitglied der Kommunistischen Partei bekannt sei, verhielt sich Brecht sehr geschickt. Kantorowicz habe er in Deutschland als Journalisten beim Ullstein-Verlag kennengelernt. Kommunistische Zeitungen seien dort nicht verlegt worden. Er könne nicht sagen, ob er Mitglied der Kommunistischen Partei gewesen sei.

Ausführlich wurde er nach seinem Stück „Die Maßnahme" befragt. Und man scheute sich auch nicht, daraus längere Passagen zu zitieren. Dann wurde er aufgefordert, dem Ausschuß zu sagen, ob eine Person in diesem Stück von seinen Genossen ermordet wurde, weil es zum Besten der Partei, der Kommunistischen Partei, gewesen sei:

„BRECHT: Nein, es entspricht nicht ganz dem …

STRIPLING: Weil er sich nicht der Disziplin unterwerfen wollte, wurde er von seinen Genossen ermordet, stimmt das nicht?

BRECHT: Nein, das ist wirklich nicht darin. Sie werden es feststellen, wenn Sie es sorgfältig lesen, ähnlich wie in dem alten japanischen Stück, wo es um andere Ideen ging, war dieser junge Mann, welcher starb, überzeugt, daß er dem Auftrag, an den er glaubte, Schaden zugefügt hätte, und er stimmte zu und war bereit zu sterben, um so nicht noch größeren Schaden anzurichten. Deshalb bittet er seine Genossen, ihm zu helfen, und alle zusammen helfen ihm zu sterben. Er springt in einen Abgrund, und sie führen ihn zärtlich an diesen Abgrund, und das ist die Fabel.

VORSITZENDER: Ich entnehme Ihren Bemerkungen, Ihrer Antwort, daß er nur getötet wurde, er wurde nicht ermordet?

BRECHT: Er wollte sterben.

VORSITZENDER: Deshalb töten sie ihn?

BRECHT: Nein, sie töten ihn nicht, nicht in dieser Fabel. Er tötet sich selbst. Sie unterstützen ihn, aber natürlich hatten sie ihm gesagt, daß es besser sei, wenn er verschwinde, für ihn und für sie und die Sache, an die auch er glaubte."[246]

Dann wurde Brecht gefragt, wie oft er in Moskau gewesen sei, ob er in den USA an Veranstaltungen der Kommunistischen Partei teilgenommen habe, ob er mit Vertretern der sowjetischen Regierung zusammengetroffen sei:

„BRECHT: Ja, ja. In Hollywood wurde ich manchmal, drei-

oder viermal vom sowjetischen Konsulat eingeladen, mit vielen anderen Schriftstellern selbstverständlich.

STRIPLING: Mit welchen anderen?

BRECHT: Mit anderen Schriftstellern und Künstlern und Schauspielern, für die sie einige Empfänge gaben bei besonderen sowjetischen … (spricht deutsch)

BAUMGARDT: Festlichkeiten.

BRECHT: Festlichkeiten.

STRIPLING: Haben irgendwelche Beamte der sowjetischen Regierung jemals Ihnen einen Besuch abgestattet?

BRECHT: Ich glaube nicht."[247]

Natürlich unterblieb nicht die Frage, ob er sich mit Gerhart Eisler verabredet habe, denn dieser, von seiner Schwester denunziert, sollte den großen politischen Fall abgeben.

„STRIPLING: Besinnen Sie sich, daß er Sie am 17. Januar 1944 besucht hat?

BRECHT: Nein, ich besinne mich nicht auf ein solches Datum, aber es wäre möglich, daß er mich an solch einem Datum besucht hat.

STRIPLING: Wo besuchte er Sie?

BRECHT: Er fragte gewöhnlich nach seinem Bruder, der, wie ich Ihnen schon sagte, ein alter Freund von mir ist, und wir spielten auch einige Partien Schach, und wir unterhielten uns über Politik.

STRIPLING: Über Politik?

BRECHT: Ja.

VORSITZENDER: Wie war die letzte Antwort? Ich habe die letzte Antwort nicht verstanden.

STRIPLING: Sie sprachen über Politik. Haben Sie in irgendeiner Unterhaltung mit Gerhart Eisler über die kommunistische Bewegung in Deutschland diskutiert?

BRECHT: Ja.

STRIPLING: In Deutschland?

BRECHT: Ja. Wir sprachen natürlich über deutsche Politik. Er ist ein Fachmann auf dem Gebiete. Er ist Politiker.

STRIPLING: Er ist Politiker?

BRECHT: Ja. Er wußte natürlich viel mehr über die Lage in Deutschland als ich."[248]

Gegen Schluß des Verhörs wurden ihm noch einige Lieder aus der „Mutter" in schlechter englischer Übersetzung vorgelegt. Es ging dabei um die Strophe

Lerne das Einfachste, für die
Deren Zeit gekommen ist
Ist es nie zu spät!
Lerne das ABC, es genügt nicht, aber
Lerne es! Laß es dich nicht verdrießen
Fang an! Du mußt alles wissen!
Du mußt die Führung übernehmen.[249]

Übersetzt hatte man: „Lernt jetzt das Einfache. Für Euch, deren Zeit jetzt gekommen ist, ist es nicht zu spät. Lernt jetzt das Abc. Es ist nicht genug, aber lernt weiter. Fürchtet euch nicht, laßt es euch nicht verdrießen. Lernt es noch einmal, ihr müßt bereit sein, die Macht zu übernehmen."[250]

Brecht lehnte die Übersetzung ab und ließ sich bereitwillig in einen Übersetzerstreit ein. Wenn es hier schon nicht um Schönheiten gehe, so müsse doch richtig übersetzt werden. Es heiße nicht „ihr müßt bereit sein, die Macht zu übernehmen", sondern „Du mußt die Führung übernehmen". Der Dolmetscher bestätigte: „Es heißt eindeutig ‚die Führung'. Es heißt nicht ‚Du mußt die Macht übernehmen'. Dies ist keine wörtliche Übersetzung aus dem Deutschen."[251] Als Stripling ihm abermals ein Gedicht in einer verballhornten Übersetzung vortrug und fragte: „Haben Sie das geschrieben, Mr. Brecht?", erhielt er zur Antwort: „Nein, ich schrieb ein deutsches Gedicht, aber das unterscheidet sich sehr davon."[252] Nunmehr gab Stripling auf, weiter ins Lyrische einzudringen. Er hatte keine Fragen mehr. Damit war die Anhörung beendet.

Ein Mitschnitt der Verhandlung wurde noch am Abend über den Rundfunk gesendet. Die amerikanische Presse, die für Brecht während seines sechsjährigen Aufenthaltes kaum eine Zeile übrig hatte, ließ sich das Verhör nicht entgehen. Nach Brechts eigenen Angaben hatten sich etwa achtzig Pressevertreter eingefunden, zwei Rundfunkstationen zeichneten auf. Ruth Berlau erzählte, nach der Übertragung des Verhörs im Radio seien emigrierte deutsche Kommunisten zu ihr gekommen und hätten ihr gesagt, sie fänden es nicht richtig, wie sich Brecht verhalten habe. Sie stießen sich daran, daß Brecht so entschieden betonte, ein unabhängiger Schriftsteller zu sein. Man verwies ihn auf die anderen Hollywoodwriters, sie hätten die Frage nach der Mitgliedschaft einfach abgewiesen. Daß Brecht die Frage nach der Mitgliedschaft als einziger wahrheitsgemäß mit „nein" beantwortete, war jedoch mit den anderen Hollywoodautoren und ihren Anwälten abgesprochen. Noch am gleichen Tag trug Brecht in sein „Arbeitsjournal" ein: „das verhör ist unverhältnismäßig höflich und endet ohne anklage; es kommt mir zugute, daß ich mit *hollywood* beinahe nichts zu tun hatte, in amerikanische politik nie eingriff und meine vorgänger auf dem zeugenstand den kongreßleuten die antwort verwehrt hatten. – die 18 sind sehr zufrieden mit meiner aussage, auch die anwälte."[253] Daß die anderen Hollywoodwriters und ihre Anwälte mit ihm sehr zufrieden waren, klingt ein wenig forciert. Es liest sich mehr so, als hoffte er, man möge mit ihm zufrieden gewesen sein. Andererseits war er denen wirklich viel zu unbekannt, so ganz fern ihrer Branche, als daß sie ihn als einen der Ihren angesehen hätten. Sie fanden ihn von Anfang an „fehl am Platze"[254]. Brechts Verhalten vor dem Ausschuß war weder heroisch noch besonders listig, es war einfach pragmatisch. Ihm war daran gelegen, niemanden zu belasten und sich von nichts öffentlich lossagen oder distanzieren zu müssen. Was ihn gegenwärtig beschäftigte, worin seine Pläne bestanden, das hatte alles nichts mehr mit den USA zu tun.

Als er das Kongreßgebäude verließ, trug er das Flugticket nach Paris bereits in der Tasche. Daß Brecht einen Tag nach der Anhörung seinem Exilland USA den Rücken kehrte, war kein plötzlicher, durch die Vernehmung ausgelöster Entschluß. Bereits im Frühjahr 1947 wollte er abreisen und erhielt einen Exit- und Reenterpermit für die Schweiz. Durch die „Galilei"-Premiere verschob sich jedoch die Abreise auf Herbst. Um das Land ohne Schwierigkeiten verlassen zu können, wandte er sich an die ČSR-Botschaft um Ausstellung von Papieren. Die tschechoslowakische Botschaft sandte daraufhin folgende Depesche an ihr Außenministerium in Prag: „An den Herrn Staatssekretär Clementis für Herrn Minister Nosek. Der Schriftsteller Bert Brecht mit Frau und Tochter in ernster Gefahr, ersucht um kurzfristigen Paß, um die USA verlassen zu können. Kabeln Sie hierher bis spätestens 1. November den Entscheid. Brecht ersucht Geminder um Befürwortung."[255] Obwohl das Außenministerium kurzfristig dem Generalkonsulat in New York mitteilte, daß gegen die Aushändigung eines Passes keine Bedenken bestehen, dürfte es zu diesem Versuch, Brecht zu helfen, nicht mehr gekommen sein. Er muß mit anderen Papieren das Land verlassen haben. Seit der Vorladung vor den Ausschuß wird er alles versucht haben, so schnell wie möglich wegzukommen. Er fühlte sich wieder in Gefahr. Deshalb auch die Absprache mit der Familie, daß er das Flugzeug benutzte, während Helene Weigel und Tochter Barbara Schiffsplätze belegten. Stefan blieb in den Staaten, um sein Studium fortzusetzen. Vor dem Abflug verabschiedete er sich noch von Charles Laughton. Am Nachmittag des 31. Oktober 1947 bestieg Brecht das Flugzeug nach Paris.

Sondierung der Lage für einen Neuanfang

Zwischenaufenthalt in Paris

Nach einem ruhigen Flug traf Brecht am 1. November 1947 auf dem Flugplatz Le Bourget ein. Den alten Kontinent fand er schäbig und verarmt, Paris teuer und kalt. Daß er nicht für längere Zeit hier zu bleiben gedachte, stand für ihn schon vorher fest. Die Stadt faszinierte ihn nicht, nicht in den zwanziger, nicht in den dreißiger Jahren, und schon gar nicht interessierte ihn das Paris der Nachkriegszeit. Vor dem Krieg, als er noch darauf achtete, sein Domizil in größtmöglicher Nähe zu Deutschland aufzuschlagen, um schnell wieder daheim zu sein, hätte er nicht gedacht, daß sich für ihn die Rückkehr in einem schrittweisen Annähern vollziehen werde. Ja, nach Berlin wollte er schon wieder zurück, doch nicht sogleich. In den beiden ersten Nachkriegsjahren überlegte er hin und her, wie er die Rückkehr betreiben sollte. Als ihm ein italienischer Verlag anbot, eine Gesamtausgabe seiner Stücke in Italienisch herauszubringen, erwog er, vorläufig in Oberitalien Station zu machen. Dabei war ihm von Italien nur Positano in lebhafter Erinnerung, jener Ort, wo er 1924 mit Caspar Neher zusammengetroffen war, wo sich Benjamin aufhielt. Als er jedoch hörte, daß die Ernährungslage in Oberitalien noch immer schwierig sei, schlug er Caspar Neher vor, sich vorerst gemeinsam in der italienischen Schweiz niederzulassen. Dann aber erschien ihm immer mehr Zürich als der geeignete Ort, sich auf Deutschland vorzubereiten, zumal er sich am dortigen Schauspielhaus mit der gegenwärtigen europäischen Theatersituation vertraut machen konnte. Seinem alten Freund Georg Pfanzelt teilte er im Sommer 1947 mit: „Anfang September hoffen wir nach der Schweiz fahren zu können."[1] In einem weiteren Brief schrieb er, daß es Oktober sein werde. Doch es wurde November. Von Paris aus wollte er sofort weiter nach Zürich. Beim Geldwechseln auf dem

Flugplatz traf er Ella Winter mit ihrem Mann, dem amerikanischen Filmautor Donald Ogden Stewart, die er beide von den Staaten her kannte. Sie bezogen benachbarte Hotels, und Brecht ließ sich von dem Ehepaar gern zum Essen einladen. Die Stewarts boten ihm etwas, was er nie hätte bezahlen können. So dehnte sich der Aufenthalt schon etwas aus.

Am dritten Tag in Paris besuchte er dann das Theater. Er sah sich André Gides Bühnenbearbeitung von Kafkas „Prozeß“ an. Die Inszenierung von Jean-Louis Barrault im Théâtre Marigny galt als sensationell. Der Aufführung kam auch insofern einige Bedeutung zu, weil sie, aus historischem Abstand gesehen, den Beginn der weltweiten Kafka-Renaissance markierte, die die literarische Öffentlichkeit der fünfziger Jahre bestimmte. Brecht traf hier in Paris auf die literarischen Götter der Nachkriegsjahre, die zwar nicht allzu lange Schatten warfen, aber dennoch bewirkten, daß er nach dem Kriege nicht zum Zuge kam. Es ist schwer zu eruieren, ob sich Brecht bewußt war, daß er hier in Paris den Aufmarsch seiner Konkurrenten besichtigen konnte. Er neigte von jeher dazu, das literarische Paris als ein besonderes Cliquen-Konglomerat zu begreifen. Schon Mitte der dreißiger Jahre war ihm nicht in den Sinn gekommen, hier einzusteigen. Er wußte nur zu gut, daß er in dieser Stadt mit seiner Kunst eine Randerscheinung bleiben würde. Ihn focht das aber wenig an, weil er, was die wirklichen Vorstöße der modernen Kunst, insbesondere der Theaterkunst, anbetraf, Paris wiederum für eine Randerscheinung hielt. Doch nach 1945 war die Situation anders. Frankreich gehörte zu den Siegerstaaten, und als Besatzungsmacht wirkte es auch kulturell und künstlerisch nach Deutschland hinein. Was gegenwärtig als modern galt und woran man sich auch in Deutschland orientierte, das wurde wesentlich in Paris bestimmt. Es gab damals die nicht ganz unbegründete Meinung, die Franzosen würden selbst in ihrer Besatzungszone in Deutschland einen „seidenen Vorhang“ vor alles ziehen, was nicht ihren Kultureinfluß aufwies.

Als sich Brecht im November 1947 in Paris aufhielt, blieb er völlig unbemerkt. Von ihm sprach niemand. In Paris, aber eben auch in Deutschland diskutierte man lebhaft über die Stücke Anouilhs, Sartres, Camus', Steinbecks und Genets. Das „Théâtre Noir“ beschäftigte die Gemüter. Vom epischen Theater Brechts wußten im Paris des Jahres 1947 nicht einmal die Theaterfachleute etwas.

Die Autorennamen, denen Brecht bei seinen ersten Theaterbesuchen nach seiner Rückkehr begegnete, hatten etwas Programmatisches im Hinblick auf seine eigene Situation. In Paris traf er zuerst auf Kafka, später, in Berlin, auf Julius Hay. So verhielt es sich aber mit der gesamten Literaturszene, die er im November 1947 in Paris vorfand. Dem achtundsiebzigjährigen André Gide war soeben der Nobelpreis verliehen worden, obwohl er während der faschistischen Besetzung Frankreichs nicht gerade die beste Figur gemacht hatte. In Paris selbst warf man mit Literaturpreisen nur so um sich. Man sprach schon ironisch davon, daß von zwei Leuten immer einer einen Preis erhält, während der andere in der Jury sitzt. Die Hektik und das Inflationäre des schwarzen Marktes schlugen sich auch im Kunstleben nieder. Einige Monate vor dem Parisbesuch Brechts hatte man die Pforten des Vieux Colombier förmlich gestürmt, um einem Vortragsabend Antonin Artauds beiwohnen zu können. Selbst Prominente wie Gide mußten sich einen Platz erkämpfen. Als Artaud, völlig in Schweiß gebadet, seine Gedichte zu lesen begann, verließ ihn die Sprache. In menschlicher Qual des Irreseins brach er zusammen. Es war Antonin Artauds letzter öffentlicher Auftritt. Im Sommer hatte Albert Camus' neues Werk „Die Pest“ Furore gemacht. In diesem November diskutierte man noch immer darüber.

Als die Mächtigen der Bühne – und zwar nicht nur in Paris – galten Jean Anouilh und Jean-Paul Sartre. Sartres „Fliegen“ und Anouilhs „Antigone“ zählten auch in Deutschland zu den meistdiskutierten Stücken. Sartre war es gelungen, den Existentialismus aus der Studierstube auf die Bühne zu tragen. „Jedermann spricht davon, wenige sind imstande, sich darunter etwas Faßbares vorzustellen“[2], schrieb Ernst Niekisch in der „Täglichen Rundschau“. Daß der Existentialismus im philosophischen Denken Westeuropas dominierte, entging Brecht nicht, wenn er auch noch nicht die Folgen für die Entwicklung seines eigenen Werkes abzusehen vermochte. Zunächst reagierte er darauf gelassen: „Die Nazis hatten ihre Schicksalstragödie mit sich; jetzt fischen die Pariser sie als Existentialismus aus ihren Kloaken.“[3] Sowenig ernst er auch die „faseleien der existentialisten“ nahm, für die vierziger Jahre blieb Sartre die Figur, die ihn auf dem Welttheater verdrängte. Zu den preisgekrönten Dichtern des Jahres 1947 gehörte auch Jean Genet. Er bekam den Preis für das Stück „Die Dienstmädchen“ („Les Bonnes“). Hier kündigte sich der Übergang von dem noch sehr allgemein bestimmten „Théâtre Noir“ zum absurden Theater an. Letzteres diente in den fünfziger Jahren dann dazu, das auf gesellschaftliche Veränderungen orientierte Theater, insbesondere das epische Theater Brechts, zurückzudrängen. Eine Absicht, die aufging. In dieser Novemberwoche des Jahres 1947 hätte Brecht alle Protagonisten und Richtungen besichtigen können, die im kommenden Jahrzehnt verhinderten, daß er international zum Zuge kam. Die Antipoden des epischen Theaters beherrschten bereits das internationale Terrain oder aber schickten sich an, es zu erobern. Doch Brecht sah in all dem, was gegenwärtig Paris begeisterte und Deutschland erregte, nur die alten Rauschzustände des Theaters. Die ganze Tragweite der Situation und die Folgen für sein eigenes Werk ahnte er nicht. Er, der gegen Hitler gekämpft hatte, gehörte nicht zu den Siegern. Auf seinem Gebiet war er international nicht gefragt. Wie wenig die Kritik nach 1945 auf die deutsche Emigrationsdramatik setzte, wie weit entfernt sie davon war, in Brecht eine Hoffnung zu sehen, ging aus folgender Notiz der damals sehr angesehenen Kunst- und Theaterzeitschrift „Die Quelle" hervor: „Auch dem deutschen Schauspieltheater ist in der Nachkriegszeit ... nichts an Enttäuschungen erspart geblieben: die Schubladen der Antifaschisten leer, die Zufuhr aus der Emigration mit Ausnahme von Zuckmayer und etwa noch Brecht und Bruckner schwach ..."[4] Diese Zeitschrift, wie andere auch, orientierte sich am Werk Sartres, Anouilhs, Camus', Steinbecks, Wilders; die französischen Regisseure Jean-Louis Barrault und Louis Jouvet faszinierten. In jener Zeitschrift fand sich auch eine ausführliche Besprechung des Kafka-Gide-Stücks, das sich Brecht angesehen und worüber er am 3. November 1947 in sein „Arbeitsjournal" eingetragen hatte: „brillante aufführung, viele tricks, statt darstellung der verwirrung nur verwirrte darstellung; versuch, die furcht aufs publikum zu übertragen."[5]

Brecht schob die Abreise nach Zürich hinaus, als er erfuhr, Anna Seghers werde nach Paris kommen. Sie war im April 1947 aus dem mexikanischen Exil heimgekehrt und lebte jetzt in Berlin. Von ihr erhoffte sich Brecht genauere Informationen über die politische und kulturelle Lage in Berlin. Die Seghers kannte er aus den ersten Jahren der Emigration. Mehr als die Romanschreiberin schätzte er die Novellistin. Vor zwölf Jahren hatte er ihr das Versprechen abgenommen, 100 Novellen fertigzustellen. Im amerikanischen Exil kam er mit ihrem Werk in Berührung, als Fred Zinnemann 1944 „Das siebte Kreuz" verfilmte und für Helene Weigel eine winzige Rolle abfiel. Jetzt wollte die Seghers in Paris ihre Kinder besuchen, die hier studierten. Als er mit ihr zusammentraf, fand er sie „weißhaarig, aber das schöne gesicht frisch"[6]. In Berlin wohnte sie, wie damals viele Künstler, im weniger zerstörten Westteil. Durch ihre vielfältige kulturpolitische Tätigkeit besaß sie einen genauen Einblick in die politischen und kulturellen Vorgänge der Viersektorenstadt. Einen besseren Informanten hätte sich Brecht nicht wünschen können.

Daß Brecht seine Abreise nach Zürich verschob, zeigte deutlich, wie viel ihm an diesem Gespräch lag. Er wollte jetzt genau wissen, wie die Dinge in Berlin standen, jedoch von einem Menschen, dem er vertraute und dessen politischen Standpunkt er teilte. Allein schon vom Zeitpunkt her kam dem Gespräch eine besondere Bedeutung zu. In den vergangenen Monaten des Jahres 1947 hatte sich in Berlin so manches ereignet, was darauf hinzudeuten schien, daß die Dinge nicht so bleiben würden, wie sie sich nach Kriegsende ergeben hatten. Ernst Niekisch formulierte 1947, daß „Berlin in zugespitztester und konzentriertester Form die deutsche Bürgerkriegssituation“[7] verkörpere.

Die westlichen Alliierten strebten auf kulturellem Gebiet eine Wendung an, die sie wirtschaftspolitisch 1946 mit dem Marshallplan bereits vollzogen hatten. So orientierte die amerikanische Direktive ICS 1779 auf eine kulturelle Ausrichtung der von ihnen besetzten Sektoren im Sinne des Westens. Der kulturelle Wettbewerb der vier Besatzungsmächte mit dem Ziel, Einfluß auf die erkrankte deutsche Volksseele zu nehmen, schien beendet. Wie es nunmehr weitergehen sollte, demonstrierte am 25. Oktober 1947 der amerikanische Militärgouverneur Lucius D. Clay mit einer antikommunistisch ausgerichteten Pressekonferenz. Darauf folgten das Verbot des Kulturbundes zur demokratischen Erneuerung Deutschlands in den Westsektoren, die Spaltung der Berliner Volksbühne und der Berliner Genossenschaft Deutscher Bühnenangehörigen, der Boykott der Theater im Ostsektor. Als Wolfgang Langhoff am 3. Mai 1947 am Deutschen Theater Konstantin Simonows Stück „Die russische Frage“ aufführte, kam es nicht nur zu einem regelrechten Pressekrieg, sondern die amerikanischen Dienststellen in Berlin versuchten jetzt, massiven Druck auf die Schauspieler auszuüben, die in den Westsektoren wohnten, aber auf den zahlreicheren größeren Bühnen im sowjetisch besetzten Sektor spielten. Gegen Simonows Stück wurde der Vorwurf erhoben, es sei ein politisches Tendenzstück. Kritiker, die vorgaben, nur nach ästhetischen Gesichtspunkten zu urteilen, nannten es dilettantisch. In einer im Journalistenmilieu spielenden Fabel stellte der Dichter die Wendung in der amerikanischen Politik von der Antihitlerkoalition zur Kommunistenverfolgung dar. Gezeigt wurde, was sich in den Staaten schon längst öffentlich und lautstark vollzog und was Brecht noch vor wenigen Wochen als gegen seine eigene Existenz gerichtet erlebt hatte. In Anbetracht der tatsächlichen Vorgänge, die durch das „Committee of Unamerican Activities" ausgelöst wurden, wirkte Simonows Stück eher beschönigend, vor allem aber allzu optimistisch und politisch naiv. Die Wendung im Nachkriegsamerika wurde wie eine allgemeine Verschwörung gegen die freiheitlichen Traditionen der Vereinigten Staaten beschrieben. Allein schon aus der Sicht seiner persönlichen Erfahrungen hätte Brecht allerhand gegen Simonows Stück einzuwenden gehabt, jedoch von einer ganz anderen Seite als die bürgerliche Kritik.

Das waren die Vorgänge gewesen, die sich in Berlin abgespielt hatten, bevor Anna Seghers nach Paris abgereist war. Die Zuspitzung des Klassenkampfes, der in Deutschland eine internationale Komponente bekam, wird Brecht weder verwundert noch zur Vorsicht veranlaßt haben. Doch die neue politische Lage wirkte sich auch auf die eigenen Arbeitsbedingungen aus. Wie für die Seghers, so gab es auch für Brecht keinen Zweifel, auf welche Seite er sich stellen werde. Aber als Dichter, denen es auf politische Wirkungen ankam, wollten sie beide nicht voreilig auf den Einfluß ihrer Leser und Zuschauer in den anderen Besatzungszonen Deutschlands verzichten. Anna Seghers wird Brecht sicher darüber informiert haben, daß er in Berlin, im Ostsektor der Stadt, erwartet wurde. Damals gab es in Berlin eine kleine Gruppe, die sich sehr für Brecht einsetzte und die alles tat, um ihn nach Berlin zu holen. Dazu gehörten der frühe Brecht-Förderer Herbert Jhering, jetzt Chefdramaturg des Deutschen Theaters, die Regisseure Wolfgang Langhoff, Karlheinz Martin, Slatan Dudow, Erich Engel, Walter Felsenstein, Ernst Legal, der Schauspieler Ernst Busch, die Kritiker Wolfgang Harich, Paul Wiegler, Hans Ulrich Eylau und vor der politischen Zuspitzung auch Friedrich Luft. Sie alle gingen davon aus, daß Brechts Übersiedlung nach Berlin eine Frage war, welche Theatermöglichkeiten man ihm bieten konnte. Andererseits wußte man über Brechts neue ästhetische Position so gut wie nichts. Selbst bei seinen politischen Freunden gab es höchst unklare, oftmals sehr abenteuerliche Ansichten über seine Theaterkunst. Man kannte ihn als Autor der „Dreigroschenoper" und der Lehrstücke. Doch weder mit dem einen noch mit dem anderen wußte man jetzt in Berlin etwas anzufangen. So gab es keineswegs nur ein Warten auf Brecht, es gab auch Skepsis. Wie würde Brecht in eine Theaterlandschaft passen, die die faschistische Beeinträchtigung durch Besinnung auf die klassischen Traditionen und die sowjetische Stanislawski-Schule zu überwinden suchte? Soviel wußte man in Berlin auch, daß sein episches Theater in beträchtlicher Distanz zu diesen Richtungen stand.

Für Brecht war es sicher keine Frage, daß der im Oktober 1947 von Clay eröffnete antikommunistische Kurs Folgen für die sowjetische Deutschlandpolitik und damit auch für die Kulturpolitik haben würde. Nur ließ sich damals noch nicht absehen, wie man dieser Verschärfung bündnispolitisch begegnen würde. Wäre es möglich, daß in Anbetracht der zugespitzten Lage sich das Bündnisangebot nicht nur auf die klassisch humanistischen Traditionen erstreckte, sondern in gleicher Weise auch auf die moderne Kunst, war sie doch zu einem Großteil mit den sozialen Kämpfen viel enger verbunden als die traditionell ausgerichtete Kunst? Die von Shdanow initiierte Formalismusdiskussion entschied die Bündnispolitik dann in extremer Ausrichtung auf die klassischen Traditionen und in der Antiposition zur Moderne. Als Brecht das Gespräch mit Anna Seghers führte, waren diese Dinge zwar alle schon im Fluß, aber in ihrer politischen Tragweite noch nicht erkennbar. Brecht ließ sich nicht unwesentlich davon beeindrucken, wie Leute in verantwortlichen Funktionen zu ihm standen. So gab es in der Kulturabteilung der sowjetischen Militäradministration in Berlin zwei Offiziere, die seine Werke kannten und liebten und sie immer wieder den deutschen Genossen empfahlen: Alexander Dymschiz und Ilja Fradkin. Der sowjetische Kulturoffizier Dymschiz war einer der ersten gewesen, der die Deutschen in einem großen Artikel in der „Täglichen Rundschau“ vom 12. Januar 1947 wieder mit ihrem Dichter bekannt machte.

Aus Anna Seghers' Bericht entnahm Brecht, daß die zugespitzte Situation die Intrige mehr förderte als ausschloß. Es würde trotz Fürsprache und Freunde für ihn in Berlin nicht leicht werden, sich durchzusetzen. Seinen Entschluß, sich dorthin zu begeben, änderte das jedoch nicht. An Ruth Berlau schrieb er: „Was Berlin angeht, das habe ich aus Anna Seghers' Bericht entnommen, ist es entscheidend wichtig, daß man eine starke Gruppe bildet. Allein, oder fast allein kann man da nicht existieren.“[8] Wie schon in den zwanziger Jahren wollte er Berlin wieder mit einer Mannschaft erobern. Vorerst lag ihm daran, die Vorgänge von außen zu beobachten. Gern hätte er allerdings seine Mitarbeiterin entsandt. In einem Nachsatz zu einem Brief an Ruth Berlau vermerkte er: „Du wirst ungeheuer nötig sein in Berlin, nach allem, was Seghers erzählt!“[9] Am Tage nach dem Gespräch mit Anna Seghers fuhr Brecht nach Zürich.

Zürich
„Wir werden es uns hier einrichten für, hoffentlich, kurz"

In Zürich bezog Brecht zunächst Quartier in dem unmittelbar an der Limmat gelegenen Hotel „Zum Storchen". Als erster begrüßte ihn Caspar Neher, der Mitarbeiter und Jugendfreund aus Augsburg. Später kam Oskar Wälterlin hinzu, der Direktor des Zürcher Schauspielhauses. Für Brecht, wie für viele andere Emigranten, bedeutete Zürich wenn auch nicht die Heimat, so doch einen Vorgeschmack auf die Heimat. Wenn es in der Mitte der vierziger Jahre eine Stadt gab, in der man sich einigermaßen ein Bild über das Emigrationswerk eines Dichters machen konnte, war es Zürich. Obwohl Brecht in all den Jahren das Zürcher Schauspielhaus nie aus den Augen verloren hatte, schon deshalb nicht, weil er hier treue Freunde wußte, kam es ihm eigentlich nie in den Sinn, in diesem Theater, in dieser Stadt das Ziel seiner Wünsche zu sehen. Bei ihm fiel die Wiederbegegnung weit nüchterner aus als bei anderen Emigranten, die gleichfalls über Zürich heimkehrten. Vor ihm war Carl Zuckmayer nach Zürich gekommen. Er und Brecht hatten hier die gleichen Freunde. Aber wie anders empfand Zuckmayer die Stadt. Für ihn waren die ersten Tage „ein einziger Rausch, ein Fest, eine Olympiade der Freundschaft: Eine Stunde vor Mitternacht sahen wir die Lichter von Zürich. Es war der Traum einer Stadt – einer unveränderten, europäischen Stadt –, denn Paris hatte ich auf der Durchreise von Amerika nach Deutschland noch vom Nachkrieg verdüstert, bedrückt und verwahrlost gesehen. Ich war so aufgeregt, daß ich nicht gleich in das kleine Hotel fahren wollte, in dem meine Frau – ohne zu wissen, ob und wann ich eintreffen werde – mich erwartete. Ich mußte erst begreifen, wo ich war ... Ich bat meinen

Freund, am Restaurant ‚Kronenhalle' zu halten, es war kurz vor Lokalschluß, aber ich bekam da noch ein Pilsener und einen dreifachen ‚Chrüter'. Die Kellnerinnen wirkten auf mich wie freundliche Krankenschwestern. Ich fühlte mich gepflegt und geborgen. Selbst die ‚Aufstuhlung' um die Polizeistunde hatte etwas von gesicherter Normalität. Friede."[10] Bei Brecht vollzog sich das alles weit nüchterner. Natürlich freute auch er sich, alte Freunde zu begrüßen, und auch er war neugierig auf dieses Stück Europa, das den Krieg unversehrt überstanden hatte. Auch ihm war wohl beim Anblick des Vertrauten. Doch mit welcher Distanz beschrieb er es. Als er einige Monate später den Frühling in Zürich erlebte, notierte er: „das erste europäische frühjahr seit 8 jahren. die farben der pflanzenwelt, soviel frischer und soviel weniger krud als die der kalifornischen. die obstbäume an der bahnstrecke hinein nach zürich. die planung ist nicht durchmathematisiert wie die der ziergärten oder plantagen kaliforniens. und die villen bedeuten zumindest ältere sünden."[11]

Daß sein erster Besuch in Zürich dem Schauspielhaus galt, verstand sich von selbst. Die künstlerischen Produktionsstätten zogen ihn immer zuerst an, mehr als berühmte Sehenswürdigkeiten. Es kam zu einer freundschaftlichen Begegnung mit den Theaterleuten, die sich im letzten Jahrzehnt für sein Werk eingesetzt hatten. Einige Namen mögen ihm noch aus der Zeit der Weimarer Republik geläufig gewesen sein. Persönlich kannte er sie kaum. Da war Kurt Hirschfeld, der langjährige Dramaturg des Hauses, der sein winziges Büro zu der einzig noch funktionierenden Leitstelle für antifaschistische Dramatik ausgebaut hatte. In Leopold Lindtberg und Leonard Steckel lernte er zwei Theaterleute kennen, die Stücke von ihm uraufgeführt hatten. Sie in den Kreis der wegbahnenden Brecht-Regisseure einzubeziehen, sollte Brecht sehr bald anstreben. Zu einer ersten Begegnung war es schon 1946 anläßlich eines Hollywoodbesuchs von Lindtberg gekommen. Brecht hatte ihn in sein Haus nach Santa Monica eingeladen und die Gelegenheit genutzt, um den Regisseur der „Courage"-Uraufführung eingehend über das Zürcher Schauspielhaus auszufragen. Ferner machte Brecht die Bekanntschaft mit Teo Otto, dem Bühnenbildner, dessen „Courage"-Modell er sehr schätzte und später fast völlig übernahm. Und schließlich war da Therese Giehse, in der er sogleich die große Schauspielerin sah, mit der er gerne arbeiten wollte.

Die ersten Tage und Wochen waren ausgefüllt mit Begegnungen. Künstler und Schriftsteller trafen sich nach langer Zeit wieder. Jeder schien neugierig auf den anderen zu sein und interessiert an einem Gedankenaustausch. So wurde Zürich wie kaum eine andere Stadt Europas zu einer Stätte des Wiedersehens deutschsprachiger Künstler und Schriftsteller. Kurt Hirschfeld arrangierte in seiner Wohnung ein Autorentreffen, an dem Carl Zuckmayer, Erich Kästner, Alexander Lernet-Holenia, Horst Lange, Werner Bergengruen, Max Frisch und auch Brecht teilnahmen. Brecht kam hier zum erstenmal wieder mit Schriftstellerkollegen in Berührung, die in Deutschland geblieben waren, mit Kästner, Bergengruen, Lange. Außer zu Zuckmayer besaß er zu keinem näheren Kontakt. Sie alle standen ihm in ihrer politischen wie in ihrer literarischen Auffassung ziemlich fern. Max Frisch, zu dem sich während seines Schweizer Aufenthalts eine Freundschaft anbahnte, lernte er hier wahrscheinlich kennen. Nach Aussagen von Lernet-Holenia war es höchstwahrscheinlich Brechts Idee, eine Erklärung gegen die Atombombe zu verfassen. Sie hatte folgenden Wortlaut: „Die Erwartung eines neuen Krieges paralysiert den Wiederaufbau der Welt. Wir stehen heute nicht mehr vor der Wahl zwischen Frieden und Krieg, sondern vor der Wahl zwischen Frieden oder Untergang. Den Politikern, die das noch nicht wissen, erklären wir mit Entschiedenheit, daß die Völker den Frieden wollen."[12] Jeder

der Unterzeichner sollte in seinem Wirkungskreis weitere Unterschriften sammeln, um so einer neuen Kriegspropaganda entgegenzuwirken.

Im Grunde handelte es sich hier um einen ersten Protest gegen die heraufziehende Politik des kalten Krieges und der Atombombendrohung. Im Unterschied zu seinen Mitunterzeichnern stellte sich Brecht später ganz in den Dienst dieser Volksbewegung. Dagegen ließ Zuckmayer sich dazu bewegen, ein Stück zu schreiben, in dem er den Alleinbesitz der USA an der Atombombe als die bestmögliche Lösung pries. Welchen Grad von geistiger Verhetzung dann der kalte Krieg mit sich brachte, zeigt ein Aufsatz von Alexander Lernet-Holenia aus dem Jahre 1956, in dem er sich an jenen Abend des 9. November 1947 erinnerte, als sie in Zürich den Aufruf verfaßten. „1948 [!], in der Schweiz, als ich ihn zum letztenmal sah, ... stand [er] auch noch auf durchaus gutem Fuß mit Bergengruen, Zuckmayer und mir, und irgend jemand von uns (wahrscheinlich er selber, ich bestimmt nicht) war auf den Gedanken verfallen, daß wir gemeinsam eine jener Erklärungen gegen die Atombombe verfassen sollten, mit denen seither die Literaten aller Länder die Regierungen in aller Welt immer wieder zum Danke dafür belästigt haben, daß die Regierungen den Literaten durch die Produktion eben dieser Atombomben überhaupt erst ermöglichen, sie, die Regierungen, durch Erklärungen *gegen* die Atombomben zu belästigen. Denn gäbe es *keine* Atombomben, so würde schon längst kein Literat mehr imstande sein, irgendwen noch durch irgend etwas zu belästigen. Damals aber meinten wir, uns solche Scherze noch leisten zu dürfen."[13] Frisch erklärte sich damals bereit, unter seinen Landsleuten zu werben. Doch hinsichtlich der Wirkung machte er sich wenig Hoffnung. In bezug auf die damalige Situation scheint Brecht der gleichen Meinung gewesen zu sein, doch mehr als um die augenblickliche ging es ihm um die künftige.

Inzwischen war Helene Weigel mit Tochter Barbara, aus Paris kommend, in Zürich eingetroffen. Auf der Fahrt hatte sie der österreichische Dichter Franz Theodor Csokor begleitet. Bis auf den Sohn Stefan, der in den Staaten geblieben war, um nach seinem Militärdienst zu studieren, war die Familie vierzehn Tage nach Brechts Ankunft in Zürich wieder zusammen. In diesen zwei Wochen hatte er bereits dreimal das Quartier gewechselt. Das Hotel „Zum Storchen" war ihm viel zu teuer und zu vornehm. Schon am Tage nach seiner Ankunft war er in das kleine Hotel Urban in der Stadelhoferstraße 41 umgezogen. Hier befand er sich in größerer Nähe zum Schauspielhaus. Dann bot ihm der Dramaturg Uz Oettinger an, daß er zeitweise sein Atelier bewohnen könne. Das Angebot kam dem über wenig Geldmittel verfügenden Brecht gerade recht. Er quartierte sich sofort in der Gartenstraße 38 ein.

So aufmerksam Brecht die internationale Entwicklung im Nachkriegseuropa auch verfolgte, gegenüber den politischen Vorgängen in der Schweiz verhielt er sich ziemlich gleichgültig. Neugierig zeigte er sich jedoch stets, wenn ihm Leute über ihre Erfahrungen in politischen Organisationen berichteten, von ihrem Existenzkampf erzählten. Für Berichte dieser Art war er jederzeit empfänglich. Bei seinem Verhalten gegenüber der Schweiz spielte auch eine Rolle, daß sich die politischen Vertreter dieses Landes um ihn überhaupt nicht kümmerten. Sie empfanden ihn weder als Diskussionspartner noch als Repräsentanten der Literatur eines anderen Landes. Noch in Schweden und Finnland hatte er über seine Freunde ständig Verbindung zu politisch führenden Persönlichkeiten gehabt, sei es zu Branting in Schweden oder zu Tanner in Finnland. In der Schweiz der späten vierziger Jahre interessierte sich aus der politischen Szenerie für Brecht niemand. Insofern war die Situation nicht viel anders als in den USA, wo sich nur der Geheimdienst an seine Fersen heftete.

Es dürfte kaum anzunehmen sein, daß Brecht, obwohl nicht unempfindlich in diesen Dingen, an einer solchen Situation Anstoß nahm. Sein Blick war auf Deutschland gerichtet. Daß in den verschiedenen Teilen dieses Landes Veränderungen vor sich gehen würden, davon war er überzeugt, und die interessierten ihn. In der Schweiz würde sich nichts verändern. Der große Krieg hatte dieses Land verängstigt, aber nicht erschüttert. Wozu sollte er seine Aufmerksamkeit auf das gegenwärtig Unveränderliche richten, wenn sich in unmittelbarer Nähe große Umwälzungen abzeichneten?

Dennoch hatte er eine Meinung zur politischen Schweiz. Nicht weniger hart konturiert als auf anderen Gebieten, war sie nicht eben schmeichelhaft. Wie die USA, so hielt er auch die Schweiz für einen der wenigen Nutznießer des Krieges. Ausgehend von den Erfahrungen des ersten Weltkrieges, hatte man in der Schweiz 1945 mit einer Nachkriegsdepression gerechnet. Doch die trat nicht ein, vielmehr zeichnete sich ein wirtschaftlicher Aufschwung ab. Dank ihrem völlig intakten Produktionsapparat sah sich die Schweiz sofort in der Lage, ihre wirtschaftliche Basis auszubauen und zu modernisieren. Sie erhielt große Aufträge, als Lieferantenland profitierte sie vom Marshallplan. Die Aufträge vermehrten sich. Es ging in der kapitalistischen Welt des Geschäfts allenthalben wieder voran.

Brechts Vorstellung, daß sich nach dem Krieg der florierende Handels- und Geschäftsgeist sehr bald mit dem Kriegsgeist aussöhnen werde, formierte sich zu einem neuen Stück. Noch in Santa Monica war er auf die Idee gekommen, in einem Stück darzustellen, wie der Kriegsgott stark lädiert aus dem Krieg heimkehrt und wieder versucht, mit seiner alten Liebe, der Göttin des Handels, anzubändeln. Dabei griff er auf die Gestalt des griechischen Kriegsgottes Ares zurück. Ares gehörte zu den unbeliebten Götterfiguren. Deshalb wurde er, ganz im Unterschied zum römischen Mars, auch kaum kultisch verehrt. Wegen seiner wilden und zerstörerischen Kraft war er sogar unter den griechischen Göttern verhaßt. Eine solche Gestalt kam Brecht gerade recht. Im März 1947 schlug er, sozusagen als Nachkriegsaufgabe, die Inszenierung des Stückes vor, das er in der Art einer aristophanischen Revue zu machen gedachte.

An dem Stück „Der Wagen des Ares", das Fragment blieb, entzündeten sich Brechts erste Nachkriegspläne für das Theater. Piscator schien ihm als Regisseur besonders geeignet, da er sich nicht an die Arbeitsteilung zwischen Stückschreiber und Inszenator hielt. Deshalb auch teilte Brecht ihm den möglichen Verlauf der Fabel schon zu diesem frühen Zeitpunkt mit. Die Revue, schrieb er ihm, „behandelnd die Rückkehr des Kriegsgotts aus einem fehlgegangenen Krieg in ein ruiniertes Land. Er ist lahm, halbblind und bereit zu jedem Zugeständnis, wenn er nur in irgendeiner Hundehütte geduldet wird. (Eine Rolle für Bois z.B.) Zwischen dem Kriegsgott und der Göttin des Handels (und der Industrie) besteht nun eine alte, unzerstörbare Liebe von der Stärke der Tristan-Isolde-Beziehung, d.h., die Göttin ist dem Kriegsgott einfach sexuell hörig, so traurige Erfahrungen sie auch mit ihm gemacht hat. Usw. Usw."[14] Der politische Eindruck, den er von der Schweiz bekam, bestärkte ihn noch in seinem Anliegen, als er dort die Arbeit fortsetzte. Allerdings ist es nie ein Stück gegen die Schweiz gewesen, wie das gelegentlich behauptet wurde. Was das Projekt beeinflußte, war *„die hohe warte*, von der aus die schweizer (intellektuellen) die misere"[15] betrachteten. Im Stück sollte sie später Ares benötigen.

Erste Skizzen über Fabelabläufe muß er noch im amerikanischen Exil mit Ruth Berlau angefertigt haben. Das ist zumindest aus der fehlerhaften Orthographie zu schließen, in der die Fabelentwürfe festgehalten sind. Das Manuskript weist aus, daß es von jemand geschrieben wurde, der sich zwar in Brechts Schreibgewohnheiten, aber nicht in der deutschen Sprache, in der deutschen Rechtschreibung, genügend auskannte. In dieser Form soll hier der Text wiedergegeben werden:

1

Das Wächterweib

2

Der Kriegsgott kährt als Krüppel zurück. – Der Stäckbrief.

Die GH [Göttin des Handels – W. M.] wird an das Sterbebett des Vulkan gerufen. – Die Kränse.

Für den KG [Kriegsgott – W. M.] ist sie nicht mehr zu sprechen. Lebens überdruss des KG.

Er weist das die Geliebte ihn nicht wegen seine Verbrechen fallen lässt sondern wegen des scheiderns seine Verbrechenes.

Seine Selbsmordversuch misslingt.

(Wieder hat die Heimat versagt. Es fählt an Idealen. Jeder denkt nur an sich selber.) Er wird von NUMMERNTRÄGERN verhaftet.

2 a

Der Wiederaufbau der Stadt zögernd.

3

Der KG steht als Kriegsverbrecher vor Gericht und wird freigesprochen.

Dies, obwohl seine Entlastungszeugin, die GH nicht erscheint, allerdings auch nicht der Belastungszeuge VULKAN der zu krank ist, da er sich für den KG in Zwinzugt (die Schwindsucht) angearbeitet hat.

(Der KG kann beweisen dass er kein Roter ist.)

Die NUMMERNTRÄGER überraschen ihn beim verscharren seine Ordenszeigen, sie kaufen sie ihm ab als Suvenier. Er bekommt einen Wagen versprochen.

3 a

Schwierikeiten des Wiedersaufbau.

4

Die GH bewirkt durch ihre blosse Anwesenheit die reconvalensens des VULKAN. Der arme, erleirtet das sie nicht für den KG ausgesagt hat und überzeugt dass der KG gehängt werden wird oder schon gehängt ist, smiedet Zukumpftpläne. Die Göttin sichtlich gheilt von ihren Liebeswahn beschliest ihn zu heiraten um eine festen Halt zu haben. In ährlischer Arbeit werden sie wieder eine kleines Geschäft aufbauen. Es wird schwierig sein da ihm, wie er berichtet, sein letztes Werk ein unvolendete Kriegswagen von den NUMMERNTRÄGERN beschlagnahmt wurde. Seinen naiven träumen lauschend, schläft sie ein.

4 a

Das Wächterweib

5

Auf dem Schwartzen Markt für den VULKAN ein Ei einhandeln, sie die Göttin, selber stark heruntergekommen, den KG in der entwürdigend Stellung als Kelner wieder. Sie sieht ihm umgeben von Huren, so seine Kraft sinnlos verschwenden. Von Mitleid ergriffen will sie ihm das Ei schenken, er wiest dies ihr doch zurück und rät ihr es den sichen VULKAN zu geben, dessen unentberlikeit er auch jetzt noch anerkennt. Er brüstet sich vor ihr dass er schon wieder Ideen und Angebote habe auch einen kleinen wagen von Gönnern zur verfügung gestellt bekommen haben. (Hut gegen Schue – Mandeln gegen Radio – Gramofon – Kunst.)

5 a

Die Steine werden rar. sie sind auf dem schwartzen Markt.

6

Bevor die geplante Hoschzeit stattfindet muss VULKAN

auf Wunsch seine ZUKUNFTIGE den beschlagnahmten Wagen fertig machen. Sie selber steuert zwei Ruder bei, die sie unter dem Kränsen verborgen, eingesmugelt hat. Sie hat schon bezweifelt, sie verwenden zu können.
Zu Hoschzeit erscheint auch der KG. Im letzten Augenblik beschliest die GÖTTIN, nicht den VULKAN sondern den KG zu heiraten, da sich der erste in der Geselschaft der NUMMERNTRÄGERN nich zu benehmen weist. (Er hat ein Ölfleck auf der Hembbrust) Das Hoschzeitgeschenk der NUMMERNTRÄGERN an der viel geprüfte Paar ist der Kriegswagen.

7

In der Hoschzeitsnacht besteigt der KG nicht die GH sondern den Kriegswagen. Da er importent ist stürzt er sich kühn in ein neues Arbenteuer.
Er wird schon am Morgen siegreich zurück sein. Er hat Atom-Fysik studiert.

7 a

Das Trümmerweib.[16]

Insgesamt hinterläßt das Fragment den Eindruck, als sei hier eine entfesselte Phantasie am Werke, die nach immer größeren poetischen Übersetzungen für die europäische Nachkriegssituation sucht. Die Fabelentwürfe zielen nicht auf einen bestimmten Punkt, sondern fächern das Thema immer weiter auf. Brecht bewegen hier große, eindringliche Visionen. So skizzierte er die Heimsuchung der toten Städte nach dem zweiten Weltkrieg durch drei Invasionen: Die erste Invasion sind die Fliegen, die sich an das überall verstreut liegende Aas heranmachen. Die zweite sind die Ratten, die das Fleisch im Schutt fressen. Die dritte, die schlimmste, ist die Rückkehr des Kriegsgottes. Brecht sah nach dem Krieg nicht nur Hoffnung, sondern auch neue Gefahren. Am stärksten kam das in der Zwischenzeit zum

Ausdruck, zwischen Kriegsende und Übersiedlung in die DDR. Seine Erfahrungen und Einsichten laufen in diesem Manuskript auf die Konsequenz hinaus: „als der zweite krieg zu ende war, gab es keinen frieden mehr"[17].

Dann wieder versuchte er, die Fabel auf die ungeheuerlichen Manipulationen nach dem Kriege zu lenken. Der Kriegsgott wird zwar steckbrieflich gesucht, aber der reißt den Steckbrief ab und benutzt ihn als Paß. Oder: Der schwarze Markt verwandelt sich in eine Volksbefragung. Ausgelöst durch Eindrücke während seines Schweizer Aufenthalts, richtete sich Brechts Polemik wieder gegen die bürgerliche Demokratie, die dem Volk einige Wahlfeste garantiere. Die „Hohe Warte" wird attackiert, von der aus gar nichts mehr wahrzunehmen ist. „was wollen Sie haben, einen hering oder ein hering? wenn Sie nicht wissen, was Sie wollen, was wollen Sie haben? keine villa oder kein auto? entscheiden Sie sich. wahl von der Hohen Warte aus."[18] Ein anderer Entwurf führt Proserpina ein, die griechische Unterwelts- und Fruchtbarkeitsgöttin. Auch Dante erscheint als Figur des Stückes. Überhaupt sind viele Entwürfe dem weiten, phantasieträchtigen Panorama der „Göttlichen Komödie" verpflichtet.

Während seines Schweizer Aufenthalts zeigte sich Brecht zwar sehr interessiert, was am Zürcher Schauspielhaus geschah, dagegen widmete er weder der Kunst und Literatur noch der Natur dieses Landes größere Aufmerksamkeit. Dabei konnte man damals die Veränderungen und Neuansätze des letzten halben Jahrzehnts in der internationalen Literatur und Kunst an keinem Ort besser studieren. Während sich die meisten Länder Europas entweder Hitlers Invasion erwehrt hatten oder ihr erlagen, wobei die Kunst völlig an den Rand des gesellschaftlichen Lebens gerückt war, stellte die Schweiz das einzig noch mögliche Zentrum dar, wo sich die verschiedenen künstlerischen Strömungen artikulieren konnten. So wurde in den Kriegsjahren nicht nur Brecht mit einigen seiner Werke vorgestellt, sondern auch sein Landsmann Georg Kaiser, die Amerikaner Wilder und Steinbeck, der Franzose Jean-Paul Sartre, der Spanier Lorca usw. Bestand in anderen Ländern nach 1945 ein Nachholebedarf, der oft eine Blüte von Kunst und Literatur vortäuschte, konnte man in der Schweiz auf eine Basis, auf gesicherte Kenntnisse und Erfahrungen verweisen. Man kannte also hier bereits das meiste, worauf andere Kunstmetropolen neugierig waren. Dieser Vorsprung hätte zu einer vielversprechenden Belebung der Schweizer Literatur und Kunst beitragen können. Doch dazu kam es nicht. Den europäischen Durchbruch schafften damals nur zwei dramatische Talente: Max Frisch und Friedrich Dürrenmatt. Ihre Entwicklung und ihre beherrschende Stellung, die sie sich innerhalb kurzer Zeit eroberten, sind nicht zuletzt aus dieser besonderen Situation zu erklären.

Die Schweizer Kunstöffentlichkeit zog aus diesem Vorlauf jedoch keinen tiefgreifenden Nutzen. Man fand das meiste, was man kennengelernt hatte, künstlerisch und gesellschaftlich viel zu außenseiterisch. In diesem Land orientierte man sich lieber auf das Einheimische, das Schweizerische und seine Traditionen. Wie Brecht die Schweiz sah, läßt sich am besten aus einem Brief an Karl Korsch ablesen, in dem er erklärte, warum es hier nicht möglich sei, Korschs Marx-Buch bei einem Verleger unterzubringen: „Lieber K. K., ich habe das Buch einigen Leuten gegeben, kann aber noch nichts Freudiges melden, die Schweiz ist eben recht klein, der Gegenstand ist fremdartig, und man liebt das Populäre. Jedoch fahre ich fort, darüber zu sprechen."[19] Bereits nach 1933 hatte Brecht schon einmal versucht, in der Schweiz ein Buch von Korsch unterzubringen. 1948 erwies sich das als noch aussichtsloser.

Daß von den Schweizer Schriftstellern nur Friedrich Dürrenmatt und Max Frisch in Brechts Gesichtsfeld traten, die damals zwar Aufmerksamkeit erregten, aber noch weit von der Stellung entfernt waren, die sie wenige Jahre später auf den internationalen Bühnen einnehmen sollten, erklärt sich aus seinen ständigen Kontakten zum Zürcher Schauspielhaus. Als Brecht nach Zürich kam, hatte man dort von Max Frisch bereits „Nun singen sie wieder“, „Santa Cruz“ und „Die chinesische Mauer“ aufgeführt, von Dürrenmatt „Es steht geschrieben“. Daß er mit Dürrenmatt nicht so ins Gespräch kam wie mit Frisch, ist zu bedauern. Denn Brecht unterhielt sich gern mit Leuten, die auf geistvolle Art widersprachen und dennoch erkennen ließen, daß ihnen die Sache nicht gleichgültig war. Beide sind sich nur zweimal begegnet. Das erste Mal im Büro von Kurt Hirschfeld. Brecht, höflich wie meist bei neuen Bekanntschaften, begrüßte Dürrenmatt sehr freundlich. Doch noch ehe dieser sich erkundigen konnte, wer ihm da die Hand schüttelte, war Brecht schon wieder verschwunden. Ein zweites Mal trafen sie sich nach der Aufführung von „Romulus“ in Basel. Sie saßen nach der Premiere beim Essen zusammen, aber zu einem kollegialen Gedankenaustausch kam es auch hier nicht. Nach Dürrenmatts Erinnerung drehte sich ihr Gespräch hauptsächlich um die Frage, ob unter den Zigarren die Brasil oder die Havanna die stärkere sei.

Den Marxismus empfand Dürrenmatt als etwas, das alle angehe, aber er wollte lieber durch ihn hindurch- als in ihm aufgehen. Bei aller Ironie sprach er immer entscheidende Lebensfragen an, denen er sich stellte. Auch er war kein Mann einer vorgefaßten Ästhetik. Seine Dramaturgie schwenkte von Stück zu Stück auf sehr elementare Publikumsinteressen ein: auf Handlung, Spannung, Spaß. Brecht las Dürrenmatts Stück „Romulus der Große“, an dem der Autor damals arbeitete. Seinen Eindruck und seine Änderungsvorschläge schickte er dem Dramaturgen Kurt Hirschfeld. Neben einigen sehr genauen Beobachtungen („Der zweite Akt sinkt ab, bringt die Handlung nicht vorwärts, macht mißtrauisch gegen die Aphorismen und verbraucht die Fassungskraft des Publikums für den dritten Akt"[20]) machte er auch Vorschläge, die mehr seinem eigenen polemischen Temperament entsprachen als dem Dürrenmatts. Obwohl sich Brecht sonst nicht scheute, seine Meinung jedermann ins Gesicht zu sagen, bat er Hirschfeld, er möge dafür sorgen, daß Dürrenmatt seine Anmerkungen keinesfalls zu sehen bekäme. Denn der würde sich „Magisterliches bestimmt verbitten".

Weit aufgeschlossener verliefen die Begegnungen mit Max Frisch. Auf ihn, der einer anderen Generation angehörte, muß Brecht irgendwie neugierig gewesen sein. Wie dieser Mann, der nicht nur schrieb, sondern als Architekt Wohnhäuser und ein Schwimmbad baute, sich zur Literatur, zur Kunst und zum Leben verhielt, interessierte ihn. Solche Konstellationen zwischen den exakten Wissenschaften und der Kunst liebte er, gab er doch selber gern vor, von den Naturwissenschaften zur Kunst gekommen zu sein. Der Beginn von Frischs Laufbahn als Dramatiker fiel zeitlich mit der deutschen Katastrophe zusammen. Sie bildete die wesentliche Zäsur seines Lebens, sie hat ihn als Schweizer geprägt. Früher als die meisten deutschen Emigranten besah er sich das zerstörte und verwüstete Deutschland. Seine geistige Situation faßte er in dem Satz zusammen: „Wir wohnten am Rande einer Folterkammer, wir hörten die Schreie, aber wir waren es nicht selber, die schrien; wir selber blieben ohne die Tiefe erlittenen Leidens, aber dem Leiden zu nahe, als daß wir hätten lachen können."[21] Die Konsequenz, die er daraus zog, war äußerste Skepsis gegenüber allen Bindungen, von der Ehe bis zum Staat. Jede Art von Kollektiv schien ihm eine Schmälerung individuellen Lebens zu sein. Ein solcher Standpunkt machte ihn für Brecht nicht gerade zu einem originellen Gesprächspartner. Doch aus Frischs Tagebuch ist zu entnehmen, daß er seinem älteren Dichterkollegen nicht mit zusammengefaßten politischen Meinungen gegenübertrat, sondern sehr konkret erzählte und es lieber Brecht überließ, darüber politisch zu reflektieren.

Da Frisch im Zürcher Schauspielhaus bestens bekannt war – Kurt Horwitz und Leonard Steckel hatten seine Stücke inszeniert, Teo Otto die Bühnenbilder gemacht –, kamen sie schon von den praktischen Fragen des Theaters her ins Gespräch. Sie begegneten sich auf dem Weg zum Theater, oder sie verließen es gemeinsam am späten Abend. Dann war es Brecht, der, „in seiner trockenen und etwas verhaltenen Art, fragt, ob man einen freien Abend habe“[22]. Frisch wiederum führte Brecht auf seine Baustellen, zeigte ihm zum Beispiel das entstehende Freibad Letzigraben. Brecht war ein interessierter Betrachter und genauer Beobachter. Über Frischs Bauten schrieb er mehr als über dessen Stücke. „FRISCH führt mich durch städtische siedlungen mit drei- oder vierzimmerwohnungen in riesigen häuserblöcken. häuserfronten zur sonne gewendet, zwischen den häusern ein bißchen grün, im innern ‚komfort‘ (badewanne, elektrische kochöfen), aber alles winzig, es sind gefängniszellen, räumchen zur wiederherstellung der ware arbeitskraft, verbesserte slums. frisch zeigt uns dann die baustätte eines großen städtischen schwimm[bads], das er für die stadt baut. man sieht noch mit vergnügen den plan, den der bau dann austilgt. diese riesenbassins für tausende machen übrigens das hauspostillengedicht VOM SCHWIMMEN IN FLÜSSEN UND TEICHEN schon zur historischen reminiszenz.“[23]

Es spricht für Frischs Sensibilität, daß er in Brecht nicht nur den Künstler bewunderte, sondern eine Haltung, die er in ihrer geistigen Schärfe als Herausforderung empfand. „Die bloße Neugierde, die man einem Berühmten gegenüber empfinden mag, würde auf die Dauer kaum ausreichen, um das Anstrengende dieser Abende, die stets zu einer Begegnung mit den eigenen Grenzen führen, auf sich zu nehmen. Die Faszination, die Brecht immer wieder hat, schreibe ich vor allem dem Umstand zu, daß hier ein Leben wirklich vom Denken aus gelebt wird. (Während unser Denken meistens nur eine nachträgliche Rechtfertigung ist; nicht das Lenkende, sondern das Geschleppte.)“ Dieser Faszination suchte sich Frisch als Schriftsteller zu entziehen. Auf sein literarisches Werk fiel der Schatten des großen Vorbilds nicht. Selbst in dieser frühen Phase folgte er Brechts Weg, wie sich der Regisseur Lindtberg ausdrückte, nur „zögernd-skeptisch“. Er suchte nach eigenen Lösungen, verkannte aber das soziale Problem nicht, dessen literarische Gestaltung er bei Brecht studieren konnte. Frisch befand sich gegenüber Brecht in einer etwas unglücklichen Schülersituation. Solange Brecht argumentierte, fühlte er sich geschlagen. Geschlagen, „aber nicht überzeugt. Auf dem nächtlichen Heimweg, seine Glossen überdenkend, verliere ich mich nicht selten in einen unwilligen Monolog: Das stimmt ja alles nicht! Erst wenn ich dann ähnliche, ebenso leichtfertige, oft auch gehässige Erledigungen aus dem Mund von Drittpersonen höre, fühle ich mich genötigt, doch wieder nach Herrliberg zu radeln.“[24]

Der Eindruck ging eben nicht nur von den Argumenten aus, sondern weit mehr von der Haltung, die dahinterstand. Verwundert stellte Frisch fest, daß Brecht nicht dozierte, daß er nicht katechisierte, daß es ihm gar nicht einfiel, von seinen Erlebnissen zu erzählen, dafür aber bei seinen Gesprächspartnern das Bedürfnis zu wecken verstand, sich über Literatur und Theater zu verständigen. Über Fragen näherte er sich jenem Punkt des Problems, den er für den entscheidenden hielt. Frisch gestand, daß er bisher niemanden getroffen habe, der so ohne Pose, so frei von Prestige gewesen sei. Wenn er an Brecht „das Überpersönlich-Bescheidene eines Weisen“ herausstrich, mag das ein wenig übertrieben erscheinen. Denn bescheiden war Brecht im Grunde nicht. Gerade die Bescheidenheit benutzte er gelegentlich als Maske. Was ihn jedoch enthob, an seinem

Image zu basteln, war das Wissen von der Bedeutung seiner Arbeit in diesem Jahrhundert. Und in dem nie aufgegebenen Bezug zur Arbeit war er immer „echt“, war er ganz unmittelbar, ganz ohne Pose.

Nicht zuletzt sah Brecht in Frisch einen hochwillkommenen Informanten, der sich in dem noch schlecht zu bereisenden Europa gut auskannte. Einmal überbrachte er Brecht eine Nachricht aus Berlin, die sich für dessen weitere Wege als nicht unwesentlich erweisen sollte. Mit Kurt Hirschfeld war Frisch der Einladung eines amerikanischen Theateroffiziers nach Berlin gefolgt. Dort traf er auch mit dem sowjetischen Kulturoffizier Alexander Dymschiz zusammen. Das Gespräch mit Dymschiz sei nicht gemütlich, aber sehr interessant gewesen. Über Brecht habe dieser sowjetische Major genau Bescheid gewußt und ihn, Frisch, dann gebeten, Brecht in Zürich einen Brief zu übergeben, aber persönlich. „Was darin stand, wußte ich natürlich nicht, und Brecht öffnete ihn vor mir. Neugierig. Es war die sowjetische Einladung an Bertolt Brecht, sofort nach Berlin zu kommen und dort ein Theater zu leiten. Helene Weigel war begeistert und sofort dafür, Brecht erfreut, aber prüfend.“[25]

In Brechts Wohnung in Feldmeilen, wohin Frisch oft radelte, um wieder mit dem „Überlegenen“ ins Gespräch zu kommen, sah er auf dessen Tisch den Briefwechsel zwischen Goethe und Schiller liegen. Während der Weihnachtsfeiertage 1947 hatte Brecht Lukács’ 1934 im Exil in der UdSSR geschriebenen und 1947 in einem Berner Verlag in der Aufsatzsammlung „Goethe und seine Zeit“ erschienenen Essay „Der Briefwechsel zwischen Schiller und Goethe“ gelesen. Brecht ließ es sich nicht entgehen, die Arbeiten seines alten Polemikpartners zur Kenntnis zu nehmen. Ob er nun durch Lukács’ Essay oder durch seine Beschäftigung mit Hölderlin angeregt wurde, zu dem Original zu greifen, mag belanglos sein. Daß er sich jedoch gerade zu diesem Zeitpunkt wieder mit den Klassikern und der Klassikerrezeption beschäftigte, war keineswegs zufällig.

Nach seiner Rückkehr aus dem Exil betrieb Brecht seine Lektüre noch weit flüchtiger und spontaner als bisher. Dafür trat der Ich-Bezug stärker hervor, dabei immer die zeitgeschichtliche Konstellation vor Augen. Insbesondere zu Goethe und Schiller verhielt er sich zeitlebens wie zu Konkurrenten, die ihm zu schaffen machten. Für ihre Stärken und Schönheiten war er besonders empfänglich, empfand sie dabei zugleich als seine eigenen Schwächen. Dann wiederum studierte er genau, wie sie sich zu ihrer Zeit verhielten, wie sie sich gesellschaftlich einrichteten, um als Schriftsteller zu bestehen. Das alles wird von ihm teils mit Bewunderung, teils mit Galle beschrieben, aber in dem Bewußtsein, in anderen gesellschaftlichen Verhältnissen agieren zu können. Dabei analysierte er voller Verachtung, aber eben auch nicht ohne Neid, wie sich Goethe und Schiller in dem Literaturbetrieb ihrer Zeit politisch arrangierten. Ihn dagegen hatten die Ereignisse in dem letzten Jahrzehnt an den Rand aller gesellschaftlichen Entscheidungen gedrängt. Jetzt freilich, nachdem der Krieg reinen Tisch gemacht hatte und das Exil hinter ihm lag, bestand eine andere Situation. Ganz gleich, ob das Periklcische Zeitalter kommen würde oder nicht, in das er, wie er meinte, am besten hineinpassen würde, die Verhaltensweisen von Klassikern zu studieren erschien ihm in jedem Fall lohnend. Konnte Brecht doch wieder mit einem Publikum rechnen, mit seinem deutschen Publikum. Daß er neugierig darauf war, wie es sich zu seinem Theater verhalten würde, war nur allzu verständlich. Sich da einmal umzusehen, wie es die Dramatiker vor ihm, wie es die Klassiker mit ihrem Publikum gehalten hatten, konnte nur von Vorteil sein. Zumal sich auch die klassische Ästhetik stets als eine Wirkungsästhetik verstanden hatte.

Zunächst entdeckte Brecht bei dem virtuosen Dramentechniker Schiller eine ungewöhnliche, von ihm nicht erwartete Wertschätzung des Epischen. Was Schiller am 26. Dezember 1797 Goethe mitteilte, welche Freiheit nämlich das Epische dem Dramatiker verschaffe, übertrug Brecht sofort in sein „Arbeitsjournal". In der epischen Handlung sieht Schiller einen Vorgang, der „als stille stehend gedacht werden kann" und der ihm deshalb ermögliche, von seinen subjektiven Bedürfnissen viel besser Gebrauch zu machen. Die Phantasie, so Schiller, brauche der Handlung nicht hinterherzulaufen, wie das bei der dramatischen der Fall sei, sie behalte ihre „ruhige freiheit", und so sei es möglich, sie mit viel größerer Souveränität zu entwickeln, „rückschritte [zu] machen oder vorgriffe [zu] tun". Hier konnte Brecht Schiller nur zustimmen; mehr noch, der eigene Gedanke schien ihm durch seinen großen Vorgänger tiefer begründet. Überhaupt entdeckte er in Schillers Darstellung des Verhältnisses von Epos und Drama „erstaunlich" viel Dialektik. Erinnert man sich seiner Klassikpolemik früherer Jahre, so fällt auf, daß er Schiller jetzt weit mehr Gerechtigkeit widerfahren läßt, ja, daß er ihn beinahe zum Zeugen seines epischen Theaters macht. Ein Grund dafür mag sein, daß sich Brecht in dieser „Inzwischenzeit" (1947/48) noch nicht wieder in einer polemischen Situation verstrickt, aber auch nicht mehr dem Praxisentzug des Exils ausgesetzt sah. Eine solche Lage läßt vieles gerechter beurteilen.

Im Jahre 1948 schien ihm seine Dramaturgie keineswegs mehr so im Gegensatz zur klassischen zu stehen, wie er das bisher selbst gesehen hatte. Seine Opposition von einst erklärte er damit, daß er ein Theater vorgefunden habe, in der das Dramatische nicht mehr dialektisch gehandhabt wurde, wie das für Schiller noch ganz selbstverständlich gewesen sei. Brecht entnahm aus dem Briefwechsel der Klassiker, daß sie in Hinsicht auf das Epische in einigen Punkten viel klüger zu argumentieren vermochten, als ihm das in den zwanziger Jahren gelungen war. Denn schließlich wollte auch er nicht das Dramatische durch das Epische ersetzen, sondern das epische Element sollte wieder in die dramatische Dichtart hineingebracht werden. In der widersprüchlichen Verknüpfung von Epischem und Dramatischem erkannte er die eigentliche Chance der dramatischen Dichtung wie des praktischen Theaters, denn eine solche Dramatik gewährte die „freiheit der kalkulation" in dem „mitreißenden strom" der Geschehnisse. Schiller hatte das bereits mit großem theoretischem Sinn erörtert. Brecht, der nie systematisch las, nahm diese Erkenntnis mit Respekt wahr. Doch handelte es sich hierbei nicht einfach um eine verspätete Einsicht, verschuldet durch allzu systemloses Studium. Zu einem früheren Zeitpunkt hätte er Schillers Erkenntnis vielleicht gar nicht bemerkt oder als zufällig betrachtet.

Gegenüber der politischen Position der beiden Klassiker, über die sie sich in ihrem Briefwechsel kunsttheoretisch verständigten, empfand Brecht jedoch den alten Haß. Sobald er auf diesen Punkt zu sprechen kam, ließ er es an Hohn nicht fehlen. Lukács' feingesponnene Darstellung, Goethe und Schiller hätten sich nach der Französischen Revolution aus der politischen Wirklichkeit wie aus einer nutzlosen Schlägerei zurückgezogen, doch die geistigen Errungenschaften der Revolution voll in den Dienst ihres Werkes gestellt, bestärkte ihn nur noch in seinem Argwohn. Er, der so auf Schlauheit, List und kompromißbereites Verhalten in Sackgassen bestand, der das Wasser lobte, weil es auf die Dauer den härtesten Stein besiegt, sah darin, „wie die deutschen klassiker die französische revolution verarbeiteten", nur deutsche Knechtseligkeit. Aus der Sicht des Nachgeborenen warf er den Klassikern vor, nicht bedacht zu haben, was ihr Vorgehen im Hinblick auf künftige Entwicklungen kosten würde. Ihm schien es nicht lohnend, eine Methode zu retten, die auf dem Rückzug aus der politischen Wirklichkeit basierte. Lukács' Klassikerinterpretation hielt er gerade zu dem damaligen Zeitpunkt für bedenklich, da man sich in Deutschland auch hätte anschikken können, die russische Revolution in einem ähnlichen Sinne zu „verarbeiten", ohne je eine eigene zu machen.

Empört und fasziniert zugleich reagierte Brecht auf das Verhalten der Klassiker zum Publikum. Der Briefwechsel verschaffte ihm Einblicke, welche Lust es gewährt, sich dem Publikum angenehm zu machen. Er, der auch im Formalen stets in Opposition zum Publikum gestanden hatte, dessen Verhalten meist auf Provokation hinauslief, konnte hier studieren, wie anpassungsfähig sich die Klassiker verhielten, wenn es galt, den Publikumsgeschmack in ihrem Sinne zu formieren, den sie dann als das ästhetische Maß schlechthin ausgaben. Mit Neid sah er etwas als großen historischen Vorgang funktionieren, was er selber immer angestrebt, aber kaum jemals zum Erfolg geführt hatte: ästhetische Veränderungen mit einer Mannschaft durchzusetzen. Bei Goethe und Schiller schien das ohne große Umstände geglückt zu sein. Erstaunt und bissig notierte er „eine koterie unter koterien, und die verschwörung ist öffentlich. zugleich, welch ein anpassungsversuch! wie sich die beiden auch gesellschaftlich qualifizieren!"[26]

Bereits im November 1947 hatte Brecht abermals die Wohnung gewechselt und war nach Feldmeilen bei Zürich gezogen. Hier wohnte er in einem Bauernhaus in der Bündnishoferstraße 14. Die Atelierwohnung in der Gartenstraße behielt er noch bis Jahresende. Das Zürcher Ehepaar Merten, jung verheiratet und künstlerisch ambitioniert, hatte von der Wohnungssuche Brechts gehört. Reni Merten, damals noch Studentin, traf sich mit Brecht im Café Odeon am Bellevue-Platz, auf halbem Weg zum Schauspielhaus und zur Oper, und machte ihm den Vorschlag, nach Feldmeilen zu ziehen.[27] Das Café Odeon, in den dreißiger Jahren ein beliebter Treffpunkt der antifaschistischen Emigranten, besuchte Brecht öfter, obwohl er kein passionierter Kaffeehausgänger war und es schon gar nicht liebte, an einem solchen Ort mit Kollegen über Kunst zu diskutieren. Daß er hier anzutreffen war, mag daran gelegen haben, daß er sich in Zürich selbst noch viel zu sehr als Gast fühlte, als einer, der keine feste Bleibe und keine ständige Arbeit besaß. Auf den Dichter Brecht hatte Reni Merten ein junger Mann aufmerksam gemacht, der mit Laien Theater spielte und auch als Regiemitarbeiter am Zürcher Schauspielhaus tätig war. Er hieß Benno Besson und galt in Zürich als das, was man später einen Brecht-Kenner, einen Brecht-Fan nannte. Von ihm erhielt sie Brecht-Texte, die sie so anrührten, daß sie den Dichter persönlich kennenzulernen wünschte. Auf diese Weise begann eine Freundschaft, die auch fortbestand, als Brecht Zürich wieder verlassen hatte. Reni Merten freundete sich vor allem mit Helene Weigel an, deren ganze Art zu leben und zu arbeiten sie tief beeindruckte.

Nachdem Brecht das Haus in Feldmeilen bezogen hatte, das unmittelbar nach dem Krieg schon manchen Emigranten beherbergt hatte, so auch den von Brecht geschätzten Ignazio Silone, wurde es abermals zu einem Treffpunkt. Hier fanden sich Freunde aus der Emigration ein, so Paul Dessau und Berthold Viertel. Die Tochter Fritz Kortners besuchte Tochter Barbara. Hier traf er mit Leuten zusammen, die er erst in Zürich kennengelernt hatte, mit Max Frisch, Benno Besson, François Bondy. Hierher kam auch der Schweizer Gewerkschafter Max Arnold. Es gab Gespräche über Kunst, über das neue Theater und natürlich über Deutschland, über das Deutschland, das untergegangen war, und über das, das neu entstehen sollte. Die Gespräche mit Max Arnold uber die Rolle der Gewerkschaften scheinen eine der wenigen Gelegenheiten gewesen zu sein, die sich Brecht boten, um einiges über die Schweizer Arbeiterbewegung zu erfahren. In der Unterhaltung mit Arnold lenkte Brecht das Gespräch auf die Funktion der Gewerkschaft in einem sozialistischen Staat. Die Gewerkschaft, so argumentierte er, müsse hier als der Anwalt des einzelnen auftreten. Diese Diskussion blieb nicht ohne literarischen Niederschlag. Vor allem bei der Arbeit an den „Tagen der Commune" erinnerte sich Brecht der Gespräche mit Max Arnold in Feldmeilen.

Die Diskussion über Kunst ging meist von den augenblicklichen Arbeitsproblemen Brechts aus, erstreckte sich aber auch auf Namen und Gegenstände, die man allgemein nicht zu Brechts Interessensphäre rechnete. Da er ein guter Zuhörer war und keineswegs nur von sich sprach, gab es in Feldmeilen viele Themen, über die man diskutierte und stritt. Eine häufige Gesprächspartnerin war für Brecht Reni Merten, die zwar nicht im Hause wohnte, sondern bei ihrer Mutter in Zürich, aber oft nach Feldmeilen kam. Nach ihrem Studium arbeitete sie als Übersetzerin bei einem Filmverleih. Für englische und amerikanische Filme, die in der Schweiz im Original liefen, fertigte sie deutsche Untertitel an. Da ihr Englisch damals nicht besonders gut war, half ihr Brecht gelegentlich. Reni Merten lenkte das Gespräch auch auf Jean Racine, der Brecht wider Erwarten sehr interessierte. In Erinnerung an diese Gespräche schenkte er ihr später eine zweibändige Racine-Ausgabe. Unterhielt man sich über Brechts Kunst, blieb es nicht aus, daß man auch wissen wollte, wie er zu einer Kunst stehe, die er von seiner Auffassung her ablehnen mußte. Wenn es um reaktionäre Kunststandpunkte ging, vor allem um solche, die dem Faschismus gedient hatten, kam in der Schweiz immer ein Name zur Sprache: Gabriele D'Annunzio. In solcher Auseinandersetzung vertrat Brecht die Meinung, daß bedeutende Kunst auch von reaktionären Positionen aus gemacht werden könne. Einen regelrechten Streit löste Paul Dessau bei seinem Besuch in Feldmeilen aus. In Zürich hatte man sich Chaplins neuen Film „Monsieur Verdoux" angesehen. Paul Dessau gefiel dieser Film nicht, ja, er fand ihn ausgesprochen schlecht. Das wiederum ging Brecht zu weit, und schon befand man sich in einem Streit, bei dem es zumindest der temperamentvolle Paul Dessau nicht an Lautstärke fehlen ließ. Mit Reni Merten sah sich Brecht auch Rosselinis Film „Deutschland im Jahre Null" an, der ihn tief beeindruckte und ihn darin bestärkte, daß es für ihn keinen wichtigeren Ort als Berlin geben könne.

Vorbereitungen für einen Neuanfang

Was Brecht vor allem an Zürich interessierte, ließ sich sehr schnell beantworten: das Theater. Und da auch nur das Zürcher Schauspielhaus. Seit der Emigration fühlte er sich mit keinem Theater enger verbunden als mit diesem Haus. Doch diese Bindung erstreckte sich vor allem auf die hier seit mehr als einem Jahrzehnt beschäftigten Schauspieler, Bühnenbildner und Regisseure, nicht auf die Art, wie hier Theater gemacht wurde. Seit 1938 leitete Oskar Wälterlin das Schauspielhaus. Diesem Manne hatte Brecht viel zu danken. Doch gab es zwischen beiden keine künstlerischen Berührungspunkte. Wenn sich Wälterlin für einen Gegenwartsautor interessierte, dann war es Thornton Wilder, nicht Brecht. Brechts soziales Engagement respektierte er, aber er teilte es nicht. Wälterlin liebte ein festliches Theater. Im Wiener Walzer sah er die Inkarnation dessen, was das Theater an Zauberhaftem, Festlichem und Beschwingtem zu bieten vermochte. Angesichts einer solchen Auffassung konnte Brecht nur mit den Schultern zucken. Bei aller Sympathie blieb zwischen ihnen immer eine Distanz, die verhinderte, daß Brecht mehr Einfluß auf die praktische Theaterarbeit gewann.

Das Zürcher Schauspielhaus hatte sich in dem vergangenen Jahrzehnt einen internationalen Ruf erworben. Wie kaum eine andere Bühne Europas war es künstlerisches Forum des Widerstands gegen den Faschismus gewesen. Nach dem Krieg stellte sich jedoch bald heraus, daß der Ruf des Hauses besser war als das, was den Zuschauern Abend für Abend geboten wurde, nämlich ganz alltägliches Theater. Das Einmalige dieser Bühne hatte darin bestanden, daß an ihr hauptsächlich Emigranten beschäftigt waren, die zwölf Jahre lang nicht in ihre Heimat zurück konnten. Nach Kriegsende änderte sich das. Es änderte sich aber auch die vormals bestehende Übereinkunft mit dem Publikum: sich nicht der faschistischen Bedrohung anzupassen, sondern ihr zu widerstehen. Der zeitgenössische kämpferische Impuls verlor sich. Als Brecht nach Zürich kam, war das Ensemble noch nicht völlig auseinandergefallen, aber es stand schon nicht mehr auf der Höhe seines Rufes.

Der sonst so kritische Brecht genoß in den ersten Wochen und Monaten viel zu sehr die so lange entbehrte Theateratmosphäre, als daß er Unmut über dieses und jenes geäußert hätte. Caspar Neher dagegen, der sich schon etwas länger in Zürich befand, hielt die Arbeitsbedingungen am Schauspielhaus für unzumutbar und beklagte sich bei Wälterlin. Doch zu seiner Verwunderung stieß Brecht nicht ins gleiche Horn. Über ihn notierte Neher: „Er interessiert sich für das Theater, auch wenn es schlecht ist."[28]

Die Arbeit der Schauspieler beeindruckte Brecht. Viele Besetzungen am Berliner Ensemble gingen auf Eindrücke hier in Zürich zurück. Therese Giehse, Leonard Steckel, der Bühnenbildner Teo Otto arbeiteten später wenigstens zeitweise am Berliner Ensemble. Aber auch zu Leopold Lindtberg und Ernst Ginsberg hatte Brecht freundschaftliche Kontakte. Dem Regisseur der Uraufführung von „Mutter Courage" war auch die Regie des „Kaukasischen Kreidekreises" zugedacht. Die Sache hatte Wälterlin mit Brecht abgesprochen: „Doch Brecht war mit unseren Besetzungsvorschlägen für die Hauptrolle nicht einverstanden, obwohl wir ihm zwei hervorragende Darstellerinnen entgegengesetzten Typs präsentieren konnten: Käthe Gold und Maria Becker. Wir gewannen bei den Gesprächen den Eindruck, Brecht wolle sich die Uraufführung nun doch für sein eigenes Theater vorbehalten, denn damals begannen die Pläne für eine solche Theatergründung konkrete Gestalt anzunehmen."[29] Ernst Ginsberg trug er an, bei ihm einmal Richard III. zu spielen. „Ich sagte mit Freuden ja. Da gestand er ehrlicherweise, daß er das Stück aber erst bearbeiten würde, woraufhin ich meinerseits erklärte, daß ich dann erst die Bearbeitung kennenlernen müßte. Denn ich hatte gerade in Zürich seine ‚Bearbeitung‘ der sophokleischen ‚Antigone‘ und seine Vermischung von Hölderlinschen und Brechtschen Versen erlebt und leidenschaftlich abgelehnt.“[30]

Daß sich Brecht diesen Schauspielern und Theaterleuten gegenüber so aufgeschlossen verhielt, hat sicher nichts mit Dankbarkeit zu tun, weil sie in schwierigen Zeiten seine Stücke gespielt hatten. Vielmehr schätzte er ihre realistische Schauspielkunst, ihre Unbestechlichkeit gegenüber falschem Zauber und leichtfüßigem Pathos. Deshalb auch der scharfe Trennungsstrich, den er zwischen Mitgliedern des Ensembles zog, die dem Theater seit ihrer Vertreibung aus Deutschland angehörten, und denen, die erst nach dem Krieg an diese Bühne kamen. Letzteren gegenüber besaß er ein scharfes Auge. Wo andere große darstellerische Leistungen rühmten, vermerkte er, er habe nur „Trümmer der Schauspielkunst“ zu Gesicht bekommen. Das war nicht einfach ein politisch gefärbtes Urteil, sondern verwies auf Unterschiede in der Bewertung von Schauspielkunst. Die Kunst eines Steckel, einer Giehse, eines Ginsberg sagte ihm zu, auch wenn sie anderen ästhetischen Gesichtspunkten anhingen als er. Gegenüber dem Darstellungsstil von Schauspielern, die nach dem Krieg aus Deutschland kamen, so Walter Richter, Will Quadflieg, verhielt er sich ablehnend bis zur Ungerechtigkeit.

Die erste Premiere, die Brecht in Zürich zusammen mit Helene Weigel und dem aus dem Exil zurückgekehrten Fritz Kortner erlebte, war die von Gorkis „Wassa Schelesnowa“ am 11. Dezember 1947. Dieser Abend blieb durch das Spiel der Giehse im Gedächtnis der Zuschauer. In den ersten Monaten des folgenden Jahres wohnte Brecht noch mancher Aufführung oder Generalprobe bei. Er fand sich fast täglich im Theater ein und sah, wenn es sich ergab, bei den Proben zu. Doch nicht alles befriedigte ihn. Bei einer „Woyzeck"-Probe unter Steckel spürte er den Unterschied zwischen dem Theater, das hier gemacht wurde, und dem, das ihm vorschwebte: „besuche eine WOYZECK-probe, in der der bekannteste der neueren berliner schauspieler, w[alter] r[ichter], von steckel dressiert wird. ein kräftiger, jedoch etwas weich wirkender bursche mit starker stimme. was er macht, ist verkrampft und schmierenhaft; weder beobachtung noch ein theatralischer gedanke ist zu merken. aber auch steckel weiß nicht, wie ein solcher mensch ein messer kauft und bezahlt, ein lied singt, eine philosophische bemerkung von sich gibt usw. diesen leuten ‚schwebt eine wirkung vor', die sie dann ‚irgendwie' herstellen, das stück als material dazu vergewaltigend. verkauft wird so direkt als möglich eine *illusion* von menschlichkeit, schwung, technik usw."[31]

Die Sicht auf ein neues Theater machte Brecht nicht unempfänglich für traditionelle Schauspielkunst. Als er bei den Proben zu „Hokuspokus" Curt Goetz und seiner Frau Valerie von Martens zuschaute, bewunderte er das artistisch gehandhabte Handwerk. Im August fuhr er für einen Tag nach Konstanz, um an dem von Heinz Hilpert geleiteten Theater Frischs „Santa Cruz" zu sehen. Es war das erste deutsche Theater, das er nach seiner Flucht aus Deutschland besuchte. Den Eindruck über den Zustand der Theaterkunst, die ihm hier geboten wurde, faßte er in dem Satz zusammen: „Hier muß man ja wieder ganz von vorne anfangen!"[32]

Daß Brecht die Kunst der Giehse, der Bergner, eines Steckel lobte, galt als selbstverständlich. Unverständlich waren dagegen vielen seine Urteile über Schauspieler, die in den zwölf Jahren der faschistischen Diktatur zu den Spitzenkräften gehört hatten. Hier geriet Brecht schnell in den Verdacht, einfach nur Partei für die Schauspieler des Exils zu ergreifen. Was verständlich gewesen wäre, denn schließlich wußte er nur zu gut, welche Opfer, welchen Verlust an Entwicklung die emigrierten Schauspieler auf sich genommen hatten. Doch seine strikte Ablehnung beruhte mehr darauf, daß diese Schauspielkunst auf mitreißende Wirkung aus war, ohne diese Wirkung inhaltlich zu legitimieren. Hier wurde ein gewisser Schwung und Charme verlangt, ganz gleich, was gespielt wurde. Gegenüber einer solchen „Ausstrahlung" war Brecht skeptisch; er fand sie für seine Zwecke hinderlich.

Um so mehr verwundert, daß er einem Schauspieler höchstes Lob zollte, der als Inkarnation eines solchen Typs galt und der im faschistischen Deutschland höchste Popularität genossen hatte: Hans Albers. Von dieser „Kerlsgestalt" mit dem „Strahlenblick", die das Publikum durch den Zauber der Persönlichkeit gefangennahm, war Brecht ebenso angetan wie Lieschen Müller. Daß sich Albers, wiewohl kein Parteigänger der Nazis, der von Goebbels dirigierten Filmindustrie zur Verfügung gestellt hatte, dämpfte Brechts Begeisterung nicht. In Albers sah er den „einzigen Volksschauspieler", und ihn hätte er gern für eines seiner Stücke gewonnen.

Für Albers begann die Nachkriegsphase problemlos. 1946 errang er im Berliner Hebbel-Theater einen Riesenerfolg mit Liliom, einer Rolle, die ihm auf den Leib geschrieben schien. Mit diesem Stück ging er auf Tournee durch verschiedene deutsche Städte und die Schweiz. Die Tournee endete am Zürcher Schauspielhaus. Hier sah ihn Brecht Ende März 1948. In sein „Arbeitsjournal" notierte er: „sah ALBERS als liliom gastieren, ein großer eleganter kerl mit vulgärem charme, nicht ohne gewalttätigkeit. wir sprechen davon, mit ihm ein volksstück zu machen, ulenspiegel etwa."[33] Albers wiederum muß für Brecht, den Brecht der zwanziger Jahre, eine gewisse Neugier gehabt haben. Während eines Besuchs in Dänemark im Februar 1939 scheute er sich nicht, einer Aufführung der „Dreigroschenoper" durch das Theater in Odense beizuwohnen. Der dänischen Presse entging der Besuch des populären deutschen Filmschauspielers natürlich nicht. Nach seinem Eindruck befragt, antwortete er nicht gerade originell, aber doch mutig: „Ein interessantes Stück."[34]

Brecht, der sich bei seiner Figurengestaltung gern durch Physiognomie und darstellerische Eigenart großer Schauspieler anregen ließ, sah in Albers eine Möglichkeit, die abenteuerlichen Geschichten des Ulenspiegel/Eulenspiegel auf die Bühne zu bringen. Das Projekt wollte er gemeinsam mit Günther Weisenborn machen, der, den faschistischen Gefängnissen entkommen, ihn in Feldmeilen aufsuchte. Eine Zusammenarbeit mit Weisenborn kam Brecht sehr gelegen, denn ihn kannte er noch aus der Zeit der Weimarer Republik. Die ersten Arbeiten an der „Mutter" gingen auf einen Entwurf Weisenborns zurück. Auf den Ulenspiegel/Eulenspiegel-Stoff müssen beide unabhängig voneinander gestoßen sein. Ging es ihnen doch darum, Lehren aus der deutschen Geschichte für einen revolutionären Neuanfang zu ziehen. Deshalb wollte Brecht den Stoff aus den historischen Bedingungen des deutschen Bauernkriegs entwickeln.

Gegeißelt werden sollten die großen deutschen Erzlaster Knechtseligkeit, Einzelgängerei, Spintisiererei, Ordnungsliebe. Gegen sie sollte Hans Albers als großer Provokateur aufgebaut werden. Da Brecht nur zu gut wußte, daß das, was er als Erzlaster bezeichnete, bei den Deutschen eher als Tugenden galt, brauchte er einen Darsteller, der das Publikum auf seiner Seite hatte. Es lag jedoch nicht in seiner Absicht, einen revolutionären Ulenspiegel vorzuführen. Die Fabel sollte so geführt werden, daß Ulenspiegel mit seinem Gehilfen Dummschüssel zwar die Bauernartikel unterderhand verbreitet und den Armen die Augen über die Unverschämtheit, Heuchelei, Raubgier und Gottlosigkeit der Herren öffnet, doch enttäuscht darüber ist, daß die Bauern während des Aufstands durch Uneinigkeit, Disziplinlosigkeit und Opportunismus zu ihrer eigenen Niederlage beitragen. „Ulenspiegel, schwer enttäuscht, fährt noch eine Weile lang fort, Truchseß, Bischof, Arzt und so weiter zu spielen, weil es ‚allen recht geschieht, die es sich gefallen lassen'. Aber dann, gealtert, wird er zum Schwindler und lebt von der ‚Dummheit' der Unteren. Dummschüssel ist tot, ein Junge ist nun Ulenspiegels Gehilfe; es ist Ulenspiegels letzter Streich, den Jungen gegen sich selbst rebellisch zu machen."[35] Wie seinen Galilei in der amerikanischen Fassung, so wollte er den Ulenspiegel als geistig „verlumpt", in seiner aufrechten Haltung heruntergekommen vorführen.

Als Brecht nach Berlin ging, zeigte die DEFA großes Interesse an dem Stoff. Doch Weisenborn, mit dem er den Film zusammen machen wollte, war nicht in Berlin. Aus dem Filmplan wurde nichts. Stoff und Thema ließen Brecht jedoch keine Ruhe. Noch im gleichen Jahr, 1948, schrieb er als Vorarbeit für den Film einige Eulenspiegel-Geschichten. Das eigentliche Thema, dem Opportunismus zu widerstehen und ein radikales Neubeginnen zu wagen, griff er 1948 noch in Zürich mit dem Stück „Die Tage der Commune" auf.

Als Brecht erstmals wieder München besuchte, fuhr er mit Jacob Geis nach Garatshausen am Starnberger See zu Hans Albers. Diesmal wollte er mit ihm eine „Dreigroschenoper"-Tournee besprechen. Als sich Brecht dann in Berlin noch weiter für den Ulenspiegel-Film engagierte, dachte er aber bereits daran, die Titelrolle mit Ernst Busch zu besetzen. Den Dummschüssel sollte Peter Lorre spielen, auf dessen Rückkehr aus den USA Brecht wartete. Das änderte jedoch nichts daran, daß er sich für Hans Albers weiterhin interessierte, schätzte er doch Schauspieler mit Aura, solche, die mit ihrer persönlichen Ausstrahlung auf ein Publikum wirkten. Gab es ein Ensemble, in dem gute Schauspieler als disziplinierte Arbeiter im Weinberg des epischen Theaters die Fabel im Sinne des gesellschaftlichen Kausalnexus bewältigten, dann schien ihm ein Schauspielertyp wie Hans Albers hochwillkommen. Auf einem solchen Luxus bestand er durchaus.

Das epische Theater kehrte im Gefolge der Sieger nach Deutschland zurück, aber auf Eroberungen durfte es nicht hoffen. Schon in den ersten Nachkriegsjahren war Brecht klargeworden, daß die von ihm entwickelte Methode wenig Chancen besaß, sich durchzusetzen. Es gab noch keine Basis, die den Angriff erlaubt hätte. So sah er sich vorläufig auf eine Strategie der kleinen Schritte verwiesen, die es ihm ermöglichte, sich auf Berlin vorzubereiten. Ihm war daran gelegen, in der Schweiz ein Trainingsfeld zu finden, um mit seinen alten Mitarbeitern verschiedenes ausprobieren zu können.

Das brachte ihn auch auf die Idee, die „Antigone" des Sophokles zu bearbeiten. Kaum hatte er Schweizer Boden betreten, machte er sich an die Arbeit. Und schon nach zwei Wochen konnte er befriedigt feststellen: „habe zwischen 30.11. und 12.12. [1947] eine ANTIGONEBEARBEITUNG fertiggestellt."[36] Grundlage seiner Arbeit war die Übersetzung Friedrich Hölderlins. Die großartige Sprache mit ihren verschiedenartigen Färbungen und Klangmischungen – in ihr fand Brecht „Hegelisches", „schwäbische Tonfälle", „gymnasiale Lateinkonstruktionen" – zog ihn mächtig an, weil er überall „heimatliche Klänge" vernahm. Daß sich Brecht gerade beim Betreten des deutschen Sprachraums dieser Großleistung deutscher Übersetzerkunst zuwandte, muß als eine Liebeserklärung an die deutsche Sprache gewertet werden. Der Emigrant bedankte sich bei seiner treuen Begleiterin durch die Fremde und erwies ihr Reverenz, indem er die Hölderlinsche Sprachschöpfung aufnahm und aus ihren Elementen eine eigene, erhöhte Bühnensprache zu entwickeln versuchte. Man muß sich diesen Anlaß bewußtmachen, der Demut vor einer großen Leistung deutscher Sprache offenbarte und Huldigung auslöste. Später hat man die Brechtsche Fassung so verstanden, als habe sie die Hölderlinsche Übertragung außer Kurs setzen wollen. Dabei sei Brecht weder Sophokles noch Hölderlin gerecht geworden und letztlich an der ästhetischen Einmaligkeit dieses Werkes gescheitert. Obwohl sich Brecht sonst gern mit den Großen der Literatur maß, bestand jedoch nicht der ehrgeizige Wunsch, die Leistung Hölderlins überbieten zu wollen. Er ließ sich von viel praktischeren Erwägungen leiten. Die „Antigone"-Bearbeitung sollte „eine Art Preview für Berlin" sein. Brecht verstand sich hier in einer Übersetzer- und Bearbeitertradition, wie sie vor und nach Hölderlin üblich war. Von Sophokles' Stück gab es vor Hölderlin zwanzig Übersetzungen, und auch nach seiner großen Leistung (1804) wurde fast jedes Jahr ein Stück des Griechen ins Deutsche übertragen, manchmal auch mehrere.

Von diesen praktischen Überlegungen ausgehend, dachte er nicht an weitgehende Eingriffe in den Text. Bei keiner seiner Bearbeitungen ging er schonender vor als hier. Die alte Fabel blieb in ihrer Erzählweise fast unangetastet. Mit seiner „Antigone" setzte er sich ganz bewußt von den modernen Antikeversionen ab, wie sie vor allem durch die französischen Autoren Sartre und Anouilh in Mode gekommen waren. Als Brecht seine Arbeit aufnahm, zählte Jean Anouilhs „Antigone" zu den von den europäischen Bühnen bevorzugten Stücken. Wenn es eine polemische Wendung bei Brecht gab, so richtete sie sich nicht gegen Hölderlin, sondern gegen das moderne existentialistische Drama, das sich gern antiker Stoffe bediente, um politisch aktuelle Anliegen zum Ausdruck zu bringen. Doch bei Anouilh erwies sich das politische Anliegen mehr in der Warnung vor der Politik, obwohl das Stück 1943 im Geist der französischen Widerstandsbewegung aufgeführt worden war. Die großen gesellschaftlichen Vorgänge des

Antigone-Stoffes wurden durch Anouilh privatisiert. Aber gerade diese Eigenart machte den Erfolg im Nachkriegsdeutschland aus. In Berlin erklärte der Brecht-Freund Herbert Jhering, daß Werke dieser Art trotz ihrer blendenden Technik die Substanz des Theaters verbrauchten und der Dramatik weder Nahrung noch Entwicklungsmöglichkeiten böten. Doch redete er gegen eine Erfolgswand.

Brecht wollte mit seiner Bearbeitung politisch wirken, ohne die alte Fabel zu überfordern. Ihm lag nichts an einer geschickten Aktualisierung, vielmehr sollte die Aktualität im Stoff selbst erkannt werden. Nur im Vorspiel, das er neu schrieb, setzte er direkte politische Akzente. In der Haltung zweier Schwestern während der letzten Wochen des Hitlerkrieges nimmt er Bezug auf die alte Geschichte. Aus dem Luftschutzkeller in ihre Wohnung zurückkehrend, entdecken sie, daß der Bruder in der Wohnung gewesen sein muß. Während sie darüber rätseln, ob er von der Front heimgekehrt oder weggelaufen sei, wird der Bruder von SS-Leuten vor der Haustür aufgehängt. Die eine Schwester ergreift ein Messer, um den Bruder vom Strick zu schneiden. Doch als ein SS-Mann an sie herantritt, beteuert die andere Schwester, daß sie diesen Mann, der in ihr Haus wollte und jetzt am Strick hängt, nicht kennen. Mit dem Text selbst verfuhr Brecht streng historisch. Nicht für möglich hielt er, mit der Antigone die Kämpferin des deutschen Widerstands gegen den Faschismus zu zeigen. „... die große Figur des Widerstands im antiken Drama repräsentiert nicht die Kämpfer des deutschen Widerstands, die uns am bedeutendsten erscheinen müssen. Ihr Gedicht konnte hier nicht geschrieben werden, und dies ist um so bedauerlicher, als heute so wenig geschieht, sie in Erinnerung, und so viel, sie in Vergessenheit zu bringen."[37]

Im Unterschied zu Anouilh, der alle möglichen technischen Tricks aufbot, damit der Zuschauer die Antigone-Geschichte als ganz zeitgenössisch empfinde, wollte Brecht, daß der Zuschauer das notwendige „Maß von Fremdheit“ für diesen Stoff aufbringe. Damit sich dieser jedoch nicht auf die fremden Ereignisse einstellt, sondern sie ihm vielmehr befremdlich erscheinen, hielt Brecht nur für notwendig, jene Partien herauszuschneiden, die von der „griechischen ‚moira‘ (dem Schicksalhaften)“ handeln. In der Tat, die Änderungen, die er vornahm, waren geringfügig, die Folgen aber um so größer. Der schonungsvolle Eingriff ruinierte das antike Stück mehr, als der radikale es hätte tun können. Sophokles' Tragödie sollte vom Text her weitgehend unangetastet bleiben, jedoch aus dem Empfinden des wissenschaftlichen Zeitalters aufgenommen werden. Die Vorsicht, mit der Brecht diesmal zu Werke ging, zahlte sich nicht aus.

Zunächst machte er aus dem Krieg Thebens gegen Argos einen Raubkrieg des einen Staates gegen den anderen. Kreon greift nach den argivischen Erzgruben. Diese Sicht zwang Brecht, die Figur des Kreon beträchtlich abzubauen. Er mußte ihr Züge der Gewalt, der Brutalität geben. Wenn der Brechtsche Kreon seinen Standpunkt verteidigt, wird er sogleich demagogisch. Brechts Eingriff in bezug auf die „moira“ beeinträchtigte zwar nicht die Fabelstruktur, löste aber im Figurenaufbau weitgehende Änderungen aus. Die antike Tragödie verlor ihre Wucht, ihre Wirkung reduzierte sich auf die des bürgerlichen Trauerspiels. Der politische Abbau, vorgenommen an der Figur des Kreon, hatte den ästhetischen zur Folge. Die Crux der Bearbeitung bestand darin, daß die dramaturgische Weichenstellung auf die ökonomische Basis der Konflikte mehr zerstörte als erhellte. Wenn diese Widersprüche verkürzt dargestellt werden, die Verallgemeinerung über den Mythos entfällt, zerbröselt der strenge Aufbau der antiken Tragödie, und ihr poetischer Reiz ist dahin. Und gerade das passierte Brecht, als er mit übergroßer Vorsicht alles zu vermeiden suchte, was Sophokles und Hölderlin hätte beschädigen können. Dabei sollten die Veränderungen nur verdeutlichen, daß Gewalt aus dem Zustand des Staates, der Gesellschaft, nicht aus der Eigenart der Figuren zu erklären ist. Statt sich mit der Hauptfigur zu identifizieren, sollte der Zuschauer veranlaßt werden, die gesellschaftlichen Vorgänge zu beobachten, die den Menschen solche Gewalttaten abverlangen. Seine Darstellung beabsichtigte, eine Staatsaktion von objektivem Ausmaß vorzuführen, während die Figuren des Sophokles ganz aus sich heraus handeln, was freilich nicht heißen konnte, daß sie nur aus sich selber zu erklären wären.

Bei Sophokles stießen zunehmende Politisierung der Polisordnung mit den Gewohnheiten der alten Gentilordnung zusammen. Für den attischen Dichter war dieser Widerspruch unlösbar, deshalb setzte er beide Konfliktparteien gleich hoch an. Antigone verteidigt die ungeschriebenen Gesetze ihrer Ahnen, Kreon handelt aus den ihm auferlegten Zwängen der Polis. Die Ungleichzeitigkeit des Denkens und Empfindens führt zur tragischen Kollision. Doch so gesehen, ist nicht nur Antigone, sondern auch Kreon eine tragische Figur. Folgerichtig nimmt der Chor zunächst eine Vermittlerposition ein, betätigt sich als ehrlicher Makler. Anfangs zeigt er sogar Sympathie für die Haltung Antigones. Eine völlig andere Rolle wies ihm Brecht zu. Für ihn ist er personifizierte Öffentlichkeit, deren Funktion darin besteht, ideologische Schützenhilfe für Kreon zu leisten. Die Männer des Chores, das sind bei Brecht „Die Alten". Die Bezeichnung charakterisiert sehr genau, wie er den Chor gewertet wissen wollte. Auf ihn kann Antigone nicht bauen. Zur Erkenntnis dringen die „Alten" nur insoweit vor, als sie um das baldige Ende dieser Herrschaft wissen, die so viel Gewalt benötigt. Doch die Gewalt, angewandt gegen Antigone, rechtfertigen sie durchaus.

Daß Brecht, der sonst so viel Sinn und Verständnis für

die Widersprüchlichkeit von Figuren aufbrachte, hier eher die Konfliktfronten abschwächte, muß auf eine indirekte Polemik zurückgeführt werden, die er auch mit dieser Bearbeitung verfolgte. Das bürgerliche Theater pflegte die „Antigone" aus dem Konflikt zwischen staatlicher und menschlicher Sphäre zu verstehen. In einer solchen Auseinandersetzung hatten beide Seiten recht. Gerade aus der Konfrontation gleichberechtigter Standpunkte ergab sich ein Kampf, der ebenso vernichtend für die Kontrahenten wie versöhnend für den Zuschauer verlief. Der Zuschauer empfand die gnadenlose Härte des Widerspruchs und fühlte sich doch wiederum versöhnt mit einer solchen Welt, weil sie nun einmal so war. Die Tragik erreichte eine Dimension, die Anklage, die die Frage nach Recht und Unrecht einfach ausschloß. Ein Kritiker faßte 1944 diese Tendenz der „Antigone" von Sophokles/Hölderlin in dem Satz zusammen: „Die Dichtung bewahrt hier noch die mitleidlose Kraft des Gewitters, das reinigt, indem es zerstört."[38]

In den letzten Kriegsjahren gab es eine Inszenierung der wenig gespielten Hölderlin-Übertragung durch Lothar Müthel am Wiener Burgtheater. Von ihr wurde nach der Zerschlagung des Faschismus gesagt, sie sei Ausdruck des Widerstands gegen Hitler gewesen. Der Impuls, der von ihr ausging, wirkte jedoch eher besänftigend, versöhnend auf die Gefühle der Verbitterung und der potentiellen Auflehnung. Künstlerisch erreicht wurde das vor allem dadurch, daß Lothar Müthel den Darsteller des Kreon, Ewald Balser, die Tragik dieser Rolle voll ausschöpfen ließ. Als Kreon zuletzt Frau und Sohn verliert, ist er mehr Opfer als Täter. Durch das Leid, das Kreon auf sich nimmt, versöhnt sich der Zuschauer mit dessen Schuld. So reinigt die Tragödie die Gefühle von Haß und Auflehnung. Letztlich laufen die großen tragischen Wirkungen immer auf die Verständigungsbereitschaft der Gefühle hinaus. Sie werden in dem Maße besänftigt, wie sie herausgefordert werden. Doch das

Wechselbad der Gefühle war für Brechts Kunstauffassung unannehmbar.

Zur Arbeit an dem Stück war Brecht durch Hans Curjel angeregt worden, der ihm anbot, es am Stadttheater Chur zu inszenieren. Das kam Brecht insofern sehr gelegen, als Helene Weigel darauf bestand, sich nach fünfzehnjähriger erzwungener Berufspause als Schauspielerin erst einmal an einem kleineren Theater auszuprobieren. Im Falle eines Mißerfolgs, so meinte sie, „hättens die Leut net gemerkt"[39]. Nach der Premiere in Chur war Brecht allerdings daran interessiert, das Stück auf der Bühne des Zürcher Schauspielhauses zu sehen. Doch Kurt Hirschfeld, der während des Krieges dafür gesorgt hatte, daß die Pfauenbühne zu einer Pflegestätte Brechtscher Dramatik wurde, lehnte ab. Hirschfelds Haltung verwundert nicht, wenn man bedenkt, daß die Rolle der Antigone eine junge Frau erfordert: die Weigel war damals achtundvierzig. Aber die Besetzungsfrage war bei der Ablehnung nur von untergeordneter Bedeutung. Im Zürcher Schauspielhaus wollte man zwar Brechts Stücke, nicht unbedingt aber seine Inszenierungsweise. Und wenn schon, dann in geringen Dosen. Auf keinen Fall wollte man die Hausmacht mit ihm teilen oder sie gar an ihn abtreten.

Hans Curjel lebte seit seiner Vertreibung aus Deutschland in der Schweiz. Er hatte am Corso-Theater in Zürich gearbeitet und war jetzt Intendant des Theaters in Chur. Er und Brecht kannten sich seit den zwanziger Jahren. Zu einer ersten Begegnung war es in Baden-Baden bei der Inszenierung des Songspiels „Mahagonny" gekommen. Im November 1947 trafen sie sich zufällig in Zürich wieder. Curjel besuchte Brecht mehrmals in Feldmeilen, wo sie und Caspar Neher den Vorschlag besprachen, der dann zu Beginn des Jahres 1948 realisiert wurde. Durch die Einladung nach Chur sah sich Brecht in der Lage, das Stück wie geplant mit der Weigel und mit Caspar Neher als Bühnenbildner zu inszenieren. Die Rolle des Kreon wollte er jedoch mit einem Darsteller des Zürcher Schauspielhauses besetzen; er dachte an Gustav Knuth. Doch der war nicht freizubekommen, so daß das Projekt abermals in die Krise geriet. Brecht entschloß sich, einstweilen mit einem jungen Schauspieler zu arbeiten, der die Rolle markieren sollte, bis sie richtig besetzt werden konnte.

Am 16. Januar 1948 fuhren Brecht, die Weigel und Caspar Neher nach Chur und quartierten sich hier für fünf Wochen im Hotel Stern ein. Tags darauf begannen die Proben. Eine Woche später kam Ruth Berlau hinzu, die am 22. Januar aus New York in Zürich eingetroffen war, um wieder ihren Platz an der Seite Brechts einzunehmen.

Brecht begann die Proben in guter Laune und nicht ohne Erwartung. Zum ersten Mal konnte er wieder selbst ein Stück ganz in seinem Sinne inszenieren. Im Unterschied zu den wenigen Möglichkeiten, die sich ihm in den USA geboten hatten, mußte er sich hier nach niemandem richten. Curjel ließ ihm weitgehend freie Hand. Dafür waren die Geldmittel geringer. Neher als Bühnenbildner machte fast alles selber. Er malte die Dekorationen, jedoch nicht mit dem Pinsel, sondern mit dem Schrubber. Selbst die Pferdeschädel, die in der Dekoration das Archaische betonen sollten, wurden selbst beschafft und präpariert. „Ich erinnere mich mit Grausen, wie die Pferdeköpfe frisch ankamen und wie sie dann in einem Waschkessel ausgekocht wurden“[40], vermerkte Ruth Berlau, die bei den Proben dabei war und dann die gesamte Aufführung durchfotografierte. Was Brecht mit dieser Inszenierung verfolgte, wie er die gegenwärtigen Aussichten seiner Experimente einschätzte, beschrieb er in einem Brief an Curjel: „Lieber Doktor, es wird jetzt doch klar, daß die ‚Antigone‘-Aufführung nicht ohne Interesse sein wird. Sie wird genug Angefangenes und Beschäftigendes haben, sowohl für Theaterleute als für solche, die Zuschauer werden wollen. Abgesehen von bestimmten Totallösungen (Bühnenbild, Requisiten, Kostüme, Gruppierung) muß das epische Element freilich noch gesucht werden; kann jedoch, wenn gesucht, wenigstens gefunden werden. Mit der Weigel geht es wie mit Laughton; die epische Spielweise kann sich gegen eine umgebende drrramatische nur verteidigen, nicht zum Angriff übergehen; auch existiert da nichts Mittleres, auf das solch ein Schauspieler zurückgreifen könnte – eine Gedankenlosigkeit, und die Kurve verbiegt sich, unreparierbar für den Abend und ohne neue Probe."[41] Die Proben waren schon ziemlich weit gediehen, der Schauspieler aber, der den Kreon spielen sollte, ließ noch immer auf sich warten. Doch glücklicherweise erwies sich der Darsteller Hans Gaugler, der die Rolle nur markieren sollte, als eine Entdeckung. Brecht zeigte sich ganz begeistert von den Fähigkeiten dieses jungen Mannes, besonders im Pantomimischen. Später holte ihn Brecht nach Berlin.

Die Aufführung am 15. Februar 1948 wurde kein Erfolg. Kamen zur Premiere immerhin viele Leute aus Zürich, die an der neuen Produktion Brechts interessiert waren, so stieß sie bei dem Churer Theaterpublikum auf völlige Teilnahmslosigkeit, so daß es nur zu vier Aufführungen kam. Die Bürger von Chur, die Jahrzehnte später in ihrer Reklame nicht vergaßen, welche berühmten Gäste das Hotel Stern einmal beherbergt hatte, blieben im Jahre 1948 völlig unbeeindruckt von ebendiesen Berühmtheiten. Trotzdem schrieb Brecht an Caspar Neher: „Ich bin sehr froh, daß wir diese Sache machen konnten."[42]

In die Woche vor der Premiere, also in die angespannte Endphase der Inszenierung, fiel Brechts 50. Geburtstag. In den Jahren der Weimarer Republik galt der 50. als ein öffentliches Ereignis, das Gelegenheit bot, nach der nationalen Repräsentanz des zu feiernden Künstlers zu fragen. Bei Brecht wäre es ein ganz privates Ereignis geblieben, hätte nicht Hans Curjel den Tag zum Anlaß genommen, um im

Ratssaal von Chur einen Einführungsabend zur „Antigone“-Aufführung zu veranstalten. Sonst gab es keine weiteren öffentlichen Bekundungen. In Ostdeutschland jedoch erschienen aus Anlaß des 50. Geburtstags eine Reihe von Artikeln über Brecht. Vor allem meldeten sich hier einige seiner alten Freunde und Mitstreiter aus den zwanziger und dreißiger Jahren zu Wort, wie Herbert Jhering, Slatan Dudow, Max Schroeder, Heinz Lüdecke. Obwohl auch diese Artikel kein Bild von der neuen poetischen Produktion und der ästhetischen Position Brechts zu geben vermochten, machten sie jedoch erstmals die Deutschen wieder mit ihrem bedeutendsten Dramatiker bekannt. Insofern markierten die Geburtstagsartikel eine Zäsur in der Brecht-Rezeption.

Wenn man am Zürcher Schauspielhaus auch nicht Brechts „Antigone“ wollte, war man doch begierig, einige seiner in der Emigration geschriebenen Stücke uraufzuführen. Hirschfeld zeigte sich besonders an „Herrn Puntila und sein Knecht Matti“ interessiert. Bevor sich die Leitung des Schauspielhauses mit Brecht über Proben- und Aufführungstermine einigte, lud man das Churer Schauspielensemble mit „Antigone“ zu einem Gastspiel nach Zürich ein. Mehr als eine Sonntagsmatinee bewilligte man jedoch nicht. Da Brecht den „Puntila“ gern selbst inszeniert hätte, aber entsprechend den Schweizer Asylbestimmungen keine berufliche Tätigkeit ausüben durfte, einigte man sich dahin gehend, daß offiziell Kurt Hirschfeld als Regisseur genannt wurde. Dabei blieb es. Die Kritik schrieb diese Inszenierung Hirschfeld zu, obwohl sie von Brecht stammte. Ihm fiel diese Selbstverleugnung nicht schwer, denn auch zu anderen Zeiten und unter anderen Bedingungen hatte er sich gern in die Regie gemischt, ohne daß der Programmzettel seinen Namen auswies.

Im Unterschied zur „Antigone“ gab es für den „Puntila“ bei der Premiere am 5. Juni 1948 viel Beifall. Daß Brecht hier ein Erfolgsstück gelungen war, das seinen Weg über die deutschsprachigen Bühnen machen würde, zeichnete sich bereits nach der Zürcher Uraufführung ab. Obwohl die meisten Kritiker weder das poetische Raffinement des Stükkes erfaßten noch der theatralischen Leistung gerecht wurden, übersahen sie doch nicht, daß Brecht bei allem Spaß auch hier als marxistischer Gesellschaftskritiker operierte. So schrieb entsprechend seiner Weltsicht François Bondy in der Zürcher „Weltwoche" über das Stück: „Es ist nämlich, als warte hinter dem finnischen ‚Kulakenhof' eine von roten Kämpfern für das Volk zu schaffende Gesellschaft, in der es soziale Kluft und zwangsläufig Rücksichtslosigkeit zwischen Mensch und Mensch nicht mehr gibt. ... Brecht wirkt hier wie ein Überlebender aus der Zeit, wo der Kommunismus noch ganz zu sich stand, ein Gesicht hatte, mehr aus dem Sozialen, als aus der Großmachtpolitik wuchs, sich mit der Welt offen auseinandersetzte und zu dieser Auseinandersetzung mit sich selbst einlud und reizte. Das gibt ihm aber bei aller scharfer Klarheit etwas Unproblematisches oder besser gesagt unfreiwillig Problematisches, worüber auch die höchst artistische Meisterschaft nicht immer hinwegtröstet."[43]

Als Darsteller des Puntila stand Leonard Steckel zur Verfügung. Anfangs fürchtete Brecht, die ungewöhnliche Vitalität dieses Schauspielers würde so viel Sympathie auslösen, daß sie den sozialen Aspekt der Rolle vertilge. Aber gerade die Arrangements, die den Schauspieler „entfesselten", führten auch zu einprägsamen sozialen Gesten. Steckels Charme ließ nie vergessen, daß der trunkene Puntila der betrunkene Puntila war. Brecht konnte zeigen, daß sein Theater keineswegs auf die alten Genüsse verzichtete und doch über neue verfügte. Beglückt darüber, daß die vorsichtig dosierte epische Spielweise Vergnügen bereitete, zeigte er sich dem applaudierenden Publikum, allerdings im „Werktagskleid", und das an einem „Samstagabend" während der „Juni-Festwochen", wie der Kritiker der „National-Zeitung" etwas pikiert bemerkte.

Wenn Brecht seine praktische Theaterarbeit in der Schweiz als Vorbereitung für Berlin betrachtete, so traf das in noch stärkerem Maße auf eine kleine theoretische Schrift zu, die er, ausgehend von seinen Erfahrungen an der „Antigone"- und der „Puntila"-Inszenierung, im Sommer 1948 verfaßte: eine Einführung, mit der er allen Theaterleuten in Deutschland zu verstehen geben wollte, welche Art Theater sie von ihm erwarten durften. In dem geruhsamen Feldmeilen fand er die Muße zu diesem Unternehmen, zu dem er sich zu anderen Zeiten wohl schwerlich aufgerafft hätte. Er faßte seine Theatertheorie, wie sie im „Messingkauf" vorlag, in 77 Thesen zusammen, die er mit dem Titel „Kleines Organon für das Theater" versah. James K. Lyon erwähnt, daß Hans Viertel einen ersten Entwurf des „Kleinen Organons" schon 1946 in den USA gesehen haben will.[44] Abgesehen von einigen zusammenfassenden Notaten, die Brecht bereits früher hin und wieder anfertigte, ist das sehr unwahrscheinlich. Denn das „Kleine Organon" veranlaßt, ja ihm direkt abgezwungen zu haben, nimmt Helene Weigel für sich in Anspruch.[45] Und das kann nur in der Phase der Vorbereitung auf Berlin geschehen sein. Nach Angaben der Weigel waren die Vorbereitungen auf dreierlei gerichtet: 1. Erprobung der Schauspielerin Helene Weigel, 2. Regiearbeiten, 3. theoretisches Programm.

Sowenig Einsicht er sich bisher in die geistige Situation Deutschlands verschaffen konnte, so verstand er doch, daß es wichtig war, mit einem programmatischen Anspruch aufzutreten. Wenn es vorerst weder möglich noch klug erschien, sich der Heimat gleich mit dem ganzen Werk vorzustellen, mußten doch Absicht und Methode verdeutlicht werden. Denn schließlich wollte er das deutsche Publikum nicht nur mit seinen neuen Stücken, sondern auch mit einer neuen Art von Theater bekannt machen. Vor ihm hatte bereits sein alter Polemikpartner Georg Lukács seine Offerte unterbreitet. Die gegen Ende des Krieges in Moskau geschriebenen Skizzen „Deutsche Literatur im Zeitalter des Imperialismus" und „Fortschritt und Reaktion in der deutschen Literatur" verhalfen nicht nur Lukács' literaturtheoretischem und philosophischem Werk zum Durchbruch, sie steckten zugleich eine folgenreiche strategische Konzeption ab. Während Brecht noch in Feldmeilen saß und sich für seinen Auftritt in der kulturpolitischen Öffentlichkeit in Deutschland präparierte, befand sich Lukács mit seiner anderen strategischen Variante marxistischen ästhetischen Denkens schon in der Offensive.

Notwendig machte sich eine Zusammenfassung seiner methodischen Überlegungen schon deshalb, weil Brecht vermeiden mußte, daß man ihn im Lichte seiner Ansichten vor 1933 vorstellte. Selbst seine Freunde von früher, wie Herbert Jhering oder Slatan Dudow, kannten den gegenwärtigen Standard nicht. Deshalb betonte er im Vorwort zum „Organon" deutlicher als im „Messingkauf" die Veränderungen in seiner Ästhetik: „Widerrufen wir also, wohl zum allgemeinen Bedauern, unsere Absicht, aus dem Reich des Wohlgefälligen zu emigrieren, und bekunden wir, zu noch allgemeinerem Bedauern, nunmehr die Absicht, uns in diesem Reich niederzulassen. Behandeln wir das Theater als eine Stätte der Unterhaltung, wie es sich in einer Ästhetik gehört, und untersuchen wir, welche Art der Unterhaltung uns zusagt!"[46] Wenn Brecht selber die Schrift auch nur als „eine kurze zusammenfassung des ‚messingkaufs'" bezeichnete, so waren doch einige Gesichtspunkte wenn nicht neu, so doch weiter ausgebaut. Das betraf vor allem seine Ansicht über die Fabel: „Auf die *Fabel* kommt alles an, sie ist das Herzstück der theatralischen Veranstaltung"[47], heißt es geradezu beschwörend. Diesen Gedanken artikulierte er in derselben These noch einmal: „Das große Unternehmen des Theaters ist die *Fabel*, die Gesamtkomposition aller gestischen Vorgänge, enthaltend die Mitteilungen und Impulse, die das Vergnügen des Publikums nunmehr ausmachen sollen."[48] Betont wurden ferner Vergnügen und Genuß als unabdingbare Komponenten seines Theaters. In einem wissenschaftlichen Zeitalter, erklärte er, wird die Kunst die Unterhaltung aus der Produktivität schöpfen. Diese neue Art der Unterhaltung werde es dann auch ermöglichen, so nahe an die Lehr- und Publikationsstätten zu rücken wie nur möglich, ohne daß man dem Theater zu lehren abverlange.

Angeregt zu dieser Form theoretischer Gedankendarlegung hatte ihn Bacons „Novum organum". Bacon bediente sich des Aphorismus, um seine Ideen außerhalb der deduktiv entwickelten geschlossenen Systeme vorstellen zu können. Da Brecht von jeher allzu viel Systematik und Geschlossenheit widerstrebten, griff er gern auf das Vorbild Bacons zurück. Nicht Überblick, sondern Anregung, nicht Wissen, sondern Zweifel, nicht Ziel, sondern Weg sollte der Leser bei ihm finden. In diesem Sinne diskutierte er die kleine Schrift auch mit verschiedenen Theaterleuten, so mit Max Frisch und Leopold Lindtberg. Wenn Gäste in Feldmeilen waren, las er gelegentlich daraus vor. Die streitbaren Sätze lösten jedoch mehr Verwunderung als Diskussion aus. Die theoretische und methodische Gedankenwelt Brechts fand man noch ungewohnter und fremder als die ästhetische Praxis seiner Stücke und Inszenierungen. Nur der junge Benno Besson, wiederholt Gast in Feldmeilen, wußte darauf etwas zu sagen.

Äquivalent für ein Festspiel = ein Paß

In den Wochen und Monaten des Jahres 1948 in der Schweiz, fern dem einstigen kalifornischen Exil und noch nicht wieder in der Heimat, gewahrte Brecht, daß sich für ihn ein Zustand nicht geändert hatte: das Warten auf Pässe. Zwar war das Regime zerschlagen, das ihn staatenlos gemacht hatte, aber die Paßfrage blieb noch immer ungelöst. Auf diesem Gebiet gab es wohl Veränderungen, aber keine Erleichterungen. An Ferdinand Reyher schrieb er: „Im übrigen betreiben wir das anstrengende Geschäft der Exilierten: das Warten."[49] Um nach Deutschland zu kommen, benötigte er Papiere der jeweiligen Besatzungsmacht. Als schwierig erwies sich das vor allem dann, wenn jemand aus einem Land der Alliierten kam, aber nicht in die Zone einreisen wollte, die sie besetzt hatten. Er, der vor dem Untersuchungsausschuß gestanden hatte, konnte nicht die USA-Besatzungsmacht in Anspruch nehmen, um in die sowjetisch besetzte Zone zu gelangen. Aber auch die Schweizer Behörden zeigten ihm gegenüber wenig Geduld. Für sie war er ein Staatenloser mit amerikanischen Papieren, die sie nicht gut fanden. Brecht, der gern seine literarischen Interessen in allen Teilen Deutschlands und darüber hinaus in einigen europäischen Ländern wahrgenommen hätte, befand sich in einer schwierigen Lage. Zwar gab es jetzt für ihn die Möglichkeit, mit seinen Werken zum Zuge zu kommen, aber um selbst an die entsprechenden Orte reisen zu können, brauchte er bessere Papiere, als er derzeit besaß. Spätestens seit seinem Schweizer Aufenthalt wurde ihm das ganze Ausmaß dieser Schwierigkeiten klar. Anfangs mochte er gehofft haben, es handle sich hierbei um zeitweilige Erschwernisse. Doch im Verlauf des Jahres 1948 verhärteten sich die Fronten. So war es nur verständlich, daß Brecht für sich eine Lösung suchte. Dabei ging er davon aus, daß sein Platz in Ostberlin sein werde. Dort aber konnte man ihm nicht die Pässe verschaffen, die er brauchte, um seine Verbindung nach Zürich und anderen Städten aufrechtzuerhalten.

Bereits zwei Tage nach seinem Eintreffen in Zürich tauchte in verschiedenen Zeitungen die Meldung auf, Brecht habe sich über Egon Erwin Kisch um einen tschechoslowakischen Paß bemüht und seinem Gesuch sei auch entsprochen worden.[50] Zu diesem Zeitpunkt besaß Brecht noch viel zuwenig Einblick in die neuen Verhältnisse, um eine solche Entscheidung zu treffen, selbst wenn man berücksichtigt, daß er Paßangelegenheiten mehr aus Gründen der Nützlichkeit und Notwendigkeit entschied als aus ethischen und politischen Neigungen zu einem Lande.

Da bot sich durch Zufall ein Ausweg an. Caspar Neher machte Brecht mit dem österreichischen Komponisten Gottfried von Einem bekannt. Für die Salzburger Festspiele 1947 hatte Neher zu dessen Oper „Dantons Tod“ das Bühnenbild gemacht. In den Nachkriegsjahren gehörte Gottfried von Einem zu den jungen Komponisten, die die Aufmerksamkeit der kunstinteressierten Öffentlichkeit erregten. Als Salzburger lag ihm eine Erneuerung der Festspiele am Herzen. Unmittelbar nach dem Krieg besaß eine solche Idee noch die meisten Chancen. Da Neher in Salzburg nicht wenig Propaganda für seinen Freund gemacht haben dürfte, sah von Einem in Brecht eine Persönlichkeit, die ihm geeignet erschien, der Festspielstadt neue Impulse zu geben. Um Brecht dafür zu gewinnen, begab er sich nach Zürich und besuchte ihn in Feldmeilen.

Das Angebot, das Gottfried von Einem Brecht unterbreitete, war nicht das erste, das aus Österreich kam. Wien bemühte sich gleich nach 1945 viel energischer als Berlin, um den Theatermann Brecht der Öffentlichkeit vorzustellen. Nicht, daß die Wiener Theater mehr als die Berliner auf Brecht erpicht gewesen wären. Im Vergleich zu Berlin existierte in Wien nicht einmal ein kleiner rühriger Kreis von Leuten, die dem Dichter das Terrain bereiteten. Das tat in Wien nur ein einziger Mann: Dr. Viktor Matejka. Er hatte sechseinhalb Jahre im KZ Flossenburg und Dachau zugebracht. Nach der Befreiung wurde er mit der Leitung des Kulturressorts innerhalb der provisorischen Stadtverwaltung von Wien beauftragt. Sein Anliegen sah er vor allem darin, den Künstlern, die Hitler nach der Besetzung ausgeschaltet hatte, wieder zu einem öffentlichen Wirkungsraum zu verhelfen. Brecht war in Österreich allerdings schon von den Vorgängern Hitlers auf den Index gesetzt worden. Nach der Aufführung der „Mutter" 1933 bekam Österreich dreizehn Jahre kein Brecht-Stück mehr zu sehen. Er gehörte zu den verbotenen Autoren, und seine Bücher wurden schon vor 1938 aus den Büchereien der Arbeiterbibliotheken entfernt. Viktor Matejka bemühte sich nun um eine Spielplangestaltung, die die bisher verbotenen Autoren zur Geltung bringen sollte. Sehr viel Unterstützung fand er dabei nicht, nicht zuletzt auch deshalb, weil Ernst Fischer als Kommunist und verantwortlicher Minister bei der Besetzung der Intendantenstellen keine besonders glückliche Hand hatte. Vom Zürcher Schauspielhaus erhielt Matejka ein Paket neuer Stücke. Darunter befand sich auch Brechts „Guter Mensch von Sezuan". In der Titelgestalt sah Matejka eine geeignete Rolle für Paula Wessely, die damals am Theater in der Josefstadt unter der Direktion von Rudolf Steinboeck spielte. Weder Steinboeck noch die Wessely besaßen eine Ahnung vom epischen Theater, aber Matejka hielt Steinboeck an, das Stück zu spielen. Die österreichische Erstaufführung ging am 29. März 1946 über die Bühne.

So verdienstvoll die Bemühungen Viktor Matejkas aus heutiger Sicht auch erscheinen, vor allem wenn man bedenkt, daß nur kurze Zeit darauf ein jahrelanger Brecht-Boykott in Österreich einsetzte, damals wurden sie ihm nicht gedankt. Und zwar von keiner Seite. Die konservative

Kunstöffentlichkeit war an Brecht nicht interessiert, und die progressiven Kreise warfen Matejka vor, daß die Hauptrolle mit einer Schauspielerin besetzt worden war, die ihr nicht unbeträchtliches Talent für einen so hetzerischen Nazifilm wie „Heimkehr“ zur Verfügung gestellt hatte.

Aber auch Brecht, noch in Kalifornien, erteilte die strikte Weisung, das Stück nicht zu spielen. Daran hielt sich freilich Matejka nicht. Diesem Werk traute er eine befreiende politische Wirkung auf das Publikum zu. Deshalb setzte er es auch rigoros durch, als Brecht einen Rechtsanwalt einschaltete, um die Aufführung zu verhindern. Zwar behielt Brecht mit der Einsicht recht, daß man ohne Kenntnis des epischen Theaters seine Stücke nicht richtig spielen könne, doch fiel er damit dem Bestreben eines Mannes in den Rükken, der der antifaschistischen Dramatik zum Durchbruch verhelfen wollte, der alles mobilisierte, um ein Umdenken in der Bevölkerung zu bewirken. Viktor Matejka und der Leiter der Bundestheaterverwaltung, Dr. Egon Hilbert, setzten sich dafür ein, daß einen Monat nach der Aufführung des „Guten Menschen“ das Zürcher Schauspielhaus mit Brechts „Mutter Courage“ in Wien gastierte. Im Unterschied zu der Wiener Brecht-Aufführung hinterließ das Zürcher Gastspiel einen tiefen Eindruck. Nunmehr luden Matejka und Hilbert Brecht zu Inszenierungen nach Wien ein. Sie gingen davon aus, „daß mit der Berufung Brechts sich in der geistig verödeten Hauptstadt Österreichs ein Kreis von Menschen bilden ließe, von dem Anregung und Produktivität ausgehen würde“[51].

An diese Angebote wird sich Brecht erinnert haben, als Gottfried von Einem das Salzburgprojekt zur Sprache brachte. Außerdem hatte ihn Egon Hilbert noch im Frühjahr 1948 wissen lassen, wie sehr er an einer Tätigkeit Brechts am Wiener Burgtheater interessiert sei. Nun hielt aber Brecht seit jeher Österreich nicht für das Land, in dem er sich eine produktive künstlerische Arbeit vorstellen konnte. Die Schockwellen der Neuerungen, von denen das Berliner Kunst- und Theaterleben der zwanziger Jahre erfaßt worden war, hatten Wien nicht erreicht. Hier verlief in der Kunst, vor allem aber im Theater, alles etwas konventioneller. Jetzt, da so vieles zerschlagen war, schien Brecht ein Neuanfang in Wien ebenso wie in Berlin notwendig und möglich. Deshalb hielt er sich nicht mehr zurück und erklärte sich bereit, seine Stücke für die Salzburger Festspiele zur Verfügung zu stellen und selbst nach Salzburg zu fahren, um an Ort und Stelle konkrete Vorbereitungen zu treffen.

Aus diesen Gesprächen entstand der Plan, für Salzburg ein neues Festspiel, einen neuen Salzburger Totentanz, zu schreiben. Aus der Sicht von heute mutet es vielleicht naiv an, in einer so traditionshörigen Stadt wie Salzburg die alljährliche Aufführung von Hofmannsthals „Jedermann“ vor dem Dom durch ein neues Spiel ersetzen zu wollen. Doch wenn Leute in Regierungspositionen wie Hilbert und Gottfried von Einem im Festspielausschuß das für möglich hielten, warum sollte Brecht da mißtrauisch sein, der doch Salzburg aus eigener Anschauung gar nicht kannte. Ob allerdings überhaupt daran gedacht war, das Festspiel vor dem Dom durch ein anderes zu ersetzen, oder ob Brechts „Salzburger Totentanz“ neben dieser Darbietung an einem anderen Ort aufgeführt werden sollte, stand damals noch nicht fest. Eine Bemerkung Brechts bei einem späteren Besuch in Salzburg, wo er verschiedene Höfe als mögliche Aufführungsstätten besichtigte, legt letzteres nahe. Auch gab es noch keine Absprachen darüber, ob das Stück nur in einer Festspielsaison oder alljährlich dargeboten werden sollte. Jedoch nahm man das Projekt von beiden Seiten ernst. Gottfried von Einem und Egon Hilbert waren daran interessiert, daß Brecht rasch mit der Arbeit begann. Dieser wiederum betrachtete das Projekt als einen Auftrag, dem er bald nachkommen wollte. Das überlieferte Totentanzspiel barg starke epische Elemente, bot Möglichkeiten zur szenischen Verknappung und Abstraktion. In diesem Genre mußte alles groß und eindeutig, mit klar erzählendem Gestus vorgetragen werden. Außerdem war es ein Theater für Massen, für den Kenner ebenso wie für den nur Neugierigen. Eine solche Aufgabe konnte Brecht schon reizen.

Doch hütete er sich, eine Art Exposé zu verfassen und seinen Auftraggebern zuzuschicken. An Gottfried von Einem schrieb er: „Die literarischen Dinge würde ich gern mündlich besprechen. ... Ein Festspielexposé (Salzburger Totentanz) möchte ich lieber nicht schriftlich einreichen, aus mannigfachen Gründen. Besser, Sie erzählen, was wir besprachen (Kontrakt des Kaisers mit dem Tod, im kommenden Krieg die Opfer zu begrenzen und ihn und seine Nächsten zu verschonen, wenn sie das vereinbarte Zeichen machten, Vergessen des Zeichens durch den vielbeschäftigten Tod. Moral: Mit dem Tod kann man keine Geschäfte machen), den interessierten Stellen, *wie Sie es für wirksam halten* (ich bin darin ungeschickt).“[52] Brecht schrieb einige Szenenteile (Rundgang des Todes) und Passagen der Rede, mit der sich der Tod an den Kaiser wendet, wie der Antwort des Kaisers. Für das Spiel verwendete er auch Elemente seines Stückfragments „Der Pestkaufmann“ aus den frühen zwanziger Jahren.

Sosehr Brecht dieses Projekt vom Künstlerischen her interessierte, bei den zunehmenden Schwierigkeiten, von einem Land in ein anderes zu reisen, sah er darin eine Möglichkeit, zu einem österreichischen Paß zu kommen. Das verschwieg er auch Gottfried von Einem nicht. „Lieber von Einem, ich sitze hier mit Cas, und wir haben über das Festspiel gesprochen, und es sieht so aus, als ob das ginge. Ich weiß jetzt auch ein Äquivalent, mehr für mich wert als Vorschuß irgendwelcher Art; das wäre ein Asyl, also ein Paß. Wenn das überhaupt möglich wäre, so sollte es natürlich ohne jede Publizität gemacht werden. ... Sie verstehen, ich kenne nicht den legalen Weg. Jedoch wäre für mich tatsächlich ein Paß von enormer Wichtigkeit. Ich kann mich ja nicht in irgendeinen Teil Deutschlands setzen und damit für den andern Teil tot sein. Vielleicht können Sie mir da wirklich helfen?"[53] Da seine Frau gebürtige Österreicherin war, jetzt wie er staatenlos, schien es ihm der einfachste und günstigste Weg zu sein, wenn er als Mann der Weigel gleichfalls einen österreichischen Paß bekäme. Später hat man das, was Brecht aus praktischer Überlegung tat, als ungeheuren Opportunismus hingestellt. Damals, im Frühjahr 1949, war Brechts Bemühen um einen österreichischen Paß nur allzu verständlich, ging man nicht davon aus, daß ein Paßantrag zugleich eine Liebeserklärung an ein Land ist. Das konnte man von einem Mann, der von sich sagte, daß er die Länder häufiger als die Schuhe gewechselt habe, nicht verlangen. Damals existierte noch keine deutsche Regierung. Nach Ostberlin kam er nur mit Hilfe von Freunden aus Prag und über Prag.

Gottfried von Einem erklärte sich sofort bereit, in der Paßangelegenheit behilflich zu sein, erhoffte er sich doch davon eine festere Bindung Brechts an das Salzburgprojekt. Er besorgte die notwendigen Formulare, die Brecht sofort ausfüllte. Als Adresse gab er Salzburg, Mönchsberg 17, an, die Wohnung von Gottfried von Einem.[54] Begleitbriefe richtete er in dieser Angelegenheit an den Salzburger Landeshauptmann Rehrl und an den Unterrichtsminister Felix Hurdes. In einem Entwurf zu diesen Briefen suchte Brecht sein Anliegen zu erklären: „Meine Sehnsucht nach Österreich ist keineswegs auf äußere Umstände zurückzuführen, sondern daraus zu erklären, daß ich, nunmehr fünfzig Jahre alt, in einem Lande geistig arbeiten möchte, welches die entsprechende Atmosphäre dazu bietet. Das ist Österreich. ... Ich betone, daß ich mich nur als Dichter fühle und keiner bestimmten politischen Ideologie dienen oder gar als deren Exponent ausgegeben werden möchte. Ich lehne es aus bestimmten Gründen ab, mich nach Deutschland repatriieren zu lassen."[55] Als Referenzen verwies Brecht auf folgende Personen: Albert Einstein, Princeton; Oskar Wälterlin, Zürich; Kurt Horwitz, Basel. Der Name Albert Einsteins diente wohl mehr dazu, seinem Gesuch den nötigen Nachdruck zu verschaffen. Wälterlin und Horwitz dürfte er in sein Vorhaben eingeweiht haben. Der Brief, mit dem er sein Gesuch begründete, entsprach allerdings nicht den tatsächlichen Beweggründen, die er dann in Hinsicht auf seine zukünftigen Absichten in einem Brief an Helene Weigel sehr eindeutig formulierte: „Solch einer [ein Paß – W. M.] gälte dann auch für Dich und Barbara und wäre zumindest ein Papier, mit dem man reisen kann. Die Aussichten sind nicht schlecht, und ich muß ja versuchen, den Zugang zu so vielen deutschsprachigen Bühnen wie möglich zu behalten. Arbeiten können wir ja dann, wo wir wollen."[56] Und das eben war Berlin.

Die Formulierungen seines Begleitbriefs muß man zum Teil als Floskeln betrachten, wie sie Emigranten geläufig waren, um einen Paß zu bekommen. Und Brecht ging es tatsächlich nur um den Paß, nicht um ein Bekenntnis zu Österreich. Aufschlußreich ist deshalb auch, daß er meist nur vom Paß, nicht von der beantragten Staatsbürgerschaft schrieb. Wenn er auch nicht vorhatte, sich in Wien oder Salzburg niederzulassen, so war doch die Bemerkung, daß er die österreichische Atmosphäre brauche, wiederum auch nicht geheuchelt. Denn inszeniert hätte er bei entsprechenden Arbeitsbedingungen in diesem Land sicher ganz gerne. Der Paßantrag schien die einzig mögliche Variante, als Autor Einfluß auf das gesamte deutsche Sprachgebiet nehmen zu können. Mit diesem Schritt verteidigte er seine Arbeits- und Wirkungsmöglichkeiten als Künstler in den verschiedenen Ländern, vor allem in den deutschsprachigen. In der sich mehr und mehr zuspitzenden europäischen Nachkriegssituation ließ sich ein solches Verlangen nur mit List durchsetzen. Seinen Wohnsitz wollte er in dem Teil Deutschlands nehmen, in dem die gesellschaftlichen Veränderungen eingeleitet wurden, für die er gekämpft und geschrieben hatte. Zugleich schien es ihm geboten, auch außerhalb dieses Teils seine künstlerischen Belange wahrzunehmen. Der Verlauf der Entwicklung zeigte jedoch, daß beides zusammen nicht ging, es sei denn: mit einem österreichischen Paß. Daß es dann selbst damit nicht ging, wenn auch aus ganz anderen Gründen, bewies nur, wie recht Brecht hatte, wenn er die europäische politische Situation äußerst skeptisch betrachtete.

Der Staat, den er aus politischer Überzeugung wählte und in dem er seinen Wohnsitz nahm, hätte ihm als Staatsbürger die gewünschten Reisemöglichkeiten gar nicht geben können, weil die westliche Deutschlandpolitik diesem Staat die internationale Anerkennung verweigerte. Wer später als DDR-Bürger in Länder außerhalb des sozialistischen Lagers reisen wollte, benötigte einen zweiten Paß, einen sogenannten „Vorläufigen Reiseausweis an Stelle eines Passes für deutsche Staatsangehörige". Den aber stellte, oft erst nach eingehender diskriminierender Befragung, das Allied Travel Office aus, ein alliiertes Reisebüro der französischen, britischen und amerikanischen Militärkommandantur. Dieser Prozedur wäre auch Brecht unterworfen gewesen, und zwar bis ans Ende seines Lebens. Denn der Durchbruch zur internationalen Anerkennung gelang der DDR erst im Jahre 1972. Zu mißbilligen war also weit eher diese Politik, die den einen deutschen Staat international zu boykottieren suchte, und weniger Brechts Lösungsversuch. Sein Ersuchen um die österreichische Staatsbürgerschaft leitete er noch vor Gründung der DDR ein. In den Jahren danach, während des kalten Krieges, als jedes Bemühen um internationale Anerkennung und Gleichberechtigung durch die von den westlichen Staaten sanktionierte Deutschlandpolitik Adenauers zunichte gemacht wurde, bildete sich in der DDR im Widerstand gegen diese Diskriminierung eine Haltung heraus, die Brechts individuelle Lösung keineswegs mehr ohne weiteres zu billigen gewillt war. Jetzt wurde ihm seine Paßangelegenheit von allen Seiten verübelt. In der DDR jedoch nur insofern, als man darüber schwieg und diesen Punkt nicht berührte.

Brechts Gesuch um Bewilligung der österreichischen Staatsbürgerschaft legte die Salzburger Landesregierung am 17. November 1949 dem Unterrichtsministerium vor. Das geschah bereits zum zweiten Male, denn Wien hatte die Akte zurückgeschickt, weil man dort erst noch Auskunft über Brechts Tätigkeit in der sowjetischen Besatzungszone Deutschlands haben wollte. In einem Brief an Gottfried von Einem beteuerte Brecht, daß er in Ostberlin keine Leiterfunktion ausübe und daß er gern bereit sei, Salzburg als ständigen Wohnsitz zu wählen. Inzwischen bemühte sich Gottfried von Einem, einflußreiche Persönlichkeiten zu veranlassen, etwas für Brecht zu tun. In einer Stellungnahme an das Unterrichtsministerium erklärte der Verband demokratischer Schriftsteller und Journalisten, daß man Brechts Ersuchen „aufs wärmste" begrüße. Schließlich bekundete der österreichische Ministerrat am 28. März 1950 sein „Interesse an der Verleihung". Am 12. April 1950 stellte die Salzburger Landesregierung unter der Kennziffer 3949/LAD/50 Brecht die „Urkunde über die Verleihung der Staatsbürgerschaft" aus. Sie erstreckte sich auch auf die Ehefrau.

Eine entsprechende Meldung erschien in den führenden Wiener Tageszeitungen, ohne daß sie Aufsehen in der einen oder anderen Richtung auslöste. Das änderte sich schlagartig im Oktober 1951. Jetzt setzte eine breite Kampagne gegen die Einbürgerung ein. Die österreichische Presse suggerierte die Meinung, daß die Einbürgerung Brechts einen ganz und gar unverantwortlichen Vorgang darstellte. So hieß es in den „Salzburger Nachrichten":

„Warum Bert Brecht, der zum verspäteten Landsturm des kommunistischen Avantgardistentums gehört, heute ausgerechnet auf Salzburg blickt, wohin er paßt wie der Dieselmaschinist ins Oratorium, ist zunächst unerfindlich. Es sei denn, man glaubt an einen ostzonalen Auftrag in Kultura, sich dort des Dreigroschenoper-Genies zu bedienen, wo die Oper keine zwei Groschen mehr wert ist, seit sie vom hohen Schemel heruntergestoßen wurde. Man wird sagen, jetzt darüber zu schreiben, hieße das Tor verschließen, nachdem die Kuh aus dem Stall ist. Es ist aber umgekehrt. Es gilt vielmehr nachzusuchen, auf welchem Weg der Edelmarder in den Salzburger kulturellen Hühnerstall eingebrochen ist. Denn Bert Brecht ist heute ohne Zweifel so etwas wie ostzonaler Hausdichter in Berlin."[57] Das „Linzer Volksblatt" gab zu überlegen, ob nicht allein schon die Absicht Brechts, in die Mozart- und Festspielstadt zu ziehen, verdächtig gewesen sei, und schlußfolgerte: „Er dürfte ein gefährlicher Agent sein! Und den lassen wir herein?"[58] Die Presse fragte, wie es überhaupt zu dem „Fall Brecht" gekommen sei. Doch sicher nur durch Umgehung der verantwortlichen staatlichen Instanzen. Als sich herausstellte, daß es sich keineswegs so verhielt, schoben sich die staatlichen Stellen gegenseitig die Schuld zu. Es fehlte auch nicht an Stimmen, die den Rücktritt des Unterrichtsministers Hurdes forderten. Im Salzburger Landtag kam es zu einer erregten Debatte, in der der Abgeordnete Freyborn daran erinnerte, daß die „Liste von dekadenten, kulturschänderischen Veröffentlichungen"[59] Brechts doch allgemein bekannt gewesen sei. Vor allem aber suchte man nach einem Schuldigen, den man schließlich in Gottfried von Einem fand, obwohl, wie im Landtag erklärt wurde, „mehrere Freunde für den Herrn Brecht tätig gewesen sind, über die man nun den Mantel der christlichen Nächstenliebe breitet, um sie der Öffentlichkeit nicht preiszugeben"[60]. Gottfried von Einem wurde seiner Funktion als

Direktoriumsmitglied der Salzburger Festspiele enthoben.

Die ganze Paßangelegenheit, die für Gottfried von Einem eine Schädigung seiner weiteren Entwicklung mit sich brachte, nahm Brecht nur insofern wichtig, als sie ihm den Zugang zu jenen Ländern und Städten erleichterte, die als Spielorte für seine Stücke in Frage kamen.

Zeit der Hoffnung

Erkundungen in Berlin

Daß sich Brecht erst im vierten Jahr nach Kriegsende nach Berlin begab, mußte verwundern, bedenkt man, wie begierig er auf Nachrichten aus dieser Stadt war. Doch Brecht konnte warten. Obwohl ihn Herbert Jhering schon 1946 beschworen hatte, daß es Zeit sei, zu kommen, bezog er vorerst seinen Schweizer Beobachtungsposten. Jhering meinte, man müsse endlich einen in Deutschland bisher unbekannten Brecht spielen, sonst schlichen sich Mißverständnisse ein und die Mittelmäßigkeit dominiere. Auch machte sich an den deutschen Theatern Unmut darüber breit, daß sich Brecht darauf beschränkte, die Aufführungspraxis seiner Stücke vom Ausland her zu kritisieren. Die Zeitungen meldeten, das Volkstheater Heidelberg habe Brecht eingeladen, seine „Dreigroschenoper" selbst zu inszenieren. Man verlangte jetzt konkrete Auskunft, wie er es denn haben wolle. 1948 kam es in der sowjetischen Besatzungszone zur Wiedereröffnung einiger großer Bühnen, so in Dresden und Weimar. In Berlin wurde der Wiederaufbau der zerstörten Volksbühne beschlossen. Das Interim schien vorbei. Wollte Brecht sich nicht vor vollendete Tatsachen gestellt sehen, mußte er sich umtun. Am 17. Oktober 1948 war es dann soweit. Mit einer Einladung in der Tasche reiste Brecht mit Helene Weigel nach Berlin. Vorerst gedacht als Besuch, wurde daraus ein ständiger Aufenthalt. Die Reise führte über Salzburg, wo Erika Neher sie empfing, da Caspar in Wien beschäftigt war. Im Kreis des Komponisten Gottfried von Einem gab es Gespräche über die sowjetische Antiformalismusdebatte. Dieses Thema sollte Brecht in den nächsten Jahren wiederholt beschäftigen. Jetzt interessierten ihn mehr die Reaktionen, die es hervorrief. Brecht hatte den Eindruck, daß die Musiker nur deshalb dagegen waren, weil sie einen Zwang spürten. Er selbst sah sich zur Zeit ganz anderen Zwängen ausgesetzt. Die USA-Behörden gestatteten nicht, daß er durch die amerikanische Besatzungszone reiste. So blieb mit Unterstützung tschechoslowakischer Freunde nur der Umweg über Prag. Hier hielt er sich drei Tage auf.

Das durch den Krieg verheerte Europa hatte Brecht bisher nur flüchtig wahrgenommen. Als er in die Schweiz kam, fand er hier Städte und Lebensgewohnheiten intakt. Emigranten konnten glauben, wieder in die Welt zurückgekehrt zu sein, die sie 1933 verlassen hatten. Anders in Österreich und in der Tschechoslowakei. Salzburg, die Festspielstadt, wirkte auf Brecht ausgepowert und erschöpft. Das Goldene Prag erschien ihm ärmlich. Obwohl Brecht weder Läden noch Kaufhäuser aufsuchte, orientierte er sich in jeder Stadt schnell, was das alltägliche Leben kostete. In Salzburg fiel ihm – wie einst in Paris – sofort der schwarze Markt auf, auf dem alles zu haben war, so daß man sich auch ohne Lebensmittelkarten über Wasser halten konnte. „strenge demokratie für die mittellosen, dh arbeitenden, jeder bekommt gleich wenig.“[1] In Prag fand er den schwarzen Markt kaum der Rede wert. „... einmal, als lebensmittelkarten im großen gestohlen wurden, gab es todesurteile. die justiz ist undemokratisch: werden vermögende erwischt, werden sie härter bestraft als die armen.“[2] In Prag gab es damals wenig Fett, Milch nur für Kinder, dennoch, wurde ihm erklärt, sei der Gesamtkonsum größer als in der Republik unter Beneš. Der Revolutionär Brecht vernahm mit sichtlicher Genugtuung, daß Großbauern mit einem Besitz über 50 Hektar enteignet wurden. Doch Forderungen realisiert zu sehen, die bisher nur Losungen gewesen waren, verstellte ihm nicht den Blick. Als ein wesentliches Phänomen der Umwälzungen nahm er wahr, daß die Gesellschaft, die nun ihre Produkte für alle auf den Tisch legte, mit Schrecken feststellte, daß es zuwenig war. „sie sieht sich ertappt auf der produktion von mangel und beginnt sich nicht mehr zu waschen, alles wird schäbig."[3] 1948 glaubte man diesen Zustand bald überwinden zu können, denn man führte ihn wesentlich auf den Krieg und die Kriegsschäden zurück. Brechts Feststellung sollte jedoch für lange Zeit gültig sein. Am Abend des ersten Tages in Prag besuchte er das Theater Emil František Burians. Dieser fortschrittliche Theatermann hatte in seinem D 34 Brechts „Dreigroschenoper" inszeniert. 1935 gastierte er damit in Zürich und rief die Empörung der Schweizer Frontisten hervor, die die Aufführung zu sprengen versuchten. Mit diesem Prager Theater blieb Brecht auch später in Berlin freundschaftlich verbunden.

Am 22. Oktober 1948 fuhren Brecht und Helene Weigel früh von Prag ab und erreichten gegen Mittag die Grenze bei Bad Schandau. Hier begrüßte sie eine Delegation der Dresdner Landesleitung der SED. Otto Buchwitz, Helmut Holtzhauer und der aus der Emigration in Mexiko zurückgekehrte Ludwig Renn hießen Brecht und die Weigel willkommen. Die Presse war da, und Brecht bemerkte nicht ohne Wohlgefallen, daß er hier nicht als Privatmann behandelt wurde. Er registrierte: „fotografiererei wie in USA und rundfunk."[4]

In Berlin wartete die Presse auf dem Bahnhof. Doch die Gäste kamen mit dem Auto. Alexander Abusch holte sie an der Stadtgrenze ab. Am Abend saß dann Brecht im Club des Kulturbundes in der Jägerstraße nach vielen Jahren wieder mit Johannes R. Becher, mit Herbert Jhering und Slatan Dudow zusammen. Mehr noch als die Wiedersehensfreude empfand Brecht die Lust am Gespräch, zumal mit Freunden, die wesentlichen Einfluß auf die kulturelle Entwicklung dieses Landes hatten. Becher war als einer der ersten aus der Emigration zurückgekehrt. Bereits im Juni 1945 versammelte er in seiner Dahlemer Wohnung Künstler und Wissenschaftler. Hier schlug er vor, einen Kulturbund zur demokratischen Erneuerung Deutschlands zu gründen, ebenjene Vereinigung, auf deren Einladung Brecht nach Berlin gekommen war. Unter Bechers Leitung wurde der Kulturbund nach 1945 zu einem überparteilichen Zentrum aller aufbauwilligen, an der kulturellen Erneuerung Deutschlands interessierten Intellektuellen. Becher bemühte sich um die Mitwirkung weltanschaulich ganz unterschiedlicher Leute. Selbst solche Künstler wie der Dirigent Wilhelm Furtwängler, der sich doch ziemlich weit mit den Faschisten eingelassen hatte, forderte er zur Mitarbeit auf. Entsprechend dieser breiten politischen Sammelbewegung richtete er sein literarisch-strategisches Konzept aus. Das hatte Brecht im amerikanischen Exil mit einiger Skepsis verfolgt. Damals, im Februar 1947, notierte er anläßlich eines programmatischen Artikels von Becher: „der rattenfänger von hameln muß aber zumindest pfeifen gekonnt haben.“[5] Jetzt sah er sich zum erstenmal mit der konkreten Situation konfrontiert. Jhering, der im Lande geblieben war, hatte gleich nach Kriegsende Anschluß an die aus der Sowjetunion heimgekehrten Emigranten gefunden und sich als Theaterpublizist und dann als Chefdramaturg des Deutschen Theaters zur Verfügung gestellt. Daß er nicht in die Emigration gegangen war, trug ihm Brecht nie nach. Jetzt war Jhering einer der ganz wenigen, die die Kontinuität zum Theater der Weimarer Republik herzustellen suchten, ohne die neue, ganz andersartige Situation aus dem Auge zu verlieren. Seine publizistische Tätigkeit, die sofort Brecht als die stärkste Potenz des deutschen Theaters ins Spiel brachte, besaß Gewicht und wurde als wegweisend empfunden. All das, was er befördern wollte, wurde von ihm ein wenig abstrakt und politisch sehr allgemein fortschrittlich beschrieben, aber gerade das erwies sich damals noch nicht als Nachteil. Slatan Dudow kam aus der Schweiz. Dort hatte er einige Komödien geschrieben. Eine davon, „Der Feigling“, wurde 1948 gespielt. Jetzt war er damit beschäftigt, bei der neugegründeten

Filmgesellschaft DEFA den Film „Unser täglich Brot" zu drehen.

Brecht wurde im Hotel Adlon untergebracht. Von dem ehemaligen Prunkhotel in der Wilhelmstraße, unmittelbar am Brandenburger Tor, stand nur noch ein Seitenflügel. Dieser Hotelrest war die repräsentativste Unterbringungsmöglichkeit, die die Stadt zu bieten hatte. Von Berlin hatte Brecht am ersten Tag kaum etwas zu sehen bekommen, denn sie waren erst spätabends eingetroffen. Nur die Ruinen der Friedrichstraße tauchten undeutlich vor ihm auf. Am folgenden Tage besah er sich die Stadt. Von jeher Frühaufsteher, ging er 6.30 Uhr die zerstörte Wilhelmstraße zur Reichskanzlei hinunter: „sozusagen meine zigarre dort zu rauchen."[6] Dieser Satz spielt auf Churchill an, der seinen ersten Berlinaufenthalt nutzte, um auf den Trümmern der Reichskanzlei seine Zigarre zu rauchen. Das Bild ging damals um die Welt. Doch dürfte es nicht gerade das Triumphgefühl Churchills gewesen sein, was Brecht empfand. Dreieinhalb Jahre nach dem Krieg war die gesamte Gegend noch ein einziges Trümmerfeld. Hinter dem bereits abgetragenen Gebäude der ehemaligen Reichskanzlei das weite baumlose Gelände des Tiergartens. Angesichts der Ruinenlandschaft Berlins notierte Brecht: „berlin, eine radierung churchills nach einer idee hitlers. berlin, der schutthaufen bei potsdam."[7] Die Ruinen ließen ihn an das Schicksal der Menschen denken, deren Häuser nur mehr Trümmerberge waren. Doch einige Gespräche mit Passanten machten ihm klar, daß die Verwüstung in den Köpfen nicht weniger schlimm war. Hellhörig für alle Töne, die auf das Alte eingestimmt waren, von dem das Unglück ausgegangen, wurde ihm wieder deutlich, daß die Menschen aus dem Unglück allein nichts lernen.

Am Nachmittag gab es im Kulturbund einen Empfang für Brecht, auf dem Pieck, Jhering und Langhoff sprachen. Erstmals lernte er hier auch den sowjetischen Kulturoffizier Alexander Dymschiz kennen. Daß bei Kriegsende zwei sowjetische Offiziere leitende Funktionen im Kulturstab der Sowjetischen Militäradministration innehatten, die Brechts Werk verehrten, sollte sich außerordentlich günstig auf seine weitere Arbeit und auf die spätere Gründung des Berliner Ensembles auswirken. Zu den ersten größeren Artikeln nach 1945 über Brechts Werk gehörte der von Dymschiz über den „Schweyk“ am 12. Januar 1947 in der „Täglichen Rundschau“. Bei ihrem ersten Zusammentreffen vergaß Brecht nicht, sich dafür zu bedanken. Obwohl vom Fach her kein Germanist, beherrschte Dymschiz die deutsche Sprache wie einer, der lange Zeit in Deutschland gelebt hatte. Aus einem fortschrittlichen, antizaristisch eingestellten Elternhaus stammend, hatte er durch seine Mutter und seine Gouvernante die deutsche Sprache erlernt. Nach der Revolution widmete er sich als Student und Doktorand vor allem dem Werk Majakowskis, das er besonders liebte. Vor dem Krieg erschien von ihm die erste größere Forschungsarbeit über das Werk dieses Dichters. Verwandt mit dem Schriftsteller Alexej Tolstoi, versehen mit Erfahrungen und Einsichten als Hochschullehrer und Redakteur, gehörte er bei Ausbruch des Krieges zu der neuen Generation der sowjetischen Literaturwissenschaft. Daß Dymschiz jedoch nach Kriegsende zum Leiter der Kulturabteilung in der Sowjetischen Militäradministration aufrückte, ergab sich aus Zufall. Bei Kriegsende lag seine militärische Einheit in Kurland. Als angeordnet wurde, daß die ganze Kompanie Deutsch zu lernen habe, fiel Dymschiz seinen Vorgesetzten dadurch auf, daß er sich daran nicht beteiligte. Wozu auch, die Sprache konnte er. Auf diese Weise „entdeckt“, wurde er nach Berlin abkommandiert und zum Inspekteur der deutschen Presse ernannt. Später übernahm er die Leitung der Kulturabteilung in der SMAD. Hier erwies er sich als wichtiger Helfer für die Generation, die, wie Brecht, aus der Emigration heimkehrte oder, wie Ernst

Busch, aus den faschistischen Zuchthäusern und Konzentrationslagern kam. Für Brecht wurde er zum Freund, dem er auch verbunden blieb, als Dymschiz wieder in seine Heimat zurückgekehrt war.

Der andere Kulturoffizier, Ilja Fradkin, war jünger als Dymschiz. Als Student der Germanistik hatte er Brechts epische Stücke in der von Tretjakow herausgegebenen Ausgabe kennengelernt. Seine Zeit als Verantwortlicher für die Theater in Berlin lag noch vor Brechts Ankunft. Für die neuen Stücke des Dichters setzte er sich ein, als man sie am Deutschen Theater noch für arg pazifistisch und fatalistisch ansah.

Während des Kulturbundempfangs hielt Dymschiz, wie Brecht vermerkte, eine „kluge kleine rede". In den folgenden Wochen begegneten sie sich in der „Möwe", jenem Club, den man für die Berliner Theaterleute eingerichtet hatte. Hier kam es dann zu ausführlicheren Gesprächen. „Wir kamen auf Hegel und Wachtangow zu sprechen ... Wir sprachen über die tendenziöse Tätigkeit des berüchtigten ‚Ausschusses zur Untersuchung unamerikanischen Verhaltens', der in erster Linie demokratisch gesinnte Künstler verfolgte. Brecht erwies sich als ausgezeichneter Kenner Hegels. Er betrachtete die marxistische Aneignung des Hegelschen Erbes als außerordentlich wichtige ideologische Aufgabe der sozialistischen Bewegung. ‚Wir müssen das Vermächtnis Lenins erfüllen und eine Gesellschaft sozialistischer Freunde Hegels gründen', meinte Brecht. ‚Für uns Deutsche ist dies von besonderer Wichtigkeit, denn Hegel ist seinem ganzen Wesen nach ein Meister logischen Urteils. In diesem Sinne ist er, wenn Sie so wollen, ein Antifaschist, denn im Faschismus beruhte alles auf elementarer Mißachtung der Logik.' ... Wir unterhielten uns über Stanislawski, und Brechts Interesse galt insbesondere dem Stanislawski-Schüler Wachtangow. Er sei, wie Brecht sich ausdrückte, nicht Schüler geblieben, sondern habe sich selbst zu einem der größten Revolutionäre auf dem Theater entwickelt. Ich berichtete Brecht von den Tagebüchern Wachtangows, erzählte ihm von einem Buch, das Schüler Wachtangows herausgegeben hatten: ‚Gespräche über Wachtangow'. ‚Das alles muß ins Deutsche übersetzt werden', sagte Brecht."[8]

Am Abend nach dem Empfang im Kulturbund war Brecht zur Premiere ins Deutsche Theater eingeladen. Nach fünfzehn Jahren besuchte er erstmals wieder ein Berliner Theater. Doch ausgerechnet an diesem Abend gab man „Haben" von Julius Hay, ebenjenes Stück, das in den Jahren der Emigration zum Streit mit den Genossen in Moskau geführt hatte. Hays rüde Attacke von damals empfand Brecht sicher auch an diesem Abend nicht als erledigt. Mit seinen ersten Theatereindrücken nach dem Krieg hatte Brecht immer irgendwie Pech. Er traf stets auf Konkurrenten. In Paris war es eine Aufführung von Kafkas „Prozeß" gewesen. Jetzt, beim Eintritt in eine neue Arbeitsphase, präsentierte sich wieder ein Antipode. Ein weniger souveräner Charakter hätte das vielleicht als schlechtes Omen aufgefaßt. Brecht fand nur die Aufführung herzlich schlecht. „miserable aufführung, hysterisch verkrampft, völlig unrealistisch."[9]

In den folgenden Tagen konnte Brecht dann der Presse entnehmen, daß man sein Urteil keineswegs teilte. Die Kritik jubelte, und zwar im Osten wie im Westen. Selbst Kritiker, die es bei diesem Stück nicht unterlassen konnten, sich als Verteidiger des Privateigentums auszuweisen, zollten dem Dichter höchsten Respekt. Da hieß es: „Der Gesamteindruck: tief und wahr" („Nacht-Express" – Paul Wiegler); „‚Haben' ist nicht nur wahr, nicht nur ‚richtig' in der Sicht der Verhältnisse, sondern überdies bestes realistisches Theater, ist Dichtung von hohem Rang" („Tägliche Rundschau" – Wolfgang Harich); „Ein großer Erfolg für Hay und alle" („Telegraf" – Fritz Schwiefert); „Das meisterhaft gebaute Drama, das auf einer historischen Begebenheit beruht, ist eines der kühnsten Gesellschaftsstücke der modernen Bühne" („Neues Deutschland" – Max Schroeder); „,Ein durch und durch marxistisches Stück.' Ich schließe mich Lion Feuchtwanger an. Anstatt des Fatums an sich – das Soziale. Anstatt der menschlichen Natur ihre soziale Verkrüpplung. Massengiftmorde als zwangsläufige Folge kapitalistischer Massenausbeutung" („Telegraf" – Fritz Schwiefert).[10] All das, was Brecht seinem Freunde Feuchtwanger in den dreißiger Jahren nicht ohne Hohn hatte auszureden versucht, war wieder da. Feuchtwangers Argumentation triumphierte auf der ganzen Linie. Eine Ausnahme machte eigentlich nur Fritz Erpenbeck, obwohl auch er sich von der Aufführung tief beeindruckt zeigte. Da er den Streit um das Stück genau kannte, machte er sich seine eigene Theorie zurecht. Feuchtwangers Kennzeichnung fand er grundfalsch: es gäbe keine marxistischen Werke, sondern nur solche, in denen die menschlichen Beziehungen wahr, also realistisch gestaltet seien. In einem solchen Sinne seien alle Stücke von Aristophanes bis Hay oder Brecht „durch und durch marxistisch". Die Reaktion der Presse auf Hays „Haben" hätte Brecht als Test des gegenwärtigen ästhetischen Denkens in Deutschland auffassen können. Die Argumentation der verschiedenen ideologischen Seiten entsprach in keiner Weise der Kunst, die er beabsichtigte. Das sollte er selbst bald zu spüren bekommen.

In den ersten Tagen in Berlin wurde Brecht jedoch weit mehr durch die Situation im Theater selbst als durch die des Publikums in Anspruch genommen. Durch Jhering bereits unterrichtet, wollte er sich an Ort und Stelle über die Möglichkeiten am Deutschen Theater informieren. Doch bereits vor Wolfgang Langhoff, der sich sehr um Brecht bemühte, hatte es über Gustav von Wangenheim Versuche gegeben, ein Brecht-Stück am Deutschen Theater zu spielen. Aber es gab da auch Bedenken. Wangenheim erkundigte sich beim sowjetischen Theateroffizier Ilja Fradkin, wie er zu den neuen Stücken stehe. Doch Wangenheim blieb nicht lange Intendant (1945/46). Seine Ablösung erfolgte nicht zuletzt aus der Überlegung, daß Wolfgang Langhoff, der während seines Exils in der Schweiz am Zürcher Schauspielhaus große Erfolge gehabt hatte, mit den bürgerlichen Schauspielern am Deutschen Theater besser zurechtkommen werde als Wangenheim, der die zwölf Jahre im Exil in der Sowjetunion verbracht hatte. Daß dann auch Langhoff den alten Stamm des Ensembles nicht zusammenhalten konnte, lag mehr an der Politik des kalten Krieges, der 1948, also zur Zeit des Brecht-Besuchs, bereits im Gange war.

Langhoff bemühte sich, die verschiedenartigsten Talente an sein Theater zu binden. Daß er auch Brecht zu gewinnen suchte, erklärt sich vor allem aus dieser Ensemblestrategie und weniger aus persönlicher Neigung. Langhoff schätzte den politischen Kampfgeist Brechts, doch dessen ästhetische Theorien entsprachen weder seiner künstlerischen Eigenart noch seinen bisherigen Erfahrungen. Als er im Januar 1948 am Deutschen Theater „Furcht und Elend des Dritten Reiches“ inszenierte, beschäftigte er sich gar nicht erst damit, einen angemessenen „Brecht-Stil“ zu finden, sondern brachte das Werk von seinem ästhetischen Verständnis her auf die Bühne. Ihm gelang diese Übersetzung in eine andere Theatertradition so vollkommen, daß selbst Kritiker, die Brechts Theateransichten nur vom Hörensagen kannten, dagegen protestierten. So schrieb Wolfgang Harich: „Das Kriterium für Wert oder Unwert einer Brecht-Aufführung besteht darin, ob sie dieser Dialektik in aller Schärfe Geltung verschafft. Von Wolfgang Langhoffs Inszenierung kann man das nicht behaupten. Das dialektische Lehrstück ist aufgeweicht zu bravem, konventionellem, landläufigem Theater. Das Theater mit seinen leidigen

‚Zwischentönen' verdeckt Anklage und Botschaft. Brecht wird hier gespielt, nicht gelehrt. Langhoff scheint nicht begriffen zu haben, daß es sich fast in jeder Szene um absolut selbstsichere Existenzen handelt, denen plötzlich der Boden unter den Füßen schwindet, daß eben darin das Umschlagen des noch Bürgerlichen ins schon Faschistische besteht und daß dieser reine, klare, gesetzmäßige Vorgang auf gar keinen Fall mit den zufälligen Merkmalen individuell-konkreter Personen verkleistert werden darf."[11] Für Brechts Skepsis gegenüber Langhoffs Theaterauffassung hätte es nicht erst dieser Inszenierung bedurft. Er kannte Fotos von Langhoff als Darsteller des Eilif in der Zürcher Uraufführung von „Mutter Courage". Sie hinterließen bei ihm einen so abstoßenden Eindruck, daß er nicht an eine Zusammenarbeit denken konnte. Doch jetzt brachte ihm Langhoff so viel Interesse entgegen, eröffnete ihm Möglichkeiten, die sich jeder andere Theaterleiter, nicht zuletzt Brecht selber, sehr überlegt hätte, so daß jeder Vorbehalt schwand. Die kameradschaftliche Haltung Langhoffs beeindruckte ihn sehr. Daß Brecht in Berlin Fuß faßte, daß er hier Theater machte, bevor er über ein eigenes verfügte, daran hatte Langhoff mit seiner menschlich und politisch klugen Haltung in diesen ersten Tagen großen Anteil.

Am 24. Oktober 1948 nahm Brecht an einer Kundgebung im Berliner Admiralspalast an der Friedrichstraße teil, mit der der Kulturbund seine Veranstaltungswoche „Berlin und der Frieden" eröffnete. In den Sommermonaten des Jahres 1948 hatte sich die Lage in Berlin beträchtlich zugespitzt. Das Verbot des Kulturbundes in den Westsektoren der Stadt im Herbst 1947 war nur eine der Maßnahmen, die auf die politische Konfrontation hinwiesen, zu der es zwischen den ehemals Alliierten gekommen war. Der kalte Krieg erstreckte sich mittlerweile auf alle Bereiche des politischen, ökonomischen und kulturellen Lebens. So wurde die Veranstaltungswoche des Kulturbundes vom 24. bis 30. Oktober zu einer der ersten großen politischen Demonstrationen. An ihr nahmen Arnold Zweig, Hanns Eisler, Julius Hay, Louis Fürnberg, Helene Weigel teil, weil sie es wieder für nötig hielten, auf die Kampfmittel zurückzugreifen, mit denen sie sich in den Jahren zwischen 1933 und 1945 hatten behaupten müssen. In welches internationale Spannungsfeld sich Brecht begeben hatte, verdeutlichte der abschließende Bericht über diese Kulturbundkundgebung von Klaus Gysi: „Wenn die Kriegstreiber in Berlin, in unserem Vaterlande und in der Welt sich zusammenfanden in dem hysterischen Schrei: ‚Berlin ist einen Krieg wert', dann hat unsere Woche des Kulturbundes laut und vernehmlich geantwortet: Berlin, Deutschland, die Welt ist den Frieden wert, und sie will ihn. Sie will ihn nicht nur, sie wird ihn erkämpfen. Dabei steht alles, was wirkliche Kultur repräsentiert, was national und international Bedeutung hat, auf unserer Seite."[12]

Brecht kehrte verhältnismäßig spät in diese Stadt zurück. Inzwischen war das politische Klima in Berlin nicht mehr das der unmittelbaren Nachkriegsjahre. Als Carl Zuckmayer 1946 nach Berlin gekommen war, hatte er noch feststellen können: „Hier trifft Ost und West auf einer friedlichen, ja freundschaftlichen Ebene zusammen, wie man sie auf dem Gebiet der Politik nur zutiefst erhoffen kann. In der Kunst aber herrscht Urfehde und Gottesfriede, das heißt gegenseitiger Respekt und lebendiger Austausch. Der Russenchor bleibt für mich ebenso unvergessen wie die geradezu verblüffend gelungene und aufschlußreiche Eindeutschung, Umschmelzung einiger amerikanischer Stücke. Von dieser Internationalisierung kann die deutsche Kunst und das deutsche Volk nur gewinnen."[13] Nun hätte Brecht die Situation vielleicht auch schon 1946 nicht so harmonisch gesehen. Dennoch blieb der Unterschied auffällig genug. Anstelle des freundschaftlichen Austausches herrschte der kalte Krieg, statt der Zusammenarbeit dominierte die Konfrontation. Diese angespannte politische Lage veranlaßte Brecht, äußerst vorsichtig zu operieren. Er gab keine Interviews. Mit Johannes R. Becher vereinbarte er, daß er auf der Kundgebung selbst nicht sprechen werde. Er, der sich später bei wichtigen politischen Ereignissen sofort zu Wort meldete, verhielt sich hier wie ein Politiker, der sich erst genau orientieren will, bevor er sich äußert. Diese Zurückhaltung schränkte seine Resonanz in der breiten Öffentlichkeit ein. Arnold Zweig sprach. Mit seiner Rede, die über die Medien und durch Propagandisten in die entlegensten Orte des Landes gelangte, stellte er sich erstmals einem breiten Leserpublikum vor.

Die Kundgebung bedeutete für Brecht auch ein Wiedersehen mit alten Freunden und Bekannten. Zwischen ihm und Arnold Zweig bestanden seit den ersten Jahren der Emigration freundschaftliche Beziehungen. Beide behandelten einander mit großem Respekt, ohne den Unterschied in ihren künstlerischen Methoden zu verbergen. Ebenso wie für Brecht wurde aus dem Berlinbesuch Zweigs ein Daueraufenthalt. Im Präsidium saß Brecht neben Julius Hay. Zu einer Annäherung der beiden kam es nicht. Wichtig war Brecht das Wiedersehen mit Hanns Eisler, mit ihm wollte er neue Projekte besprechen. Wie Brecht war auch Eisler seit seiner Rückkehr aus dem amerikanischen Exil erstmals wieder in Berlin. In den USA hatte man ihn gleichfalls vor den „Ausschuß zur Untersuchung unamerikanischer Tätigkeit" geladen. Das Verhör im Februar 1948 endete mit der Ausweisung. Da er als Österreicher galt, wurde er nach Wien abgeschoben. Thomas Mann, Chaplin, Picasso, Matisse, Cocteau, Aragon, Eluard setzten sich für ihn ein. Zunächst beabsichtigte er, sich in Wien niederzulassen, obwohl ihm, wie er Feuchtwanger schrieb, die „auch durch zwei Kriege nicht zerstörte Lieblichkeit der Stadt Wien" auf die Nerven ging. Doch der kalte Krieg fand auch in Wien statt. Gab es anfangs für Eisler noch die Hoffnung auf eine Professur an der Akademie, so wurde sie von den konservativen Kreisen in Politik und Musik bald zunichte gemacht. Die Einladung zu der Kulturbundkundgebung führte ihn zu der Entscheidung, für immer nach Berlin überzusiedeln. Hier kam es zwischen Brecht und Eisler zu ersten Absprachen, wie man mit den Mitteln der Kunst in die sich vollziehenden Umwälzungsprozesse eingreifen könne.

Wiedersehen gab es auch außerhalb der offiziellen Veranstaltungen. Gleich in den ersten Tagen traf sich Brecht mit dem Jugendfreund Otto Müllereisert, den er von den „apokalyptischen jahren“ mitgenommen fand.

Zu mehreren Gesprächen kam es mit Jacob und Hertha Walcher. Mehr noch als in der amerikanischen Emigration wurde Jacob Walcher jetzt für ihn der Freund, mit dem er sich in allen Dingen beraten konnte. Insofern war die Wiederbegegnung der Auftakt für eine Verbindung, die Brecht in den kommenden Jahren als ganz wesentlich empfand. In Walcher sah er den erfahrenen Kommunisten, der sich in der internationalen Arbeiterbewegung auskannte, der manche Irrungen in den politischen Kämpfen mitgemacht hatte, aber im Unterschied zu Brechts Freund Karl Korsch der Arbeiterklasse in allen Situationen tief verbunden blieb. Weil er sich weder durch Ehrgeiz noch durch Funktion in der nüchternen Beurteilung politischer Konstellationen beirren ließ, schätzte Brecht sein Urteil zu bestimmten Zeiten mehr als das anderer. Walcher wiederum hielt Brecht für einen besseren Politiker als sich selber. Das war von diesem erfahrenen, durch viele Prüfungen und Belastungsproben gegangenen Funktionär keineswegs als bloßes Kompliment gemeint. Beide unterhielten sich fast ausnahmslos über Politik und nur ganz selten über Kunst und Theater. Was den Politiker beeindruckt haben mag, war Brechts schroffes, die tatsächliche Interessenlage berücksichtigendes und dennoch taktisch klug abgewogenes Urteil in allen politischen Dingen.

Jacob Walcher hatte bereits 1946, gemeinsam mit Alfred Kantorowicz, Hans Marchwitza, Max Schroeder, die USA verlassen, um in die Heimat zurückzukehren. Die amerikanischen Militärbehörden hielten sie zunächst für sechs Wochen in Bremen fest, bevor sie nach Berlin weiterreisen durften. Sie bekamen die Auflage, sich im amerikanischen Sektor von Berlin niederzulassen. Als Jacob Walcher die USA verließ, gab ihm Brecht den Rat, den er selbst ja auch befolgte, er möge sich in Deutschland nicht sofort binden, sondern sich erst ein wenig umsehen. Damit er eine solche Beobachterzeit auch finanziell überstehen konnte, stellte er ihm eine Anweisung auf 500 Dollar aus. In Deutschland bedeutete das damals enorm viel Geld, aber auch für Brecht war es keine unbeträchtliche Summe. Doch der Politiker Walcher brauchte keine Beobachterfrist. Hals über Kopf stürzte er sich in die politische Auseinandersetzung der Nachkriegszeit. In Berlin stellte er sich den Organisationen der Arbeiterbewegung zur Verfügung und wurde Chefredakteur der Gewerkschaftszeitung „Tribüne".

Die Gespräche mit Walcher fanden zuerst im Hotel Adlon statt, in dem Brecht wohnte. Auch später, als Brecht die „Mutter Courage" am Deutschen Theater vorbereitete, unterhielten sie sich nach den Proben noch ein wenig im Hotel. In die ersten Wochen seines Berlinaufenthalts fiel der 30. Jahrestag der Novemberrevolution. In den fortschrittlichen Kreisen wurde der Jahrestag zum Anlaß genommen, darüber nachzudenken, welche Republik man in Deutschland nunmehr errichten sollte. Doch dieser geschichtlichen Erinnerung hätte es für Brecht nicht bedurft, denn von jeher schon hatte ihn die Frage interessiert, welche Lehren aus der deutschen Novemberrevolution gezogen werden müßten. Schließlich ging es darum, den Weimarer Weg, an dessen Endpunkt die Übergabe der Macht an die Faschisten stand, nicht zu wiederholen. In Walcher, der zu den Gründungsmitgliedern der KPD im Jahre 1918 gehörte und sich noch mit Rosa Luxemburg beraten hatte, sah Brecht einen Experten. Und nichts liebte er mehr als Expertengespräche. So drehten sich die Gespräche vorwiegend um die verlorene Revolution und darum, ob nicht abermals die Gefahr bestehe, daß die deutsche Arbeiterklasse eine Revolution verliere. Weiter wollte Brecht von Walcher wissen, welche Meinungen auf dem Gründungsparteitag bestanden. Hinter diesen Fragen steckte auch ein ganz persönliches Problem seines literarischen Schaffens. In den Jahren der Emigration hatte er die Hoffnung auf die Gesellschaftsumwälzung genährt, jetzt galt es, die durch den Hitlerkrieg niedergeschlagenen und enttäuschten Menschen zu ermutigen, diese Umwälzung praktisch zu bewältigen. Die Berliner Gespräche mit Walcher über die Novemberrevolution bildeten den Grundstock zur Arbeit an dem Stück „Die Tage der Commune“, der er sich drei Monate später zuwandte. Gerade weil „der reinigende Prozeß einer Revolution“ in Deutschland abermals ausgeblieben war, hielt er es für so wichtig, die richtigen Schlußfolgerungen aus der Novemberrevolution zu ziehen. Stand es doch gerade den Deutschen an, aus Niederlagen zu lernen. Noch einmal nahm er eine Gelegenheit wahr, sich über das Thema Novemberrevolution zu informieren. Die Gewerkschaftsfunktionäre von Berlin-Mitte führten eine Versammlung zu diesem Thema durch. Wahrscheinlich hatte ihn Walcher auf diese Versammlung hingewiesen, der ihn auch mit dem Gewerkschaftsvorsitzenden Roman Chwalek bekannt machte. Chwalek beauftragte seinen Referenten Hans Lautenschläger, der der Widerstandsgruppe um Harro Schulze-Boysen angehört hatte, Brecht zu begleiten. Die Diskussion fand im Puhlmann-Kino in der Schönhauser Allee statt. Im Gespräch mit Hans Lautenschläger erkundigte sich Brecht, wie denn die Vereinigung von KPD und SPD praktisch funktioniere. In sein „Arbeitsjournal“ trug er ein: „6. 11. 48 bei einer versammlung der gewerkschaftsfunktionäre von berlin mitte. thema: ‚die novemberrevolution 1918‘. gute köpfe, wieder viele frauen, alle in dünnen mänteln oder geflickten joppen, gesichtsfarbe grau. in der berliner blockade-frage ist man deutlich in der defensive.“[14]

Der Rückblick auf das Jahr 1918 vollzog sich bei Brecht im Zusammenhang mit den Nachrichten über den Siegeszug der chinesischen Revolution, die ihn in den Wochen um die Jahreswende 1948/49 tief bewegten. „durch alle diese wochen hindurch halte ich im hinterkopf den sieg der chinesischen kommunisten, der das gesicht der welt vollständig ändert. dies ist mir ständig gegenwärtig und beschäftigt mich alle paar stunden.“[15] Sein „rechnen mit einer renaissance der künste“ wurde vor allem durch die Vorgänge in China genährt. Sie verdrängten die Eindrücke einer zunehmenden politischen Verschärfung der Lage in Deutschland. Daß es mit dem freundlichen Miteinander der Alliierten in Berlin vorbei war, schockierte ihn nicht. Wenn es für ihn Enttäuschungen gab, wurden sie durch den Zustand der deutschen Arbeiterklasse hervorgerufen, durch die Zertrümmerung, die auch hier dem Faschismus gelungen war. Aber gerade deshalb fand er es so dringend, die Lehren aus den Niederlagen revolutionärer Erhebungen zu ziehen.

Sich über die Nachkriegssituation verständigend, meinte Hanns Eisler, daß es sich als eine Illusion erwiesen habe, die heimkehrenden Sozialisten und Kommunisten würden von den deutschen Arbeitern freudig begrüßt werden. Hoffnungen dieser Art hatte es früher auch bei Brecht gegeben. Die Desillusionierung setzte nach dem Kriege ein. Noch im letzten Kriegsjahr hatte er auf die Arbeiter in Oberschlesien gehofft. Daß die Aufstände gegen Hitler ausgeblieben waren, hatte ihn enttäuscht. Erst in Deutschland selbst sah er, in welchem Maße es den Faschisten gelungen war, das revolutionäre Selbstbewußtsein einer Klasse zu zerstören. Diese Einsicht wurde in den folgenden Jahren auch nicht durch die Aufbauleistungen der deutschen Arbeiter verdrängt. Nochmals in seiner Meinung bestätigt sah er sich durch die Ereignisse am 17. Juni 1953. Daß Brecht ganz stark daran interessiert war, möglichst viel über die Arbeiter und ihre Haltung in der gegenwärtigen Situation zu erfahren, ergab sich vor allem aus den unerfüllt gebliebenen Erwartungen.

Sich selbst umzusehen und Kontakte zu knüpfen, ließ sich Brecht keine Gelegenheit entgehen. Dabei spielte der Zufall oft eine große Rolle. Wenn er frühmorgens das Hotel Adlon verließ und sich umtat, nahm er an Leuten Haltungen wahr, die er eigentlich nur aus Details, aus winzigen Wendungen erschließen konnte. Am Bahnhof Friedrichstraße stieß er auf einen Buchhändler, den Kommunisten Georg Pintzke. Während des Faschismus hatte er mit seinem Karren vor der Universität antiquarische Bücher verkauft. Obwohl er einen üblen Berliner Dialekt sprach, war er ein sehr belesener, hochgebildeter Mann, bei dem sich selbst Professoren der Universität Rat holten. Studenten, die damals nicht blindlings dem Faschismus folgten, erhielten von ihm manchen aufschlußreichen Wink, oft auch mehr. Nach dem Kriege bezog er erst eine Bücherbude am Bahnhof Friedrichstraße, dann den Laden direkt unter der S-Bahn-Brücke. Er nahm sich später das Leben; mit der Widerstandssituation der früheren Zeit war er besser zurechtgekommen als mit der wirtschaftlichen Rechnungsführung. Als Brecht ihn nun traf, wie vor ihm schon Friedrich Wolf, dem Pintzke die Bibliothek einrichtete, war es, als hätte dieser Mann schon lange auf ihn gewartet. „ich wähle eine goetheausgabe, und er weigert sich, mich bezahlen zu lassen.“[16]

Eine Begegnung mit jungen Leuten wurde arrangiert. Brecht folgte interessiert ihren Gesprächen. Wie es seine Gewohnheit war, sprach er nicht über sich, sondern regte seine Partner zum Erzählen an. Von dem, was sie sagten, zeigte er sich weder enttäuscht, noch bestärkte es ihn in der Hoffnung, daß man auf diese Jugend bauen könne. Seine Meinung, die er im „Arbeitsjournal" festhielt, liest sich wie ein Arztbericht über den Gesundheitszustand eines Patienten. „habe einige junge leute da, die, proleten, die zweijahresklassen besuchen, in denen die arbeiterjugend auf die universität vorbereitet wird. mehr mädchen als jungens. einer, kleinbürgerlicher herkunft und redegewandt, sagt: ‚wir sind unausgeglichen und verwirrt, kein wunder.' (bauer zu tourist: ‚ich bin ein schlichtes gemüt und liebe meine erde.') aber sonst sind sie frisch und gescheit, und wir reden darüber, daß man den marxismus ebenso studieren muß wie die germanistik und das eine für das andere. der kleinbürger sagt: ‚ich bekenne mich schon zum marxismus.' ich schlage vor, anstatt ‚bekenne' zu sagen: ‚interessiere mich für'. aber da schlägt er mich: ‚es ist keine kleinigkeit, heute in einer U-bahn zu sagen, man ist für die kommunisten.'"[17]

Seine ersten Eindrücke über den Aufenthalt in der Stadt hielt Brecht für wichtig genug, um sie sofort seinen Freunden mitzuteilen. Der Tenor all dieser Briefe war, daß er ihnen empfahl, den Zeitungsmeldungen über Berlin nicht zu trauen und sich selbst in der Stadt umzutun. So schrieb er an Kurt Weill: „Im übrigen bearbeiten wir hier gerade ein größeres Projekt für ein Theater, beginnend im Sommer 1949. (Wahrscheinlich wird es das Schiffbauerdamm-Theater sein.) Dafür werde ich natürlich Lenja brauchen. Ich halte Euch also auf dem laufenden. Die Lebensbedingungen hier sind für Künstler keineswegs schlecht, wie überhaupt das Bild, das die Zeitungen von Berlin entwerfen, höchst lächerlich ist. Ich wohne im Adlon, esse wie gewöhnlich, habe es normal warm usw. Natürlich haben wir eben als Theaterleute viele Privilegien."[18] Daß Theaterleuten Privilegien eingeräumt wurden, vermerkte er nicht ohne Stolz, sah er doch hierin ein Indiz für die Wertschätzung dieser Arbeit selbst in schlechten Zeiten. Ein Gemeinwesen, das die Arbeit des Theaters für ebenso wichtig hielt wie die des Bergmanns, sagte ihm sehr zu; denn in erster Linie sollte das, was er machte, als notwendig und nützlich empfunden werden. Auch Berthold Viertel teilte er mit, welche Privilegien er genoß: „Unsere eigene Verpflegung ist, da sie auf 100 Privilegien beruht, sehr gut. Wir wohnen komfortabel im ‚Adlon'. Was die Unterbringung betrifft, können wir Ihnen natürlich vom Deutschen Theater aus helfen, auch wenn Sie im Hebbel-Theater sind."[19] Seinen Freund Caspar Neher bat er dringend, sich für die nächste Saison nichts Endgültiges vorzunehmen, in Berlin gebe es interessante Projekte. „Die Lebensweise hier ist angesichts der vielen Privilegien für Künstler nahezu völlig normal, und das geistige Klima ist unvergleichlich."[20] Nun muß man bei diesen Beschreibungen allerdings bedenken, daß Brecht selber nur Ansprüche in Hinsicht auf die Arbeitsbedingungen stellte, nicht aber seine persönlichen Belange und seine Bequemlichkeit berücksichtigt wissen wollte. Was er für Komfort hielt, dürften manche seiner Freunde in den USA und in der Schweiz kaum als solchen empfunden haben.

„Als der zweite Krieg zu Ende war, gab es keinen Frieden mehr“

Die neuen Möglichkeiten, die sich ihm künstlerisch wie politisch in Berlin eröffneten, schienen Brecht so zu fesseln, daß er kaum die starken internationalen Dissonanzen in dieser Stadt wahrnahm. Beschäftigt mit der endgültigen Heimkehr, verlor sich die feine Witterung für die Gefahren, die ihn in früheren Jahren veranlaßt hatte, die Länder zu wechseln. Im Sommer 1948 hatte sich die Situation um Berlin in einem Maße zugespitzt, daß die internationalen Verwicklungen, die sich seit geraumer Zeit abzeichneten, in einen neuen Krieg umzuschlagen drohten. Damals saß Brecht noch in Feldmeilen und arbeitete an Texten, die für das neue Publikum seiner Heimat gedacht waren. In jenen Monaten vollzogen sich einschneidende Veränderungen in der deutschen Nachkriegssituation, die sich auf ganz Europa auswirkten. Am Zürcher See hatte er nur die zunehmenden ideologischen Verschärfungen wahrgenommen; sie beunruhigten ihn nicht sonderlich, hatte er doch nicht geglaubt, daß nach der Zerschlagung der Naziherrschaft der ewige Frieden anbreche. Genauere Einsichten in die veränderten wirtschaftlichen Verhältnisse gewann er erst während seines Berlinaufenthalts.

In der sowjetischen Besatzungszone hatten sich die Umwälzungen vollzogen, die Brecht als notwendige Voraussetzung für die „Große Ordnung“ empfand. Die Enteignung der Kriegsverbrecher führte zu einem volkseigenen Sektor, der die entscheidenden Zweige der Wirtschaft umfaßte und 1948 bereits annähernd zwei Drittel der industriellen Bruttoproduktion erzeugte. Die neuen Eigentumsverhältnisse standen im direkten Gegensatz zu der Besitzstruktur in den anderen Teilen Deutschlands. Hatten die kapitalistischen Siegermächte Westdeutschland zuerst die Rolle eines

Exporteurs von Kohle, Holz und Schrott zugedacht, so änderte sich das, als die USA darangingen, in Europa einen Stoßkeil gegen die Sowjetunion und die sozialistische Bewegung zu bilden. Fortan wurde Westdeutschland von den USA so gehätschelt, daß es sich als Konfrontationszone gegenüber den Ländern östlich der Elbe bereit fand. Mit Hilfe des Marshallplans erreichte Westdeutschland 1949 wieder die Vorkriegsmengen seiner Einfuhren. Da auch die Reparationen eingestellt wurden und der Zerstörungsgrad der westdeutschen Industrie sich keineswegs als so groß herausstellte wie angenommen – alles in allem war die Kapazität der Industrieanlagen 1948 nicht niedriger als vor dem Krieg (der Umfang des Zerstörten belief sich nur etwa auf das, was von 1939 bis 1944 an Anlagen hinzugekommen war) –, restaurierte sich der westdeutsche Kapitalismus erstaunlich schnell. Mit der Währungsreform vom 20. Juni 1948 in den drei Westzonen vollzog sich die entscheidende Abgrenzung vom östlichen Teil Deutschlands. Die USA und England ließen jetzt keinen Zweifel mehr aufkommen, daß ihnen daran gelegen war, so schnell wie möglich einen westdeutschen Separatstaat zu gründen. Ausgewählt und aufgebaut für diese Rolle, die ja ein Deutscher übernehmen mußte, wurde Konrad Adenauer. Am 1. September 1948 begann unter seinem Vorsitz der Parlamentarische Rat in Bonn zu tagen, um ein Grundgesetz für einen deutschen Separatstaat auszuarbeiten. Während sich die progressiven Kräfte in Ostdeutschland weiterhin um einen Friedensvertrag mit Gesamtdeutschland bemühten und Entwürfe für ein einheitliches demokratisches Deutschland nach den Grundsätzen des Potsdamer Abkommens unterbreiteten, gelang es den kapitalistischen Siegermächten in ihren Besatzungszonen, weite Kreise der Deutschen für ihren politischen und wirtschaftlichen Konfrontationskurs zu gewinnen.

Während Brecht noch in Feldmeilen am „Kleinen Organon" schrieb und sich auf Berlin vorbereitete, wurden die Weichen für diesen Konfrontationskurs gestellt, der sich auf sein ganzes weiteres Leben und sein künstlerisches Werk auswirken sollte. Als er nach Berlin kam, war die sogenannte Berlinkrise im vollen Gange. Um sich vor den negativen Folgen der in Berlin am 23. Juni 1948 in Umlauf gesetzten D-Mark zu schützen, sperrten die sowjetischen Truppen die Zufahrtsstraßen zwischen Westdeutschland und Westberlin. Darauf begannen die westlichen Alliierten mit der Luftbrücke. Sie war das erste, was Brecht bei seinem Berlinbesuch von der politischen Spannung wahrnahm. Daß die „Berlinblockade" bei den Berlinern auf wenig Verständnis stieß, merkte er bei Gesprächen immer wieder. Die politische Konfrontation führte auch dazu, daß die einheitliche kommunale Leitung Berlins außer Kraft gesetzt wurde. Das erreichten die Stadtverordneten von SPD, CDU und LDPD im September 1948. Daraufhin wurde am 30. November 1948 der demokratische Magistrat von Groß-Berlin unter Leitung von Friedrich Ebert gebildet. Als Brecht am 6. Januar 1949 dem Oberbürgermeister vorgestellt wurde, standen dieses Gremium und sein Leiter vor einer ganz neuen Situation. Wenn sich Brecht von dieser Begegnung nicht allzuviel versprach, so lag das sicher auch daran, daß dort jetzt viele Dinge weit dringlicher waren als sein Anliegen.

Was die Politiker der Großmächte 1947/48 zu realisieren begannen, lernte Brecht später nur in den negativen Auswirkungen kennen. Ein gewisser Einblick in Fakten und Hintergründe eröffnete sich erst Jahrzehnte nach seinem Tode. Wie die Situation im Jahre 1948 von den westlichen Alliierten gesehen wurde, verdeutlicht eine Meinung des amerikanischen Oberkommandierenden in Deutschland Lucius D. Clay gegenüber General Bradley am 10. April 1948, die per Fernschreiben übermittelt wurde: „Sie werden natürlich verstehen, daß unsere in nächster Zukunft stattfindende separate Währungsreform, der eine deutsche Teilregierung in Frankfurt folgen soll, eine wirkliche Krise zufolge haben wird … Warum sind wir in Europa? Wir haben die Tschechoslowakei verloren. Wir haben Finnland verloren. Norwegen ist bedroht. Wir ziehen uns von Berlin zurück … Nach Berlin wird Westdeutschland an die Reihe kommen. Unsere Stärke ist dort relativ nicht größer und unsere Position nicht fester als in Berlin. Wenn wir meinen, daß wir Europa gegen den Kommunismus verteidigen müssen, dürfen wir uns nicht von der Stelle rühren … Wenn Amerika das nicht weiß und nicht glaubt, daß die Entscheidung jetzt fallen muß, dann wird es das nie tun, und der Kommunismus wird einen schnellen Sieg erlangen. Ich glaube, die Zukunft der Demokratie verlangt von uns, daß wir hierbleiben, bis man uns heraustreibt. Gott weiß, daß das keine heroische Haltung ist, denn es wird nichts Heroisches darin liegen, eine Demütigung ohne Vergeltung hinzunehmen.“[21] Im Unterschied zum Jaltakurs Roosevelts hatten jetzt die Kräfte innerhalb der herrschenden Kreise der USA die Oberhand bekommen, die vorgaben, die UdSSR wolle ganz Europa beherrschen. Daß sich die Lage in Deutschland so zuspitzte und zu einem in feindliche Blöcke aufgespaltenen Europa, zu einem „zerbrochenen Frieden“ führte, dazu trug Lucius D. Clay nicht unwesentlich bei. Seine Rolle in Deutschland fand er der eines römischen Prokonsuls durchaus vergleichbar. Während die Sowjetunion noch immer die Antihitlerkoalition aufrechtzuerhalten suchte, setzte Clay alles daran, die Konfrontation auch militärisch zu formieren. So wurde Europa zu einem Probierfeld amerikanischer Stärke präpariert. Im Juli faßte Lord Ismay die Lage in Europa in Hinsicht auf die Berlinkrise in einem Brief an Eisenhower wie folgt zusammen: „Wir alle stehen am Rande des Abgrundes, und obwohl alle betroffenen Parteien entschlossen sind, nicht über den Rand zu rutschen, kann es einen Windstoß geben oder jemand kann schwindelig werden und fallen; oder es könnte auch jemand bewußt eine Bosheit begehen."[22]

Wie aber sah Brecht zu dieser Zeit die Lage? Daß der politische Einfluß der Antihitlerkoalition in dem Moment aufhörte, da der innerimperialistische Konflikt vorerst gelöst war, hatte er in den Staaten bereits am eigenen Leib erfahren. In den USA meinte er sogar in der zweiten Hälfte der vierziger Jahre das Aufkommen faschistischer Tendenzen zu beobachten. Das Land, das den deutschen und italienischen Faschismus hatte niederschlagen helfen, bekam es jetzt mit dem eigenen Faschismus zu tun. Deutschland, ja Europa konnten von dieser politischen Wendung nicht un beeinflußt bleiben. Außerdem meinte Brecht, daß die westlichen Demokratien nicht nur einen Krieg gegen den faschistischen Machtapparat geführt hätten, sondern auch einen gegen die deutsche Arbeiterbewegung. „die verzögerung der zweiten front erlaubte ihr [der deutschen Bourgeoisie – W. M.], westrußland gründlich zu zerstören und das deutsche proletariat tiefer zur ader zu lassen als thiers 1871 das pariser."[23] Er sah die politische Kraft zerstört, die ihn in den zwanziger Jahren so stark beeinflußt hatte und der er sich seitdem zugehörig fühlte. Auf sie setzte er selbst im letzten Kriegsjahr noch alle Hoffnung. Was ihm den ersten Schock beibrachte, als er nach Deutschland kam, war nicht der Anblick der Ruinenstädte, sondern der Anblick der „Ruinenmenschen". Doch das führte bei ihm keineswegs zur Resignation. Mit seinen Arbeiten wollte er das deutsche Proletariat ermutigen.

Für erforderlich hielt er jedoch, daß sich die Deutschen der Krise bewußt wurden und nicht dem Glauben hingaben, alles wäre erledigt, wenn alles kaputt sei. Brecht meinte damit, daß auch ein zerstörter Kapitalismus noch als Kapitalismus betrachtet und bekämpft werden müsse. An die Stelle allgemeiner Wandlungsaufrufe – hier polemisierte er mit Johannes R. Becher – müsse die klare Erörterung der politischen Lage treten. Doch gerade hier vermißte er jeden Ansatz. Statt dessen beobachtete er eine Wendung ins menschlich Allgemeine, so, wenn Johannes R. Becher in der führenden Kulturzeitschrift „Aufbau“ erläuterte, daß demokratisch nur bedeuten könne, einfach menschlich sein, den anderen achten und als gleichberechtigt respektieren, daß ein tiefes Gefühl „der Zusammengehörigkeit und des Aufeinanderangewiesenseins aller menschlichen Kreatur“ die Basis einer menschlichen Haltung sei, ausgerichtet auf Menschenwürde, Gerechtigkeit und Frieden. In einer derartigen Wandlungsideologie fand Brecht zuviel marxistische Denkkultur preisgegeben. Verfehlt aber dürfte seine Schlußfolgerung gewesen sein, daß sich niemand um die materialistische Dialektik kümmere.

Wenn sich Brecht auch nicht damit abfinden konnte, daß der Umdenkungsprozeß der Deutschen nicht durch die Analyse der Widersprüche vertieft wurde, sondern die Argumentation allgemein demokratisch-antifaschistisch blieb, entgingen ihm jedoch nicht die entscheidenden Veränderungen in der ökonomischen Basis. Daß in der Wirtschaft bereits 1948 ein volkseigener Sektor existierte, der zwei Drittel der industriellen Bruttoproduktion erzeugte, war für Brecht ein Vorgang, der ihm am meisten imponierte. Auf Veränderungen dieser Art gründete sich all seine Hoffnung. Die sozialen Umwälzungen vollzogen sich damals in der Auseinandersetzung mit den Kriegsverbrechern, Militaristen und Nazis. Ihre Enteignung stand auf der Tagesordnung, nicht die Verstaatlichung. Auf einer erweiterten Sekretariatssitzung des ZK der KPD begründete das 1945 Walter Ulbricht wie folgt: „Wenn wir sagen würden: Verstaatlichung, so würde das bedeuten, daß die Unternehmer oder Aktionäre deshalb enteignet werden, weil sie Kapitalisten sind. Wir enteignen sie aber nicht, weil sie Kapitalisten sind, sondern weil sie Kriegsverbrecher, Nazis oder Kriegsinteressenten waren.“[24] Sosehr Brecht diesen Prozeß begrüßte und unterstützte, fand er doch bedenklich, daß die ideologische Argumentation auf den einzelnen Kapitalisten statt auf die Kapitalverhältnisse abziele. Das fördere die Illusion, der Kapitalismus sei aufteilbar in einen perversen, kriegslüsternen und in einen „normalen“ Kapitalismus. Er wollte die vor sich gehenden Umwälzungen gerade umgekehrt begründet wissen. Am 1. Januar 1948 trug er in sein „Arbeitsjournal“ ein: „das deutsche bürgertum ‚entnazen‘ heißt, es entbürgern. es hat keinen weg vor sich, immer nur den oder jenen ausweg. weder seine elementaren daseinsbedingungen, noch die speziellen umstände erlauben dieser klasse, die barbarischen mittel abzulegen, selbst wenn der dachshund, der einmal taubenblut geschmeckt hat, vermittels reichlicher prügel zum hundekuchen zurückkehren könnte. nicht nur die laster, auch die gesamten tugenden der klasse haben die naziform bekommen; wo der bürger nicht denkt und wo er denkt, wo er anständig ist und wo er unanständig ist, wo er idealist ist und wo er schieber ist, immer ist er nazi. wenn er aufhörte, ein nazi zu sein, könnte er kein bürger mehr sein; nur wenn er kein bürger mehr ist, ist er kein nazi mehr.“[25] Brechts Konzept orientierte auf die unverhüllte Erörterung der gesellschaftlichen Widersprüche. Die von ihm erstrebte dialektische Denkkultur ging von der „darstellung von zuständen als latente balancen sich zusammenbrauender konflikte“ aus, die ohne ideologische Verkleidung – erzwungen durch die Notlage des taktischen Kompromisses, der Notwendigkeit, ständig propagieren und zur Parteinahme auffordern zu müssen – auskommt.

Gegenüber den Schwierigkeiten der politischen Praxis blieb gerade die Radikalität seines Denkens abstrakt. Hatte ihn nicht die eigene Erfahrung belehrt, daß das deutsche Proletariat tief zur Ader gelassen worden war und nicht mehr über das Selbstbewußtsein von vor 1933 verfügte? Brecht analysierte die gegenwärtige Lage von seinem philosophisch-politischen Standard aus. Und da er diese Erörterung ausschließlich zur eigenen Selbstverständigung betrieb, konfrontierte er sie nicht ständig mit dem gegenwärtigen Bewußtseinsstand der Deutschen. Doch gerade dieser Zusammenhang spielte für die praktische Politik eine entscheidende Rolle.

Was die Arbeiterklasse jetzt tun müsse, leitete Brecht aus seinen Erfahrungen mit dem Faschismus ab. Da dieser seine Wurzeln in dem aggressivsten, räuberischsten Teil des Großkapitals hatte, faßte er den Faschismus nicht als entarteten, sondern als konsequenten Kapitalismus auf. Für ihn existierte der Faschismus nicht im außergewöhnlichen, sondern im gewöhnlichen Kapitalismus. Doch dabei übersah Brecht, daß der Kapitalismus nur in der äußersten Krisensituation, nachdem sich Demokratie, Präsidialregime und Militärdiktatur nicht mehr als effektiv genug erwiesen, zum Faschismus als Herrschaftsform greift. Nach seinem theoretischen Verständnis vollzogen sich diese Übergänge sehr rasch, fast fließend. Deshalb war für ihn die Beseitigung des Kapitalismus zugleich das wirkungsvollste Mittel, den Faschismus zu bekämpfen.

Nachdem er sich in Berlin ein wenig umgesehen hatte, stellte er in Hinsicht auf die sozialen Umwälzungen fest: „die mächtigen impulse werden von den russen gegeben“[26]. Wie sich die Deutschen dazu stellten, erschreckte ihn. Er befürchtete eine neue deutsche Misere, weil das Proletariat auch im Osten Deutschlands nicht zu begreifen schien, daß, wie er formulierte, „ein befohlener sozialismus besser ist als gar keiner“[27]. Die entscheidenden Umwälzungen sah er nicht durch die Kraft der deutschen Arbeiterklasse bewirkt, sondern durch eine „napoleonische“ Revolution von oben, im konkreten Fall herbeigeführt durch die sowjetische Besatzungsmacht. Die so etablierte Diktatur des Proletariats betrachtete er jedoch als eine Möglichkeit, eine neue Gesellschaftsordnung aufzubauen. Nur müsse man sich dieser „neuen deutschen misere“[28] bewußt sein und sich nicht wieder „eine revolution durch angleichung“[29] zu erschwindeln suchen. Deshalb seine unerbittliche Kritik an der Haltung des deutschen Proletariats im Osten. „es ist dabei nicht nur so, daß die deutschen arbeiter im augenblick nicht erkennen, daß ihre eigene diktatur ‚drinnen ist‘, sondern daß sie wirklich nicht bereit scheinen, sie zu übernehmen. die volksherrschaft in der form der diktatur (nach außen *und* innen) leuchtet ihnen nicht ein. (wogegen die bourgeoisie ohne weiteres bereit war, ihre ökonomische herrschaft zu befestigen, indem sie sich selbst unter die diktatur stellte, individuell betrachtet.) in eigentümlicher weise wiederholt sich ein ‚deutsches erlebnis‘: so wie die bourgeoisie sich ihre herrschaft von napoleon aufzwingen ließ, nur um sie sogleich mit dem adel zu teilen, benimmt sich jetzt das proletariat der bourgeoisie gegenüber ...“[30] Doch eingedenk der vielfältigen Momente, die die politische Situation im Jahre 1948 bestimmten, fügte Brecht hinzu: „es ist dies aber nicht die ganze wahrheit“.[31]

Der Fortschritt vollzog sich Ende der vierziger Jahre in Deutschland außerordentlich widerspruchsvoll. Die große Gesellschaftsumwälzung, die im Osten Deutschlands zu ganz neuen Produktionsverhältnissen führte, setzte sich unter ideologischen Leitbildern durch, die in bezug auf die sozialökonomischen Prozesse ebenso allgemein blieben, wie sie sich hinsichtlich des Bewußtseinszustands der Bevölkerung als sinnvoll und politisch konkret erwiesen. Brecht charakterisierte die nicht adäquate ideologische Widerspiegelung der großen Umwalzungen als „katalaunische geisterschlacht“[32]. Von der Literatur verlangte er, daß sie sich in den Auseinandersetzungen engagiere und „einen revolutionären charakter“ annehme. Statt dessen mußte er feststellen, daß die gesamte ideologische und kulturelle Arbeit auf „innere Wandlung“ und „demokratische Erneuerung“ ausgerichtet wurde. So sprach Johannes R. Becher bei der Gründung des Kulturbundes von der Notwendigkeit einer „nationalen Reinigung und Läuterung“. Brecht dagegen setzte auf das Bewußtmachen der vor sich gehenden sozialökonomischen Veränderungen und die allseitige Erörterung der bestehenden Widersprüche. Wichtig erschien ihm die Aufhellung der Vorgänge vor allem in Hinsicht auf die Offensivkraft von Kunst und Literatur. „die literatur kann sich nicht hinter die elbe zurückziehen und lediglich eine von den russen militärisch (und polizeilich) verteidigte musterprovinz aufbauen helfen. das übrige deutschland kann nicht durch eine mustermesse zur revolution gebracht werden.“[33]

Brecht erkannte zwar, daß sich das Inadäquate in der ideologischen Widerspiegelung der großen ökonomischen Umwälzungen auch aus der Schwäche des zur Ader gelassenen deutschen Proletariats ergab, aber er hielt es für besser, wenn man dieser geschwächten und dezimierten Klasse ihre eigene Melodie vorspielte, statt zu einer allgemeinen Wandlung und zur demokratischen Erneuerung aufzurufen. Die Gefahren des eingeschlagenen Weges drängten sich ihm während seiner Besichtigung der deutschen Zustände nur zu deutlich auf: „es wird verschoben und es wird verdrängt. alles fürchtet das einreißen, ohne das das aufbauen unmöglich ist.“[34] Obwohl in Deutschland alles kaputt war, schien ihm dieses Land seine tatsächliche Krise wie seine realen Möglichkeiten noch nicht erfaßt zu haben.

Triumph der „Courage“-Aufführung und die Schlacht der Kritiker

Es war keineswegs so, daß die maßgebenden Stellen Brecht sonderlich hofiert, daß man ihm große Angebote gemacht hätte, daß er nur zu wählen brauchte. In dieser Hinsicht verhielten sich die kulturellen Instanzen Berlins weit weniger großzügig als gegenüber anderen Schriftstellern und Künstlern des Exils. Brecht selbst blieb das nicht verborgen. Im Hotel Adlon wohnte auch Arnold Zweig, wie Brecht Gast des Kulturbundes. Ihm bot der Aufbau-Verlag sofort eine große Werkausgabe in Einzelbänden an. Gegenüber dem Brechtschen Werk zeigte man sich dagegen sehr zurückhaltend. Doch das verleidete ihm Berlin keineswegs. Bei allen Abstrichen an seinen Vorstellungen und Wünschen würde er sich hier zu Hause fühlen können, hier, wo man mit der Gesellschaftsumwälzung begonnen hatte, die er die „Große Produktion“ nannte. In den „Geschichten vom Herrn Keuner“ begründete er die Wahl, sich in Berlin niederzulassen, so: „Herr K. zog die Stadt B der Stadt A vor. ‚In der Stadt A‘, sagte er, ‚liebt man mich; aber in der Stadt B war man zu mir freundlich. In der Stadt A machte man sich mir nützlich; aber in der Stadt B brauchte man mich. In der Stadt A bat man mich an den Tisch, aber in der Stadt B bat man mich in die Küche.‘“[35]

In den wenigen Wochen, die Brecht in Berlin verbrachte, hatte er gesehen, in welchem Maße die Kunst für die neuen politischen Aufgaben benötigt wurde. Nicht nur, daß den Menschen Mut gemacht werden mußte, die gesellschaftlichen Veränderungen entschlossen und auch gegen Widerstand und Unverständnis durchzusetzen, die Kunst war auch wieder vonnöten, auf ihre Art den Menschen die Welt zu erklären. Und sie war es, die am ehesten an die politisch verschreckten Menschen des Nachkriegsdeutschlands herankam. Als Brecht mit Hanns Eisler zusammentraf, fiel ihm sogleich jene operative Kunstpraxis ein, mit der sie sich in den zwanziger und dreißiger Jahren den Kampforganisationen der Arbeiterklasse zur Verfügung gestellt hatten. In Berlin erkannte Brecht deutlich, daß die Kunst wieder auf die Hauptschauplätze des politischen Geschehens zurückkehren konnte, von denen sie während des Krieges völlig abgedrängt worden war. Das stellte er mit einem gewissen Glücksgefühl fest und veranlaßte ihn, Eisler „zu neuen vulgären exzessen"[36] zu ermuntern. Dabei übersah er allerdings, daß die Politik zwar die Kunst einlud, sich in die politische Auseinandersetzung zu mischen, jedoch streng darauf achtete, daß dies nicht mit den aus der Agitprop-Tradition stammenden Mitteln geschah. Kulturpolitisch ausgerichtet auf die großen Kunstleistungen der deutschen Klassik und die realistischen Werke des Exils, suchte man alle Anklänge an die Agitprop-Kunst der zwanziger Jahre zu vermeiden. In diesem Sinne war der Autor des „Galilei" willkommener als der der „Mutter". Die Kulturfunktionäre der Arbeiterpartei orientierten mehr auf die Volkskunst als auf die künstlerisch-politische Praxis, die die Arbeiterklasse in den revolutionären Kämpfen der Weimarer Republik entwickelt hatte. Der große Erfolg zum Beispiel des sowjetischen Alexandrow-Ensembles mit deutschen und russischen Volksliedern schien ihnen recht zu geben. Die breite Masse der Bevölkerung, von Hitler politisch verführt, verhielt sich in den ersten Nachkriegsjahren ausgesprochen apolitisch. Die Einsicht der Menschen, daß sie sich in eine verbrecherische Politik hatten hineinziehen lassen, vollzog sich in einem Sichabstoßen von aller Politik. Im Volkslied sah man das Unverfälschte, das Vertraute, Beständige, dagegen im politischen Lied wieder das „garstig Lied". Doch Ende der vierziger Jahre veränderte sich die Situation. Die politischen Vorgänge bedurften einer konkreteren politischen Reflexion als unmittelbar nach dem Krieg, als es darauf ankam, das deutsche Volk auf Frieden und Humanität zu orientieren. Ende der vierziger Jahre richtete sich die Kunstpolitik in der sowjetischen Besatzungszone jedoch immer weniger nach den tatsächlichen Vorgängen und den differenzierten kulturellen Erfordernissen, sondern nach den Leitlinien der Formalismuskonzeption. Damit begannen jene Spannungen, die die Arbeit gerade jener Künstler erschwerten, die mit den revolutionären Kunsttraditionen der deutschen Arbeiterklasse verbunden waren.

Sicher hat Brecht diese Schwierigkeiten, die ihm später noch zu schaffen machten, in den ersten Wochen gar nicht so klar gesehen, jedenfalls weit weniger deutlich als Eisler. Aber er ließ sich davon auch gar nicht beeindrucken. Die Agitprop-Kunst war für ihn nicht in erster Linie ein Genre, eine Form, sondern eine künstlerische Haltung, sich auf die dringlichsten politischen Erfordernisse einzustellen. In diesem Sinne schrieb er im Dezember 1948 das „Aufbaulied" und das „Zukunftslied".

Das „Aufbaulied" ist die erste Dichtung, die Brecht wieder in der Heimat verfaßte. Aufschlußreich an diesem Gedicht ist die Beziehung zwischen Autor und Rezipienten. Adressiert ist es an die deutsche Jugend, genauer, an die in der Freien Deutschen Jugend organisierten jungen Menschen. Dichtung als direkte Adresse an das gegenwärtige deutsche Publikum galt damals unter den heimgekehrten Emigranten als ein Wagnis. Sie konnten sich meist nur schwer vorstellen, wie dieses Publikum dachte, was es fühlte, am wenigsten aber, was die deutsche Jugend bewegte, war sie doch in ihrer Masse Hitler gefolgt. Brechts Dichtung richtete sich von jeher an Menschen, denen sein „tiefstes Interesse" galt. Angesprochen wurde jene Jugend, die sich zu dem neuen Staat bekannte, so daß „der materielle Aufbau verknüpft werden kann mit dem politischen"[37]. So gesehen, war das Gedicht ein Kompliment an die deutsche Jugend. Der Dichter wandte sich ohne Umschweife, ohne Vorverständigung, ohne Schulterklopfen an sie, einfach davon ausgehend, was zu tun sei. Vom Thema wie vom geistigen Gehalt her unterschied sich das „Aufbaulied" mit seinem herausfordernden optimistischen Kehrreim

Fort mit den Trümmern,
Und was Neues hingebaut!
Um uns selber müssen wir uns selber kümmern.
Und heraus gegen uns, wer sich traut!

nicht wesentlich von anderen Gedichten und Liedern, die damals geschrieben wurden. Sie waren alle auf den Ton des Mutmachens gestimmt. Eines der ersten in Berlin aufgeführten Gegenwartsstücke hatte als Titel die Goethe-Worte „Wir heißen Euch hoffen". Der Titel kam einer Losung gleich, mit der die Literatur gegen Verzweiflung, Pessimismus und Gleichgültigkeit der unmittelbaren Nachkriegszeit antrat. Von diesem Pathos der Ermutigung ist auch Brechts Gedicht erfüllt, aber es hebt sich nicht nur durch die Meisterschaft seines Verfassers aus der Menge der anderen Gedichte heraus. Es beginnt nicht gleich mit einem Aufruf, einem neuen Losungswort, sondern mit einem Zugeständnis:

Keiner plagt sich gerne ...

Die bevorstehende Arbeit wird zunächst in ihrer Mühseligkeit und Schwere gesehen: Trümmer müssen weggeschafft werden. Es ist nicht die Fröhlichkeit des Beginnens, nicht der Drang zu neuen Ufern, all das nicht, was Brecht so gern besang, wenn es um das Neue ging. Die Last des Alten zeigt sich in ihrer destruktiven Form, in Trümmern, Schutt und Not. Von den Erschwernissen des Beginnens ausgehend, sucht Brecht eine natürliche Heiterkeit in den Text hineinzubringen, die sich allein darauf gründet, daß hier zum ersten Male die eigene Sache betrieben wird.

Aber es muß sein in eigner Sache,
Und so baun wir erst ’nen neuen Staat.

Das Plagen hat einen Sinn, wenn aus den Trümmern der neue Staat entsteht, der menschliche Produktivität freisetzt und Entwicklung ermöglicht. Warum sollte eine Arbeit mit diesem Ziel trotz ihrer Mühseligkeit nicht fröhlich betrieben werden?

Schaufeln her, Mensch, schaufeln wir den ganzen
Klumpatsch heiter jetzt aus unserm Staat.

Von den politischen Songs und Gedichten aus der Zeit, da Brecht seine Arbeit mit der Agitprop-Bewegung der revolutionären Arbeiterklasse verband, unterscheidet sich das „Aufbaulied“ dadurch, daß es die politischen Vorgänge allgemeiner faßt und die sozialökonomischen Ursachen der Dinge wenn nicht ausschließt, so doch nicht zum Gegenstand der Aufklärung macht. Vielmehr bevorzugt er Metaphern mit einer sehr allgemeinen Aussage. So verwendet er Spruchweisheiten, um den Zustand zu beschreiben, in dem Deutschland sich befindet:

… doch wir wissen:
Grau ist’s immer, wenn ein Morgen naht …

Das Gedicht zielt auf Haltungen, die es einzunehmen gilt, und sucht sie durch einen gewissen Schwung zu befördern. Nicht die analytische Diktion der Lehrstücksongs dominiert, sondern die schnelle Verständigung über das, was getan werden muß. Von dieser Zielstellung her lag Brecht daran, daß das Gedicht etwas Leichtes, Frisches bekam. Deshalb auch stellte er sich auf den Ton der Jugend ein, ohne sich anzubiedern, wenn er den Kehrreim mit dem herausfordernden Gestus abschließt:

Und heraus gegen uns, wer sich traut![38]

Die Verse sollten singbar sein. Dabei dachte Brecht daran, daß die Musik auf ihre Weise das Frische, Hurtige hineinbringt, nicht bloß interpretiert, sondern als eigenes Thema begreift. Vor allem wollte er das Breite, das „Fridericianische“ heraushaben. Gedacht war, daß Hanns Eisler die Musik schrieb. Obwohl dieser solche Arbeiten als politischen Auftrag schnell auszuführen pflegte, gelang es Brecht nicht, ihn dafür zu gewinnen. Daraufhin wandte er sich an den aus den USA zurückgekehrten Paul Dessau. Ihn, der damals ein kleines Arbeitszimmer im 3. Stock des Deutschen Theaters hatte, besuchte er häufig. „Mit dem Aufbaulied, das war hochinteressant. ... Er brachte mir die Lieder immer auf mein Zimmer. ... Ich erinnere mich genau, als ich's fertig hatte, sang ich es ihm vor, und er machte ein paar Einwendungen, auf die ich sofort einging. Sie waren so schlagend, der Beweis war so kräftig und so eindeutig, daß ich es sofort umänderte. ... Er hat ja auch geändert, wenn ich ihm etwas sagte. Worte und Stellungen hat er geändert.“[39]

Das „Aufbaulied“ wurde sehr populär. Es gehörte zum Repertoire aller FDJ-Gruppen und wurde in den Schulen, auf der Straße, vor allem aber bei den zahllosen Aufbaueinsätzen der Jugend gesungen. Für die Generation, die den neuen Staat errichtete, gehörte es zu den bleibenden Erinnerungen an die Zeit, die man die Aufbaujahre nannte. Doch bevor es seinen Weg machte, gab es eine Auseinandersetzung mit dem Zentralrat der FDJ, der die Verszeile beanstandete: „Denn kein Führer führt aus dem Salat!“ Brecht, der sonst gern änderte, wenn ihm gute Vorschläge gemacht wurden, sah diese Kritik nicht ein. So blieb es bei dieser Fassung.

Während seines ersten Berlinaufenthalts kam es auch zu Gesprächen und Vereinbarungen mit Verlagen, insbesondere mit dem Aufbau-Verlag, den Erich Wendt leitete. In den Nachkriegsjahren hatte dieser Verlag als einer der ersten die Deutschen wieder mit ihren in die Emigration getriebenen Dichtern bekannt gemacht. In der Herausgabe der Werke der deutschen Klassik und der fortschrittlichen Schriftsteller des 20. Jahrhunderts sah er sein bevorzugtes Aufgabenfeld. Hier fanden Heinrich Mann, Lion Feuchtwanger, Anna Seghers, Johannes R. Becher, Friedrich Wolf und Arnold Zweig sehr bald ihre verlegerische Heimat. Ein besonderes Interesse galt dem Gesamtwerk Thomas Manns und Hermann Hesses. Auch Brechts Polemikpartner Georg Lukács besaß hier seine verlegerische Basis; ihm vor allem hatte der Verlag einen fulminanten Start ermöglicht. Lukács' literaturwissenschaftliche Essays erschienen in Auflagen, wie sie früher nur Erfolgsromane erzielten. Nach Auffassung von Erich Wendt gehörte auch Brecht zu den Autoren, die im Aufbau-Verlag nicht fehlen durften. Wendt war aus der Sowjetunion zurückgekehrt, wo er stellvertretender Verlagsleiter der Verlagsgenossenschaft Ausländischer Arbeiter gewesen war, die vor dem Krieg auch Brecht verlegt hatte; den „Dreigroschenroman" sogar zur größten Zufriedenheit Brechts. Dem gelernten Buchdrukker galt das Drucken und Verlegen von Büchern zeitlebens als politischer Auftrag. In den Jahren der Weimarer Republik hatte er als Redakteur im Zentralorgan des Kommunistischen Jugendverbandes „Die junge Garde" gearbeitet. Wegen eines „Hochverratsprozesses" mußte er bereits 1931 in die UdSSR emigrieren. 1947 kehrte er zurück und übernahm die Leitung des Aufbau-Verlages, der 1945 als ein Organ des Kulturbundes zur demokratischen Erneuerung Deutschlands gegründet worden war. Da der Kulturbund Brecht nach Berlin eingeladen hatte, sah Erich Wendt eine günstige Gelegenheit, mit ihm zu verhandeln. Vorher hatte sich der Verlag jedoch kaum um ihn gekümmert. Die Korrespondenz mit dem Aufbau-Verlag setzte erst 1948 ein. Vor diesem Zeitpunkt, in den Nachkriegsjahren in den USA und in der Schweiz, hatte Brecht von diesem Verlag weder Informationen noch Angebote erhalten.

Durch Faschismus und Krieg mußten die fortschrittlichen Schriftsteller nicht nur öfter die Länder, sondern auch die Verleger wechseln. Nach Kriegsende entstanden neue Verlage, und es schien so, als sollte die Literatur unter den Verlegern neu verteilt werden. Denn nur wenige Schriftsteller hatten das Glück, wie zum Beispiel Thomas Mann, über alle Kriegswirren hinweg mit einem Verlagshaus fest verbunden zu bleiben. Bei Brecht war die Situation besonders kompliziert: einmal durch die allgemeinen politischen Vorgänge der letzten zwölf Jahre, zum anderen aber auch durch seine anspruchsvolle, oft widersetzliche Haltung gegenüber Verlagen, die wiederum mit einer ausgesprochenen Anhänglichkeit an einzelne Verlegerpersönlichkeiten einherging. Als der Krieg zu Ende war und Brecht begann, unter neuen Verhältnissen seine Verlagsbeziehungen zu ordnen, fühlte er sich zwei Verlegern besonders verpflichtet: Peter Suhrkamp und Wieland Herzfelde. Peter Suhrkamp trat als eigenständiger Verleger erst nach 1945 an Brecht heran, aber er war dem Dichter behilflich gewesen, aus dem faschistischen Deutschland zu entkommen. Bereits im Oktober 1945 nahm Brecht brieflich wieder Kontakt mit ihm auf, konkrete Verlagsprojekte kamen jedoch noch nicht zur Sprache. Im Gegenteil. Brecht bat Suhrkamp, doch mit dafür zu sorgen, daß von ihm in Deutschland keine Werke zur Aufführung kämen, weder alte noch neue. Von ganz anderer Art war das Verhältnis zu Wieland Herzfelde. In ihm sah Brecht nicht nur den Verleger, sondern vor allem den Kampfgefährten. Obwohl seine Werke in den zwanziger Jahren nicht in Herzfeldes Malik-Verlag erschienen waren, hatte er zu diesem Verlag enge und freundschaftliche Verbindungen unterhalten. Hier arbeiteten John Heartfield und George Grosz. Hier hatte der Freundeskreis Brechts eine Basis. Die Vorstellungen über eine Materialästhetik, über ein neues Verhältnis von Produzenten und Konsumenten konnten im Kreis des Malik-Verlages am ehesten diskutiert werden, eben weil es sich um einen Kreis und nicht nur um einen Verlag handelte. Im September 1934 hatte Brecht mit Wieland Herzfelde, dem Direktor des emigrierten Malik-Verlages, Prag, einen Vertrag über die Herausgabe seiner Gesammelten Werke abgeschlossen. Der Paragraph 1 lautete: „der autor gibt dem verlag das ausschließliche recht, zunächst drei bände seiner gesammelten bühnenwerke in deutscher sprache für alle länder herauszugeben."[40] 1938 erschienen die ersten beiden Bände der „Gesammelten Werke" in einer Auflage von je 2000 Exemplaren in Prag. Dann überfiel Hitler die Tschechoslowakei, und Herzfelde sah sich nicht mehr in der Lage, die Ausgabe fortzuführen. In dem von ihm 1944 gegründeten Aurora Verlag, an dessen Entstehen sich Brecht tatkräftig beteiligte, erschien noch „Furcht und Elend des Dritten Reiches".

In den Jahren 1945 bis 1947 traf Brecht noch keine endgültige Entscheidung, obwohl die Verlagsdinge immer verwikkelter wurden. Die Rechte für die großen Stücke des Exils, die vor allem die Verlage und Bühnen interessierten, lagen beim Reiss-Verlag in Basel. Die Rechte für die Herausgabe seiner „Gesammelten Werke" sollte Wieland Herzfelde bekommen, die Rechte für die Wiederherausgabe und Fortsetzung der Reihe „Versuche" Peter Suhrkamp. Im September 1948 schrieb Brecht an Suhrkamp, er habe sich jetzt vorgenommen, die Reihe der „Versuche" einfach fortzusetzen, und entwickelte einen Plan, wie die neuen Hefte von Nummer 9 bis 14 aussehen sollten. „Am liebsten wäre es mir nun, wenn ich die Ausgabe mit Ihnen machen könnte", erklärte er Suhrkamp. Beschwichtigend und nicht ohne Demagogie fügte er hinzu: „... es ist mein Hauptwerk."[41] Ehrlich gemeint war diese Formulierung insofern, als sich in den „Versuchen" sein gesamtes experimentelles Anliegen widerspiegelte. Darüber, daß Wieland Herzfelde die „Gesammelten Werke“ machen sollte, ließ Brecht Peter Suhrkamp zu keinem Zeitpunkt im unklaren. Als er ihm die „Versuche“ anbot, schrieb er: „Außerdem kann ich so Wieland Herzfelde im Wort bleiben, d. h., er bekommt die ‚Gesammelten Werke‘, mit deren Veröffentlichung er ja schon im Exil unter großen Opfern begonnen hat.“[42] Diese salomonische Entscheidung hätte Brecht gerne noch eine Weile aufrechterhalten, aber die Verlage drängten auf eine Entscheidung. Dringliche Anfragen von Suhrkamp ließ Brecht mehr als ein Vierteljahr unbeantwortet. Im Juli 1948 meldete sich Suhrkamp abermals bei Brecht, um eine Entscheidung herbeizuführen: „Ich habe auf meinen letzten Brief von Ihnen noch keine Nachricht. Das würde mich nicht ungeduldig machen, wenn nicht die Frage Ihrer Vertretung in Deutschland immer verwickelter würde. Es geht so nicht weiter. Sie müssen selbst endgültige Klärung schaffen ...“[43] Nunmehr antwortete Brecht sofort, wich aber der entscheidenden Frage aus. Noch immer schien er an einem Abschluß en bloc mit dem Suhrkamp Verlag nicht interessiert zu sein. Erst im Februar 1949 kam es zu einem sogenannten „Memorandum über die Vereinbarung mit Bertolt Brecht“. Danach sollten die „Versuche“ bei Suhrkamp, die „Gesammelten Werke“ nun ebenfalls bei Suhrkamp, jedoch als Lizenz im Aufbau-Verlag erscheinen. Die Bühnenrechte blieben weiter bei den Schweizer Verlagen. Damit waren vorerst die Würfel gefallen.

Diese Entscheidung, die Brecht so lange wie möglich hinauszuzögern versucht hatte, kam durch besondere Umstände zustande. Wenn vom Aufbau-Verlag gesagt werden muß, daß er es versäumte, sich rechtzeitig um Brecht zu bemühen, so kann von Suhrkamp auch nicht behauptet werden, daß er sich um Brecht gerissen hätte. Damals glaubten die Verleger eben nicht, mit Brecht ein Geschäft machen zu können. So war Peter Suhrkamp nicht von Anfang an darauf ausgewesen, das gesamte Werk Brechts in seinem Verlag zu vertreten. Das hing jedoch weniger mit seiner Haltung zu Brecht zusammen – ihn hat er immer geschätzt –, sondern mit seinen Verlagsvorstellungen. Aus Gesprächen, die Suhrkamp in jenen Jahren mit Verlegern, Schriftstellern und Kritikern führte, geht hervor, daß ihm damals im Unterschied zum heutigen Suhrkamp Verlag ein eingegrenztes Unternehmen vorschwebte. Er hatte einen Verlag mit einer geringen Anzahl ausgesuchter Autoren im Sinn; alles auch ein wenig elitär. Hermann Hesse, Marcel Proust und Thomas Stearns Eliot sollten die Grundpfeiler bilden. Und er überlegte lange, ob Brecht mit seinem Werk da hineinpaßte. Deshalb auch erschien in den ersten Nachkriegsjahren bei Suhrkamp weniger von Brecht, als selbst bei Berücksichtigung der vertrackten Rechtslage möglich gewesen wäre. Besonders für die von Brecht so empfohlenen Gedichte und Songs, mit denen der Dichter in die politische Auseinandersetzung der Nachkriegsjahre einzugreifen gedachte, zeigte Suhrkamp kein besonderes Interesse.

Auf Wieland Herzfelde mußte Brecht lange warten. Unter allerlei Vorwänden ließen ihn die USA-Behörden nicht ausreisen. Als er 1949 heimkehrte, wollte er den Malik-Verlag nicht neu gründen. Inzwischen hatte sich ein Netz von Verlagen gebildet. Das verlegerische Tätigkeitsfeld war aufgeteilt. Er kam zu spät. So blieb der Malik-Verlag an eine ganz bestimmte Periode der Geschichte revolutionärer Kunst und Literatur gebunden.

Sehr früh engagierte sich der Aufbau-Verlag allerdings für die Lyrik Brechts. Anders als Suhrkamp sah man hier eine Gelegenheit, politisch wirksam zu werden. Außerdem gab es Vorarbeiten von Wieland Herzfelde. In seinem Aurora Verlag hatte er die Herausgabe eines Bandes „Gedichte im Exil“ geplant, der im ersten Teil die „Lieder, Gedichte, Chöre“, im zweiten Teil die „Svendborger Gedichte", im dritten Teil die „Steffinsche Sammlung" und im vierten Teil die Gedichte aus der Zeit 1941 bis 1947 enthalten sollte. Als die ersten Abzüge bei Aufbau vorlagen, kamen Brecht Bedenken hinsichtlich der Zusammenstellung. An Wieland Herzfelde schrieb der Verlag am 26. Oktober 1948: „Brecht ist der Ansicht, daß die Gedichtsammlung des Aurora-Verlages speziell für New York zusammengestellt wurde, aber für Deutschland nicht taugt. Er ersucht uns deshalb, diese Ausgabe, die leider schon gesetzt ist, nicht herauszubringen. Statt dessen plant er, seine gesamten Gedichte unter seiner Redaktion herauszugeben. Bertolt Brecht bittet Dich nun, auch an den Desch-Verlag in München zu schreiben und dem Münchner Verlag diese Ausgabe zu untersagen."[44] Der Verlag griff die Idee Brechts sofort auf und begann mit der Vorbereitung einer Auswahl in vier Bänden. Die Arbeit war bereits Ende 1949 so weit fortgeschritten, daß der Verlag die Ausgabe in seinem Werbeprospekt 1949/50 ankündigte. Doch in diesem Tempo pflegte Brecht seine Bücher nicht zusammenzustellen, vor allem keine Ausgabe, die einen Überblick über sein lyrisches Werk geben sollte. Bei einem solchen Unternehmen wollte er sich erst mit seinen Mitarbeitern beraten. So wurde auch aus dieser Ausgabe nichts.

Mitte Februar 1949 fuhr Brecht mit Erich Wendt nach Potsdam, um in der Druckerei „Stichnote" Format, Satz und Papier der im Aufbau-Verlag geplanten Gedichtbände zu besprechen. Wie etwas gedruckt wurde, darauf legte er stets den größten Wert. Als Anfang der dreißiger Jahre bei Kiepenheuer seine „Versuche" herausgegeben wurden, ging er mit dem Lektor Fritz Landshoff gleichfalls in die Druckerei. Damals wollte er weg von dem sogenannten „schönen" Buch. Schon gar nicht sollten die „Versuche" wie eine gut aufgemachte Gesamtausgabe in Einzelwerken aussehen, vielmehr wie Arbeitshefte, wie das Kontokorrent eines Mannes, der experimentiert. Diesmal aber brachte

Brecht eine Ausgabe von „Hermann und Dorothea" aus dem Jahre 1799 mit. Ihm lag daran, daß seine Gedichtbände in einem schmalen Format erschienen, in der handlichen Eleganz der Bücher des 18. Jahrhunderts. Wendt, der sich daran erinnert haben mag, in welcher provokanten Nüchternheit Brecht seine Werke früher auf den Markt gebracht hatte, schlug ihm ein breites, sachlich wirkendes Format vor, das, wie es Brecht charakterisierte, „den eindruck eines katalogs für optische apparate vermittelte". Doch zum Erstaunen Wendts wollte Brecht gerade das nicht. „ich versuchte zu erklären, daß ich, mein frisches kupfer ausstellend, zeitweilig von der patina traditioneller aufmachung von gedichten borgen müsse."[45] Inzwischen hatte Brecht gelernt, daß es sich nicht empfiehlt, will man Neues durchsetzen, die Menschen aus allem Vertrauten herauszureißen. Außerdem ergab das klassische Format des Einbands eine interessante ästhetische Verfremdung zu dem modernen sachlichen Inhalt der Gedichte.

Überlegungen dieser Art begleiteten auch die späteren Ausgaben. Doch ließ sich das schlanke klassische Format nicht ohne weiteres durchsetzen, vor allem nicht bei den ersten Bänden der Werkausgabe des Aufbau-Verlags. Abgesehen von der damals bereits beginnenden Standardisierung, benötigte man für das schlanke Format einen kleinen Satzspiegel, Brecht aber wollte einen großen. Denn in Deutschland, so meinte er, gehöre ein Dichter nur dann zu den bleibenden, wenn er eine stattliche Reihe von Bänden vorweisen könne. Den Umfang seines eigenen Werkes hielt er für schmal.

Wichtiger als alle Verlagsabsprachen waren ihm in Berlin seine Theaterpläne. Im Theaterleben seinen erneuten Einstand zu organisieren und festen Fuß zu fassen, empfand er als die eigentliche Aufgabe. Langhoffs Angebot, im Deutschen Theater Inszenierungen nach seinen methodischen Überlegungen und später mit eigenem Ensemble zu machen, akzeptierte er schnell und ohne besondere Dankbarkeit. Auf diese Weise war zunächst das Anliegen seines Berliner Freundeskreises, Brecht an das Berliner Theater zu binden, erreicht, und zwar noch bevor die Frage nach einem eigenen Theater endgültig geklärt werden konnte.

Die Pläne konkretisierten sich, als Anfang November 1948 Erich Engel nach Berlin kam. Neben Piscator gehörte Engel zu den Regisseuren, die das epische Theater am stärksten mitgeprägt hatten. Von Piscator kamen die großen augenfälligen inszenatorischen Anregungen und die politisch-ästhetischen Proklamationen. Was jedoch die methodische Basis anbelangte, stand Engel dem Brecht-Theater bereits in den zwanziger und dreißiger Jahren viel näher als Piscator. Engel war nicht wie Brecht und Piscator ins Exil gegangen. Er blieb, obwohl als Halbjude und Marxist im höchsten Maße gefährdet, und überstand diese Jahre ohne allzu große Risiken, nicht zuletzt deshalb, weil er sein künstlerisches Credo durch Virtuosität und Kontinuität in der Unterhaltungsbranche zu tarnen verstand. Während des Faschismus drehte Engel vorwiegend Unterhaltungsfilme, sauber, perfekt, noch am Rande des Kitsches auf Kunst und Können verweisend. Die wenigen Inszenierungen, die er an Berliner Bühnen machte, waren stets theatralische Ereignisse. Aber gerade hier ließen sich die Spesen seines Rückzugs nicht so niedrig halten, wie er es gerne gewollt hätte. Unmittelbar nach dem Krieg wurde Engel Intendant der Münchner Kammerspiele. Sein Ruf als fortschrittlicher Theatermann schien durch seine Arbeit während der Nazijahre so wenig gelitten zu haben, daß die amerikanischen Militärbehörden gegen ihn „nicht die mindesten Einwände" vorzubringen wußten. Dem Nachholebedürfnis Rechnung tragend, stellte er an seinem Theater Stücke von Katajew, Giraudoux, Anouilh, Osborne, Frisch, van Druten, Wolf („Professor Mamlock") vor. Im Juli 1947 ging er von München weg, nachdem ihm die Stadtverwaltung eine szenische Collage über den faschistischen Terror untersagt hatte. Sie sollte, entsprechend dem Text von Eduard Claudius, zwischen zwei Wachttürmen eines Konzentrationslagers spielen. Die Stadtverwaltung gab allenfalls zu einer Feierstunde mit Lorbeerbäumen und Beethoven-Musik ihr Einverständnis. Doch wird dieser Vorfall für Engel nur der äußere Anlaß seines Weggehens gewesen sein. Der eigentliche Grund bestand darin, daß im Einvernehmen mit der amerikanischen Besatzungsmacht in München wieder Leute in der Verwaltung saßen, die sich vom ersten Schock der Niederlage erholt hatten und nun begannen, alle Fortschrittsversuche abzublocken. Engel umschrieb seine Befindlichkeit in einem Zeitungsartikel mit seinem „‚emigranten‘ Grundgefühl“, das er in München nie losgeworden sei. „Bei allem Sinn für bayrische Schönheit und aller Freude an seiner Ursprünglichkeit ist hier eine Lebensform gewachsen, die ich lapidar so ausdrücken möchte: der Münchener ist mehr der Vergangenheit zugewandt als offen für die Zukunft. Tradition ist hier eine viel lebendigere Kraft als im Norden.“[46]

Als Engel nach Berlin kam, begann er sofort Brechts „Mutter Courage und ihre Kinder“ am Deutschen Theater zu inszenieren. Das ging ohne größere Verständigung, einfach in der praktischen Arbeit vor sich. Erstaunlich war dabei zweierlei: Wie Brecht auf diesen Mann setzte und mit ihm arbeitete, als hätte es keine fünfzehnjährige Unterbrechung gegeben. Und wie selbstverständlich Engel in diese Arbeit einstieg und die Brechtsche Methode zu beherrschen schien, obwohl ihm deren Umbau nach 1933 kaum bekannt gewesen sein dürfte. Ob diese erste Zusammenarbeit mit einem Regisseur, der die Entwicklung seiner Ästhetik im Exil nicht mitvollzogen hatte, von Brecht so problemlos empfunden wurde, wie sie der kunstinteressierten Öffentlichkeit erschien, läßt sich nicht sagen. Dazu äußerte sich Brecht auch später nicht. Als philosophischer Kopf pflegte

Engel eine Denkart, die Brecht nicht ohne weiteres zusagte. Er verband nämlich sein Verständnis des dialektischen Materialismus mit der Philosophie Nicolai Hartmanns. Doch um gemeinsam Regie zu führen, ist nicht immer eine philosophische Verständigung vonnöten. Brecht suchte die Mitarbeit eines erfahrenen Regisseurs oft aus Scheu vor dem Umgang mit Schauspielern. Als er aus dem Exil heimkehrte, besaß er nicht mehr die Unverfrorenheit, mit der er in jungen Jahren zu Werke ging. Engel leistete ihm eine unschätzbare Hilfe, indem er zwischen seinen eigenen Erfahrungen und den Vorschlägen Brechts vermittelte. Und dann besaß er die meisterliche Fähigkeit, den Dialog, die dramatische Sprache auf eine Kunstebene zu heben, die der Dichtung entsprach. Diese Fähigkeit dürfte nicht unwesentlich zu der produktiven Zusammenarbeit beigetragen haben.

Die Wirkung, die Brecht mit seiner „Courage“ auslöste, hatte ihren Grund vielleicht darin, daß er auf ein politisches Zeitgefühl, nämlich das geschlagener Leute, reagierte, ohne hierbei allzu viele ideologische Forderungen zu stellen. Vielmehr zeigte er, daß das Unglück allein ein schlechter Lehrer ist. Der Grundgestus beschränkte sich auf die ebenso einfache wie elementare Aussage, daß die kleinen Leute im Gegensatz zu den Mächtigen vom Krieg nichts erhoffen können. Sie bezahlen die Siege wie die Niederlagen. Die Inszenierung polemisierte ebenso gegen die pessimistische Weltsicht in der zeitgenössischen bürgerlichen Dramatik des Westens wie gegen die Vorbilddramatik bürgerlich-humanistischer oder sozialistischer Prägung. Die Mutter Courage lernt nichts aus dem Krieg, der Zuschauer muß aus der sozialen Logik der gezeigten Vorgänge selbst die Haltung herausfinden, die er unter bestimmten gesellschaftlichen Konstellationen einzunehmen gedenkt. Wichtig dabei war die Identifizierung mit einer sozialen Position, nicht mit einer Figur. Insofern stellte das

Stück ganz neue Anforderungen an das Publikum. Auch das Bühnenbild polemisierte gegen Sehgewohnheiten, die das Theater im Faschismus oder, wie Brecht formulierte, das „Göring-Theater" kultiviert hatte. Der Wagen der Courage rollte vor dem weißgetünchten Rundhorizont über die fast leere Bühne. Statt des großen Vorhangs die flatternde Halbgardine. Ein vom Schnürboden herabgelassenes Emblem kündigte die Unterbrechung der Handlung durch Lieder an. Doch das Publikum fühlte sich durch die neue Darstellungsart nicht schockiert, sondern ergriffen, ging es doch auf der Bühne um sehr elementare Fragen, um die unmenschlichen Anstrengungen, die aufgebracht werden müssen, um zu überleben. Daß die Handlung durch literarisch-theatralische Mittel unterbrochen wurde, daran hatte sich das Publikum inzwischen gewöhnt. Derartige theatralische Reize kannte es aus den amerikanischen, französischen und englischen Stücken, die unmittelbar nach dem Krieg auf die Bühnen kamen. Das genoß man oder lehnte es ab. Die strenge Nüchternheit der „Courage"-Inszenierung empfand man demgegenüber als Pathos, freilich als eins von ganz anderer Art, als man es bisher vom Theater gewohnt war.

Die Brechtsche Art, Vorgänge auf der Bühne mit den unterschiedlichsten Mitteln des Theaters zu zeigen, „auszustellen", wie er gelegentlich sagte, war auch für die Darsteller neu. Außer der Weigel wirkten in der Inszenierung keine aus dem Exil heimgekehrten Schauspieler mit. Die hier mit Brecht arbeiteten, hatten sich nach 1933 einen Namen gemacht, wie Werner Hinz, der den Feldprediger, und Paul Bildt, der den Koch spielte. Ob aber gerade sie, wie sich damals der Journalist Curt Riess in der „Weltbühne" ausdrückte, zu „Hitlers verwöhntesten Kindern" gezählt hatten, muß bezweifelt werden. Brecht warf den Schauspielern nicht vor, daß sie unter Göring und Goebbels Theater gespielt hatten, aber er verschwieg ihnen auch nicht, daß das nicht ohne Beschädigung geblieben war. Auf diese Weise kam er gut mit ihnen zurecht. Nur gelegentlich empfand er etwas erstaunt und ärgerlich zugleich, daß von ihnen eine „merkwürdige aura von harmlosigkeit" ausgehe. „auch die doppelten böden sind verschleudert, und das hintergründige ist ins versatzamt gewandert. der gute schauspieler hinz legt den atheistischen feldprediger so an, als hätte der seinen glauben verloren wie ein andrer armer teufel sein bein verliert."[47] Dann gab es noch ganz junge Schauspieler wie Angelika Hurwicz und Ernst Kahler, die kaum ausreichende Bühnenerfahrung besaßen. Angelika Hurwicz wurde kurze Zeit später zu einer markanten Schauspielerin des Berliner Ensembles und begann noch unter Brechts Anleitung Regie zu führen. Sein nachhaltiger pädagogischer Einfluß setzte schon mit dieser Inszenierung ein, obwohl er weder Vorträge hielt noch Seminare leitete, ja überhaupt keine Anstrengungen machte, seine Methode zu interpretieren, zu kommentieren. Er wollte sie einfach vorstellen, und zwar durch das Resultat praktischer Arbeit.

Die Premiere am 11. Januar 1949, ein theatergeschichtliches Ereignis, wurde von der kunstinteressierten Öffentlichkeit keineswegs so mit Spannung erwartet, wie man sich später zu erinnern glaubte, nachdem das Aufführungsdatum zu einer Zäsur geworden war. Selbst die Neugier, nun endlich einmal eine originale Brecht-Aufführung zu sehen, erstreckte sich auf wenige Fachleute. Das große Publikum kannte den Neuerer Brecht kaum. Unter den Berliner Theaterleuten gab es noch eine Verärgerung dadurch, daß Brecht geäußert haben sollte, von nun ab werde auch in Berlin modernes Theater gemacht. Obwohl sich diese Behauptung im nachhinein als ganz richtig erwies, empfand man sie doch als recht anmaßend. Für alle, die nach dem Krieg in Berlin das Theater wieder in Gang gebracht hatten, galt die „Nathan"-Inszenierung von Fritz Wisten als Beginn einer neuen Theaterepoche. Danach noch eine Zäsur setzen zu wollen, fand man überheblich und ärgerlich – die überspannte Erwartung eines Neuankömmlings, der mit seinem Einsatz zu spät kommt.

Die Premiere wurde zu einem großen Erfolg für Brecht und Helene Weigel. Die Darstellungskunst der Weigel rief bei der Kritik wie beim Publikum einhellige Bewunderung hervor. Ihr Spiel ergriff so, daß neben den neuen Einsichten auch die alte Wirkung des Theaters da war: tiefe Erschütterung. Wie die Giehse in der Zürcher Uraufführung, so gab die Weigel in der Berliner Inszenierung eine Rollengestaltung, die in den kommenden Jahrzehnten auch nicht annähernd erreicht wurde. Die Weigel als Mutter Courage mit ihrem Wagen blieb im Gedächtnis des Berliner Publikums. Mit dieser Rolle wurde sie in kurzer Zeit so populär wie kaum ein Schauspieler zuvor. Brecht selbst nannte ihre Courage-Figur „herrlich, von großer Kühnheit".

Die eigentliche Premiere fand in einer geschlossenen Vorstellung für die Gewerkschaften statt. Höchstwahrscheinlich hatte Brecht mit Walcher oder Duncker abgesprochen, daß zu der Vorstellung Arbeiter, ein Lehrgang der Gewerkschaftsschule, eingeladen wurden, also das neue Publikum, auf das er hoffte. „es war ein wagnis, den schauspielern ein solches publikum als erstes vorzusetzen, aber die arbeiter aus den hennigsdorfer stahlwerken zeigten sich als wunderbare zuschauer, sie saßen freilich lange wie zaungäste, von denen weder zustimmung noch ablehnung erwartet wird, aber nach der szene mit dem lied von der kapitulation klatschten sie, und die szene mit dem tod der stummen kattrin unterbrachen sie mit großem beifall da, wo sie das ehrenwort des offiziers ablehnt. und am ende vergaßen sie aufzustehen und in die garderobe zu stürzen, obwohl das stück lang ist und die bahnen spät nicht fahren. nun gingen engel und ich zu einer diskussion in die schule hinaus und hatten die gelegenheit, uns weiter zu wundern.

welche bestimmtheit und welche höflichkeit! außer einigen technischen fehlern wie dem, daß die musik die worte übertönte, rügten einige, daß der obrist der yvette zu stark karikiert war. meine entgegnung, die lagerhure werde später als eine der wenigen personen gezeigt, die am krieg verdienten, und dem stückschreiber müsse also daran liegen, den preis, den sie zahlte, nicht zu nieder anzusetzen, wurde mit verständnis und grazie angenommen. besonders hoben sie die trommelszene hervor, und einer lobte, daß gerade ‚der hilfloseste mensch am ehesten bereit war zu helfen, dieselbe person, die wenige szenen zuvor vom eigenen bruder als ›du armes tier‹ tituliert werde'. welch ein zuschauer! er muß in der dritten szene diesen satz vermerkt (und ärgerlich!) haben – in der elften fand er die antwort! und daß die courage nichts lernt im äußersten elend, erregte diesen zuschauern nur mitleid!"[48]

Die Aufführung wurde später allgemein als das herausragende Theaterereignis der Nachkriegszeit bezeichnet. Somit war Brechts strategische Konzeption völlig aufgegangen. Er hatte sein Werk und seinen ästhetisch-methodischen Anspruch eindrucksvoll placiert. Doch stand die erregte Auseinandersetzung, die Kritikerschlacht, noch bevor. Den Anstoß gab ein Artikel Fritz Erpenbecks. Innerhalb der progressiven, sozialistisch orientierten Kritikergruppe, zu der neben Erpenbeck Herbert Jhering, Paul Rilla und Wolfgang Harich zählten, galt Erpenbeck als der mit der größten marxistisch-leninistischen Einsicht. Von vielem, was den anderen im letzten Jahrzehnt gar nicht einsehbar gewesen war, besaß er genaue Kenntnis. Obwohl sein Interesse nicht – wie das Wolfgang Harichs – der Theorie galt, zählte er in jenen Jahren zu den Wortführern der marxistischen Ästhetik. Sicher mehr aus politisch empfundener Notwendigkeit denn aus Neigung. Er war ein instinktsicherer Theatermann, der mit Begeisterung am Theater hing und dem man die großen alten Wirkungen der

Bühne nicht so leicht ausreden konnte. Erpenbecks Artikel, unter der eher beiläufig anmutenden Überschrift „Einige Bemerkungen zu Brechts ‚Mutter Courage'", hatte die Wirkung einer Bombe.

An den sensationellen Erfolg der „Courage"-Aufführung anknüpfend, sprach Erpenbeck mit größtem Respekt von der „hohen dichterischen Kunst" Brechts. Bei den ästhetischen Fragen, die durch sein Werk aufgeworfen würden, handle es sich „stets um eine Lebensfrage unserer Dramatik überhaupt".[49] Damit war die Problematik aus dem Besonderen ins Allgemeine gehoben. Für Erpenbeck bestand sie darin, daß die Entwicklung der fortschrittlichen, sozialistischen Dramatik durch eine Aufweichung der Form bedroht werde. Brechts Stück signalisiere solche Gefahren. Sie zeigten sich in den eingestreuten Songs (meist moralisierenden Inhalts), im Verzicht auf die Duellsituation von Spieler und Gegenspieler, im epischen Fluß der Handlung, der die Verknüpfung der Fäden zu einer dichten dramatischen Handlung verhindere. Mehr oder weniger waren dem Dichter diese Vorwürfe schon früher gemacht worden, auch von marxistischer Seite. Erst die Frage, mit der Erpenbeck seinen Artikel schloß, eröffnete die Kontroverse: „Wo verliert sich, trotz fortschrittlichen Wollens und höchsten, formalen Könnens, der Weg in eine volksfremde Dekadenz – wo führt, bei fortschrittlichem Wollen und höchstem, formalem Können, der Weg zur Volkstümlichkeit, zur dringend notwendigen Gesundung unserer Dramatik?"[50] Das verhängnisvolle Wort „volksfremde Dekadenz" war gefallen. Der Begriff hatte damals bereits die politisch denunzierende Färbung, obwohl Erpenbeck gerade sie vermeiden wollte. Wolfgang Harich reagierte darauf prompt. Der Vorwurf, der Brecht hinter „gequälter Verbindlichkeit" gemacht werde, sei ungeheuerlich: volksfremde Dekadenz! „Es wäre eine Schande", schrieb Harich, „wenn er unwidersprochen bliebe."[51]

Harichs temperamentvolle Erwiderung kam nicht von ungefähr, gehörte er doch zu dem Kreis, der seit langem versuchte, Brecht nach Berlin zu ziehen. Weniger durch Erpenbecks Artikel selbst als mehr durch seine Auswirkungen sah er die eben angebahnte Verbindung gefährdet, und er konterte deshalb außerordentlich scharf. Dabei tendierte seine eigene ästhetische Auffassung keineswegs zu Brechts Theorien. Zwar hatte er anläßlich der „Furcht und Elend"-Inszenierung Langhoff stark kritisiert, weil er Brecht „gespielt" und nicht „gelehrt", ihn also auch nicht begriffen habe. Doch all das, was er über den „richtigen" Brecht schrieb, war ebenfalls ein Mißverständnis. Während es Erpenbeck darauf ankam, sich und Brecht in Beziehung zu einer allgemeingültigen marxistischen Theorie zu setzen, empörte Harich weit mehr, wie Erpenbeck mit einem großen Dichter umging. In Brecht sah er den einzigartigen marxistischen Dichter und Denker, und den wollte er in Berlin haben. Andererseits glaubte er sich in seinem Marxismusstudium schon so weit, um über Erpenbecks Argumentation nur den Kopf schütteln zu können.

Was Erpenbeck Brecht vorwarf, hatte mit weiterreichender gedanklicher Konsequenz schon Georg Lukács getan, auf dessen Theorien sich Erpenbeck stützte. Warum aber lösten die Vorwürfe gegen Brecht gerade zu dieser Zeit eine so leidenschaftliche Diskussion aus? Lukács hatte sich an Hand einiger ästhetischer Gesichtspunkte mit Brecht auseinandergesetzt; Erpenbeck polemisierte angesichts der enormen Wirkung des Brechtschen Werkes. Er diskutierte gegen den Beifall. Aber noch eine andere, vielleicht wichtigere Veränderung kam hinzu. Der Begriff „volksfremde Dekadenz" hatte in der Auseinandersetzung mit der spätbürgerlichen Dramatik unmittelbar nach 1945 eine große Rolle gespielt, so in der Polemik mit Wilder, Sartre, Anouilh, Giraudoux. Die fortschrittliche Kritik kämpfte gegen Geschichtspessimismus, politischen Fatalismus und

Desorientierung jeglicher Art an; sie verlangte, daß Entscheidungsfragen gestellt werden. Jetzt aber war der Begriff auch auf einen Dramatiker aus den eigenen Reihen angewandt worden.

Zwar hatte Erpenbeck bei seiner Kritik an der epischen Gestaltungsweise Brechts betont, daß sie keinesfalls „mit jenem unsagbar langweiligen Dramen-Ersatz hauptsächlich amerikanischer Herkunft“[52] auf eine Stufe gestellt werden dürfe. Ihm ging es um die durchaus richtige, apodiktisch zugespitzte Feststellung, daß es sich bei Brecht um eine ganz bewußte, grundsätzlich gegen das dramatische Theater gerichtete künstlerische Schaffensmethode handle. Und hierin erblickte er das Gefahrenmoment: „Es geht um die Frage, ob unser dichterisch stärkster deutscher Dramatiker, ob Bertolt Brecht es sich weiterhin selbst verwehren will, auch der dramatisch stärkste Dichter, das heißt, der volkstümlichste deutsche Dramatiker zu werden ... Um es einmal grob zu sagen: Wenn der geniale Brecht einen falschen Weg geht, bleibt immer noch jeder Schritt als Ausdruck eines wirklichen Dichters höchst interessant; gehen ihn jedoch schwächere oder gar schwache Bühnenautoren, dann ist das stets recht langweilig, und die falsche Richtung des Wegs wird sogleich deutlich.“[53] Wo der richtige Weg zu finden sei, verdeutlichte Erpenbeck an der Trommelszene der stummen Kattrin. In ihr gelange Brecht zur echten dramatischen Aktion, weil hier Spieler und Gegenspieler aufeinanderträfen. Die Szene zeige, wie echtes Theater gemacht werden müsse.

In seiner Erwiderung ging Harich gleich auf den Kernpunkt der Erpenbeckschen Argumentation los: volksfremde Dekadenz. Dekadenz, so Harich, sei heutzutage woanders zu suchen als bei Brecht. Dekadent sei der letzte Clou der Klassenapologie, dekadent sei der existentialistische Individualismus, das weltflüchtige desperate Spießbürgertum, die Freiheit zum Absurden, die ästhetizistische

Verselbständigung der Kunst, die Mythologisierung der Geschichte, irrationale Ekstase und Blut-und-Boden-Ideologie. „Aber was hat Brecht mit alledem zu schaffen?" fragte Harich. „Brecht hat der geistigen Auflösung, dem ästhetizistischen Geschmäcklertum, der ‚kulinarischen Kunst', der ideologischen Verwirrung, dem Schwall nichtssagender Phrasen der Mystik und dem Irrationalen nüchternste Vernunft und lapidare Klarheit entgegengesetzt. Brecht hat angesichts des bürgerlichen Verfalls, inmitten des Chaos von Krieg und Krise, unmißverständlich für die Gesellschaftsklasse Partei ergriffen, die die Zukunft in Händen trägt: für die Arbeiter, die berufen sind, der Dekadenz gründlich den Garaus zu machen und eine neue Welt der sinnvollen Ordnung, der Vernunft und Gesundheit aufzubauen."[54]

Am überzeugendsten ist Harich überall dort, wo er ganz einfach fragt, was denn nun eigentlich in dem „Courage"-Stück dekadent sei. Man könne doch Brecht nicht der Dekadenz beschuldigen, bloß weil er nach anderen dramaturgischen Lösungen suche, als es bisher üblich gewesen sei. „Ewige Gesetze des Dramas? Du lieber Himmel!" Harich schlägt die Hände über dem Kopf zusammen. „Ein Kritiker, der es für ‚selbstverständlich' hält, daß Theater ‚dramatisch zu sein hat', und der dabei das ‚Dramatische' schlechthin mit den technischen Faustregeln einer bestimmten Epoche identisch setzt, ist gewiß kein marxistischer Dialektiker, ‚trotz fortschrittlichen Wollens'."[55] Und schließlich fragte Harich, wer denn nun tatsächlich im Formalismus steckenbleibe, Erpenbeck oder Brecht: der, der ohne Berücksichtigung des Inhalts auf die Form schließt, oder der, der die Form ändert, weil es der Inhalt erzwingt.

Erpenbeck erwiderte darauf gelassen, in der Haltung eines Mannes, der die Diskussion wollte und unversehens in eine Prügelei geraten ist. Nun besaß er zwar wirklich die größere Erfahrung, aber seine Position überzeugte nicht.

Aus der Kontroverse ging Harich eindeutig als Sieger hervor. Erpenbecks Vorstellungen vom epischen Theater bezogen sich stets auf das Lehrstück, den Ausgangspunkt dieser Theorie. In ihm sah er, nicht ganz zu Unrecht, keine Basis für ein Theater, das geeignet gewesen wäre, die verschiedenen Publikumsschichten im Nachkriegsdeutschland zu erreichen. Dabei übersah er jedoch den tiefgreifenden Umbau, den Brecht im Exil an seiner Methode vorgenommen hatte. Andererseits wußte er als intimer Praxiskenner, was gutes Theater ist, und geriet so angesichts der Brecht-Aufführungen stets in die Verlegenheit, die Praxis zu loben und die Theorie zu verdammen.

Außerdem diskutierte Erpenbeck die „Courage"-Aufführung bereits aus der Kenntnis der sowjetischen Formalismusdiskussion, die Shdanow 1948 mit seiner Kritik an den sowjetischen Komponisten Schostakowitsch, Prokofjew, Chatschaturjan, Kabalewski und anderen eröffnet hatte. Wenn Brecht meinte, daß Erpenbeck versuche, „der ‚linie' [zu] folgen"[56], so hatte er insofern recht, als es sicher Stimmen gab, die Erpenbeck als Herausgeber der Zeitschrift „Theater der Zeit" drängten, die offiziellen Standpunkte der Formalismusauseinandersetzung auch gegenüber Brecht zu vertreten. Er aber diskutierte zunächst von seiner eigenen dramenästhetischen Position aus, die er mit der offiziellen „Linie" verband. Da die Formalismustheorie gerade im Hinblick auf das Gestalterische wenig überzeugte, verknüpfte er sie mit der Traditionslinie, in der er sich zu Hause fühlte, nämlich einer Dramenästhetik, die durch Ibsen ihre typische Prägung erhalten hatte. Insofern verfuhr er ähnlich wie Lukács, wenn es um ästhetische Grundfragen ging. Im Unterschied zu Lukács argumentierte Erpenbeck als Praktiker jedoch ästhetisch viel konkreter. Sein Beweisfeld war das jeweilige Stück, die szenische Gestaltung durch das Theater und nicht das weite Feld der Literaturgeschichte und Ästhetik. Das machte ihm die Sache eher schwerer als leichter, denn er mußte den Beweis entgegen der Wirkung der Bühne antreten.

Sieht man von den übergreifenden ästhetischen und politischen Prämissen einmal ab, die die Diskussion bestimmten, aber in ihr selbst kaum zur Sprache kamen, verfolgte Erpenbeck einen sehr eigenständigen ästhetischen Standpunkt, der zugleich seine jahrelange Gegnerschaft zum epischen Theater erklärt. Ihm ging es, kurz gesagt, um die Verteidigung der Unterhaltungsfunktion des Theaters, die er durch Brecht bedroht sah. Wenn Brecht 1945 über eine Interpretation des epischen Theaters anmerkte, daß von ihr ein eigentümlicher puritanischer Geruch aufsteige, etwas Laboratoriumhaftes werde beschrieben, während die ästhetische Seite zum Formalismus zusammenschrumpfe, so war das im Grunde haargenau der Eindruck, den Erpenbeck bis weit in die fünfziger Jahre hinein vom epischen Theater hatte. Als Kritiker bevorzugte er die Premieren der Operettenhäuser, des Zirkus, des Kabaretts. Was er liebte und was er wollte, war ein Theater, das Spaß und Spannung auslöste – ein Standpunkt, den auch Brecht in seinem letzten Lebensjahrzehnt uneingeschränkt vertrat. Während dieser jedoch meinte, die alten Wirkungen seien mehr und mehr verbraucht und unzeitgemäß, erklärte Erpenbeck, die Art und Weise, wie Menschen im Theater zum Weinen und zum Lachen gebracht würden, sei zu allen Zeiten ziemlich die gleiche. Hier stießen zwei unterschiedliche Auffassungen über die ästhetische Realisierung unterhaltsamer Wirkungen aufeinander. Letztes Kriterium für Erpenbeck war immer die Praxis. Er bewies diese Haltung Ende der fünfziger Jahre, als er angesichts der Wirkung der Brecht-Aufführungen seinen Standpunkt gegenüber dem epischen Theater ohne große Umstände und theoretische Verkleidung korrigierte.

Die Debatte um die „Mutter Courage" führte zunächst noch nicht zu einem vertieften Verständnis für die Eigenart des Brechtschen Theaters, auch noch nicht zu einer Orientierung über die Wege des Realismus, worauf Erpenbeck hinauswollte. Zu der Kritikergruppe, die Brechts Position verteidigte, stellte sich Max Schroeder. Seine Auffassung korrespondierte mit der von Paul Rilla. Beide betonten den Zusammenhang der Brechtschen Dichtung mit den großen literarischen Traditionen, der Antike, der Renaissance und insbesondere der deutschen Klassik. Mehr als Rilla aber hob Schroeder die weitaus größere gesellschaftliche Verbindlichkeit gegenüber dem Zuschauer hervor, die Brecht im Unterschied zum traditionellen Theater anstrebte. Schroeder machte bereits auf einen Gesichtspunkt aufmerksam, den die Brecht-Rezeption erst zwei Jahrzehnte später aufgriff, daß nämlich Brecht sein episches Theater nicht in erster Linie über die Gestaltung des Stoffes, sondern über das Verhalten des Zuschauers strukturiere. Konträr zu Erpenbeck betonte Schroeder im „Neuen Deutschland", die von Brecht gebrauchten Begriffe „episches Theater", „Lehrstück" usw. seien keine formalistischen Dogmen, sondern Stationen des Experimentierens, die nicht die Abschaffung des „Dramas", sondern dessen neue Begegnung mit dem Zuschauer bezwecken.[57] Auf die Seite derer, die wie Jhering, Rilla, Schroeder den Dichter und sein Stück verteidigten, gehörte auch Johanna Rudolph, die sich dann in den fünfziger und sechziger Jahren gegen die Entwicklung des Brecht-Theaters stellte und einen streng traditionsgebundenen Realismus verfocht. Ihre Vorliebe für die Eigenart des traditionellen Theaters kam bereits in ihrer „Courage"-Rezension zum Ausdruck.

Ein Vermittlungsversuch in der Auseinandersetzung um die „Mutter Courage" wurde in der „Täglichen Rundschau" unternommen. Dort erschien ein mit S. Alterman signierter Artikel unter der Überschrift „Wo beginnt die Dekadenz?". In ihm wird festgestellt, daß eigentlich nichts geklärt sei, weil Harich Erpenbeck nicht widerlegt, sondern nur polemisch überschrien habe. Erpenbeck wurde vorgeworfen, daß seine Kritik am epischen Theater zu sehr an äußeren Momenten wie chronikartiger Form, Ersetzung der Akte durch einzelne Szenen, Einführung von Songs, Einmischung des Autors in die Darstellung hafte. Im Unterschied zu Erpenbeck wie zu der Kritikergruppe um Jhering betonte Susanne Alterman, daß nicht in der Gestaltung des Formalen die Gefahr der Dekadenz liege, sondern darin, daß Brechts Theater in den Positionen des klassischen Realismus steckenbleibe, „jenes objektivistisch-beschaulichen Realismus, der im Anfang des vorigen Jahrhunderts so großartige Repräsentanten in Goethe und Schiller hatte und der von Hegel philosophisch und ästhetisch begründet wurde"[58]. Doch wie Hegel, so leugne auch Brecht die Möglichkeit des Dramas als einer Form, in der der Zweikampf der empörten Vernunft mit der Geschichte zum Ausdruck komme. Und weiter heißt es bei Alterman: „In ‚Mutter Courage' fehlt jener dramatische Konflikt, der die bei dem langen und für das Volk so qualvollen Kriege unvermeidlich anwachsende spontane Empörung der Massen sichtbar machen müßte, eine Empörung, die noch weit davon entfernt ist, zu einer politischen Massenbewegung zu werden (das wäre historisch falsch), die sich aber in einzelnen Rebellionen und Konflikten äußert, aus denen die Notwendigkeit einer revolutionären Umgestaltung der Gesellschaft hervorgeht. Es fehlt in dem Stück die Idee der revolutionären kritischen Umgestaltung der Welt. Man darf mich nicht falsch verstehen: Niemand verlangt von Brecht ein abstrakt-revolutionäres Pathos oder eine absichtlich von außen herangetragene ‚Tendenz'. Es handelt sich darum, daß die wahrhaft demokratische Kunst unserer Zeit unbedingt eine Kunst des *revolutionären* Realismus sein muß, eine Kunst der umfassenden und erschöpfenden Darstellung revolutionärer Massenaktionen mit allen dem *jetzigen* Zeitpunkt wesenseigenen Interessen, Ideen und Konflikten."[59] Hier wurde gar nicht bemerkt, daß Brechts Theater gerade diese „revolutionäre kritische Umgestaltung der Welt" anstrebte, wenn auch nicht dadurch, daß eine revolutionäre Welt abgebildet wurde, mit der sich dann der Zuschauer nur noch zu identifizieren brauchte, sondern indem das Theater dem Zuschauer Impulse und Einsichten verschaffte, die ihm ermöglichten, sich im gesellschaftlichen Gesamtprozeß zu orientieren und revolutionär zu handeln. Weit entfernt von einer solchen Auffassung, glaubte der Kritiker einen merkwürdigen Zwiespalt im Schaffen Brechts festzustellen. Es lasse sich schließlich nicht leugnen, daß auch Brechts Dichtung das Kainszeichen der Dekadenz trage: „Das Paradoxe der Brechtschen Dramatik, wo dieser seiner Konzeption des Epischen treu bleibt, besteht darin, daß Brecht einerseits in der deutschen Literatur die realistischen Traditionen und die Züge wahrer Volksverbundenheit, die ihr in den Jahren der bürgerlichen Herrschaft verlorengegangen waren, wieder befestigt hat, während sich in seinem Schaffen, weil es sich nicht bis zum revolutionären Realismus erhob, zugleich dekadente Züge offenbaren mußten und auch tatsächlich offenbaren." Gegen Harich gewandt, heißt es dann: „Die Dekadenz offenbart sich nicht nur unter den subjektiven Verteidigern des Kapitalismus und nicht nur in einer aufgeblähten Abstraktion der Form. *Die Dekadenz beginnt dort, wo in dem Schaffen eines Künstlers die empörte menschliche Vernunft schweigt und die Ohnmacht des Menschen vor dem geschichtlichen Schicksal bestätigt wird.*"[60]

Dem Dramatiker, der seine ganze Methode darauf ausgerichtet hatte, daß das Schicksal des Menschen der Mensch ist, der mit seiner Schreibweise auf die Meisterungsmöglichkeiten des menschlichen Schicksals zielte, wurde vorgeworfen, seine Dramatik kapituliere vor dem Schicksal. Gründlicher konnte Brecht nicht mißverstanden werden.

Im Wirrwarr der Meinungen macht besonders dieser Artikel die Schwierigkeiten der Diskussion deutlich und läßt erkennen, warum es damals noch zu keiner wirklichen Orientierung und Verständigung kam. Wichtig und historisch aufschlußreich bleibt dieser Kritikerstreit um die „Mutter Courage" trotzdem, weil er sich zur ersten größeren ästhetischen Debatte unter Marxisten ausweitete. Durch die Diskussion ließ sich Brecht weder beeindrucken noch abschrecken. War er doch daran gewöhnt, daß seine neue Art, Theater zu machen, zunächst mißverstanden wurde. Doch es ging hier schon nicht mehr nur um Mißverständnisse. Der Streit um die „Courage" war zugleich der Vorbote der Auseinandersetzung, die auf Brecht noch zukommen sollte.

Noch einmal zurück nach Zürich

Während Helene Weigel in der Luisenstraße, im Haus des Theaterclubs „Die Möwe“, ein Büro für die Leitung des zukünftigen Berliner Ensembles einrichtete, flog Brecht zurück nach Zürich. Vorher versäumte er aber nicht, sich bei Johannes R. Becher zu bedanken, der als Präsident des Kulturbundes die Einladung nach Berlin ausgesprochen hatte. „Lieber Becher, ich möchte dem Kulturbund für seine außerordentliche Gastfreundschaft danken, bevor ich abfahre. Es wäre ja nahezu unmöglich, in dieser zerstörten Stadt ohne Freunde wieder Fuß zu fassen: ganz allein könnte man sich seine Arbeit kaum organisieren. Aber darüber hinaus schulde ich dem Kulturbund Dank für eine Reihe persönlicher Freundlichkeiten und kameradschaftliche Hilfe.“[61] Besonders dankbar zeigte sich Brecht für die „energische Hilfe“ auf dem Arbeitsfeld des Theaters, obwohl hier mehr Wolfgang Langhoff als Becher Dank gebührte. Sein Brief schloß mit den Worten: „Herzlichsten Dank und auf Wiedersehen.“ Und an ein baldiges Wiedersehen war ja auch gedacht.

Am 23. Februar 1949 traf Brecht in Zürich ein. Entsprechend seiner alten Gewohnheit suchte er eine Wohnmöglichkeit in der Nähe des Theaters. Er fand ein Zimmer in dem Haus „au Bien Etre“ in der Hottingerstraße 25, das er vom 1. März bis 2. Juni bewohnte. Nach Zürich war er noch einmal gekommen, um einiges zu erledigen, was seine Übersiedlung nach Berlin betraf. Er mußte versuchen, für sich und seine Tochter Barbara, die bislang noch hier wohnte, neue Reisepapiere zu bekommen. Zum anderen wollte er einige Schauspieler fur seine Berliner Theaterpläne gewinnen. Diese Dinge galt es zu erledigen, und er wünschte sich, daß alles recht schnell gehen möge. Denn in Zürich hielt ihn nichts mehr. An Helene Weigel schrieb er

Ende Februar: „Ich komme so schnell zurück als möglich.“[62]

Noch während des Flugs von Prag nach Zürich, den er gemeinsam mit Ruth Berlau unternahm, hatte er ein Stück zur Hand genommen, das ihn zu einer enormen Arbeit, zu umfangreichen Studien veranlassen sollte: Nordahl Griegs „Die Niederlage“, ein Schauspiel über die Pariser Kommune. In Brechts Überlegungen nahm dieses Stück seit langem einen wichtigen Platz im Spielplan seines künftigen Theaters ein. Darüber hatte er bereits in Berlin wie von einer festen Position gesprochen. Erich Engel sollte es inszenieren. Auch Piscator suchte er für dieses Stück zu interessieren. Ihm schrieb er am 9. Februar 1949 nach New York: „Und Du kannst Dich am besten umsehen, indem Du sofort arbeitest. Als Stück schlage ich vor: einen O'Casey oder einen Lorca oder am liebsten ‚Die Niederlage‘ von Nordahl Grieg, ein Stück über die Pariser Kommune.“[63] An diesem Stück hing Brecht. Margarete Steffin hatte es im Exil übersetzt, und den Autor hatte Brecht in Skovsbostrand kennengelernt. Seit es konkrete Pläne für ein eigenes Theater gab, stand für ihn fest, daß er es aufführen würde. Seine Berlinerfahrungen bestärkten ihn darin, daß es am besten wäre, die neue Saison damit zu beginnen. Doch dieses Stück, für das er sich so engagierte, hatte er nie richtig gelesen. Wie schon oft, stützten sich seine Kenntnisse auf Informationen seiner Mitarbeiterinnen, nicht auf eigenes Studium. Dabei kann man nicht sagen, daß sich Margarete Steffin oder Ruth Berlau, die in der Inszenierung am Königlichen Theater in Kopenhagen mitgespielt hatte, sonderlich für das Stück eingesetzt hätten. Andererseits hielten sie sich mit Kritik zurück, vielleicht weil sie Griegs Engagement, seinen Zugriff auf ein hochwichtiges Thema bewunderten. Es wird einfach dieses Thema gewesen sein, das Brecht für das Stück einnahm. Nicht einmal Erich Engels abschätzige Meinung, die dieser in Berlin äußerte, machte ihn in seinem Urteil irre. Während des Flugs nun las er das Stück von Anfang bis Ende und war entsetzt: „‚Das geht überhaupt nicht.‘“ Auf den Erfolg der Kopenhagener Aufführung anspielend, fügte er hinzu: „‚Jetzt verstehe ich, daß der dänische König und die Herren im Frack geklatscht haben, als die Kommunarden starben.‘“[64]

Nun ist es aber nicht so, daß Nordahl Griegs Schauspiel nur politische Schwächen aufweist, es ist einfach kein gutes Stück. Dramaturgisch gesehen, besteht es aus einer Reihung von Genreszenen, in denen die Figuren fortgesetzt etwas über sich und andere erzählen. Eigentlich hätte schon ein erster Blick genügt, um festzustellen, daß der Autor gar keinen Sinn für dramatische Situationen besaß. In der Arbeitsweise wie im Temperament waren Brecht und Grieg Gegensätze. Schon das Zusammentreffen in Skovsbostrand verlief nicht gerade glücklich. Nordahl Grieg flüchtete förmlich aus dem Hause Brechts, als dieser anfing, ihm seine Auffassung vom Theater vorzutragen. Im Unterschied zu Brecht konnte Grieg eigentlich nur über das gut schreiben, was er persönlich erlebt hatte. „Seinem Temperament nach war er, was man in Norwegen einen typischen ‚Westländer‘ nennt: er hatte einen leicht beweglichen Sinn; er war schnell begeistert und ebenso schnell empört, wenn er auf Widerstand stieß oder auf etwas, was er für unrecht hielt. Das oratorische Pathos war charakteristisch für ihn.“[65] Die Eindrücke des Bürgerkriegs in Spanien veranlaßten ihn, das Stück zu schreiben. Er empfand den unglücklichen Ausgang des spanischen Befreiungskampfes als erste Niederlage gegen den Faschismus. Als Dichter galt seine Sympathie dem arbeitenden und kämpfenden Volk. Doch wie Brecht Konsequenzen aus seiner Einsicht auch hinsichtlich der dramatischen Form und Struktur zu ziehen wäre ihm nicht eingefallen. Während des zweiten Weltkriegs ging er als norwegischer Offizier und Kriegskorrespondent nach England. Er fand den Tod, als er in einem englischen Bomber mitflog, der in der Nacht vom 2. zum 3. Dezember 1943 von den Deutschen abgeschossen wurde.

Die Einsicht, daß „Die Niederlage" für den Spielplan des neuen Ensembles in Berlin nicht in Frage kam, brachte Brecht in arge Verlegenheit. Er schämte sich, so unbedenklich auf das Stück gesetzt und es auch noch anderen zur Inszenierung empfohlen zu haben. An Helene Weigel schrieb er: „Ich las jetzt ‚Die Niederlage', zeig das niemandem mehr, es ist erstaunlich schlecht, aber man kann es, glaube ich, ändern, ich machte viele Notizen. Ich verstehe jedenfalls jetzt Engels Horror. Jedoch hat das Stück gute Rollen und kann noch bessere kriegen. Den kleinbürgerlichen Unsinn werde ich eliminieren und auch etwas Schwung hineinbringen, mich nur an den Stoff halten."[66]

Selbst das, was er jetzt noch Gutes an dem Stück ließ, war zuviel. Erklärlich nur, um nicht den Plan ganz preisgeben zu müssen. Den Kommunestoff betrachtete er nun einmal als einen politisch gezielten Einstieg in die veränderte gesellschaftliche Situation in Berlin. Jetzt kam es nicht mehr vorwiegend darauf an, die neue ästhetische Auffassung vom Theater durchzusetzen. Als viel wichtiger und dringlicher empfand er, in die politischen Kämpfe der Zeit einzugreifen. Was er an Haltungen in der deutschen Bevölkerung hatte wahrnehmen können, deutete kaum auf eine revolutionäre Bereitschaft der Massen hin. Aber es gab revolutionäre Veränderungen in der Basis, ermöglicht durch den Sieg der Roten Armee über den Faschismus. Hierauf setzte Brecht, hierin sah er die Hoffnung. Während seines Berliner Aufenthalts war ihm in den Gesprächen der Leute eine Wendung nicht entgangen, fast schon ein geflügeltes Wort: „Wenn's aber mal anders kommt!" Die Pariser Kommune hatte nicht mehr als 72 Tage für die gesellschaftlichen Umwälzungen, um sich selber zu retten und an der Möglichkeit für ein besseres Leben festzuhalten. Das historische Ereignis und die gegenwärtige politische Weltlage vor

Augen, fragte sich Brecht, ob Berlin einmal mehr als 72 Tage Zeit haben werde. Auch Lenin hatte sich nach dem Oktober 1917 nicht selten gefragt, ob sich seine Revolution so lange behaupten würde wie die von 1871. Es drängte Brecht, den Menschen in seinem Lande Mut zu machen, die bisher bestehende Gesellschaft von Grund auf umzuwälzen. In dem Kommunestoff sah er die beste Möglichkeit, ein Stück der Ermutigung zu schreiben.

In Zürich machte er sich sofort an die Arbeit, um auf der Grundlage von Nordahl Griegs „Niederlage" ein besseres Stück zu gestalten. Doch dazu mußte mit dem Studium des historischen Materials begonnen werden, denn mit einer dramaturgischen Überarbeitung ließen sich die Schwächen des Stücks nicht eliminieren. In Zürich gab es gute Bibliotheken, und Ruth Berlau bekam den Auftrag, aus der Zürcher Zentralbibliothek alle einschlägigen Bücher heranzuschaffen. „Wenn Brecht so lange über einen Stoff nachgedacht hatte wie über die Geschichte der Kommunarden", so Ruth Berlau, „konnte er ein Stück unter Umständen in drei Wochen schreiben. Das war bei ‚Tage der Commune' der Fall. Es mußte nur jemand da sein, der ihm das richtige Material zum richtigen Zeitpunkt beschaffte. Diesen Auftrag hatte ich. Ich fuhr mit einem geliehenen Fahrrad zur Bibliothek und holte Bücher über Bücher. … Die Bücher mußte ich durchsehen und einstreichen, Brecht las dicke Bücher nicht gern. … Brecht behielt seinen Arbeitsrhythmus bei. Er stand um sieben Uhr auf, machte sich sein Frühstück und arbeitete bis gegen zehn Uhr. Danach kam er zu mir – ich wohnte in derselben Pension –, und wir besprachen seine Arbeit. Er zeigte gern, was er zwischen sieben und zehn Uhr geschafft hatte."[67] Mit dieser Materialaufbereitung, die doch recht profunde historische Kenntnisse verlangte, war Ruth Berlau überfordert. Von ihrem ganzen Temperament her dürfte das geduldige Sichhineinfinden in umfangreiche historische Darstellungen und die Markierung des Wesentlichen nicht gerade ihre Sache gewesen sein. Auch bekam Brecht in Zürich nicht alles, was er gern zur Kenntnis genommen hätte. So konnte er die Originalprotokolle über die Sitzungen der Pariser Kommune erst später an Hand von Fotokopien einsehen. Der von ihm am meisten benutzte Text war Prosper Lissagarays Buch „Geschichte der Commune von 1871". Wenn Brecht in Zürich auch schneller an Bücher herankam, als das in den zerstörten Bibliotheken Berlins möglich gewesen wäre, gab es in Zürich wiederum sehr wenig Möglichkeiten, sich mit Fachleuten über dieses Thema zu unterhalten. So sah er sich, nach Berlin zurückgekehrt, veranlaßt, mit den ihm bekannten Historikern Hermann Duncker und Albert Schreiner in Verbindung zu treten. In Zürich benutzte er nach eigenen Angaben hauptsächlich „den Lissagaray, die Dunckersche Materialsammlung, was es von den Klassikern gibt und die Protokolle der 31 Sitzungen der Kommune"[68]. Mit folgendem Fragenkatalog wandte er sich an seine Mitarbeiterin Elisabeth Hauptmann, die 1949 nach Berlin zurückgekehrt war:

„Material über die Fehler.
Die verschiedenen Richtungen unter den Kommunarden.
Gab es große Geschäfte, die bedroht waren?
Was mit den Kriegsgewinnen?
Was mit den Geschäftsbeziehungen mit den siegreichen Deutschen?
Lebensmittelpreise. Schwarzer Markt.
Bürokratismus der Kommune.
Machten die Gerichte Obstruktion?
Was mit den Studenten?
Witze und Anekdoten.
Die Zeitungsschreiber.
Stellung der Goncourts. Zolas.
Gibt es was von Maupassant? Baudelaire?

Haltung und Rolle Englands.
Hetzte die Kirche? Wie standen die niederen Pfaffen?
Gab es Freunde darunter?
Gab es Stimmungsumschwünge?
Chansons in den Kabaretts?"[69]

Diese Fragen beschäftigten ihn noch, als die erste Fassung des Stücks bereits vorlag. An ihr begann Brecht Ende Februar zu arbeiten. Am 21. April 1949 lag das Stück, von einigen Korrekturen abgesehen, in der Textfassung vor, in der es später veröffentlicht wurde. Daß er den Titel änderte, verstand sich schon aus seinem aktuellen Anliegen. Dennoch nannte er es erst „Der Untergang der Kommune", dann „Die 72 Tage". Zuletzt hieß es „Die Tage der Commune". Die Schreibung mit C ist ein späterer Eingriff von Elisabeth Hauptmann. Brecht schrieb immer: Kommune. Die deutsche Schreibweise betonte, daß er von der deutschen Situation des Jahres 1949 aus das französische Revolutionsmodell aufgriff, daß das Proletariat, wo auch immer, seine Kommune schaffen könne.

Bei der Neufassung des Stückes bestand die größte Schwierigkeit darin, wie die verschiedenen Ebenen des „Oben" und des „Unten" während der 72 Tage der Kommune in der Fabel verbunden werden konnten. Denn um die neue Art gesellschaftlicher Beziehungen vorzuführen, mußten die Verhaltensweisen auf der Straße ebenso gezeigt werden wie die neue Form des Regierens. Schließlich bestand der Sinn der Kommune darin, das antagonistische Gegenüber von „Oben" und „Unten" aufzuheben. Auch durfte die andere Seite, die Versailler, nicht fehlen, der Gegner, der bezwungen werden mußte, wollte die Kommune überleben. Mit diesem Problem ist Brecht letztlich nicht völlig fertig geworden. Eine Lösung erschwerte er sich dadurch, daß er sich nicht gänzlich von der Griegschen Fabelstruktur löste. Wenn bei ihm auch alles auf den Gegenentwurf hinauslief, das grobe Raster der Fabelführung gab er nicht preis. Denn die Fabelstruktur einreißen hieß alles einreißen und eine neue Geschichte erfinden. Das aber dürfte ihm von der knappen Zeit her, die für die Bearbeitung zur Verfügung stand, nicht ratsam erschienen sein. So gut Brecht auch die einzelnen szenischen Bausteine verfugte, die Griegsche Vorlage schimmert immer wieder durch.

Bei Brecht erzählt die Fabel die Geschichte der Wohn- und Lebensgemeinschaft um die Näherin Madame Cabet, die, um leben zu können, die bisherige Gesellschaftsordnung verändern hilft. Das Volk schafft die Kommune, und durch die Kommune entsteht für kurze Dauer eine neue Art zu leben als gesellschaftliche Praxis. Die Fabel verfährt konsequent und macht die gesellschaftliche Logik sichtbar, wenn am Ende des Stückes die Menschen um Madame Cabet mit der Kommune zugrunde gehen. Die neue Art zu leben beenden die Versailler mit gnadenlosem Terror, zu dem sich die Kommune gegenüber dem Feind nicht entschließen konnte. Der Fabelablauf wird von den Tagen bestimmt, die der Kommune bleiben, um die Dinge von Grund auf zu verändern.

Den zeitlichen Ablauf läßt Brecht mit dem 22. Januar beginnen. An jenem Tag erkennen der Maurer „Papa", der Uhrmacher Coco und der Priesterseminarist François, daß die Bourgeoisie vom Heraufsetzen der Preise profitiert, während die Nationalgardisten in den Kasematten vor Paris sterben. Der große soziale Konflikt ist sichtbar gemacht, der vom Proletariat verlangt, die Staatsgeschäfte selber auszuüben: ein Unternehmen, das den ganzen Einsatz der kleinen Leute verlangt und zu einem Kampf herausfordert, in dem es „nur blutbefleckte Hände oder abgehauene Hände" geben wird.

Der Dichter zeigt die Reaktionen der Menschen um Madame Cabet vom 22. Januar bis zum 23. Mai. Die Fabel realisiert sich über die Schritte, die sie unternehmen, um ein neues Leben in Gang zu setzen, und die Unterlassungen, die ihren Untergang herbeiführen. Sie holen die Kanonen aus den Vorstädten in die Arbeiterviertel und verteidigen sie vor dem Zugriff der Regierung in Versailles. So wird die Kanone in der Rue Pigalle zum Eigentum der Madame Cabet erklärt, die man ihr ebensowenig abnehmen könne wie ihren Kochtopf. Nachdem das Zentralkomitee allgemeine Wahlen zu einer rechtmäßigen Regierung der Kommune von Paris verkündet hat, läßt sich „Papa" wie die anderen überzeugen, daß das Volk über die Regierung in Versailles gesiegt habe. Der Marsch auf Versailles unterbleibt. Die Leute um Madame Cabet feiern die Wahl der Kommune, nachdem sie ihren Vertreter, Pierre Langevin, im Stadthaus haben. Auf der ersten Sitzung verkündet die Kommune die Grundsätze der künftigen Arbeit. Wichtigste Grundrechte sind: das Recht zu leben wie die Freiheit des einzelnen. Doch die Kommune kann sich ebensowenig zum Marsch nach Versailles wie zur Besetzung der Bank von Frankreich entschließen. Versailles wird dadurch in die Lage versetzt, den Bürgerkrieg zu eröffnen. In der Rue Pigalle baut die Familie Cabet eine Barrikade, um ihr Leben und das der Kommune zu verteidigen. Zu spät erkennt man, daß die Freiheiten, die die Kommune garantierte, vor allem ihren Feinden nutzten, daß die Vermeidung von Gewalt sie wehrlos machte. „Wir waren noch nicht bereit, wie jedes Glied einer auf Leben und Tod kämpfenden Truppe, auf die persönliche Freiheit zu verzichten, bis die Freiheit aller erkämpft war."[70] In einer Entscheidungssituation setzte die Kommune, indem sie Freizügigkeit gewährte und sicherte, die Freiheit aufs Spiel, das Recht zu leben.

Wenn Brecht sein Stück einen Gegenentwurf zu Griegs Stück nannte, ist das berechtigt, weil seine Fassung einen ganz neuen gedanklichen Gehalt aufweist. Aber in der Parteinahme für die Sache der Kommunarden bedurfte es durchaus keines Gegenentwurfs. Auch war Griegs Stück keineswegs politisch resignativ. Es wäre ganz falsch, den Gegenentwurf einfach darin zu sehen, daß Brecht die Vorlage ins Optimistische wandte. Als eine optimistische Tragödie verstand sich auch Griegs Schauspiel. Nur verblieb sein Optimismus szenisch zu sehr im Äußerlichen, am deutlichsten im Schlußbild, wenn der Trommelwirbel, unter dem die Kommunarden erschossen werden, in Klänge aus Beethovens Neunter Sinfonie übergeht.

Während Grieg an vielen Figuren verdeutlichte, wie wenig der einzelne sein Leben mit den Grundsätzen der Kommune in Übereinstimmung zu bringen verstand, lenkte Brecht die Fabel so, daß vor allem der neue Lebensentwurf, den die Kommune zu realisieren suchte, vorgeführt wird. Kernstück der Handlung sind bei ihm die Szenen im Stadthaus, in denen es darum geht, die alte Ordnung durch neue menschliche Beziehungen abzulösen. In nüchterner Wendung an die, die die Kommune gewählt haben, heißt es: „Erwartet nicht mehr von der Kommune als von euch selber."[71] Die Vorgänge im Stadthaus finden ihre gesellschaftliche Praxis in den Szenen, die sich auf der Straße, im Kreis um die Familie Cabet, abspielen. Im kleinen Café am Montmartre erklärt „Papa", wozu man lebt: „Mein Sohn, man lebt für das Extra. Es muß her, und wenn man Kanonen dazu benötigt. Denn wofür leistet man etwas? Dafür, daß man sich etwas leistet! Prosit!"[72] Hier wie dort wird ein Leben demonstriert, in dem Arbeit und Genuß nicht mehr getrennt sind. Das Volk als Gesetzgeber besteht aus Menschen, die sich als Arbeitende und Genießende verstehen, die sich selbst in die Lage versetzt haben, die es ihnen gestattet, eine neue Haltung zum Leben einzunehmen. Bei Grieg fehlen die Szenen im Stadthaus ganz. Als Dramatiker erschienen ihm diese Vorgänge, auf die sich Brechts vorrangiges Interesse richtet, viel zu spröde. Doch sind diese Unterschiede in der literarischen Gestaltung nicht nur dem jeweiligen künstlerischen Temperament geschuldet. Grieg schrieb sein Stück 1937, als sich abzeichnete, daß die Chance für eine Volksregierung in Spanien verloren war. Brecht arbeitete am Kommunestoff ein halbes Jahr vor der Gründung des ersten deutschen Arbeiter-und-Bauern-Staates. Sein Stück sollte Antwort auf die Frage geben: Was hat das Proletariat aus der Niederlage gelernt?

Bei Brecht konzentriert sich die Figurenführung auf die Haltung der bislang Unterdrückten zu den neuen Formen des Regierens, des menschlichen Zusammenlebens und des Ausübens von Gewalt. Die Kommunemitglieder, die bisher nur Gewalt und Ausbeutung zu ertragen hatten, geben sich äußerst friedfertig. Sie erheben ihre Stimme für die Schonung des Todfeindes, weil ihnen die neue Zeit nicht vorstellbar scheint, wenn Terror ausgeübt wird. Grieg warf ebenfalls die Rolle der Gewalt, des Terrors auf. Auch er hielt sie für nötig, um eine neue Gesellschaft zu errichten. Während Brecht das Gewaltproblem aus der jeweils konkreten historischen Entscheidungssituation erklärt, gestaltet es Grieg wie eine Last, die den Menschen, denen seine Sympathie gilt, aufgebürdet ist. In Brechts Fassung wird deutlich, daß die Beginner der Revolution objektiv die Souveränität nicht haben, die die Realisierung ihrer Ziele verlangt. Und dennoch müssen sie bei Strafe des Untergangs politisch souverän handeln. Vor diesen Widerspruch sind die Kommunemitglieder gestellt, und Brecht zeigt, wie sie mit ihm fertig zu werden versuchen und wie sie ihm erliegen. Dagegen hat die Gewalt in Griegs „Niederlage" etwas Selbstzerstörerisches, das tief in den Charakter einiger Figuren eingebettet ist. So gehen bei ihm gerade die Menschen zugrunde, die die Gewalt bewußt politisch handhaben. Bevor sie der Feind niedermetzelt, erliegen sie ihrem Charakter. Grieg charakterisierte das vor allem an der Figur des Rigault. Historisch gesehen, war Rigault als Sicherheitsbeauftragter der Kommune gewiß nicht der geeignete Mann. Doch statt sein Dilemma daraus zu erklären, daß er keine Erfahrungen in der Strategie und Taktik der Revolution besaß, baute ihn Grieg als einen dämonischen Charakter auf. Hier traf das harte Urteil Brechts über Grieg, seinen „kleinbürgerlichen Unsinn" zu, das er in einem Brief an Helene Weigel äußerte.[73] Grieg verweilte gern bei den Enttäuschungen der Menschen, die sich aus ihren nicht eingetretenen Erwartungen ergeben. Brecht dagegen zeigte den Zugzwang der historischen Vorgänge.

Die andersartige Gestaltung wie die unterschiedlichen Interessen der beiden Dramatiker werden vor allem an der Figur des Malers Gustave Courbet deutlich. Grieg, der die Figur nicht unkritisch sah, nutzte sie, um einige Probleme von Kunst und Revolution in das Stück einzubauen. Sicher auch für Brecht ein sehr verführerisches Thema. Doch er versagte es sich, weil es für ihn aus der Sicht der Fabel wichtigere Dinge gab. Auf die Einladung, zur Place de Vendôme zu kommen, wo der Maler Courbet über die Notwendigkeit, die Vendôme-Säule Napoleons umzustürzen, spreche, antwortet in Brechts Stück „Papa" gelassen und lakonisch: „Vielen Dank. Wir billigen das Projekt und kommen zur Ausführung."[74] Damit ist für Brecht die Sache erledigt. Grieg dagegen baute die Figur breit auf, die Ansichten und Absichten des Malers kommen zur Sprache. Aus der Größe des Anspruchs erklärte der Dramatiker den Grad der Enttäuschung Courbets. Als die Versailler einmarschieren, jammert Courbet: „Die Verantwortung übernehmen für was? Für Blut und Brand und Leichen? Ich habe einen Traum von Gerechtigkeit geträumt, und ihr habt ihn talentlos ausgeführt. Schaut heute auf das Bild von Paris und schaut auf meine Leinwände und antwortet mir dann: ist *dies* Bild von mir? Kann ich dafür einstehen, kann ich das signieren: G. Courbet? *Niemals*, sage ich."[75] Die Kritik an der Figur kommt politisch gar nicht zur Geltung, weil die Vorgänge nur den Antagonismus zwischen Anspruch und Enttäuschung betonen. Nicht zuletzt deshalb, weil Brecht szenisch konkret gestaltet, wie die materiellen Interessen der kleinen Leute um Madame Cabet im Stadthaus zur erklärten Politik der Kommune werden, ist das Stück „im ganzen eine Art Gegenentwurf“[76].

Sonst übernahm Brecht nicht nur die Fabelstruktur, sondern auch weitgehend die Personnage von Grieg. Ebenso nutzte er die Verbindung von Caféhaus und Straße, die Szene in der Bank von Frankreich, die Barrikadendarstellung und den Auftritt Thiers' in seiner Privatwohnung. Da Brecht Griegs opernhaftes Finale verabscheute, schrieb er eine neue Schlußszene, die die Versailler Gesellschaft zeigt, wie sie jenseits der Barrikade dem Untergang der Kommunarden zusieht. Es ist eine szenische Darstellung jener Marxschen Beschreibung des Thiersschen Paris: „Das Paris des Thiers war ... das reiche, das kapitalistische, das vergoldete, das faulenzende Paris, das sich jetzt mit seinen Lakaien, seinen Hochstaplern, seiner literarischen Zigeunerbande und seinen Kokotten in Versailles, Saint-Denis, Rueil und Saint-Germain drängte; für das der Bürgerkrieg nur ein angenehmes Zwischenspiel war; das den Kampf durchs Fernglas betrachtete, die Kanonenschüsse zählte und bei seiner eigenen Ehre und der seiner Huren schwor, das Schauspiel sei unendlich besser arrangiert, als es im Theater der Porte Saint-Martin je gewesen. Die Gefallenen waren wirklich tot, das Geschrei der Verwundeten war kein bloßer Schein; und dann, wie welthistorisch war nicht die ganze Sache!“[77]

Als Brecht die Fassung am 21. April 1949 abschloß, schien er mit seiner Arbeit nicht sonderlich zufrieden gewesen zu sein, denn er zögerte längere Zeit, das Stück unter seinem Namen vorzustellen. Erst wählte er das Pseudonym Jacques Duchesne, dann zeichnete er wieder mit „Nach dem Französischen des Jacques Malorne“. Ruth Berlau meinte, ihn habe sein schlechtes Gewissen gegenüber Nordahl Grieg geplagt. In Anbetracht seiner früher geübten Praxis scheint das nicht sehr wahrscheinlich. Sein zunächst distanziertes Verhalten mochte darin seinen Grund haben, daß es ihm in der kurzen Zeit nicht gelungen war, eine spezifische, seiner Ästhetik entsprechende theatralisch-dramaturgische Technik zu entwickeln. Das Stück ist zwar nicht ohne Verfremdungen geschrieben, aber der verfremdende Zugriff auf die Fabel, auf die Gesamtheit der dramatischen Vorgänge fehlt. Solche Arbeiten ohne weitgehende experimentelle Komponente, die er nicht geringachtete, wie zum Beispiel „Die Gewehre der Frau Carrar“, pflegte er sonst nicht unter seine „Versuche“ einzureihen. „Die Tage der Commune“ aber ist verzeichnet als der 29. Versuch.

An seinem ursprünglichen Plan, mit dem „Commune“-Stück das Theater zu eröffnen, hielt Brecht fest, erwog daneben aber als weitere Varianten „Puntila“, Gorkis „Wassa Schelesnowa“, auch „Die Gesichte der Simone Machard“. Als sich im März die Arbeit als immer schwieriger erwies, fügte er noch Büchners „Dantons Tod“ hinzu: „Müßte ergänzt werden: Danton verrät Revolution tatsächlich, da er mit Aristokratie verkehrt, sie beschützt, bewundert, sich von ihr bewundern läßt, überhaupt ein Star wird usw. Ist so schuld an dem nötigen Terror (nötig gegen ihn), einem Terror, der dann auch Robespierre verschlingt.“[78] Nachdem er das Stück abgeschlossen hatte, schlug er vor, es nunmehr an dritter Stelle im Frühjahr 1950 zu bringen. „Das ‚K[ommune]‘-Stück ist ein Schulstück für das Ensemble, viele können in kleinen, aber runden Rollen ausgebildet werden ...“[79] Erst in Berlin entfernte er sich von dem Plan einer baldigen Inszenierung.

Während Helene Weigel in Berlin mit der organisatorischen Vorbereitung der am 1. September 1949 beginnenden Saison beschäftigt war, sprach Brecht in Zürich mit einer ganzen Reihe von Schauspielern, die er gern für sein Ensemble gewonnen hätte. Die Briefe, die zwischen Berlin und Zürich hin- und hergingen, befaßten sich vorwiegend mit solchen Fragen: Welche Stücke spielen wir in welcher Reihenfolge? Welche Schauspieler und Regisseure sind in welcher Zeit zu bekommen? Wer ist der bessere Darsteller für diese und jene Rolle?

Aus seiner Berliner Sicht erschien Brecht das Zürcher Theater jetzt eher schäbig. An Helene Weigel schrieb er: „Die ‚Courage'-Aufführung hat Wellen bis hierher geschlagen, wo man eigentlich nur die Westzonenzeitungen gelesen hat. Dein Erfolg gilt als enorm. Dem neuen Unternehmen schaut man mit wirklichem Interesse entgegen, besonders da hier sich alles auflöst. Die Bindungen Giehses und Steckels werden immer dünner, Knuth ist längstenteils in München, Seyferth geht ganz weg. Kein Regisseur. Hauptschauspieler Quadflieg."[80] Will Quadflieg – wie auch Horst Caspar – repräsentierten auf höchster Stufe jene Schauspielkunst des dritten Reiches, die nicht mehr bis in die zwanziger Jahre zurückreichte. Sie war geprägt von einem spezifischen Pathos, einer spezifischen Diktion, die Brecht ganz und gar nicht paßte und die er als tatsächlichen Gegenpol empfand. Deshalb schwebte ihm für sein Ensemble auch eine Zusammensetzung von Schauspielern der Emigration bzw. solchen, deren Erfahrungen in den zwanziger Jahren gründeten, und von ganz jungen Kräften vor.

In Zürich versuchte Brecht für sein Ensemble vor allem Therese Giehse, Leonard Steckel, Caspar Neher, Teo Otto, aber auch Leopold Lindtberg, Karl Paryla und Ernst Ginsberg und von der jüngeren Generation Hans Gaugler, Regine Lutz und Benno Besson zu gewinnen. In Therese Giehse und Leonard Steckel hatte er zwei Künstler kennengelernt, die seiner Vorstellung von Schauspielkunst besonders entsprachen und auf die er keinesfalls verzichten wollte. Sie waren zwar nicht in seiner Methode trainiert, aber er hielt sie für bestens geeignet, die Methode voranzubringen.

Die Verhandlungen mit Steckel gestalteten sich schwierig, weil er schon vielfältige Verpflichtungen eingegangen war. Auch ließen sich seine Gagenforderungen nicht leicht erfüllen. Aber dieser ungewöhnlich vielseitige, temperamentvolle, auf der Bühne oft entfesselte Schauspieler wollte mit Brecht arbeiten, hatte er ihn doch als Regisseur während der „Puntila"-Proben in Zürich erlebt. Ernst Ginsberg zeigte sich etwas reservierter, hielt aber die Möglichkeit einer Zusammenarbeit offen. Um sich der Unterstützung Leonard Steckels zu vergewissern, hatte sich Brecht noch von Berlin aus an ihn gewandt: „Wir werden also im nächsten Jahr am Schiffbauerdamm-Theater moderne Stücke mit Gastspielen machen. Das Ensemble wird keineswegs schlecht sein, und Engel (sowie, hoffentlich, Viertel und hoffentlich Sie) werden Regie führen. ... Unterkunft und Verpflegung für Sie und Jo garantiert Helli. Es wird das keinerlei Schwierigkeiten geben. Das Publikum, besonders das Arbeiterpublikum (wir arbeiten eng mit den Gewerkschaften und dem Jugendverband) ist großartig; wie die ‚Courage'-Aufführung zeigt. Das ist wirklich ein Tätigkeitsfeld, auf dem die Züricher Exil-Tradition fortgesetzt werden kann. Schließen Sie also bitte zumindest für die ersten paar Monate der nächsten Spielzeit nirgendwohin ab, bevor ich nach Zürich komme, was Ende Februar sein wird."[81]

Als sich sein Schweizer Aufenthalt dem Ende näherte, hatte Brecht Verträge mit Therese Giehse, Leonard Steckel, Regine Lutz, Hans Gaugler, Teo Otto, Caspar Neher und Benno Besson abgeschlossen. Er organisierte, daß nach seiner Abreise in Zürich und Prag ein kleiner Geldfonds verbleiben sollte, „damit die Schauspieler hier die Fahrkarten und etwas Reisegeld kriegen können. Auch in Prag muß man Unterkunft und Fahrkarten für sie organisieren, sonst brauchen sie zuviel Franken, die sie nicht haben, und das Engagement muß solide aussehen. Ein Ersetzen in Berlin ist nicht richtig und hilft nicht."[82] Mit einer ganz erstaunlichen Sorgfalt baute er Zürich zu einem „Umschlagplatz" für Künstler nach Berlin aus. Nach seiner Abreise sollte sein Einfluß in dieser Stadt nicht schwinden.

Weit unerfreulicher verliefen die Bemühungen um Reisepapiere. Die Schweizer Behörden machten beträchtliche Schwierigkeiten, und immer wieder mußte Brecht Helli nach Berlin schreiben, daß es wieder mit den Visa nicht geklappt habe, daß man erneut intervenieren müsse. März, Anfang April schrieb er: „Meine Papiere sind noch immer ungeklärt, und ich weiß nicht, ob ich nach Salzburg kann."[83] Nach vielen Laufereien bekam er endlich ein Visum, aber nur für sich, nicht für seine Tochter Barbara. Es stellte sich immer mehr heraus, daß man in die Schweiz nicht nur schlecht hinein-, sondern auch schlecht wieder herauskam. Endlich konnte er melden: „...wir (Barbara und ich) haben also die Visa jetzt avisiert bekommen von Bern, d. h., sie sind da, und wir haben unsere Pässe hingeschickt. So hoffen wir nächste Woche endlich fahren zu können."[84] Doch damit waren die Scherereien noch nicht beendet. Auch die Versendung des Gepäcks machte enorme Schwierigkeiten. Man brauchte eine Umzugsbewilligung, und jedes einzelne Stück mußte aufgeschrieben werden. Mit Brecht verließ Ruth Berlau Zürich. Sie fuhr über München nach Berlin, während Brecht und seine Tochter den Weg über Salzburg und Prag nahmen. Brecht sorgte sich darum, daß für Ruth Berlau in Berlin ein Zimmer bereit war, das mit Hilfe des Schriftstellers und Verlegers Michael Tschesno-Hell besorgt werden sollte. Am 5. Mai kam Brecht noch einmal zur Generalprobe von Carl Zuckmayers „Barbara Blomberg" ins Schauspielhaus. Caspar Neher, der ebenfalls anwesend war, fand alles furchtbar schlecht: „Schlechtes Stück, schlecht gemacht von allen Seiten ... Gymnasiastenarbeit ... Da es unpolitisch ist, ist es schlimmste Gartenlaube."[85] Brecht gab sich versöhnlich. Für einen, der zu neuen Ufern aufbrach, war das nicht mehr so wichtig.

Wieder in Berlin
Die Gründung des Berliner Ensembles

Zu Pfingsten befand sich Brecht wieder in Berlin. Befriedigt konnte er feststellen, daß die Vorstellungen von „Mutter Courage“ im Deutschen Theater noch immer ausverkauft waren. Ein gutes Omen für das zukünftige eigene Theater. Für das neue Unternehmen hatte Helene Weigel inzwischen viel getan. Ihre kluge, umsichtige Gesprächsführung, ihre praktische Art bei komplizierten Organisationsfragen wie ihr schon legendärer Ruf als „Courage“-Darstellerin halfen sehr, die notwendigen Entscheidungen und Festlegungen rasch herbeizuführen. Da sie alle Fäden in der Hand hielt und Brecht weit weg war, sprach man in der Vorbereitungsphase von dem zu gründenden „Helene-Weigel-Ensemble“. Bereits am 1. April 1949 erhielt Kurt Bork als Leiter des Amtes für Kunst von der Abteilung Kultur und Erziehung beim Zentralkomitee der Sozialistischen Einheitspartei Deutschlands die Mitteilung, daß im Politbüro der Beschluß über die Gründung gefaßt worden sei. Am 18. Mai 1949 unterrichtete Kurt Bork Helene Weigel über den Beschluß. Im Politbüro unterstützten vor allem Wilhelm Pieck und Otto Grotewohl den Plan, für Brecht eine eigene Spielstätte zu schaffen, wo er seine Stücke und seine Methode ausprobieren konnte. Seitens der sowjetischen Besatzungsmacht mobilisierte der Kulturoffizier Alexander Dymschiz alle nur denkbare Hilfe. Durch sein publizistisches Eintreten für Brechts Kunst, durch seine politisch-literarische Autorität gelang es, alte Vorbehalte gegen Brechts künstlerische Auffassungen unter den deutschen Genossen abzubauen. Brecht wußte sehr gut, was er Dymschiz zu danken hatte. Deshalb machte er sich auch einige Sorgen, als er in der Schweiz erfuhr, daß sich Dymschiz als Kulturoffizier verabschiedet habe und in die Heimat zurückkehre. „... hört sich bedrückend an: wer wird helfen?"[86] Denn so willkommen er als weltbekannter Dichter auch war, eine gewisse Skepsis gegenüber seiner Art von Kunst gab es vor allem in den eigenen Reihen. Daß sich Pieck und Grotewohl vorbehaltlos für sein Theater einsetzten, dürfte den Ausschlag für die rasche Entscheidung gegeben haben. Über den Politbürobeschluß informierte am 29. April 1949 Walter Ulbricht den Vorsitzenden der Deutschen Wirtschaftskommission, Heinrich Rau:

„Lieber Heiner! Ich bitte Dich dringend in Frage der Finanzierung des Helene-Weigel-Ensembles im Sekretariat der DWK zur Entscheidung zu stellen."

Walter Ulbricht vermerkte dann, daß auf Vorschlag der Genossen Pieck und Grotewohl folgende Maßnahmen festgelegt worden seien:

„‚Es wird ein besonderes Ensemble unter Leitung von Helene Weigel gebildet. Dieses Ensemble beginnt seine Tätigkeit am 1. September 1949 und spielt in der Spielzeit 1949/50 drei fortschrittliche Werke. Die Aufführungen finden alle am Deutschen Theater bzw. in den Kammerspielen in Berlin statt und werden in das Repertoire dieses Theaters während 6 Monaten eingereiht. Das Ensemble geht für weitere 5 Monate auf Tournee in die Zone. Der vorliegende Etat in Höhe von 1.125.000,– DM laufende Ausgaben und 340.000,– DM einmalige Ausgaben sowie schätzungsweise 10.000,– Dollar jährlich für die Gagen ausländischer Schauspieler wird als Grundlage angenommen. Mit den politischen und Finanzorganen der SMA sind Besprechungen zwecks Aufbringung dieser Summen zu führen.' Über die politische Seite der Angelegenheit habe ich mit Karlshorst gesprochen und die Zustimmung erhalten. Ich bitte Dich nunmehr, möglichst bald einen Beschluß des Sekretariats herbeizuführen. Informiere Dich bitte über Einzelheiten bei den Genossen Heymann und Held von unserer Abteilung Kultur und Erziehung. Mit bestem Gruß!"[87]

Aus diesem Schreiben, das kühl und sachlich das Ergebnis einer Beratung referiert, geht nicht hervor, wie Walter Ulbricht selbst zu dem Projekt stand. Aus seinen späteren Äußerungen zur Kunst läßt sich entnehmen, daß er die Kunst, die Brecht machte, nicht mochte. Dessenungeachtet setzte er sich als Partei- und Staatsfunktionär immer für die materiellen und politischen Belange des Brecht-Theaters ein. So wird es auch bei dieser Beschlußvorlage gewesen sein. Die persönliche Sympathie, wie sie Pieck und Grotewohl für das Projekt hatten, fehlte ihm, aber er unterstützte es.

Mit dem Beschluß in der Deutschen Wirtschaftskommission war die materielle und politische Grundlage für das Ensemble gegeben. Über wichtige praktische Voraussetzungen hatte man sich bereits vorher verständigt. Zehn Vorstellungen pro Monat sollte das Ensemble, als organisatorische Einrichtung völlig selbständig, im Deutschen Theater spielen. Diese Vereinbarung kam vor allem durch das Entgegenkommen von Wolfgang Langhoff zustande. Als endgültiges Domizil war das Theater am Schiffbauerdamm vorgesehen, eine Spielstätte, an der Brecht sehr hing. Fritz Wisten, der dieses Theater gegenwärtig leitete, sollte nach dem Wiederaufbau die Volksbühne leiten. Insgesamt muß das als eine großzügige Lösung betrachtet werden, die viel Verständnis von vielen Personen voraussetzte. Ein Theater, über das völlig frei verfügt werden konnte, stand nun einmal nicht bereit. Brecht hat das, wenn auch nicht mit besonderer Dankbarkeit gegenüber einzelnen Kollegen, zu würdigen gewußt. Allerdings verhielt er sich ziemlich schroff in bezug auf Rücksichten, die der Berliner Oberbürgermeister gegen andere glaubte nehmen zu müssen. Dies genügte ihm schon, um „den stinkenden atem der provinz“[88] zu spüren. Brecht verstand sich nun einmal als die wichtigste Potenz des deutschen Nachkriegstheaters und wollte als solche behandelt werden.

In seinen Exilträumen von einem Theater nach dem Krieg hatte immer die Person Erwin Piscators eine Rolle gespielt. In ihm sah er die andere große Kraft des epischen Theaters, ohne die er sich reifes politisches Theater nicht vorstellen konnte. Bereits im Februar 1947 schrieb ihm Brecht, wie er sich das gemeinsame Vorgehen dachte: „Meine Idee ist nicht, daß wir gemeinsam ein Theater aufmachen sollen, wenn ich auch, wie früher, Dir immer zur Verfügung stünde bei Projekten, die uns beide interessieren (d. h. bei den meisten Projekten). Man müßte zumindest von zwei Punkten aus arbeiten."[89] Er regte an, ihre Überlegungen in einem Plan festzuhalten und den Freunden zu schicken, die bereits in Deutschland waren. Um nicht fürchten zu müssen, von Piscator mißverstanden zu werden, schickte er gleich einen zweiten Brief hinterher. In ihm versicherte er dem Freund abermals, daß ihm von denen, die in den letzten zwanzig Jahren Theater gemacht hätten, niemand so nahegestanden habe wie er. Aber zwei Theater, eins für ihn und eins für Piscator, seien schon deshalb notwendig, um von zwei Punkten aus eine gemeinsame Linie zu besetzen, auch wolle er einen ganz bestimmten Darstellungsstil entwickeln, der sich von dem, den Piscator pflege, unterscheide. Als sich dann 1949 Brechts eigene Pläne konkretisierten, lud er Piscator zur Inszenierung von Griegs „Niederlage" ein. Diese Arbeit würde ihm Gelegenheit geben, sich in Berlin und anderswo umzusehen. Von seinem letzten Zürcher Aufenthalt aus machte er Piscator, der sich noch immer in den USA befand, die Lage in Berlin klar. „Im übrigen gibt es einen Haufen Projekte, von denen dies oder das Dich interessieren dürfte. Der Zeitpunkt ist gut, es sollte nicht viel später sein, jetzt ist alles noch im Fluß, und seine Richtung wird bestimmt werden durch die vorhandenen Potenzen. Du würdest mit größter Wärme empfangen, und man würde durchaus verstehen, wenn Du zunächst etwas unverbindlich wärest und den Porzellanladen mit einiger Vorsicht beträtest."[90]

Als Brecht dies schrieb, wußte er bereits aus konkreter Einsicht, daß es eher schon zu spät war. Ein Mann wie Erwin Piscator wollte natürlich gleichfalls sein eigenes Theater haben. Aber die wenigen unzerstörten oder wiederaufgebauten Theater waren besetzt. Selbst im Falle Brechts sah man sich zu einem Arrangement genötigt, das durch Einschränkungen anderer und auf weite Sicht zustande kam. Aus diesem Grunde wird Brecht auch, solange er sich seines eigenen Unternehmens nicht ganz sicher war, Piscators Namen bei den verantwortlichen Stellen nicht groß ins Spiel gebracht haben. Ob es deshalb zu einer Verstimmung seitens Piscators kam, läßt sich nicht genau feststellen, jedenfalls bricht die rege Korrespondenz der beiden über Theaterpläne mit dem Brief vom März 1949 ab.

Piscator stand von New York aus noch mit Herbert Jhering und Friedrich Wolf in Verbindung, die sich beide sehr für ihn einsetzten. Durch sie erfuhr er, daß man in Berlin daran denke oder zumindest der Wunsch bestehe, ihm die Leitung der neuen Volksbühne zu übertragen. Als dann die Pläne mit Brecht konkrete Gestalt annahmen, an ihn aber noch niemand herangetreten war, schrieb er an Arthur Pieck, den er aus der Zeit des revolutionär proletarischen Theaters und von Moskau her gut kannte: „Ich stand die ganze Zeit in Verbindung mit Friedrich Wolf und Herbert Jhering, die mir sagten, daß eine Einladung an mich vorbereitet sei, die Volksbühne zu übernehmen – als Termin sprach man vom Herbst 1950. Durch Briefe und durch Wieland Herzfelde mündlich habe ich meine Bereitwilligkeit ausgedrückt, Alles zu tun, was von mir gewünscht wird."[91]

Diesem Brief lag ein weiterer an Wilhelm Pieck bei. Piscator beglückwünschte Wilhelm Pieck zu der großen politischen Arbeit, die im Osten Deutschlands geleistet worden sei, und bekannte sich zu ihr. Dann kam er auch auf seine

Arbeit im Exil zu sprechen: „Sie war nach außen hin sehr erfolgreich (relativ), aber nun scheint auch diese Arbeit allen Sinn zu verlieren. Schließlich bin ich nicht für *diese* Arbeit ins Exil gegangen, sondern für die, die Ihr dort tut. Und es scheint mir, daß mein Platz nun dort ist. Wenn Sie glauben, daß meine Arbeit dort notwendig ist, daß Sie mich brauchen, so stehe ich Ihnen zur Verfügung in derselben Weise, in der ich mich unserer Sache verpflichtet fühlte seit dem Tage, an dem ich im Frühjahr 1919 unserem Freundeskreis beitrat."[92] Daß man sich um Piscator nicht bemühte, daß er nicht, wie Brecht schrieb, mit „größter Wärme", „mit Aplomb" empfangen wurde, lag sicherlich nicht an Wilhelm Pieck. In der Zeit des sich verschärfenden kalten Krieges, der Formalismusdiskussion und des zunehmenden politischen Mißtrauens gegenüber Westemigranten vermischten sich viele Gründe, weshalb Erwin Piscator ein von der Arbeiter-und-Bauern-Regierung vergessener Mann blieb und ein falsches Bild von seiner politischen Überzeugung und seiner Theaterästhetik entstand. Diese Gründe führten aber auch dazu, daß das epische Theater im sozialistischen Deutschland nicht von zwei Seiten her – von Brecht und Piscator – aufgebaut wurde. Die in den Jahren des Exils herbeigesehnte Zusammenarbeit der beiden großen Theaterleute kam nicht zustande. Doch nicht nur das, auch die Verbindung zwischen beiden wurde schwächer. Daß der kontinuierliche Kontakt zwischen ihnen aufhörte, zumal Brecht langjährige Freundschaften nie abrupt abzubrechen pflegte, weist auf Zwänge und Widersprüche hin.

Als Leiter des neuen Ensembles war von Anfang an Helene Weigel vorgesehen. Die Lösung bewährte sich so gut, daß aus der Rückschau die Frage merkwürdig anmutet, wie man denn gerade auf diesen Vorschlag kam; denn schließlich ist nicht jede große Schauspielerin auch eine gute Intendantin. Selbst die, die sie gut kannten, wären früher über einen solchen Verlauf ihrer Karriere überrascht gewesen. Aber Brecht pflegte auch in dieser Hinsicht unorthodoxe Vorschläge zu machen. Als Intendantin für die Leipziger Bühnen riet er zum Beispiel zu Therese Giehse. Doch die Wahl für das Berliner Projekt erklärte sich aus seinen eigenen Interessen. Wie in dem Brief an Piscator dargelegt, wollte er sein eigenes Theater haben, das sich seinen Ideen und seiner Methode verpflichtet fühlte, aber er wollte nicht die Geschäfte des Leiters ausüben. Andererseits schien ihm selbst die Unterordnung unter einen in der Methode gleich denkenden Freund zu riskant. Als ein in praktischen Dingen erfahrener Theatermann wußte er, was es bedeutet, über die richtige Besetzung, über die Verwendung der Finanzen usw. entscheiden zu können. Hier wollte er keine Kompromisse mehr machen und sich nicht mehr in kleinliche und langwierige Kämpfe begeben. Er brauchte jemand, der sich in der gesamten Planung und in der Lösung unmittelbar praktischer Fragen auf ihn einstellte, ohne daß vorher alles abgesprochen werden mußte. An der Spitze sollte jemand stehen, der ihn völlig verstand, aber nicht den Ehrgeiz besaß, selbst die Richtung bestimmen zu wollen. In dieser Hinsicht war Helene Weigel die ideale Person. Sie wußte genau, wie Brecht diese oder jene Frage entschieden hätte, andererseits wäre es ihr nicht eingefallen, über Brechts episches Theater Erklärungen abzugeben. Sie sah ihre Aufgabe darin, Entscheidungen in seinem Sinne zu treffen. Was Brecht-Theater war, suchte sie als Schauspielerin darzustellen, nicht aber theoretisch zu erläutern oder gar strategisch festzulegen.

In der Emigration hatte Brecht an seiner Frau Eigenschaften bewundern können, die man auch an einer Theaterleiterin schätzte. Sie war die Organisatorin seines Exils gewesen. Sie verstand weit besser mit Menschen umzugehen als er, und sie besaß einen ausgesprochen praktischen Sinn, der sich vor allem angesichts der vielfältigen Schwierigkeiten in dem zerstörten Berlin als sehr hilfreich erwies.

Im Exil hatte sie nicht nur die Familie zusammengehalten. Durch kluge, für sie manchmal äußerst schmerzliche Lösungen, durch Weitsicht wie durch schlaue Ökonomie und Absprachen schuf sie ihrem Manne die Basis, die ihm literarische Arbeit ohne größere Einschränkungen ermöglichte. Helene Weigel als Intendantin vorzuschlagen war, ohne Umschweife gesagt, Familienpolitik, aber gepaart mit gesellschaftlicher Verantwortung und politischem Engagement. Insgesamt gesehen, bedeutete diese Aufgabe für sie ja wiederum ein Opfer. Nicht zuletzt führten die umfangreichen Intendanzgeschäfte dazu, daß sie in den kommenden Jahren nur wenige Rollen spielte. Unter den großen Schauspielern des deutschen Theaters ist sie die mit den wenigsten Rollen.

Die Ensemblebildung sollte von dem Grundsatz bestimmt werden, die großen Schauspieler und Regisseure des Exils mit jungen künstlerisch begabten Menschen zusammenzuführen. Helene Weigel in Berlin und Brecht in Zürich hatten in diesem Sinne eine gute Vorarbeit geleistet. In den Anfangsjahren führten neben Brecht Erich Engel, Berthold Viertel, Therese Giehse, Ernst Busch Regie, arbeiteten Bühnenbildner wie Teo Otto, Caspar Neher, John Heartfield. Es schien, als gehe die Konzeption auf. Doch bald stellten sich Schwierigkeiten ein, deren Ursachen nicht im Ensemble lagen. Der kalte Krieg vergiftete in einem Maße die gegenseitigen Beziehungen, daß selbst Freundschaften, erprobt und gefestigt in den schwierigen Exiljahren, in die Brüche gingen. Statt des bisherigen Interesses füreinander stellte sich Mißtrauen ein, man ging auf Abgrenzung. Für das neugegründete Ensemble bedeutete das die Einbuße bestimmter Bindungen. Peter Lorre, auf den Brecht sehr hoffte, kehrte aus den USA nicht an das Theater am Schiffbauerdamm zurück, an dem er begonnen hatte. Zwischen Fritz Kortner, Erwin Piscator und dem Theater Brechts stellte sich keine Zusammenarbeit her. Die

Absprachen mit Ernst Ginsberg, Leopold Lindtberg in Zürich realisierten sich nicht. Aber auch die bereits eingegangenen Verbindungen lockerten sich. Teo Otto gab seine Zusammenarbeit mit dem Ensemble auf, als sein in der DDR erschienenes Tagebuch in Bildern gegen Krieg und Faschismus „Nie wieder" während der Formalismusphase der Volksfremdheit und Dekadenz bezichtigt wurde, obwohl es ein realistisches Werk im besten Sinne des Wortes war, zu dem Brecht das Vorwort geschrieben hatte.

Die Gewalt und Hinterlist unsichtbar arbeitender Dienststellen der westlichen Besatzungsmächte bekam Leonard Steckel in Zürich zu spüren, nachdem er in Berlin den Puntila gespielt hatte. Als er sich 1951 entschloß, von Zürich nach Westdeutschland überzusiedeln, wurde ihm das Visum verweigert. Keine Stelle war imstande, ihm dafür bestimmte Gründe anzugeben. Auch daß Steckel beteuerte, sich nie politisch betätigt zu haben, half ihm nichts. Eine Reihe berühmter Künstler setzte sich für ihn ein und intervenierte u. a. beim amerikanischen Hohen Kommissar McCloy. Später fand man heraus, daß Steckel von der amerikanischen Besatzungsmacht auf eine „schwarze Liste" gesetzt worden war. Amerikanische Militärbehörden waren es auch, die sich dafür interessierten, wie er überhaupt im Spätsommer 1949 nach Berlin gekommen sei, um den Puntila zu spielen. Innerhalb dieser international politisch vergifteten Atmosphäre vollzog sich die Aufbauarbeit des Ensembles. Was Brecht und die Weigel dennoch zustande brachten, war erstaunlich. Mit den Künstlern außerhalb des Landes konnten vor allem die Engagements realisiert werden, die Brecht in Zürich persönlich abgesprochen hatte, die auf gegenseitiger Kenntnisnahme und Vertrauen basierten.

Auf den Namen Berliner Ensemble gekommen zu sein, nimmt Ruth Berlau für sich in Anspruch. „Der Vorschlag, unsere Truppe Berliner Ensemble zu nennen, stammt von mir. Er kam ganz einfach zustande. Weil immer davon gesprochen wurde, daß wir vor allem ein Ensemble haben müssen, wenn wir gutes Theater machen wollen, entstand der Name fast von selbst. Ich habe ihn nur zuerst ausgesprochen: ‚Dann nennen wir uns doch Berliner Ensemble.‘ Es stellte sich später heraus, daß der Vorschlag gar nicht so gut war, weil in Deutschland kein Mensch ‚Ensemble‘ richtig aussprechen kann.“[93] Weitaus wahrscheinlicher aber ist, daß der Name von Helene Weigel eingeführt wurde, weil bisher im Dienstgebrauch des Parteiapparats oft vom Helene-Weigel-Ensemble die Rede war.

Zu den „Tagen der Commune“ als Eröffnungsstück konnte sich Brecht nicht mehr entschließen, obwohl er zu dem Text stand. Mitarbeiter und Freunde hatten gegen das Stück eingewandt, man müsse marxistische Gesichtspunkte akzeptieren, um es als Stück zu akzeptieren. Brecht stellte das nicht in Abrede, sah aber darin keinen Grund, es nicht in Berlin aufzuführen. „Was das Stück zeigen kann, ist nur, daß das Proletariat die Gewalt seiner Gegner nicht brechen kann, wenn es selber nicht bereit ist, Gewalt anzuwenden. Ich habe mich nicht bemüht, Parallelen zwischen Paris 71 und Berlin 49 besonders herauszuarbeiten, selbst wo es das Stück sehr vereinfacht hätte.“[94] Im gegenwärtigen Zustand schien es ihm sicher noch zu unfertig, um es aufzuführen. So entschloß er sich, die Saison mit „Herrn Puntila und sein Knecht Matti“ zu eröffnen.

Die Arbeit begann am 15. September 1949 mit einer Leseprobe im Deutschen Theater. Regie führten Brecht und Erich Engel. Das Bühnenbild entwarf Caspar Neher. Den Puntila sollte wie in Zürich Leonard Steckel spielen, das hatte Brecht nach vielen Absprachen sichern können. Doch er stand im September noch nicht zur Verfügung. So entschloß sich Brecht, die Rolle mit dem auf Empfehlung von Ruth Berlau aus Hamburg engagierten Schauspieler Willy A. Kleinau vorzuprobieren. Kleinau hatte den Puntila schon in Hamburg mit großem Erfolg gespielt. Damals war er in Berlin ein noch ganz unbekannter Schauspieler, der jedoch innerhalb kurzer Zeit zu einem Star und Publikumsliebling wurde. Mit seinem Spiel markierte er den Übergang von der alten großen Schauspielergeneration zu der jüngeren, die sich in den Nachkriegsjahren profilierte. Bei ihm fühlte sich das Berliner Publikum stets an Heinrich George erinnert. Wie schon bei Quadflieg in Zürich sah Brecht in Kleinaus Spiel zu viel äußeres Temperament, zu viele schauspielerische Eigenarten herausgestellt, die er gar nicht mochte. Hinzu kam, daß Kleinau von Brechts Methode so gut wie gar nichts wußte, aber auch kein Gespür besaß, was Brecht von einem Darsteller wollte. So begann die erste Saison des Berliner Ensembles gleich mit einem großen Krach: „Kleinau benahm sich auf diesen Proben so furchtbar, wie man sich gar nicht ausdenken kann", berichtete Ruth Berlau. „Immer wieder unterbrach er: ‚In Hamburg spielte ich das so.' Oder: ‚In Hamburg lachten die Leute hier.' Oder: ‚In Hamburg hatte ich Szenenapplaus da.' Etwas Schlimmeres konnte man Brecht gar nicht antun. Er zwang sich zur Höflichkeit, aber er verzweifelte mehr und mehr. Ich brachte Kleinau Zigarren mit, damit er wenigstens den Mund hält, aber ich hatte keinen Erfolg. Eines Tages sagte Kleinau: ‚Es ist wohl keine Frage, daß ich die Premiere spiele. Steckel ist die zweite Besetzung.' Daraufhin hat Brecht ihn rausgeschmissen."[95] Als Steckel dann kam, waren die Proben schon weit gediehen, aber er fand sich sofort in die von Brecht geprägte Diktion der Inszenierung hinein.

Ähnlich wie bei der Inszenierung von „Mutter Courage" versuchte Brecht auch hier, mittels einer Modellinszenierung gegen falsche Interpretationen seines Stücks anzugehen. Brecht meinte, von „niederschmetternden Erfahrungen" ausgehen zu müssen, die er mit Aufführungen des „Puntila" in ganz Deutschland gemacht habe.[96] Nun besteht der ungewöhnliche ästhetische Reiz der Puntila-Figur darin, daß sie ebensoviel Charme wie Gefährlichkeit haben muß, wobei die Gefährlichkeit in keiner Szene völlig verschwinden darf. Das erforderte schauspielerisch nicht einfach einen Balanceakt, sondern eine widerspruchsvolle Darstellung, die aber vermochten die wenigsten Schauspieler herzustellen. In Chemnitz hatte unter der Regie von Heinz Wolfgang Litten der Schauspieler Otto Steinmann den Puntila als einen unter seinem Zwiespalt selbst leidenden, tragischen Menschen gespielt. Die Passagen über die finnische Landschaft, vor allem die lyrischen Stellen im Prolog, wurden wie Rilke-Verse gesprochen. Einem solchen Verfahren wollte Brecht eine mit den Mitteln seiner dialektischen Methode bewirkte Aufführung entgegenstellen. „Puntila bleibt gefährlich (‚ein Vieh'), auch wenn er betrunken ist. Lediglich seine Bedürfnisse haben sich geändert."[97] Gezeigt werden müsse aber, daß der Alkohol in Puntila ein Gefühl der Verlassenheit und der Einsamkeit wecke. Um seine eigene Isolation zu durchbrechen, werbe er um die Freundschaft Mattis. Dabei dürfe Puntila aber nicht gemütlich wirken, er bleibe in jeder Phase gefährlich. Das wollte Brecht schon durch die Maske betont wissen. Er schlug vor, Puntila sollte eine Glatze mit ein paar Haarstrahnen haben und wie ein finnischer Dschingis Khan aussehen. Wenn Puntila über die Natur rede, so sei das bei ihm durchaus ein echtes Gefühl, und dennoch müsse der Zuschauer merken, dieser Mann könne über Nacht und Landschaft nur sprechen, soweit es sich um die ihm gehörige Natur, um seine Wälder, seine Felder, handle. Vor allem dürfe Matti den seelischen und patriotischen Ergüssen seines Herrn nie folgen, sondern musse vielmehr seinen Widerwillen erkennen lassen. Das könne darstellerisch am besten geschehen, „indem er sorgfältig Abstand bewahrt, auf Fragen nur mit der allernotwendigsten Teilnahme antwortet, nicht auf die Späße des Puntila eingeht"[98].

Die Premiere fand am 12. November 1949 im Deutschen Theater statt und wurde wiederum ein großer Erfolg. Die angestrebte Konzeption ging genau auf. Die Kritik bestätigte Brecht, daß es sich um „allerbestes Theater" handle (Hans Ulrich Eylau); hier sei nichts von einem „enthaltsamen Theater" (Friedrich Luft) zu spüren gewesen. „Es gab, besonders nach der Pause, pralle Salven verstehenden Gelächters, Wohlgefallen und am Ende Beifall aus vollen Händen. Diese Aufführung, meisterlich im Detail, kühn in der Konzeption, bedeutet einen Höhepunkt."[99] Selbst wenn Steckel durch seine körperliche Vitalität „verzauberte", wie ein Kritiker schrieb, so lag in seiner verführerischen Geste doch immer etwas Bedrohliches, skrupellos Zupackendes. Unterstützt wurde die gesellschaftskritische Sicht auf die Figur des Puntila durch die Darstellungsweise des Matti. Erwin Geschonneck hob durch sein knappes, trockenes Agieren auch im Gehorchen noch das Rebellische hervor. Sosehr sich das Publikum auch von der Farbigkeit, der Vitalität und Virtuosität der Inszenierung hinreißen ließ, die politische Kritik wurde sehr wohl verstanden. „Wenn da Puntila in seligem Volltrunk beispielsweise die patriotische Gemütsplatte auflegt, sich von seinem Knecht aus Billardtisch, Standuhr und Hockern einen imaginären Berg aufbauen läßt, um, von dessen Höhe auf die eingebildete Heimat schauend, vaterländisch überzuschwappen und sich zu seinem Suff noch einen patriotischen Rausch anzuquatschen – wie da dann Brecht die lallende Rede des vaterländischen Orgiastikers durch die hämische Akklamation und die Zwischenrufe des nüchternen Knechts trocken interpunktieren läßt, das ist eine der dekuvrierendsten Beschäftigungen mit dem Nationalismus, wie er in unserer nächsten Nähe gerade heute wieder bewußt und böse planend aktiviert wird. Oder wie die Unüberbrückbarkeit des Standesunterschiedes sichtbar gemacht wird, wenn Puntila seine spinöse Tochter an Matti, den Knecht, verloben will."[100] Selbst die bürgerliche Kritik, wenn auch jede marxistische Terminologie vermeidend, sah sich veranlaßt, auf Klassenverhältnisse und politische Zustände hinzuweisen.

Brecht selbst war hoch beglückt über den Premierenerfolg. In bezug auf das Erreichte gab er sich jedoch sehr bescheiden. Er verfremdete seinen Erfolg, indem er sich bewußtmachte, was noch nicht erreicht war. „die spielweise wird in den zeitungen durchaus akzeptiert (‚wenn das episches theater ist, schön'). aber es ist natürlich nur so viel episches theater, als heute akzeptiert (und geboten) werden kann. gewisse verfremdungen stammen aus dem zeughaus der komödie, das 2000 jahre alt ist." Brecht fügte am Schluß der Eintragung die Frage an: „aber wann wird es das echte, radikale epische theater geben?"[101]

Auch seine Strategie, bewährte und berühmte Schauspieler des Exils mit jungen, unbekannten Kräften zusammenzuführen, fiel auf und fand Anerkennung. Die Besetzungsliste nannte eigentlich nur vier bekanntere Namen. „Der Rest ist neu und vorzüglich und in drei Fällen außergewöhnlich"[102], vermerkte Friedrich Luft. Was Brecht hier auf Anhieb erreicht habe, widerspräche den verbreiteten Seufzern, es gäbe keinen Schauspielernachwuchs. Der auffälligste Gewinn in dieser Hinsicht war zweifellos Erwin Geschonneck, der zwar zu Beginn der dreißiger Jahre schon als Komparse bei Piscator auf der Bühne gestanden hatte, dem aber durch Exil und KZ die Möglichkeit genommen wurde, sich als Schauspieler zu entwickeln. Er wurde im Laufe der Zeit zu einem von Brecht bevorzugten Darsteller, der ganz wesentlich zum internationalen Ansehen des Berliner Ensembles beitrug.

Allein dieser Erfolg hätte zunächst genügt, um das neue Ensemble zu stabilisieren. Am Tage der Premiere saß Berthold Viertel im Parkett und studierte das Ensemble. Er bereitete die nächste Inszenierung vor: Gorkis „Wassa Schelesnowa" mit der Giehse in der Titelrolle. Brecht kannte

Viertel aus dem kalifornischen Exil. Um ihn hatte er sich sehr bemüht und nichts unversucht gelassen, ihn nach Berlin zu holen. Viertel, ein literarisch außerordentlich interessierter, belesener und selber schriftstellerisch tätiger Theatermann, konnte man keine besondere Neigung oder Vorliebe für Brechts Theaterästhetik nachsagen. Ihn interessierten Kafka und Brod nicht weniger als Brecht. Daß Brecht soviel Wert gerade auf seine Mitarbeit legte, ist sicher nicht nur auf die persönliche Bekanntschaft während des Exils zurückzuführen. In ihm sah er einen Regisseur, der ebensoviel Feingefühl wie kritischen Sinn für die psychologische Darstellungsart, für die Stücke Gorkis, O'Caseys und Lorcas besaß, für ein methodisch-künstlerisches Verfahren, das ihm, Brecht, nicht so zusagte, das er aber unbedingt an seinem Theater ausgebildet wissen wollte. Allein schon die Bemühungen um Viertel beweisen, daß Brecht von Anfang an daran lag, vielfältige Möglichkeiten auszuprobieren. In den Proben gab Viertel den Darstellern auch deutlich zu verstehen, daß er nach anderen Methoden verfahren werde als Brecht. Bei Gorki könne, ja müsse sich der Schauspieler mit der darzustellenden Figur identifizieren. „Atmosphäre und Stimmung seien ihm wichtig, ebenso die Herausarbeitung einzelner spezifisch russischer Charaktere. Darum dürfe der Schauspieler die ‚Figur' nicht vorführen, sondern müsse in ihr ‚aufgehen'."[103] Diese methodische Eigenart wurde von Brecht nicht deshalb geduldet, weil es sich um einen bedeutenden Regisseur handelte, sie war vielmehr gefordert. Denn Brecht dachte gar nicht daran, alles auf einen Ton, auf ein methodisches Verfahren abzustimmen. Das Ensemble sollte von Anfang an in verschiedenen Methoden trainiert werden, ging es doch darum, sehr verschiedene Stücke entsprechend ihrer ästhetischen Bauart spielen zu können. Daß es durch den kalten Krieg nicht zu einer ständigen Zusammenarbeit mit Berthold Viertel kam, sondern bei der einen Regie blieb, daß auch später kein so kräftiger und zugleich aufgeschlossener Antipode am Schiffbauerdamm inszenierte, führte dazu, daß ein ausgeprägt psychologischer Darstellungsstil an diesem Hause kaum entwickelt wurde. Was mit Viertels „Wassa Schelesnowa"-Aufführung so großartig und bravourös begonnen hatte, fand keine Fortsetzung.

Publikum und Presse waren ebenso angetan wie vorher von dem ästhetisch ganz andersartigen „Puntila". Vor allem die Giehse erhielt für die Gestaltung der Titelrolle uneingeschränktes Lob. Nach der Premiere – Viertel hatte Berlin schon wieder verlassen – schrieb ihm Brecht: „Lieber Viertel, wir hören, die Russen – der Plural wird gebraucht, weil man einzelne nicht kennt – seien begeistert von Ihrer Aufführung, bis zu der Bemerkung, eine solche Gorkiaufführung könne man in Moskau nicht sehen; was allerhand Lob bedeutet! Sie scheint auch noch in Ordnung oder sogar eindrucksvoller geworden; Giehse sagt, der Beifall wachse noch. Sie haben eine große Visitenkarte abgegeben."[104] Brecht war Viertel schon deshalb dankbar, weil er als erster prominenter Regisseur des Exils im neugegründeten Ensemble inszeniert hatte. Er rühmte sein „Arnold-von-Winkelried-Beispiel", das nicht ohne Folgen bleiben würde. Doch hier irrte Brecht.

Der neue Staat

Der Beginn der künstlerischen Arbeit am Berliner Ensemble fiel in jenen Herbst, der die Gründung der Deutschen Demokratischen Republik brachte. Am 7. Oktober 1949 um 12 Uhr trat im jetzigen Haus der Ministerien in der Leipziger Straße der Deutsche Volksrat zusammen. Nach einem Bericht über die politische Lage erklärte sich der Volksrat zur Provisorischen Volkskammer. Am Nachmittag setzte das neue Gremium in einer ersten Sitzung die vom 3. Deutschen Volkskongreß bestätigte Verfassung in Kraft. Damit war ein neuer Staat auf deutschem Boden entstanden, die erste Arbeiter-und-Bauern-Macht. Die bisher von der Sowjetischen Militäradministration ausgeübten Verwaltungsfunktionen übergab Armeegeneral W. I. Tschuikow am 10. Oktober 1949 den neuen staatlichen Organen der DDR. Tags darauf wählten Volkskammer und Länderkammer den neuen Staatspräsidenten. Im Namen aller Fraktionen schlug Otto Nuschke, der Vorsitzende der CDU, Wilhelm Pieck vor. Ministerpräsident wurde Otto Grotewohl, der am 12. Oktober seine Regierung vorstellte. Von den 18 Ministern gehörten 8 der SED, 4 der CDU, 3 der LDPD, je einer der NDPD und der DBD an, ein Minister war parteilos. Stellvertreter des Ministerpräsidenten waren Walter Ulbricht (SED), Otto Nuschke (CDU) und Hermann Kastner (LDPD).

Einen Monat zuvor hatte sich im Westen Deutschlands die Bundesrepublik etabliert. Damit wurden jene Bestrebungen sanktioniert, die darauf zielten, die westlichen Besatzungszonen vom Osten Deutschlands abzukoppeln und dem unter amerikanischer Hegemonie stehenden kapitalistischen Weltblock zugehörig zu erklären. Entsprechend der Truman-Doktrin vom 12. März 1947, die allen „freien Völkern" amerikanische Unterstützung gegen den Kommunismus zusicherte, bestand die vorrangige Funktion des neuen westdeutschen Staates in der Konfrontation gegenüber dem anderen Teil Deutschlands und den sozialistischen Ländern, insbesondere der Sowjetunion. Am 15. September 1949 wurde Adenauer mit einer Stimme Mehrheit, seiner eigenen, zum Bundeskanzler gewählt. Damit war die Teilung Deutschlands, auf die Adenauer ohne Skrupel hingearbeitet hatte, vollzogen. Adenauer, so schrieb später Willy Brandt aus genauer Kenntnis der Vorgänge, „zögerte nicht, freie gesamtdeutsche Wahlen zu fordern (er hatte auch keine Hemmung, den Flüchtlingen und Vertriebenen die Rückkehr nach Ostpreußen und in andere Regionen ihrer ostdeutschen Heimat in Aussicht zu stellen), aber seine tatsächliche Politik basierte auf der Dauer der Teilung“[105]. Adenauer profilierte sich zur Zentralfigur der westdeutschen Restauration. Durch ihn und seine Politik wurden im weiteren Verlauf der Entwicklung die durch Faschismus und Krieg dezimierten Fortschrittskräfte einem weiteren Aderlaß zugeführt.

Nunmehr gab es zwei deutsche Staaten. Durch die Besonderheit ihrer Lage hing für den Frieden in Europa und in der Welt viel davon ab, welche Politik in ihnen gemacht wurde, wozu sie sich gebrauchen und nicht gebrauchen ließen. Bei seiner Wahl zum Staatspräsidenten der Deutschen Demokratischen Republik sagte Wilhelm Pieck: „Wir stehen heute an der Wende der deutschen Geschichte ... Sorgen wir alle in verantwortungsbewußter, loyaler und freundschaftlicher Zusammenarbeit dafür, daß wir uns der Größe der geschichtlichen Aufgabe gewachsen zeigen und daß wir dereinst vor dem Urteil der Geschichte bestehen können.“[106]

Für Brecht war Wilhelm Pieck der einzige namhafte Politiker, den er näher kannte, mit dem er sich duzte. Mit ihm, der ein großer Freund der Künste war, ein unermüdlicher Theatergänger bis ins hohe Alter hinein, hätte Brecht gerne engeren Kontakt gehabt. Die sich in den folgenden Jahren rasch verschlimmernde Krankheit des Präsidenten verhinderte einen Gedankenaustausch, wie ihn sich Brecht wünschte. Pieck kam zu Schriftstellern und Künstlern immer als ein Fragender, niemals als einer, der seine Ansichten loswerden wollte. Wenn Wilhelm Pieck Künstler und Wissenschaftler zusammenrief, gab es keine Referate, sondern nur Aussprachen über Sorgen, Schwierigkeiten, Probleme. Solche Zusammenkünfte pflegte Pieck meist mit den Worten einzuleiten: „Also schießt los!" Der Kunst näherte er sich, nicht weil sie auch der Politik nützlich sein konnte, sondern weil sie ihm Spaß machte, seine Neugier weckte. Vor allem diese Haltung imponierte Brecht. Aber auch viele Schauspieler, die sich gegenüber der Politik im allgemeinen skeptisch verhielten, hatten den Alten gern. Pieck, dessen Rat auch Brecht öfter eingeholt hätte, suchte zunächst immer erst den Rat des anderen. Als er Staatspräsident wurde, schrieb ihm Brecht: „Lieber Genosse Wilhelm Pieck, darf ich Dir, um meine Freude über Deinen Amtsantritt auszudrücken, ein kleines Gedicht schicken, dessen Sprecher Du noch viel besser sein könntest als der Dichter? Mit sehr herzlichen Grüßen, auch von Helli, Dein bertolt brecht."[107]

Das Gedicht war überschrieben „An meine Landsleute". Schon darin kam der besondere, persönliche Bezug zu dem Manne zum Ausdruck, dem Brecht das Gedicht gewidmet hatte. Wenn Wilhelm Pieck auf Massenveranstaltungen oder im Radio sprach, pflegte er seine Rede mit „Meine Landsleute" zu beginnen. Das Gedicht ist in Form einer Bitte abgefaßt, die einer, auf den nicht gehört wurde, an seinesgleichen richtet:

Zieht nun in neue Kriege nicht, ihr Armen
Als ob die alten nicht gelanget hätten:
Ich bitt euch, habet mit euch selbst Erbarmen!

Der Text geht davon aus, daß die Kommunisten immer gesagt hatten: „Wer Hitler wählt, wählt den Krieg!" Doch die, die das aussprachen, wurden vertrieben oder eingesperrt. Nun aber, da die Nichtbelehrbaren im Elend sitzen, wendet sich der Sprecher, der Wilhelm Pieck sein könnte, nicht mit Vorwürfen an sie, sondern mit der inständigen Bitte:

> Ihr, die ihr überlebtet in gestorbenen Städten
> Habt doch nun endlich mit euch selbst Erbarmen![108]

Der Gestus der Bitte enthält die Selbstverleugnung des echten Agitators, der nicht darauf pocht, daß er es schon immer gesagt hat, daß man nur auf ihn hätte hören sollen, sondern der geduldig wieder von vorn beginnt. Er verweist darauf, man möge an sich selbst denken, an das Nächstliegende, an das Elementare. Aber er beläßt es nicht bei Worten, sondern verlangt Haltungen. Mehr als die Verführten, die in „gestorbenen Städten" sitzen, beschreibt der Gestus, die Diktion des Gedichts die Bescheidenheit und Weisheit des vertriebenen und nun heimgekehrten Agitators, der ohne Verbitterung seine Aufgabe fortsetzt und seine Landsleute warnt, nicht wieder aufs Messer zu setzen, sondern zur Kelle zu greifen. Gerade in dieser Hinsicht zeichnet das sonst stark verallgemeinernde Gedicht sehr persönliche Züge Wilhelm Piecks nach. Brecht schickte es ihm, mit der Hand, in seiner „Schönschrift" geschrieben, wie er es nur bei ganz seltenen Anlässen und für sehr enge Freunde tat.

Mit der Gründung der DDR wurden verschiedene Institutionen ins Leben gerufen, so auch die Akademie der Künste, an deren Aufbau und inhaltlich-organisatorischer Ausrichtung sich Brecht sehr interessiert zeigte. Bereits im April 1949 gab es dazu seitens der SED-Führung Vorschläge: „Zur Vorbereitung der Akademie der Künste wird eine Kommission aus den Genossen Ackermann, Heymann, Held, Grabowski, Engel und Volkmann gebildet. Die ausgearbeiteten Richtlinien werden dann durch ein Gremium behandelt, das bei der DVV gebildet wird. Ihm sollen die Genossen Wandel, Volkmann, Engel angehören, sowie Vertreter der Kunstschulen, des Kulturbundes, des FDGB und der DWK. Die Vorarbeiten sind so abzuschließen, daß zum Goethetag am 28. August die feierliche Verkündung der Akademie in Weimar durch Gen. Wandel erfolgen kann. Erster Präsident der Akademie soll Heinrich Mann werden."[109] Obwohl Brecht zu jenem Zeitpunkt nicht in Berlin war, suchte er in Briefen auf die Neugründung Einfluß zu nehmen. Ihr Vorläufer, die Preußische Akademie der Künste, war ihm in ihrer Zusammensetzung mit sehr konservativ eingestellten Mitgliedern nicht so wichtig gewesen, obwohl er sicher nichts dagegen gehabt hätte, zu ihren Mitgliedern zu zählen. Im Unterschied zur Akademie aus der Weimarer Zeit sollte die Neugründung keine repräsentative, sondern eine arbeitende Körperschaft sein. Um das zu erreichen, hielt Brecht von vornherein einige organisatorische Voraussetzungen für nötig, die im Statut verankert werden müßten. Als er von Zürich wieder nach Berlin zurückgekehrt war, ärgerte es ihn, daß man ihn nicht um Rat fragte. An Arnold Zweig schrieb er, daß er nie zu Besprechungen hinzugezogen worden sei und eigentlich Grund hätte, beleidigt zu sein. Doch bald gab es einen Meinungsaustausch zwischen ihm und Paul Wandel, der die Vorbereitungsarbeiten leitete. Brechts Teilnahme an den Vorbereitungssitzungen verzögerte sich dadurch, daß er sich für kurze Zeit ins Krankenhaus begeben mußte. Seine Gedanken und Vorschläge teilte er jedoch bereits im Juni/Juli 1949 Arnold Zweig mit.

„1) Wichtig wäre es, wenn die Mitglieder sich 2–3 Meisterschüler wählen könnten. Aber diese Schüler müßten *Stipendien* bekommen, daß sie leben können.

2) Und wichtig die *neuen* Künste! *Das Plakat* (und Fotomontage) *Johnny Heartfield* (London).
Fotografie, da fände ich Ihren Vorschlag *Lerski* wunderbar.
Bühnenbau, da wäre *Caspar Neher*.
Film, Erich Engel.
Kurz, man müßte die modernsten Leute für die modernen Künste bekommen!"[110]

Ihm lag sehr daran, daß die Akademiemitglieder Meisterschüler haben sollten. In der Weitergabe methodischer Einsichten und praktischer Erfahrungen sah er das Produktive und Nützliche einer solchen Akademie. Wichtig schien ihm nicht so sehr, daß sich die Mitglieder zusammenfanden und die Kunst im nationalen Rahmen repräsentierten, sondern daß sie ihren gegenwärtig erreichten technischen Standard ganz unmittelbar an den Nachwuchs herantrugen. Natürlich erkannte er hier auch eine Möglichkeit, die Basis seiner eigenen Kunstauffassung auszubauen und sie über die Schüler in die Öffentlichkeit zu tragen. Merkwürdigerweise wurde diesem Vorschlag gerade von staatlicher Seite her widersprochen. Paul Wandel meinte, damit würden nur Epigonen gezüchtet. Da Brecht auf jener Sitzung nicht gleich Gelegenheit hatte, seinen Widerspruch anzumelden, teilte er ihn Paul Wandel schriftlich mit. Ein Schüler Stanislawskis sei Wachtangow gewesen, der ein ganz anderes Theater gemacht habe als der Meister, und Hanns Eisler, der Schüler Schönbergs, habe eigene Wege beschritten, ohne den Lehrer zu verleugnen. „Ich wäre seinerzeit sehr froh gewesen, mit meinen Entwürfen zu Hauptmann oder Kaiser oder Wedekind gehen zu können und vor allem: ein Stipendium zu bekommen. (Ich glaube nicht, daß das der Eigenart meiner Stücke geschadet hätte!) Auf jeden Fall aber sollte unsere Akademie produktiv und nicht nur repräsentativ sein. (Die Abteilung für Literatur könnte etwa die Schullesebücher kontrollieren helfen oder Übersetzungen fremder Literaturen machen helfen.) Sonst bekommen wir eine Akademie, wo die Phrase blüht und der Kalk rauscht."[III]

Die Meisterschüleridee setzte sich durch, wenn auch nicht sofort in der von Brecht gewünschten Weise. Es schien, als ließe sich so etwas in der bildenden Kunst eher einrichten als in der darstellenden Kunst. 1951 unterbreitete Brecht Paul Wandel nochmals detaillierte Vorstellungen, wie die Meisterklasse der Sektion Darstellende Kunst an der Akademie aussehen sollte. In acht Punkten entwickelte er Aufnahmebedingungen und Arbeitsweisen für eine solche Klasse. Von den praktischen Bedürfnissen ausgehend, schlug er vor, daß die Schüler die Möglichkeit haben müßten, sowohl Gasthörer der Universität zu sein als auch an der regulären Tätigkeit des Theaters teilzunehmen. Im Berliner Ensemble könnten sie sich an der Bearbeitung von Stücken beteiligen, damit sie nach zwei bis drei Jahren imstande wären, den Beruf eines Dramaturgen, Regisseurs oder Theaterkritikers auszuüben.

Brecht nutzte die Akademie, um etwas zu bewirken. Weit weniger trat er als Redner, als brillanter Diskussionspartner hervor. Ihm genügte es, Anstöße zu geben, auf neue Gesichtspunkte hinzuweisen und seine Autorität für wichtige, aber umstrittene Unternehmungen in die Waagschale zu werfen. Wenn er bei wesentlichen Meinungsbildungen nicht zugegen sein konnte, meldete er sich schriftlich zu Wort. In der Akademie sah er auch ein Gremium, das gegen Mißstände und Fehlentwicklungen auf künstlerischem Gebiet aufzutreten habe. Als er nach der Teilnahme an zwei Diskussionen der Arbeiter-und-Bauern-Fakultät der Berliner Universität feststellen mußte, daß eine „niederschmetternde Unkenntnis" auf ästhetischem Gebiet bestehe, wandte er sich über die Akademie an das Ministerium für Volksbildung, wobei er sich keineswegs aufs hohe Roß setzte und nur Forderungen stellte. Von allgemeinen Mißfallensbekundungen hielt er nichts. Kritik hatte produktiv zu sein. Deshalb machte er den Vorschlag, daß das Ministerium eine Aussprache zwischen den Lehrern der Universität und den Mitgliedern der Akademie herbeiführe. Es bedrückte ihn, daß die von ihm so herbeigesehnte Politisierung der Künste in die falsche Richtung ging. Die Ideologisierung drohte das Künstlerische zu verschlingen, anstatt dem Künstlerischen durch Politik zu tieferer Aussage und größerer Souveränität zu verhelfen. Er, der immer in der Kunst nach Politik gerufen hatte, sah sich jetzt nach Helfern um, den ästhetischen Begriffen wieder Geltung zu verschaffen. Die Akademie verstand er als ein Forum, das Einfluß auf die Geschmacksbildung des Publikums gewinnen mußte. Zu ihren wesentlichen Aufgaben zählte Brecht, darüber zu wachen, daß die neuen politischen Aufgaben nicht dazu führten, das Künstlerische links liegenzulassen.

In derselben Weise kümmerte er sich auch um die Akademiezeitschrift „Sinn und Form“, die unter der Redaktion von Peter Huchel stand. Daß dieser ihm ein Sonderheft der Zeitschrift gewidmet hatte, wußte er zu schätzen. Wenn er in einem Dankesbrief an Huchel schrieb, es sei die erste Publikation gewesen, die ihn wieder mit den Deutschen zusammengebracht habe, so war das keineswegs übertrieben. Dieses Sonderheft leitete die Brecht-Rezeption nach dem Kriege ein und setzte vor allem durch die Beiträge von Herbert Jhering und Hans Mayer in den schwierigen Zeiten der Formalismusdiskussion Wegzeichen zu einem richtigen Brecht-Verständnis. Wenn dieses Heft vielleicht auch mehr als allgemeine Würdigung und nicht als literaturstrategische Markierung gedacht war, denn Huchel besaß damals kaum mehr Überblick über das Brechtsche Werk als die meisten Leser des Heftes, so bewirkte es doch objektiv diese literaturpolitische Weichenstellung. „Sinn und Form“ blieb in den weiteren Jahren für Brecht die wichtigste literarische Plattform, von der aus er die Öffentlichkeit in sorgfältiger Auswahl mit neuen oder bereits im Exil entstandenen Arbeiten bekannt machte. Seit 1950 erschienen in fast jedem zweiten Heft Beiträge von ihm. Eine solche kontinuierliche Veröffentlichungspolitik betrieb in dieser Zeitschrift sonst kaum ein anderer Schriftsteller des Landes.

Im Jahre 1949, vor der Gründung der Republik, wurden aus Anlaß des 200. Geburtstags von Johann Wolfgang Goethe in Weimar Nationalpreise verliehen. Diese in der Folgezeit alljährlich am Vorabend des 7. Oktobers vorgenommene Ehrung für die besten Leistungen der Nation auf dem Gebiet von Kunst und Literatur sowie Wissenschaft und Technik stellte etwas Neues dar. Nicht ein literarisches Gremium oder eine einzelne Persönlichkeit vergab den Preis, wie das zum Beispiel beim Kleist-Preis in der Weimarer Republik der Fall gewesen war, sondern die Nation durch ihre staatlichen Repräsentanten. Damit verband sich ein Anspruch, der die Auswahl schwer machte, zumal bei der ersten Verleihung nicht nur die neuesten Leistungen gewürdigt werden mußten, sondern weit mehr die in den Jahren der Emigration und der Verfolgung entstandenen. Da über die Vorschläge in den verschiedenen Gremien diskutiert wurde, blieb es nicht aus, daß unter Schriftstellern und Künstlern die vorgesehenen Kandidaten bald bekannt wurden. So erfuhr Brecht, daß es nur zwei Einzelpreise I. Klasse für Kunst und Literatur geben würde, die Heinrich Mann und Johannes R. Becher erhalten sollten, während ihm im Kollektiv der „Mutter Courage"-Aufführung der Nationalpreis II. Klasse zuerkannt wurde. Nun zählte Brecht nicht zu denen, die vorgeben, daß Preise und Ehrungen sie gleichgültig lassen. Schon bei der Vergabe des Kleist-Preises hatte er deutlich zum Ausdruck gebracht, daß er ihn bekommen müsse, und zwar ungeteilt.

So richtig und wichtig es ihm auch erschien, Nationalpreise zu vergeben, fand er jedoch die Praxis, sie in drei Klassen zu verleihen, schädigend. Sie würde ihn veranlassen, eine Auszeichnung, die nicht auf die I. Klasse hinauslief, zurückzuweisen. „derlei dinge muß man ganz unpersönlich betrachten und scharf auf nutzen und schaden achten und den geringeren dem geringen vorziehen. warum sollen leute entwerten, was sie haben, indem sie der sache einen geringen wert zumessen, nur weil sie den höheren preis nicht bezahlen können?"[112] Helene Weigel wurde beauftragt, dem beratenden Gremium nahezulegen, Brecht aus der Kollektivauszeichnung für die „Mutter Courage" herauszunehmen. Am 25. August erhielten dann Helene Weigel, Paul Bildt, Werner Hinz, Angelika Hurwicz und Gerda Müller den Nationalpreis II. Klasse. Brecht bekam den Nationalpreis I. Klasse erst im Jahre 1951, zusammen mit Martin Andersen Nexö und Anna Seghers. Die Preisverleihung in drei Stufen brachte ganz zwangsläufig eine Hierarchie der Wertung mit sich. War man sich in der Öffentlichkeit in der Ehrung für Heinrich Mann als den Repräsentanten der älteren Generation relativ einig, so war das bei Johannes R. Becher schon nicht so. Indem ihm als erstem die höchste Stufe des Nationalpreises zuerkannt wurde, hatte man sich zu einer Rangfolge bekannt, an die sich die offizielle Literaturkritik auch in den kommenden Jahren hielt. Die von Brecht als „unglücklich" bezeichnete Praxis, Nationalpreise abgestuft zu verleihen, ließ eben nicht nur Wertschätzung, sondern Wertung von Literatur und Kunst erkennen. Dabei schnitt Brecht nicht besonders gut ab. Bei der Vergabe der Preise ging man davon aus, was im nationalen Rahmen als repräsentativ galt. In diesem Verständnis zählte Brecht 1949 nicht ohne weiteres zu den Anwärtern, empfand man ihn doch mehr als Außenseiter.

Aus historischem Abstand erscheint selbst die Ehrung für die „Mutter Courage"-Aufführung zu gering bemessen, wenn man bedenkt, daß die Dresdner „Fidelio"-Aufführung unter Joseph Keilberth den Nationalpreis I. Klasse bekam. Die Leistungen von Christel Goltz, Jaro Prohaska, Josef Herrmann waren gewiß hervorragend, aber die Inszenierung als solche konnte keinen kunstgeschichtlichen Stellenwert beanspruchen, während die „Courage"-Aufführung eine neue Phase der Theaterkunst einleitete. Da aber nicht einmal die Kunstkritik zu adäquaten Maßstäben gefunden hatte, konnten sie auch nicht den Gremien abverlangt werden, denen die Auswahl der Kandidaten oblag. Brecht verdarb das jedoch nicht die Lust an der Entgegennahme von Preisen und Auszeichnungen. Gerade weil ihm das wichtig war und ihm eine innere Befriedigung bereitete, äußerte er sich schroff, wenn ihm Wertungen nicht behagten. Er, der sonst das Öffentliche, das Offizielle eher mied, trug die ihm verliehenen Auszeichnungen gern und ließ sie bei gar nicht so wenigen Anlässen sehen. Auch das gehörte für ihn zur Freude am Erfolg.

Seit seiner Rückkehr aus Zürich lebte Brecht im eigenen Haus, das Helene Weigel während seiner Abwesenheit beschafft hatte. Selbst in den schwierigen Jahren der Emigration wohnten die Brechts, mit Ausnahme einer kurzen Zeit in Helsinki, in einem ihnen allein zur Verfügung stehenden Haus. So etwas zu bewerkstelligen oblag Helli, die in diesen Dingen viel Geschick und Geschmack bewies, dabei immer mehr seine Bedürfnisse als die ihren vor Augen. Im zerstörten Berlin war das keineswegs leichter als in der Emigration. Diesmal hatte sie ein Haus erworben, das im Unterschied zu Brechts bisherigen Gepflogenheiten etwas weiter vom Theater entfernt lag, in Berlin-Weißensee, Berliner Allee 190. Mit der Vorderfront lag das Haus zwar an einer vielbefahrenen Straße, aber die Gartenseite schloß an einen großen alten Park an, der bis zum See führte. Von Zürich aus riet Brecht der Weigel zu, das Haus zu kaufen, denn die „Courage", so meinte er, müsse ja inzwischen genügend Geld eingebracht haben. Als er in das geräumige Haus einzog, war er recht froh. Aus dieser Stimmung heraus schrieb er das Gedicht „Ein neues Haus", das er in sein „Arbeitsjournal" eintrug:

Zurückgekehrt nach fünfzehnjährigem Exil
Bin ich eingezogen in ein schönes Haus.
Meine Nō-Masken und mein Rollbild, den Zweifler
zeigend
Habe ich aufgehängt hier. Fahrend durch die Trümmer
Werde ich tagtäglich an die Privilegien erinnert
Die mir dies Haus verschafften. Ich hoffe
Es macht mich nicht geduldig mit den Löchern
In denen so viele Tausende sitzen. Immer noch
Liegt auf dem Schrank mit den Manuskripten
Mein Koffer.[113]

Auf die Dauer fühlte sich Brecht in diesem Hause am Weißen See nicht wohl. Im Oktober 1953 zog er in die Chausseestraße 125 um, in die Nähe des Theaters.

Die Schüler

Zu den Vergnügen, die Brecht nicht missen wollte, gehörte auch, zu lehren, Schüler zu haben. Diese Haltung entsprang keineswegs einer pädagogischen Ader. Das Vergnügen zu lehren hing bei ihm ganz unmittelbar zusammen mit dem Vergnügen zu produzieren. Wenn er etwas geschrieben hatte, wollte er sich darüber austauschen, lehrend wollte er auch lernen. Seit jeher hatte er sich gewünscht, von Schülern umgeben zu sein. Die Mannschaft, mit der er in den Jahren der Weimarer Republik gearbeitet hatte, akzeptierte ihn ganz selbstverständlich als Wortführer. Man wußte, von ihm kamen Anregungen, von ihm ging etwas Neues aus. Im Exil bildete sich nur gelegentlich und mehr zufällig ein solcher Kreis. Ein Gedankenaustausch ergab sich bei den nicht allzu häufigen Besuchen. Wirklich etwas weiterzugeben, etwas zu entwickeln, vermochte er nur im Kreis seiner langjährigen engeren Mitarbeiter, vor allem seiner Mitarbeiterinnen.

Das Bedürfnis, etwas zu lehren, sich mit Schülern zu umgeben, war zweifellos echt. Andererseits gingen ihm dafür notwendige Eigenschaften völlig ab. Geduldig im Umgang, einfühlsam in andere Denkweisen, sorgsam und stetig im Verfolgen von Entwicklungen, bereit, Enttäuschungen ohne Verbitterung hinzunehmen, all das war er nicht. Sein Schüler Manfred Wekwerth hat später einmal eine Situation charakterisiert, die Brecht höchst unbefriedigend gefunden hätte: verschlagen auf eine einsame Insel und vor sich als Arbeitsvoraussetzung nur ein leeres Blatt Papier. Keiner wäre unglücklicher gewesen als Brecht. Ruhe, Abgeschiedenheit genügten ihm nicht, um produktiv zu sein. Brecht habe, so Wekwerth, um wirklich produktiv werden zu können, schon etwas vorfinden müssen, das er verändern, korrigieren, umfunktionieren konnte. Er wollte in bereits Begonnenes eingreifen; er wollte zeigen, wie man den Punkt auf das i setzt. Darin bestand seine Lust zu lehren. Nicht allein aufs Machen, aufs Andersmachen kam es ihm an.

Um jene Schülergeneration vorzuführen, auf die Brecht nach seiner Rückkehr stieß, muß man ein wenig auf die Situation der jungen Republik eingehen. Zu den Vorzügen der neuen gesellschaftlichen Ordnung gehörte, daß mit dem faschistischen Ungeist gründlich aufgeräumt wurde. Konkret hieß das, jene Lehrer aus Grund- und Hochschulen zu entfernen, die der Nazipartei angehört hatten. Aus dieser politischen Folgerichtigkeit ergab sich aber auch, daß es an Lehrern, vor allem aber an Autoritäten fehlte, um junge Menschen nicht nur zu Kenntnissen, sondern zu weiterhelfenden Lebenseinsichten zu führen. In manchen Fachrichtungen wuchs eine Generation heran, die auf ihrem Gebiet ohne große Vorbilder auskommen mußte, die für das Schüler-Lehrer-Verhältnis oft bestimmend sind. Das erwies sich nicht immer und in jedem Fall als ein Nachteil. Für diese Generation, die nach dem Krieg ihre Ausbildung aufnahm, gab es kein gespanntes, gequältes oder rebellisch aufbegehrendes Verhältnis zu den Lehrern. Mit einer Lehrergeneration, die die Jugend nach falschen, verderblichen oder einfach untauglichen Grundsätzen erzogen hatte, aufzuräumen, dazu war diese Generation eher an- als abgehalten worden. Da sie durch Faschismus und Krieg über keine hinreichende Bildung verfügte, empfand sie auch keine allzu große Ehrfurcht vor den Lehrern, die zugelassen waren, sie auszubilden. Diese Generation gewöhnte sich daran, Autoritäten nicht zu verehren, sondern ihnen mehr abzuverlangen als anderen. Sie verhielt sich ausgesprochen nüchtern, auch ohne große geistige Noblesse. Zugleich wäre es ihr lächerlich erschienen, alle Spannungen aus einem Lehrer-Schüler-Konflikt zu erklären. Dazu hatte sie selbst zu viele Konflikte erlebt und durchgestanden. Wenn es Widerstände gab, dann wurden sie schnell und gründlich in der robusten Art der Zeit aus dem Wege geräumt. Für Reflexionen darüber fand man weder Zeit, noch bestand danach ein Bedürfnis. Dafür aber existierte eine große Bereitschaft, etwas zu lernen. Vielleicht gerade weil die Voraussetzungen so dürftig waren, war die Bereitschaft so groß. Wo Kenntnisse angeboten wurden, nutzte man sie.

Aus dieser Generation kamen die jungen Leute, die Brecht mit der älteren Generation der ehemaligen Emigranten zusammenzuführen suchte. Das war aber auch der einzige Grundsatz, der der Einstellung zugrunde lag. Wer in den Anfangsjahren zum Berliner Ensemble kam, wer zum Schülerkreis Brechts stieß, das unterlag keineswegs überlegter Planung und gründlicher Auswahl, sondern erfolgte oft ganz spontan. Vieles, was später wie planvolle Entwicklung aussah, hatte der Zufall geregelt.

Der Schülerkreis am Berliner Ensemble entstand aus den ganz pragmatischen Anforderungen der Inszenierungspraxis. Benno Besson, den Brecht schon in Zürich für die Berliner Arbeit gewonnen hatte, wurde zuerst als Regisseur akzeptiert und für selbständige Aufgaben herangezogen. Aufgewachsen in der Schweiz, unterschied er sich schon durch seine anders verlaufene Entwicklung von den übrigen. Obwohl er früher mit Brecht-Texten in Berührung gekommen war, hatte er doch keinen allzu großen Vorsprung. Wie die anderen, so mußte auch er sich in die Methode und das Gesamtwerk Brechts erst einarbeiten. Auf Empfehlung von Ruth Berlau wurde dann Peter Palitzsch verpflichtet. Er kam aus Dresden, wo er bereits als Dramaturg tätig gewesen war. Im Berliner Ensemble wurde er als Fachmann für graphische Gestaltung, für Werbung und Drucksachen, für Programmheftgestaltung eingesetzt. Ruth Berlau erzählte Brecht, daß das ein Mann sei, der Bilder anzuschauen verstehe, der stundenlang über drei Bilder nachdenken könne, um sie dann so oder so zu verwenden. Der Sinn für Farben, für bildhafte Gestaltung erwies sich später tatsächlich als eine wesentliche Stärke seiner Regiearbeit. Doch Palitzsch betätigte sich keineswegs als ruhiger Bildbetrachter und Szenenfotosammler. Beeindruckt von der materialistischen Dialektik, die er, wie damals allgemein üblich, zu studieren begonnen hatte, verwickelte er sich in viele Streitgespräche. Auch Brecht hörte er keineswegs ruhig zu, sondern widersprach häufig. „Palitzsch hatte immer etwas einzuwenden und zu fragen. ‚Warum gerade das?‘ Brecht wurde dann sehr schnell diktatorisch zu den Schülern.“[114] Durch diese Haltung und durch seine Physiognomie wurde er zu jenem „intellektuellen Typ“, den man einerseits bewunderte, andererseits haßte, in Berliner Theaterkreisen aber charakteristisch für das Berliner Ensemble hielt.

Wenn Brecht von Anfang an Benno Besson für einen Regisseur hielt und bei Peter Palitzsch gar nicht daran dachte, ihm Regieaufgaben zu übertragen, war Egon Monk der allererste, der eine selbständige Regieaufgabe übertragen bekam. Bereits für die „Biberpelz/Roter Hahn“-Inszenierung zeichnete er als Regisseur. Sofern man bei Brecht überhaupt von einem Lieblingsschüler sprechen kann, kam da nur Egon Monk in Betracht. Als Arbeiterjunge im Berliner Norden aufgewachsen, hatte er im Frühjahr 1948 als Zwanzigjähriger eine Gruppe junger Schauspieler zusammengestellt, die sich mit der Dichtung Brechts beschäftigte, soweit sie überhaupt zugängig war. Mit dieser Gruppe veranstaltete er Literaturabende in Gasthaussälen, vor allem aber in Betrieben, im Rahmen der Gewerkschaft. Als Brecht nach Berlin kam, stellte sich Monk dem Dichter im Februar 1949 mit dem Programm seiner Truppe im Foyer des Deutschen Theaters vor. Einleitend sprach er einen Kommentar zu Brecht und endete sein Programm mit dem Gedicht „An die Nachgeborenen“. Die sehr sensible und doch ganz unpathetische Art, in der Monk seinen Text vortrug, beeindruckte Brecht. Auch imponierten ihm die Erfahrungen, die diese Gruppe bei ihren Auftritten vor einem Arbeiterpublikum gesammelt hatte. Darauf war er neugierig. Auf diese Weise stießen Egon Monk und Isot Kilian, die zur Gruppe gehörte, zum Berliner Ensemble, noch ehe es richtig existierte. Was Brecht beim ersten Anhören an Monk gefallen hatte, schätzte er auch später. Als Berliner verfügte Monk nicht nur über einen urwüchsigen Humor, sondern auch über jene „Trockenheit", die Brecht vor allem haben wollte, um auf der Bühne das hohle Pathos auszutilgen. Die hohen Dinge der Theorie und Poesie bekamen in Monks Diktion einen ganz anderen Bezug, wurden umgänglicher, praktischer. Was Brecht auf der Bühne wollte, poetische Vorgänge ganz „trocken" darzustellen, fand er bei Monk im täglichen Umgang realisiert. Das faszinierte ihn, wie alles, was er selber nicht genügend besaß. So hielt er Monk auch am ehesten für geeignet, Goethes „Urfaust" auf die Bühne zu bringen, und zwar in der Weise, wie Brecht das Stück sah. Daß das Unternehmen schiefging, lag nicht an Monk, obwohl sich die Presse vorwiegend an ihn hielt. Danach machte er noch die „Gewehre der Frau Carrar" mit Helene Weigel, bis er eines Tages sang- und klanglos verschwand. Ein Angebot aus Stuttgart nahm er zum Anlaß, sich von Brecht zu trennen. Es war nicht gerade die feine Art, wie Monk das Theater verließ, das seine Lehrstätte gewesen war, obwohl er auch seine Gründe hatte. Nachdem er mit selbständigen Regiearbeiten hervorgetreten war, wollte er mehr als 600 Mark Gage haben. Und dann sagte ihm das neue Stück, das er machen sollte, Strittmatters „Katzgraben", gar nicht zu. Brecht, der alles unternahm, um Monk zur Rückkehr zu bewegen, und ihm Mitarbeiter nachschickte, war über das Verhalten dieses Mannes tief enttäuscht. Die Art, wie ein Mitarbeiter, ein Schüler von ihm wegging, verletzte ihn.

Nur kurze Zeit zählte Claus Hubalek zum Schülerkreis;

er ging 1952 als Schriftsteller nach Westberlin. Im Berliner Ensemble arbeitete er hauptsächlich an der Fassung „Biberpelz/Roter Hahn“ und an der „Theaterarbeit“ mit. Ihm übertrug Brecht die Aufgabe, die Dramaturgie für eine Szenenfolge zu übernehmen, die er aus dem Material einer westdeutschen Zeitungsmeldung zu montieren beabsichtigte. Im „Spiegel“ war zu lesen gewesen, daß man denselben Mann, durch dessen Machenschaften Bonn zur Hauptstadt und zum Regierungssitz des westdeutschen Staates geworden war, zum Vorsitzenden eines Ausschusses gewählt hatte, der ebenjene Machenschaften untersuchen sollte. Das kleine, revueartige Stück wollte Brecht dem „Zerbrochnen Krug“ voranstellen, um den aktuellen Bezug der Kleistschen Richter-Geschichte zu betonen. Dazu kam es nicht, weil Therese Giehse, die Regisseurin der „Krug“-Einstudierung und Darstellerin der Marthe Rull, fürchten mußte, nach einer solchen Aufführung an Bühnen der BRD nicht mehr beschäftigt zu werden. Hubalek, der sich später als geschickter Dramatiker erwies, wäre für diese Aufgabe ohne Zweifel der richtige Mann gewesen.

Auf eine sehr originelle Weise stieß Manfred Wekwerth zum Berliner Ensemble. Nach dem Krieg zunächst als Neulehrer tätig, hatte er in Köthen eine Laienspielgruppe aufgebaut. Um die Premiere der „Gewehre der Frau Carrar“ besonders attraktiv zu machen, lud er Brecht nach Köthen ein. Die so aufgemachte Meldung in der örtlichen Presse schickte er Brecht. Der Dichter kam natürlich nicht. Dafür geschah jedoch etwas, woran selbst die Köthener Laienspieler nicht im Traume gedacht hatten. Helene Weigel beorderte die beiden Autobusse, mit denen das Ensemble sonst auf Tournee ging, nach Köthen, um die Laienspielgruppe nach Berlin zu holen. Bei der Aufführung in Berlin waren viele führende Theaterleute und Politiker anwesend, so Paul Dessau, Wolfgang Langhoff, Therese Giehse, Paul Rilla, Hans Rodenberg, Paul Wandel. Wekwerth hielt zunächst Paul Dessau für Brecht, weil er einen bedeutenderen Eindruck auf ihn machte. Im Unterschied zu allen anderen, die die Vorführung der Laiengruppe über alle Maßen lobten, kritisierte Brecht sehr hart. Am meisten verärgerte ihn die Schlußlösung, die Wekwerth gefunden hatte. Als die Carrar am Ende des Stückes zum Gewehr greift, ließ Wekwerth den Darsteller des Arbeiters Pedro, Erich Franz, vor den Vorhang treten und das Gedicht „An meine Landsleute" sprechen: „Ihr Männer, greift zur Kelle, nicht zum Messer!" Aufschlußreich war diese Lösung insofern, als sie Schwierigkeiten der damaligen Politik markierte mit ihrer Wendung von der Friedenspolitik der unmittelbaren Nachkriegsjahre zu einer Friedenspolitik, die nicht auf Bewaffnung verzichten konnte. Daß man nicht dem Stück und der im Stück dargestellten konkreten Situation vertraute, verstimmte Brecht. Auch fand er die Inszenierung zu „dampfig", zu aufgedreht. Nur den Hauptdarsteller, einen Arbeiter, der einen Arbeiter spielte, lobte er. Ihm bot er, als er sich von den Laienspielern verabschiedete, sofort an, als Schauspieleleve am Berliner Ensemble zu bleiben. An diesem Abend konnte Wekwerth seine Enttäuschung nicht verbergen und wollte schon anderntags früh zurückfahren, als ihn Brecht auf der Treppe zur Probebühne in der Reinhardtstraße traf. Er richtete ein paar Worte an ihn und meinte, für ihn gebe es ja noch viel zu lernen, aber wenn er nichts anderes plane, könne er am Berliner Ensemble arbeiten. So wurde Wekwerth dann von Helene Weigel als Regieassistenteneleve eingestellt.

In diesen ersten Jahren gab es etwa zwölf junge Leute, die als Assistenten auf verschiedenen Gebieten arbeiteten, nicht immer auf dem, für das sie ursprünglich eingestellt worden waren. Aus Schwerin empfahl Ruth Berlau Wolfgang E. Struck, der als Dramaturg engagiert wurde, aber meist als Schauspieler tätig war. Aus Greifswald holte sie Hans Bunge, der an der Universität ein Studententheater leitete. Von der Leipziger Universität kam Käthe Rülicke. Isot Kilian, eine Schauspielerin, die nach dem Krieg als Sprecherin des DEFA-Augenzeugen und im Rundfunk arbeitete, wechselte zum Berliner Ensemble über. Heinz Kuckhahn, mit dem Brecht bereits Anfang der dreißiger Jahre gearbeitet hatte, holte er gleich nach der Rückkehr zu sich. In der ersten Zeit gehörten auch Lothar Bellag, Wolfgang Böttcher, Lothar Creutz, Claus Küchenmeister, Carl Maria Weber, Wera Skupin (Küchenmeister) zum Schülerkreis um Brecht. Da Brecht seine Inszenierungsarbeit als eine öffentliche Sache betrachtete, saßen über den engeren Schülerkreis hinaus noch weitere junge Leute im Theater, die sich mehr oder weniger auch als Brecht-Schüler betrachteten, aber keine festen Verträge besaßen. Bei den Inszenierungen ging es zu wie in den besten Zeiten an den Universitäten: wer zuhören wollte, konnte zuhören, man konnte aber auch wegbleiben. Interessierte waren zur Mitarbeit eingeladen. Natürlich gab es einen Unterschied zu dem Kreis der festen Mitarbeiter, der durch die tagtäglichen Aufgaben des Theaters ganz anders gefordert wurde. Aber vieles in dieser Zeit erinnerte an Brechts eigene Theaterarbeit in den Jahren der Weimarer Republik, als er bestimmte Projekte kollektiv betrieb und zur Mitarbeit einlud. Es zählte dazu, wer sich an der Arbeit beteiligte.

Homogen und in sich geschlossen war dieser Kreis keineswegs. Nichts ist weniger zutreffend als die später aufgekommene Bezeichnung „rotes Kloster". Brecht ließ sich erzählen, welche Leute etwas von ihm aufführten oder über ihn geschrieben hatten. Wurde das Ergebnis gelobt, riet er meistens dazu, den Mann oder die Frau ans Theater zu holen. Wekwerth war einer der wenigen, dessen Arbeit Brecht selbst gesehen hatte. Als sich Wekwerth bei Palitzsch vorstellte und ihm mitteilte, er sei eingestellt, erwiderte der: „Hier wird ja jeder engagiert, der etwas von Brecht oder über Brecht gemacht hat."

Innerhalb der lockeren, sich schnell verändernden Zusammensetzung der Schüler gab es nur die Gruppierung nach männlichen und weiblichen Mitarbeitern. Bei Brecht blieb nie aus, daß bei den Frauen aus dem Mitarbeiterverhältnis ein Liebesverhältnis wurde. Dabei ging es ihm nicht ausschließlich um sexuelle Eroberungen, meist entwickelte sich eine echte Partnerschaft, an der er auch festhielt, wenn er bereits wieder eine andere Beziehung eingegangen war. Schon deshalb war innerhalb des Schülerkreises den Frauen ein anderer Zugang zu Brecht möglich. Über sie erhielt er die meisten Informationen. Bei einer solchen Lage der Dinge konnte es gar nicht anders sein, daß Brecht durch die Frauen erfuhr, wie diese oder jene Aufgabe von seinen jungen Mitarbeitern angepackt wurde, wer sich nicht ordentlich für eine Sache eingesetzt hatte und so weiter und so fort. Wenn sich diese Art der Beeinflussung, gegen die sich die Betroffenen durchaus zu wehren wußten, gelegentlich zum Nachteil der männlichen Schüler auswirkte, insgesamt erwies sie sich als außerordentlich positiv. Brecht, eingesponnen in seine Arbeit, in seine Theaterwelt, besaß wenig Kontakt zum tagtäglichen Leben, zu den Vorgängen in der Republik. Er war auf Informationen angewiesen. Günstig erwies sich da, daß er in Isot Kilian und Käthe Rülicke zwei Mitarbeiterinnen hatte, die über neue gesellschaftliche Erfahrungen verfügten, die er nicht aus eigenem Erleben kannte, auf die er aber neugierig war. Käthe Rülicke hatte nach 1945 einen Bildungsweg eingeschlagen, der das Neue in der Republik der Arbeiter und Bauern kennzeichnete. Sie besuchte die Arbeiter-und-Bauern-Fakultät und studierte dann an der Universität Leipzig bei Hans Mayer. Über sie erfuhr Brecht, wie es im Land – und nicht nur in Berlin – aussah, wie die Menschen über diese und jene politische Entscheidung dachten, wie junge Menschen auf gesellschaftliche Veränderungen reagierten, wie weit sie in die faschistische Ideologie verstrickt gewesen waren und wie und in welcher Art sie sich davon lösten. Da Brecht zeitlebens ein Mensch war, der trotz eigener Beobachtungen ständig Informationen brauchte und Informationen zu verarbeiten verstand, muß diese Beeinflussung durch die Frauen hoch veranschlagt werden. Hinzu kam, daß beide, Isot Kilian und Käthe Rülicke, sich durch ihre Mitarbeit in gesellschaftlichen Organisationen politisch gut auskannten und daß sie auch offiziell beauftragt wurden, Brecht über bestimmte Vorgänge zu unterrichten.

Brecht trat der Jugend, die im Faschismus großgeworden war, vorurteilslos gegenüber. Die Vorsicht und auch das Unbehagen von Emigranten, die sich fragten, wie denn diese Jugend reagieren werde, ob man von ihr verstanden würde, gab es bei ihm nicht. Hier vertrat er den Standpunkt, in der konkreten Arbeit werde sich das Verhältnis zueinander klären. Brecht fürchtete sich weder vor dieser Jugend, noch schien es ihm notwendig, ihr gegenüber mit einer besonderen pädagogischen Mission aufzutreten. Insofern verhielt er sich zu ihr ganz normal, das heißt auch ohne die großen Erwartungen, die vor allem auf politischem Gebiet immer wieder mit der Jugend verbunden wurden. Es gab durchaus Situationen, wo er sich mit ihr insgesamt ganz herzlich verbunden fühlte, wie bei den großen Jugendtreffen, für die er sich ja stets auch mit künstlerischen Arbeiten engagierte. Andererseits konnten ihn die Diskussionen mit Jugendlichen über Theater und Literatur selten befriedigen.

Da die meisten seiner Schüler von ihm lernen wollten, wie man Regie führt, oblag ihm eine sehr schwierige Aufgabe. Auf künstlerischem Gebiet etwas zu lehren ist an sich schon schwierig, doch jemand zu befähigen, Regie zu führen, wird noch heute von nicht wenigen Theaterleuten als eine Sache betrachtet, die man schulmäßig weder lehren noch lernen könne. Nun, schulmäßig wollte sie Brecht auch nicht lehren, dazu fehlte ihm das systematische Herangehen, obwohl er davor immer den größten Respekt hatte. Er kam zu seinen Schülern nicht mit einem thematischen, konzeptionellen oder methodischen Anliegen. Seine Einfälle, vor allem seine weitgespannten Verallgemeinerungen brauchten ein vorprogrammiertes Chaos, eine organisierte Spontanität. War eine solche Situation gegeben, dann erwies er sich auch als Meister der Konklusion. Zum Erstaunen seiner Zuhörer taten sich plötzlich Einsichten auf, wurden Entwicklungen sichtbar, die vorher gar nicht denkbar schienen. Er beließ die Dinge in ihrer Widersprüchlichkeit, aber mit einem Gedanken stellte er einen Zusammenhang her, der sich theoretisch ausbauen ließ. Wenn ein Schauspieler fünf realistische Details anbot, die überhaupt nicht zusammenpaßten, fand Brecht den Zugriff, der die Einzelheiten aus einer Gesamtheit erklärte. Dieses Talent, Denkfähigkeit, dialektisches Vermögen wie die Stimmigkeit einer mathematischen Gleichung vorzuführen, darin bestand eine ganz wesentliche Seite seiner Faszination als Lehrer. Wenn er immer davon sprach, daß Lernen vergnüglich sein müsse, so ergab sich das bei ihm vor allem aus seinem ungewöhnlichen Kombinationsvermögen, aus einer Vielzahl von Details und Vorgängen Zusammenhänge sichtbar zu machen, was oft Entdeckungen gleichkam.

Trat er mit einer bestimmten Absicht, mit einem genau abgesteckten Ziel vor seine Assistenten, konnte man sicher sein, daß er dabei nicht lange bleiben würde. Die Unart, vom Hundertsten ins Tausendste zu kommen, war eigentlich die ihm gemäße Methode. Manfred Wekwerth erinnerte sich an folgenden Vorgang: Brecht rief seine Assistenten zusammen, um die Besetzung von Molières „Don Juan“ zu besprechen. Benno Besson sollte das Stück inszenieren, Ernst Busch die Titelrolle spielen. Brecht begann mit der Frage: Kann Busch den Don Juan spielen? Dabei erklärte er, wie er den Don Juan sah. Den Aristokraten faßte er als ein verfeinertes Produkt auf, als absoluten Parasiten, einen übersättigten Konsumenten. „Wie würde bei Busch die Szene wirken, in der er angezogen wird bis auf die Fingerringe? Sie würde wirken, wie wenn Busch darüber lachte. Diese Szene muß aber wie ein Naturvorgang sein. Don Juan kann sich nicht selbst anziehen ... Bei Busch käme ein Renaissance-Mensch heraus, der die Last des Mittelalters abgeworfen hat. Seine Freiheit zeigt er sexuell. ... Kurz: Was interessiert uns an Busch? Wir wollen haben: seine Kraft, seine Kälte, seinen Zynismus. Aber diese Dinge sind bei Busch klassengebunden. Den Zynismus bekommt man nicht frei für einen Aristokraten."[115] Brecht war also der Meinung, Busch könne als Schauspieler nicht zeigen, wie man eine Frau durch imponierendes Auftreten, durch betörendes Reden umwirbt, er kneife sie einfach in den Arsch. Aus dem Fazit, daß Busch den Don Juan nicht spielen könne, entwickelte er den Gedanken, daß es eine sehr aufschlußreiche Sache wäre, wenn Busch einmal den Preußenkönig, den „alten Fritz", spielen würde. Daraufhin entwickelte er die Idee vom „Müller von Sanssouci". Der König werde genötigt, den Müller zu prügeln, damit der Gerechtigkeit verlange. (Die Idee wurde dann von Peter Hacks zu einem Stück ausgebaut.) Dieser Einfall wiederum führte ihn zu der Erklärung, daß ein so proletarischer Schauspieler wie Busch einmal einen Aristokraten spielen müsse. Damit sei allein schon von der Besetzung her eine Verfremdung eingebracht. Am geeignetsten wäre da der „Coriolan" von Shakespeare. Nun ging er auf den „Coriolan" ein und fand es ganz interessant, wenn jeder der Schüler einmal eine Szene aus dem englischen Original übersetzen wurde. Das Fazit der Besprechung war: Das Theater hatte noch keine Besetzung für den „Don Juan", die gefundene Idee zu einem Stück über den „alten Fritz" wurde auch nicht weiterverfolgt, dafür beschäftigten sich die Assistenten jetzt alle mit dem „Coriolan". Pädagogisch gesehen, waren solche Gespräche ein Fiasko, aber im

Fiasko – welche Fülle von Gedanken, Anregungen und Einsichten. Die später veröffentlichten „Coriolan"-Gespräche mit den Schülern dagegen waren „gestaltet", nach dem Vorbild der Sokratischen Methode modelliert.

Weil Brecht wußte, daß sich seine Produktivität am besten in Gesprächen entfaltete, bei denen er von einem ins andere geriet, hielt er seine Schüler an, immer mitzuschreiben. Vor allem sollten sie Stenographie lernen, damit sie auch wirklich alles wortwörtlich protokollieren konnten. Seine Gedanken in einem großen Essay auszubreiten und zu ordnen, wie Thomas Mann das handhabte, lag ihm gar nicht. Er hatte es viel lieber, wenn ihm die im Gespräch entwickelten Gedanken auch später noch als Material zur Verfügung standen, um sie für bestimmte Zwecke montieren zu können. Deshalb mußten sie aufgeschrieben werden. Nun waren die Schüler zwar an Brechts Ausführungen stets interessiert, aber keineswegs so erbaut, ständig mitzuschreiben. Sie wollten dem Werk des Meisters und seinen Vorstellungen auf der Bühne Geltung verschaffen, aber nicht Brechts Eckermann sein. Käthe Rülicke, Isot Kilian schrieben auf, aber sonst wurde sehr wenig notiert. Brecht empfand das als Faulheit. Unsicher in der Beurteilung all dessen, was außerhalb seiner konkreten, einsehbaren Arbeit lag, wußte er wenig von dem, womit sich seine Schüler sonst noch beschäftigten. Ihren Fleiß, ihr Interesse maß er vor allem daran, ob sie von den jeweiligen Inszenierungen Bilder klebten und beschrifteten. Das wiederum hing mit seiner Entdeckung des Gestischen zusammen. Obwohl Brecht ein großer Meister der Sprache, des Dialogs war, ging er immer zuerst von dem körperlichen Material, von Gesten, Haltungen, Stellungen aus, bevor sie in Sprache umgesetzt wurden. Solche Haltungen, die ebensoviel Erfindungskraft verlangten wie Ideen, wollte er festgehalten wissen. Bei diesen Klebearbeiten erwies er sich geradezu als graphischer Fetischist. Da mußte alles akkurat gearbeitet sein. Wer das verstand, konnte sich bei ihm beliebt machen. Sowenig er auf plumpe Schmeicheleien hörte, so leicht ließ er sich mit solchen Klebearbeiten beeindrucken und beeinflussen. Wer mit einigen Metern Klebearbeit aufwarten konnte, hatte bei ihm gewonnen. Wer aber auf diesem Gebiet nichts tat, galt als faul, desinteressiert und damit unbegabt. Die Assistenten wie Monk, Wekwerth, Palitzsch, Hubalek, Böttcher wollten aber Regie führen. Daß Bilderkleben die beste Methode sei, das zu lernen, wie Brecht ihnen erklärte, schien sie nicht zu überzeugen.

So hatte Brecht in den fünfziger Jahren oft über die Faulheit seiner Schüler zu klagen. Wenn es von seiner Seite auch nicht an Bereitschaft fehlte, einzelne Leistungen hervorzuheben, Gedanken und Anregungen aufzugreifen, Initiativen zu begrüßen, hielt er sie im Vergleich zu sich selbst in ihrem Gesamtverhalten doch für faul. Als Lehrer, und der wollte er ja durchaus sein, konnte er das nicht gleichmütig hinnehmen. So verfuhr er in diesem Punkt ganz wie ein Lehrer. Er ordnete schriftlich an: „Ich bitte alle Regie-Assistenten, jeden Tag um 10.00 Uhr spätestens im Büro vorzusprechen und sich Notizen zu machen über die Tätigkeit jeden Tages. Die Notizen sind am Samstag jeder Woche bei Frl. Rülicke abzugeben. Brecht."[116] Doch die drastischen pädagogischen Schritte änderten nichts. Brecht blieb mit seinen Erziehungsmaßnahmen weiterhin erfolglos. Überhaupt scheint 1952 in pädagogischer Hinsicht am Berliner Ensemble ein schwarzes Jahr gewesen zu sein. Im Dezember, einige Tage vor Weihnachten, erhielten die Assistenten wiederum eine Einschätzung ihrer Arbeit. Diesmal ging Brecht pädagogisch geschickter vor. Er lobte erst einmal, was an Leistungen von jedem einzelnen vorlag. Dann suchte er sich zur Bereitschaft seiner jungen Leute vorzutasten, ihm doch einmal zu sagen, worin ihrer Meinung nach die Ursachen des unbefriedigenden Zustands lagen.

Über die Arbeit der Dramaturgen, Regisseure, Assistenten und Schüler des Berliner Ensembles.

Leistungen

Die Programme und Plakate (Palitzsch)
Theaterarbeit (Berlau, Hubalek, Palitzsch, Rülicke)
Modellbücher (Berlau)
Auerbachs Keller und Gartenszene aus URFAUST (Monk)
Don Juan (Besson)
Hans Garbe erzählt (Rülicke)

Schwächen

Die Arbeit beim B. E. ist aufgebaut auf dem Interesse, das die Mitarbeiter am Theater nehmen, dem eigentlichen Gradmesser des Talents. Die Chancen, die das B. E. für die Erlernung des Theatermachens eröffnet, werden ganz unzureichend ausgenutzt. Die Initiative ist oft so gering, daß die Leitung sich versucht fühlt, bürokratische Methoden einzuführen (mit kontrollierter Arbeitszeit, Beharren auf Terminen usw.), die Abendregie wird ganz allgemein so oberflächlich und mechanisch durchgeführt, daß man zweifeln muß, ob die Abendregisseure die Prinzipien der Regie verstanden haben und wissen, was es an Erarbeitetem in den Aufführungen zu erhalten gilt. Sogar die schon selbständigen Regisseure studieren die Modellbücher nicht und zeigen wenig Kenntnis und Schätzung des Guten und Neuen. Niemand scheint verstanden zu haben, daß die Herstellung der Modellbücher eine außerordentliche Gelegenheit eröffnet, das Regieführen und Kritisieren zu erlernen. Die Diskussion der Katzgraben-Bearbeitung im erweiterten Kreis war beschämend. Die Mehrzahl stand diesem wichtigen Versuch, dem Theater eine dichterische Lösung seiner neuen politischen Aufgaben zu geben, hochmütig, d. h. hilflos gegenüber. Die politischen Interessen zeigen sich so schwach wie die künstlerischen.

Konklusion

Ich bitte um rückhaltlose Hinweise mit konkreten Belegen,

woran ich es fehlen lasse, und um Vorschläge, was ich tun muß, damit hier eine Besserung eintritt.

Dezember 1952 Bertolt Brecht[117]

Einen solchen Brief empfand Brecht nicht als pädagogische Pflichtübung, nicht als etwas, das eben sein mußte. Über das Verhalten seiner Schüler konnte er sich echt erregen. Was er als neu empfand und mit viel Mühe einsehbar zu machen versuchte, wollte er nicht nur gewürdigt, sondern erarbeitet wissen. Er fühlte sich persönlich verletzt, daß seine Schüler – wie er meinte – so wenig Interesse dafür aufbrachten. Schon einige seiner Formulierungen deuten darauf hin, daß es ihm um Grundsätzliches, um die Einstellung zur künstlerischen Arbeit ging. Als Gradmesser des Talents betrachtete er das Interesse. Ein solcher Grundsatz war aus dem eigenen Verhalten zur Arbeit abgeleitet, aber deshalb nicht weniger allgemeingültig. Brecht konnte sich nicht vorstellen, daß ein künstlerisch veranlagter Mensch nicht fortgesetzt über das nachdenkt, woran er gerade arbeitet. Das Bedürfnis, sich außerhalb der Arbeit, in der sogenannten Freizeit, entspannen zu müssen, war für ihn nur ein anderer Ausdruck für Desinteresse, Faulheit. Als Ruth Berlau Brecht einmal wegen des rigorosen Urteils über die Schüler kritisierte und ihn darauf hinwies, daß er früher nicht so ungeduldig mit seinen Mitarbeitern verfahren sei, antwortete er verärgert, jetzt habe er Angestellte und keine Schüler.[118] Daß die Schüler nicht so faul gewesen sein konnten, wie es Brecht gelegentlich sah, bewies ihre spätere Entwicklung. Sie nahmen neben der Arbeit indessen auch das Recht der Jugend für sich in Anspruch. Was Brecht früher von seinen engsten Mitarbeitern verlangt hatte, sich bedingungslos auf ihn einzustellen, sich mit ihrem ganzen Privatleben ihm auszuliefern, ließ sich unter den neuen Arbeitsverhältnissen natürlich nicht auf den ziemlich groß gewordenen Mitarbeiterstab und Schülerkreis ausdehnen. Wurde ein solcher Anspruch erfüllt, dann noch immer von den Frauen.

In seinem Dezemberbrief an die Assistenten erwähnte er, Modellbücher herzustellen befähige dazu, das Kritisieren zu erlernen. In seinem Werk nahm das kritische Verhalten eine derart zentrale Funktion ein, daß es völlig selbstverständlich ein Moment der Lehre und des persönlichen Umgangs bildete. War doch seine gesamte Methode auf eine kritische Haltung hin ausgerichtet. Brecht schien schöpferische Arbeit ohne Kritik ganz und gar undenkbar. Kritik empfand er als ein Element des Produktiven. „Die großartigste Eigenschaft des Menschen ist die Kritik, sie hat die meisten Glücksgüter geschaffen, das Leben am besten verbessert.“[119] Keiner hat größere Lobeshymnen auf kritisches Verhalten geschrieben als Brecht. Wenn er sich zur Bedeutung der Kritik äußerte, wurde seine Diktion ebenso feierlich wie die Kants, wenn dieser über die Kategorie der Pflicht reflektierte. Zum kritischen Verhalten gehörte für ihn ebenso, sich auf Kritik einzustellen, sie zu verwerten. Wer eine solche Haltung lehrte, begab sich als Lehrer auf den Prüfstand. Zwar stimmt der Satz nicht immer, daß Kritisieren leichter sei, als Kritik zu ertragen, doch stellt sich hierbei oft heraus, daß sich die Verkünder von Maximen vielfach schwertun, diesen ihren Maximen selber gerecht zu werden. So verhielt es sich bei Brecht, der kritisches Verhalten vorzüglich zu lehren verstand, selbst aber Kritik, vor allem Kritik von jedermann, nur schwer ertrug. Sich kritisch zu verhalten, lehrte Brecht auf die vielfältigste Art. Am produktivsten empfanden die Schüler seine Kritik, wenn er in ihre Arbeiten, in ihre Arbeitsergebnisse eingriff und mit wenigen Änderungen, Weglassungen, Umstellungen etwas auf den Punkt, auf Glanz brachte. Das verstand er hervorragend, und das blieb auch nicht ohne Bewunderung. Aber nicht immer kritisierte er kunstvoll, überlegen, mit Nutzen für den Kritisierten, er machte gelegentlich auch Mitarbeiter unbeherrscht herunter. In seinen Wutanfällen, die er ebenso plötzlich wie überlegt inszenieren konnte, verlor er dann alles Maß und alle Fairneß. Er überschlug sich in der Wortwahl, um die Sache, die ihm nicht paßte, als so verbrecherisch wie nur möglich hinzustellen.

Daß sich Brecht zur Kritik nicht immer nur selbstprüfend und verständnisvoll verhielt, zeigte sich bereits im engen Freundeskreis. Doch hier behielt auch die heftigste Kritik den familiären Ton, der leichter zu ertragen war, weil beide, der Kritiker wie der Kritisierte, um die konkreten Umstände und Beweggründe genau Bescheid wußten. In den fünfziger Jahren arbeitete Brecht aber mit einer Vielzahl von Menschen zusammen, zu denen er oft keine anderen Beziehungen hatte als die, die sich aus der konkreten Arbeit ergaben. Die Kritik bekam unter solchen Verhältnissen einen anderen Ton, den normalen. Hier zeigte sich, daß er Kritik schlecht vertrug, daß er sie im Grunde haßte, aber klug genug war, einzusehen, daß er sie als Arbeitsprinzip benötigte. Nun wirkt pure Kritik im künstlerischen Arbeitsprozeß selten produktiv. Etwas Neues vorzustellen, sei es auf dem Papier oder auf der Bühne, ist ein Vorgang, der durch Kritik zunächst eher erstickt als gefördert wird. Vor allem auf der Bühne bedarf der, der etwas zeigen will, das andere beeindrucken, überraschen soll, sehr der Ermutigung, denn er muß vom Alltäglichen und Gewohnten abstrahieren. Was er zeigen will, muß er groß herausstellen. Dazu braucht es Mut. Um einen solchen Vorgang zu bewältigen, ist nicht nur Können nötig, da müssen auch vielerlei Hemmungen, Unsicherheiten abgebaut werden. Das ist bei jedem schöpferischen Vorgang so, sei es nun ein neuer Gedanke auf dem Papier oder eine neue Geste auf der Bühne.

Brecht sah sich deshalb im Arbeitsprozeß auch stets einer zwiespältigen Empfindung ausgeliefert. Einerseits wußte er, daß er in einer solchen Situation nur Zustimmung vertrug, andererseits verlangte es ihn nach kritischer Wertung, um zu neuer Sicht und Einsicht zu kommen. Deshalb rief er nach Aufführungen und Durchlaufproben immer Leute an und bat sie um ihre Meinung. Nun ist Kritik zwar sicher so notwendig, wie sie Brecht beschrieb, selten aber so freundlich, so bergeversetzend, wie sie sein sollte. Auch wenn sie von wohlmeinenden Freunden kommt, ist sie das nicht. Das liegt in der Natur der Sache. Im künstlerischen Arbeitsprozeß erzeugt Kritik schon deshalb Abwehr und Unwillen, weil ein schöpferischer Vorgang stets mit einem Grad der Erschöpfung verbunden ist, der nicht immer physisch zu sein braucht. Wer mit großen Anstrengungen etwas zustande gebracht hat, kann nicht befriedigt sein, wenn er wieder in die Krise gebracht wird. Aber das bedeutet Kritik. Mit diesem Widerspruch werden Menschen beim Bewältigen einer Aufgabe selten fertig. Es ist eigentlich ganz natürlich, daß sie auf Kritik in einer solchen Situation eher abwehrend, wütend, gereizt reagieren. Und Brecht machte da keine Ausnahme.

Eine Episode ist sehr aufschlußreich für sein Verhältnis zur Kritik wie zu seinen Schülern. Die Regiearbeit am Schlußbild von Strittmatters „Katzgraben“ gestaltete sich recht schwierig. Gezeigt werden sollte die Bereitstellung von Traktoren, die den Kleinbauern ermöglichte, sich gegenüber den Großbauern zu behaupten. In dieses Bild versuchte Brecht, dem die Kritik die ständig wiederkehrenden Grautöne in seinen Inszenierungen vorwarf, Farbe hineinzubringen. Von der Szene sollte Zuversicht ausgehen, denn die dramaturgische Aufbereitung der Fabel lief auf diesen Punkt hin. Es wurde vieles ausprobiert und oft geändert, aber bis zuletzt blieb das Bild problematisch. Da gerade Peter Palitzsch nach längerer Abwesenheit wieder im Theater eintraf, war Brecht erfreut, auf jemand zu treffen, der unbeeinflußt vom bisherigen Für und Wider seine Meinung sagen konnte. Brecht fragte: „Palitzsch, wie finden Sie das?“

Palitzsch, mit seinem feinen Empfinden für farbliche Abstufungen und Bildgestaltung, faßte seinen Eindruck in einem Wort zusammen: „Mörderisch!“ Er artikulierte es sächsisch und sagte: „Mörderich!“ Darauf drehte sich Brecht schroff weg und ließ seinen eben angekommenen Schüler stehen. Drei Tage sprach er mit ihm kein Wort. Am vierten Tage wandte er sich dann wieder an ihn, noch immer verärgert Distanz wahrend, aber doch fragend: „Warum mörderisch, Palitzsch?“[120]

Verständigungsschwierigkeiten über die Theaterarbeit als gesellschaftlichen Auftrag

Seit Brecht über das Berliner Ensemble verfügte, gehörte es zu seinen vergnüglichsten Aufgaben, Stücke für den Spielplan auszusuchen, ihr Für und Wider zu erwägen und mit anderen zu diskutieren. Selbst in den Jahren der Emigration war er gern der Frage nachgegangen, was man spielen könnte und müßte, hätte man ein Theater. Jetzt, da er ein Theater besaß, zog jeder Vorschlag, jede Anregung eine Menge Arbeit nach sich. Doch Brecht sah in solcher Beschäftigung keine Ablenkung von seiner schriftstellerischen Arbeit. Er betrachtete sie vielmehr als Stimulans für die eigenen Projekte. Einen Tag vor der Premiere von „Wassa Schelesnowa", am 22. Dezember 1949, vermerkte er im „Arbeitsjournal": „habe für das BERLINER ENSEMBLE schnell eine bearbeitung des lenzschen HOFMEISTER gemacht. das stück war mir lange im hinterkopf. es ist meines wissens die früheste – und sehr scharfe – zeichnung der deutschen misere. als gegenstück hat es wohl nur DIE RÄUBER, wo der mensch, mensch zu bleiben, räuber werden muß. hier muß der mann, gesellschaftsfähig zu bleiben, sich entmannen."[121] So „lange im hinterkopf" dürfte er das Stück allerdings nicht gehabt haben. Zwar gab es Ende der dreißiger Jahre eine kurze Beschäftigung mit Lenz, als sich Brecht die unterschiedliche Entwicklung der deutschen Komödie im Verhältnis zur französischen klarmachte, aber über eine genauere Kenntnis der Sturm-und-Drang-Dramatik verfügte er nicht. Was es bei ihm gab, war eine lebenslange Sympathie für Dichter wie Lenz, denen die Lebensumstände es versagt hatten, ihr Talent ganz auszubilden. Brecht empfand Lenz als Kontrastfigur zu Goethe und Schiller, die im vollen Licht der Literaturgeschichte standen. Diese konstante Polemikhaltung verschärfte sich durch die Jubelfeiern des Jahres 1949 aus Anlaß des 200. Geburtstags von Goethe. Als Brecht gegen Jahresende die Bearbeitung des Lenzschen „Hofmeisters" abschloß, zog er auf seine Weise eine kritische Bilanz des Goethejahres.

Seit seiner Rückkehr aus dem USA-Exil hatte sich Brecht mehr mit Goethe beschäftigt als in all den Jahren zuvor. Dieses „Goethe-Studium" weckte nicht nur Polemik, sondern führte auch zu neuen Erkenntnissen, zu Korrekturen früherer Ansichten. Was ihn jedoch immer wieder aufbrachte, war die unkritische Sicht der deutschen Öffentlichkeit auf diesen Großmeister der deutschen Literatur. Da die Goethe-Diskussion im Zusammenhang mit den politischen Problemen stand, sah sich Brecht von einflußreichen Konzeptionen umstellt, durch die er einer wirklich realistischen Literatur und Kunst die Entwicklungsfreiheit genommen glaubte. Insofern war die Arbeit am „Hofmeister" nicht nur als Beitrag zum Aufbau des BE-Repertoires, sondern zugleich als literaturstrategische Akzentsetzung zu verstehen. Während sich in der literarischen Öffentlichkeit immer stärker die Traditionslinie Lessing – Goethe – Schiller – Heine – Fontane – Thomas Mann durchsetzte, orientierte Brecht seine Theaterarbeit auf die Linie Shakespeare – Lenz – Büchner. In Lenz und Büchner erkannte er die großen, fragmentarisch gebliebenen Anfänge einer realistischen Literatur. Dabei sparte er Goethe in seiner Traditionslinie nicht aus, nur wollte er dessen Position neu begründet wissen. In einem Brief an den Leipziger Literaturwissenschaftler und Universitätsprofessor Hans Mayer führte er seine Auffassung näher aus: „Da ist das Moment des ‚Versagens' der deutschen Klassik, dieses mehr oder weniger freiwilligen Derstellt-Euch der großen bürgerlichen Karyatiden, die angesichts des revolutionären Sodoms zu Salzsäulen erstarren. Die bedeutenden realistischen Anfänge müssen wieder etabliert werden. Die Unterdrückung

Lenzens durch die Literaturgeschichte muß man aufzeigen. Das Theater muß zurückgehen zu diesem Punkt, um vorwärtszukommen, d. h. um einen realistischen Stil der großen Gegenstände zu erarbeiten – haben wir doch den großen Stil eben nur für die idealistischen Werke überliefert bekommen! Dann ist da das Lehrerproblem des ‚Hofmeisters' als Teil der deutschen Misere, und es wäre vielleicht notwendig, die gleichnishafte Bedeutung der Entmannungsfabel zu erklären."[122]

Brecht verfolgte mit dem „Hofmeister" eine doppelte Strategie: Markierung einer ihm gemäßen realistischen Traditionslinie und stufenweise Erarbeitung der Methode des epischen Theaters, der nichtaristotelischen Dramaturgie. Die Inszenierung betrachtete er zugleich als Trainingsfeld für spätere Shakespeare-Aufführungen.

Widersprüchlich blieb Brechts Verhältnis zu den ästhetischen und politischen Grundpositionen des Sturm und Drang. Einerseits hob er diese Positionen als die „großen realistischen Anfänge" gegenüber dem „‚Versagen' der deutschen Klassik" hervor, andererseits verhielt er sich ziemlich gleichgültig gegenüber den tatsächlichen Fortschritten dieser Literaturetappe. Lenz' „Hofmeister" zählt zu den gesellschaftskritischen Werken der deutschen bürgerlichen Literatur. Der Geist der Auflehnung gegen die feudale Gesellschaft ist in allen Szenen zu spüren. „Mit der Drohung des Schulmeisters Wenzeslaus, er werde ‚handfeste Bauernkerls' zusammenrufen, um gegen die Adligen sein bürgerliches Hausrecht zu verteidigen (II,2), bekommt Lenz auch eine Form aktiver künstlerischer Kritik der Feudalverhältnisse ins dramatische Spiel hinein."[123] Kennzeichnend für die Position Lenz' ist aber auch, daß ebendieser rebellische Geist vermischt ist mit verschiedenen inkonsequenten Reformvorstellungen. Lenz versuchte, gesellschaftliche Forderungen, die sich aus den materiellen Interessen der sich entwickelnden bürgerlichen Klasse ergaben, auch mit Hilfe der progressiv denkenden Kreise des Adels zu verwirklichen. Im „Hofmeister“ machte er einen Adligen zum Sprecher seiner Reformvorstellungen. So ist die eigentlich positive Figur des Stückes nicht der bürgerliche Läuffer, sondern der Geheime Rat Herr von Berg, der für die öffentliche Erziehung eintritt und seine Haltung auch praktisch vorlebt. Er wirft den bürgerlichen Intellektuellen ihre Inkonsequenz vor; er kritisiert sie, weil sie nicht entsprechend ihren eigenen Grundsätzen leben und so die Vorrechte des Menschen verraten, auf die sie schwören. Zum Vater des Hofmeisters, dem Pastor Läuffer, gewandt, erklärt der Geheime Rat: „Mögen die Elenden, die ihre Ideen nicht zu höherer Glückseligkeit zu erheben wissen als zu essen und zu trinken, mögen die sich im Käfig zu Tode füttern lassen, aber ein Gelehrter, ein Mensch, der den Adel seiner Seele fühlt, der den Tod nicht so scheuen sollt als eine Handlung, die wider seine Grundsätze läuft ... Ihr beklagt euch so viel übern Adel und über seinen Stolz, die Leute sähn Hofmeister wie Domestiken an, Narren! was sind sie denn anders? Stehn sie nicht in Lohn und Brod bei ihnen wie jene? Aber wer heißt euch ihren Stolz nähren? Wer heißt euch Domestiken werden, wenn ihr was gelernt habt, und einem starrköpfigen Edelmann zinsbar werden, der sein Tage von seinen Hausgenossen nichts anders gewohnt war als sklavische Unterwürfigkeit?“ Darauf erwidert der Pastor Läuffer: „Das ist sehr allgemein gesprochen, Herr Rat!“[124] Dieser beiläufige Satz markiert im Grunde die weltanschauliche Scheidelinie des Stückes.

Wie allgemein die Reden des Geheimen Rates nämlich sind, ergibt sich daraus, daß dem bürgerlichen Intellektuellen alle gesellschaftlichen Voraussetzungen fehlen, um nach diesen Grundsätzen zu leben. Das wird zwar von Lenz am Schicksal des Läuffer mit großer dichterischer Symbolkraft demonstriert, aber die Handlung ist nicht so geführt, daß dadurch die Figur des Geheimen Rates widerlegt und abgebaut würde. Sie bleibt die positive Gestalt, durch die der Autor seinen fortschrittlichen Ideen Ausdruck gibt. Lenz strebte eine Veränderung der Gesellschaft durch den Appell an die herrschenden Kräfte der Zeit an. Die fortschrittlichen bürgerlichen Erziehungs- und Bildungsideale hielt er für stark genug, um dafür auch den Adel zu gewinnen. Denn wer, wie es bei Lenz heißt, „den Adel seiner Seele fühlt", wird sich auch für eine andere Lebensweise bereit finden. Die objektive Dialektik der Kämpfe hatte sich noch nicht so deutlich herausgebildet, daß für die Vertreter des gesellschaftlichen Fortschritts ablesbar war, mit welcher Klasse und auf welchen Wegen sie die neuen Ideen durchfechten mußten. Deshalb hatten die Reformvorstellungen von Lenz bei aller Inkonsequenz nichts „reformistisches" im Sinne des heutigen Sprachgebrauchs.

Brecht ließ sich auf die Widersprüchlichkeit und die Schwierigkeiten in der Darstellung der fortschrittlichen Position von Lenz überhaupt nicht ein. Sein Interesse richtete sich auf die Kritik an jenen miserablen deutschen Zuständen und auf eine Gesellschaftsordnung, die einen jungen Menschen zwang, „sich für ein Geschlechtsleben oder ein Berufsleben zu entscheiden"[125]. Was er zu zeigen beabsichtigte, war keine historisch-fortschrittliche Bewegung, sondern eine kritikfordernde verfehlte Entwicklung – jene „deutsche Misere". Brecht ging bei seiner Bearbeitung nicht von den historischen Entstehungsbedingungen und dem progressiven Anliegen Lenz' aus, sondern nahm den Fall des Hofmeisters als Parabel auf gesellschaftliche Zustände, die den Menschen in seinem ureigenen Vermögen zerstören. In der radikalen Kritik dieser Zustände und der Attacke gegen den deutschen Knechtssinn sah er seinen Beitrag zur gesellschaftlichen Umwälzung in den fünfziger Jahren. Angesichts der revolutionären Prozesse der Gegenwart konnten die Reformbestrebungen Lenz' trotz ihrer historischen Fortschrittlichkeit nicht impulsgebend sein.

Die weitgreifenden Veränderungen, zu denen sich Brecht genötigt sah, erstreckten sich vor allem auf die Figur des Läuffer, des Geheimen Rates und auf die des Schulmeisters Wenzeslaus. Über die Titelfigur des Stückes schrieb Brecht: „Der Hofmeister selbst erntet unser Mitgefühl, da er sehr unterdrückt wird, und unsere Verachtung, da er sich so sehr unterdrücken läßt.“[126] Lenz zeigte seinem Publikum eine Tragödie, obwohl er sein Stück eine Komödie nannte. Brecht dagegen legte sein Stück satirisch an. Läuffer wurde zur Symbolfigur der „deutschen Misere“. Im Prolog trug Läuffer vor:

Der Adel hat mich gut trainiert
Zurechtgestutzt und exerziert
Daß ich nur lehre, was genehm
Da wird sich ändern nichts in dem.
Wills euch verraten, was ich lehre:
Das ABC der Teutschen Misere![127]

Die Umkehrung der Figur durch die Darstellung des Knechtssinns statt der Rebellion löschte die tragischen Züge nicht aus. Denn auch Brecht zeigte, daß Auflehnung zumindest versucht wurde und welcher Preis dafür gezahlt werden mußte. Obwohl im Dienen und Gehorchen trainiert, nimmt Läuffer sein Schicksal nicht von Anfang an als gegeben hin. Hierin unterscheidet er sich vom Schulmeister Wenzeslaus. Während aber Lenz seine Figur so führte, daß aus den Szenen wenn auch nicht immer der Geist des Aufruhrs, so doch stets die beleidigte Menschenwürde sprach, machte Brecht die Läuffer-Gestalt zur Verkörperung der Knechtseligkeit. Vorgeführt wurde nicht so sehr eine Figur, die in den gesellschaftlichen Kämpfen unterliegt und zugrunde gerichtet wird, sondern eine, die beim

Suchen nach einem Ausweg das Messer gegen sich selbst wendet, die den Ausweg darin sieht, die eigene Potenz zu vernichten. Vor dem Publikum agiert ein Mensch, dem das Rückgrat gebrochen ist, bevor er seine Bewährungssituation hat.

Da Brecht die Reformvorstellungen Lenz' als fortschrittliche Ideen der damaligen Zeit gar nicht aufgriff, mußte er auch die Figur des Geheimen Rats radikal verändern. Sie verlor bei ihm alle positiven Züge. Der bürgerliche Fortschrittsgedanke im Munde des Adligen wurde zur Phraseologie. Als positive Gestalt baute Brecht auch den Schulmeister Wenzeslaus ab. Zwar muß dieser nicht wie der Hofmeister „essen, wenn er satt ist, und fasten, wenn er hungrig ist, Punsch trinken, wenn er p-ss-n möchte, und Karten spielen, wenn er das Laufen hat“[128]. Er kann es sich sogar leisten, den adligen Eindringling aus seinem Hause zu weisen. Jedoch sind diese kärglichen Freiheiten mit dem Verzicht auf jede weitere Ausbildung seiner menschlichen Kräfte bezahlt. Wenzeslaus fügt sich ganz von selbst in die Enge. Brechts Bearbeitung demonstriert, wie diese Selbstbescheidung zur Borniertheit wird, wie diese Enge den Charakter deformiert. Wie gegensätzlich diese Figur von Lenz und Brecht gesehen wird, zeigt ein Vergleich jener Stelle, an der Wenzeslaus seine Aufgabe als Erzieher erklärt. Bei Lenz heißt es: „Ich soll meinen Buben lesen und schreiben lehren; ich lehre sie rechnen dazu und Lateinisch dazu und mit Vernunft lesen dazu und gute Sachen schreiben dazu.“[129] Bei Brecht: „Ich bilde Menschen nach meinem Ebenbilde. Teutsche Hermanne! Gesunde Geister in gesundem Körper, nicht so welsche Affen. Er mag wohl sagen: halb Geistesriesen, halb gute Untertanen. Was ist das? Untertänige Riesen oder riesige Untertanen? Immer sternenwärts, aber: dreimal wehe, wenn Er gegen den Stachel lökt!“[130]

In die satirische Betrachtungsweise zog Brecht auch

einige Grundzüge der Kantschen Philosophie ein. Obwohl die Kant-Passagen im „Hofmeister“ nicht allzu umfangreich sind, bilden sie einen aufschlußreichen Kristallisationspunkt in Brechts Erbeauffassung. Sie wurden erst während der Proben eingefügt und lösten einen Disput zwischen Brecht und Hanns Eisler aus. Eisler, der in diesem Fall wie oft der bessere Kenner war, hielt die Polemik gegen Kant nicht für richtig: „Die Definition Kants der Ehe ist bekanntlich: ein Vertrag, geschlossen zum gegenseitigen Gebrauch der Geschlechtswerkzeuge. Also der Brecht fand das ungeheuer lustig und sah auch die ganze Misere des deutschen Schulmeisters darin. Ich aber nicht. Ich sah darin einen enormen Fortschritt, nämlich daß aus einem von der Kirche geheiligten Verhältnis ein Rechtsverhältnis wird, das so trocken und nüchtern beschrieben ist. ‚So‘ – sagte ich dem Brecht, wo er sich über den Satz lustig machte, sehr lustig –, ‚so ist die junge revolutionäre Bourgeoisie bei uns leider nur in den Köpfen (während die Bourgeoisie in Frankreich die Köpfe der Adligen bekanntlich abgeschnitten hat). Bei uns ist's ja nur als Idee erhältlich.‘ ... Ich habe mit diesem Einwand gegen die Stelle in seiner ‚Hofmeister‘-Bearbeitung nicht gesiegt.“[131] Im Stück studiert der Student Pätus die Philosophie Kants und fällt dafür bei seinem Professor Wolff regelmäßig durchs Examen. Brecht nahm hier den Kampf gegen die Wolffsche Schulmetaphysik zum Anlaß, um die Folgen des Gelehrtenstreits, den es zwischen Wolff und Kant nicht gab, für die Schüler zu zeigen. Anliegen der Szene war, auf die Praxisfremdheit einiger Grundsätze der Kantschen Philosophie, insbesondere des Kategorischen Imperativs, hinzuweisen. Für die jungen bürgerlichen Intellektuellen spielten sich alle Vorgänge nur im Geiste ab. Das wurde von Brecht satirisch auf die Spitze getrieben,indem sich Pätus verpflichtet fühlt, die Abtreibungskosten für sein „Kind im Geiste“ zu zahlen. Diesen Vorgang wiederholte Brecht noch einmal, als am Schluß des Stückes der junge von Berg Gustchens Kind aus der Liaison mit dem Hofmeister als sein „Kind im Geiste" anerkennt. Brecht kritisiert hier die Kantsche Ethik als Ausdruck des Zurückgescheuchtseins in die reine Innerlichkeit. Die progressive Seite der Kantschen Philosophie blieb von Brecht dennoch nicht unbeachtet. Sie brachte er dadurch zum Ausdruck, daß er Pätus als – wenn auch nicht sehr standhaften – Verteidiger von Kants Schrift „Zum ewigen Frieden" darstellt.

Die Uraufführung fand am 15. April 1950 statt. Brecht führte Regie, das Bühnenbild schuf Caspar Neher. Wenn bisher alle Aufführungen des Berliner Ensembles Erfolge gewesen waren, so war das unbestritten der größte, und er sollte es auch bleiben. Denn bei keiner anderen Aufführung des Berliner Ensembles zu Brechts Lebzeiten war sich die Kritik aller Richtungen über den Erfolg so einig. Brecht konnte ein paar Tage nach der Premiere hochbefriedigt an Ruth Berlau schreiben: „Liebe, die Presse über den ‚Hofmeister' ist (Ost und West) phantastisch gut. Besonders groß ist auch die Wirkung auf die Schauspieler (wie Bildt oder Hinz oder Wäscher). Es ist also gut gegangen."[132] Das Lob galt nicht nur dem Dramatiker Brecht, sondern in gleicher Weise dem Regisseur Brecht. Bisher hatte er immer zusammen mit einem berühmten Theatermann Regie geführt. Auch diesmal wurde Caspar Neher als Mitregisseur genannt. Aber das faßte man anders auf, als wenn er zusammen mit Erich Engel genannt wurde. Mit der „Hofmeister"-Aufführung bewies Brecht der Öffentlichkeit seinen direkten, unmittelbaren Einfluß auf die Inszenierung, auf die Erarbeitung der Rollen, des künstlerischen Details. Er hatte sich nunmehr als Regisseur vorgestellt und nicht nur als Sachwalter seiner ästhetischen Ansichten, seiner nichtaristotelischen Dramaturgie.

Den Erfolg fand man schon deshalb hoch verdient, weil er fast ausschließlich mit jungen, von Brecht entdeckten und geförderten Schauspielern erzielt wurde. Seine Konzeption, junge Schauspieler zusammen mit erfahrenen Bühnenkünstlern aus der Zeit des antifaschistischen Exils in einem Ensemble zu entwickeln, hatte sich bewährt und in kurzer Zeit zu Ergebnissen geführt, die die Kritik in Erstaunen versetzten und zu uneingeschränktem Lob hinrissen: „Und der Nachwuchs! Das Berliner Ensemble ist wohl das einzige Theater Berlins, das aus völlig unbekannten Nachwuchskräften eine Legion erstklassiger Darsteller entwickelt hat“, schrieb Wolfgang Harich. Und Paul Rilla lobte: „Denn noch wichtiger als die gewiß nicht unwillkommene Anziehungskraft, die das Berliner Ensemble auf Künstler von Rang und Namen ausübt, ist sein Prinzip der Auslese junger Talente. Die Talente sind plötzlich da, nur weil sie gebraucht wurden; und allerdings, weil sie bemerkt wurden. Auf keiner anderen deutschen Bühne wird heute mit jungen Darstellern eine Leistung von soviel künstlerischer Genauigkeit bei soviel freier Spiellaune herzustellen sein.“[133]

In der Folgezeit fand die Lenz-Bearbeitung keineswegs mehr so einhelliges Lob wie unmittelbar nach der Premiere. Ein Einwand, den schon Wolfgang Harich in seiner Kritik vorgebracht hatte, aber eben doch noch recht beiläufig, wurde vor allem durch die Germanistik ausgebaut. „Es ist trotzdem falsch“, hieß es bei Harich, „Lenz und die deutsche Klassik in einen Gegensatz bringen zu wollen.“[134] Was hier zur Sprache kam, waren nicht bloß Einwände der Philologen. Es ging vielmehr um die Verständigung über die nationale Konzeption der deutschen Literatur und Kunst, die von der Partei der Arbeiterklasse zur Diskussion gestellt wurde. Die Kunst war aufgerufen, zur Lösung der nationalen Frage beizutragen.

In den Jahren 1951 und 1952 vollzogen sich wesentliche politische Veränderungen in der jungen Republik, die auch die Kunst in ihrer gesamten Entwicklung beeinflußten. Auf dem III. Parteitag der SED im Juli 1950 wurde die konsequente Weiterführung der revolutionären Umwälzung beschlossen. Im Ergebnis dieses Parteitages kam es zu einer langfristigen sozialistischen Wirtschaftsplanung innerhalb des ersten Fünfjahrplanes. Die II. Parteikonferenz der SED im Juli 1952 leitete dann den planmäßigen Aufbau des Sozialismus in der DDR ein. Hier wurde festgestellt: „Die politischen und die ökonomischen Bedingungen sowie das Bewußtsein der Arbeiterklasse und der Mehrheit der Werktätigen sind so weit entwickelt, daß der Aufbau des Sozialismus zur grundlegenden Aufgabe in der Deutschen Demokratischen Republik geworden ist.“[135] Brecht, der in der zweiten Hälfte der vierziger Jahre die Meinung vertreten hatte, daß man gleich auf den Sozialismus hätte orientieren sollen, auch wenn die große Masse der Losung noch nicht gefolgt wäre, begrüßte die Wendung zum planmäßigen Aufbau des Sozialismus. Zusammen mit Hanns Eisler sandte er an die Konferenz einen acht Punkte umfassenden Vorschlag, der eine Verstärkung der künstlerischen Arbeit, verbunden mit politischen Programmen, in Großbetrieben vorsah. „Kunst und Politik müßten getrennt marschieren, aber einander folgen. So müßte der Rede eines Staatsmannes eine künstlerische Veranstaltung folgen.“[136] Gegenüber der allgemein antifaschistisch-humanistisch gefaßten Kulturpolitik von 1945 bis 1949 versprach sich Brecht von der neuen Phase kräftigere Impulse für die Kunst, weil nunmehr auch von den ökonomisch-politischen Grundlagen her jene Ziele angesprochen wurden, um die es ihm ging.

Zwischen dem III. Parteitag und der II. Parteikonferenz stellte die 5. Tagung des ZK der SED die wichtigste Orientierung für die Kunst und Literatur dar. Zu dieser Tagung unter dem Thema „Der Kampf gegen den Formalismus in Kunst und Literatur, für eine fortschrittliche deutsche Kultur“, mit einem Hauptreferat von Hans Lauter, lud die Parteiführung auch eine Reihe von Künstlern ein, die nicht zum Zentralkomitee, ja nicht einmal zur Partei gehörten, so Helene Weigel und Arnold Zweig. Sie brachte jedoch keineswegs die erhofften Impulse, sondern löste bei durchaus richtigen Prämissen und richtiger Bestimmung der Klassenkampfkonstellation bei sehr vielen Künstlern Ratlosigkeit und Unmut aus, sobald die Beschlüsse auf die Probleme des konkreten künstlerischen Schaffensprozesses angewandt wurden. Für Brecht brachte die Tagung schon deshalb nicht die gewünschte Weichenstellung, weil die neue, im Sinne des Sozialismus eingreifende Funktion der Kunst gar nicht angesprochen wurde. Abermals gab es keine Rückerinnerung an die revolutionären Kunstentwürfe vor 1933. Statt dessen standen die nationale, auf die Wiedervereinigung Deutschlands ausgerichtete Kunstkonzeption und der verstärkte Kampf gegen den Formalismus im Vordergrund.

War es nach 1945 darum gegangen, die Menschen über den aktiven Humanismus der deutschen Klassik wieder zur politischen Verantwortung heranzuziehen, so bildeten jetzt die klassischen Formen mehr und mehr das Muster und die Norm für die gegenwärtige Kunstentwicklung. Neue, ungewohnte künstlerische Lösungen, eingesetzt in dem Bestreben, dem sozialistischen Kunstfortschritt zu dienen, kamen in Verdacht, Abweichungen vom sozialistischen Realismus oder vom Realismus überhaupt zu sein. Schon der Begriff „Formalismus" war viel zu unbestimmt, um das Wesen der spätbürgerlichen Kunst und ihre Gefahrenmomente für das Publikum und die Künstler selbst zu erfassen. Er lenkte sogleich auf die Form anstatt auf die Funktion eines Kunstwerkes unter den konkreten Bedingungen des Klassenkampfes. Zum wesentlichen Kriterium wurde eine ganz bestimmte Auffassung über eine Kunsttradition gemacht, wie das zum Beispiel durch Kurt Magritz geschah, einen Wortführer der Formalismusdiskussion: „Der Formalismus bedeutet seinem Wesen nach in Wahrheit die Schändung der großen Kunsttraditionen und die Vernichtung der Kunst überhaupt. Die Schändung der Kunsttraditionen, die Vernichtung der Kunst bezieht sich dabei sowohl auf den humanistischen Grundinhalt der Kunst als auch auf ihre historisch entwickelten formalen Errungenschaften ... An die Stelle der historisch entwickelten formalen Errungenschaften der Kunst treten die Formzertrümmerung, das Nichtskönnertum, der Dilettantismus, der Kultus des Häßlichen und Widerwärtigen. Gerade dieser doppelseitige Zerstörungsprozeß macht das Wesen des Formalismus aus. Gerade die *Vernichtung der Kunst*, die sich im Formalismus vollzieht, bestimmt seinen Klassencharakter."[137]

Die Formalismusdiskussion erhielt ihre kulturpolitische Ausrichtung vor allem durch die propagandistischen Darlegungen A. Shdanows. Ausgehend von der richtigen Erkenntnis, daß die weltpolitische Situation Ende der vierziger Jahre eine größere und entschiedenere Rolle der Künste in der ideologischen Auseinandersetzung verlangte, trugen seine Leitlinien jedoch dazu bei, die vielfältigen Möglichkeiten des politischen Kampfes mit künstlerischen Mitteln zu dezimieren. Indem die Formalismustheorie davon ausging, daß der Kapitalismus im Stadium seines Niedergangs keine nennenswerte große Kunst hervorbringen könne, kam es zu einer mechanischen Übertragung der Leninschen Zwei-Kulturen-Theorie auf die Formalismusdiskussion. Realismus oder Formalismus, volkstümliche Kunst oder volksfremde Dekadenz war die Alternative. Als Kriterium für Realismus und Volkstümlichkeit galt im Grunde nicht die Erprobung im politischen Klassenkampf und in der kulturellen Praxis, sondern inwieweit die neuen sozialistischen Werke den traditionellen Normen und Gesetzen folgten. Shdanow erklärte gegenüber Versuchen von Neuerertum in der Musik: „Das kann nur einen Bruch mit Gesetzen und Normen in der Musik bedeuten, mit denen man nicht brechen darf. Und daß man mit ihnen nicht brechen darf, bedeutet nicht Konservatismus, sondern bedeutet, daß der Bruch mit ihnen überhaupt nicht Neuerertum ist."[138] Neuerertum im Sinne der Moderne setzte Shdanow mit der Abkehr vom klassischen Erbe, mit der Abkehr von der Volkstümlichkeit gleich. Auf diese Weise kam es zu der paradoxen Situation, daß die Formalismusdiskussion, die die Kunst auf ihre politische Verantwortlichkeit aufmerksam machen sollte, auf eine formale Traditionsfolge, auf eine formalistische Kontinuitätsästhetik hinlenkte. Befragt wurden die künstlerischen Mittel nicht nach ihrer Funktion im politischen Klassenkampf, sondern welcher Traditionslinie sie entstammten. Das führte dann auch dazu, daß an Werken von Künstlern, die sich schon längst zur Sache der Arbeiterklasse bekannt hatten und eine von diesem Standpunkt her formierte Kunst anstrebten, eine formalistische Kritik geübt wurde, während bürgerlich-traditionelle Auffassungen eher geschätzt als einer kritischen Wertung unterzogen wurden.

Auf der 5. Tagung des ZK der SED fiel auch das Stichwort „Proletkult". Es stand mehr für die Gesamtheit der proletarisch-revolutionären Kunsttraditionen der Weimarer Republik als für ein ganz bestimmtes proletarisches Kunstprogramm, was die Sache nur noch fataler machte. Diese Richtung, von der Brecht schon in den dreißiger Jahren gesagt hatte, daß über sie nicht die besten Nasen gerümpft worden seien, wurde von der 5. Tagung als eine Gefahr im Kampf um eine fortschrittliche deutsche Kultur benannt, weil hier die künstlerische Form vernachlässigt und nur der Inhalt als maßgeblich betrachtet werde. „Die Auffassung, daß man nur mit Themen, die unsere gegenwärtigen Aufgaben, zum Beispiel Fünfjahrplan usw., behandeln und für deren Gestaltung die künstlerische Form völlig nebensächlich sei, das heißt ohne an das klassische kulturelle Erbe anzuknüpfen, unsere kulturpolitischen Aufgaben verwirklichen könne, ist grundfalsch."[139] Wiederum wurde nur von dem klassischen Formenkanon ausgegangen und ganz übersehen, daß zum Beispiel die Agitprop-Kunst der Weimarer Republik gleichfalls höchst brauchbare Formen hervorgebracht hatte. Die Entschließung warf Künstlern wie Max Lingner, Horst Strempel, Carl Orff, Paul Dessau Formalismus oder Elemente des Formalismus vor. Selbst eine eher biedere Inszenierung der Oper „Ruslan und Ludmilla" durch Ernst Legal in der Deutschen Staatsoper wurde in der Entschließung aus dem gleichen Grunde kritisiert. Im Umfeld der Diskussion über die 5. Tagung wies Kurt Magritz auf solche Künstler wie Franz Marc, Carl Hofer, George Grosz und andere hin, deren Werk „nicht der Stärkung und Orientierung der fortschrittlichen Elemente der Gesellschaft in ihrem Kampf gegen den Imperialismus dient, sondern in Wahrheit dazu beiträgt, die fortschrittlichen Kräfte zu verwirren, zu desorientieren, zu lähmen und zu schwächen"[140].

Weiterhin auf der Tagesordnung stand die auf die Wiedervereinigung Deutschlands ausgerichtete nationale Literaturkonzeption. Gemeinsam mit vielen anderen Künstlern engagierte sich Brecht sehr für diese Aufgabe. Weit weniger aber sagte ihm die Auffassung zu, daß sie von der Literatur und Kunst am konsequentesten aus dem Traditionsverständnis der deutschen Klassik bewältigt werden könne. Und hier berührte sich die nationale Konzeption mit der Formalismusdiskussion. Die durch die beiden deutschen Staaten entstandene Aufteilung der Literatur wurde als „nationaler Notstand" (Wilhelm Girnus) empfunden. Die Verteidigung der deutschen Literatur und Kunst erwies sich in Anbetracht der ideologischen Praktiken, mit denen Westdeutschland in den unter Führung der USA stehenden Westblock eingemeindet wurde, auch als höchst notwendig. So hatte im April 1951 der amerikanische Hohe Kommissar McCloy in der Universität Mainz erklärt, die nationale Geschichte des deutschen Volkes müsse durch eine sogenannte europäische Geschichte ersetzt werden. Er nannte das hintersinnig den „Schuman-Plan“ der Geschichtsforschung. Gegen Tendenzen dieser Art versuchte die nationale Konzeption „unser gesamtes nationales Eigentum“ zu mobilisieren, um eine Entscheidung zu erzwingen, ehe es zu spät sei. „Es ist notwendig, zu erkennen, daß sich unsere nationale Kultur nicht anders entwickeln wird als im Kampf um unsere nationale Einheit, im Kampf um den Frieden. Unsere nationale Kultur wird die Zeichen und Merkmale dieses Kampfes tragen, ihre Formen werden in seinem Feuer und seiner Leidenschaft geprägt werden. Dazu brauchen wir die hinreißende Sprache der Patrioten, denen das Wohl des Volkes, die Zukunft der Nation, teuer ist und die ihre Interessen tagtäglich kämpferisch vertreten.“[141]

Daß diese dringlichen politischen Aufgaben seitens der Literatur und Kunst jedoch am besten durch die kontinuierliche Fortführung der klassischen deutschen Kunsttradition gelöst werden könne, hielt Brecht für idealistisch. Man könne Westdeutschland nicht durch eine „Mustermesse“ von Literatur und Kunst in Bewegung bringen. „Es kommt vor allem darauf an“, hieß es in der Entschließung der 5. Tagung, „die gewaltige Bedeutung des klassischen Erbes zu erkennen, dieses zu studieren und unter neuen Bedingungen, das heißt vom Standpunkt des Kampfes für den Frieden und die demokratische Einheit Deutschlands, vom Standpunkt der Erfüllung großer Aufgaben im Rahmen des Fünfjahrplans weiterzuentwickeln, wobei eine tiefe und organische Verbundenheit mit dem Volke hergestellt werden muß.“[142]

Insgesamt wirkten sich die Formalismuskampagne und der formalistische Zugriff auf die klassische Tradition hemmend auf die Entwicklung von Kunst und Literatur in der DDR aus. Diese Konzeption hat erfahrene und berühmte Künstler in unproduktive Krisen geführt und ganze Kunstgattungen, vor allem die bildende Kunst, im Vorankommen beeinträchtigt. Auf Brechts eigene Entwicklung wirkte sie sich nicht schädigend aus. Sie hat ihn vielleicht etwas vorsichtiger gemacht, vor allem in seinen theoretischen Äußerungen. Eingeengt oder gar verunsichert hat sie ihn nicht. Selbst wenn er von dieser Position her angegriffen wurde, begegnete er ihr sehr souverän. Wenn Brecht sich auch nicht darauf einließ, seine theoretischen Ideen in der direkten Auseinandersetzung mit der Formalismuskonzeption zu markieren, so argumentierte er doch nicht ohne scharfe Polemik. Immer wieder betonte er, daß der notwendige Kampf gegen den Formalismus formalistisch geführt werde. „Der Fortschritt gewisser Formalismusbekämpfer reduziert sich zu einem Fortschritt der Bärte; es werden, im Interesse der völligen Umwandlung unseres kulturellen Lebens, ewige Kunstgesetze moniert. Anstelle des politischen Vokabulars tritt das medizinische: Anstatt nachzuweisen, bei dem und dem Kunstwerk handle es sich um etwas gesellschaftlich Unnützes oder Schädliches, behauptet man, es handle sich um eine Krankheit. Wenn der Arzt nicht gerufen wird, gesunde Kunstwerke herzustellen, wird die Polizei gerufen, ein Verbrechen am Volk zu ahnden. Derlei hemmt Bemühung und Kampf um eine gesellschaftlich wertvolle Kunst."[143]

Durch die Formalismusdiskussion wurde jedoch das Verständnis des Publikums für Brecht erschwert und verzögert. Die Kritik operierte nach den ersten großen Theatererfolgen äußerst vorsichtig. Selbst wenn sie ihn lobte, tat sie es so, als müsse da noch allerhand zur Sprache gebracht werden. Ebenso verhielten sich viele leitende Organe und ihre Funktionäre, die ihn stets als einen der großen Dichter des Landes betrachteten, der aber nicht mit seinem gesamten Werk einer volkstümlichen Kunst, der Kunst des sozialistischen Realismus zugezählt werden könne. In den fünfziger Jahren gab es nicht wenige, die einen Großteil seines Gesamtwerkes für dekadent hielten. Aus ihrer Sicht war die

Wertschätzung Brechts vergleichbar mit der Richard Wagners, dessen Werk damals gleichfalls für dekadent galt. Aber bei Wagner wie bei Brecht ließ man eine Ausnahme zu, sozusagen den Sieg des Realismus über vorgefaßte Theorien und Verirrungen. Die Ausnahme, das volkstümliche Werk, war bei Wagner „Die Meistersinger von Nürnberg", bei Brecht „Die Gewehre der Frau Carrar".

Auf der 5. Tagung wurde Brecht zugleich gelobt und getadelt. Die Entschließung zählte die Namen der Dichter auf, die an der Bewußtseinsveränderung des deutschen Volkes wesentlichen Anteil hatten. Darunter war auch der Name Brechts. Kritik gab es in der Diskussion, und zwar an einer neuen BE-Aufführung. Brecht hatte erstmals ein Stück aus der Zeit vor 1933 in den Spielplan aufgenommen. Am 12. Januar 1951 fand die Premiere der „Mutter" statt. Das war zweifellos ein Wagnis, das eigentlich nur insofern glückte, als das Werk nahezu zwanzig Jahre auf dem Spielplan stand und bis zum Tode der Weigel 248 Vorstellungen erreichte. Der große unmittelbare Premierenerfolg aber blieb der Inszenierung versagt. Mit der Wahl dieses Stückes wollte Brecht dazu beitragen, das revolutionäre Bewußtsein derer zu wecken und zu stärken, die die Umgestaltung des Landes herbeigeführt hatten. Zum anderen aber verfolgte er auch ästhetisch-dramaturgische Absichten. Nach der vorsichtigen Dosierung nichtaristotelischer Techniken bei den vorangegangenen Aufführungen wollte er nunmehr kräftiger auf den bereits vor 1933 erreichten Standard zurückgreifen, auf Mittel und Methoden, die er selbst praktisch schon ausprobiert hatte. Deshalb bediente er sich auch weitgehend des Uraufführungsmodells. Ruth Berlau beauftragte er, das Stück in Leipzig vorzuinszenieren, um Erfahrungen mit dem neuen Publikum zu sammeln. Die Leipziger Aufführung besuchte er mit seinen Mitarbeitern

Aus historischem Abstand gesehen, war die Wahl dieses Stücks der glücklichste taktische Schachzug, um in einer

Zeit der völligen Tabuierung solcher Kunstexperimente die revolutionär-proletarische Kunsttradition der Weimarer Republik ins Bewußtsein zu rücken. Unter der Dominanz der Formalismusdiskussion bestand keine Chance, diese Phase als Bestandteil sozialistischer Traditionsbildung auf dem Gebiet der Literatur und Kunst analytisch aufzuarbeiten. Jeder Versuch in dieser Richtung wäre als Provokation gegen das klassische nationale Kulturerbe verstanden worden. In Westdeutschland gab es erst recht keine Möglichkeiten, an die vor 1933 entstandenen revolutionären Kunstentwürfe überhaupt nur zu erinnern. Hier wurde eine Kunstpolitik betrieben, die alle sozialen und gesellschaftskritischen Momente als „tendenziös" und kunstfremd verteufelte. Die Formenexperimente der zwanziger Jahre wurden von ihren gesellschaftlichen Bedingungen losgelöst und in eine Modernismusauffasssung integriert, mit der man die Politik gänzlich aus der Kunst zu vertreiben suchte. Das Kunstpublikum fiel auf diese Doktrin herein, die sich auf die gesamte Kunstlandschaft verheerend auswirkte. Bis zu Beginn der sechziger Jahre gab es hier kaum eine gesellschaftskritische, politisch engagierte Kunst, die eine breite Öffentlichkeit erreichte.

Brecht befand sich also in einer schwierigen Lage. Die Formalismusdiskussion, so unzumutbar sie in ihren methodischen und theoretischen Konsequenzen war, ließ sich angesichts der politischen und kulturellen Situation in Westdeutschland nicht ganz von der Hand weisen. Hier wurde der Formalismus tatsächlich zur Kunstanschauung erhoben. Dieser Entwicklung stand Brecht politisch wie literarisch kritisch gegenüber. Andererseits gab es nirgends Möglichkeiten, wieder an die Kunstexperimente von einst anzuknüpfen. Sie konnten ja nicht labormäßig betrieben werden, waren sie doch als Beitrag zu Gesellschaftsexperimenten angelegt. In einer solchen Situation sich nicht auf kunsttheoretische Auseinandersetzungen oder gar Polemik einzulassen und dennoch etwas zu bewegen, indem das Publikum mit einem solchen experimentellen Werk konfrontiert und dessen Wirkungen zur Diskussion gestellt wurden, erwies sich als taktisch klug und sehr weitsichtig. Auf diese Weise kam ein neues Publikum, vor allem aber der künstlerische Nachwuchs mit bisher ungewohnten Methoden und Techniken in Berührung. Daß für ihre Aufnahme bei dem größeren Teil der Betrachter die Voraussetzungen fehlten, stellte ein Risiko dar und forderte sowohl Neugier wie Unverständnis heraus. Auf die Dauer aber bewirkte gerade die Aufführung der „Mutter", daß sich die Art und Weise der Aufnahme von Kunstwerken veränderte. Als 1956 dann die Zeit reif war und Brecht direkt dazu aufforderte, sich der kleinen, operativen, wendigen Kunstformen der zwanziger und dreißiger Jahre zu erinnern, vollzog sich innerhalb kurzer Zeit eine Renaissance des operativen Stücktypus, der zusammenfassend und durchaus nicht immer wohlwollend als „didaktisches Theater" bezeichnet wurde. Brechts „Mutter"-Inszenierung half diesen Prozeß vorzubereiten. Daß er sich auf die Dauer als so erfolgreich erwies, hatte zwei Voraussetzungen. Zum einen, daß Brecht beim Rückgriff auf die Lehrstücktechnik den Mischtypus wie „Die Mutter" bevorzugte und nicht die radikalen Lehrstückformen der „Großen Pädagogik". Zum anderen ließ die erschütternde Darstellungskunst der Weigel viele Argumente verstummen; ihre Kunst verführte die Anhänger des traditionellen Kunstgeschmacks zu den nichtaristotelischen Genüssen.

Doch die unmittelbare Wirkung nach der Premiere wies noch nicht in diese Richtung. Man lobte Brecht, indem man zu verstehen gab, daß er, wenn er mit einem so spröden Stücktypus schon solche Wirkungen erzielte, noch weit stärker sein könnte, wenn er von seinen Theorien ließe und Kunst mache wie andere auch. Die Aufführung, so schrieb Walther Pollatschek in der „Täglichen Rundschau", sei ein

„Sieg des Werkes, das – der Theorie des Autors zum Trotz – den ganzen Menschen anspricht“[144]. Und der Kritiker der „Nationalzeitung“ korrigierte seine Meinung, die er nach der Leipziger Inszenierung von Ruth Berlau abgeliefert hatte: „Was von einer so ursprünglichen und tiefen Bühnenwirksamkeit ist, wie diese Szenen, das muß schon ‚Theater‘ sein, mag es hergebrachten Regeln und Gewohnheiten noch so kraß entgegenstehen.“[145] Paul Rilla faßte in einem Satz das Brechtsche Wagnis zusammen: „Wieder gibt die Aufführung ein Beispiel, ein anderes als die anderen Brechtschen Aufführungen, aber ein Brechtsches Beispiel.“[146]

Da die Premiere zwei Monate vor der 5. Tagung stattgefunden hatte, verstand es sich von selbst, daß man in der Diskussion auch auf Brechts Inszenierung einging. Seine Kritiker ließen es nicht an Respekt vor der künstlerischen Leistung fehlen. Auch die außerordentliche Wirkung wurde nicht bestritten, aber dennoch glaubte man Brecht aus theoretischen Verirrungen befreien zu müssen, weil sie sein ungewöhnliches Talent fesselten. In der Diskussion nahm das Politbüromitglied Fred Oelßner zur „Mutter“-Inszenierung Stellung. Fred Oelßner betrachtete sich nicht als Kunstsachverständiger. Seiner Ausbildung nach war er Ökonom und ein guter Kenner und Propagandist der Marxschen Lehre. Von daher hätte sich Brecht keinen besseren Kritiker wünschen können. Doch urteilte Oelßner keineswegs politisch, sondern formal-ästhetisch, wie ein Theatergänger, der nicht auf seine Kosten gekommen ist, weil er das Gewohnte nicht vorfand. „Kein Mensch wird bestreiten, daß in dieser ‚Mutter‘ von Bert Brecht außerordentlich gekonnte, außerordentlich wirkungsvolle Szenen sind, die tatsächlich die Massen packen. Aber ich frage: Ist das wirklich Realismus? Sind hier typische Gestalten in typischer Umgebung dargestellt? Ich will schon gar nicht von der Form reden. Nach meiner Meinung ist das kein Theater; das ist irgendwie eine Kreuzung oder Synthese von Meyerhold und Proletkult. Wenn ein Mensch, der so begabt ist wie Brecht, ein wirklich zusammenhängendes, komponiertes *Theater*stück schreiben würde, welch gewaltiges Kunstwerk könnten wir da bekommen!“[147] Meyerhold und Proletkult wurden hier als Synonyme für Formalismus gebraucht: Stoppzeichen für die weitere Entwicklung der sozialistischen Nationalkultur. Grotesker als in diesen wenigen gutgemeinten Sätzen konnte sich die damalige Situation nicht offenbaren. Im Interesse einer sozialistischen Theaterentwicklung wurde vor wesentlichen Elementen der internationalen sozialistischen Theaterentwicklung gewarnt. Aber selbst da, wo Fred Oelßner direkt politisch argumentierte, ging er von einer formalen Vorbildästhetik aus: „Es sind aber auch in dieser ‚Mutter‘ von Brecht Szenen, die historisch falsch und politisch schädlich sind. Das muß man aussprechen. Ich erinnere euch an die Szene von 1914, wie die Mutter in Panik verfällt und jammert: ‚Die Partei stirbt.‘ Ist das wirklich eine Charakteristik der historischen Rolle der bolschewistischen Partei von 1914, die als einzige Partei in der ganzen Internationale ein klares Programm und Ziel hatte und nicht in Panik verfiel?“[148]

Von einem anderen Gesichtspunkt ging die Kritik Hans Rodenbergs aus: von der Erfahrung eines deutschen Marxisten in der Sowjetunion. Die Schwierigkeiten Brechts glaubte Rodenberg aus der Situation der Marxisten zu verstehen, die nicht in die Sowjetunion emigriert waren und so die nationale Wendung von 1936 in der marxistischen Kulturpolitik und Ästhetik nicht rechtzeitig mitbekommen hätten. Paul Wandel bezog sich in seinem Diskussionsbeitrag ebenfalls darauf. Bei solchen erfahrenen Spezialisten der revolutionär-proletarischen Kunstbewegung wie Hans Rodenberg, Gustav von Wangenheim, Maxim Vallentin, die sich in der sowjetischen Emigration weitgehend von der früheren Kunsttheorie und -praxis gelöst hatten, bildete sich eine falsche Überlegenheit heraus. Sie sahen in den Experimenten von einst nur noch das Sektiererische, das durchaus vorhanden gewesen war. Weiterentwicklung umschloß für sie das Hinter-sich-gebracht-Haben dieser Phase. Dabei wurde die kritische Sicht auf jene Bemühungen ebenso verdrängt wie die Erkenntnis, daß die hier gewonnenen Kunsterfahrungen nicht aufgegeben werden durften, daß sie einen wichtigen Ausgangspunkt revolutionär-sozialistischer Kunsterfahrungen bildeten. Die Überlegungen Rodenbergs liefen letztlich auf die Kapitulation vor der Formalismuskonzeption hinaus. „Ich meine", so führte Hans Rodenberg aus, „Brecht ist ein glänzender Dialektiker. Aber man müßte einmal untersuchen, ob sein Materialismus nicht vulgäre Elemente hat. Wenn Helene Weigel sagt, daß die ‚Mutter' nicht denkbar wäre ohne ‚Iphigenie', ohne ‚Faust' II. Teil, so kann man doch nicht sagen, daß der Chor in der ‚Mutter' dieselbe Funktion habe wie die Chöre in der ‚Iphigenie' und im ‚Faust' II. Teil. In der ‚Mutter' wird das Didaktische zum Selbstzweck, und das ist Formalismus. Das Didaktische muß im Menschen liegen, im Handeln, im Kampf, in allem, was der Mensch auf der Bühne denkt, empfindet, tut, und in den Beziehungen des Menschen zur Wirklichkeit und der Wirklichkeit zu ihm, im Kampf der Widersprüche, in der Lösung der Widersprüche. Darin muß das Didaktische liegen, aber es kann nicht isoliert werden. Das ist eben die Kritik, die wir an der ‚Mutter' üben müssen. Natürlich ist es so, daß man Brecht länger Zeit geben muß, als man, sagen wir, mir geben könnte. Brecht verbraucht augenblicklich sein altes Gepäck. Er verbraucht es ein Stück nach dem anderen, weil er Zeit braucht, sich hier wieder zurechtzufinden. Er braucht wirklich Zeit. Angenommen, er hätte es gekonnt, dann hätte er wahrscheinlich schon ein Stück über unsere Zeit geschrieben. Aber die wirkliche Kritik an Brecht wird davon beinhaltet sein, wieviel Zeit vergeht, bis er dieses Stück schreiben kann, und was das für ein Stück sein wird! Das ist das Entscheidende. Aber etwas Zeit müssen wir Brecht geben. Wir dürfen nicht aufhören, ihn zu kritisieren, aber so klug zu kritisieren, wie er selbst klug ist.“[149]

Weit polemischer und ohne jegliche Hochachtung kritisierte die Entschließung der 5. ZK-Tagung die Musik zur Oper „Das Verhör des Lukullus“, die Paul Dessau zu dem überarbeiteten Hörspieltext von Brecht geschrieben hatte. Schon im amerikanischen Exil, so erzählte Paul Dessau, sei es Brechts Wunsch gewesen, daß ein Komponist den Text für eine Oper benutze. Ohne Brechts Zutun geschah das durch Roger Sessions, der in einem College in San Francisco lehrte und dort die von ihm komponierte Oper auch mit seinen Schülern aufführte. Doch Brecht hätte es gern gesehen, wenn sein Text von einem namhaften Komponisten vertont worden wäre. So bat er im USA-Exil Paul Dessau, doch einmal Igor Strawinsky zu bewegen, sich für diesen Stoff zu interessieren. Dazu meinte Paul Dessau: „Ich kenne ihn zwar nicht, werde ihn aber übermorgen in einer Probe von ‚L'Histoire du Soldat‘, die ein Freund von mir aus Frankfurt dirigiert, kennenlernen. Da kann ich ihm Ihren Wunsch übermitteln. Und ich ging zu Onkel Igor und sagte zu ihm: ‚Mister Strawinsky, Sie kennen doch von Brecht diesen ›Lukullus‹-Stoff.‘ Er war ein sehr höflicher Mensch und antwortete. ‚Wunderbar – aber leider bin ich für die nächsten zwei Jahre besetzt.‘ Er schrieb damals ‚The Rake's Progress‘ mit Auden.“[150]

Dessau selber berichtete, daß er sich zunächst sehr reserviert gegenüber dem Brecht-Text verhalten habe. Brecht las ihm das Stück in den USA vor, aber er habe es nicht für operngerecht gehalten. Immer wieder sei er von Brecht auf den Stoff hingewiesen worden. Aber Dessau konnte sich nicht entschließen, daraus eine Oper zu machen. Nun braucht zwar ein gutes, selbst dramaturgisch handfestes Stück noch lange kein brauchbares Libretto zu sein. Die

Tücke dieses Genres besteht darin, daß Librettotexte wie Dramentexte aussehen und doch etwas ganz anderes sind. Dennoch verwundert diese Zurückhaltung, lag doch dem Stück eine großartige theatralische Idee zugrunde, die, obwohl in einem Hörspiel entwickelt, auch dem Auge etwas bot. Vor allem besaß das kleine Stück, worauf kein gutes Libretto verzichten kann, eine unverwüstliche Fabel.

Doch erst als Dessau Brecht in Berlin wiedertraf und für ihn die Musik zur „Mutter Courage" schrieb, erinnerte er sich des Angebots, das er nunmehr, ohne zu zögern, aufgriff. Eine Rolle mag dabei gespielt haben, daß Dessau die sich anbahnende Freundschaft mit Brecht so faszinierte, daß er die Empfehlung des großen Dichters nicht mehr übersehen wollte. Aber es gab auch noch andere Gründe. Durch die Nürnberger Kriegsverbrecherprozesse, die von einem Teil der Deutschen in Ost und West vielfach skeptisch beurteilt wurden und Diskussionen auslösten, bekam die Geschichte des römischen Feldherrn Lukullus, der sich vor einem Totengericht rechtfertigen muß, neue Aktualität. Brecht machte eine erste Librettobearbeitung. Seine Veränderungen gegenüber dem Urtext zielten im Einklang mit Paul Dessau darauf ab, keine Sympathie mit Lukullus aufkommen zu lassen. Im Hinblick auf die Nürnberger Kriegsverbrecherprozesse schlug Dessau eine Neufassung des Finales vor. Brecht ging bereitwillig darauf ein. Um dem Musikalischen mehr Ausdrucksmöglichkeiten einzuräumen, fügte Brecht einige Arien in den Text ein.

Sehr glücklich erwies sich der Einfall Paul Dessaus, die Haupt- und Titelrolle ganz in der Tradition großer Tenorpartien anzulegen. Das gab ihm Gelegenheit, eine musikalisch außerordentlich vielschichtige Figur vorzuführen, die ebenso ernste, geradezu „turandeske" wie auch parodistische Züge besaß. „Der Lukullus muß ‚schön' singen", verlangte Dessau, „dann kommt der Widerspruch noch besser heraus. Die hohe Stimmlage ist eher geeignet für Verzerrungen und Übertreibungen als die mittlere oder tiefe. Besonders in der Szene ‚Ich beschwere mich!' hat die ungeheur exponierte Lage dramaturgische Bedeutung."[151] Um zum Beispiel den Widerspruch in der Gestalt zu betonen, wurde die große Freßarie „Wo steckt zumindest mein Koch Lasus" à la „Turandot" komponiert. Brecht war jederzeit bereit, noch eine Arie hineinzuschreiben. Als gewiefter Theaterpraktiker empfahl er Dessau: „Dir singt kein Tenor deine Oper, wenn er nicht eine Arie hat."[152]

Dessaus Arbeit wurde durch den damaligen Volksbildungsminister Paul Wandel sehr gefördert. Wandel, der Brecht verehrte und den Aufbau des Berliner Ensembles tatkräftig unterstützte, sah in dem Brecht-Text und dem politischen Engagement Paul Dessaus das aktuelle Anliegen, das seiner Meinung nach jede Förderung verdiente. Für die Aufführung an der Berliner Staatsoper waren die besten Kräfte unter der Leitung des seit dem Exil in der Schweiz lebenden Dirigenten Hermann Scherchen vorgesehen. Paul Wandel übersah jedoch oder konnte es damals noch nicht so genau wissen, daß sich Dessau, dessen Massenlieder wie auch seine „Courage"-Musik sehr populär waren, in seinen Werken moderner Ausdrucksmittel, nicht zuletzt der Zwölftontechnik, bediente. Aber gerade diese Ausdrucksmittel gerieten durch die Formalismusdiskussion ins Kreuzfeuer der Kritik. In ihnen sah man Volksfremdheit und Dekadenz besonders deutlich manifestiert. Die Chorproben liefen bereits, als er die verantwortliche Abteilung seines Ministeriums beauftragte, die „Lukullus"-Partitur noch einmal anzufordern. Daß das als ein Anzeichen für aufgekommene Bedenken und Einwände zu werten war, begriff Paul Dessau sofort und hätte am liebsten die Uraufführung auf den Herbst verschoben. Brecht war dagegen. „der stoff ist eben jetzt wichtig, wo die amerikanischen drohungen so hysterisch sind. natürlich fürchtet dessau angriffe auf die form, aber selbst die werden, sollten sie beabsichtigt sein, weniger drastisch sein, solange der inhalt so wichtig ist. schließlich ist sowohl d[essau] wie ich überzeugt, daß die form der oper die form ihres inhalts ist. außerdem muß man die kritik nie fürchten; man wird ihr begegnen oder sie verwerten, das ist alles; und warum sollten wir annehmen, daß die situation im herbst günstiger sein würde, wenn wir nicht im frühjahr uns darum bemüht haben? die lähmung, welche der kontakt mit den neuen schichten von hörern bei den musikern ausgelöst hat, muß überwunden werden. man muß sich engagieren, und man wird sehen."[153]

Daß Dessaus Befürchtungen nicht grundlos waren, zeigte sich zwei Monate später. Nach einer geschlossenen Aufführung der Oper, die testen sollte, wie sich das Publikum verhielt, wurden weitere Aufführungen ausgesetzt, um zu diskutieren, ob und wie das Werk verändert werden könnte. Die heftigsten Einwände richteten sich gegen die Musik, die als volksfremd und formalistisch charakterisiert wurde. Aber auch gegen den Text gab es Einwände, zum Beispiel wurden ihm pazifistische Tendenzen nachgesagt, doch handelte es sich hierbei um einzelne konkrete, nachprüfbare Argumente, während die Musik einem pauschalen Verdikt verfiel. Nun stellte die Musik tatsächlich beträchtliche Anforderungen an Musiker wie Publikum. Brecht meinte, daß in den Zeiten gesellschaftlicher Umwälzungen die Zurückgebliebenheit der Künste und die Zurückgebliebenheit des neuen Massenpublikums zusammenfielen. Der Protest der avantgardistischen Musiker gegen die bürgerliche Ästhetik war seiner Meinung nach deshalb nicht weit genug getrieben, weil er im Experimentieren steckenblieb. Einem Publikum wiederum, das in die Experimente gar nicht eingeweiht wurde, war nicht zu verdenken, wenn es nicht ohne weiteres geneigt war, die Resultate dieser Experimente hinzunehmen. Selbst gutmeinende Kritiker, die Dessau bescheinigten, eine Musik von größter Klarheit und geschlossener Form geschaffen zu haben, fanden ebendiese Musik alles andere als „schön". Der vom trockenen Schlagzeug beherrschte Klang wirkte auf Kritik und Publikum eher schockierend und war wenig geeignet, sie mit der neuen Oper anzufreunden. Allgemein beklagt wurde die Verkümmerung der Melodik. Wenn diese Urteile auch unter der vorgeprägten Meinung der Formalismusdiskussion zustande kamen, so waren doch Publikum wie auch große Teile der Fachkritik weder befähigt noch willens, in dieser neuen, „ausgefallenen Musik" etwas Verteidigungswertes zu bemerken, etwas, das Genuß, Freude und Entdeckungen bereithielt.

Den Text hingegen fand man modern, allgemeinverständlich und schön zugleich. Im Unterschied zu manchen anderen Werken Brechts gab es gegen dieses kleine Stück kaum wirkliche Einwände. Die phantasievolle Behandlung eines alten Stoffes hielt man für außerordentlich reizvoll. Selbst der Teil des Publikums, der sonst politische Vorbehalte gegen Brechts Kunst hatte, war geneigt, sich über diesen Text zu verständigen.

Am 24. März 1951 fand eine Aussprache über Text, Musik und Aufführung der Oper „Das Verhör des Lukullus" im damaligen Domizil der Staatsoper in der Friedrichstraße statt. An ihr nahmen die führenden Politiker der Republik teil, so Wilhelm Pieck, Otto Grotewohl, Walter Ulbricht, damals stellvertretender Ministerpräsident, Paul Wandel, Anton Ackermann, Wilhelm Girnus. Als später ein westlicher Journalist Brecht fragte, ob er es nicht auch unerhört fände, wie sich hier eine Regierung in die Kunst einmische, fragte Brecht zurück, ob er ihm eine andere Regierung nennen könne, die sich jemals so viel Zeit genommen habe, um über eine Opernaufführung zu diskutieren. Im eigenen Land fand man das keineswegs so ungewöhnlich. Pieck und Grotewohl waren ausgesprochene Kunstfreunde, die sich auch unabhängig von ihrer Partei- und Staatsfunktion für eine solche Diskussion interessiert hätten. Zum anderen sah sich die Staats- und Parteiführung durch die eine Woche zuvor auf der 5. ZK-Tagung angenommene Entschließung über den „Kampf gegen den Formalismus in der Kunst und Literatur, für eine fortschrittliche deutsche Kultur" veranlaßt, eingehend mit den Künstlern zu sprechen, wie das Verhältnis der gefaßten Beschlüsse und abgesteckten Leitlinien zu dem konkreten Kunstwerk zu verstehen sei. Stand doch in dieser Entschließung der kategorische Satz: „Formalistisch ist auch die Musik der Oper ‚Das Verhör des Lukullus'."

Die heftigsten Angriffe auf die Musik kamen von Walter Ulbricht. Im Unterschied zu Wilhelm Pieck, der von jeher Kontakt und Gedankenaustausch mit Künstlern pflegte, hatte sich Walter Ulbricht ein Kunstverständnis angeeignet, das von dem Bildungsstreben der frühen sozialistischen Bewegung ausging, wie es sich vor dem ersten Weltkrieg formiert hatte. Die ehrliche Freude, der Stolz, daß sich der Arbeiter zum Verständnis der Gipfelleistungen deutscher Kunst emporarbeitete, bestimmte diese Haltung. So bewundernswert ein solches Verständnis in der persönlichen Entwicklung des einzelnen und so anerkennenswert der ständige Bezug zu den klassischen Meisterwerken auch war, so einschränkend wirkte sich diese Sicht bei einem Staatsmann aus, der die gegenwärtige Kunst durch den Vergleich zur klassischen Tradition zu werten suchte. Daß das Verständnis der großen klassischen Werke dem Arbeiter auch unter sozialistischen Bedingungen nicht geringe Anstrengungen abverlangte, verstand keiner besser als Walter Ulbricht. Und gerade in der Bewältigung dieser Aufgabe sah er ein unverzichtbares Element des Sozialismus. In dieser Hinsicht hat er unbeschadet mancher Selbsttäuschungen viel geleistet. Die Kunst wurde von ihm so ernst genommen, daß gelegentlich Künstlern und Publikum das Vergnügen verging. Für den komplizierten Prozeß aber, daß

Neues in der Kunst durch ein Sichabstoßen von bereits erreichten Leistungen entsteht, daß darin notwendige Voraussetzungen für neue Gipfelleistungen zu suchen sind, dafür besaß er überhaupt kein Verständnis. Wenn Dessau in seiner „Lukullus"-Musik mit geräuschvollem Schlagzeug operierte und Harmonie, Melodie und Wohlklang im traditionellen Sinne nur ganz selten aufkommen ließ, dann fühlte sich dieser Mann auch in seinem eigenen Kunstverständnis beleidigt. Die moderne Kunst in ihren radikalen, provokatorischen Entwürfen fand er gegen die Bemühungen des besten Teils der Arbeiter gerichtet, sich zu einem Kunstverständnis hinaufzuarbeiten, das klassische Schönheit zu verstehen und zu schätzen weiß. An diesem Punkt hörte bei ihm alle Konzilianz, alle politische Verständigung auf. Sowenig er aber einerseits geneigt war, Brecht und seine Kunst zu akzeptieren – während seiner Regierungszeit mußte in der Rangfolge zwischen Johannes R. Becher und Brecht immer der gebührende Abstand gewahrt werden –, so wurde andererseits das Brecht-Theater auch durch seine Leitungstätigkeit materiell und finanziell großzügig unterstützt.

Die Kritik Walter Ulbrichts an Dessaus „Lukullus" brachte auch Volksbildungsminister Paul Wandel, der das Werk persönlich gefördert hatte, stark in Bedrängnis. Fünf Monate nach der Diskussion, im August 1951, wurde der Kunstsektor aus dem Ministerium für Volksbildung herausgelöst und die Staatliche Kommission für Kunstangelegenheit und das Amt für Literatur und Verlagswesen gebildet. Diese Maßnahme ergab sich zwar aus den strukturellen und politisch-organisatorischen Überlegungen der 5. Tagung, war aber zugleich als Reaktion auf den vermeintlich noch immer hemmenden Einfluß des Formalismus zu verstehen. Sehr anregend diskutierte dagegen Wilhelm Pieck mit den Künstlern. Gegenüber seinen abwägenden, vorsichtigen Empfehlungen verhielten sich Brecht und Dessau sehr aufgeschlossen und interessiert. „Zwei Sätze von Wilhelm Pieck werde ich nicht vergessen", sagte Paul Dessau. „Als einmal ganz intensiv auf Veränderungen am Werk gedrungen wurde, stand Wilhelm Pieck auf und sagte: ‚Genossen, was ist, wenn wir uns hier irren?' Und als ich Wilhelm Pieck vier Wochen später traf, fragte er mich: ‚Wie ist es, konntet ihr ändern?' Wir hatten!"[154]

In der Diskussion kam auch zur Sprache, daß Brechts Text zuwenig zwischen einem Angriffskrieg und einem Verteidigungskrieg unterscheide, so daß man das Werk als pazifistisch deuten könne. Brecht sah das sofort ein. Für ihn war das ein Argument. Es wurde überprüft und für richtig befunden. Anderen Tags schrieb er an Anton Ackermann: „ ... ich habe den Ostermorgen dazu benutzt, die Einwände gegen den Text der ‚Lukullus'-Oper, die gestern erhoben wurden, zu studieren, und sogleich begonnen, den Text so umzugestalten, daß selbst ein *Irrtum* darüber, das Werk könnte pazifistische Tendenzen haben, verhindert wird. Für die Forderung, es müsse die *Aktivität* gegen Raubkriege mobilisiert werden, bin ich Euch tatsächlich Dank schuldig. Dies kann, wie ich sehe, an zwei Stellen durch Einfügung neuer Szenen erreicht werden. Auch die Frage, wer den Lukullus denn nach Asien geschickt habe, soll beantwortet werden. (Es ist natürlich nicht ‚Rom', sondern es sind die Silbertrusts, die es ja in Rom gab, die Steuerpächter und die Sklavenhändler.)"[155] Und Wilhelm Pieck, dem er für die Anregungen herzlich dankte, informierte er: „Die Bearbeitung des Textes, die ich sofort vornahm, hat, wie ich hoffe, zur Beseitigung einiger möglicher Mißverständnisse geführt. Darüber hinaus hat das Werk auch dichterisch, wie ich glaube, sehr gewonnen."[156] Die Einwände erklärten sich aus der internationalen politischen Lage. Nicht zuletzt deshalb ging Brecht sofort darauf ein. Im Sommer 1950 hatten die USA den Krieg gegen die Volksrepublik Korea begonnen. Es bestand die Gefahr, daß sich der Krieg auf China und die Sowjetunion ausweitete, denn die USA versuchten, ihre Stärke gegenüber dem Sozialismus und den nationalen Befreiungskämpfen in Asien zu demonstrieren.

Zur größten Verwunderung nicht zuletzt von Paul Dessau sprach Brecht auf der Beratung mit führenden Politikern und Kulturfunktionären am 24. März nicht. Obwohl er zwei Monate zuvor der Meinung gewesen war, daß man Kritik nie fürchten müsse, und Dessau ermutigt hatte, sich ihr zu stellen, fiel es ihm jetzt gar nicht ein, sich in der erregten Debatte zu Wort zu melden. Für den impulsiven Paul Dessau blieb das ganz unverständlich. Das minderte zwar nicht dessen Hochachtung vor Brecht, aber verzeihen konnte er ihm das auch nicht. Brecht verfuhr diplomatisch. Er sandte Briefe an die wichtigsten Teilnehmer der Diskussion, an Wilhelm Pieck, Walter Ulbricht, Paul Wandel, Anton Ackermann und den Regisseur der Staatsopernaufführung, Wolf Völker. An Walter Ulbricht hatte er vor der Diskussion zwei Briefe gerichtet. In dem ersten hob er das politische Anliegen der Oper hervor und versicherte, daß man sich in der Musik um Verständlichkeit bemühen werde. Die Funktion beider Briefe war, Walter Ulbricht bestimmte Schwierigkeiten verständlich zu machen und ihn zu ermuntern, ebendiese nicht zu scheuen. Brecht ging sogar so weit, die Entstehungszeit der Musik wider besseres Wissen um fünf Jahre zurückzudatieren, um so bei Ulbricht die Vorstellung zu wecken, daß es sich hierbei noch um altes Gepäck aus der Emigrationszeit handele, das aufgearbeitet und ausprobiert werden müsse, bevor man richtig in die neue Zeit einsteigen könne. Im zweiten Brief dankte er Walter Ulbricht, daß die Aufführung ermöglicht wurde. „Dies zeigt großes, kameradschaftliches Verständnis der Republik für die Schwierigkeiten der Künstler in dieser Phase des Umbaues. Für die Künstler wie für den fortschrittlichsten Teil des Publikums klärt so eine Veranstaltung den Weg, den Kunst und Publikum einzuschlagen haben. ... Glauben Sie mir, daß Dessau die Bedenken, die gegen die Musiksprache laut wurden, sehr ernst nimmt. Ich selbst bin tief überzeugt, daß es letzten Endes doch Äußerlichkeiten sind, die die Musik für das neue Publikum schwierig machen mögen, Schwierigkeiten, die der Komponist bei seiner großen Begabung und seiner Stellung zu diesem Publikum unzweifelhaft wird abstreifen können."[157] Mit diesem Brief, fünf Tage vor der Beratung geschrieben, hoffte Brecht, Dessau weit besser helfen zu können als in der Diskussion selbst. Nur zu genau wußte er, daß Diskussionen ihr eigenes, oft schwer zu beeinflussendes Bezugsfeld haben. Aber auf Walter Ulbricht blieben die Briefe ohne jegliche Wirkung. An Paul Wandel schrieb Brecht: „... wir schulden Ihnen vielen Dank für die Aufführung."[158] Diesen Dank abzustatten, hielt er für unbedingt notwendig, weil er sehr wohl ahnte, in welche Schwierigkeiten Paul Wandel als verantwortlicher Minister durch die Aufführung gebracht würde.

Ein halbes Jahr später, am 12. Oktober 1951, kam es zur zweiten „Premiere" der Oper, die jetzt „Die Verurteilung des Lukullus" hieß. Brecht hatte seine Veränderungen eingebracht. Wiederum dirigierte Hermann Scherchen die Staatsopernkapelle. Wolf Völker führte Regie, das Bühnenbild stammte von Caspar Neher. Die Kritik lobte freigebig Libretto und Inszenierung. Die Vorbehalte gegenüber der Musik blieben. Es brauchte mehr als ein Jahrzehnt, bis sie sich durchsetzte.

In der Zeit zwischen der ersten „Lukullus"-Aufführung im März 1951 und der zweiten im Oktober 1951 fanden im August in Berlin die III. Weltfestspiele der Jugend und Studenten für den Frieden statt. Auch die Künstler waren eingeladen, sich mit neuen Werken an diesem Fest zu beteiligen. Kamen doch Chorgruppen und Ensembles aus aller Welt nach Berlin, und die Gastgeber wollten innerhalb dieses internationalen Wettstreits bestehen können. Daß Dessau durch die März-Diskussion über den „Lukullus“ nicht vergnatzt war, bewies seine Unbekümmertheit, mit der er Brecht vorschlug, etwas Volkstümliches für die Weltfestspiele zu schreiben. Er hatte über einen Vorfall gelesen, der sich nach dem Deutschlandtreffen der Jugend im Mai 1950 abgespielt hatte. Als die von dem Festival zurückkehrenden westdeutschen Jugendlichen bei Herrnburg wieder nach Westdeutschland einreisen wollten, wurden sie von der Adenauer-Polizei festgenommen und einem Verhör unterzogen. Dessau dachte daran, diesen Vorgang in einer kantatenartigen Form festzuhalten. Für den Instrumentalpart wollte er vor allem Volksinstrumente wie Mandoline, Gitarre, Balalaika und Akkordeon verwenden. Der Vokalpart sollte von einem Jugend- und Kinderchor gesungen werden. Solche Formen waren zu jener Zeit, da sich mit der Freien Deutschen Jugend die Chorbewegung entfaltete, sehr beliebt. Mit diesem Einfall kam er zu Brecht und bat ihn, dafür einen Text zu schreiben. Doch Brecht argwöhnte, Dessau wolle sich nach dem „Lukullus“-Debakel nun mit etwas Volkstümlichem anschmieren. Aber nur um „gut Wetter“ für die weitere Arbeit am „Lukullus“ zu machen, hielt sich Brecht für zu schade. Schließlich gelang es Dessau doch, ihn zu überzeugen. Der Stoff besaß politische Authentizität und war außerdem bestens für eine Darbietung während der Weltfestspiele geeignet.

Am 3. Juli 1951 notierte Brecht: „schrieb den text für eine kantate dessaus HERRNBURGER BERICHT zu den weltjugendfestspielen; nicht zuletzt, um ihm gelegenheit zu geben, verhältnismäßig einfache musik beizusteuern.“[59] Angelegt war das Ganze als semi-szenischer Bericht. In elf Stücken berichten die Jugendlichen über den Vorgang bei Herrnburg, wie sie sich weigern, der Polizei ihre Namen zu nennen, wie sie nach ihren Eindrücken in der DDR befragt werden. Dann eingestreut ein Tanzlied, die Bitten der Kinder, ein Lied zur Erfrischung und Einladung. In den drei Schlußstücken ermahnen die Polizisten, beim Durchzug durch Lübeck nicht zu singen. Spottlied und schließlich: die FDJ antwortet den Bonner Polizisten. Brecht hatte hier eine Form gewählt, die in ihrer Einfachheit schon wieder nicht als Kunst begriffen wurde. Verwendet wurden so naive, volkstümliche Formen wie der Abzählreim, das Spottlied, alles aber aus dem Duktus einer aktuellen politischen Satire. Hier mischte sich Artistisches ganz unmittelbar mit Naivem, Agitatorisches mit Überliefertem. Die Schwierigkeit im Verständnis dieser Form bestand allerdings darin, daß die politische Argumentation im naiven Ton derer vorgetragen wurde, an die die hohe Politik gar nicht als hohe Politik herankommt, die sich mit überlegenem Spott gegen aufgezwungene Ordnungen wehren. So wird in dem „Spottlied" die reaktionäre Deutschlandpolitik Adenauers aufs Korn genommen:

Hoch zu Bonn am Rheine sitzen zwei kleine
böse alte Männer, die die Welt nicht mehr verstehn.
Zwei böse Greise, listig und leise,
möchten gern das Rad der Zeit nochmals nach
rückwärts drehn.
Schumacher, Schumacher, dein Schuh ist zu klein,
in den kommt ja Deutschland gar nicht hinein.
Adenauer, Adenauer, zeig deine Hand:
Um dreißig Silberlinge verkaufst du unser Land.

Von einer solchen naiven, volkstümlichen Form geht jedoch nur dann eine bestimmte Wirkung aus, wenn die angeprangerte politische Tendenz von einem breiten Publikum eindeutig als reaktionär und verwerflich empfunden wird. Zu Beginn der fünfziger Jahre konnte das keineswegs vorausgesetzt werden. Vielmehr bestand die Funktion der Literatur mehr darin, mit ihren Mitteln politische

Vorgänge menschlich zu differenzieren. Über die politische Wirkung der von ihm gewählten Form täuschte sich Brecht. Andererseits gab es keinen besseren Anlaß als die Weltfestspiele, um sie einmal auszuprobieren. Doch das kleine Werk, das Spott hervorrufen sollte, erntete selbst weit mehr Spott. Leute, die Brecht als Dichter bewunderten, fühlten sich von diesem Text abgestoßen, und auch in der Rezeptionsgeschichte des Brechtschen Gesamtwerkes hinterließ er keine Spuren. Die westdeutsche Presse benutzte ihn demagogisch, indem sie die poetische Naivität für politische Naivität nahm und so zu demonstrieren versuchte, wie ein begabter Dichter durch Politik völlig verblöde.

Ihre Arbeit hatten Brecht und Dessau der „Freien Deutschen Jugend anläßlich der III. Weltfestspiele der Jugend in Berlin“ gewidmet. Der Zentralrat der FDJ gab den „Herrnburger Bericht“ in einem Sonderdruck, der auch die Noten enthielt, in einer hohen Auflage heraus. Beabsichtigt war weiterhin, ihn während der Weltfestspiele in neun Sprachen zu veröffentlichen. Das „Neue Deutschland“ druckte ihn in der Ausgabe vom 22. Juli ab. Dennoch vollzog sich die Einstudierung unter großen Schwierigkeiten. Die für die Weltfestspiele verantwortlichen Funktionare zeigten sich von dem Text nicht sonderlich begeistert. Aber auch Otto Grotewohl, dessen Urteil Brecht schätzte und von dem er gesagt hatte, er wäre bei ihm Dramaturg, wenn man ihn nicht schon zum Ministerpräsidenten gemacht hätte, fand das Ganze doch „etwas kathedermäßig“. Nach vielem Hin und Her kam es dann doch zur Aufführung während der Weltfestspiele, wenn auch nicht, wie ursprünglich vorgesehen, jeden Tag. Brecht rief Wilhelm Pieck an und lud ihn ein, sich den „Herrnburger Bericht“ anzuhoren. Er kam am nächsten Tag. Daß die fünf Aufführungen, die das Werk erlebte, ein vielumjubeltes Ereignis bei Publikum und Presse wurden, lag vor allem an der Hochstimmung und der jugendlichen Begeisterung während der Weltfestspiele.

In den Jahren 1951 bis 1953 fanden einige Diskussionen statt, die Brecht stark beanspruchten. An Diskussionen war er von jeher interessiert. Sie gehörten so zu seinem Leben, daß er sie in der Isolierung des Exils stark vermißt hatte. Doch den Diskussionen der frühen fünfziger Jahre mit ihren Härten, Verengungen und notwendigen Klärungen muß ein besonderer Stellenwert eingeräumt werden. Sie waren nicht nur selbstverständliches Mittel der Kommunikation. Sie erklärten sich aus den „Schwierigkeiten der Künstler in dieser Phase des Umbaus", wie Brecht an Walter Ulbricht geschrieben hatte, aus den Schwierigkeiten der Politiker, die Künste mit den Forderungen der nationalen und internationalen Politik in Verbindung zu bringen. Gerade das fortschrittliche Bestreben von Künstlern und Politikern, die Kunst zu einem ganz unmittelbaren, unverzichtbaren Faktor des gesellschaftlichen Lebens und der nationalen Politik zu machen, führte die Kunst in die größten Schwierigkeiten. Insofern waren diese Diskussionen, auch wenn es um sehr spezielle, ja fachspezifische Dinge ging, nationale Angelegenheiten. Brecht nahm an ihnen intensiven Anteil, und selbst wenn er nicht persönlich anwesend war, machte er doch stets seine Meinung geltend. Mehr als in der direkten Diskussion wirkte sich sein Einfluß im nachhinein aus.

Zu Beginn des Jahres 1952 schrieb Brecht über das bildnerische Werk Ernst Barlachs. Die Akademie veranstaltete von Dezember 1951 bis Februar 1952 eine große, vielbeachtete Barlach-Ausstellung. Dieser geniale Bildhauer, den die Nazis verfemt hatten, dessen Werke aus den Museen entfernt, dessen große Mahnmale abgebrochen oder eingeschmolzen worden waren, hatte nach dem Krieg mit seinen den leidenden, ausgebeuteten und entrechteten Menschen gewidmeten Arbeiten stets Aufmerksamkeit und größte

Wertschätzung gefunden. Doch zu der Ausstellung, die allein schon wegen ihres umfangreichen Überblicks höchstes Lob verdient hätte, gab es plötzlich Kritik. In der „Täglichen Rundschau" und im „Neuen Deutschland" wurde Barlachs Werk heftig angegriffen. Brecht ärgerte der „ungeduldige und eifernde Ton", den die Kritiker anschlugen, mehr noch war er besorgt, „daß die wenigen verbliebenen künstler in lethargie geworfen wurden".[160] Er empfand diese Artikel als ein Alarmzeichen. Bisher hatte sich die Formalismusauseinandersetzung hauptsächlich auf die abstrakte Kunst und den Expressionismus erstreckt. Jetzt machte sie aber auch vor einem so gegenständlich schaffenden Künstler nicht halt, der vielen als großes Vorbild für realistische Kunst galt. Eine Entgegnung hielt Brecht schon deshalb für notwendig, weil gegen Barlach mit Forderungen argumentiert wurde, die die gesamte Kunst betrafen.

Aufschlußreich wiederum ist, daß er nicht mit einer Polemik auftrat, einer Form, in der er hätte brillieren können. Vielmehr nutzte er die gesellschaftskritischen Waffen, die die Kritiker der „Täglichen Rundschau" und des „Neuen Deutschlands" gegen Barlach ausspielten, jetzt für Barlach. Er machte einige Notizen zu einzelnen Werken des Künstlers, indem er das Exemplarische der Barlachschen Kunst hervorhob, das, was ein Sozialist und Marxist an Barlach schätzen mußte, das, was nicht nur der Kunst, sondern auch den Menschen, die sie betrachteten, weiterhalf. Die Notizen veröffentlichte er 1952 in Heft 1 von „Sinn und Form", gleichzeitig erschienen sie auch in der „Berliner Zeitung".

Da kaum zwei so verschiedene Menschen wie Brecht und Barlach denkbar sind, entsteht die Frage, warum sich Brecht so für Barlach einsetzte. Dessen dramatisches Werk dürfte ihm 1952 kaum gegenwärtig gewesen sein, obwohl er in den frühen zwanziger Jahren gemeinsam mit Bronnen Barlach-Aufführungen besucht hatte. Daß Barlach die Titelfigur seines erfolgreichsten Stückes „Der blaue Boll" ursprünglich Baal nannte, wird Brecht nicht bekannt gewesen sein. Was ihn zur Stellungnahme bewegte, waren mehr Überlegungen, die von der zeitgenössischen Situation bestimmt waren, nicht aber ein innerer Bezug. Die Größe des Barlachschen Werkes dürfte ihm erst durch die Ausstellung selbst bewußt geworden sein.

Die Stoßrichtung der Barlach-Notizen verrät der einleitende Abschnitt, in dem Brecht beschreibt, was das Große, Bewundernswürdige an Barlachs Werk ist. „Ich halte Barlach für einen der größten Bildhauer, die wir Deutschen gehabt haben. Der Wurf, die Bedeutung der Aussage, das handwerkliche Ingenium, Schönheit ohne Beschönigung, Größe ohne Gerecktheit, Harmonie ohne Glätte, Lebenskraft ohne Brutalität machen Barlachs Plastiken zu Meisterwerken."[161] Kritisch gegen die Kunstpolitik gewandt, stellte er heraus, daß „Schönmalerei und Schönheit Gegensätze sind". Die stereotyp erhobene Forderung, die Kunst müsse Optimismus, ein Gefühl der Lebensfreude erzeugen, löste bei Brecht eine solche Verärgerung aus, daß er in einer Diskussion sagte, damit könne man ihn „wirklich langsam am Arsch lecken. Damit wird die Kunst echt degradiert. ... Also die These, daß zum Beispiel Kunst dann Kunst ist, wenn sie keine negativen Wirkungen haben kann oder soll, kann man nicht aufstellen."[162] Die Generalisierung einer Ästhetik, die davon ausging, daß die Identifizierung mit großen positiven Beispielen auch zu positiven Veränderungen in der politischen Praxis führe, hatte nicht nur die Künstler, sondern auch die Politiker und Kunstkritiker in eine ausweglose Situation gebracht, indem sie ihnen jede Möglichkeit nahm, differenziert auf die Schwierigkeiten dieser Umbruchszeit einzugehen. Der Dualismus zwischen politischer Forderung und künstlerischer Praxis spitzte sich selbst unter Gleichgesinnten immer mehr zu, und es schien sich keine Möglichkeit abzuzeichnen, aus diesem Dilemma herauszukommen. Die Angriffe auf Barlach deuteten bereits darauf hin, daß sich die Formalismusdiskussion auf einen Tabula-rasa-Standpunkt zubewegte. Nun lag das nicht in erster Linie an uneinsichtigen, amusischen Politikern und Kritikern, auch nicht vorwiegend daran, daß die Formalismuskonzeption aus der Sowjetunion kam. Durch die Teilung Deutschlands waren Widersprüche und Schwierigkeiten nicht nur für Deutschland, sondern für ganz Europa entstanden, wie man sie vorher nicht hatte ahnen können. Die fortschrittlichen Kräfte, die jetzt noch eine Wende herbeiführen wollten, versuchten alle Mittel zu mobilisieren. Diese Konzentration aller politischen Anstrengungen auf einen Punkt führte einerseits zu einer Überforderung der Kunst, andererseits wurden gerade die künstlerischen Potenzen gelähmt, die freigesetzt werden sollten.

Wenn sich Brecht für Barlach engagierte, so aus diesen Erwägungen heraus und nicht, weil er in ihm einen Künstler verletzt sah, den er besonders schätzte. Brechts Verhältnis zur bildenden Kunst blieb ja überhaupt recht spontan und ohne profunden Überblick. Daß er auf diesem Gebiet dennoch stets etwas zu sagen wußte, das origineller und gewichtiger war als manche fachspezifische Erläuterung, ist auf zwei sehr persönliche Eigenarten Brechts im Umgang mit der bildenden Kunst zurückzuführen.

Brecht ging an Kunst nie von einer bestimmten kunstästhetischen Einsicht heran, sondern von einer „programmatischen Sehweise" (Jost Hermand), die sich aus seiner gesamten Haltung zum Leben, aus seinem Verhalten zu den Gegenständen ergab. Die Art und Weise, wie sich menschliches Tun in einem Gegenstand abbildet, wie Haltungen zum Leben, zur Arbeit in der Formung des Gegenstandes selbst zutage treten, fand er schön, ganz gleich, ob es sich dabei um den Griff eines Messers, die Anlage eines Hauses oder die Gestaltung eines Bildes oder einer Plastik handelte. Schönheit erblickte er vor allem im Abbild von Produktivität im weitesten Sinne. Aus dieser Weite visueller Kommunikation ergab sich sein Kunstsinn, nicht so sehr aus dem engeren Bereich der Kunstgeschichte. „Was ihm gefiel, was er als wichtig oder produktivmachend empfand, war entweder das ‚Alte' oder das ‚Neue', das heißt jene bis zum mittleren 18. Jahrhundert reichende Kunst oder die Kunst jener linken Materialästhetik, wie sie sich seit den späten zwanziger Jahren unseres Jahrhunderts entwickelt hat. Das Dazwischenliegende – also die im weitesten Sinne ‚bürgerliche Kunst' – wird dagegen in seinem Denken und Theoretisieren fast immer ausgespart ..."[163]

Wenn man einmal von den Künstlern der Materialästhetik absieht, mit denen er persönlich zusammenarbeitete, gibt es eigentlich nur einen bildenden Künstler, der von ihm immer wieder herangezogen und als Beispiel vorgeführt wurde: Brueghel. Und hier zeigt sich die zweite Eigenart seiner Kunstbetrachtung. Die Vorliebe für den Niederländer wurde nicht von einer schwer erklärbaren Affinität bestimmt, nicht dadurch, daß er besonders empfänglich für dessen Malerei gewesen wäre, sondern weit mehr durch die produktive Ausbeutbarkeit Brueghels für die eigenen theatralischen Werke. An seinen Bildern ließen sich Arrangements und soziale Haltungen studieren. Für Brecht ersetzte das Studium dieser Bilder das Regiestudium. Da ließ sich lernen, wie ein Raum ausgefüllt wird, wie Menschen so zu placieren sind, daß sie in ihrer Haltung, ihren Gesten etwas erzählen. Wie Brueghel einen Mann malte, der auf einer Bank oder auf dem Boden sitzt, das war eine Geschichte für sich. Allerdings besaß Brecht auch den methodisch und technisch geschulten Blick für solche Dinge. Weil Brueghel produktiv auf seine künstlerische Arbeit einwirkte, weil er ihm half, besser seine eigene Methode herauszubilden, wurde er für Brecht zu einem über alles geschätzten Maler. Wie ihn die Kunstgeschichte beurteilte, fand er zwar nicht uninteressant – die beiden Brueghel-Bücher von Gustav Glück schleppte er durch alle Stationen des Exils –, war ihm aber letztlich unwichtig. Eine solche pragmatische Sicht auf eine Erscheinung der bildenden Kunst führte zu interessanteren Aufschlüssen als manche Kunstbetrachtung „an sich". Die wirklichen kunstästhetischen Bereicherungen kommen aus der Kunstpraxis selbst.

Zu einer großen zentralen Diskussion, die Brecht direkt berührte, kam es im Jahre 1953. Vom 17. bis 19. April fand in der Akademie der Künste zu Berlin die erste deutsche Stanislawski-Konferenz statt, an der sich über zweihundert Theaterschaffende beteiligten. Brecht ließ sich auf der Konferenz durch Helene Weigel vertreten. Daß er die Konferenz gar nicht besuchte, wie man lange Zeit annahm, stimmt allerdings nicht. An einem der Tage ließ er sich in einer hinteren Reihe nieder, meldete sich aber von dort aus spontan zur Diskussion. Sein Beitrag ist nicht erhalten, wie von der gesamten Konferenz kein Protokoll existiert. Die Propagierung der Stanislawski-Methode mit ihren Vorzügen, Vereinseitigungen und Irrungen setzte mit Beginn der fünfziger Jahre ein. Zunächst bot diese praktisch ausgearbeitete Methode eine wesentliche Hilfe gegen Gedankenlosigkeit und Schlendrian in den Inszenierungen. Auch ließ sich mit ihr in der Theaterpraxis mehr bewirken als mit den allgemeinen Hinweisen auf Brahm und Reinhardt, mit denen man sich unmittelbar nach 1945 beholfen hatte. Für das sowjetische Theater verkörperte sich in Stanislawski die Verbindung der großen bürgerlich-humanistischen Kultur mit der neuen Kultur des realen Humanismus. Er war gleichsam ein Symbol dafür, wie alles Humanistische, Wertvolle der Vergangenheit in die sozialistische Kultur und Kunst einmündete. So wie Stanislawski sich nach der Oktoberrevolution vor eine ganz neue Situation gestellt sah, suchten auch viele progressive bürgerliche Theaterschaffende in den großen Gesellschaftsumwälzungen der DDR nach einer neuen Position. Auch aus dieser Sicht boten die Arbeiten Stanislawskis damals einen günstigen Ausgangspunkt. Hemmend wirkte sich allerdings aus, daß gerade sein Spätwerk, also jene Phase, als er unter neuen gesellschaftlichen Bedingungen und für ein neues Publikum arbeitete, zu Beginn der fünfziger Jahre noch kaum bekannt war. Deshalb konnte gar nicht konkret gezeigt werden, wo Stanislawskis Lehre auf bürgerlich-idealistischen Vorstellungen fußte, wo sie materialistische Elemente aufwies und wo sie sich auf neue gesellschaftliche Erkenntnisse im Sinne des Marxismus-Leninismus stützte.

Im Unterschied zur zweiten Hälfte der vierziger Jahre wurde in den fünfziger Jahren das Stanislawski-System allseitig propagiert und gefördert. Vorarbeit leistete dabei Maxim Vallentin mit seinem kleinen Kollektiv in Weimar, später mit dem Maxim-Gorki-Theater. Diese Bemühungen gingen in einer Bewegung auf, die bald mehr oder weniger das gesamte Theaterleben der DDR erfaßte. An den meisten Theatern der Republik wurden Zirkel zum Studium der Stanislawski-Methode gegründet. Zu den bedeutenden Regisseuren, die sich Stanislawski verpflichtet fühlten, zählten Wolfgang Langhoff, Wolfgang Heinz, Maxim Vallentin und Karl Kayser. Langhoff inszenierte neben dem „Egmont" (1951) vor allem „Don Carlos" (1952), „Julius Fučik" (1951) und „Thomas Münzer" (1953) ganz im Geiste Stanislawskis. Auf der Konferenz hielt er dann auch das Hauptreferat: „Die Darstellung der Wahrheit mit Hilfe der Methode Stanislawskis". Die Inszenierungen Langhoffs am Deutschen Theater zählten damals auf dem Gebiet des Schauspieltheaters zu den eindrucksvollsten Leistungen. Allein schon dieser Umstand hätte genügt, sie mit den nicht weniger aufsehenerregenden Inszenierungen des Berliner Ensembles zu konfrontieren. Außerdem hatte die Veröffentlichung des „Kleinen Organons" im ersten Brecht-Sonderheft von „Sinn und Form" den eklatanten

Gegensatz der Methode Brechts zu der Stanislawskis sichtbar gemacht. Es ließ sich also gar nicht vermeiden, daß die Stanislawski-Konferenz zu einer Auseinandersetzung mit dem Brecht-Theater führte. Allerdings war man auch staatlicherseits nicht an einer Duellsituation interessiert. Man wollte die Auseinandersetzung, aber nur so weit, wie sie die Überlegenheit und Allgemeingültigkeit der Stanislawski-Methode nicht erschütterte. Ein solches Unterfangen war keineswegs aussichtslos. Obwohl die Stanislawski-Methode durch die forcierte Anwendung in Gefahr geriet, sehr formal gehandhabt zu werden, fühlten sich die Schauspieler durch sie weit mehr angesprochen als durch die provokativ empfundenen Streitsätze Brechts. Auch die Inszenierungen Langhoffs standen in hohem Ansehen. Die Bewunderung und der Respekt, den sich Brecht und sein Berliner Ensemble erworben hatten, galten damals noch in keiner Weise seiner Theorie. Um dem abzuhelfen, hatte er mit seinen Mitarbeitern den Band „Theaterarbeit" herausgebracht, der eine minutiöse Darstellung der praktischen Arbeitsweise enthielt, wie sie am Berliner Ensemble gepflegt wurde. Dieser Band lag vor und wurde auch als eine Art Äquivalent zu den verschiedenen deutschen Stanislawski-Studien aufgefaßt.

Helene Weigel war auf der Konferenz die Sprecherin des Berliner Ensembles. Man darf sicher sein, daß ihr Auftreten vorher im engeren Kreis des Ensembles ebenso sorgfältig abgesprochen war wie andernorts das Auftreten eines Diplomaten in der UNO. Sie enthielt sich jeder sachbezogenen Polemik und stellte heraus, daß auch am Berliner Ensemble die Arbeitsweise des großen Theatererneuerers Stanislawski studiert werde. „Der Grund dafür ist wohl der", sagte die Weigel, „daß auch wir seit vielen Jahren versuchen, realistisch zu spielen, und zwar vom sozialistischen Standpunkt aus. Wir haben noch etwas festgestellt: Es gibt eine erstaunliche Anzahl von Methoden in unserer Arbeitsweise, die denen Stanislawskis sehr ähnlich sind." Als Resümee ihrer Ausführungen betonte sie: „Ich sage nicht, daß zwischen der Arbeitsweise Brechts und der Arbeitsweise Stanislawskis kein Unterschied besteht. Es ist klar, daß ein Unterschied besteht, wenn auch noch nicht recht klar ist, worin der Unterschied besteht oder wie groß er ist ... Ganz unsinnig aber scheint es mir, eine ganz und gar künstliche Kluft zwischen unserer Arbeitsweise und der Stanislawskis aufzureißen ... Brecht selbst kennt eine solche Kluft nicht."[164]

Der versöhnliche, die Gemeinsamkeiten hervorhebende Ton der Weigel wurde jedoch von der Konferenz nicht honoriert. Man drängte darauf, die Unterschiede, ja den Gegensatz zu Stanislawski zur Sprache zu bringen. Wortführer dieser allerdings sehr kameradschaftlich geführten Diskussion waren Wolfgang Langhoff, der Dramatiker Harald Hauser und der Theaterwissenschaftler Armin-Gerd Kuckhoff. Sieht man von einigen kleinlichen Einwänden gegen die flatternde, halbhohe Vorhanggardine des Berliner Ensembles ab, so war es vor allem die „Überintellektualisierung des Ausdrucks", die nicht auf der „inneren physischen Handlung" aufbaue (Hauser), das Verharren in der Abstraktion, das Stehenbleiben „auf halbem Wege zwischen dem Abstrakten und dem Rückweg zum Besonderen" (Hauser).[165] Wolfgang Langhoff vertrat die Ansicht, „daß es sehr falsch wäre, wenn wir heute sagen würden, die theoretischen Ansichten Brechts, die er im ‚Kleinen Organon' für das Theater äußert, seien der Methode Stanislawskis weitgehend ähnlich"[166]. Um den Gegensatz beider Methoden ins Blickfeld zu rücken, führte er die Thesen 49, 50, 51 und 52 des „Kleinen Organons" an. Die Streitpunkte konzentrierten sich darauf, daß Brecht ein, wie Langhoff sagte, erzählendes, darstellendes, schilderndes Theater anstrebe, ein Theater des Darstellens, des Vorzeigens, während es Stanislawski auf ein Theater des Erlebens angekommen sei.

Brecht betone den Akt des Zeigens, Stanislawski hingegen die Identifizierung mit der Rolle. Es war für die Konferenz charakteristisch, daß sich die Diskussion in der Gegenüberstellung zweier Sätze der beiden großen Theaterleute festfuhr. Es ging um den Satz Brechts über den Schauspieler des nichtaristotelischen Theaters in der 48. These des „Kleinen Organons": „Ein Urteil: ‚Er spielte den Lear nicht, er war Lear', wäre für ihn vernichtend", und um den Satz aus Stanislawskis Buch „Der schauspielerische Weg zur Rolle": „Wenn ich Ihnen den Hamlet gebe, so sind Sie Hamlet."[167]

Die Debatte krankte daran, daß die Auseinandersetzung letzten Endes auf polemisch zugespitzte theoretische Thesen zurückgeführt wurde. Dabei hatte Langhoff, indem er sich im Referat auf seine „Egmont"-Aufführung bezog, durchaus den richtigen Ausgangspunkt zu einer sachbezogenen Diskussion gegeben. Es gelang aber nicht, zwischen theaterpraktischen Erörterungen und differenzierten theoretischen Verallgemeinerungen zu vermitteln, wie das zum Beispiel in dem Buch „Theaterarbeit" des Berliner Ensembles der Fall war. (Merkwürdigerweise spielte diese Publikation auf der Konferenz gar keine Rolle.) Einmal aneinandergeraten, bewegte man sich zu sehr in den Extremen, in der Gegenüberstellung von Theater des Erlebens und Theater des Darstellens.

Dabei gab auch Brecht in seinem nachgereichten Diskussionsbeitrag zu erkennen, daß ihm an einer Auseinandersetzung am konkreten Material gelegen war. Nachdem er die „kluge Selbstkritik" Langhoffs in dessen „verdienstvollem Referat" gelobt hatte, ging er gleich unumwunden zur Kritik an der „Egmont"-Aufführung über. Sein Haupteinwand war, sie sei idealistisch. „Die Konzeption Langhoffs von Goethes ‚Egmont' kommt auch mir idealistisch und undialektisch vor. Zumindest in seinem Referat vom Samstag ist Egmont nur der makellose Vorkämpfer eines nationalen Befreiungskrieges. Da, wie ich höre, Vallentin darüber gesprochen hat, gehe ich nicht weiter darauf ein, obwohl gerade in diesem Punkt der ‚Überaufgabe' das Stanislawskische Vorbild ganz besonders beachtet werden muß: Es ist beinahe der Hauptpunkt." Ein weiterer Punkt der Kritik Brechts an Langhoff betraf die physische Handlung: „Es kann sich da meiner Ansicht nach nicht darum handeln, wie die Regentin ihre Nervosität und Egmont seine Todesfurcht ausdrückt (durch die oder jene Gänge). Auch hier scheint mir Stanislawski weit tiefer und *materialistischer* zu verfahren."[168] Damit berührte Brecht eine tatsächliche Schwäche der Aufführung. Langhoff hatte alles in die Figur des Egmont gelegt. Die Stufen und Stadien des Befreiungskampfes, den das holländische Volk führte, waren identisch mit den Entwicklungsstadien und -stufen Egmonts. Auf diese Weise aber konnte eine differenzierte Darstellung der Klassenposition dieses Volkshelden nicht sichtbar gemacht werden. Langhoff ließ nur die Rechtfertigung, nicht aber auch die Kritik an der Figur spielen. Und eben das nannte Brecht idealistisch. Er lastete diese Schwächen hauptsächlich Langhoff, nicht dem Stanislawski-System an, das Brecht als weit materialistischer kennzeichnete. Das System begünstigte aber auch Idealismen.

Stanislawskis methodische Überlegungen zielten immer auf die Figur, die Brechts auf die Fabel. Durch die Überaufgabe war zwar durchaus die Möglichkeit gegeben, auch die kritische Sicht auf die Figur auszudrücken. Brecht hob das in seinem Diskussionsbeitrag hervor. Was damals jedoch kaum praktisch und methodisch beherrscht wurde, war, Rechtfertigung und Kritik zugleich in einer Figur zum Ausdruck zu bringen. Rechtfertigung und Kritik polarisierten sich meist in Spiel und Gegenspiel, teilten sich in positive und negative Figuren, die dann nur durch allgemeinmenschliche Zusätze „differenziert" wurden. Wiederum verstand man die Forderung Brechts dahingehend, als solle die Lebendigkeit der Figur eingeschränkt werden. Dabei sah Brecht gerade in der Dialektik von Kritik und Rechtfertigung die Möglichkeit, eine „runde", „volle", „vielschichtige" Figur zu realisieren. Andererseits zeigte Brecht zuwenig Verständnis für die Bemühungen Langhoffs, die Dialektik von Historizität und Aktualität in einer Inszenierung mitreißend zum Ausdruck zu bringen. Die Aufbereitung des historischen Stoffes und die Analyse des Stückes im Sinne des dialektischen und historischen Materialismus wurde von Brecht, auch wenn Langhoff sein gesellschaftliches Anliegen einseitig, historisch undifferenziert auf die Egmont-Figur konzentrierte, mit der Kennzeichnung „idealistisch" allzu schroff abgewertet.

Wesentlich und außerordentlich fruchtbar waren dagegen die Vorschläge, die Brecht, eigentlich nur für sein Ensemble, unter der Überschrift „Was unter anderem vom Theater Stanislawskis gelernt werden kann" unterbreitete. Brecht stellte neun Punkte heraus: 1. Der Sinn für das Dichterische eines Stücks; 2. Das Verantwortungsgefühl der Gesellschaft gegenüber; 3. Das Ensemblespiel der Stars; 4. Wichtigkeit der großen Linie und des Details; 5. Die Verpflichtung zur Wahrheit; 6. Der Einklang von Natürlichkeit und Stil; 7. Darstellung der Wirklichkeit als voll von Widersprüchen; 8. Die Wichtigkeit des Menschen; 9. Die Bedeutung der Weiterentwicklung der Kunst.[169] Der Vorschlag, Gesichtspunkte zu erarbeiten, „was unter anderem vom Theater Brechts gelernt werden kann", blieb damals aus, er wurde von einem Vertreter der Stanislawski-Schule (von Hans Dieter Mäde) erst in den sechziger Jahren gemacht. Trotz mancher Anregung brachte die Konferenz keine weiterführende Klärung. Die Losung „Hie Brecht – hie Stanislawski" konnte nicht abgebaut werden. Die Konfrontation verschärfte sich zeitweise sogar, besonders auf theoretischem Gebiet und in der Kritik.

Unproduktive Kontroversen, unzureichende Theorien

Zwischen 1951 und der ersten Hälfte des Jahres 1953 mehrte sich die Unzufriedenheit der Künstler mit der Kulturpolitik. Die großen Diskussionen, die in jener Zeit stattfanden und an denen sich Brecht beteiligte bzw. auf die er Einfluß nahm, waren gekennzeichnet durch die Härte und Intensität der Auseinandersetzung. Zwischen Ursache und Erscheinungsform der Probleme bildete sich jedoch ein Widerspruch, der für die damals Beteiligten kaum einsehbar war. So verschärfte sich der Unwille gegen die Kulturpolitik, die die meisten Künstler gern unterstützt hätten, weil sie an politische Prämissen gebunden war, die sie begrüßten. Auf künstlerischem Gebiet aber ging diese Kulturpolitik von Forderungen und Festlegungen aus, die sich zerstörerisch auf die Entwicklung einzelner Künstler auswirkten. Brecht hat in dieser Zeit zu den wichtigsten Fragen Stellung genommen. Seine provokative Kunsttheorie und seine offensive Polemik kamen dabei allerdings kaum zur Geltung. Er beschränkte sich in der Diskussion auf die Verteidigung von Werken seiner Freunde und auf Entwicklungen, die nicht abgebrochen oder eingeschüchtert werden sollten. Mehr als die offensive Entgegnung bevorzugte er die behutsame kritische Erörterung. Er stellte sich kulturpolitischen Leitlinien nicht polemisch entgegen, sondern hob einzelne Gesichtspunkte hervor, zu denen er andere Argumente lieferte, um so die Möglichkeit zu geben, den jeweiligen Standpunkt erneut zu prüfen.

Diese Haltung erklärte sich bei Brecht wie bei vielen anderen Künstlern jener Zeit daraus, daß er das politische Grundanliegen der Kulturpolitik bejahte. Außerdem wollte er den restaurativen Kräften in Westdeutschland keine Gelegenheit geben, sich die Kritik zunutze zu machen, die er gegenüber seinem Staat vortrug. Die Politik der Restauration und der Remilitarisierung, wie sie von Konrad Adenauer betrieben wurde, betrachtete er als verhängnisvoll. Mit dieser Seite zu reden und zu verhandeln, hielt er politisch für erforderlich. Seine Hoffnung jedoch, zu einer Einigung zu kommen, war gering.

Die folgenschwerste Wende in der Kulturpolitik zeichnete sich in der Öffentlichkeit 1951 ab. Der Übergang von der großzügigen, anregenden und fördernden sowjetischen Kulturpolitik des ersten halben Nachkriegsjahrzehnts zu einer Kulturpolitik unter dem Vorzeichen der Formalismuskonzeption markierte der mit N. Orlow gezeichnete Artikel „Wege und Irrwege der modernen Kunst" in der „Täglichen Rundschau" vom 21. und 23. Januar 1951. Während die deutsche Kultur durch die sowjetische Kulturpolitik in den Jahren von 1945 bis 1950, vor allem durch die kluge und souveräne Vermittlung und Anleitung von Alexander Dymschiz, Impulse erhielt, die über Jahrzehnte weiterwirkten und Neugier und Interesse bei breiten Kreisen bürgerlicher Künstler und Kunstinteressierter weckten, hatte der indirekte Orlow-Einfluß auf die Kunstentwicklung der jungen DDR verheerende Folgen und stieß immer mehr Künstler ab oder machte aus ehemals Interessierten und Sympathisanten entschiedene Gegner sowjetischer und sozialistischer Kunst und Kunstpolitik. Orlow ging in seinem Artikel davon aus, daß 1951 in der DDR eine Situation bestehe, die durch die „Herrschaft des Formalismus" gekennzeichnet sei. In den Kunstzeitschriften der DDR würde der Kult des Häßlichen und Unmoralischen propagiert und die formalistische Theorie von der „Offenbarung des Materials" vertreten. „Die Analogie mit dem kulturellen Verfall im alten Rom drängt sich in diesem Zusammenhang geradezu auf."[170] Besonders schlimm fand Orlow den Zustand der bildenden Kunst in der Deutschen Demokratischen Republik. Hier werde die Entwicklung durch die „Modernisten", „Formalisten", „Subjektivisten" bestimmt. Die Gründung der Akademie der Künste habe daran nichts geändert, sie begünstige vielmehr „ein fast friedliches ‚Zusammenleben' der Anhänger mehr oder weniger realistischer Kunstanschauungen mit den Verteidigern dekadenter und volksfeindlicher, antidemokratischer Anschauungen".[171] Dem Volksbildungsminister Paul Wandel warf der Artikelschreiber vor, daß er die realistische Richtung nicht unterstütze und die vom Volk aufgebrachten Mittel unkontrolliert zum Ankauf ganz absurder, formalistischer Bilder vergeude. „Daß muß schärfstens verurteilt werden."[172]

Auffällig an dem Artikel war, daß sich die darin geübte Kritik gar nicht auf die extremen Richtungen der abstrakten Kunst erstreckte, sondern hauptsächlich an realistisch schaffende Künstler adressiert war: „Arno Mohr, der künstlerische Begabung besitzt, malt auf Grund seiner formalistischen Neigungen abstoßende Bilder. Er ist der falschen Ansicht, die Aufgabe des Malers bestehe in der subjektiven ‚Umarbeitung' der ihn umgebenden Wirklichkeit. Er leugnet die Notwendigkeit der aktiven Teilnahme des Künstlers am gesellschaftlichen Leben. Mohr gehört der Leitung des Verbandes bildender Künstler beim Kulturbund an."[173] Die vernichtendste Passage in dem Artikel richtete sich gegen Brechts Freund Teo Otto: „Leider werden indessen in manchen Gemälden nicht nur in Westdeutschland, sondern auch in der Deutschen Demokratischen Republik die Menschen als abscheuliche Ungeheuer, schmutzig, ungepflegt und mißgestaltet dargestellt, Leichnamen ähnelnd, leblosen Spukerscheinungen, finsteren Schatten aus der Unterwelt (siehe das im Verlag ‚Volk und Welt' erschienene scheußliche Sammelwerk ‚Nie wieder!' eines gewissen Teo Otto). Hier haben wir die für die heutige bürgerliche Kunst charakteristische ‚Krise des Häßlichen', von der wir eingangs sprachen. Was hat solche Kleckserei, die den Menschen und die Gesellschaft verachtet, mit Ästhetik gemein?"[174]

Brecht verteidigte Teo Otto, aber eine weitere Zusammenarbeit am Berliner Ensemble ließ sich nach diesem Artikel mit ihm nicht mehr vereinbaren.

Die polemische Stoßrichtung des Orlow-Artikels galt der modernen deutschen Kunstentwicklung des 20. Jahrhunderts, die sich vor allem in den Jahren der Weimarer Republik am kräftigsten entfaltet hatte. Aufschlußreich wiederum, daß Orlow gerade gewisse Stärken etwa der deutschen bildenden Kunst als die größten künstlerischen Defizitgebiete verbuchte. „Die deutsche Kultur des 20. Jahrhunderts und die Vertreter der deutschen Kunst, mit Ausnahme der Literatur (die großen deutschen Schriftsteller bilden die entscheidende Ausnahme von dieser Regel), haben sich vorwiegend unter dem Einfluß des Westens entwickelt, der im letzten halben Jahrhundert auf dem Gebiet der Kunst fast nichts von Bedeutung hervorgebracht hat."[175] Damit waren ganze Richtungen, die die europäische Kunstentwicklung nachhaltig beeinflußt hatten, wie der deutsche Expressionismus und die Neue Sachlichkeit, einfach ausgestrichen und Künstler von internationalem Rang übergangen. Eine solche These als kulturpolitische Praxis schien weder unter dem Aspekt der Bündnispolitik noch als kulturpolitische Leitlinie geeignet, positiv auf die Entwicklungsprozesse von Kunst und Künstlern einzuwirken. Denn die meisten progressiven Künstler waren in der einen oder anderen Weise mit den modernen Kunstströmungen des 20. Jahrhunderts verbunden. Sie mußten sich in ihrer Entwicklung wie in ihrem Traditionsverständnis hart bedrängt fühlen. Bei dieser totalen Verwerfung der Kunstentwicklung eines ganzen Jahrhunderts wurden dann zwangsläufig alle Vorbilder in der deutschen Klassik gesucht. Wenn Orlow die bedeutendsten deutschen Schriftsteller aufzählte, die die entscheidende Ausnahme gegenüber der allgemeinen Dekadenzentwicklung deutscher Kunst im 20. Jahrhundert bildeten, nannte er auch Namen jüngster Schriftsteller, wie den Kubas, Brecht indessen blieb unerwähnt.

Eine solche Kunstorientierung sollte, der Artikel wies gleich eingangs darauf hin, im Sinne einer politischen Bündnispolitik verstanden werden. In der politischen Realität aber belastete sie gerade die in der Phase von 1945 bis 1950 geknüpften Bündnisbeziehungen. Besonders betroffen mußten sich die Vertreter einer Kunstrichtung fühlen, wie sie von Brecht und seinen Freunden vertreten wurde. Nicht nur die Distanz progressiver Künstler zu dieser Kunstpolitik nahm zu, auch die Entwicklung nicht unbeträchtlicher Kunstgebiete stagnierte, trotz der beträchtlichen Mittel und der großzügigen materiellen Unterstützung, die Künstlern und künstlerischen Einrichtungen durch die Regierung der Deutschen Demokratischen Republik zuteil wurde. Die Auswirkungen der Orlow-Orientierung auf die bildende Kunst waren so folgenschwer, daß wesentliche Leistungen und Vorstöße mit Breitenwirkung ausblieben. Erst in den sechziger Jahren trat eine Wende ein.

Den theoretischen Ausführungen folgten administrative Maßnahmen, die der sogenannten „Herrschaft des Formalismus" entgegenwirken sollten. Nach der Ablösung von Paul Wandel sorgte die neugegründete Staatliche Kommission für Kunstangelegenheiten unter Leitung von Helmut Holtzhauer dafür, daß nunmehr die kulturpolitische Linie auch praktisch, in den Künsten selbst, verwirklicht wurde. Auf dem Gebiet der Kunsttheorie hatte es den Anschein, als ob sich hier die gleiche einheitliche Ausrichtung vollzog wie auf administrativem Gebiet. Selbst wenn man voraussetzt, daß in kunsttheoretischen Schriften, die direkt politisch orientieren wollten, die offiziellen Leitsätze nicht umgangen werden konnten, so zeichneten sich dennoch innerhalb der Formalismusdiskussion der DDR zwei verschiedene Richtungen ab. Die eine war die Orlow-Richtung, die vor allem von dem Künstler und Kunsthistoriker Kurt Magritz kompromißlos vertreten wurde. Hier dominierte die Auseinandersetzung über die künstlerische Form, die Polemik gegen die „Formzersetzung", die Abgrenzung von allen sogenannten antirealistischen, dekadenten Strömungen. Die andere Richtung, in der DDR-Publizistik vor allem von Wilhelm Girnus und Alexander Abusch vertreten, bezog sich gleichfalls mehr oder weniger stark auf den Formalismus und dessen destruktive Funktion, aber ihr methodischer Hauptgesichtspunkt war die Orientierung auf die deutsche Klassik als entscheidender Beitrag zur deutschen Frage. Sie ließ für den fortschrittlichen Künstler keine andere Alternative gelten, als durch den produktiven Traditionsbezug zur deutschen Klassik mitzuhelfen, die Einheit des deutschen Vaterlands herbeizuführen. Das gab dieser Richtung ein historisch gerechtfertigtes Pathos, dem sich politisch engagierte Künstler nicht entziehen konnten.

Sosehr sich die Künstler durch die dogmatische Ausrichtung und die einengenden Festlegungen auf künstlerischem Gebiet auch beeinträchtigt fühlten, wollten sie doch insgesamt diese Kulturpolitik nicht angegriffen wissen, weil sie eben ganz unmittelbar mit dem Kampf um die Einheit Deutschlands verbunden war, weil sie von ihnen als wirksames Mittel gegen die Adenauersche Spaltungspolitik begriffen wurde.

Während Partei und Regierung der Deutschen Demokratischen Republik noch immer nach Wegen zur Einheit Deutschlands suchten, betrieb der westdeutsche Bundeskanzler Konrad Adenauer eine forcierte Abgrenzungs- und Spaltungspolitik mit dem Ziel, die BRD fest in der westlichen Allianz zu verankern. Dafür war ihm kein Preis zu hoch. In den ersten Monaten des Jahres 1953 wurde die gegensätzliche Deutschlandpolitik der beiden deutschen Staaten durch zwei politische Vorgänge sehr nachdrücklich markiert. Am 19. März 1953 stimmte in der BRD der Bundestag mit 226 zu 164 bei 2 Stimmenthaltungen dem Generalvertrag und mit 224 zu 165 bei 2 Enthaltungen dem Europa-Armee-Abkommen zu. Einen Tag später kam es in der DDR zu einer gemeinsamen Sitzung der Volks- und Länderkammer, an der auch eine Delegation der Deutschen Sammlung unter Führung des Altreichskanzlers Dr. Joseph Wirth teilnahm. Hier wurde ein Appell an das deutsche Volk zum gemeinsamen Kampf für Einheit und Frieden verabschiedet. Diese politischen Bestrebungen zur Einheit Deutschlands unterstützte Brecht durch persönliche Initiativen und mit den vielfältigen Mitteln seiner Kunst. Nicht nur in der Publizistik, auch in der Lyrik zählte er dieses Thema zu den dringlichen. Über das Deutschland von 1952 sagte Brecht im Gedicht:

O Deutschland, wie bist zu zerrissen
Und nicht mit dir allein!
In Kält' und Finsternissen
Läßt eins das andre sein.
Und hättst so schöne Auen
Und reger Städte viel;
Tätst du dir selbst vertrauen
Wär alles Kinderspiel.[176]

Wenn Brecht die Einheit Deutschlands beschwor, ging er stets davon aus, daß man sich zu etwas Neuem zusammenfinden müsse und nicht einfach auf das Alte berufen dürfe. „Aber das Neue muß Altes bezwingen", lautete seine Devise für die Wiedervereinigung. Das Neue wurde von ihm jedoch nicht als Voraussetzung, sondern als Prozeß beschrieben:

Aber das Neue muß Altes bezwingen
Anders sind immer die Wellen im Rhein.

Und wir werden ein Deutschland erringen
Und es wird neu und ein anderes sein.[177]

In der politischen Landschaft Deutschlands war die Sehnsucht nach dem Neuen aber keineswegs so dominierend, daß nicht mit der Furcht vor dem Neuen Stimmen gesammelt werden konnten. Adenauer bot der westdeutschen Bevölkerung mit einer geradezu unglaublichen Rigorosität das nichtbewährte Alte an und hatte damit Erfolg. Daß auch Literatur und Kunst ihren Beitrag zur Einheit Deutschlands leisten sollten, wurde von den Künstlern in der DDR begrüßt. Hier gab es eine beträchtliche Aktivität. Über die Verbundenheit zur deutschen Klassik und ihrem humanistischen Anliegen hoffte man bündnisstrategisch am ehesten eine Verständigung der Deutschen in Ost und West über die dringlichsten politischen Fragen der Zeit zu erreichen. Die kulturpolitische und ästhetische Orientierung auf die deutsche Klassik schloß zwangsläufig die Abgrenzung von der Moderne ein. Man ging mit stillschweigender Selbstverständlichkeit davon aus, daß die Klassik eine breite Basis besaß, weil diese Kunst den Deutschen vertraut war. Im Unterschied dazu schien die Moderne eher ein Streit- als ein Sammelpunkt zu sein, spaltete sie die Öffentlichkeit doch mehr, als daß sie sie einte.

Sowenig diffizil sich diese Kulturpolitik, die mehr oder weniger direkt von der großen Politik auf die künstlerische Gestaltung schloß, auch darstellte, war die Überlegung, ein großes Publikum über die ästhetische Orientierung auf die deutsche Klassik zu erreichen, nicht ohne weiteres von der Hand zu weisen. Hier verhakten sich politische Bündnisstrategien mit kulturpolitischen Überlegungen. Der politische Auftrag an die Kunst, im Sinne eines breiten Bündnisses zur Herstellung der Einheit Deutschlands beizutragen, bedeutete in Anbetracht der deutschen Situation den meisten Künstlern ein dringliches Anliegen, für das sie sich gern engagierten. Doch war die Berufung auf literarische Traditionen in Deutschland keineswegs unproblematisch. Durch den Mißbrauch der Faschisten bestand kein so intaktes und kontinuierliches Traditionsverständnis wie in anderen Ländern. Hinzu kam, daß durch die Formalismusdiskussion die Klassik zu einer ästhetischen Norm wurde, die die Künstler mehr in die Krise als zu einer produktiven Auseinandersetzung führte.

Zum anderen stellte die sozialistische Entwicklung in der DDR an die Kunst Aufgaben, die mit einer einseitigen Traditionsausrichtung nicht zu lösen waren. Schließlich hatte sich eine neue gesellschaftliche Situation herausgebildet, die auch nach neuen ästhetischen Gesichtspunkten befragt werden mußte. „die literatur", so forderte Brecht, „muß sich engagieren, sich in den kampf bringen über ganz deutschland hin und einen revolutionären charakter haben, ihn auch äußerlich, in den formen, zeigen. für sie ist formalismus, was den revolutionären inhalt verspielt."[178] Daß sich die sozialistische Kunst mit der deutschen Klassik auseinandersetzen mußte, daß sie nicht einfach rechts liegengelassen werden durfte, wie das durch die revolutionär-proletarische Kunst in den zwanziger Jahren geschehen war, hielt Brecht nicht nur für unausweichlich, sondern auch für sehr förderlich. Nur mußte auf eine kritische Aneignung der Klassik hingearbeitet werden, was ihm ohne weitreichende Experimente und eine handhabbare Methode nicht möglich schien.

Daß sich Brecht 1952 entschloß, mit Schauspielern seines Theaters Goethes „Urfaust" aufzuführen, hatte vielfältige Gründe. Einer bestand darin, daß er ein Verhältnis mit der jungen Schauspielerin Käthe Reichel hatte und für sie eine Rolle brauchte. Als Regisseur wie als Dichter schenkte er gern Rollen. Aber auch andere Vorgänge drängten ihn dazu, sich gerade mit dem „Faust" zu beschäftigen. Seit den Feierlichkeiten aus Anlaß des 200. Geburtstages Goethes im

Jahre 1949 waren die Interpreten des „Goethinger", wie sich Brecht im bayrischen Tonfall auszudrücken pflegte, mächtig aufmarschiert. Die „Faust"-Aufführung des Deutschen Theaters hatte die Diskussion angeregt, Bewunderung war nicht ausgeblieben. Neidisch gegenüber glücklichen Dichtern wie Goethe, die ihre Produktivität hatten voll entfalten können und dazu noch die Zuneigung ihrer Zeitgenossen erhielten, konnte Brecht nicht fortwährend an der Ausstrahlung des Großen von Weimar nur herumnörgeln, er mußte sein Goethebild zur Diskussion stellen. Sein Freund Hanns Eisler hatte sich bereits Hals über Kopf in die Problematik gestürzt und arbeitete, um sich als Komponist selbst zu bedienen, an einem Faust-Libretto. Im Unterschied dazu ging Brecht äußerst vorsichtig zu Werke. Er wußte, womit er es zu tun hatte. Daß er Vorsicht walten ließ, ging schon daraus hervor, daß er keine „Gegenaufführung" zum Deutschen Theater plante, sondern den „Urfaust" mit jungen Schauspielern unter der Leitung eines jungen Regisseurs vorbereiten ließ. Keine großen Darsteller wurden herangeholt, alles war auf Experiment angelegt. Man wollte die „besondere Eigenart des klassischen Autors studieren", wie er in dem Aufsatz „Einschüchterung durch die Klassizität" formulierte. Mit dem „Urfaust" bevorzugte er das Fragment gegenüber dem abgeschlossenen Werk. Gerade das Fragment schien ihm geeignet, das Realistische zu zeigen, das, was Goethe mit Shakespeare verband und von Goethe zu Büchner weiterwirkte. „Ohne ‚Urfaust' gäbe es keinen ‚Woyzeck', keine realistische Theaterkunst."[179]

Zu der „Faust"-Inszenierung des Deutschen Theaters äußerte er sich vorwiegend kritisch, obwohl er Schönheiten gelten ließ, bei Goethe wie in der Darstellung. „sah teile von FAUST im DEUTSCHEN THEATER. interessant, wie meist beim goethe, im gegensatz zum schiller, das modernistische. die effekthascherische ausweitung der alten fabel, wobei die effekte, die mit poetischem griff gehascht werden, durchaus bedeutend sind. als ‚gedankendrama' ist das stück erfreulich uneinheitlich, die gedanken tauchen auf wie in einer konversation, der verfasser ist geistreich. der grundgedanke ist nicht zu fassen, es ist eine schlaue scharade mit mehreren lösungen, schema fixierbild, wo man, die zeichnung wendend, hier einen mann, dort einen korb entdeckt. es wurde reichlich gebrüllt, was hierzulande der ausdruck der leidenschaftlichkeit ist, aber hinz (ein hervorragender *feldkurat*) war ein ausgezeichneter teufel; er machte klar, daß es nicht den, sondern nur die teufel gibt, und war einer davon, nervös, schäbig, etwas gaga."[180] Wenn Brecht einmal vermerkte, alle „Faust"-Aufführungen, die er gesehen habe, seien „absurd, barbarisch, lächerlich" gewesen und würden als „kitschige Revuen" nur noch von Wagner übertroffen, darf man das nicht allzu wörtlich nehmen. Gab doch hier mehr die Meinung zur Rezeption als zu dem großen Werk der Literatur den Ausschlag. Gerade weil die Geltung als klassisches Meisterwerk im Laufe der Zeit die Kritik ganz beiseite geschoben hatte, übte sie Brecht um so mehr. Bei seinem polemischen Temperament mischte sich in Sachen Goethe immer Haß mit Bewunderung.

Als die Schauspieler im Berliner Ensemble unter der Regie von Egon Monk mit den Proben anfingen, ging es natürlich gleich auf das konventionelle Faust-Bild, auf Faust als den „ewigen Wahrheitssucher", los. Dennoch achtete Brecht, der in der ersten Zeit an allen Proben teilnahm, sehr darauf, daß der Gegenentwurf nicht zum bloßen Gegenteil geriet. „Allerdings reicht für eine Gegenkonzeption nicht aus, den entgegengesetzten Weg zu gehen, da er nur die Polemik des ‚gesetzten' Weges ist, das heißt, nur zusammen mit diesem verständlich. Die Negation des Falschen bleibt noch falsch. Ihr fehlt der dialektische Umschlag, die Aufhebung also."[181] Sosehr Brecht dazu neigte, fertigen und noch dazu feststehenden Urteilen über Kunstwerke die Polemik, die Provokation entgegenzustellen, war er in der praktischen Arbeit immer gern bereit, auf Schönheiten, auf Vorstöße und Kühnheiten, auf Meisterliches zu verweisen. Manfred Wekwerth berichtet, Brecht habe sich während der Proben zum „Urfaust" wie zu einem fremden Stück verhalten. „Er lachte, staunte, fand die ‚Sache spannend'; und von da an versäumte er keine Probe. So begann eine der interessantesten und theatergeschichtlich wichtigsten Arbeiten von Brecht. Man könnte sie die Phase seiner neuen Klassikeraneignung nennen, die sich erheblich von der der zwanziger Jahre unterschied."[182]

Die „Kunst des Vergessens", das Absehen von dem, was die Rezeptionsgeschichte so üppig feilbot, hielt Brecht schon deshalb für notwendig, um die Fabel erzählbar zu machen und besser an die ursprünglichen Einflüsse heranzukommen. Dazu war Naivität nötig. Aus Wekwerths Notaten ist zu ersehen, daß er im „Faust" die „Geschichte eines Zauberers" erzählt fand. Die Nähe zum Volksbuch, zum Puppenspiel wurde gesucht. Doch hütete er sich, direkt auf den Text des Volksbuchs oder des Puppenspiels zurückzugreifen. Der Sprung schien ihm zu groß. Aber die Figur des Mephisto sollte goldene Hörner haben. In gleicher Weise „naiv" verhielt sich Brecht zum Kernpunkt des Stückes, zur Gretchen-Tragödie. Hier interessierte ihn weniger der tragische Ausgang als der Umstand, daß Faust „das Mädchen im Stich lassen muß, wenn man das für einen Nachteil hält"[183]. Im Nachtrag zum „Kleinen Organon" erörterte er diesen Gesichtspunkt in seiner Konsequenz für den Verlauf der Fabel und der Inszenierung:

„Ein Schauspieler soll den Faust spielen. Fausts Liebesbeziehungen zu Gretchen nehmen einen verhängnisvollen Verlauf. Die Frage erhebt sich: Würden sie das nicht, wenn Faust Gretchen heiratete? Für gewöhnlich wird diese Frage nicht gestellt. Sie erscheint als zu banal, niedrig, spießig. Faust ist ein Genius, ein hoher Geist, der Unendliches anstrebt; wie kann man auch nur die Frage stellen: Warum heiratet er nicht? Aber die einfachen Leute stellen diese Frage. Das allein muß den Schauspieler dazu bewegen, sie ebenfalls zu stellen. ... Die Lösung des Hauptwiderspruchs kommt am Ende des ganzen Stückes und macht erst die Bedeutung und Stellung der minderen Widersprüche klar. Faust muß seine rein konsumierende, parasitäre Haltung aufgeben. In der produktiven Arbeit für die Menschheit vereinigt sich geistige und sinnliche Tat, und in der Produktion von Leben ergibt sich der Genuß am Leben.

Zurückkehrend zu unserer Liebesgeschichte, können wir sehen, daß eine Heirat, wie spießig immer, unmöglich dem Genius, widersprechend seiner Laufbahn, doch in relativem Sinne das Bessere, da Produktivere gewesen wäre, denn dies wäre die zeitgegebene Vereinigung, in der die Geliebte hätte entwickelt anstatt vernichtet werden können. Faust wäre dann allerdings kaum Faust, bliebe im (wie sich plötzlich ergibt) Kleinen stecken und so weiter und so weiter."[184]

Ähnlich verfuhr Brecht mit der Deutung von Fausts Schritt, sich in der Wissenschaft der scholastischen Fessel dadurch zu entziehen, daß er sich dem Teufel übergibt. In den Proben machte Brecht klar, daß die Suche nach anderen gesellschaftlichen Werten die Verneinung aller bisherigen erforderte. Praktisch sei dieser Widerspruch vielleicht in den Bemühungen einer Gestalt wie Leonardo da Vincis lösbar: „Er überprüfte die Richtigkeit seiner Gedanken, indem er Maschinen baute."[185] Was Brecht hier vorschlug, war nicht so sehr eine neue Inszenierungsidee als der Versuch, gegen bisherige Deutungen zu polemisieren. In den zu Klischees erstarrten Interpretationsmustern vom „rastlosen Forscherdrang" Fausts sah er wesentliche Widersprüche verschmiert und einen großen realistischen Ideengehalt auf die spießige Deutung gebracht, „daß die Tragik des Lebens unaufhebbar darin besteht, daß Genüsse und Entwicklung etwas kosten ..., daß Späne fliegen, wo gehobelt wird"[186].

Die Inszenierung Egon Monks mit Käthe Reichel in der Rolle des Gretchens wurde zuerst in Potsdam gezeigt. Das entsprach der Überlegung Brechts, die sich bald als ständige Praxis etablierte, die Produktionen junger Leute an Theatern außerhalb Berlins auszuprobieren, bevor sie auf die Bühne des Hauses kamen. In der Potsdamer Presse fand die Aufführung eine gute, teils sogar, was die Gretchen-Rolle betraf, eine enthusiastische Besprechung. Erst nach einem Brief, den die Leitung der Betriebsparteiorganisation des Brandenburgischen Landestheaters und der Landesbühne Brandenburg an die Kulturredaktion der „Märkischen Volksstimme" richtete, wurde die Inszenierung in die Formalismusdiskussion einbezogen. Nicht durch den Faust-Darsteller sei diese Aufführung der „Gefahr des Formalismus" erlegen, hieß es in jenem Brief, „sondern durch die konzeptionelle Deutung des Regisseurs". Daß damit in erster Linie Brecht gemeint war, lag auf der Hand. Als dann die Aufführung für Berlin übernommen wurde, betonte Brecht, es handle sich hier um eine „völlige Neuinszenierung". Das war jedoch keineswegs der Fall. Nach abgeschlossener Experimentierphase setzte Brecht nur einige Akzente anders. Die polemische Grundeinstellung gegen die bisherige Aufführungspraxis, die er als Arbeitshaltung betrachtete, nahm er zugunsten einer stärkeren Historisierung der Vorgänge zurück.

In den Augustwochen des Jahres 1952 – Brecht befand sich in Buckow – kam Hanns Eisler und brachte ihm eine neue, eben abgeschlossene Arbeit, sein Opernlibretto „Johann Faustus". Fertiggestellt hatte er das Manuskript bereits ein Jahr zuvor, aber bis zum 13. August 1952 immer noch daran gearbeitet. Vierzehn Tage später lag es auf Brechts Tisch. Während der Arbeit an seinem „Faustus" hatte Eisler mit großem Interesse einigen Proben zum „Urfaust" beigewohnt. Daß Brecht an seinem Theater Goethe inszenieren ließ, fand er, der Brechts Verhältnis zu Goethe genau kannte und selbst eine streitbare Liebe zu diesem Klassiker besaß, ungeheuer aufregend.

Im Unterschied zu Brecht war Eislers Goethebild viel ausgewogener und weiser. Gegenüber bestimmten Entwicklungen Goethes und deren unkritische Interpretationen, die Brecht noch immer in Wut versetzten, verhielt sich Eisler souveräner, gerechter. Seine eigene wechselhafte Einstellung zu den Klassikern wußte er zu überschauen. Er war in der glücklichen Lage, ohne Vorbehalte und ohne Verdrängung die verschiedenen Phasen seines eigenen Klassikerverständnisses zu reflektieren. Frei von jeglichem Hochgefühl wie von unhistorischer Polemik, pflegte er jetzt eine verständnisvolle Anhänglichkeit, die keineswegs nur auf Übereinstimmung beruhte. Er kannte seine Klassiker. Eben weil er sie oft las, entstand eine Vertrautheit, die nicht nur Verehrung zuließ, sondern auch das Verlangen weckte, deren große Gesichtspunkte in anderer Weise zu Ende zu denken. Was viele vielleicht noch aus ihrer Schulzeit kannten, war für ihn Gegenstand wiederholter Lektüre. Da er mit dem technischen Sinn eines Mannes las, der selber produzierte, stellte sich eine Kennerschaft her, die bei aller Bewunderung nicht darüber hinwegsah, daß es auch in Goethes Meisterwerken „Flicksätze", „Verrenkungen" gab, daß „nicht immer aus einem Holz geschnitzt" wurde. Eisler verspürte weder Neid auf die Glücksumstände des großen Goethe, noch versetzte ihn der Umstand, wie sich dieser große Dichter in den miserabelsten gesellschaftlichen Zuständen häuslich einrichten konnte, in Wut. Für ihn erschlossen sich die Widersprüche, indem er sie herausstellte. Daß Brecht zu einer solchen Haltung von seinem Temperament wie von seinen persönlichen Produktionsbedingungen her kaum in der Lage war, dürfte Eisler nicht entgangen sein. Deshalb auch sah er den „Urfaust"-Proben mit einer gewissen Spannung entgegen. „Also, wer nicht Brecht bei den Proben von ‚Urfaust' gesehen hat, der hat ja nichts gesehen. Wie Brecht dem Goethe diverse Striche bei Texten machte, die er für Rabitz hielt, wutschäumend! – Das kann sich aber wirklich nur der Brecht erlauben. Also Zuzug ist hier fernzuhalten."[187] Daß Brecht mit einer solchen Inszenierungspraxis in Widerspruch zur kulturpolitisch etablierten Klassikauffassung geraten mußte, schien Eisler ganz unvermeidlich. Daß sich aber die Auseinandersetzung ganz auf ihn selbst und seinen „Faustus" konzentrieren würde, dies hat dem glücklichen Autor in den Augustwochen des Jahres 1952 sicher nicht geschwant.

Unabhängig voneinander entzündete sich ihre Lust am Faust-Stoff an zwei Gesichtspunkten. Im Opernlibretto wie bei der „Urfaust"-Inszenierung interessierte der Rückgriff auf den vorgoetheschen Faust. Und zum anderen die Überlegung, daß Faust ein Zeitgenosse des Bauernkrieges gewesen sein könnte. Während Brecht diese Gesichtspunkte nur als Anregung betrachtete, um die Faust-Gestalt einmal anders zu sehen, nutzte sie Eisler direkt. Für ihn lag hier der thematische Ausgangspunkt seines Werkes. Bei Eisler las sich die Faust-Geschichte so: Verzweifelt über die geringe Basis und die Verwendung der Wissenschaften, erkennt der aus dem Bauernstand stammende Gelehrte Hans Faust im Gefolge der nach Veränderungen drängenden Bauernmassen neue Eingriffsmöglichkeiten. In der entscheidenden Situation aber isoliert er sich von diesen gesellschaftlichen Kräften. Sich jedoch darüber hinwegtäuschend, sucht er nunmehr der Wissenschaft auf anderem Wege Macht zu verschaffen. Er schließt einen Pakt mit dem Teufel. Dadurch erlangt er Ansehen, Ruhm und die Gabe, die Wissenschaften in ungewöhnlicher Weise zu gebrauchen. Doch erhält er vom Teufel nicht die Verfügungsgewalt über sie. Trotz der neuen Möglichkeiten erinnert er sich immer wieder an die rebellische Idee von einst. Aber sie trägt ihn nicht mehr, sondern zerstört ihn. Ihm wird keine

Originalität gewährt, nur Virtuosität. Selbst die muß er mit dem Verlust der Utopie bezahlen. Fausts Kunst löst Erstaunen aus, enthält aber keine Hoffnung. Und Kunst ohne Hoffnung soll der Teufel holen.

Eisler stellt seine Figur in die Zeit des Bauernkrieges, weil Faust aus der Bewegung, in die die Gesellschaft geraten ist, die große, grenzüberschreitende Macht der Wissenschaft erkennt. Diese Idee bestimmt ihn, mit ihr ist er angetreten, und sie verliert er bis zu seinem unglücklichen Ende nicht aus dem Auge. Wider seine eigenen Erfahrungen glaubt Johann Faust die Situation, in die er geraten ist, überlisten zu können. Vorgeführt wird nicht der Verrat schlechthin, sondern zum Verrat drängende Handlungen. So wird der Selbstbetrug zum Hauptmotiv des Stückes.

Nachdem Brecht das Stück gelesen hatte, machte er einige Vorschläge, die Eisler akzeptierte und sofort einarbeitete. Zu einer richtigen Zusammenarbeit, wie das eigentlich zwischen beiden verständlich gewesen wäre, zumal sich Brecht mit dem Faust-Thema gerade erst beschäftigt hatte, kam es nicht. Eisler wird gezögert haben, sich dem Dichterfreund zu eröffnen, um nicht in seiner Selbständigkeit beeinträchtigt zu werden. Über die Veränderungen, die sie am Text vornahmen, notierte Brecht: „es glückt etwa die umformung des kleinen (dramaturgisch übrigens fraglichen) *orpheusballetts* im dritten akt. faust wird nicht nur von den hörern (studenten) ausgepfiffen; er macht sich vielmehr ihr urteil zu eigen und kehrt so auf seiner rückkehr zur antike selber um (‚was soll uns orpheus?‘). die arie selber bekommt einen andern schluß, nachdem hanns in meinem horaz fand, daß orpheus nicht nur die tiere, sondern auch die menschen gebändigt habe. welches kunststück er – interessant für unsere kunstkommission – durch singen und nicht etwa durch singen von menschlichkeit zustande brachte.“[188] Auch andere Passagen müssen zwischen Brecht und Eisler erörtert worden sein. So fand sich zum Beispiel die schöne Stelle aus der „Confessio“: „Es lachen mein, die jünger sind, und bin ihr Spottlied worden. Hohn hab ich getrunken, Verachtung hab ich gegessen. Tiefer kann ich nicht sinken“, in Brechts Papieren, von ihm handschriftlich festgehalten. Es dürfte sich hier um einen direkten Beitrag Brechts zu Eislers Libretto handeln.

Von Eislers „Faustus“ scheint Brecht zunächst nicht so begeistert gewesen zu sein, wie man aus seiner späteren resoluten Verteidigung des Werkes vermuten könnte. Was die literarische Öffentlichkeit überraschte, daß sich hier ein Komponist einen Text geschrieben hatte, der dichterische Qualität besaß, erstaunte Brecht nicht. Diese Fähigkeit seines Freundes kannte und schätzte er seit langem. Im Unterschied zu den Lobeshymnen, die Eisler von Thomas Mann und Lion Feuchtwanger erhielt, war Brechts Urteil bei aller Anerkennung und Zustimmung außerordentlich kritisch. Ohne Umschweife gesagt, er hielt den Text für ein „sammelsurium von stilelementen“, das nur durch „eislers kunstverstand“ zusammengehalten werde. Was Brecht hier mit „kunstverstand“ meinte, war Eislers modernes Montagedenken, jahrzehntelang trainiert in den verschiedenen Künsten. Welche methodisch-ästhetische Errungenschaft es darstellte, war damals allerdings nur wenigen bewußt. Nicht absehbar war auch, daß Eislers „Faustus“ – neben Brechts im kommenden Jahr geschriebenem Stück „Turandot oder Der Kongreß der Weißwäscher“ und Friedrich Wolfs „Thomas Münzer“ – zu den besten Stücken dieses künstlerisch nicht sehr ertragreichen Jahrzehnts gehören sollte.

Noch größeres Lob als das von Thomas Mann und Lion Feuchtwanger erhielt Eisler von Ernst Fischer, der einen überschwenglichen Essay im letzten Heft des Jahrgangs 1952 von „Sinn und Form“ veröffentlichte. Eisler, so formulierte Fischer, habe eine eigenständige Dichtung hervorgebracht, ein Werk, das werden könne, was seit einem Jahrhundert fehle: die deutsche Nationaloper. Obwohl die hohe Wertschätzung völlig zu Recht bestand, leistete Fischer Hanns Eisler damit einen Bärendienst, weil er das Werk auf eine politische Tendenz reduzierte, die seinem tatsächlichen ideellen Gehalt nicht entsprach. Fischers Interpretation kulminierte in folgenden Sätzen: „Er [Eisler] hat in genialer Konzeption das Faust-Thema mit dem Münzer-Thema verbunden, die Problematik des Faust aus seiner Stellung zum Bauernkrieg abgeleitet, in der Gestalt des Faust *eine Zentralgestalt der deutschen Misere* reproduziert: den deutschen Humanisten, der vor der Revolution zurückschauert, der die Ideen Münzers gutheißt, aber in feiger Klugheit lamentiert: ‚Man hätte nicht zu den Waffen greifen sollen!' – ... *Der deutsche Humanist als Renegat.*"[189]

Zu jener Zeit wurde eine heftige Auseinandersetzung mit der Auffassung geführt, die in der deutschen Geschichte eine einzige Misere sah. Von Fischer in eine solche Perspektive gerückt, mußte das Stück um so mehr zur Diskussion herausfordern. Die Akademie der Künste, deren Mitglied Hanns Eisler war, lud ein, das Werk in den Sitzungen der Mittwoch-Gesellschaft zu diskutieren. Insgesamt kam es zu drei Sitzungen, am 13. Mai, am 27. Mai und am 10. Juni 1953. An allen drei Sitzungen nahm Brecht teil. Die Mittwoch-Gesellschaft war eine Einrichtung der Akademie der Künste und diente dem Gedankenaustausch unter den Akademiemitgliedern. Doch wurde stets eine größere Zahl von Gästen geladen. Als Hauptgesprächspartner und Opponenten empfahlen sich vor allem Wilhelm Girnus und Alexander Abusch.

Als Girnus in die erste Diskussion der Mittwoch-Gesellschaft eingriff, hatte er bereits einen Aufsatz verfaßt, der anderen Tags unter der Überschrift „Das ‚Faust'-Problem und die deutsche Geschichte. Bemerkungen aus Anlaß des Erscheinens des Operntextes ‚Johann Faustus' von Hanns Eisler" als Artikel des Redaktionskollegiums im „Neuen

Deutschland“ erschien. Die Anregung dazu war von Becher ausgegangen, der zu Girnus meinte, was Eisler geschrieben habe, könne nicht unwidersprochen bleiben. In der Diskussion hielt er sich dann allerdings mit direkten Äußerungen zu Eislers Text weitgehend zurück, während Girnus sein polemisches Temperament keineswegs zügelte. Über die deutsche Klassik vertrat er eine Meinung, die weder mit der Brechts noch mit der Eislers auch nur annähernd in Übereinstimmung zu bringen war. Der Brechtschen Dichtung stand er jedoch sehr aufgeschlossen gegenüber. Was andere zu Brecht auf Distanz gehen ließ, die nichtaristotelische Ästhetik, die auf rigorose Verfremdung angelegte Poesie, beeinträchtigte Girnus' Wertschätzung keineswegs. Als Kenner und Bewunderer der französischen Aufklärungsliteratur stand er in einer Tradition, die ihn trotz seines ganz andersartigen Verhältnisses zur deutschen Klassik wieder mit Brecht verband. Was ihn jedoch zu einem Wortführer in der Polemik gegen Eislers „Faustus“ machte, hatte neben seiner anderen Goethe-Auffassung vor allem einen politischen Grund. In Eislers Text sah er der Intelligenz die historische und gesellschaftliche Rolle eines Führers und geistigen Akteurs zugesprochen, die ihr jedoch weder in der bürgerlichen und erst recht nicht in der proletarischen Revolution zugebilligt werden könne. So deutlich wollte Girnus die politischen Probleme aber nicht aussprechen, deshalb wurde vorwiegend literarisch argumentiert. Die Auseinandersetzung mit der Problematik des Verrats, dargestellt an der Faust-Gestalt, hätte nach Girnus' Meinung zu einer Auseinandersetzung über die Rolle der bürgerlichen Intelligenz in der gegenwärtigen Gesellschaftsumwälzung geführt. Eine solche Diskussion hielt er für verfehlt, weil, wie er aus dem Abstand der Jahre formulierte, „wir gerade um die Gewinnung der bürgerlichen Intelligenz kämpften und ihr nicht gleichzeitig ins Gesicht spucken konnten“[190]. Im Politischen war also Eislers Text ebenso vielen Mißverständnissen ausgesetzt wie im Literarischen. Girnus faßte die kritischen Einwände in sechs Punkten zusammen, einer Art Programmerklärung gegenüber einer Klassikauffassung, wie sie Eisler und Brecht vertraten. Wenn auch ganz textbezogen diskutiert wurde, so ging es doch nicht nur um Eislers „Faustus", gemeint war auch Brecht mit der „Urfaust"-Inszenierung, die zu Beginn des Jahres von Potsdam in das eigene Haus übernommen worden war. Die letzte Aufführung hatte am 5. Mai, acht Tage vor der ersten Diskussionsrunde, stattgefunden.

Folgende Argumente wurden gegen Eislers Werk ins Feld geführt:

1. Im „Johann Faustus" wird die deutsche Geschichte als Misere dargestellt.

2. Als typisch für den deutschen Humanisten sieht Eisler die Rolle des Renegaten.

3. Goethes Faust wurde zu einer Nationalgestalt, zu einem deutschen Nationalhelden, weil Goethe die progressivsten Substanzen des deutschen Volkes als typisch betrachtete, trotz des negativen Durchschnitts, der vorhanden war. Wie steht Hanns Eisler zu dieser Einschätzung?

4. Im „Johann Faustus" gibt es keinen echten Konflikt. Faust und Mephisto sind kein dialektischer Gegensatz, wie zum Beispiel bei Goethe, sondern eine einfache Wiederholung. Daher gibt es auch keine Entwicklung.

5. Was versteht Hanns Eisler unter schöpferischer Weiterentwicklung des klassischen Erbes?

6. Wie steht Hanns Eisler zur Einschätzung seines Werkes durch Ernst Fischer?

Obwohl sich Brecht nicht auf jede Diskussion einließ, auch wenn es um ihn selbst ging, war er sich darüber im klaren, daß er hier Stellung nehmen mußte. Und zwar nicht nur aus Freundschaft zu Hanns Eisler. Die aufgeworfenen Fragen, wenn auch sehr einseitig formuliert, betrafen sein ästhetisches Grundverständnis. Er mußte zeigen, daß vom

Standpunkt des Marxismus aus noch andere Meinungen zur Klassik Geltung haben konnten, daß dem Lande in seiner politischen Bedrängnis mit künstlerischen Mitteln auf andere Weise und vielleicht sogar besser geholfen werden konnte.

Gleich am ersten Sitzungstag der Mittwoch-Gesellschaft konnte Brecht der Einführung von Alexander Abusch entnehmen, welches Gewicht der Aussprache beigemessen wurde. Abusch hatte formuliert, Eislers „Faustus" sei die „Zurücknahme" des Goetheschen von links. Die Verteidigung Eislers gestaltete sich nicht insofern schwierig, als keine freie Diskussion möglich gewesen wäre. In der Runde der Mittwoch-Gesellschaft fühlte sich keiner eingeschüchtert, und es gab niemanden, der sich aus irgendeinem Grunde das Wort hätte verbieten lassen. Die Annahme, die Mehrheit der Diskussionsteilnehmer folgte wider eigener Einsicht einer Meinung von „oben", ist falsch. Die Schwierigkeiten lagen woanders.

Durch die Ausrichtung der kulturpolitischen Bemühungen nach 1945 auf die deutsche Klassik erhielt dieser Teil der deutschen Literatur- und Kunstentwicklung in der Öffentlichkeit eine ungewöhnliche ästhetische und politische Autorität. Alte Verehrung verband sich auf diesem Gebiet am schnellsten mit neuen Begründungen. Die Erinnerung, daß mit den revolutionären Aktionen der deutschen Arbeiterklasse auch einmal andere ästhetische Konzeptionen und Kunstentwürfe zur Diskussion gestanden hatten, war schwach und vielfach mit dem Gefühl großer Einseitigkeit verbunden. Doch danach verlangte es niemanden. Die meisten Diskussionsteilnehmer sahen in Eislers Werk, und nicht nur in seinem „Faustus", etwas, das abseits deutschen Literatur- und Kunstverständnisses lag. In Hinsicht auf den sich immer schwieriger gestaltenden Kampf um die Einheit Deutschlands schienen solche künstlerischen Unternehmungen nicht begrüßenswert. Von dieser Überlegung her besaßen die Neinsager in dieser Diskussion politisch durchaus ein gutes Gewissen.

Nachdem die Diskussion eröffnet war, meldete sich Brecht sofort zu Wort. Gewöhnlich pflegte er bei Debatten erst lange zuzuhören, bevor er eingriff. „Ich würde vorschlagen", sagte Brecht, „zwar jetzt die Diskussion zu beginnen, aber sofort ins Auge zu fassen, daß man nach einiger Zeit – frühestens zwei Wochen, höchstens vier Wochen – eine weitere Diskussion ansetzt. Wir haben jetzt ein Essay gehört, das in sich geschlossen ist und eine Reihe von Thesen aufstellt und begründet. Es ist fast unmöglich, sofort diese ganze Materie zu überblicken, den zentralen Punkt herauszufinden und darauf zu antworten. Das Thema ist in der Tat einerseits sehr wichtig und andererseits sehr umfangreich."[191] Unverkennbar ist, daß ihm zunächst daran lag, die Diskussion so zu lenken, daß nichts Abschließendes gesagt wurde. Eisler sollte nichts verbaut werden. Danach beschränkte er sich darauf, im Stück nachzuweisen, was die Kritiker darin vermißt hatten. So zum Beispiel, daß der Faust durchaus auch eine positive Gestalt sei, daß er zwar ein Verräter genannt werden müsse, doch seinen Verrat nicht wirklich vollziehen könne. Am Ende des ersten Sitzungstages bat er nochmals um das Wort und las dem Auditorium, das doch das Werk kannte, die gesamte – sehr lange – „Confessio" vor. So allen Anwesenden zu verstehen gebend, eine nochmalige Lektion sei nötig; schließlich könne Eislers Werk mehr Aufmerksamkeit und bessere Argumente verlangen.

Um die Vorzüge des Eislerschen Textes verständlich zu machen, bot Brecht alle Finessen seiner dialektischen Debattierkunst auf. In einer Diskussion am Berliner Ensemble meldete Paul Wiens Bedenken gegen die Schwarzspiele in Eislers Stück an, die er nicht mitvollziehen könne und deren Deutung er erst aus Fischers Aufsatz erfahren habe. Seine Bedenken galten der Joseph-Potiphar-Szene. In ihr zeigte Eisler, daß Schönheit eine Macht sei, die die herrschende Klasse besitze. Brecht bot sich sogleich an, die Szene zu erklären. In dem Schwarzspiel „Joseph und die Frau des Potiphar" verwerfe Eisler die Schönheit nicht; Joseph widerstehe nicht der Schönheit, sondern der Herrin, und zwar trotz ihrer Schönheit. Nur einmal vergaß sich Brecht in der Akademiediskussion und fiel aus der Rolle des weisen, zurückhaltenden, sich nicht in leidenschaftliche Auseinandersetzungen verlierenden Kritikers, als der Ästhetiker Walter Besenbruch im Namen der erzieherischen Funktion der Kunst von Eisler forderte, sich doch auf die positiven Kräfte des deutschen Volkes zu besinnen und nicht „*nur* im Dreck [zu] wühlen". Hier konnte sich Brecht nicht mehr beherrschen und explodierte, überschrie sich: „Das geht nicht! Nehmen Sie Kenntnis von meinem sofortigen Protest! Ich bitte, diesen meinen Protest zu Protokoll zu nehmen. Das ist immer gesagt worden, wenn irgendwo etwas Schlechtes aufgedeckt wurde: Wühlen im Dreck." Er entschuldigte sich aber bald wieder für seine temperamentvolle Unterbrechung und meinte, es schade gar nichts, „wenn wir uns gelegentlich einmal aufregen. Es geschieht viel zu selten."[192]

Alles in allem erwies sich Brecht in den Sitzungen der Mittwoch-Gesellschaft als ein vorsichtiger, taktisch operierender Diskussionspartner. Er blieb immer am Ball und untersagte sich, unabhängig vom Gesamtverlauf seine Meinung abzuliefern. Er vergaß nie, seinen wesentlichen Polemikpartnern zuzugestehen, daß das, was sie zur Sprache brachten, eine „sehr wichtige und interessante Frage" sei, ja durchaus etwas „Neues". Aber er beharrte bis zuletzt auf seinem Standpunkt, ohne auch nur ein Jota davon abzuweichen. Im Verlauf der Diskussion wurden seine Thesen denen von Girnus entgegengestellt, so daß die Polemiklinie im Grunde zwischen diesen formulierten Standpunkten verlief. Die letzte Sitzung der Mittwoch-Gesellschaft begann damit, daß Alexander Abusch, der die Sitzung leitete, die sechs Thesen von Girnus und die zwölf von Brecht verlas. Brechts Thesen bezogen sich auf die Diskussion. Sie markierten Punkt für Punkt, wo er mit den vorgebrachten Argumenten nicht übereinstimmte. Dabei wurde von ihm nichts vom Tisch gewischt. So bestätigte er, daß es nicht nur ein „schwerer künstlerischer, sondern ein ideologischer Mangel" wäre, wenn Faust von vornherein als ein Verräter, als ein Verdammter, als ein dem Untergang Geweihter aufträte, wie das in dem Artikel im „Neuen Deutschland" formuliert werde, aber so sehe er Eislers „Faustus" nicht. Weiterhin distanzierte er sich von Fischers Meinung, Eislers Grundidee wäre die des „deutschen Humanisten als Renegat". In der zwölften These faßte er dann seinen Standpunkt zusammen: „Hat Eisler versucht, unser klassisches Faustbild völlig zu zerstören? Entseelt, verfälscht, vernichtet er eine wunderbare Gestalt des deutschen Erbes? Nimmt er den Faust zurück? Ich denke nicht. Eisler liest das alte Volksbuch wieder und findet in ihm eine andere Geschichte als Goethe und eine andere Gestalt, ihm bedeutsam erscheinend. Freilich bedeutsam in einer anderen Weise als die der Goetheschen Gestaltung. So entsteht für mein Empfinden ein dunkler Zwilling des Faust, eine finstere, große Figur, die den helleren Bruder nicht ersetzen noch überschatten kann oder soll. Von dem dunklen Bruder hebt sich der helle vielmehr ab und wird sogar heller. So etwas zu machen, ist nicht Vandalentum."[193]

Eine große Figur der Literatur „neu und in einem anderen Geist" zu behandeln dürfe nicht abgelehnt werden. Das aber, so fand man in der Diskussion, sei die Frage. Das Dilemma bestand darin, daß die Debatte im Inhalt ausschließlich politisch angelegt war und in der Form vorwiegend literarisch geführt wurde. Allein schon die Frage, ob es anginge, Faust als „eine Zentralgestalt der deutschen Misere" darzustellen, rückte die Debatte in die unmittelbare Auseinandersetzung jener Zeit. Nur, konnte man Eisler und Brecht nachsagen, daß sie einer solchen Theorie anhingen? Kam sie wirklich im „Faustus" zum Ausdruck? Brecht antwortete hier ganz entschieden: Nein, nur in Ernst Fischers Interpretation. Er aber lese die Fabel des „Faustus" anders. Wenn es in der literarischen Praxis Brechts auch manches gab, was auf eine Miseretheorie hätte zurückgeführt werden können, so lehnte er sie doch ab. Sie war ihm zu passiv, zu fatalistisch, zuwenig kämpferisch. Deshalb seine entschiedene Formulierung: „Wir müssen unbedingt ausgehen von der Wahrheit des Satzes: ‚Eine Konzeption, der die deutsche Geschichte nichts als Misere ist und in der das Volk als schöpferische Potenz fehlt, ist nicht wahr.'"[194]

Man würde Brechts Position völlig verkennen, sähe man hierin ein taktisches Zugeständnis an die Diskussion. Die so formulierte Meinung schloß aber nicht aus, daß er den Eislerschen Faust, den „dunklen Zwilling", noch viel dunkler gesehen hätte. In der Diskussion im Berliner Ensemble sagte er: „Die Bourgeosie kann sich nicht beschweren: Sie hat mit dem Faust angefangen – heute finden wir Faust nur noch vor als Professor Unrat. Die Bourgeoisie hat nichts gehalten, es ist aus ihr in Wirklichkeit nichts geworden ... Für mich ist das Positive der Faust-Figur nicht einmal zerstört. Es ist aber nie schlecht für eine Klasse, auch die Kosten zu bedenken. Da ist das Bild – da ist die Rechnung."[195] Hier lagen die Unterschiede im Faust-Bild von Brecht und Eisler. Brecht setzte da härtere, schärfere Akzente. In bezug auf die Miseretheorie verhielt es sich wiederum anders. Dazu nahm Eisler nicht Stellung. Auch ließ er sich von Girnus nicht bewegen, sich von Ernst Fischer abzugrenzen. Dem Auditorium erschien Eisler deshalb auch besonders verstockt und uneinsichtig.

Den von Brecht in der Verteidigung des Eislerschen „Faustus" entwickelten Gedanken einer Gegenbildtheorie billigte in der Runde der Mittwoch-Gesellschaft eigentlich nur Walter Felsenstein. Den meisten Diskussionsteilnehmern erschienen diese theoretisch-methodischen Gedankengänge noch weniger annehmbar als das praktische Resultat, das Eisler geliefert hatte. Kulturpolitisch propagiert und auch künstlerisch am meisten praktiziert wurde damals eine Identifikationsästhetik. Für eine Gegenbildkonzeption gab es da keinen Spielraum. Das sollte sich in den kommenden Jahren noch oft erweisen. Die damalige Kulturpolitik, die in ihrer theoretischen wie praktischen Ausrichtung wesentliche Anregungen von Johannes R. Becher erhielt, orientierte auf die Mobilisierung aller positiven Kräfte im deutschen Volk, auf eine nationale Wandlung. Hier lagen auch die Gründe für die verschiedenartigen ästhetischen Konzeptionen und Richtungen. Auf der einen Seite die Anstrengung, eine Wandlung zu bewirken, die in eine nationale Katharsis münden sollte, auf der anderen Seite die radikale Erörterung der Widersprüche, das Bewußtmachen der deutschen Krise mit dem Ziel, wie Marx sagte, zu dem „wirklichen Druck" noch „das Bewußtsein des Druckes" hinzuzufügen, die „Schmach noch schmachvoller" zu machen, um die „versteinerten Verhältnisse dadurch zum Tanzen" zu zwingen.[196]

Wenn man von Eisler einen Faust als „geistige Heldenfigur", als leidenschaftlichen Kämpfer gegen die deutsche Misere forderte, wenn man es falsch fand, Faust gegen Müntzer zu stellen, wenn man den Goetheschen Satz „Wer immer strebend sich bemüht, den können wir erlösen" heraushob und ihm eine geradezu schicksalwendende Kraft zuschrieb, so war das nicht auf eine klassizistische Goethe-Auffassung, auf eine professorale deutsche „Faust"-Begeisterung zurückzuführen, sondern auf die strategisch-konzeptionelle Überlegung, mit der Literatur zu einer Wandlung des nationalen Bewußtseins in Deutschland beizutragen. Diese Wandlungsideologie verstand sich damals als praktische Politik, ausgerichtet auf die Einheit Deutschlands. In einer solchen Situation wollte man von Eisler ein patriotisches Werk, in dem „die schöpferischen Kräfte des deutschen Volkes nicht fehlen". Deshalb wandte sich Hans Rodenberg geradezu beschwörend an die Teilnehmer der Mittwoch-Gesellschaft: „Dieser Renegat Doktor Faustus kann – und gerade heute – kein Held eines Werkes sein, das ein nationales Werk sein will. Es kann es nicht und darf es nicht! ... und ich habe sehr den Eindruck, daß aus seinen [Hanns Eislers] Händen etwas herausgegangen ist wie eine Büchse der Pandora: er wollte etwas Schönes schaffen, und diese Büchse der Pandora enthält nichts als Schreckliches."[197]

Diese Tendenz, die die gesamte Diskussion durchzog, wurde am Schluß noch einmal von Hoffmann betont. Er griff einige Formulierungen von Brecht auf, um sie gegen Eisler zu wenden, um eine Gegenbildästhetik in der gegenwärtigen Situation als geradezu unverantwortlich zu erklären. „Ich bin der Meinung, daß es bei diesen diametralen Gegensätzen und bei diesen Unterschieden in der Aufnahmefähigkeit geradezu unmöglich ist, einen solchen ‚dunklen Zwilling', wie ihn Brecht mit Recht nennt, zugleich mit dem helleren und größeren, unübertrefflich großen Bruder auf unsere werktätigen Menschen, die vielleicht zum erstenmal ins Theater gehen, loszulassen. Ich bin nicht der Meinung, daß dies eine volkstümliche und das Volk erhebende Interpretation des Faustischen überhaupt sein kann. Daß eine Warnung vor dem Renegaten diese Figur des Faust zum Vorwurf nimmt, hielt ich ebenfalls nicht für gut. Das werden uns die werktätigen Menschen bestimmt nicht danken ... Ich möchte nur an ein kleines Erlebnis anknüpfen, das ich vor vier Jahren hatte, als ich Brechts ‚Hofmeister' sah. Dort saßen eine Reihe Leute, die sogar zur mittleren Intelligenz gehörten, neben mir, und ich habe mich damals, weil ich das Stück großartig fand, noch empört, als sie sagten: ich weiß nicht, was soll es bedeuten. Und wie wird es uns ergehen, wenn wir jetzt zu dem hellen Faust, in dem sich der deutsche Mensch selbst bespiegeln soll, um nach vorn zu kommen, diesen ‚dunklen Zwilling' setzen? Wie sollen wir ihm gegenüber diesen ‚dunklen Zwilling' verantworten? Ich bin der Meinung, daß man durchaus einen anderen Stoff, einen unechten Faust, verarbeiten soll, aber nicht als Gegenstück zu Goethes Faust."[198]

Mit der dritten Sitzung der Mittwoch-Gesellschaft war die Diskussion abgeschlossen. Es gab keinerlei Beschlüsse außer dem, der festhielt, wer sich in der nächsten Sitzung mit einem Beitrag der Diskussion stellen sollte. Vorgeschlagen wurde, Brechts „Katzgraben"-Inszenierung auf die Tagesordnung zu setzen. Doch Brecht wehrte ab. Das Stück könne infolge des Herzinfarkts eines Hauptdarstellers vorläufig nicht aufgeführt werden, so daß nicht alle Diskussionsteilnehmer mit der Inszenierung bekannt wären. Mit taktischem Geschick schlug er vor, in der nächsten Sitzung Wilhelm Girnus das Wort zu geben. Auf Grund seiner Goethe-Studien sei er der geeignete Mann, die Prinzipien der klassischen Ästhetik zu erläutern.

Sosehr auch die „Faustus"-Debatte von den offiziellen Standpunkten des Klassikverständnisses veranlaßt und beherrscht wurde, war sie doch keineswegs typisch für die entmutigenden kulturpolitischen Diskussionen der Zeit. Allein schon, daß in ihrem Verlauf kaum mit den Gesichtspunkten der Formalismustheorie operiert wurde, daß selbst eine Frage wie die, ob denn Eislers „Faustus" ein Werk des sozialistischen Realismus sei, erst ganz am Schluß der Diskussion auftauchte, als habe man das während der drei Sitzungen sozusagen ganz vergessen, zeigt, wie sie sich vom Niveau der damaligen ästhetisch-politischen Auseinandersetzungen unterschied. Auf der dritten Sitzung glaubte Arnold Zweig als Fazit sagen zu können, „daß unsere Diskussion ausgezeichnet war und sich gedruckt sehr anständig lesen lassen wird"[199]. Tatsächlich war sie, versteht man ihre literarisch-ästhetische Verschlüsselung aufzulösen, eine der wichtigsten Literaturdebatten der Zeit. Von zwei verschiedenen marxistischen Positionen aus wurden Kunst und Literatur in Anspruch genommen, um sie einem politischen Ziel, der Einheit und der gesellschaftlichen Veränderung Deutschlands, dienstbar zu machen. Völlig belanglos in Hinsicht auf die Goethe-Forschung, besaß diese Meinungskonfrontation unter Marxisten eine große zeitgeschichtliche, politische und kunsttheoretische Dimension.

Im Unterschied dazu spielten sich die ideologischen Auseinandersetzungen im allgemeinen auf einem unvergleichlich niedrigeren Niveau ab. Die Mehrheit der Künstler fühlte sich abgestoßen von einer Diskussionspraxis, die auf bloße Thesenreiterei hinauslief. Statt Impulse erhielten sie Vorschriften, statt Klärung stand Abgrenzung auf der Tagesordnung. Die berechtigte Forderung nach Realismus verwandelte sich in einen Musterkatalog, verbindlich bis ins künstlerische Detail. Wirklich realistisch gestaltende Künstler wurden verunsichert und gerieten in die Krise. Selbst ein Maler wie Otto Nagel, der seine Kunst ganz eng mit dem Proletariat verbunden hatte, war von dieser Kulturpolitik so deprimiert, daß er nach Selbstablenkung suchte und sich kunstpolitisch statt auf Engagement auf „kritische Loyalität" beschränkte, wie Hanns Eisler eine solche Haltung aus eigener Erfahrung formulierte. Er selbst war nach der Diskussion so entmutigt, daß er nicht die Kraft fand, die Musik zu „Johann Faustus" zu schreiben. Die letzte Sitzung in der Mittwoch-Gesellschaft fand eine Woche vor dem 17. Juni statt.

17. Juni 1953
Rekonstruktion des Tagesablaufs und der Denkkonstellation Brechts vom 16. zum 17. Juni

Am 16. Juni kehrte Brecht gegen Abend von Buckow nach Berlin zurück. An diesem Tage war es zu Demonstrationen der Bauarbeiter vor dem Hause der Ministerien in der Leipziger Straße gekommen. Der RIAS brachte bereits um 13.30 Uhr erste Meldungen. Was jedoch eigentlich vorgefallen war, darüber besaß Brecht noch keine genauen Informationen. Er rief seine jungen Mitarbeiter an, sie möchten unverzüglich in seine Wohnung nach Weißensee, Berliner Allee 190, kommen.

Am Tage zuvor hatte Brecht einen Brief an Ministerpräsidenten Otto Grotewohl geschrieben, in dem jedoch nicht jene politischen und wirtschaftlichen Fragen zur Sprache kamen, die in der Bevölkerung und selbstverständlich auch unter den Mitgliedern seines Theaters derzeit diskutiert wurden. Brecht erinnerte Grotewohl daran, daß der Wiederaufbau der Volksbühne bald abgeschlossen sei und die Frage des eigenen Hauses für das Berliner Ensemble entschieden werden müsse. Zu einem solchen Brief gab es einmal wegen der „allgemeinen Sparmaßnahmen" in der Republik, zum anderen auf Grund der Meldung, man beabsichtige, ein „Theater der Satire" zu eröffnen, genügend Anlaß. Unter diesen Umständen wies Brecht nicht ungeschickt den Ministerpräsidenten darauf hin, daß das Berliner Ensemble, wirtschaftlich betrachtet, ein „Luxusunternehmen" sei, obwohl es sehr wohl ein eigenes Haus bespielen könne. Im Schlußteil des Briefes hieß es dann: „Sie haben vielleicht gehört, daß in Westdeutschland die unsinnigen Gerüchte über Zwistigkeiten zwischen mir und der Regierung der Deutschen Demokratischen Republik wieder sehr verstärkt aufgemacht werden. Die Übernahme des Theaters am Schiffbauerdamm durch das Berliner Ensemble, das weit über Deutschland hinaus bekannt ist, würde meine Verbundenheit mit unserer Republik deutlichst dokumentieren."[200] Eine tagespolitische Färbung bekam diese Passage durch den Hinweis auf Gerüchte über kulturpolitische Spannungen, die die westlichen Medien ausnutzten, um einen Keil zwischen Brecht und die Regierung zu treiben. Wenn er seine Verbundenheit mit der Republik betonte, so war das aus der politischen Situation zu verstehen und nicht als mehr oder weniger geschickte Umschreibung zu lesen, daß das neu zu vergebende Theater bei ihm politisch in die richtigen Hände käme.

Am Abend des 16. Juni fanden sich Käthe Rülicke, Peter Palitzsch, Manfred Wekwerth und einige andere aus dem engeren Mitarbeiterkreis bei Brecht in Weißensee ein. Manfred Wekwerth und Elisabeth Hauptmann nahmen an der Tagung des Berliner Parteiaktivs im Friedrichstadtpalast teil. Von dieser Veranstaltung versprachen sich all diejenigen, die sich um die Partei scharten, nicht nur entschiedene Änderungen im Volkswirtschaftsplan, sondern konkrete Losungen für die Diskussion auf der Straße, für die Situation am kommenden Tag. Auch Brecht erhoffte sich von der Tagung des Berliner Parteiaktivs Information und Klärung. Ab 23.00 Uhr brachte der RIAS stündlich Sondermeldungen, in denen aufgerufen wurde, daß sich am nächsten Tag, dem 17. Juni, die Arbeiter aller Industriezweige Ost-Berlins früh sieben Uhr am Strausberger Platz versammeln sollten. In einer Meldung des RIAS, die um 19.30 Uhr gebracht und dann stündlich wiederholt wurde, hieß es: „Eine Delegation der Bauarbeiter, von denen die Aktion ausgegangen war, hat dem RIAS heute eine Resolution mit der Bitte um Veröffentlichung überreicht. Darin heißt es: die Arbeiter haben durch ihren Streik und ihre Demonstration bewiesen, daß sie in der Lage sind, den Staat zur Bewilligung ihrer berechtigten Forderungen zu veranlassen. Die Arbeiter werden von der Möglichkeit jederzeit wieder Gebrauch machen, wenn die Organe des Staates und der SED nicht unverzüglich folgende Maßnahmen einleiten:

Erstens: Auszahlung der Löhne nach den alten Normen schon bei der nächsten Lohnzahlung;

zweitens: sofortige Senkung der Lebenshaltungskosten;

drittens: freie und geheime Wahlen;

viertens: keine Maßregelung der Streikenden und ihrer Sprecher."[201]

Die Tagung des Berliner Parteiaktivs, auf der Walter Ulbricht und Otto Grotewohl sprachen, war gegen 22.15 Uhr beendet. Es war ausführlich über den Neuen Kurs referiert, aber nicht auf die Demonstrationen der Bauarbeiter eingegangen worden. Das Politbüro und die Regierung seien bereit, fehlerhafte Maßnahmen zu korrigieren. Jetzt gehe es der Partei darum, eine ernsthafte Aussprache mit dem Volk zu beginnen. Über die Maßnahmen, deren Korrektur nun beschlossen war, hatte es auch im Ensemble heftige Diskussionen gegeben. Daß man Freischaffenden und Einzelhändlern die Lebensmittelkarte entzog, daß es in den Lebensmittelgeschäften in der Republik oft kein Fett, kein Öl gab, daß die Arbeiterrückfahrkarte für Leute, die über 500 Mark verdienten, wegfiel, daß immer mehr Einzelhandelsgeschäfte schlossen, daß die Republikflucht, vor allem unter den Bauern, ständig zunahm, erfuhr Brecht von seinen jungen Mitarbeitern, die mehr als er herumkamen und zu Menschen aus den verschiedenen Schichten Kontakt hatten.

Am meisten erregte die Leute die Normerhöhung um durchschnittlich 10%, wie es der Beschluß des Ministerrats vom 28. Mai 1953 vorsah. Bis zum 30. Juni sollte diese Maßnahme in der staatlichen Industrie durchgesetzt sein. Auch in der Parteiorganisation des Berliner Ensembles kam es darüber zu heftigen Auseinandersetzungen. Erstmals rief ein Beschluß eine solche Ablehnung hervor, daß die Parteimitglieder beschlossen, ihre Meinung in einer Eingabe an Partei und Regierung heranzutragen. Schließlich konnte es einem Ensemble, das mit seiner Kunst auf die Existenzbedingungen der arbeitenden Klasse einzuwirken suchte, nicht gleichgültig sein, was die Arbeiter von diesem Beschluß hielten. Der Unmut und die Verärgerung in der arbeitenden Bevölkerung nahmen zu, zumal es auch noch zu Preiserhöhungen kam und sich die Versorgung immer mehr verschlechterte.

Dabei war die Normenfrage wirklich ein Schlüsselproblem für die gesamte weitere Entwicklung der DDR. Was hier beschlossen wurde, war keineswegs eine leichtfertige, unüberlegte Maßnahme, wie sie in jenen Junitagen von Freund und Feind oft hingestellt wurde. In den Jahren nach dem Krieg gab es in allen Teilen Deutschlands eine niedrige Arbeitsproduktivität. Noch Ende der vierziger Jahre ging der FDGB davon aus, daß die Normen generell niedriger als die Vorkriegsnormen angesetzt werden müßten. So lag zum Beispiel im Mansfelder Kupferbergbau die offizielle Norm der Häuer bei 70% gegenüber der Vorkriegsnorm. Das mußte verändert werden, denn ohne „technisch begründete Arbeitsnormen" konnte die sozialistische Industrie weder die notwendigen Akkumulationsmittel aufbringen noch die nicht minder dringliche Erhöhung des Lebensstandards der Bevölkerung in Angriff nehmen. Aber gerade die Einführung „technisch begründeter Normen" machte langsame Fortschritte. Weit häufiger wurde versucht, die oft geringen Löhne durch Normenerfüllung von 150 bis 200% auszugleichen. Auf einzelnen Baustellen, so stand im „Neuen Deutschland" vom 24. Juni 1951 zu lesen, seien Normerfüllungen von 300 und 350% die Regel. Im Mai 1953 konnten in den Betrieben erst 37,2% der Normen als „technisch begründet" angesehen werden. Da sich dieses Tempo als zu langsam erwies, die wirtschaftlichen Schwierigkeiten aber zunahmen, entschloß sich der Ministerrat am 28. Mai zu der administrativen Normenerhöhung. Eben weil die Normenfrage vom ökonomischen Zwang der Entwicklung diktiert wurde, suchte man sie auch nach der Verkündung des Neuen Kurses, der eine ganze Reihe von Maßnahmen korrigierte und Erleichterungen für viele Bevölkerungsteile brachte, aufrechtzuerhalten. Zwar erschien am 14. Juni 1953 im „Neuen Deutschland" ein von Rudolf Herrnstadt initiierter Artikel, der die bisherige Art und Weise, mit der technisch begründete Arbeitsnormen durchgesetzt wurden, scharf kritisierte. Doch am 16. Juni, als die Bauarbeiter der Stalinallee zum Haus der Ministerien marschierten, stand in der Gewerkschaftszeitung „Tribüne" zu lesen, daß der Beschluß über die Erhöhung der Normen vom 28. Mai „in vollem Umfang richtig", deshalb nicht zu korrigieren, sondern durchzuführen sei. Wer sich gegen die Normenerhöhung stelle, so wurde argumentiert, störe den Neuen Kurs. Doch noch an diesem Tage beschloß dann das Politbüro die Zurücknahme der Normenerhöhung. „Das Politbüro hält es zugleich für völlig falsch, die Erhöhung der Arbeitsnormen in den Betrieben der volkseigenen Industrie um 10 Prozent auf administrativem Wege durchzuführen."[202]

Für Brecht war die Normenfrage nur der auffälligste und empfindlichste Punkt einer Politik, die aufbrechende Widersprüche und Probleme administrativ zu lösen versuchte, in der es an Diskussionsmöglichkeiten fehlte, um Einsicht zu gewinnen, wie weit die Massen bereit waren, sich an der Lösung bestimmter Probleme zu beteiligen. Die Politik beschränkte sich mehr und mehr auf Verheißungen, statt die Massen in die Schwierigkeiten und Widersprüche einzuführen, damit sie für Lösungen gewonnen werden konnten. Brecht empfand, dem Volke werde der Sozialismus verordnet wie Medizin. Die führenden Funktionäre der Partei und des Staates fühlten sich bestärkt in dem Bewußtsein, etwas für die arbeitenden Menschen zu tun, doch ohne sie an der Entscheidungsfindung wirklich zu beteiligen. Die revolutionäre Ungeduld setzte das, was man beschlossen hatte, einfach mit dem Wollen der Arbeiter gleich. So kam es zu gefährlichen Überschätzungen des tatsächlichen Bewußtseinsstandes der Arbeiterklasse. Mit Besorgnis nahm Brecht wahr, daß das gleiche Unverständnis, mit dem er sich in den letzten Wochen und Monaten auf künstlerischem und kulturellem Gebiet hatte auseinandersetzen müssen, auch auf politischem und ökonomischem Gebiet anzutreffen war.

Noch in der Nacht oder am frühen Morgen des 17. Juni konsultierte Brecht seinen politisch erfahrenen Freund Jacob Walcher. Da Walchers Frau Hertha am Vortag in der Leipziger Straße gewesen war, erfuhr Brecht jetzt, was sich vor dem Hause der Ministerien abgespielt hatte.[203] Am Vormittag des 16. Juni hatte sich ein Zug von Bauarbeitern in Bewegung gesetzt, um mit der Regierung über die Normenerhöhung zu reden. Das geschah, nachdem die Agitatoren auf den Baustellen des Krankenhauses Friedrichshain und der Stalinallee vergeblich erläutert hatten, warum auch die Politik des Neuen Kurses am Beschluß der Normenerhöhung festhalten müsse. Gegen 10.00 Uhr erreichte der Zug den Alexanderplatz. Als er sich auf die Leipziger Straße zubewegte, bestand er schon nicht mehr nur aus Bauarbeitern. Sprechchöre wie „Weg mit der Regierung", „Wir fordern freie Wahlen" zeigten an, daß es längst nicht mehr um den Normenbeschluß ging, denn der war zur Stunde durch das Politbüro bereits zurückgenommen. Gegen 12.00 Uhr, als sich die Menge vor dem Hause der Ministerien immer mehr anstaute und in eine Demonstration gegen die Regierung umschlug, ließ der Minister für Schwerindustrie, Fritz Selbmann, einen Tisch aus dem Ministerium tragen, den er bestieg, um zu der Menge zu sprechen. Selbst Arbeiter und während der Naziherrschaft zwölf Jahre im Kerker und im KZ gewesen, versuchte Selbmann zunächst klarzustellen, daß es mit der Normenerhöhung vorbei sei, das Politbüro habe den Beschluß zurückgenommen. Ihm ging es darum, auf die Korrektur der umstrittenen Maßnahme hinzuweisen, er wollte nicht beschwichtigen. Als Minister einer Arbeiterregierung lag ihm an einem Dialog über Probleme, die nur gemeinsam gelöst werden konnten. Doch er wurde niedergeschrien. Er mußte den Dialog aufgeben, den die Menge gerade lautstark forderte. Ebenso erging es Robert Naumann und Robert Havemann, Professoren der Humboldt-Universität, die auf Rufe und Losungen zu antworten versuchten. Inzwischen konnte nicht mehr die Rede davon sein, daß Bauarbeiter beabsichtigten, mit ihrer Regierung über die Normenerhöhung zu sprechen. Die Verwandlung der Menge vollzog sich in wenigen Stunden. Jetzt hieß es nicht mehr: Weg mit den Normen, sondern: Weg mit der Regierung. Bereits 13.30 Uhr berichtete der RIAS über die Vorgänge in der Leipziger Straße. Als dort nichts weiter erreicht wurde, tauchte eine neue Losung auf: „Morgen um sieben Uhr am Strausberger Platz. Für Generalstreik!"

Daß die Normenerhöhung gerade bei den Bauarbeitern der Stalinallee eine solche Reaktion auslöste, interessierte Brecht schon deshalb, weil er mit ihnen in Verbindung stand. Den Bau der Stalinallee betrachtete er als großes soziales Programm, auch wenn ihm die architektonische Ausrichtung nicht zusagte. Eben weil die Arbeiter in diesem Staat die ersten großen Bauten für sich selber errichteten, hatte er sich auch mit seiner Kunst engagiert. Zu dem Kontakt war es über den Architekten Hermann Henselmann gekommen, der Brecht zu Gesprächen und gelegentlich auch zu einem feierabendlichen Umtrunk auf der Baustelle einlud. Für das erste Hochhaus an der Weberwiese verfaßte Brecht eine Inschrift. Über die Veränderungen im Leben der arbeitenden Menschen, die er bei solchen Gelegenheiten wahrnahm, notierte er: „Die Arbeiter, am Anfang zum Teil noch erschreckt über das neue Arbeitstempo, das zu einer entscheidenden Steigerung der Produktion nötig ist, haben einzusehen gelernt, daß diese Produktion ihnen allen zugute kommt, und der Wettbewerb der Ideen und Kräfte ist [in] vollem und zunehmendem Schwung. Der Einfluß der Arbeiterschaft auf die gesamte Gestaltung des öffentlichen Lebens ist groß, und die Arbeiter lernen immer besser, ihn zu nutzen. Viele sehen in den neuen Stadtvierteln wie der Stalinallee mit ihren Wohnpalästen voll Platz und Licht die ersten Beispiele dafür, wie die Zukunft gedacht ist. Die neuen Städte, die um neue Industrien aufwachsen, sind von Anfang an für die Bedürfnisse der Arbeiter geplant."[204] Aus der Sicht des 16. und 17. Juni erwecken diese Zeilen allerdings den Eindruck, als habe Brecht nur den Schwung und die Perspektive gesehen. Beides war zweifelsohne vorhanden, aber eben auch die Widersprüche, die die nötige Steigerung der Arbeitsproduktivität mit sich brachte. Die Wendung, „die Arbeiter, am Anfang zum Teil noch erschreckt", läßt erkennen, daß doch mehr gesehen wurde. Was er hier noch in einem Nebensatz versteckt und mit den Einschränkungen „am Anfang", „zum Teil" sehr verklausuliert vorträgt, brachte er mit aller Deutlichkeit in dem Gedicht „An einen jungen Bauarbeiter der Stalinallee" zur Sprache. Hier demonstrierte er, wie auf die Widersprüche eingegangen werden sollte. In der zweiten Verszeile bekennt er gleich die Überforderung, die er sich und seinen Adressaten aufbürdet: „Ich weiß nicht, woher du es nehmen sollst, was ich von dir verlange". Brecht versuchte so auf die Widersprüche zu verweisen, die sich aus der objektiven Situation ergaben, die von den Menschen mehr verlangten, als der einzelne einzusehen bereit war. Nichts anderes konnte helfen, als die Widersprüche auszutragen. Nur wenn man sie bewußtmachte, ergab sich Einsicht, bestand Hoffnung.

An einen jungen Bauarbeiter der Stalinallee

Deine Allee hat noch keine Bäume

Ich weiß nicht, woher du es nehmen sollst, was ich von
dir verlange

Dem Mann, der mit dir feilscht um
Sag ihm: ich weiß, was du willst, für den Staat
der Arbeiter ist
Jeder Pfennig so viel wie für mich. Aber feilsche nicht zu
lang
Mit mir. Ich weiß es auch.

Dem, der dich anschreit, sag:
Leiser, Freund! Das höre ich besser.

Dem, der das Kommando gibt, sag:
Kommando muß sein, bei so vielen, in so großen
Unternehmungen
Mit so wenig Zeit
Aber kommandiere so
Daß ich mich selber mitkommandiere!
erkundige dich, was da ist
Wenn du etwas forderst, Genosse[205]

In diesem Gedicht geht Brecht von einem hohen Grad der Klasseneinsicht aus; der Arbeitende hat seine Lage erkannt, er begreift sich im Zusammenhang mit den Anstrengungen der ganzen Klasse. Brecht, der theoretisch viel Sinn für die Schwierigkeiten aufbrachte, auf die ein Arbeiter stößt, will er seine objektiven Interessen begreifen und wahrnehmen, sah im praktischen Umgang in jedem Arbeitenden den Arbeiter. Auch in den Bauarbeitern der Stalinallee stellte er gern die Klasse schlechthin dar. Nun erschlossen sich allerdings die Veränderungen, die sich nach 1945 in der Klassenstruktur der Bauarbeiter abzeichneten, nicht aus dem bloßen Anblick und nicht aus gelegentlichen Gesprächen. Unter den Bauarbeitern befanden sich damals viele Berufssoldaten, die, aus der Gefangenschaft heimgekehrt, in den Beruf einstiegen, der die meisten Angebote machte. Es gab unter ihnen jene „Umschuler", die wegen ihrer Zugehörigkeit zur Nazipartei aus dem Verwaltungsapparat entfernt worden waren. Diese vielfältigen strukturellen Umschichtungen nahm Brecht mehr als allgemeine Einflüsse und Spuren des Faschismus wahr. Jedenfalls fand er das Gesicht der Klasse im Vergleich zu seinen Erfahrungen aus der Zeit vor 1933 stark verändert.

Am Morgen des 17. Juni war Brecht über die vorangegangenen Ereignisse ausreichend informiert. Mit Jacob Walcher teilte er die Meinung, daß ein Generalstreik der Arbeiter gegen die erste deutsche Arbeiter-und-Bauern-Regierung bevorstand. Deshalb schlug er vor, daß er, der Parteilose, und Walcher, inzwischen aus der Partei ausgeschlossen, sich der Partei zur Verfügung stellen sollten. Hierin sahen sie ihre erste Aufgabe an diesem Tage. 7.30 Uhr rief er Käthe Rülicke an, sie möge sich fertigmachen, er käme heute eine Stunde früher. Gewöhnlich holte er sie, die gleichfalls in Weißensee wohnte, zehn Minuten vor neun ab, um sie ins Theater mitzunehmen. Vor acht Uhr war er bereits mit seinem Steyr bei ihr. Im Wagen saß Jacob Walcher. Obwohl Käthe Rülicke wußte, warum Brecht heute früher ins Theater wollte, war sie doch einigermaßen überrascht, als die beiden ihr erklärten, heute gäbe es Generalstreik. Für sie als junge Genossin war das schwer vorstellbar: Arbeiter streikten gegen ihre eigene Regierung. Seit 1945 war sie gewohnt, daß man von dieser Klasse stets mit Ehrfurcht sprach. Was als gut und was als schlecht galt, das wurde an ihr gemessen. Die gesamte politische Propaganda lief darauf hinaus. Der einzelne konnte irren, versagen, dem Fortschritt in den Rücken fallen, doch niemals die Klasse. Hatte Brecht nicht selber geschrieben, wo noch ein Arbeiter stehe, da sei noch nichts verloren? Jetzt stellten sich die Arbeiter gegen die Arbeiterregierung. Während ihr das ganz und gar unvorstellbar erschien, betrachteten Brecht und Walcher die Vorgänge gelassener. Daß die Arbeiter in dem Teil Deutschlands streikten, in dem man mit Hilfe der Sowjetunion den Faschismus beseitigt und endgültig geschlagen zu haben schien, hielten sie für eine schlimme Wendung. Andererseits hatten die Maßnahmen und Vorgänge der letzten Monate sie zu dem Schluß geführt, daß man auf die bisherige Weise die Menschen nicht für den Sozialismus gewinnen werde. Daß sie auch an diesem regnerischen 17. Juni, als sich die Situation immer mehr zuspitzte, ihre politische Sache nicht verloren gaben, erfüllte sie eigentlich mit mehr Hoffnung als zuvor. Nach den Erfahrungen der vergangenen Monate meinten sie, nun endlich am Ende der Sackgasse angelangt zu sein. Wenn Hertha Walcher am Vortage Leute in der Leipziger Straße hatte reden hören, „ab morgen wird alles anders", so erhofften das auch sie, wenn auch in einem ganz anderen Sinne.

Während sich Jacob Walcher, wie verabredet, im ZK-Gebäude der Partei zur Verfügung stellen wollte, fuhr Brecht weiter zur Probebühne in die Reinhardtstraße, wo sich im ersten Stock sein Arbeitszimmer befand. Noch am Dienstag abend war er von Isot Kilian informiert worden, daß die Parteigruppe am nächsten Tage um 8.00 Uhr über mögliche Aktivitäten des Ensembles beraten wolle. Gegen 8.45 Uhr werde man dann zu ihm kommen. Es war notwendig, sich darum zu kümmern, was an diesem Tag im Ensemble geschah. Die Leiterin Helene Weigel befand sich auf einem Friedenskongreß in Budapest. Als in den Vormittagsstunden des 17. Juni die Genossen bei Brecht eintrafen, schlug er ihnen vor, sich mit einem Brief an die Parteiführung zu wenden und ihr zu versichern, daß die Partei in dieser kritischen Situation auf sie zählen könne und daß man sich dem Rundfunk für propagandistische Aufgaben zur Verfügung stellen werde. Er diktierte dann drei Briefe: an Walter Ulbricht als Ersten Sekretär der SED, an Otto Grotewohl als Regierungschef, an den Botschafter der UdSSR, Wladimir Semjonow. Die Briefe waren als Bereitschaftsbekundung zu verstehen, nicht als Ergebenheitserklärung an Personen. Als Vertreter einer politisch engagierten Dichtung wollte er sich bei wichtigen politischen Entscheidungen als politische Kraft gewertet sehen. Brecht behelligte Politiker nicht mit persönlichen Angelegenheiten, er brachte sich nicht in Erinnerung, wie er auch sein Werk nicht als Illustration von Politik verstanden wissen wollte. Ihm schwebte vor, daß bedeutende Dichter als Fachleute für gesellschaftliche Verhaltensweisen der Menschen von den Politikern ebenso befragt und um Auskunft gebeten werden müßten wie Ökonomen und Finanzexperten. Daß es nie zu einem solchen Kontakt kam, muß er nicht nur bedauert, es muß ihn verletzt haben. Als Dichter und Philosoph, der sich für das Ganze mitverantwortlich fühlte und mitverantwortlich gemacht wurde, wollte er bei wesentlichen Entscheidungen hinzugezogen werden. Die Briefe diktierte er Isot Kilian, die jedoch so aufgeregt war, daß sie sich dauernd vertippte. So setzte sie anstelle eines Punktes ein Fragezeichen, was großes Gelächter auslöste. Käthe Rülicke übernahm es dann, alles sauber abzuschreiben. Insofern waren die fünf oder sechs Abschriften der Aufregung dieses Tages geschuldet und beruhten nicht auf verschiedenen Entwurfsvarianten. Die Schreiben an Walter Ulbricht und Otto Grotewohl lauteten:

„Werter Genosse Ulbricht, die Geschichte wird der revolutionären Ungeduld der Sozialistischen Einheitspartei Deutschlands ihren Respekt zollen. Die große Aussprache mit den Massen über das Tempo des sozialistischen Aufbaus wird zu einer Sichtung und zu einer Sicherung der sozialistischen Errungenschaften führen. Es ist mir ein Bedürfnis, Ihnen in diesem Augenblick meine Verbundenheit mit der Sozialistischen Einheitspartei Deutschlands auszudrücken. Ihr Bertolt Brecht"[206]

„Lieber Genosse Grotewohl, was können wir von der Akademie der Künste und vom Berliner Ensemble aus tun? Werden Sie im Rundfunk sprechen? Es wäre gut. Wir würden gern als Einleitung und Abschluß Lieder und Rezitationen von Ernst Busch und anderen Künstlern bringen. In steter Verbundenheit mit der Sozialistischen Einheitspartei Deutschlands Ihr Bertolt Brecht"[207]

Nach zehn Uhr wollte Manfred Wekwerth die Briefe ins ZK bringen, doch er kam nicht durch; eine aufgeputschte Menge versuchte, das Auto umzukippen. Daraufhin verabredete sich Isot Kilian mit dem Sekretär von Otto Grotewohl, Fritz Stempel, dem sie die Briefe an Otto Grotewohl und Walter Ulbricht persönlich aushändigte. Der Brief an Semjonow, in dem Brecht seine Verbundenheit mit der Sowjetunion ausdrückte, wurde in der Botschaft Unter den Linden abgegeben.

Die Briefe an Walter Ulbricht und Otto Grotewohl enthielten das Angebot, daß sich Brecht und das Berliner Ensemble zur operativen politischen Arbeit zur Verfügung stellten. Sollten die beiden führenden Funktionäre der Sozialistischen Einheitspartei beabsichtigen, in der Öffentlichkeit aufzutreten, wollten sie mit ihrer Kunst dabeisein und das Wort der Politiker zu ihrer Sache machen. Der Brief an Ulbricht ist insofern aufschlußreich, als hier jeder Satz auf Grundfragen ausgerichtet ist. Nichts von persönlichen Wünschen und Vorstellungen im Namen der Kunst, nur die dringlichsten Fragen wurden angesprochen. Wenn Brecht von „revolutionärer Ungeduld" sprach, die zu der gegenwärtigen Situation des 17. Juni geführt habe, so versucht diese Formulierung nichts zu beschönigen. Für ihn, der sich in seiner Dichtung wiederholt mit revolutionärer

Ungeduld auseinandergesetzt hatte, enthielt dieser Terminus die Feststellung, daß man sich von den Massen entfernt und das Grundverständnis revolutionären Handelns im Sinne des Marxismus preisgegeben habe. Jetzt sollte es darum gehen, in der „großen Aussprache mit den Massen über das Tempo des sozialistischen Aufbaus"[208] dieses Grundverständnis wiederzugewinnen. Die eingeschlagene Entwicklung zum Sozialismus bejahte Brecht voll und ganz. Hier fühlte er sich mit Partei und Regierung verbunden. Diesen Weg wollte er gerade an diesem Tage sichern helfen.

Der Brief an Walter Ulbricht ging in der Flut der Verbundenheitsadressen, die später einsetzte, völlig unter. Unbeachtet blieb dadurch, daß er am Morgen des 17. Juni geschrieben war. Auch druckte das „Neue Deutschland" nur den letzten Satz ab, so daß es jahrelang in der westlichen bürgerlichen Presse wilde Spekulationen über den Inhalt des Briefes gab. Brecht ärgerte die bruchstückhafte Veröffentlichung seines Schreibens, doch unterließ er jeden Protest. Der Brief an Grotewohl wurde nicht veröffentlicht.

Am 17. Juni, im Theater liefen die Proben zu „Don Juan" unter der Regie von Benno Besson, fanden sich auch die Schauspieler ein, die keine Probe hatten. Man suchte sich über die Ereignisse zu verständigen, und das Ensemble wollte auch etwas tun. Für 13.00 Uhr setzte Brecht eine Betriebsversammlung an. Unterdessen tauschte man im Theater Meinungen und Eindrücke aus. Wie wenig alle mit den Ereignissen, die eingetreten waren, gerechnet hatten, obwohl man die allgemeine Unzufriedenheit nur zu gut kannte, illustriert eine Episode, die dem jungen Regieassistenten und späteren Intendanten des Friedrichstadtpalastes Wolfgang Struck passiert war und die er seinen Kollegen freimütig erzählte. Struck hatte in Eile seine Wohnung verlassen und stieß auf einen Demonstrationszug. Wie bisher gewohnt, sich in Demonstrationen einzugliedern, tat er das auch hier. Was eigentlich vor sich ging und wofür demonstriert wurde, hatte er gar nicht mitbekommen. Im Ensemble wurde über diese Episode viel gelacht. Brecht nutzte die Zeit, um sich zu informieren, wie andere auf die Situation reagierten. Denn schließlich mußte gemeinsam etwas unternommen werden. Er rief den Sekretär des Schriftstellerverbandes an und erreichte auch, daß Kuba (Kurt Barthel) an den Apparat kam. Ihn fragte Brecht, ob er nicht zur Reinhardtstraße kommen könne. Doch Kuba gab zur Antwort, daß das nicht möglich sei, der Schriftstellerverband befinde sich an einer sehr gefährlichen Ecke, er könne nicht raus. Brecht amüsierte das sehr. Später erzählte man sich diesen Vorgang etwas pointierter. So entstand die Anekdote, Kuba habe Brecht geantwortet, der Schriftstellerverband habe sich verbarrikadiert und sie würden sich, wenn es zum Äußersten käme, mit Stuhlbeinen verteidigen. „Herr B. hing ein, wandte sich an seine Mitarbeiter und sagte: ‚Ein deutscher Schriftsteller in Erwartung seiner Leser.'"[209]

Brechts Überlegungen in diesen Vormittagsstunden liefen darauf hinaus, daß Otto Grotewohl, wie im Brief angesprochen, im Rundfunk reden sollte. Das Berliner Ensemble würde eine solche Veranstaltung mittragen. Ernst Busch werde singen, die Weigel rezitieren. Er dachte aber auch daran, die Bevölkerung durch bekannte Künstler und Schriftsteller direkt anzusprechen, um klarzumachen, welche Verhaltensweisen gegenwärtig schädlich, gefährlich seien, weil sie künftige Entwicklungen verbauten, welche jedoch im Interesse der arbeitenden Menschen lägen. Käthe Rülicke meinte später, daß Brecht damals vorgeschwebt habe, in dieser Situation könne das Berliner Ensemble operativ im Rundfunk wirken. Als er auf dieses Angebot keine Antwort erhielt, beschloß er, die verbleibende Zeit bis zur Betriebsversammlung zu nutzen und sich auf der Straße umzusehen. Ihn begleiteten Käthe Rülicke und

Erwin Strittmatter, dessen Stück „Katzgraben" Brecht am 23. Mai 1953 uraufgeführt hatte. Seit dieser Zusammenarbeit hielt sich Strittmatter oft im Berliner Ensemble auf. Auf den Straßen standen überall Gruppen von Menschen. Die Parole wurde durchgegeben, nicht zu arbeiten, sondern zu demonstrieren. Mit seinen Mitarbeitern begab sich Brecht in Richtung Brandenburger Tor, denn er wollte sehen, was sich zur Grenze nach Westberlin hin abspielte. Vom Brandenburger Tor hatte man bereits die rote Fahne heruntergeholt und in Stücke zerrissen. Jene Fahne, von der es in Brechts „Friedenslied" heißt:

Friede dem Roten Platze!
Und dem Lincolnmonument!
Und dem Brandenburger Tore
Und der Fahne, die drauf brennt![210]

Als sie in die Luisenstraße einbogen, hörten sie von Leuten auf der Straße, daß sowjetische Panzer im Anrollen seien. Vom Brandenburger Tor aus sahen sie dann die Panzer vom Lustgarten aus die Straße Unter den Linden herauffahren. Als sie die Friedrichstraße überquerten und näher kamen, begab sich ein großer Teil der Demonstranten fluchtartig auf die andere Seite des Brandenburger Tors. Sie schienen von dort gekommen zu sein. Die sowjetischen Panzersoldaten standen in ruhiger, besonnener, eher freundlicher Haltung in ihren Luken. Brecht winkte ihnen zu. Die Panzer fuhren auf der anderen Seite der Linden, an der sowjetischen Botschaft vorbei, wieder zurück. Das muß gegen 12.00 Uhr, 12.30 Uhr gewesen sein. Danach begab sich Brecht zurück ins Theater, in den Probenraum Reinhardtstraße.

Auf der Betriebsversammlung um 13.00 Uhr sprach Brecht. Das war ungewöhnlich, weil er ganz selten Reden hielt und die in letzter Zeit immer häufiger gewordenen

Versammlungen und Referate verabscheute. Er erklärte dem Ensemble die Situation, wie er sie sah, und meinte, daß jetzt alles darauf gerichtet sein müsse, daß trotz der begangenen Fehler, über die geredet werden müsse, nichts geschehen dürfe, was sich gegen die Arbeiterregierung richte. Die Klärung der Situation und der gesellschaftlichen Interessen werde über die große Aussprache mit der Bevölkerung erfolgen. Brechts Lageerklärung kulminierte in den zwei Gesichtspunkten: unbedingte Verteidigung der Arbeiterregierung und der sozialistischen Errungenschaften, gründliche Aussprache über Fehlentscheidungen mit dem Volke. Im Ensemble gab es eigentlich nur Zustimmung zu dem, was er dargelegt hatte. Als ein Bühnentechniker meinte, es sei aber auch mal ganz gut, daß die Regierung nach allem, was geschehen sei, eins auf den Deckel bekomme, wurde Brecht in seiner Argumentation scharf. Ihm schien das zu leichtfertig geurteilt. Wieder meinte er, hier die Deformationen im Bewußtsein der Arbeiter zu sehen, hervorgerufen durch den Faschismus. Deshalb verlangte er, daß es neben der Aussprache mit der Bevölkerung eine bessere Aufklärung über den Faschismus und seine bis heute spürbaren Folgen geben müsse. Das Ensemble nahm einstimmig eine Entschließung an, in der sich der gesamte Betrieb zu politischen Aktionen bereit erklärte. Man entsandte zwei Mitarbeiter in den Rundfunk, sie sollten Bänder heraussuchen und eine Sendung zusammenstellen. Doch auch diese Initiative scheiterte. Auf den ersten Anruf in den Vormittagsstunden, noch vor Eingreifen der sowjetischen Panzer, teilte der Rundfunk mit, das Berliner Ensemble solle keine Panik machen. Später wurde gesagt, im Moment sei der Vorschlag nicht richtig. Brecht wiederum fand es nicht richtig, daß keine offensive Auseinandersetzung stattfand und die Sender vorwiegend Musik, „An der schönen blauen Donau“, Schlager usw., brachten. Auch die Mitarbeiter, die am Nachmittag zum Rundfunk fuhren, richteten nichts aus. Angeregt durch Brechts Vorschlag, bekannte sich das Ensemble in entscheidender Stunde zu einer kämpferischen, eingreifenden Kunst. Daß sie damit in einer Kampfsituation und Bedrohung beschwichtigend zurückgewiesen wurden, blieb den Ensemblemitgliedern unverständlich und warf Fragen auf, die keine Antwort fanden. Daß von ihrem Angebot kein Gebrauch gemacht wurde, ließ die Parteigruppe des BE auch Tage nach den Ereignissen nicht ruhen. Die Genossen wandten sich mit einem Brief an die Leitung des Rundfunks, aber es blieb bei den Beschwichtigungen.

Nach der Mitgliederversammlung – inzwischen hatte der sowjetische Militärkommandant gegen 13.30 Uhr den Ausnahmezustand für den sowjetischen Sektor von Berlin verhängt – begab sich Brecht in seine Wohnung nach Weißensee. Im kleinen Kreis seiner Mitarbeiter ging er daran, die Ereignisse zu analysieren und auszuwerten. Die Dinge liefen nicht so, wie er sie sich vorgestellt und vorgeschlagen hatte. Grotewohl sprach nicht unmittelbar nach den Ereignissen im Rundfunk. Dafür hörte Brecht im RIAS ein Interview mit dem Stellvertretenden Ministerpräsidenten Otto Nuschke, das ihn erfreute, das er geradezu mit Beifall aufnahm. Bei seiner Fahrt zu seinem Amtssitz entlang der Grenze zu Westberlin hatten Westberliner den Wagen des prominenten DDR-Politikers auf die andere Seite der Stadt geschoben. Er selbst wurde zeitweise festgehalten. Sofort waren Reporter da, die den Vorfall auf ihre Weise ausnützen wollten. Auf die Frage, wie er die Lage im Ostsektor der Stadt beurteile, antwortete er: Günstig. Viele Leute hätten jetzt eingesehen, daß es ein Irrsinn sei, was man ausgelöst habe. Als dann der Reporter auf die Besatzungsmacht hinwies, die mit Panzern gekommen sei, meinte Nuschke, die hätten nicht geschossen, sondern gleichfalls demonstriert. Er wisse es, weil er dabeigewesen sei. Die Haltung des CDU-Politikers imponierte Brecht so sehr, daß er zu seinen Mitarbeitern sagte: „Dieser alte Bürger hat mehr politischen Instinkt als viele Leute bei uns, die nicht verstanden haben, was vorgeht.“[211]

Brecht empfand die Ereignisse des 17. Juni als eine solche Herausforderung, daß er einen Augenblick erwog, in die SED einzutreten. „Ich erinnere mich genau“, so Käthe Rülicke, „daß Brecht am 17. früh, als wir auf dem Weg waren, ‚Unter die Linden‘ zu gehen (also nachdem er diese drei Briefe abgeschickt hatte), äußerte: Jetzt wäre der richtige Zeitpunkt, um in die Partei einzutreten. Es schien ihm nötig.“[212] Eine solche Äußerung verwundert zunächst. Denn seit Ende der zwanziger Jahre betrachtete er sich als parteilosen Kommunisten, der an sich die gleichen Anforderungen wie an ein Parteimitglied stellte. Gegenüber der eingeschriebenen Mitgliedschaft bezog er jedoch eine laxe Haltung. Sie war für ihn mit zu vielen Dingen verbunden, die er nicht mochte. An diesem Tage aber muß ihm gerade diese nominelle Zugehörigkeit etwas wert gewesen sein.

Eine Woche später fanden im Berliner Ensemble drei Betriebsversammlungen statt, in denen es darum ging, sich über die Ursachen Klarheit zu verschaffen, die zu den Ereignissen am 17. Juni geführt hatten. An diesen Versammlungen am 24., 25. und 26. Juni nahm Brecht teil und griff jedesmal in die Diskussion ein.[213] Geleitet wurden sie von dem Schauspieler Erwin Geschonneck. Ursprünglich war nur eine Versammlung vorgesehen, aber es gab so viele Fragen und zu einigen Problemen beträchtlichen Widerspruch, daß man zu keinem Ende gelangte. Um mit den Proben beginnen zu können, schlug Brecht vor, am nächsten Tag weiterzudiskutieren. Die aufgeworfenen Fragen ließen sich nicht in zwei oder drei Stunden erledigen, aber man könne das Theater nicht in einen Debattierklub verwandeln. Selbst wenn jetzt einige Fäden der Diskussion abgerissen würden, wer Interesse hätte, käme auch morgen wieder. Für die zweite Versammlung erging die Aufforderung, Fragen schriftlich einzureichen, um dann mit Hilfe aller eine Antwort zu finden.

Die Diskussion bewegte sich auf drei Argumentationsebenen. Einmal ging es um die soziale Lage der Arbeitenden vor dem 17. Juni, dann vor allem um die Frage, inwieweit die Ereignisse ein Werk von Provokateuren waren, und schließlich um die dogmatische Kulturpolitik, die zu einem Hemmnis auch am Theater geworden war. Die Preiserhöhungen vor der Verkündung des Neuen Kurses hatten in erster Linie die wenig Verdienenden getroffen, dazu zählten auch die Bühnenarbeiter, die, wie auf der Versammlung gesagt wurde, oft mit einer Marmeladenstulle zur Arbeit kamen. Sie hätten vorher die Gewerkschaft auf ihre wirtschaftliche Lage aufmerksam gemacht, seien aber nicht gehört oder immer wieder vertröstet worden. Ein Bühnenarbeiter sagte: „Ich habe brutto 428,–, gehe mit 350,– nach Hause, Miete 65,–, Wäsche 20,–, Licht 10,– also rund 100,– erst mal weg. Mit den Karten sind wir ab 15. fertig. Dann HO."

Doch die Maßnahmen, die zu überall spürbaren Verschlechterungen der Lebensbedingungen geführt hatten, waren zurückgenommen. Im Ensemble wurden nach dem 17. Juni aber auch Meinungen laut, die eine andere Regierung forderten, ein parlamentarisches System wie im Westen mit sogenannten freien Wahlen, kurz, eine Opposition. Zu diesen Meinungen gab es Widerspruch. Vor allem die, die das parlamentarische System der Weimarer Republik noch kennengelernt hatten oder über Erfahrungen mit der bürgerlichen Demokratie in anderen Ländern verfügten, wo sie sich als Emigranten aufgehalten hatten, sahen darin überhaupt keinen Ausweg. Brecht, der immer aufmerksam zuhörte, wenn es um soziale Fragen und um konkrete wirtschaftliche Existenzbedingungen ging, griff hier sehr engagiert ein. In keiner Phase seines Lebens hatte er etwas von der parlamentarischen bürgerlichen Demokratie gehalten. Sosehr ihn die Frage beschäftigte, wie die Menschen im Sozialismus mehr wirkliche Demokratie, mehr persönliche Entfaltung erlangen können und wie bürokratische und administrative Bevormundung zu beseitigen sei, wunderte er sich doch, daß Menschen immer wieder der Illusion erlagen, „freie" Wahlen könnten in einer solchen Situation die Lage wesentlich verbessern. Als ein Kollege auf der Versammlung am 24. Juni vorbrachte, die Regierung und die Partei müßten sich jetzt zur Wahl stellen, antwortete er: „Wissen Sie, was so eine Wahl zustande brächte? Jetzt und sofort. Es ist nicht gleich, was dabei positiv herauskommt. Wer weiß das? Ich habe den Eindruck, die Erwartung ist sehr groß, nicht nur bei einem Teil der Arbeiterschaft, aber auch in anderen Schichten und anderen Klassen. Man kann das nicht einfach wegreden. Die Regierung sagt selbst, daß Gründe da waren. Die Erbitterung hat ihre Gründe. Zu gleicher Zeit ist das nicht so einfach, daß diese Provokateure die erbitterte Bevölkerung dazu bringen konnten, in dieser Art aufzutreten. Das ist schon sehr bedenklich. Ich will sagen: Wenn ich das ansehe, was zu sehen war, so hatte ich den Eindruck in der Frühe, daß es eine ernste und entsetzliche Angelegenheit war, daß gerade Arbeiter hier demonstrieren. Ich spreche ihnen auch hundertprozentig jede Berechtigung zu. Ich wußte, daß sie abgehalten worden waren, ihrer Erbitterung Luft zu verschaffen, nun verschafften sie sich Luft. Was gegen 11, 12, 13 Uhr geschah, zeigt jedenfalls – ich spreche von dem, was ich gesehen habe. Dieses Berlin ist in einem geistigen Zustande, in dem es anscheinend in der Nazizeit war. ... Diese Forderung nach freier Wahl sofort wäre meiner Meinung nach in keiner Weise für uns sinnvoll, wenn wir sie in der DDR nur jetzt wegen dieser Forderung unternehmen würden. Ich glaube nicht, daß die Bevölkerung weit genug wäre – menschlich vom Nazismus entfernt –, um heute eine andere fortschrittliche Regierung zu bekommen. Die Regierung, die wir jetzt haben, wirkt in Kampfstellung gegen diese den Frieden der ganzen Welt bedrohenden Elemente." Mit dieser Argumentation fand Brecht Zustimmung. So unterstützte ihn Benno Besson aus seiner Sicht als Ausländer: „Ich bin Ausländer. Es wurden jetzt viel Stimmen laut nach freien Wahlen. 1933 waren auch freie Wahlen, und die Nazis kamen an die Macht. Meine französischen Kollegen werden niemals den Deutschen die Freiheit geben, wieder die Nazis an die Macht zu bringen. Wenn das doch geschieht, wird der Friede nicht lange sein."

Was Brecht kritisierte, was ihn in den letzten Monaten so verbittert hatte, war die allgemeine politische „Lobhudelei" der offiziellen Propaganda, durch die die wirklichen Leistungen des neuen Staates gar nicht ins Bewußtsein der Öffentlichkeit drangen. Alles wurde mit den gleichen Worten gepriesen, ohne den tatsächlichen Bewußtseinsstand zu berücksichtigen. Während man dauernd von dem Neuen, von der Begeisterung der Massen, der Masseninitiative sprach, war, wie Brecht sich ausdrückte, „die ganze Nazibande immer noch da ..., sie hat nicht mehr geherrscht, geistig war sie noch immer ganz lebendig. Das sollte vertuscht werden, dem hat sich niemand gestellt, das sollte verdrängt werden, darüber sollte nicht geredet werden. Das ist eine entscheidende Sache für die Zukunft, die man aufgraben sollte. Man sollte erklären, was Sozialismus ist, das hat man überhaupt nicht getan. Man hat sozialistische Einrichtungen geschaffen, ungeheure Leistungen vollbracht, die ganz wenigen bewußt sind. Das ist ein großes Versagen, man hat die großen Verdienste zwar ständig in Art von Lobhudeleien und Phrase zur Sprache gestellt, aber nicht wirklich bekannt gemacht."

Wenn Brecht hier auch verkannte, daß die antifaschistisch-demokratische Umwälzung die konsequente Beseitigung der „ganzen Nazibande" aus dem gesellschaftlichen

Leben bedeutete, so hatte er insofern jedoch nicht ganz unrecht, als in vielen Köpfen ein neues Bewußtsein noch fehlte. Deshalb mußte mit diesen Leuten in einer ganz anderen Weise gesprochen werden als bisher. Brecht wollte damit verdeutlichen, daß am 17. Juni faschistische Provokateure nicht nur von jenseits der Grenze kamen, sondern daß es solche Elemente auch noch in der neuen Gesellschaftsordnung gab, daß deren Losungen nicht ohne Resonanz blieben.

Am zweiten Diskussionstag ging es vor allem um die Kunstpolitik. Eine der schriftlich eingereichten Fragen lautete: „Was ist Formalismus, und wer bestimmt, was Formalismus ist?" In der Versammlung gab es keinen, der sich imstande fühlte, diese Frage zu beantworten. Brecht kritisierte den mangelnden Sachverstand der meisten Kritiker. Die Redaktionen müßten erfahren, daß einige ihrer Mitarbeiter keine Fachkenntnisse besitzen. Die Theater sollten sich gegen ungerechtfertigte Kritik wehren und ihre eigenen Erklärungen abgeben. „Man beschwert sich mit Recht über die geringe Fachkenntnis bei Leuten, die über Kunst schreiben oder mit ihr zu tun haben. In der Akademie war eine Besprechung mit der Leitung der Staatlichen Kunstkommission. Dabei wurde wieder festgestellt, daß die Referenten nahezu keine Fachkenntnisse haben auf Gebieten, auf denen sie sehr diktatorisch handeln. Hier muß etwas geschehen. Für die große Linie wäre es aber nötig, detaillierte kunstpolitische Kenntnisse zu besitzen. Es handelt sich um die Anforderungen des Publikums, der gesamten Bevölkerung, die hier vertreten wird. Sie braucht nicht von Künstlern selbst vertreten zu werden, das Publikum ist auch nicht künstlerisch vorgebildet. Die großen allgemeinen Interessen des Publikums in der Kunst (Theater, Film, Gemälde, Musik) können durchaus von Leuten vertreten werden, die nicht vorgebildet sind. Nur ist es, wie mir scheint, bei uns vorgekommen, daß hier tatsächlich Eingriffe gemacht wurden, die weit über das hinausgingen, die auch mit den eigentlichen Interessen der Bevölkerung wenig zu tun hatten. Wir haben eine Reihe solcher Eingriffe schärfster Art, die überhaupt nicht mit Künstlern diskutiert wurden. Diese Angriffe erfolgten gegen Künstler, die vom Staat wegen ihrer künstlerischen Tätigkeit in die Akademie berufen worden sind und dadurch vom Staat anerkannt waren."

Andererseits wandte sich Brecht gegen Losungen, die darauf hinausliefen, daß sich der Staat nicht in die Kunst einzumischen habe. „Aber man kann nicht plötzlich alles in einen Topf werfen. Man kann jetzt nicht eine Republik der Künstler eröffnen, wo jeder machen kann, was er will. Besonders nicht in einem Deutschland, das durch zwei Jahrzehnte Naziherrschaft gegangen ist. Man kann es nicht wieder einführen, daß jedes Theater aufführen kann, was es Lust hat, nur um damit das Publikum anzulocken. Das wird auch weiter hier nicht geschehen. Trotzdem haben wir recht, wenn wir in jedem Einzelfall mangelnde Sachkenntnis anprangern. Man muß versuchen, dies abzustellen. Wo gegen die große Linie, die sozialistische Kunst, durch mangelnde Sachkenntnis Schaden angestiftet wird, muß man einschreiten."

Mit der dreitägigen Diskussion am Berliner Ensemble war Brecht eigentlich recht zufrieden. Er meinte, es sei eine ganze Menge Material angehäuft worden. Nunmehr wäre es nicht schlecht, wenn einige Vorgänge, die in der Diskussion eine Rolle spielten, weiterverfolgt und gründlicher ausgearbeitet würden. „Warum soll nicht ein Theater so etwas untersuchen und die Sache zur Diskussion stellen? ... Die Mitarbeiter müßten in weiteren Versammlungen über ihre Fälle Bericht geben."

Die Ereignisse der Junitage beschäftigten Brecht auch noch in den kommenden Wochen und Monaten. Immer wieder setzte er zu Analysen an, führte Gespräche mit

Freunden, überdachte seine eigene Haltung und die der Politiker. Das lag nicht nur daran, daß die westliche Presse einen Hetzfeldzug großen Stils gegen ihn führte, der ihm auch erhebliche finanzielle Verluste zufügte. Professionelle Hetzer starteten eine Kampagne, um ihn vom westlichen Theater zu isolieren. Das gelang auch für einen nicht unbeträchtlichen Zeitraum. Die Presse rückte ihn in ein Licht, daß selbst Leute, die ihm nahestanden, sich fragten, weshalb er bloß diesen Brief an Walter Ulbricht geschrieben habe, von dem sie nur den letzten Satz kannten. Seine Haltung den Freunden verständlich zu machen, darin bestand der Sinn des Briefes, den er am 1. Juli an Peter Suhrkamp schrieb. Bei den Analysen ging es ihm aber auch um eine Selbstverständigung. Der 17. Juni hatte Kräfte und Interessen enthüllt, Fehlentwicklungen und Gefahren hervortreten lassen, die, so meinte Brecht, weitreichende Veränderungen in der politischen Führungsarbeit nötig machten, um einen von den Menschen engagiert vertretenen Sozialismus aufzubauen. In dieser Hinsicht brachte der 17. Juni auch eine Zäsur in Brechts eigenem Denken. Widersprüche und Schwierigkeiten von nicht gekannter Intensität waren zutage getreten. Allzu großer Optimismus stand dem Optimismus selbst im Wege.

In dem Brief an Peter Suhrkamp machte Brecht noch einmal seine Position klar, indem er die Umfunktionierung der Demonstration beschrieb, die er selbst hatte beobachten können. „Ich habe drei Jahrzehnte lang in meinen Schriften die Sache der Arbeiter zu vertreten versucht. Aber ich habe in der Nacht des 16. und am Vormittag des 17. Juni die erschütternden Demonstrationen der Arbeiter übergehen sehen in etwas sehr anderes als den Versuch, für sich die Freiheit zu erlangen.“[214] Für ihn war der 17. Juni weder nur der „faschistische Putsch“ noch der „Volksaufstand“. Beide Definitionen schienen ihm einseitig, weil sie die Verwandlungen ignorierten, die innerhalb zweier Tage vor sich gegangen waren. Brecht hatte am Vormittag des 17. Juni, als er mit Strittmatter und Käthe Rülicke zum Brandenburger Tor ging, sehr genau das Verhalten und die geistige wie die soziale Physiognomie vieler Leute beobachten können, die er dort als Demonstranten traf. Losungen, die die Beseitigung der Regierung und freie und geheime Wahlen forderten, gelangten über den RIAS in die Massen. „Die Parolen", so schrieb Brecht an Suhrkamp, „verwandelten sich rapide. Aus ‚Weg mit der Regierung!' wurde ‚Hängt sie!', und der Bürgersteig übernahm die Regie."[215] Besonders empörte Brecht, daß Demonstranten Faschisten aus dem Gefängnis befreiten, wo sie wegen ihrer Verbrechen gegen die Menschlichkeit saßen, so in Halle die ehemalige Kommandeuse von Ravensbrück, die „anfeuernde Reden auf dem Marktplatz" hielt. „Lieber Suhrkamp, machen wir uns nichts vor: Nicht nur im Westen, auch hier im Osten Deutschlands sind ‚die Kräfte' wieder am Werk. Ich habe an diesem tragischen 17. Juni beobachtet, wie der Bürgersteig auf die Straße das ‚Deutschlandlied' warf und die Arbeiter es mit der ‚Internationale' niederstimmten. Aber sie kamen, verwirrt und hilflos, nicht durch damit."[216]

Daß sich die Arbeiter mit ihrer Forderung „umfunktionieren" ließen, daß es von ihnen nur ganz geringe, „hilflose", „verwirrte" Anstrengungen gab, dem Einfluß des Klassengegners entgegenzutreten, beschäftigte Brecht am meisten. Hier sah er ein Symptom für den Zustand der Klasse. Die Züge der aufsteigenden Klasse mischten sich mit denen, die sie im „depraviertesten zustand" zeigte. Die Arbeiter lehnten Maßnahmen ab, die das Tempo der sozialistischen Industrialisierung beschleunigen sollten, weil sie ihren Lohnanspruch drückten. Aber sie entwickelten in jenen Tagen keine eigenen Vorstellungen, wie die sozialistischen Errungenschaften weiter ausgebaut werden sollten. Ein nicht unbeträchtlicher Teil der Demonstranten fiel auf die abgewirtschafteten Losungen von „freien Wahlen" und

„freier Marktwirtschaft" herein. Mit einigem Entsetzen sah Brecht, daß die Arbeiterklasse, die bereits im Besitz einer sozialistischen Basis war, nicht von dieser Position aus operierte. Als er dann am 17. Juni bei einem Teil der Arbeiter die Verführbarkeit und bei dem anderen das Gejammer, man habe das Vertrauen in die Regierung und in die Sowjetunion aufs Spiel gesetzt, wahrnahm, fühlte er sich veranlaßt, vieles neu zu überdenken. „der 17. juni hat die ganze existenz verfremdet."[217] Als er in dieses Land gekommen war, meinte er, der Arbeiterklasse sei der Sozialismus einfach verordnet worden, weil ihr dazu der eigene Antrieb, die eigene Kraft gefehlt habe. Aber auch einen verordneten Sozialismus hielt er für richtiger als keinen. Setzte er doch darauf, daß die deutsche Arbeiterklasse in die ihr zugefallene Aufgabe hineinwachsen werde. Der 17. Juni schien das nicht zu bestätigen. Seine Meinung war, jetzt müßten Schlußfolgerungen gezogen werden, denn bei einem Zustand kapitalistischer Verführbarkeit einerseits und Regierungsgläubigkeit andererseits könne nicht stehengeblieben werden.

Die Klassenanalyse, die Brecht am 20. August 1953 in sein „Arbeitsjournal" eintrug, mag von persönlicher Resignation geprägt sein, aber er ging davon aus, daß der Arbeiterklasse nicht geholfen ist, wenn man sie nur in ihrer historischen Mission begreift, nicht aber in ihrem augenblicklichen konkreten Zustand. Dennoch: „in aller ihrer richtungslosigkeit und jämmerlicher hilflosigkeit zeigen die demonstrationen der arbeiterschaft immer noch, daß hier die aufsteigende klasse ist. nicht die kleinbürger handeln, sondern die arbeiter. ihre losungen sind verworren und kraftlos, eingeschleust durch den klassenfeind, und es zeigt sich keinerlei kraft der organisation, es entstehen keine räte, es formt sich kein plan. und doch hatten wir hier die klasse vor uns, in ihrem depraviertesten zustand, aber die klasse."[218] Je mehr sich Brecht die gegenwärtigen Schwierigkeiten und Widersprüche bewußtmachte, desto besser erkannte er, daß Aufgaben gelöst werden mußten, bei denen die Regierung nicht mit der spontanen Zustimmung der Arbeiter rechnen konnte. Eine Politik aber, die vor allem auf Verheißung, auf das widerspruchslose Vertrauen zur Partei und Regierung setzte, mußte bei den ersten größeren Schwierigkeiten und Protesten scheitern. Nach Brechts Auffassung war das am 17. Juni geschehen.

Daß bestimmte Leitlinien und politische Praktiken ins Wanken geraten waren, bedauerte er keineswegs. Ging es ihm doch darum, die sozialistischen Errungenschaften mit Hilfe einer neuen Politik zu festigen und nicht einfach wieder Vertrauen herzustellen. Mit dem Neuen Kurs schien ihm ein Anfang gemacht. Am 17. Juni war, so Brecht, der Regierung, die sich am liebsten in den Armen eines jubelnden Volkes sah, mit einem Faustschlag begegnet worden. Und alle Hoffnung für die weitere Entwicklung in der DDR setzte Brecht darauf, ebendiese Begegnung voll auszuwerten. „das war der kontakt. er kam nicht in der form der umarmung, sondern in der form des faustschlags, aber es war doch der kontakt. – die partei hatte zu erschrecken, aber sie brauchte nicht zu verzweifeln.“[219]

Sicherlich eine ungewöhnliche, dialektische Betrachtung, die von jenen nicht verstanden wurde, die meinten, das Volk sei am 17. Juni gar nicht auf der Straße gewesen. Brechts Analyse war frei von Schadenfreude. Haltungen dieser Art wertete er als kleinbürgerlich und wies sie schroff zurück, wie am 17. Juni in der Betriebsversammlung. Er stellte nur die verschiedenen Seiten eines Vorgangs schroff nebeneinander, in der Ungelegenheit sah er die Gelegenheit. Jetzt gab es die Gelegenheit, die Arbeiter wirklich zu gewinnen. Deshalb setzte er so große Hoffnung auf die Aussprache mit dem Volk. Aus dieser Sicht bekam jene Stelle in dem Brief an Walter Ulbricht, die nicht veröffentlicht wurde, strategische Bedeutung: „Die große Aussprache mit den Massen über das Tempo des sozialistischen Aufbaus wird zu einer Sichtung und zu einer Sicherung der sozialistischen Errungenschaften führen." Daß sich jetzt ein ganz anderes Verhältnis zwischen Regierung und Volk, zwischen Partei und Arbeiterklasse anbahnen werde, als vorher jemals durch Kritik hätte erreicht werden können, darin sah Brecht den Gewinn der Ungelegenheit. „deshalb empfand ich den schrecklichen 17. juni als nicht einfach negativ. in dem augenblick, wo ich das proletariat – nichts kann mich bewegen, da schlaue, beruhigende abstriche zu machen – wiederum ausgeliefert dem klassenfeind sah, dem wieder erstarkenden kapitalismus der faschistischen ära, sah ich die einzige kraft, die mit ihr fertig werden konnte."[220]

Brecht vermochte damals bei seiner Analyse nicht alle politischen Vorgänge und Ursachen zu überschauen. Der gesellschaftliche Kausalnexus, den er bei historischen Ereignissen aufgehellt wissen wollte, blieb undurchdringlich. Es erwies sich wieder, daß in Zeiten, wo das Wissen um die Dinge am nötigsten ist, es am schwierigsten zu beschaffen ist. Die nachfolgende Entwicklung auf kunstpolitischem Gebiet enttäuschte Brecht sehr. Er fand die Weißwäscherei im vollen Gange.

Nachdenken – Sommer in Buckow

Unmittelbar nach dem 17. Juni kam es in Betrieben und in verschiedenen gesellschaftlichen Einrichtungen zu der Aussprache, die Brecht in seinem Brief vom 17. Juni an Walter Ulbricht als notwendig empfunden hatte. Doch dieser Dialog verlief dann vor allem auf dem Gebiet der Kunst nicht so, wie es sich Brecht erhofft hatte. Zwar wurde diskutiert und einige eklatante Mängel auch nachdrücklich bedauert, doch wirkliche Veränderungen blieben aus. Im Juni und Juli kam es in der Akademie der Künste zu Gesprächen mit dem verantwortlichen Leiter der Staatlichen Kunstkommission, Staatssekretär Helmut Holtzhauer. Er, ein früher als Lehrer tätiger Kommunist, den die Faschisten ins Zuchthaus Waldheim gesperrt hatten, war ein außergewöhnlich befähigter Organisator. Sein kulturpolitischer Umgang mit Künstlern erwies sich jedoch als weit weniger fruchtbar, ja als verhängnisvoll. Die rigorose, selbstsichere Art, mit der er die Beschlüsse über den Kampf gegen den Formalismus in die künstlerische Praxis umsetzte, entsprach nicht nur seiner politischen Überzeugung, sondern leitete sich auch aus seiner besonderen Wertschätzung der deutschen Klassik ab. Nun hätte eine solche Haltung durchaus förderlich sein können, wäre sie nicht mit Kriterien verknüpft gewesen, die die modernen Kunstbestrebungen des 20. Jahrhunderts einfach entwerteten. Unabhängig von seiner staatlichen Funktion neigte er vom Charakter her dazu, seine Meinung höchst autoritär zu vertreten. Bei den Künstlern, die mit ihm zu tun hatten, rief das Unbehagen, auch Abwehr und Abscheu hervor und führte zu krisenhaften Zuspitzungen, Spannungen und Entmutigungen auch bei denen, die bisher engagiert oder loyal zur Kulturpolitik des neuen Staates gestanden hatten.

Dabei hatte das vom 24. bis 26. Juli tagende 15. Plenum des ZK der SED verlangt, „daß die Künstler und Schriftsteller von den Auffassungen der Partei über die Entwicklungswege von Kunst und Literatur geduldig überzeugt und diese Auffassungen ihnen in keinem Falle administrativ aufgezwungen werden“[221] dürfen. Otto Grotewohl setzte sich für folgende Diskussionsmethode ein: „Grundsatzfestigkeit, aber auch Feinfühligkeit, Behutsamkeit, Toleranz und Überzeugung im Umgang mit der künstlerischen Intelligenz und fürsorgliches Bemühen um ihre Entwicklung müssen die Politik unserer Partei bestimmen.“[222] Als Helmut Holtzhauer und sein Hauptabteilungsleiter Hoffmann mit dem Plenum der Akademie der Künste zusammentrafen, um über die bisherige und die künftige Arbeit zu berichten, gab es zwar Hinweise auf gemachte Fehler und auf geduldige Überzeugungsarbeit im Sinne des 15. Plenums, aber wirkliche Veränderungen in der Arbeitsweise der Staatlichen Kunstkommission zeichneten sich nicht ab. So hinterließ die Sitzung bei den Akademiemitgliedern den entmutigenden Eindruck, daß alles beim alten bliebe. Indem die Funktionäre der Kunstkommission in abstracto von gemachten Fehlern sprachen, wiesen sie alle konkrete Kritik von sich und erklärten ihre kulturpolitische Leitungstätigkeit im Prinzip für richtig. Wie diese Sitzung verlief und auf welchen Nenner sie gebracht werden konnte, faßte Brecht in dem Gedicht „Nicht feststellbare Fehler der Kunstkommission“ zusammen, das kurz darauf, am 11. Juli 1953, in der „Berliner Zeitung“ erschien:

Geladen zu einer Sitzung der Akademie der Künste
Zollten die höchsten Beamten der Kunstkommission
Dem schönen Brauch, sich einiger Fehler zu zeihen
Ihren Tribut und murmelten, auch sie
Zeihten sich einiger Fehler. Befragt
Welcher Fehler, freilich konnten sie sich

An bestimmte Fehler durchaus nicht erinnern. Alles,
was
Ihnen das Gremium vorwarf, war
Gerade nicht ein Fehler gewesen, denn unterdrückt
Hatte die Kunstkommission nur Wertloses, eigentlich
auch
Dies nicht unterdrückt, sondern nur nicht gefördert.
Trotz eifrigsten Nachdenkens
Konnten sie sich nicht bestimmter Fehler erinnern,
jedoch
Bestanden sie heftig darauf
Fehler gemacht zu haben – wie es der Brauch ist.[223]

Die überlegene Ironie, die die Diktion dieses Gedichts bestimmt, mildert etwas die Schärfe, die an einigen Wendungen unverkennbar ist. Brecht spricht nicht von den Funktionären, sondern von den „höchsten Beamten der Kunstkommission". Obwohl er am Staats- und Parteiapparat, sei es in Briefen oder in seiner Dichtung, stets den neuen Charakter hervorhob und deutlich machte, daß dort Leute seinesgleichen säßen, sprach er hier provokativ von „Beamten", weil er durch sie den Marxismus als kritische Methode deformiert sah. Fehler ohne wirkliche Schlußfolgerungen einzugestehen wurde von ihm als „schöner Brauch" denunziert. Solcherart praktizierte Selbstkritik war im Grunde auf Beschwichtigung aus und fungierte als Ersatz für kritisches Eingreifen. Der Kunstgriff des Gedichts, der den Witz und die Ironie herstellt, beruht in der Wendung:

... Befragt
Welcher Fehler, freilich konnten sie sich
An bestimmte Fehler durchaus nicht erinnern. ...

Das Plenum der Akademie brauchte die Funktionäre der Kunstkommission durchaus nicht zu befragen, welcher

Fehler sie sich zeihten, denn die waren sattsam bekannt. Aber gerade durch diese Frage bekam das abstrakte Eingestehen von Fehlern jene routinierte, folgenlose Bereitschaft, die abstoßend auf alle wirken mußte, die wirklich etwas verändern wollten.

Die Akademie der Künste und der Kulturbund unterbreiteten dann unmittelbar nach dem 17. Juni selbst Vorschläge zur Veränderung der künstlerischen und kulturellen Leitungstätigkeit. Ausgehend von den negativen Folgen, die das administrative Ausrichten der Kunst nach formalistischen Leitsätzen im Namen des Kampfes gegen den Formalismus gehabt hatte, bekundeten diese Einrichtungen ihre Bereitschaft zur Mitarbeit und Mitgestaltung. Vorgeschlagen wurde, daß die Akademie der Künste bei allen die Kunst betreffenden Verordnungen und Gesetzen sowie bei der Besetzung wichtiger Funktionen ihre Meinungen zur Sprache bringt und daß ihr ein bestimmender Einfluß auf die kulturellen Maßnahmen des Staates und ihre Durchführung zugestanden wird. Diese Vorschläge stießen jedoch im „Neuen Deutschland" vom 19. Juni 1953 auf Kritik. Obwohl eine Auseinandersetzung über diese und jene Forderung in den Erklärungen des Kulturbundes und der Akademie der Künste völlig normal gewesen wäre, wirkte der ND-Artikel von Walter Besenbruch mit der politisch massiv formulierten Überschrift „Über berechtigte Kritik und über Erscheinungen des Opportunismus in Fragen der Kunst" eher als ein Versuch, Kritik und Veränderungen abzublocken.

Besenbruch bestritt nicht den Anspruch der Akademie, entsprechend ihren künstlerischen Fachgebieten mitzuwirken, konterte aber mit der Frage: „Ist die Deutsche Akademie der Künste der Meinung, daß sie sich für ihre Forderung, in Kunstfragen bestimmenden Einfluß auszuüben, schon genügend ausgewiesen hat?"[224] Nach Besenbruchs Meinung hatte sie das nicht, denn im Meinungskampf zwischen Realismus und Antirealismus habe sie bisher geschwiegen. Daß er die Stellungnahme der Akademie insgesamt nicht zu der in seiner Aufsatzüberschrift genannten „berechtigten Kritik“ zählte, gab er dann trotz der eingangs gemachten Zugeständnisse ganz unumwunden zu verstehen: „Nach den Vorschlägen und Forderungen der Deutschen Akademie könnte es so aussehen, als ob nicht der amerikanische Imperialismus der Feind der nationalen deutschen Kunst ist, sondern unser Staat.“[225] Was die Akademie der Künste vorbrachte, wurde von ihm als objektive Unterstützung des Opportunismus angesehen. „Was ist das Resultat dieser Unklarheiten in der Erklärung des Kulturbundes und der Deutschen Akademie der Künste? Dieses Resultat ist, daß die opportunistischen Tendenzen an die Oberfläche kommen und alle diejenigen Bestrebungen ermutigt werden, die darauf gerichtet sind, alle unsere bisherigen Errungenschaften im Kampf für eine nationale realistische Kunst zu beseitigen.“[226]

Eine solche Stellungnahme konnte Brecht nicht gleichgültig sein. Die unterbreiteten Vorschläge entsprachen auch seiner Meinung, und an ihrem Zustandekommen hatte er einen nicht geringen Anteil. Als deprimierend empfand er jedoch, daß er sich wieder in Diskussionen wie zu Eislers „Faustus“ oder zu der Barlach-Ausstellung begeben mußte, in denen die Abwehr dogmatischer Standpunkte dominierte, statt sich wirklich produktiven Fragen zu stellen. Am 12. August 1953 veröffentlichte das „Neue Deutschland“ seinen Artikel „Kulturpolitik und Akademie der Künste“, der von der Argumentation her eine Antwort auf Besenbruchs Attacke war, aber nicht nur; denn die Vorschläge der Akademie und des Kulturbundes zur Neugestaltung der Kulturpolitik standen im Zentralorgan der SED allgemein zur Diskussion. Besenbruchs Kunstauffassung war Brecht seit langem bekannt. Mit ihm hatte er bereits diskutiert.

Brechts Artikel ging von der Feststellung aus, das Recht der Akademie, Kritik zu üben, sei nicht unangefochten geblieben. Dann legte er zunächst einmal dar, daß es eine gefährliche Selbsttäuschung sei, an die Akademie Anforderungen zu stellen, die man nur an Marxisten stellen könne. Die Akademie aber sei insgesamt kein marxistisches Gremium. „Ich selbst bin natürlich der Ansicht, daß ein Künstler, der nur im *allgemeinen Sinne* fortschrittlich ist, das Beste aus seinem Talent nicht herausholen kann."[227] Die stereotype Frage, wie realistisch ein Werk, wie realistisch Kunst in diesem Lande sei, wandte Brecht jetzt auf die Politik an, indem er fragte: „War, vom Standpunkt der Künste aus, unsere Kunstpolitik der letzten Jahre realistisch?"[228] Das Fazit seiner Ausführungen lautete: nein. Denn die große Losung des Realismus könne nur dann mit Leben erfüllt werden, wenn der sozialistische Realismus zugleich als ein kritischer Realismus gebraucht werde. Es sei nicht zu übersehen, so führte Brecht aus, daß viele Künstler der Kulturpolitik in wesentlichen Teilen ablehnend und verständnislos gegenüberständen. Der Grund dafür sei, „daß sie [die Kulturpolitik] ein großes Gedankengut den Künstlern nicht dartat, sondern wie saures Bier aufdrängte"[229]. Dieser Zustand ergebe sich aus der Schönfärberei und Beschönigung der bisherigen Argumentation, wie eine volksverbundene Kunst im „Interesse der ganzen deutschen Nation" (Besenbruch) auszusehen habe. „Wir haben, um es plump auszudrücken, weniger Neues, mehr Altes. Große Teile der Bevölkerung sind noch tief in kapitalistischen Vorstellungen befangen. Dies trifft sogar für Teile der Arbeiterschaft zu. Bei der Zertrümmerung dieser Vorstellungen muß auch die Kunst mithelfen. Wir haben allzu früh der unmittelbaren Vergangenheit den Rücken zugekehrt, begierig, uns der Zukunft zuzuwenden. Die Zukunft wird aber abhängen von der Erledigung der Vergangenheit. Wo sind die Kunstwerke, die die ungeheure Niederlage der deutschen Arbeiterschaft von 1933 schildern, von der sie sich nur langsam erholt?"[230]

Damit berührte Brecht wieder jenen neuralgischen Punkt, der die Freisetzung des Marxismus als kritischer Methode behinderte und keine allseitige Erörterung subjektiver Ursachen und objektiver Widersprüche zuließ. Dabei verstand Brecht sehr wohl, daß ohne Zuversicht nichts Neues aufgebaut werden könne, daß gerade die noch niemals unternommenen gesellschaftlichen Anstrengungen des Beifalls bedürfen, um sie allerorten zur Geltung zu bringen. Aber die Kunst wird zur Verführerin, wenn sie sich zum Einüben von Größe und Stärke hergibt, ohne auf die Abgründe hinzuweisen, die sich dicht neben den Aufstiegsmöglichkeiten befinden. Die Kunst leiste der Gesellschaft einen schlechten Dienst, versuche sie mit ihren Mitteln die Menschen traumwandlerisch über diese Abgründe hinwegzubringen. In einem solchen Optimismus erkannte Brecht eine Schwächung des Marxismus als kritischer Methode: „Kein neuer Staat kann aufgebaut werden ohne Zuversicht; es ist der Überschuß an Kraft, der die neue Gesellschaft baut. Aber ein oberflächlicher Optimismus kann sie in Gefahr bringen."[231]

Das geringe Maß an Bereitschaft, die notwendigen kulturpolitischen Veränderungen herbeizuführen, brachte Brecht in den Sommermonaten des Jahres 1953 in eine Lage, wie er sie seit seiner Rückkehr nicht gekannt hatte. Er fühlte sich erschöpft, entmutigt nach all den Versuchen, in Diskussionen und Auseinandersetzungen etwas zu bewirken. In der angespannten politischen Situation des 17. Juni hatte er eine solche Stimmung nicht gekannt, weil er geglaubt hatte, daß etwas in Bewegung geraten würde. Stattdessen schien sich auf kulturellem Gebiet alles eher wieder zu verfestigen und zu verhärten. Eine neue Periode „allseitiger Produktivität" kam nicht zustande. Statt produktiven Eingehens auf Kritik, wie es den Künstlern immer wieder abverlangt wurde, häuften sich die Rechtfertigungsversuche, die „Weißwäscherei“. Brecht hatte auf eine wirkliche Kursänderung gehofft, nicht nur auf die bloße Zurücknahme offensichtlicher Fehler. Wenn er auch resignative Phasen im Sinne von Unlust gegenüber der eigenen Tätigkeit nicht kannte, so ließ sich seine Enttäuschung in den Sommermonaten nicht verbergen.

In diese Zeit nach dem 17. Juni, bevor sich Brecht nach Buckow begab, fiel eine Begegnung mit Wolfgang Harich. Ihrem Gespräch darüber, wie es politisch weitergehen sollte, kam eine besondere Bedeutung durch die nachfolgende Aktivität Harichs zu. In der zweiten Hälfte der vierziger Jahre hatte dieser viel für Brecht getan. Auf Grund seines enthusiastischen Eintretens für die „Mutter Courage“-Inszenierung sahen viele in ihm einen „Brechtianer“, obwohl dieser Ausdruck damals noch nicht geläufig war. Doch Harich hatte bereits damals mehr die große Dichterpersönlichkeit Brechts vor Augen und weniger dessen episches Theater. Den großen realistischen Meisterwerken der Weltliteratur verbunden, stand er dem ästhetischen Credo Georg Lukács' näher als dem Brechts. Aus dieser Sicht, aus der Tradition des gesellschaftlichen Fortschritts, die ihn an die Seite der Arbeiterklasse geführt hatte, unterstützte er als glänzender Essayist, Kritiker und Polemiker die Realismusdiskussion. In seiner konsequenten Kritik an „dekadenten Kunstströmungen“ war er keineswegs allzu pingelig, und zwar nicht nur aus politischen, bündnisstrategischen Überlegungen, sondern auch von seinem persönlichen Kunstgeschmack her. In der „Faustus“-Debatte, an der er zwar nicht direkt teilgenommen hatte, stand er eher auf der Seite Girnus' als auf der Eislers und Brechts. Eislers „Faustus“-Libretto war ihm viel zu „radikalistisch“. Dennoch empfand er es als skandalös, wie mit Künstlern von Rang umgegangen wurde. Obwohl als Kritiker selber nicht gerade behutsam – die Schauspielerin Käthe Dorsch hatte ihn sogar wegen einer rüden Kritik geohrfeigt –, vertrat er den Standpunkt, es schicke sich einfach nicht, wie die Funktionäre der Staatlichen Kunstkommission mit der ersten Garnitur der deutschen Literatur und Kunst verfuhren. In einer kulturpolitischen Praxis, wie sie sich in den frühen fünfziger Jahren eingebürgert hatte, sah er die Gefahr, daß marxistische Prinzipien in Verruf gerieten.

Anfang der fünfziger Jahre wechselte Harich von der Literatur zur Philosophie über und befaßte sich kaum noch mit Theater- und Literaturkritik. Dennoch blieb er über viele Fäden mit den einzelnen Künsten und Künstlern verbunden. Ein lockerer Kontakt zu Brecht und dem Berliner Ensemble ergab sich über seine Frau Isot, die zum Mitarbeiterstab Brechts gehörte. Im Sommer 1952 kehrte Harich von einer Vortragsreise aus Westdeutschland zurück. Kurz darauf mußte er sich für einige Zeit ins Krankenhaus begeben. Hier besuchte ihn Brecht mehrmals. Nach Westdeutschland war Harich gereist, um dort Kontakte mit Philosophen und Literaturwissenschaftlern aufzunehmen und den Plan einer wissenschaftlichen Konferenz aus Anlaß des 150. Todestages von Johann Gottfried Herder in Weimar zu erörtern. Im Sinne der noch immer auf die Einheit Deutschlands ausgerichteten nationalen Politik war daran gedacht, die Konferenz zu einem gesamtdeutschen Gespräch von Wissenschaftlern und Künstlern zu nutzen. Nach dieser Reise, wenn auch nicht als Folge dieser Reise, geriet Harich, der immer sehr sensibel auf Stimmungen und ideologische Umbrüche im Kreis der Intellektuellen reagierte, unter den Einfluß verschiedenartiger Ideen. Da er in der Öffentlichkeit als Essayist und Theaterkritiker bekannt geworden war, der ohne allzu große Bedenken das aussprach, was andere höchstens gedanklich in Erwägung zogen, bestand bei ihm immer die Gefahr, daß er die schwerwiegendsten politischen und philosophischen Probleme, mit denen er sich gerade beschäftigte, mit essayistischer Leichtigkeit, um nicht zu sagen, Leichtfertigkeit und literarischer Frivolität in die Öffentlichkeit trug. Die widerspruchsvolle, explosive Situation in Europa mit ihren vielfältigen philosophischen Bewältigungsmustern hatte diesen jungen, hochbegabten Mann in einen geistigen Aufruhr versetzt. In seinem Umkreis gab es wenig Menschen, die auf ihn hätten einwirken können. Da blieb Brecht der einzige, der mit seinen Gesprächen etwas auszurichten vermochte. So viel Arroganz und Respektlosigkeit man Wolfgang Harich auch nachsagte, auf Brecht hörte er. Bei all seiner sonstigen ideologischen Großmäuligkeit besaß er gegenüber Menschen, die sich durch überragendes Talent auswiesen, das, was man die Demut vor dem Genie nennen könnte.

Brecht erzählte er, daß er in Hamburg beim Rowohlt-Verlag auch mit Fritz Sternberg zusammengetroffen sei, mit dem Brecht zu Beginn der dreißiger Jahre freundschaftlich verbunden war. Sternberg hatte Harich auf seine Art die Leviten gelesen und ihn als Bürgersöhnchen beschimpft, das eine miserable Politik mache. Gegenüber Harich pries Sternberg das jugoslawische Sozialismusmodell. Was Sternberg über die jugoslawische Arbeiterselbstverwaltung der Betriebe ausführte, fiel bei Harich schon deshalb auf fruchtbaren Boden, weil vor dem 17. Juni die zunehmende Bürokratisierung auch die Bündnisbeziehungen in der DDR gefährdete. Noch beeindruckt von Sternbergs Ausführungen, suchte Harich auch Brecht dafür zu gewinnen. Doch der war strikt dagegen und riet Harich, die Finger davon zu lassen. So notwendig Brecht nach den Ereignissen des 17. Juni auch einen stärkeren Einfluß der Arbeiter auf die Betriebe hielt und gern den Rätegedanken aus der Weimarer Zeit ins Spiel brachte, das jugoslawische Modell entsprach seinen Sozialismusvorstellungen nicht. Statt dessen schlug er Harich vor, auf eine Veränderung der Leitungspraxis der Staatlichen Kunstkommission hinzuwirken.

Die durch Brecht angeregte und gelenkte Aktivität Harichs schlug sich in einem Artikel nieder, der am 14. Juli 1953 in der „Berliner Zeitung" erschien: „Es geht um den Realismus. Die bildenden Künstler und die Kunstkommission." Danach kam es kaum noch zu Aussprachen mit Brecht.

In der stilistischen Form seiner früheren Theaterkritiken hatte Harich einen Totalverriß der Kulturpolitik der Staatlichen Kunstkommission unter der Leitung von Helmut Holtzhauer geschrieben. In der pointierten Verallgemeinerung dürfte etwas Schärferes wohl kaum in einem anderen Land gegen eine staatliche Kulturbehörde vom Rang eines Ministeriums veröffentlicht worden sein. Da sich der Artikel ähnlich wie der von N. Orlow vorwiegend mit der bildenden Kunst befaßte, war er zugleich eine Bilanz der von Orlow anvisierten Kunstpraxis, obwohl Harich sich nicht minder entschieden für den Realismus und gegen Dekadenz engagierte. Harich fragte in seinem Artikel: Warum wird die Staatliche Kunstkommission „von der überwiegenden Mehrheit der Künstler, vornehmlich der *bildenden* Künstler, einfach verabscheut? Warum werden ihre führenden Funktionäre gefürchtet oder lächerlich gefunden? Warum gilt sie, zusammen mit den Kritikern *Wilhelm Girnus* und *Kurt Magritz*, als hauptverantwortlich für Schaffenskrisen psychotischen Charakters selbst bei Menschen, die als hervorragende Künstler politisch ohne Schwankung auf dem Boden unserer Republik stehen?"[232] Besonders kritisch verfuhr er mit Staatssekretär Holtzhauer, der durch seine Praktiken den Marxismus auf dem Gebiet der Kunst und Literatur in Verruf gebracht habe. Um durchzusetzen, was ihm passe und seinem Geschmack entspreche, habe „derselbe Holtzhauer sich nicht geniert, aus der III. Deutschen Kunstausstellung, am Vorabend ihrer Eröffnung, Bilder, die ihm und seinem Gefolge unerwünscht sind, hinter dem Rücken der Jury entfernen zu lassen"[233]. Von erschreckendem Dilettantismus seien auch die von der Kunstkommission veranstalteten Konferenzen mit ihren unqualifizierten Referaten und verkrampften Diskussionen. „Immer wieder wird die Forderung nach getreuer Wiedergabe von Details bis zur *Propagierung des Naturalismus* übertrieben, wird das Wesen des Optimismus flach und unmarxistisch aufgefaßt und etwa dahingehend mißverstanden, daß das banale Lächeln von Zahnpasta-Reklamen, d. h. die *Schönfärberei in der bildenden Kunst*, der Bevölkerung einen Auftrieb zu großen Taten zu geben vermöchte."[234]

Harichs Artikel wurde von Walter Besenbruch heftig kritisiert. Für ihn schien er sozusagen der Gipfelpunkt jener Tendenzen zu sein, die ihm schon in der Erklärung der Akademie der Künste und des Kulturbundes aufgefallen waren. „Harichs Kritik ist eine Kritik, die alle errungenen Erfolge liquidieren würde, die die Schwierigkeiten unseres Kampfes mit den feindlichen Strömungen (Formalismus, Konstruktivismus usw.) sozusagen mit der linken Hand abtut, die die Schwierigkeiten unserer Lage nicht in erster Linie aus dem Fortleben und Fortwirken des Rückschrittlichen und der feindlichen Tätigkeit der Propagandisten des amerikanischen Imperialismus erklärt. Dem Verfasser dieser Kritik erscheinen als der Hauptfeind die Funktionäre unserer Partei und ihre Fehler."[235] Wenn Besenbruch Harichs Artikel als opportunistisch einstufte, so hatte er in Hinsicht darauf, was im Kopf des Artikelschreibers vorging, nicht ganz unrecht. Aber gerade das, was im Sinne der politischen Generallinie der Partei als opportunistisch empfunden werden konnte, hatte Brecht Harich ausgeredet. Harich wollte mit seinem Artikel keineswegs „alle errungenen Erfolge liquidieren", sondern nur das, was gegenwärtig alle möglichen Erfolge hemmte. Daß er gegenüber modernistischen Strömungen gleichgültig sei, konnte man Harich zu keiner Zeit nachsagen, hier bezog er in der Verteidigung des Realismus eher einen dogmatischen Standpunkt. Brecht allein ging ihm schon in der Abweichung von der Tradition viel zu weit. Daß man den Konstruktivismus als „feindliche Strömung" bekämpfte und sich gegen ihn einer Argumentation bediente, als handle es sich hierbei um politische Anschläge auf die Existenz des Sozialismus, hielt Harich für schädlich, weil sie eine wirkliche Bündnispolitik mit den bürgerlichen Künstlern unmöglich machte. Obwohl Brecht viel großzügiger, differenzierter über die modernen Kunstströmungen des zwanzigsten Jahrhunderts dachte als Harich, hielt auch er ein Propagieren bloß formaler Kunstauffassungen nicht für klug. Wirklich differenziert und politisch praktikabel konnte der Kampf gegen folgenlose Neuerungen nur dann betrieben werden, wenn man von jener Formalismuskonzeption abging, die auf dem 5. Plenum durchgesetzt worden war, denn sie behinderte eine wirklich überzeugende Argumentation für die realistische Kunstentwicklung. Besenbruchs Kritik an Harich, an der Akademie der Künste, am Kulturbund markierte deutlich die Sackgasse, in der sich die Kunstpolitik nach dem 17. Juni noch immer befand. So richtig die Losung des Realismus war, so unmarxistisch und einseitig waren nicht wenige Thesen und Aspekte der Formalismusdiskussion gewesen. Da aber an der Formalismuspolemik politisch festgehalten wurde, blieb die kulturpolitische Situation weiterhin unerquicklich. Sie zu überwinden war daher auch nicht nur ein personelles Problem.

Nachdem die Theaterferien begonnen hatten, zog sich Brecht in sein Haus nach Buckow zurück. Im Februar vergangenen Jahres hatte er sich mit Helene Weigel in Buckow in der Märkischen Schweiz Landhäuser angesehen, um einen Aufenthalt für den Sommer zu haben. „finden auf schönem grundstück am wasser des schermützelsees unter alten großen bäumen ein altes, nicht unedel gebautes häuschen mit einem andern, geräumigeren aber ebenfalls einfachem haus daneben, etwa 50 schritte entfernt. etwas der art wäre erschwinglich, auch im unterhalt. in das größere haus könnte man leute einladen."[236]

Die Landschaft um Buckow entsprach in hohem Maße Brechts Vorstellungen. Seine Ansprüche, die er an Haus und Natur stellte, nahmen sich zwar immer sehr schlicht, einfach, manchmal sogar spartanisch aus, waren aber oft nicht weniger schwer zu erfüllen als elitäre Forderungen. Landschaft, die er liebte, mußte von karger Schönheit sein. Von dieser Art war Buckow. Der Ort selber, von Fontane eher bissig als freundlich empfehlend beschrieben, interessierte Brecht so gut wie gar nicht. Wichtig war für ihn das Haus mit seiner unmittelbaren Umgebung. Von längeren Spaziergängen hielt er nichts. Er fühlte sich da sofort als Tourist. Die Bergstraße hinauf über dem Werder lagen die beiden Häuser. Das größere Gebäude wurde von den Ortsbewohnern und dann auch von Brecht „Eiserne Villa" genannt. Der Name war entstanden, als das Haus, das der frühere Besitzer in einer Eisenkonstruktion hatte errichten lassen, niederbrannte und allein das Eisenskelett stehenblieb, das dann mit Ziegelsteinen aufgemauert wurde. In diesem Haus, das vorwiegend von Helene Weigel bewohnt wurde, befand sich im Erdgeschoß ein großer saalartiger Raum, der früher einmal einem Bildhauer als Atelier gedient hatte und nunmehr für Gespräche mit Gästen gedacht war. In dem kleineren Gärtnerhaus richtete sich Brecht ein. Ein langer schmaler Raum war für seinen unverzichtbaren Ritus, mehrere Tische aufzustellen, sehr geeignet. Alles in allem erfüllten Räumlichkeiten und Umgebung das höchste Kriterium, das Brecht an eine Behausung stellte: man mußte darin „Horaz lesen" können.

Trotz des intensiven Arbeitsprogramms, auf das er sich eingelassen hatte, lud er Gäste nach Buckow. Es kamen nicht nur die alten Freunde, die Walchers, Eisler, Busch und Dessau, sondern auch die Schüler, mit denen er hier in Ruhe einzelne Projekte vorbereiten konnte. Da Brecht gerade in den Ferienmonaten weder auf Arbeit noch auf Gäste verzichten wollte, separierte er sich während der Vormittage im Gärtnerhaus, während die Walchers in dem von Brechts Grundstück entfernt stehenden, aber ihm gehörenden Turm logierten. Sie befaßten sich gern mit dem Garten und machten Vorschläge, was alles angepflanzt werden sollte. An den Vormittagen schrieb Brecht, die Nachmittage und Abende blieben dem Gespräch vorbehalten. Den Gedankenaustausch mit Walchers pflegte Brecht nicht nur in Buckow. Seit er die Weißenseer Villa bezogen hatte, kamen die Walchers oft zu ihm, oder er fuhr zu ihnen, die ganz in seiner Nähe, in Hohenschönhausen in der Lössauer Straße, ein kleines Haus besaßen. Für Brecht war Jakob Walcher ein intimer Berater in allen politischen Fragen geworden. Für die Besuche, die in Berlin meist am Abend stattfanden, gab es keine vorherige Verabredung, auch keine festen Gewohnheiten. In Buckow weilten die Walchers oft zu Gast. Brecht suchte sie sogar zu überreden, sich hier niederzulassen. Selbst ein Haus hatte er für sie schon ausfindig gemacht.

An den Gesprächen nahm neben Walchers Frau gelegentlich Helene Weigel teil, selten Gäste. Walchers Liebe galt der ganzen Person Brechts, nicht vorwiegend dem Dichter. Er selbst war kein Kunstkenner, nicht einmal ein Kunstliebhaber. Aufgewachsen in den kulturellen Traditionen der Arbeiterbewegung, sang er gern und laut. Auch ließ er sich nicht lange nötigen, etwas zu rezitieren. Am meisten liebte er die Gedichte von Herwegh und Freiligrath. Als ihm Brecht einmal „Im Dickicht der Städte“ zu lesen gab, wußte er damit nichts anzufangen und brachte es Brecht mit der Bemerkung zurück: „Ich habe mich in deinem ‚Dickicht‘ verirrt.“[237] Doch Brecht meinte, er werde da schon wieder herausfinden. Zwischen beiden bestand eine schonungslose Offenheit. Brecht wußte Walcher richtig zu nehmen und zog ihn nicht in ästhetische Dispute hinein, die dem Arbeiterfunktionär und Berufsrevolutionär nicht lagen. Ihn interessierten Walchers politische Urteile, seine Auskünfte über strategische und taktische Überlegungen zu dieser und jener Situation in der Parteigeschichte. Die Unterhaltung bestritt meist Jacob, denn er sprach ebenso gern wie laut. Seine Frau beteiligte sich selten am Gespräch. Daß sie große Einsicht in praktische und theoretische Probleme der Arbeiterbewegung besaß und als Sekretärin von Clara Zetkin mit Lenin in Verbindung gestanden hatte, erfuhr Brecht nie, weil danach nicht gefragt wurde. Walcher selbst hatte die politische Vergangenheit seiner Frau ganz vergessen. Als später einmal eine Journalistin zu Hertha Walcher kam, war er ganz erstaunt, daß sie ihre Fragen nicht an ihn, sondern an seine Frau richtete. Obwohl sich Brecht stets außerordentlich höflich verhielt, fand er es ganz selbstverständlich, daß die Männer das Gespräch führten und die Frauen dabeisaßen. So fiel ihm gar nicht ein, auch einmal Hertha Walcher zu befragen. Sie selbst griff nur in die Unterhaltung ein, wenn Jacob in seinen Berichten ein wenig übertrieb.

Bei diesen Gesprächen wurde auch viel gelästert, am meisten über die Lebensweise in den USA, dem Lande ihrer Emigration. In der Verachtung der amerikanischen Lebensweise waren sie sich in einem Maße einig, daß sie sich auf bloße Andeutungen hin verstanden. In einer solchen Runde nahm dann Walcher gern Karl Korsch aufs Korn, da er von Brechts freundschaftlicher Verbindung zu ihm wußte. Über Korsch traute er sich als intimer Kenner der verschiedenen Richtungen der sozialistischen und kommunistischen Weltbewegung ein Urteil zu. Für ihn war er nicht der Arbeiterbewegung entlaufen, sondern hatte sich zufällig in sie verirrt – ein „Bildungsbürger“, der sich im Wissensarsenal der revolutionären Arbeiterklasse durchgeschlaucht hatte. Wenn Brecht, der Korsch als Theoretiker und Marx-Kenner noch immer schätzte, sie beide, Korsch und Walcher, in einem Atem nannte, hob Walcher voller Abscheu die Hände. Mit diesem Manne wollte er nicht im entferntesten verglichen werden. Vor allem konnte er Korsch sein Verhalten während der Koalitionsregierung in Thüringen nicht verzeihen. Er hielt ihn für einen, der in die Regierung wollte, dann aber nicht wieder raus.

Walchers politischer Einfluß auf Brecht ist bisher in der Literatur kaum zur Sprache gekommen, dabei war er sicher weitaus stärker als der Korschs in den dreißiger Jahren. Zwar verstand er nicht so wie dieser, Brecht in Theorien einzuweihen, aber über die Vermittlung vielfältiger Fakten hinaus beeindruckte er ihn durch seine Haltung: die eines Revolutionärs in schwierigen Zeiten, der trotz aller Irrungen und Enttäuschungen der Sache der revolutionären Arbeiterklasse treu blieb, weder zum Renegaten wurde noch für die Öffentlichkeit in jene Tabuzone geriet, die jeden weiterwirkenden Einfluß unmöglich machte. In vielen Dingen konnte er durch seine reichen praktischen Erfahrungen Brecht viel konkreter Aufschluß geben als Korsch, der alles nur aus seiner jeweiligen philosophischen Betrachtungsweise beurteilte. Insofern war die Freundschaft mit Walcher für Brecht ein Glücksfall.

Daß Walcher aus der Partei ausgeschlossen worden war, bekümmerte Brecht sehr, weil er nur zu genau wußte, wie es einem Manne wie Walcher zumute sein mußte, außerhalb der Partei der Arbeiterklasse zu stehen. Überdies hatte er miterlebt, wie Walcher diesen Entscheid zu Hause kundtat. Es war am 7. Mai 1952, dem 65. Geburtstag von Walcher. Im Institut für Zeitgeschichte, an dem Walcher nach seiner Tätigkeit als Chefredakteur der „Tribüne" arbeitete, hielten der Direktor des Instituts, Karl Bittel, und Hermann Duncker ergreifende Reden auf den Jubilar. Zu Hause fand er als Geburtstagsgratulanten Bertolt Brecht, den Schriftsteller Maximilian Scheer und seinen alten Freund Robert Siewert vor. Zunächst brachte es Walcher nicht fertig, zu erzählen, was vorgefallen war. Denn noch Tage vorher hatte er gehofft, sein Parteibuch wiederzubekommen, das im Zuge der Parteiüberprüfung einbehalten worden war. Schließlich vertraute er sich doch den Freunden an, die seine Mitteilung mit entsetztem Schweigen aufnahmen. Brecht hat dann in Gesprächen mit Paul Wandel auf Walchers Situation hingewiesen, aber auf diese Weise ließ sich nichts ändern. Walcher wurde später rehabilitiert. Als er dann nicht mehr an feste Arbeitsverpflichtungen gebunden war, schlug ihm Brecht vor, sich mit seiner Frau für längere Zeit in Buckow einzuquartieren.

Durch die Gäste, von Brecht herbeigewünscht, vollzog sich das Leben in Buckow durchaus nicht so abgeschieden, wie er einst geglaubt hatte. Bald war er genötigt, sich auch hier eine „Sphäre der Isolierung“[238] zu schaffen. An die Tür seines Arbeitszimmers im Gärtnerhaus hängte er einen Zettel, auf dem stand:

> *In Erwägung,* daß ich nur ein paar Wochen im Jahr für mich arbeiten kann
> *In Erwägung,* daß ich, arbeitend, auf meine Gesundheit achten muß
> *In Erwägung,* daß bei dem Schreiben von Stücken und dem Lesen von Kriminalromanen jede menschliche Stimme im Haus oder vor dem Haus eine willkommene Ausrede für eine Unterbrechung bildet
> habe ich beschlossen, mir eine Sphäre der Isolierung zu schaffen und benutze dazu das Stockwerk mit meinem Arbeitszimmer und den kleinen Platz vor dem Haus, begrenzt durch Gewächshaus und Laube.
> *Ich bitte, diese Regelung nicht als allzu bindend aufzufassen. Prinzipien halten sich am Leben durch ihre Verletzung.*
> B. B.

Als sich Brecht nach Buckow zurückzog, hielt die Auseinandersetzung über die kulturpolitische Linie noch immer an. Hanns Eisler hatte sich, enttäuscht und deprimiert vom Ausgang der „Faustus“-Debatte, nach Wien zurückgezogen. Der Vorwurf, sich mit dem „Faustus“ in eine „antinationale Sache“ eingelassen zu haben, versetzte ihn in einen Zustand tiefster Depression, so daß er sich zu keiner schöpferischen Arbeit mehr fähig fühlte. Obwohl auch Brecht verärgert und enttäuscht war – jetzt, in der Zeit des ruhigen Nachdenkens über die Vorgänge, noch mehr als in der unmittelbaren Auseinandersetzung –, befand er sich nicht in der seelischen Verfassung seines Freundes. Das war nur im USA-Exil einmal der Fall gewesen. Was ihn aus dem Gleichgewicht bringen und in der Arbeit beeinträchtigen konnte, waren eher Unstimmigkeiten, Spannungen zwischen ihm und den Frauen. Sonst aber brauchte er, um sich an die Schreibmaschine zu setzen, nur körperliches Wohlbefinden. Politische Auseinandersetzungen und Kritik verleideten ihm nicht die Arbeit; sie wurden von ihm durch Arbeit objektiviert. Auf diese Weise gelang es ihm, wieder Übersicht über die Dinge, auch die politischen, zu gewinnen. Die persönlichen Leidenschaften wurden bei ihm durch Schreiben gezügelt. Während dieses Sommers schrieb er in Buckow zwei Werke, deren Ausgangspunkt die Ereignisse um den 17. Juni waren: den Gedichtzyklus „Buckower Elegien“ und das Stück „Turandot oder Der Kongreß der Weißwäscher“. Keines der beiden Werke beschäftigt sich mit dem 17. Juni direkt, das zweite noch weniger als das erste, aber beide stehen in einem gedanklichen Bezug zu dieser Zeit.

Jenen Zyklus von Gedichten, der in der Zeit von Juli bis November entstand, nannte Brecht „Buckower Elegien“. Daß er gern den Entstehungsort der Gedichte in den Titel aufnahm, war von früheren Sammlungen her bekannt, ungewöhnlich dagegen nahm sich in seinem Œuvre die Genrebezeichnung aus. Elegie war bei den Griechen ein Klagelied, Ausdruck einer milden Wehmut über den Verlust eines Menschen, eines Gutes, einer Empfindung. In der bürgerlichen Literaturentwicklung wurde die Form der Elegie vor allem genutzt, um die Unvereinbarkeit von Ideal und Wirklichkeit zu beklagen. Immer aber hatte die Elegie eine wehmutsvolle, klagend entsagende Grundstimmung als Gegenstand und Voraussetzung. Warum wählte Brecht diese Form? Selbst wenn er Grund zum Klagen hatte, griff er eher zur Kritik als zum Trauer- und Klagelied. Daß er die Bezeichnung „Elegie" im Titel verwendete, muß als gezielte Entgegnung auf den von Presse und Literaturkritik immer wieder beschworenen Optimismus verstanden werden. Gerade weil Brecht zu jener Zeit der Forderung nach Gestaltung eines optimistischen Lebensgefühls so überdrüssig war, lag ihm an einem Titel, der einen Widerspruch deutlich machte, ein Korrektiv bedeutete.

Zum anderen befand sich im Sommer 1953 Brecht auch persönlich in jener Stimmung, die zwar mit den Gefühlswerten der Elegie nicht exakt beschrieben werden kann, jedoch einen Bezug zu ihr herstellte. Wenn die Elegie eine dichterische Form des Übergangs von der Empfindung zur Betrachtung ist, so war es bei Brecht der Übergang vom Zustand der Aktivität, der streitbaren Auseinandersetzung in den des Nachdenkens, der ruhigen Betrachtung. Natürlich griff auch hier Brecht keine alte Form auf, ohne sie umzufunktionieren. Die traditionelle Elegie benutzte er eigentlich nur als Anregung, als provokative Gegenüberstellung zur odenhaften Begrüßungslyrik, wie sie in der zeitgenössischen DDR-Literatur allzu häufig anzutreffen war. Technisch gesehen, stülpte er den Aufbau der traditionellen Elegie bedenkenlos um. Während im traditionellen elegischen Gedicht sogleich die Schwermut als beherrschendes Gefühl hervortritt, beginnt Brecht seine Elegie mit gewohnten, seit langem bekannten Eindrücken und Empfindungen: „Die Silberpappel, eine ortsbekannte Schönheit" („Böser Morgen") oder „Heißer Tag. Auf den Knien die Schreibmappe / Sitze ich im Pavillon" („Heißer Tag"). Erst am Ende des

Gedichts markiert er die andere Sicht, aus der Gewohntes wahrgenommen wird.

Während des Buckower Sommers notierte er in sein „Arbeitsjournal“: „der 17. juni hat die ganze existenz verfremdet.“[239] Mehr als die Bezeichnung „Elegie“ charakterisiert diese Bemerkung die Genreeigentümlichkeit und den gedanklichen Ausgangspunkt der Gedichte. Wenn Brecht die ihm seit langem vertrauten Dinge plötzlich anders sieht, so gibt er sich über eine Selbsttäuschung Rechenschaft, weist er auf Vorgänge hin, die er bisher zu gradlinig, zu widerspruchslos, allzu fest begründet gesehen hat. Die veränderte Optik markiert jedoch keinen geistigen Wandel, keinen Standortwechsel. Für solche geistigen Veränderungen wäre die Elegie dann keineswegs mehr die adäquate Form, die ja den Verlust einer Empfindung beklagt, nicht aber eine Empfindung verwirft. Die elegische Grundhaltung besteht gerade im Festhaltenwollen, im Gefühl „süßer Wehmut“. Was die sehr unterschiedlichen Elegien Brechts in der lyrischen Verallgemeinerung ausdrücken, ist die Wehmut und das Eingeständnis, von der Wirklichkeit wiederum überrascht worden zu sein, zu sehr auf das Neue statt auf den Widerspruch gesetzt, zu sehr nur den Überschuß an Kraft und nicht die zahlreichen Gegenkräfte gesehen zu haben. Insofern sind die Gedichte nicht nur stark parabolisch angelegt, sie basieren auch auf verschiedenartigen Eindrücken und zusammengesetzten Inhalten. Man muß sie als Montagen von Eindrücken verstehen, die vielfältige Zusammenhänge erschließen und nicht auf einen Vorgang reduziert werden können. Deshalb ist es ebenso verfänglich wie irreführend, diese lyrischen Bewußtseinsmontagen ganz konkret entschlüsseln und auf einen bestimmten politischen Vorgang beziehen zu wollen. In Hinsicht auf den 17. Juni ist das nur bei ganz wenigen Gedichten möglich.

Wenn sich Brechts Nachdenken im sommerlichen Bukkow auch nicht völlig rekonstruieren läßt, so ergibt sich doch aus all seinen schriftlichen und mündlichen Äußerungen, daß der 17. Juni für ihn Anlaß war, über die noch immer nicht überwundenen Gefahren des Faschismus im neuen Staat und über die Haltung der deutschen Arbeiter in den gegenwärtigen widersprüchlichen gesellschaftlichen Prozessen nachzudenken. Daß der Faschismus selbst in der Arbeiterklasse nachwirkte, hatte er zu spüren gemeint, als er nach dem Krieg erstmals wieder deutschen Boden betrat. Dann aber hatte ihn der Elan der Gesellschaftsumwälzung, der Aufbau der neuen Ordnung, der „Großen Ordnung", der „Großen Produktion", mitgerissen. Die Begeisterung für das Neue ließ auch ihn übersehen, daß es immer noch mehr Altes als Neues gab, daß das Alte selbst im Neuen steckte. Nach diesen Erfahrungen ließen sich seine Gedanken und Empfindungen noch schwerer auf einen Nenner bringen als früher. Einerseits warf er den Arbeitern ihre „richtungslosigkeit und jämmerliche hilflosigkeit" während der Demonstration am 17. Juni vor, dann wieder beklagte er, wie schnell sie kapitalistischen, ja selbst faschistischen Losungen aufgesessen wären. Hieraus leitete sich die zeitweilige Stimmung ab, die er vor allem in den Elegien ausdrückte, keinen Zugang mehr zu den Arbeitern zu finden, sie in ihren tatsächlichen Interessen nicht mehr zu verstehen. Diese mehr psychische Konfliktsituation ergab sich nicht zuletzt auch aus seiner bisherigen Stilisierung des Arbeiters, wie er sie in seiner Dichtung vorgenommen hatte. Zwar dominierte die Arbeitergestalt in seinem Werk nicht, was oft gerügt wurde, aber der Arbeiter fungierte bei ihm stets als ein Faktor von geradezu unerklärbarer und unumstößlicher Größe. Wenn er auf den Arbeiter im Prozeß gesellschaftlicher Veränderungen zu sprechen kam, nahm seine Sprache eine fast biblisch zu nennende Diktion an. Seine Gestaltung, so hart und unerbittlich sie in den konkreten Vorgängen und in der Figurenzeichnung war, lief immer darauf hinaus, daß dort, wo noch ein Arbeiter stand, nicht alles verloren sein konnte. Zweifelsohne bezog Brechts Dichtung gerade auch daraus ihre Kraft, aber solche Dimensionen gerieten durch die Wirklichkeit auch in die Krise. Und er war Realist genug, die Ursachen in seiner Sicht und nicht in der Wirklichkeit, nicht bei den Arbeitern zu suchen.

Direkt mit den Vorgängen des 17. Juni hat eigentlich nur das Gedicht „Die Lösung" zu tun. Brecht griff hier einen wirklichen Vorfall auf. Kuba, damals Sekretär des Schriftstellerverbandes, veröffentlichte drei Tage nach dem 17. Juni aus Enttäuschung darüber, daß sich die Arbeiter während des 17. Juni nicht so verhalten hatten, wie er es in seinen Gedichten dargestellt hatte, im „Neuen Deutschland" folgenden Text: „Maurer – Maler – Zimmerleute. / Sonnengebräunte Gesichter unter weißleinenen Mützen, muskulöse Arme, Nacken – gut durchwachsen, nicht schlecht habt ihr euch in eurer Republik ernährt, man konnte es sehen. / Vierschrötig kamt ihr daher … /Als wenn man mit der flachen Hand ein wenig Staub vom Jackett putzt, fegte die Sowjetarmee die Stadt rein. / Zum Kämpfen hat man nur Lust, wenn man Ursache dazu hat, und solche Ursache hattet ihr nicht. Eure schlechten Freunde, das Gesindel von drüben, strich auf seinen silbernen Fahrrädern durch die Stadt wie Schwälbchen vor dem Regen. / Dann wurden sie weggefangen. / Ihr aber dürft wie gute Kinder um neun Uhr abends schlafen gehen. Für euch und den Frieden der Welt wachen die Sowjetarmee und die Kameraden der deutschen Volkspolizei. / Schämt ihr euch auch so, wie ich mich schäme? / Da werdet ihr sehr viel und sehr gut mauern und künftig sehr klug handeln müssen, ehe euch diese Schmach vergessen wird."[240] Brecht schrieb, darauf Bezug nehmend, das Gedicht „Die Lösung":

> Nach dem Aufstand des 17. Juni
> Ließ der Sekretär des Schriftstellerverbands

In der Stalinallee Flugblätter verteilen
Auf denen zu lesen war, daß das Volk
Das Vertrauen der Regierung verscherzt habe
Und es nur durch verdoppelte Arbeit
Zurückerobern könne. Wäre es da
Nicht doch einfacher, die Regierung
Löste das Volk auf und
Wählte ein anderes?[241]

Aus Kubas lyrischem Text machte Brecht im Gedicht ein Flugblatt und verschärfte einige Wendungen („Vertrauen der Regierung verscherzt" statt „ehe euch diese Schmach vergessen wird"; „durch verdoppelte Arbeit zurückerobern" statt „werdet ihr sehr viel und sehr gut mauern ... müssen"). Sonst aber blieb Brecht im Informationsstil einer Zeitungsmeldung. Die satirische Schärfe bekam das Gedicht erst durch die Schlußpointe.

So unmöglich, ja instinktlos sich Kubas Text heute liest – er wurde bereits damals nicht nur von Brecht kritisiert –, nahm ihn Brecht doch als einen geläufigen Vorgang. Ausgegangen wird von einer Information, die eine anscheinend gebräuchliche Haltung wiedergibt. Erst die Schlußfolgerung rückt den Vorgang in eine andere Sicht und läßt in bestürzender Weise die Kritik, ja Verachtung hervortreten. Doch greift der lyrische Sinngehalt weit über die konkreten Textbezüge hinaus. Brecht führt eine Fallstudie gesellschaftlichen Verhaltens vor. Was er am Beispiel des Sekretärs des Schriftstellerverbandes demonstriert und attackiert, ist nichts anderes als eine übertriebene, unnötige Unterstützungs- und Verteidigungshaltung gegenüber der eigenen Regierung, wie sie aber gefordert und praktiziert wurde. Aus der nicht zu leugnenden Bereitschaft der Arbeiterregierung, alles für das Volk zu tun, schloß Kuba mit größter Selbstverständlichkeit, daß auch das Volk, die Arbeiter, alles für diese Regierung tun müsse.

Aus der notwendigen Unterstützung einer solchen Regierung wurde eine Parteilichkeit mit Beifallsverpflichtung abgeleitet, die dann zu grotesken Beispielen wie Kubas Gedicht im ND führte. Was er attackierte, war nicht ein grotesker Einzelfall, nicht eine Regierung, ein Regime, sondern ein durch den Zugzwang zum Beifall für alles Neue ausgelöstes Verhalten. In dieser Hinsicht ist auch das direkt auf den 17. Juni bezogene Gedicht in seiner Aussage parabolisch angelegt.

Ein Gedicht von schwer erschließbarer parabolischer Struktur innerhalb des Zyklus ist „Böser Morgen“. Auch hier bildet die veränderte Optik auf vertraute Gegenstände den entscheidenden Drehpunkt. Etwas, das immer in gleicher Weise erfreute, erscheint plötzlich ganz anders:

Die Silberpappel, eine ortsbekannte Schönheit
Heut eine alte Vettel. Der See
Eine Lache Abwaschwasser, nicht rühren!
Die Fuchsien unter dem Löwenmaul billig und eitel.[242]

Auf die direkte Frage „Warum?“ wird ein ebenso konkreter Vorgang angegeben, der aber als solcher nicht genommen werden darf, denn er stellt das parabolische Verweisfeld dar, von dem aus erst die Aussage bestimmt werden kann.

Warum?
Heut nacht im Traum sah ich Finger, auf mich deutend
Wie auf einen Aussätzigen. Sie waren zerarbeitet und
Sie waren gebrochen.

Unwissende! schrie ich
Schuldbewußt.[243]

Eine Interpretation, die das Gedicht als eine Art Selbstkritik Brechts an seinem Verhalten am 17. Juni deutet, geht am philosophischen Gehalt wie an der Struktur des Gedichts völlig vorbei. Ganz abgesehen davon, daß eine solche Aussage allen sonstigen Erklärungen Brechts zum 17. Juni widerspräche.

Gültig wird eine Interpretation, wenn man das Gedicht aus verschiedenen Empfindungen, Gedankenassoziationen und Inhalten zusammengesetzt versteht, deren Zentrum das Schicksal der Arbeiter in den großen geschichtlichen Wendungen und tragischen Kollisionen ist. Brechts in sich widersprüchliche theoretische und gesellschaftspraktische Ansprüche an die Arbeiterklasse wie die Unsicherheit des lyrischen Ichs, ob die Arbeiter sich überhaupt solchen Ansprüchen stellen, sind der Ausgangspunkt für die weiterführenden Assoziationen. Der Widerspruch zwischen kluger theoretischer Einsicht in den politischen Gesamtverlauf und in die Kosten des gesellschaftlichen Fortschritts einerseits und dem konkreten Schicksal des einzelnen Arbeiters andererseits wird hier reflektiert und im lyrischen Bild festgehalten.

Ganz aus der Gegenüberstellung von einfachen Vorgängen mit schockierenden Erkenntnissen sind die Gedichte „Heißer Tag" und „Der Einarmige im Gehölz" aufgebaut.

> Heißer Tag. Auf den Knien die Schreibmappe
> Sitze ich im Pavillon. Ein grüner Kahn
> Kommt durch die Weide in Sicht. Im Heck
> Eine dicke Nonne, dick gekleidet. Vor ihr
> Ein ältlicher Mensch im Schwimmanzug,
> wahrscheinlich ein Priester.
> An der Ruderbank, aus vollen Kräften rudernd
> Ein Kind. Wie in alten Zeiten! denke ich
> Wie in alten Zeiten![244]

Daß altes Verhalten weit in die neue Zeit hineinreicht, war Brecht durchaus bewußt, darüber wunderte er sich nicht.

Sein Interesse aber galt neuen Verhaltensweisen. Deshalb hielt er seine Schüler an, Beispiele für altes und neues Verhalten zu sammeln. In dem Verlangen nach dem Neuen wurde aber oftmals die Optik auf das Neue zum Neuen selbst. In den letzten Wochen durch Erfahrungen, durch ein politisch „schreckliches Ereignis“ belehrt, verkehrte sich die Optik. Das überall noch immer zählebige Alte wurde stärker wahrgenommen als zuvor.

Im „Einarmigen im Gehölz“ ist die Gegenüberstellung von bloßer Wahrnehmung und enthüllender Einsicht dadurch verschärft, daß sich die Beobachtung auf einen Vorgang richtet, der die Mühseligkeit der alltäglichen Existenz eindringlich ins Bild rückt: Holzsammeln eines Einarmigen am heißen Tag. Alles ist darauf abgestellt, über den Vorgang einer mühevollen Arbeit den Leser für den Mann einzunehmen. Und dann kommt die schreckliche Einsicht, die die gesamte Optik total verändert.

Schweißtriefend bückt er sich
Nach dem dürren Reisig. Die Stechmücken
Verjagt er durch Kopfschütteln. Zwischen den Knieen
Bündelt er mühsam das Brennholz. Ächzend
Richtet er sich auf, streckt die Hand hoch, zu spüren
Ob es regnet. Die Hand hoch
Der gefürchtete SS-Mann.[245]

In den letzten Wochen hatte sich gezeigt, wieviel altes, reaktionäres Bewußtsein noch existierte. Konnte doch das, was einmal herrschend war, nicht plötzlich verschwunden sein. Vieles war ins Alltägliche eingesickert und so weniger sichtbar, aber noch immer gegenwärtig. In bestimmten Situationen trat es aus der Alltäglichkeit heraus und betätigte sich wieder als politische Gewalt. Brecht scheint dieses Problem tief beschäftigt zu haben. Daß sich Deutschland nicht selbst vom Faschismus befreit hatte, daß die Siegermächte die Veränderung herbeiführten, war für ihn ein Faktor, der ihn immer wieder beunruhigte, weil er auf so viel Ungelöstes verwies.

Die „Buckower Elegien" enthalten aber auch Gedichte, in denen Verhaltensweisen im lyrischen Bild vermittelt werden, ohne die Gesellschaftsumwälzungen nicht durchführbar sind. Während im Gedicht „Der Blumengarten" das Motiv der Freundlichkeit in einem sehr persönlichen, fast privaten Ton erfaßt wird, geht es in „Die Wahrheit einigt" um ein politisches Verhalten, das Brecht in dieser Zeit so notwendig erschien und das er so wenig durchgesetzt fand. Für unentbehrlich in jeder Zeit und jeder Lage hielt er kritisches Verhalten. Angewandter Marxismus galt ihm als kritische Einsicht in die jeweilige politische Situation. Für ihn ließen sich Berge nicht einfach durch Begeisterung und Elan versetzen, dann schon eher durch schonungslose Analyse. Im Unterschied dazu ging die politische Propaganda mehr davon aus, daß, wenn das Ziel gesetzt ist, alle zu ihm führenden Unternehmungen in ihren Mitteln und Methoden gleichfalls als uneingeschränkt positiv zu gelten haben. Fehler, Mißgriffe, Schädigungen wurden nicht als beträchtliche Spesen auf dem Weg des Fortschritts begriffen, sondern lediglich als Machenschaften des Gegners hingestellt. Die Kritik an gesamtstaatlichen Vorgängen und Entscheidungen unterblieb, das politische Risiko und die Gefahren verflüchtigten sich. Auf diese Weise wurden, um Entscheidungen auszulösen und Aktivitäten in Gang zu setzen, Illusionen genährt. Illusionen, die sich in krisenhaften Situationen in Enttäuschung, Verbitterung und Rachsucht verwandelten. Gegen diese pragmatische Politik setzte Brecht die harte These, die Hoffnung in den Widersprüchen zu suchen. Wenn es den Menschen gelinge, deren Verlauf zu erkennen und sich darauf einzustellen, fand er erreicht, was die Klassiker verkündet hatten, daß nämlich der Mensch des Menschen Schicksal sei.

Die Wahrheit einigt

Freunde, ich wünschte, ihr wüßtet die Wahrheit
und sagtet sie!
Nicht wie fliehende müde Cäsaren: Morgen kommt
Mehl!
So wie Lenin: Morgen abend
Sind wir verloren, wenn nicht ...
So wie es im Liedlein heißt:
„Brüder, mit dieser Frage
Will ich gleich beginnen:
Hier aus unsrer schweren Lage
Gibt es kein Entrinnen."
Freunde, ein kräftiges Eingeständnis
Und ein kräftiges WENN NICHT![246]

In diesem Gedicht stehen sich zwei Haltungen gegenüber, wie Massen zu bewegen sind, ihre eigenen Interessen wahrzunehmen. Ob Hoffnungen geweckt, so begründet sie sein mochten, oder Widersprüche gesucht wurden, so schwer sie sich auch meistern ließen, war jedoch keine Frage subjektiver Entscheidung, sondern abhängig von der Einsicht in den Bewußtseinsstand der Massen. Für Brecht ließ sich die Produktivität der Menschen nur über die Einsicht in die Widersprüche entfalten. Die Widersprüche waren für ihn die Welträtsel, die zwar nicht gelöst, aber gestellt werden konnten. Marxistische Politik bestand für ihn darin, mit Hilfe der materialistischen Dialektik die Widersprüche so zu diagnostizieren, daß für die arbeitenden Menschen die gegenwärtig mögliche Lösungschance berechenbar wurde. Freilich überschätzte Brecht hier ebenso das Maß der Kalkulierbarkeit von Widersprüchen, wie es fraglich blieb, ob die Massen auf drückende Existenzbedingungen in der von ihm beschriebenen Art reagierten.

Daß Brecht jedoch in diesen Fragen nicht gleichfalls

einem allzu bedenkenlosen Optimismus unterlag, den er der offiziellen politischen Propaganda vorwarf, geht schon aus dem Motto der dreiundzwanzig zusammengehörigen Gedichte des Zyklus hervor:

Ginge da ein Wind
Könnte ich ein Segel stellen.
Wäre da kein Segel
Machte ich eines aus Stecken und Plane.[247]

Daß da kein Wind ist, bedeutete einen derart abrupten Motivwechsel in Brechts Dichtung wie sonst kaum vorher, und auf keinem anderen Gebiet. Weder in seinen theoretischen Schriften noch in seiner Dramatik, markierte er sich so deutlich. Immer ging Brecht davon aus, daß er den Wind im Rücken habe, der ihn zu neuen Küsten führt. Dieses neue Motiv, das den findigen Mann in aussichtsloser Lage zeigt, sollte jedoch in seiner Verallgemeinerung nicht überschätzt werden, eben weil es keine Wende in seinem lyrischen Werk zur Folge hatte. Es blieb dem Nachdenken dieses Sommers verhaftet, eingebunden in die lyrische und gesellschaftliche Sensibilität jener Wochen. Empfand doch Brecht den 17. Juni als die Misere eines Volkes beim Aufbau des Sozialismus, eines Volkes, das revolutionäre Aufgaben zu bewältigen hat, ohne die Revolution selbst gemacht zu haben. Als er aus dem Exil in seine Heimat zurückgekehrt war, war seine Bewunderung für die chinesische Revolution größer als für die Umwälzungen in dem einen Teil Deutschlands. Im Sommer 1953 kam ihm dann schmerzlich zu Bewußtsein, was seinen Entwürfen einer neuen Gesellschaft an Voraussetzungen alles fehlte.

Im Sommer 1953 entstand das Stück „Turandot oder Der Kongreß der Weißwäscher“. Vor allem diese Arbeit nahm seine Zeit in Anspruch. Veranlaßt, dieses Stück zu schreiben, wurde er durch seine Erfahrungen mit Intellektuellen vor und nach dem 17. Juni. Aber das Stück selbst ist weder in den szenischen Vorgängen noch in der parabolischen Aussage ein Stück über den 17. Juni. Seine eigenen Erfahrungen und Empfindungen über dieses Ereignis spielen hier schon deshalb nicht die Rolle wie in den „Buckower Elegien", weil er im Drama kaum jemals Autobiographisches verwendete. Daß er auch beim Schreiben dieses Stükkes Gedanken nachging, welche tiefer liegenden Ursachen zum 17. Juni geführt hatten, zeigt der Entwurf eines „Turandot"-Vorworts, der nicht veröffentlicht wurde. Daraus geht hervor, wie die philosophischen und historischen Reflexionen, die die „Buckower Elegien" veranlaßten, auch dieses Stück inspirierten, obwohl sie weder aus der Fabel noch aus den Figuren direkt ablesbar sind.

„zu beginn des sommers, in dem ich das vorliegende stück schrieb, hatte ein schreckliches ereignis jeden denkenden menschen in der republik tief erschreckt. seit dem ende des hitlerkriegs, das zur besetzung dieses teils deutschlands durch die sowjets geführt hatte, hatten sozialistische maßnahmen wie die vertreibung der kriegerischen junker, die übernahme vieler fabriken in die öffentliche hand und die zulassung der arbeiter- und bauernkinder zum studium eine gewaltige veränderung der lebensweise bewirkt. eine ebenso große veränderung der denkweise zu bewirken, war freilich nicht gelungen. dies hatte viele ursachen. erstens einmal mußte die veränderung der wirtschaftsweise an einer durch den krieg geschwächten wirtschaft vorgenommen werden. das hitlerregime hatte die letzten reserven des nationalen wohlstands erschöpft und die wiederherstellung der wirtschaft, von den arbeitern und bauern sogleich fleißig und erfinderisch in angriff genommen, litt zunächst auch noch unter der notwendigkeit, wenigstens einige der ungeheuerlichen zerstörungen wieder gutzumachen, die das deutsche volk unter dem hitlerregime in der überfallenen sowjetunion verübt hatte: auch dieses land war an das ende seiner reserven gelangt. zum anderen waren die sozialistischen maßnahmen neu; die sie ins werk setzten, hatten keine oder wenig erfahrung in derlei, jeder schritt war ein versuch auf unbegangenem gelände, auch wenn die russen ihn unterstützten. überall wurden fehler gemacht, menschen geschädigt oder gekränkt, kostspielige umwege oder kostspielige kürzeste wege begangen, immer wieder wurde verordnet anstatt überzeugt.

eine revolution hatte nicht stattgefunden; nicht einmal in den letzten tagen der kämpfe hatte die bevölkerung sich gegen ein regime erhoben, das sie in elend und verbrechen gestürzt hatte. was nun an maßnahmen … ins werk gesetzt wurde, geschah für den großteil der bevölkerung, aber nicht durch ihn.

es ist, zumal im chaos eines verlorenen krieges, in einem hochzivilisierten gemeinwesen mit hochgradiger arbeitsteilung unmöglich, auf einen staatsapparat zu verzichten, aber schwierig(er), einen völlig neuen aufzubauen. unter neuen befehlshabern setzte sich also der naziapparat wieder in bewegung. ein solcher apparat kann durch kontrolle von oben nicht mit neuem geist erfüllt werden; er benötigte kontrolle von unten. unüberzeugt aber feige, feindlich aber sich dukkend begannen verknöcherte beamte wieder gegen die bevölkerung zu regieren."[248]

Wenn auch Brechts Überlegungen nicht von der Hand zu weisen sind, daß der Faschismus, der ein ganzes Volk so übel zugerichtet hatte, nicht einfach mit der Niederlage der Deutschen verschwunden sein konnte, so muß seiner Feststellung über den „naziapparat" im neugeschaffenen Staatswesen entschieden widersprochen werden. Hier ging er von einer völlig falschen Ansicht aus, die sich vielleicht daraus erklärt, daß er in den unmittelbaren Nachkriegsjahren, als sich die entschiedenen Entnazifizierungsmaßnahmen in der damaligen Ostzone vollzogen, noch nicht im Lande war. Wenn etwas von den antifaschistischen deutschen Behörden mit Unterstützung der sowjetischen Besatzungsmacht radikal und gründlich durchgeführt wurde, so war es die Beseitigung aller ehemaligen Mitglieder der Nazipartei aus Verwaltung, Wirtschaft, Justiz, Polizei, Schule und Wissenschaft. Über das ganze Ausmaß dieses Schrittes, über die Konsequenz bis ins alltägliche Leben hinein scheint sich Brecht nie genügend informiert zu haben. Allerdings hängen seine Gedanken mit einem weiteren, schwer kontrollier- und einsehbaren Umstand zusammen. Mit dem konsequenten Entfernen von Mitgliedern der Nazipartei aus dem Staatsapparat war noch nicht der Einfluß des Faschismus liquidiert. Der faschistische Ungeist hatte auch Denken und Handeln von Menschen deformiert, die sich ablehnend gegenüber dem braunen Herrschaftssystem verhielten.

Das „Turandot"-Projekt läßt sich schon deshalb nicht gedanklich auf die Juni-Ereignisse des Jahres 1953 reduzieren, weil es auf alten Plänen und Überlegungen fußte. „Den Plan, ein Stück ‚Turandot' zu schreiben, faßte ich schon in den dreißiger Jahren, und in der Exilzeit beschäftigte ich mich mit Vorarbeiten zu einem Roman ‚Das goldene Zeitalter der Tuis'. Besonders als ich das ‚Leben des Galilei' geschrieben hatte, in dem ich den heraufdämmernden Morgen der Vernunft geschildert hatte, bekam ich Lust, ihren Abend zu schildern, den Abend eben jener Art von Vernunft, die gegen Ende des sechzehnten Jahrhunderts das kapitalistische Zeitalter eröffnet hatte."[249] „Turandot" gehört zu dem umfangreichen literarischen Komplex über die Tuis, der im Brechtschen Gesamtwerk eine zentrale Stellung einnimmt, nicht nur weil ihm eine weitreichende philosophische Konzeption zugrunde liegt, sondern auch, weil hier eine Idee ihren Niederschlag in den verschiedenen Genres fand.

Eine der ersten Notizen Mitte der dreißiger Jahre besagt, daß ein „Turandot"-Stück mit dem Untertitel „Die Macht des Geistes“ geplant war. Folgender Szenenablauf stand von Anfang an fest: „I Notlage des Kaisers / II Die Seide verschwindet / III Warum verschwindet die Seide? / IV Die große Tuiversammlung / V Sieg des Gogher Gogh“[250]. Daraus läßt sich ablesen, daß Brecht bereits in den dreißiger Jahren drei Handlungen miteinander verknüpfen wollte: die Tui-Handlung, die Turandot-Handlung und die Gogher-Gogh-Handlung. Da die Tui-Handlung jener Komplex war, für den sich Brecht am meisten interessierte und der auch die gesamte szenische Anlage des Stückes bestimmte, kam der Turandot-Handlung als literarischem Traditionsbezug (Gozzi, Schiller) nur eine geringe Bedeutung zu, obwohl sie den Titel veranlaßte. Auch die 1000. Aufführung des Gozzi-Stücks im Wachtangow-Theater, die Brecht bei seinem Moskaubesuch im Mai 1932 mit Slatan Dudow besuchte, dürfte schwerlich als erste Anregung gelten. Was Brecht der literarischen Tradition entnahm, war einzig und allein das Motiv der schönen, stolzen und geheimnisvollen Turandot. Das aber fand er am stärksten ausgeprägt und zum beliebten Klischee erstarrt bei Giacomo Puccini. Was allzu feste Konturen angenommen hatte, stimulierte Brecht zum Gegenentwurf. Eine literarische Provokation gegen die ästhetische Harmonie bei Puccini mochte er schon lange erwogen haben. In den fünfziger Jahren versuchte er Hanns Eisler dazu anzustiften, Puccini selbst zum Gegenstand einer Oper zu machen.

Entsprechend der Anlage als Gegenentwurf war die Titelfigur bei Brecht nicht die schöne und stolze Frau, die von ihren Bewerbern den letzten Einsatz fordert, sondern die Schlampe, „ein großes, faules Stück, sinnlich und langsam“[251]. Als ihr Urteil über Baumwolle verlangt ist, weiß sie nur zu sagen, daß sie kratzt. Da ihr Interesse ausschließlich dem Vögeln gilt, freut sie sich über jeden Bewerber als Ehegatten. Während des großen Tui-Kongresses ist sie unaufhörlich damit beschäftigt, Hochzeits- und Trauerkleider an- und auszuziehen. „am schluß wird es ihr zu viel“, heißt es in einer Notiz aus den dreißiger Jahren, „sie weigert sich, sich noch einmal umzukleiden, so geht sie im witwenkleid (in V, 12) zu ihrer trauung mit gogher gogh, der mietet einen tui, damit er ihr sage, auch er sei impotent. ihre antwort ‚oh‘.“[252]

Im Szenischen wie im Gedanklich-Philosophischen ist der Tui-Komplex das organisierende, fabelbestimmende Zentrum des Stücks. Von hier aus formieren sich die beiden anderen Handlungskomplexe. In der Gestaltung der Tuis hat Brecht seine jahrzehntelangen Erfahrungen mit den Intellektuellen zusammengefaßt. Dieser Figurentypus war in den fünfziger Jahren bereits fertig durchmodelliert. Was an Einsichten dazukam, gab dem Tui-Komplex kein neues Profil. Bestimmte Beobachtungen, die Brecht bei Diskussionen mit Intellektuellen machen konnte, so zum Beispiel in der „Faustus“-Debatte, ließen sich in ihrer Eigenart schwer mit dem von ihm charakterisierten tuistischen Grundverhalten vereinbaren. Denn abgeleitet war dieser Typus aus der Rolle des Intellektuellen im kapitalistischen Staat. Was für Brecht einen Intellektuellen trotz allen fortschrittlichen Wollens zum Tui machte, war der ebenso einfache wie folgenschwere Umstand, daß er in seinen weltanschaulichen Begründungen die Eigentumsfrage gar nicht stellte. „sie [die Tuis – W. M.] haben nichts gegen herrn, sie sollen nur anständig sein. das heißt, sie sollen die fabriken haben, aber nicht benutzen ... sie verschweigen, daß gewalt im spiel ist, tun als käme es auf ihre entscheidung, die des ‚geistes‘ an, als sei die öffentliche meinung unabhängig, seien sie ihr sprachrohr.“[253] Die Tuis sind „Verklärer“, besser, sie sind „Verunklärer“ der wirklichen Tatbestände, ganz gleich, ob sie das aus berechnendem Opportunismus tun oder aus der ihnen eigenen Überzeugung, das Denken bestimme, wie das Leben sei. In der Weimarer Republik wie in den USA konnte Brecht eine Menge Material dazu sammeln. In den USA machte ihn Eisler auf den Fall des Weizenspekulanten Weil aufmerksam, der in seinem Testament eine große Summe Geld hinterließ, mit der nach der Quelle des Elends geforscht werden sollte. Diesen Vorfall benutzte Brecht für seinen Tui-Kongreß, den er den Kaiser einberufen läßt, um herauszufinden, wohin die Baumwolle verschwunden ist.

Ein neuer Aspekt und eine größere Differenziertheit kam durch die Gestalt des alten Sen in die Tui-Welt. In Sen, einem einfachen Bauern, verkörperte Brecht die natürliche Neugier und den unstillbaren Wissensdurst des Menschen. Grundlage der Figur ist ein urwüchsiger Materialismus, der die Dinge so sieht, wie sie sind. Sen hat seine Baumwolle verkauft, um mit dem Erlös selbst als alter Mann noch eine Tui-Schule zu besuchen. Doch hier wird ihm klargemacht, daß der Hauptsatz der Tuis darin besteht: So wie die Menschen denken, so leben sie. Er findet schließlich zu den Leuten, die von dem Grundsatz ausgehen, so wie die Menschen leben, denken sie. Seine Enttäuschung darüber, bei den Tuis nicht das gefunden zu haben, was den Menschen weiterhilft, führt ihn nicht dazu, sie gänzlich zu verwerfen. Als sein Enkel von ihm wissen will, ob sie mit Feuer und Schwert ausgetilgt werden sollen, antwortet er: „Nein, es ist mit ihnen eher wie mit dem Boden. Man muß bestimmen, was man von ihm haben will, Hirse oder Unkraut. Und dazu muß man ihn haben."[254] Die Differenziertheit der Intellektuellenfrage, die Brecht in den Tui-Komplex über die Gestalt des alten Sen hineinbringen wollte, erhöhte jedoch nur die Schwierigkeiten des Stückes. Daß sich die Tuis unter bestimmten Verhältnissen auch als positiv erweisen, konnte nur über die Reflexionen dieser Figur verdeutlicht werden. Die positive Sicht der Tuis vertrug sich nicht mit dem Gestaltungsmuster der Intellektuellensatire. Außerdem bekam dieses Ausscheren aus dem Tuismus ein solches Gewicht, daß sich zu den drei Handlungskomplexen ein vierter, mit dem Kai-Ho-Geschehen verbundener, abzeichnete, was die klare Fabelführung weiter erschwerte.

In den frühen Entwürfen war Brecht davon ausgegangen, daß es Kapitalismus mit offener Barbarei und Kapitalismus ohne Barbarei gebe, der erste sei ein Kapitalismus ohne Tuis, weil es da nichts zu verklären gebe, der zweite sei der mit Tuis. Der Faschismus belehrte ihn jedoch, daß gerade hier der Tuismus seine gigantischen Triumphe feierte. Brecht unterschied nunmehr zwischen demokratischen Tuis (vom Typus, wie ihn die Weimarer Republik prägte) und autoritären Tuis (die der Faschismus profilierte) und verband über die Figur des Gogher Gogh einen neuen Handlungskomplex mit dem der Tuis. Gogher Gogh ist bei allen Aufnahmeprüfungen für die Tui-Schulen durchgefallen. Er ist der gescheiterte Intellektuelle, der in der Krise seine Stunde für gekommen hält. Als letzte Offerte des Tuismus bietet der gescheiterte Tui-Schüler Gogher Gogh die Gewalt als Lösung an. In diese Gestalt, die zwar nicht so eindeutig auf Hitler zugeschnitten ist wie Arturo Ui, sind aber viele Einzelzüge eingegangen. Da Brecht, von der gleichen historischen Vorlage ausgehend, schon eine eindringliche Figur geschaffen hatte, blieb es nicht aus, daß er sich hier wiederholte, ohne jedoch die gleiche Gestaltungskraft zu erreichen. Gogher Gogh bekam im Rahmen des Stückes keine poetische Souveränität.

Zusammengesetzt aus verschiedenen Handlungskomplexen und literarischen Motivreihen, ist „Turandot" ein dramatisches Puzzle. War es Brecht im „Kaukasischen Kreidekreis" sehr gut gelungen, mehrere Handlungsstränge zu einer überschaubaren Fabel zu verknoten, so erwies sich das hier als recht schwierig. Dabei schien es, als ob das Stück auf einer klaren, erzählbaren Fabel beruhe. Der Kaiser von China, Besitzer des Baumwollmonopols, ist in der Krise, weil es zuviel Baumwolle gibt. Um den Preis wieder in die Höhe zu treiben, nimmt er die Baumwolle vom

Markt und hortet sie. Da das Verschwinden der Baumwolle einer Erklärung bedarf, ruft er einen Tui-Kongreß ein und verspricht demjenigen Tui seine Tochter Turandot, der weiß, wo die Baumwolle geblieben ist. Doch zu erklären, warum es das, was es zuviel gibt, nicht gibt, stellt sich als schwierig heraus. Die Tuis sind nicht mehr in der Lage, Meinungen zu verkaufen, die überzeugen. So gerät der Kaiser immer mehr in die Krise. Da kommt der Straßenräuber Gogher Gogh, der dem Kaiser vorschlägt, die Frage nach der Baumwolle nicht mehr zu stellen, sondern sie zu verbieten. Er gebraucht seine Banden sowohl gegen die liberalen Tuis wie gegen das Volk, bis ihn die Revolutionsarmee des Kai Ho zur Strecke bringt.

Die dramatische Verarbeitung des Tui-Materials, das den weitaus größten Handlungskomplex ausmachte und brillante satirische Stellen enthielt, hatte jedoch ihre Tücken. Seine spezifische Wirkungsweise bestand nämlich darin, daß es sich kabarettartig formierte, sich im Witz, in der Pointe entlud. Dadurch aber löste sich die Handlung in lauter kleine Teilchen auf. Das wiederum hemmte den Fluß der Fabel. So geschickt das Ganze auch aufgebaut und die einzelnen Teile miteinander verstrebt waren, was Brecht als Fabel herausstellte, blieb im Gedanklichen stecken, schlug sich nicht in einem dynamischen, vorwärtstreibenden dramatischen Vorgang nieder. Das Stück gleicht einem Bild des Pointillismus, bei dem die vielen Pünktchen und Farbtupfer keine deutlichen Konturen ergeben und kein aussagekräftiges Bild formieren. Dieses dramaturgische Dilemma drängt sich weniger beim Lesen als bei der Aufführung auf, zu der es zu Lebzeiten Brechts nicht mehr kam.

Sehr zufrieden scheint Brecht nicht gewesen zu sein, als er das Stück am 12. September 1953 abschloß, denn am nächsten Tag vermerkte er im „Arbeitsjournal“: „wenn ich mir TURANDOT jetzt ansehe – sie steht recht außerhalb der deutschen literatur und wirkt, wie alleinstehende personen oft, unsolide. wäre ich im ganzen ein komödienschreiber, was ich beinahe bin, aber eben nur beinahe, dann stünde um solch ein werk wenigstens die verwandtschaft, und der clan könnte sich behaupten. mit der ‚botschaft' des werks steht es auch nicht einfach. es ist ein wenig wie mit dem GEIZIGEN molières in dieser hinsicht. er verspottet den geiz zu einer zeit, wo das bürgertum das geld produktiv zu benutzen versteht, neuerdings. geiz ist ganz unpraktisch geworden, steht dem gelderwerb im wege, ist also lächerlich (und erntet auch noch das gelächter der feudalität, die großzügig ist und mit den arbeitsprodukten der unterdrückten klassen nicht geizt.) und doch bleibt er für lange zeit da, im grunde, als das raffen, als das ziel der produktivität, als die schlechte seite des kapitalismus durch seine ganze karriere. (und ist, zum rechten zeitpunkt ertappt, überhaupt eine tiefverwurzelte schlechte eigenschaft!) – das formulierende, das unproduktive denken wird in TURANDOT ertappt zu einem zeitpunkt, wo die (kapitalistische) produktionsweise es den produktivkräften nicht mehr erlaubt, sich weiterzuentwickeln; es stellt sich dar als unpraktisch, also lächerlich. und es wird eine zeitlang noch weitergehen, so lang bis die intellektuellen dem rest der bevölkerung nicht mehr gegenüberstehen, sondern die ganze bevölkerung intellektualisiert ist."[255] Für eine Überarbeitung sammelte er alle Meinungen und Einwände. Dieses Material, „Kritik 54", nutzte er für eine zweite, am 10. August 1954 fertiggestellte Fassung, die später in die Werkausgabe aufgenommen wurde. Die Schwächen der dramatischen Struktur sind auch in dieser Fassung nicht behoben.

Als Brecht im September 1953 wieder nach Berlin zurückkehrte, stellten sich allerhand Schwierigkeiten ein, Schwierigkeiten im familiären Bereich, die er so haßte und die ihm mehr als politische die Arbeit verleiden konnten. Das Weißenseer Haus hatte er halb leer und unheizbar vorgefunden, so daß er sich gleich wieder nach Buckow begab, wo er das „Turandot“-Manuskript noch einmal durchging. Es war wieder einmal zu einer der krisenhaften Verstimmungen mit Helene Weigel gekommen, die daraufhin das Haus verlassen und in eine Wohnung in der Reinhardtstraße, nahe dem Theater, gezogen war. Anlaß dazu hatte Brechts Verhältnis zu den jungen Frauen des Ensembles gegeben. Seine Liebschaften nahmen mit dem Alter eher zu. Was die Weigel zu diesem Schritt bewog, war sicher nicht einfach nur Eifersucht. In der Emigration hatte sie sich bereits über vieles hinweggesetzt und stets danach getrachtet, nicht nur die Familie zusammenzuhalten, sondern auch an diesem Manne festzuhalten, mit dem sie über Jahre hinweg eben mehr verband als Ehe und Familie. Doch die Art, wie Brecht seine Liebschaften immer gleich als stabile, allgegenwärtige Verhältnisse im eigenen Hause durchsetzte, verletzte sie. Da Brecht immer seine Mitarbeiterinnen zu seinen Geliebten machte bzw. die Geliebten zu Mitarbeiterinnen und sie in beiden Eigenschaften möglichst oft um sich haben wollte, mußte er Helene Weigel als Chefin des Ensembles in eine Lage bringen, die sie nicht anders als deprimierend empfinden konnte. Er dagegen meinte, zu alldem gäbe es keinen Grund, eben weil seine Beziehung zu Helene Weigel unverändert geblieben war. Wenn es in der tagtäglichen Theaterarbeit zwischen beiden gelegentlich Differenzen gab, wenn er sie zu seinen eigenen Produktionen immer weniger hinzuzog, so hing das nicht mit seinen Liebschaften zusammen. Er war auf kameradschaftlichen Kontakt und ungestörte Familienbeziehungen aus, zusammengehalten durch vergangene Gemeinsamkeit und Übereinstimmung in der künstlerischen Produktion. Seinen Freiraum jedoch wollte er unangetastet wissen. Das setzte seitens der Ehefrau ein hohes Maß an Toleranz voraus. Für Helene Weigel war das schon deshalb schwer aufzubringen, weil die ständige Anwesenheit von Brechts Geliebten und die erforderliche Zusammenarbeit mit ihnen als Ensemblemitgliedern die freimütig eingeräumte Toleranz immer wieder neu herausforderte.

Zunehmend schwieriger gestalteten sich auch die Beziehungen Brechts zu Ruth Berlau. Obwohl sie als Ausländerin mit den neuen gesellschaftlichen Verhältnissen in der Republik gut zurechtkam und ihr couragiertes politisches Auftreten hier nicht ohne Sympathie aufgenommen wurde, löste ihr Verhalten im weiteren Verlauf nicht selten Verwunderung und Kopfschütteln aus. In Berlin lockerten sich Brechts Beziehungen zu ihr. Das lag zunächst einfach daran, daß sie sich hier in ihrer Helferfunktion nicht so einzuschalten vermochte wie in den Jahren der Emigration. In Berlin war Brecht von vielen Menschen umgeben, die sich für ihn einsetzten, die ihn auf Personen aufmerksam machten, die sich für ihn und seine Theaterarbeit interessierten, die ihm vorschlugen, mit welchen Dienststellen er welche Fragen und Probleme erörtern konnte. In den letzten Jahren der Emigration hatte solche Aufgaben Ruth Berlau für ihn erledigt. Auch in Berlin suchte sie in dieser Weise für Brecht Wege zu bahnen. Doch hier verdarb sie mit ihrem Auftreten oft mehr, als sie nützte. Wenn sie zum Beispiel für Brecht zusammenstellte, wer im Staats- und Parteiapparat für welche Aufgaben verantwortlich war, ließ das auf keinerlei genaue Kenntnis schließen, während die jungen Mitarbeiterinnen wie Käthe Rülicke und Isot Kilian schon aus ihrer eigenen Erfahrung beim Neuaufbau dieses Landes viel gründlicher Bescheid wußten. Zum anderen genoß Helene Weigel als Leiterin des Berliner Ensembles im Staats- und Parteiapparat ein solches Ansehen, eine solche Verehrung, daß es eigentlich kein Problem gab, das sie nicht viel besser hätte lösen können. So verlor Ruth Berlau immer mehr ihre Rolle als unmittelbare Helferin Brechts. Selbst in der direkten Theaterarbeit verfügte sie nicht mehr über den Einfluß wie früher. Brecht beriet sich hier in einem größeren Kreis, in dem sie sich keine Geltung verschaffen konnte.

Zu seinen jungen Mitarbeiterinnen Käthe Rülicke, Isot Kilian und der Schauspielerin Käthe Reichel hatte Brecht engere Verbindungen geknüpft. In seiner Art war er ja kein sexueller Draufgänger, der unbedingt mit dieser und jener jungen Frau schlafen wollte. Seine diesbezüglichen Neigungen verbanden sich bei ihm stets mit einem starken Interesse an der gesamten Persönlichkeit seiner Geliebten. Deshalb auch kümmerte er sich mit großem Eifer um ihre weitere Entwicklung. Es wäre ganz falsch, anzunehmen, daß diese Art der Liebesbeziehungen nur die bequemste Form seines erotischen Vergnügens gewesen sei. Er wollte etwas aus den jungen Frauen machen. So betraute er sie mit Arbeiten und war neugierig, wie sie damit zu Rande kamen. Doch da er sich nicht auf eine Geliebte beschränkte, vielmehr seine Sympathie auf mehrere ausdehnte, und das im engen Umkreis seines unmittelbaren Arbeitsfeldes, kam es vor allem im Sommer 1954 und 1955 zu Konflikten.

Im Verlauf der vielen Einrichtungsproben für das neue Haus am Schiffbauerdamm hatte sich Brecht mit Isot Kilian angefreundet. Das Anknüpfen dieser Beziehung fand seinen literarischen Niederschlag in dem Gedicht „Ach, wie sollen wir die kleine Rose buchen?“. Im Garten, angrenzend an das Haus in der Chausseestraße, hatte Isot Kilian im Gebüsch eine Rose entdeckt, die sie Brecht zeigte.

Ach, wie sollen wir die kleine Rose buchen?
Plötzlich dunkelrot und jung und nah?
Ach, wir kamen nicht, sie zu besuchen
Aber als wir kamen, war sie da.

Eh sie da war, ward sie nicht erwartet.
Als sie da war, ward sie kaum geglaubt.
Ach, zum Ziele kam, was nie gestartet.
Aber war es so nicht überhaupt?

Bisher hatte Isot Kilian am Theater vielfältige Aufgaben zu erledigen gehabt. Befähigt für operative Arbeit, übertrug ihr Brecht die Gestaltung von Matineen. Er verwandte darauf viel Zeit, beteiligte sich auch selber an solchen Vorhaben oder schrieb dafür Texte. Für die „Revolutionsfeier" am 7. November 1954 übertrug er Gorkis „Lied vom Sturmvogel" neu und rezitierte das „Lied vom Klassenfeind". In dieser Matinee wirkten Helene Weigel, Ernst Busch und Stephan Hermlin mit.

Daß Brecht seine Zuneigung nicht auf mehrere seiner Mitarbeiterinnen übertragen konnte, ohne dadurch Konflikte heraufzubeschwören, zeigte sich, als Käthe Reichel einen Selbstmordversuch unternahm und buchstäblich in letzter Minute durch ärztliche Hilfe gerettet wurde. Brecht war sehr bestürzt. Der Vorgang berührte ihn tief, kränkte ihn aber auch. In der Keuner-Geschichte „Liebe zu wem?" reflektierte er über den Selbstmord, mit dem man nicht nur sich selbst, sondern auch den anderen etwas antue. Den psychischen Zustand eines Menschen, der sich zu einem solchen Schritt genötigt sieht, dürfte er dabei doch etwas verkannt oder zu vereinfacht gesehen haben. Bei all seinen Liebesbeziehungen lag ihm daran, daß der andere immer eine unabhängige, selbständige Persönlichkeit blieb. Er kümmerte sich dann rührend um Käthe Reichel, daß sie ihr Selbstgefühl wiedergewann und sich als Schauspielerin entwickelte. Sie spielte auf seine Empfehlung die Grusche in Frankfurt am Main, und er bestimmte, daß sie die Rolle der Shen Te im „Guten Menschen von Sezuan" am Berliner Ensemble übernehmen sollte, was dann auch nach seinem Tod geschah.

Die Beziehungen Brechts zu den jungen Frauen im Theater führten bei Ruth Berlau zu einer wahren Gefühlsrebellion. Sie, die auch sonst kaum fähig war, ihre Emotionen unter Kontrolle zu halten, merkte gar nicht, daß sich die gesamten Bedingungen um Brecht verändert hatten, daß sie nicht mehr mit ihm allein war wie in den Monaten, die sie während des amerikanischen Exils zusammen in New York verbracht hatten. Sie sah nur, daß sich Brecht jetzt mit jüngeren Mitarbeiterinnen umgab. Das kränkte sie als Frau und veranlaßte sie, sich um so deutlicher in Szene zu setzen. Da sie ebenso selbstlos wie selbstsüchtig, ebenso ergeben wie herrisch, ebenso sachlich wie hysterisch sein konnte, nahmen jetzt die negativen Eigenschaften überhand. Veranlaßt durch eine Situation, in der sie sich von Brecht weggedrängt glaubte, nahmen ihre Verrücktheiten, ihre Neigung zum Skandal zu. Schon in den Staaten war es nach ihrem Nervenzusammenbruch zu „notorischen Taktlosigkeiten" gekommen. „So trompetete sie vor ihren Kollegen beim Office of War Information heraus", schreibt James K. Lyon, „sie sei ‚die Hure eines Klassikers', und in Santa Monica verkündete sie überall, sie sei Brechts ‚Nebenfrau'."[256] In Berlin brachten solche Szenen Brecht mehr und mehr zur Verzweiflung. Ihr verrücktes Benehmen sorgte für Gesprächsstoff in den Theaterkantinen. Da sie immer häufiger zum Alkohol griff, kam sie auch mit dem Leben nicht zurecht, lebte über ihre Verhältnisse, machte Schulden und arbeitete nicht mehr kontinuierlich. Die Symptome ihrer Krankheit verstärkten sich. Durch ihr Benehmen stieß sie immer mehr Leute von sich, auch die, die sich ihr freundschaftlich verbunden fühlten. Sie befand sich in einer wirklich schlimmen Situation, die nicht ohne Tragik war, denn diese Frau liebte Brecht noch immer selbstlos. Im Sommer 1955 wurde ihr Verhalten immer wilder und führte zu Exzessen, die für alle Beteiligten schwer zu ertragen waren. In Buckow, wo sie im Turm wohnte, betrank sie sich ständig und schrie dann ihr ganzes Leid heraus. Sie kannte keine Hemmungen mehr, und Brecht geriet durch sie auch in der Öffentlichkeit in immer peinlichere Situationen. Sie war aber nicht bereit, den Turm zu räumen. So wurde ihm Buckow als Ort der Erholung mehr und mehr verleidet. Als sich dann ihr Zustand so verschlimmerte, daß sie Passanten auf der Straße mit Steinen bewarf, brachte man sie im August 1955 in das St. Joseph-Krankenhaus.

Brecht glaubte, ihr wäre am besten geholfen, wenn sie wieder in ihrer dänischen Heimat Fuß faßte. Das konnte zwar auch so verstanden werden, als wolle er sie abschieben, andererseits war nicht von der Hand zu weisen, daß sie in ihrem psychischen Zustand mehr Distanz als Nähe zu Brecht brauchte, zumal sich die frühere Nähe nicht wieder herstellen ließ. So besorgte er ihr 1955 in Kopenhagen eine Wohnung und veranlaßte Freunde, sich um sie zu kümmern. Er selbst gab ihr in Briefen genaue Anweisung, wie sie leben sollte. Seine Therapie erstreckte sich bis zu Anweisungen, was sie täglich essen und trinken sollte. „liebe ruth, das wichtigste ist, daß du wieder ein wenig militärisch lebst, d. h. deinen tag regelmäßig einteilst. aufstehen regelmäßig, die erste zeit nicht zu früh. essen regelmäßig, nicht zu wenig. trinken mäßig, auch wasser und thee. ein liter im tag inclusive suppe und obst. nicht zu viel kaffee und nicht zu viel rauchen. teil das ein, mach dir rationen. und trink nicht mit trinkern. liebe. im großen zimmer habe ich von dir z. b. den lehnstuhl, das konfutse-rollbild und in den kästen viele fotos. auf dem schreibtisch einen kleinen braunen strohkorb für papier und ein kupfernes becherchen. im bücherzimmer habe ich die zwei neuen lederstühle aus kopenhagen, die kupferne französische pfannenuhr und abends das schöne brotmesser und das bierglas. im schlafzimmer habe ich den schönen eichenstuhl mit den gurten und ein kupfergefäß für bleistifte. das ist nicht wenig, zumal alles schön ist. schreib mir, besonders die einteilungen und wie unsere freunde leben. brecht.“[257]

Doch Ruth Berlau fand in ihren alten dänischen Freundeskreis nicht zurück. Sie lebte von der Hoffnung, bald wieder zu ihm nach Berlin zurückkehren zu können. Obwohl ihr Leben als junge Frau ganz geprägt war von emanzipatorischen Vorstellungen, war sie in ihrer Beziehung zu Brecht von einer geradezu sklavischen Ergebenheit. Ihre Briefe an ihn unterschrieb sie: „immer deine Kreatur“[258]. Die Liebe zu diesem Manne ließ da alle Selbstachtung schwinden. Aus Dänemark schrieb sie an ihn: „Ich weis schon gar nicht mehr ob ich mich freue zurück zu dir oder zu grosse angst habe – nur: ich muss dein bild immerfort umdrehen sonst werde ich nass wenn ich draufsehe. Du bist sehr schön. sehr wunderbar und so ganz andres als *alle* andre. wie langweilige sind alle gegen dir. bertolt. du! du! dich! wo treffe ich dich wohl zu erste mal wenn ich komme??“[259]

Schließlich sah auch Brecht ein, daß es keinen Zweck hatte, ihr weiter einreden zu wollen, der beste Platz für sie wäre ihre alte Heimat Dänemark. Bevor sie nach Berlin zurückkehrte, schrieb er ihr einen Brief, in dem er ein Fazit ihrer Gemeinsamkeit in den letzten sieben Jahren zog und ihr zu verstehen gab, was sie für ihn geleistet hatte und was sie ihm jetzt bedeute. Er ließ es aber auch nicht an Deutlichkeit fehlen, was er sich, wenn sie wieder in Berlin sei, von ihr keinesfalls bieten lassen werde. Brecht bemühte sich, die Liebesbeziehungen in Freundschaftsbeziehungen umzuwandeln. Von Bedeutung ist dieser Brief insofern, als er hier selbst noch einmal ihre Verdienste als seine Mitarbeiterin darlegt, zugleich aber sehr entschieden ihren Anmaßungen begegnet. „liebe ruth, bevor du wieder nach berlin kommst, müssen wir ganz sachlich klären, was dann sein soll. die letzten sieben jahre waren für uns beide schlimm, und bei meinem jetzigen gesundheitsstand könnte ich eine wiederholung nicht mehr aushalten. bitte, werd nicht gleich wieder böse, wenn ich sage, daß du berlin wie eine pfründe betrachtet hast und alles auf grund von alten ansprüchen beurteiltest. du verlangtest vom ENSEMBLE ein gehalt, ob du arbeitetest oder nicht, und von mir die bezahlung aller rechnungen, ob du mich verleumdetest und beschimpftest oder nicht. alle frauen ringsum arbeiten regelmäßig und ruhig und ohne größere privilegien für ihren unterhalt; sowohl die hilde eisler als die hauptmann, sowohl die frau gloger als die barbara. wenn du das nicht willst und deine bedürfnisse nicht einigermaßen nach deinem einkommen richtest, kannst du hier nicht leben, ohne die selbstachtung zu verlieren. es heißt immer noch: jedem nach seinen leistungen, nicht nach seinen Bedürfnissen. ich selbst bin kein rentner geworden, der von den zinsen seiner alten arbeiten lebt. ich gehe jeden tag zur arbeit, das weißt du. ich werde auch dich nicht von renten aus tantiemen leben lassen. wir sind nicht zwei dramatiker, die zusammen stücke geschrieben haben. wenn du mir hin und wieder einen rat gegeben hast, so habe auch ich dir rat erteilt, und wenn ich aus deinem rat mehr machte als du aus meinem, so ändert das nichts daran, daß du einen so winzigen teil bekommen würdest von sagen wir PUNTILA, daß es noch kein hundertstel wäre. das ist die wahrheit, und wir müssen uns daran halten. Aber deine kritik von entstehenden Stücken war produktiv wie mancher Rat bei Proben, und deine Erfindung des Modellbuchs ist von großer Bedeutung für die Studierbarkeit meiner Arbeiten. Du hast die Svendborger Gedichte herausgebracht, das Antigonemodell, die Kriegsfibel. Und du warst lange Zeit eine freundliche und viele begeisternde helferin. es ist nur billig, daß ich dir helfe, wo ich nur kann und wie ich nur kann, ganz abgesehen von unserer freundschaft. nur kann ich nicht dein ewiger, immer säumiger schuldner bleiben; das nimmt ja dem freudemachen jede freude. als du hier weggingst, wolltest du 1) versuchen, ob du das trinken und die daraus resultierenden aggressivitäten aufgeben kannst. 2) einen überblick über berlin gewinnen (und eine neue realistische einsicht und einstellung). 3) wieder fuß fassen in dänemark (nicht so sehr ökonomisch als vielmehr durch kontaktaufnahme mit alten freunden und das anfangen von neuen arbeiten. bei unseren letzten telefongesprächen, in denen du mir die rückkehr ankündigtest, war eine große veränderung deiner haltung zu spüren, ein erschreckender rückfall, der mir anzeigte, daß dir 1) nicht ganz gelungen ist und daher 2) auch nicht. und anscheinend hast du doch wieder leute vor den kopf gestoßen. scherfig erzählte, wie freundlich du lange gewesen bist, wie du nichts trankst oder fast nichts und ganz wieder die alte warst. was ist dann passiert? du *mußt* es schaffen, ruth. es ist besser, du erleidest rückfälle dort als hier. aber du darfst nicht den kampf aufgeben, keinen moment. zurück kann nur shen te, niemals mehr shui ta. werde da nicht ungeduldig. richt dir ein zimmer ein, kauf möbel, du kannst das vermieten, wenn du hierher kommst. aber du solltest berlin diesmal betrachten wie ein neues land, versuchsweise, als besuch. wäre das nicht weise?“[260]

Helene Weigels Auszug aus dem Weißenseer Haus veranlaßte Brecht, diese Villa am See aufzugeben. Sonderlich geliebt hatte er das geräumige Haus ohnehin nicht. Über den mit ihm befreundeten Architekten Hermann Henselmann suchte Brecht eine neue Wohnung. Seine Ansprüche zu befriedigen war ohne die Hilfe und das Zutun von Helene Weigel besonders schwer, denn sie besaß den sicheren Blick für Haus und Umgebung, wo sich Brecht wohl fühlte. Er hätte gern das Kavalierhaus in Pankow, keine 500 Meter von der Kreuzung „Pankow Kirche“ entfernt, als Wohnung gehabt. Dieses kleine eingeschossige Landhaus mit Mansarden stand, obwohl mitten in der Stadt gelegen, in einem Park mit großen alten Bäumen. Vier Putten, die vier Temperamente darstellend, flankierten eine kleine Freitreppe. Das Haus besaß die edlen Maße, die Einfachheit zur Kultur machen. Aber in ihm war ein Kindergarten untergebracht, es stand nicht zur Verfügung. Brecht zog dann in das Hinterhofgebäude der Chausseestraße 125. Ihm diese seine letzte Wohnung besorgt zu haben, nehmen mehrere in Anspruch, der Bühnenbildner Hainer Hill, der Architekt Hermann Henselmann. Der Tip kam von Hainer Hill. Hermann Henselmann unterstützte Brecht beim Ausbau der Wohnung, die sich in einem fürchterlichen Zustand befand. Zuerst wurden die Küche und ein Zimmer hergerichtet, in dem Brecht kampierte, während der Ausbau weiterging. Wirklich eingerichtet hat die Wohnung dann doch wieder Helene Weigel.

Vergleicht man sein Wunschhaus mit der Wohnung, die er schließlich bezog, so ist auf den ersten Blick keine größere Diskrepanz denkbar. Daß er sich dort niederließ, mag auch aus einer gewissen Trotzhaltung zu erklären sein, weil man seinen Wunsch nicht respektiert hatte. So bescheiden Brecht in allen Dingen war, betrachtete er sich doch als jemand, den man nicht in jedes Haus einquartieren konnte. Soviel Stilgefühl verlangte er und Verständnis, daß er weder in eine Pankower Kleinbürgervilla paßte noch in eine Neubauwohnung in der Stalinallee. Bei näherem Hinsehen zeigte sich, daß Wunsch und Realität doch nicht so weit auseinander lagen. Von der Wohnung im ersten Stock hatte man einen Blick auf den alten Hugenottenfriedhof und den angrenzenden Dorotheenstädtischen Friedhof, auf dem Hegel und Fichte begraben lagen. Den stiegenähnlichen Treppenaufgang zum engen Hausflur umrahmten zwei junge Kastanienbäume. Kein Schimmer von Idylle. Sparsame Natur zwischen Müllkästen, die mehr als alles andere den Hof auszufüllen schienen. Die entfaltete Natur befand sich jenseits der hohen Hofmauer, auf dem Gelände des Friedhofes. Das Haus zeigte zwei grundverschiedene Gesichter, das Vorderhaus blickte auf eine der verkehrsreichsten Straßen Berlins, während das Hinterhaus einem parkähnlichen Gelände zugewandt war. Die großen Bäume der beiden alten Friedhöfe dämpften den Straßenlärm. Man fühlte sich ganz in der Stadt und doch fern von ihr. Das

Theater ließ sich zu Fuß erreichen. Genau betrachtet, war das eine Lage, raffiniert und kennerhaft ausgesucht, die Brechts Geschmack durchaus entsprach. In einem Brief an seinen Verleger beschrieb er die Wohnung so: „Lieber Suhrkamp, ich wohne jetzt in der Chausseestraße, neben dem ‚französischen' Friedhof, auf dem Hugenottengeneräle und Hegel und Fichte liegen, meine Fenster gehen alle auf den Friedhofpark hinaus. Er ist nicht ohne Heiterkeit. Ich wohne in drei Zimmern der ersten Etage im Hinterhaus, das wie das Vorderhaus etwa 150 Jahre alt sein soll. Die Zimmer sind hoch und so die Fenster, die angenehme Proportionen haben. Das größte Zimmer hat etwa 9 Meter im Geviert, so daß ich für verschiedene Arbeiten mehrere Tische aufstellen kann. Eigentlich alle Maße sind anständig, es ist wirklich ratsam, in Häusern und mit Möbeln zu wohnen, die zumindest 120 Jahre alt sind, also in früherer kapitalistischer Umgebung, bis man eine spätere sozialistische haben wird. Seit ich dem Theater soviel näher wohne, habe ich meine jungen Leute natürlich noch öfter auf dem Hals, sie kommen in Rabenschwärmen, aber Sie wissen, ich bin dafür. Und damit schließe ich, der Brief ist zur Unterhaltung.(?) Ihr alter b"[261] Seit Oktober 1953 wohnte Brecht in der Chausseestraße. Später zog dann auch Helene Weigel von der Reinhardtstraße 1 hierher. Sie richtete sich in den hinteren Räumen im zweiten Stock ein, mit einem separaten Eingang im Erdgeschoß. Der vertraute Umgang war wieder hergestellt.

Zu Beginn des Jahres 1954 vollzog sich auf kulturellem Gebiet der Republik eine Veränderung, die im direkten Bezug zu Brechts Nachdenken im sommerlichen Buckow stand. Die Staatliche Kunstkommission unter Helmut Holtzhauer wurde aufgelöst und am 7. Januar 1954 das Ministerium für Kultur gegründet. Holtzhauer schied aus dem gesamtstaatlichen kulturellen Leitungsbereich aus und wurde Direktor der Nationalen Forschungs- und Gedenkstätten der klassischen deutschen Literatur in Weimar. Als Minister wurde Johannes R. Becher berufen. Die Regierung zog damit einen Schlußstrich unter die seit dem Sommer 1953 fortdauernden Spannungen zwischen Künstlern und staatlicher Leitung. Eine solche Entscheidung hatte Brecht bereits Anfang August 1953 an Paul Wandel heranzutragen versucht. In einem Brief vom 4. August, den Brecht dann aber nicht abschickte, heißt es: „Lieber Genosse Wandel, mit vielen zusammen hatte ich gehofft, daß die Regierung eine Institution wie die Kunstkommission schnell, energisch und großzügig auflösen würde. Es war hauptsächlich die Aussicht auf eine Maßnahme dieser Art, was die Mitglieder der Akademie der Künste, alle sonder Ausnahme tief aufgewühlt über die plötzlich in Erscheinung tretende bittere Unzufriedenheit so großer Teile der Bevölkerung, dazu gebracht hatte, konstruktive Vorschläge zur Hebung der künstlerischen Produktion zu machen. Die Kunstkommission hatte es nicht nur nicht verstanden, einen einzigen Freund unter den Künstlern zu gewinnen, sie hatte es sogar fertiggebracht, die fortschrittlichen Prinzipien nahezu in Verruf zu bringen. Würde sie jetzt gestützt, könnte sie ihre Arbeit, allseits mißliebig und nunmehr auch noch öffentlich diskreditiert, niemals ersprießlich gestalten (da sie, ohne wirkliche Autorität, nur noch mehr Zwang benötigen würde) – diejenigen aber, die eine neue produktive Atmosphäre für unmittelbar bevorstehend verkündet haben, stünden vor ihren Kollegen einfach als gutgläubige Narren da. Das würde nicht als Festigkeit, sondern nur als Sturheit betrachtet werden, als Unnachgiebigkeit nur gegenüber der Vernunft."[262]

Das neugegründete Ministerium setzte sich das Ziel, konsequent gegen alle Einengungen und Vulgarisierungen, gegen die Verarmung in Themen und Formen der Literatur und Kunst vorzugehen. Unter dem Ministerium Becher verschwand die Formalismuskonzeption aus der kulturpolitischen Orientierung. Mit gleicher Entschiedenheit, aber mit mehr Initiative und Ideen suchte Becher eine Kulturpolitik zu machen, deren Hauptaufgabe gleichfalls in der demokratischen und friedlichen Wiedervereinigung Deutschlands durch die Verteidigung des humanistischen Charakters der deutschen Kultur und Kunst bestand. „*Eine deutsche Kulturpolitik* hat demgegenüber die Aufgabe, die demokratische und friedliche Wiedervereinigung Deutschlands auch durch die freie Verbreitung des humanistischen deutschen Kulturgutes in ganz Deutschland vorzubereiten. Gegen die Versuche der Überfremdung hilft uns die Besinnung auf den nationalen Ursprung unserer deutschen Kultur, auf ihre Verbundenheit mit dem Volke, mit der Volkskunst. Gegen die Kräfte der Amerikanisierung setzen wir das gemeinsame Streben deutscher Künstler und deutscher Wissenschaftler in Ost und West nach Zusammenarbeit und für ein neues kulturelles Schaffen, würdig der großen Schöpfungen in der Kulturgeschichte unseres Volkes."[263]

Bechers „Programmerklärung des Ministeriums für Kultur der Deutschen Demokratischen Republik zur Verteidigung der Einheit der deutschen Kultur" war der letzte große Versuch, über die humanistische deutsche Kunst eine gesamtdeutsche Zusammenarbeit auszulösen. Brecht sah sich durch die Berufung seines Dichterkollegen Johannes R. Becher zum Minister in den Bemühungen gestärkt, die er bereits im Sommer 1953 unternommen hatte. Die Bildung des Ministeriums für Kultur unterstützte Brecht mit einer kurzen Stellungnahme, die das „Neue Deutschland" am 8. Januar 1954 neben der Rede von Johannes R. Becher veröffentlichte. „Ich betrachte die Neugestaltung unserer kulturellen Institutionen als einen wertvollen Beitrag der Regierung der Deutschen Demokratischen Republik zu dem großen Kampf um ein glücklicheres und glückbringendes Deutschland. Diese Neugestaltung wurde – und das ist etwas völlig Neues und Vorbildliches in Deutschland – in Zusammenarbeit mit Künstlern und Schriftstellern vom Staat vorgenommen. Es liegt jetzt bei den Schriftstellern und Künstlern, neue Initiative zu entwickeln, das heißt, Kühnheit, Phantasie, Weisheit und Humor.“

„Das große Carthago führte drei Kriege“

Im Jahre 1954 zeichnete sich immer deutlicher ab, daß die beiden Teile Deutschlands auseinanderdrifteten. Konrad Adenauer forcierte seine Politik der Westintegration nun auch auf militärischem Gebiet, so daß sich die Lage in Europa zusehends verschärfte. Im März 1952 hatte die Sowjetunion den drei Westmächten den „Entwurf der Sowjetregierung über die Grundlagen eines Friedensvertrages mit Deutschland“ vorgelegt, um doch noch zu Lösungen zu gelangen, die die Einheit Deutschlands ermöglichten. Im November 1953 wandte sich die Volkskammer der DDR an die Bundesregierung mit Vorschlägen zu Verhandlungen über Wege zur „Friedlichen Lösung der deutschen Frage“. Verhandelt werden sollte über Fragen des Interzonenhandels und -verkehrs, über die Stärke der Polizei, über ein Verbot militaristischer Literatur, über die Bildung eines gesamtdeutschen Gremiums der bedeutendsten humanistischen Schriftsteller, Verleger und Wissenschaftler. Anfang des Jahres 1954 kam es dann auch zu der Außenministerkonferenz unter Beteiligung der Sowjetunion, der USA, Englands und Frankreichs. Doch auf dieser Konferenz, mit der sich so viele Hoffnungen verbanden, lehnten die Westmächte alle Vorschläge ab, die auf eine Wiedervereinigung zielten. Verhindert werden sollte durch die Verhandlungen die bereits eingeleitete Remilitarisierung Westdeutschlands. Aber gerade darauf kam es den Westmächten, vor allem den USA, an. In dieser Situation des Jahres 1954 sagte Konrad Adenauer zu François-Poncet: „Vergessen Sie bitte nicht, daß ich der einzige deutsche Kanzler bin, der die Einheit Europas der Einheit seines Vaterlandes vorzieht.“[264] Im weiteren Verlauf seiner Politik ging es jedoch weit weniger um die Einheit Europas als um eine immer engere Bindung des westdeutschen Staates an die USA.

Aus dieser Abstoßungspolitik heraus setzte Konrad Adenauer in den fünfziger Jahren eine Einschüchterungspolitik gegen alle gesamtdeutschen Initiativen und Bemühungen durch. Mit dem sogenannten „Blitzgesetz“ vom 11. Juni 1951, das, wie sein Name besagt, durch den Bundestag gejagt wurde, war er in der Lage, jeglichen Kontakt zur DDR als „Landesverrat“ strafrechtlich zu verfolgen. Mit dieser massiven Einschüchterung aller Einheitsbestrebungen erreichte er auch, daß sich die kulturellen Kontakte zwischen den beiden deutschen Staaten immer schwieriger gestalteten. So wurde es für Künstler, die in den Westsektoren Berlins wohnten, zunehmend riskanter, sich im anderen Teil der Stadt künstlerisch zu betätigen. Zu welchen grotesken Zuspitzungen es dabei kam, zeigte sich 1951 bei der Wiedereröffnung des Schiller-Theaters in Westberlin. Der Intendant Boleslaw Barlog wurde so unter Druck gesetzt, daß er seine an die Intendantenkollegen im Osten der Stadt gerichtete Einladung zur Eröffnungspremiere rückgängig machen mußte. Walter Felsenstein schrieb dazu in der „Täglichen Rundschau“: „Am Premierentag rief mich Intendant Barlog an und teilte mir mit, er hätte die dienstliche Anordnung erhalten, die von ihm persönlich an mich ergangene Einladung zur Eröffnungsvorstellung des Schiller-Theaters zurückzuziehen. Er machte mich mit der Versicherung seines aufrichtigen Bedauerns darauf aufmerksam, daß diese Anordnung auch für die Zukunft ein Verbot für den Premierenbesuch überhaupt bedeute und daß ich damit rechnen müsse, falls ich mir Karten kaufte, von Aufsichtsorganen, die seine ihm vorgesetzte Dienstbehörde dazu beauftragt hätte, aus dem Theater gewiesen zu werden. ... Ich werde nicht versäumen, Herrn Barlog und die anderen Westberliner Theaterleiter weiterhin regelmäßig zu den Premieren der Komischen Oper einzuladen.“[265] Die allgemeine Einschüchterung erreichte am 23. November 1951 mit dem Antrag der Regierung Adenauer auf Verbot der KPD einen Höhepunkt. 1954 begann dann der Prozeß, der 1956, wenige Tage nach Brechts Tod, mit dem Verbot der Partei endete.

Daß Adenauers Politik die Zerreißung nicht nur Deutschlands, sondern auch Europas bedeutete, das durch die von ihm betriebene Westintegration immer mehr in zwei sich antagonistisch gegenüberstehende Machtblöcke aufgespaltet wurde, veranlaßte auch führende bürgerliche Politiker in der BRD zum Widerstand. Gustav Heinemann, der spätere Bundespräsident, trat als einer der führenden CDU-Politiker aus der Adenauer-Partei aus und zur SPD über. Paul Sethe verlangte, sämtliche Vorschläge der UdSSR und der DDR zu überprüfen. Der Publizist Rudolf Augstein hielt es für möglich, eine internationale Schutzgarantie für ein nicht in den Westen integriertes Gesamtdeutschland zu erreichen.

Seit seinem ersten Berlinaufenthalt im Jahre 1948, als Brecht aus eigener Anschauung wahrnehmen konnte, wie es um Deutschland stand und wohin die Dinge trieben, setzte er sich nicht nur in seiner Dichtung, sondern mit direkter politischer Publizistik für ein friedliches Deutschland ein. Infolge der forciert betriebenen Konfrontationspolitik nahm die Kriegsgefahr zu. Ein neuer, dritter Weltkrieg bedrohte wieder die Menschen, die gerade noch einmal davongekommen waren. Die politischen Spannungen wirkten sich auch auf die unmittelbaren Beziehungen der Deutschen untereinander aus. Gerade auf kulturellem Gebiet, auf dem die Regierung der DDR sich zuerst eine Zusammenarbeit aller humanistisch gesinnten Schriftsteller, Künstler und Kunstfreunde erhoffte, war die Atmosphäre bis ins Unerträgliche vergiftet. Die Drohung aus Westberlin, man werde Theaterintendanten aus Ostberlin, die ein Westberliner Theater besuchen, nötigenfalls durch das Aufsichtspersonal aus dem Theater werfen lassen, war nur ein Symptom des allgemeinen politischen Klimas.

Durch die westliche Destruktionspolitik fühlten sich viele Künstler in der DDR herausgefordert. So wie Felsenstein nahmen gegen die Drohungen des Westberliner Senats auch die Intendanten Ernst Legal (Deutsche Staatsoper), Wolfgang Langhoff (Deutsches Theater), Fritz Wisten (Theater am Schiffbauerdamm) und Hans Rodenberg (Theater der Freundschaft) Stellung. In einem Brief an ihren Kollegen Boleslaw Barlog schrieben sie: „Wir können uns nicht vorstellen, daß es in Ihrem Sinne liegt, ein Theater der nationalen Zwietracht zu leiten, Sie sind zu klug, um anzunehmen, es könne einen westdeutschen und einen ostdeutschen Schiller geben. Wären wir nicht überzeugt davon, daß das Betretungsverbot für das Schiller-Theater für uns, Ihre Kameraden und Kollegen, auch ein Schlag gegen Sie selbst und Ihre künstlerische und menschliche Überzeugung ist, hätten wir diesen Brief nicht geschrieben. Würden Sie die Zerreißung Deutschlands und den drohenden Krieg nicht für das größte Unglück Deutschlands halten, so hätten Sie gewiß nicht ‚Wilhelm Tell‘ als Eröffnungsvorstellung gewählt.“[266]

Persönliche Stellungnahmen aus gleichem Anlaß von Fritz Wisten und Ernst Legal erschienen am 9. und 11. September 1951 in der „Täglichen Rundschau“. Im Zusammenhang mit diesen Protesterklärungen stand auch der „Offene Brief an die deutschen Künstler und Schriftsteller“ von Bertolt Brecht, den er am 26. September 1951 schrieb. Im Unterschied zu den Erklärungen der Intendanten, die von einem ebenso skandalösen wie schikanösen Vorfall ausgingen, nahm Brecht die allgemeine politische Lage zum Anlaß seines Briefes. Er stellte zugleich die Frage, um die es ging, mit aller Deutlichkeit und den sich daraus ergebenden Konsequenzen. „Werden wir Krieg haben? Die Antwort: Wenn wir zum Krieg rüsten, werden wir Krieg haben. Werden Deutsche auf Deutsche schießen? Die Antwort: Wenn sie nicht miteinander sprechen, werden sie aufeinander schießen.“[267] Die Wirkung des Briefes lag in der nüchternen, lapidaren Schlußfolgerung aus dem, was gegenwärtig durch die Adenauer-Politik in die Wege geleitet wurde. Spätestens mit dem Aufstellen von Armeen liefe alles auf die Gefahr einer kriegerischen Lösung hinaus. Brecht suchte in diesem Brief bewußtzumachen, daß einzig und allein jetzt noch Zeit sei, die Dinge zu wenden. Jeder einzelne müsse deshalb das Seine tun, die bestehenden Spannungen abzubauen. Daß er mit der Markierung dieses Zeitpunktes als einer möglichen europäischen Schicksalswende recht hatte, bewies der weitere Verlauf der Geschichte, auch wenn auf diesen Zeitpunkt eine mehr als dreißigjährige Friedensperiode folgte. Als Schriftsteller machte er für sein Gebiet einen Fünf-Punkte-Vorschlag:

„1. Völlige Freiheit des Buches, mit einer Einschränkung.
2. Völlige Freiheit des Theaters, mit einer Einschränkung.
3. Völlige Freiheit der bildenden Kunst, mit einer Einschränkung.
4. Völlige Freiheit der Musik, mit einer Einschränkung.
5. Völlige Freiheit des Films, mit einer Einschränkung.

Die Einschränkung: Keine Freiheit für Schriften und Kunstwerke, welche den Krieg verherrlichen oder als unvermeidbar hinstellen, und für solche, welche den Völkerhaß fördern.“[268]

Die Bedeutung dieses Vorschlags war so weitreichend, daß er als inhaltlicher Komplex noch zwei Jahre später in das Verhandlungsangebot der Volkskammer an die Bundesregierung aufgenommen wurde. Vorgeschlagen wurde, ganz im Sinne der fünf Punkte Brechts, die Bildung eines gesamtdeutschen Gremiums der bedeutendsten humanistischen Schriftsteller, Verleger und Wissenschaftler. Was die Volkskammererklärung auf Regierungsebene zu erreichen hoffte, suchte Brecht durch ein Basisangebot zu bewirken. Der propagandistisch wichtigste, weil wirksamste Teil des Briefes war sein Schluß. Er führte die beiden vorangehenden Teile, die Schlußfolgerungen aus der allgemeinen politischen Lage und die zur Diskussion gestellten Vorschläge, in einer Konklusion dem Leser nochmals eindringlich vor Augen. Was Brecht hier bot, war beste Epigrammatik, geschult an antiken Vorbildern und der Weisheit des Marxismus. Wenn er seinen Sätzen einen zitierbaren Gestus zu geben versuchte, damit sie sich auch dem Gedächtnis des flüchtigen und schnell vergessenden Lesers einprägten, so ist ihm das wohl am besten und eindringlichsten mit den drei Schlußsätzen gelungen: „Das große Carthago führte drei Kriege. Es war noch mächtig nach dem ersten, noch bewohnbar nach dem zweiten. Es war nicht mehr auffindbar nach dem dritten."[269]

Das „Neue Deutschland" druckte den Brief in Faksimile großformatig auf der ersten Seite ab. Aber auch als Handzettel, als Flugschrift mit dem Aufdruck „Senden Sie diesen Brief an Ihre Bekannten in Westdeutschland" wurde er in Tausenden Exemplaren verbreitet. Die Wirkung war ungeheuer. Die Schlußsätze sagten sich die Leute auf der Straße. Die Reden, die in den folgenden Wochen gehalten wurden, endeten mit dem Zitieren der Brechtschen Sätze von dem großen Carthago, das drei Kriege führte. So erwies sich der „Offene Brief" als eine Flugschrift vom stilistischen und politischen Format des „Hessischen Landboten", politisch nur unendlich wirkungsvoller.

Gegen die Kräfte aufzutreten, die die Deutschen wieder in kriegerische Unternehmungen verstricken konnten, wurde für Brecht zu einer Aufgabe, der er in seinen letzten Lebensjahren einen Großteil seiner Zeit und seiner Kraft widmete. Er unterschrieb nicht nur Resolutionen, er setzte sich dafür ein, daß Resolutionen zustande kamen und Menschen veranlaßten, gegen einen neuen Krieg aufzutreten. Obwohl er sich nie Hoffnungen gemacht hatte, daß mit der Kapitulation der Faschisten im Mai 1945 die Wende zu einem dauerhaften Frieden vollzogen sei, erschrak er doch, wie rasch sich die Konflikte zuspitzten. Statt die Waffen beiseite zu legen, wurde nach neuen, schrecklicheren, gründlicher vernichtenden gesucht. Wie kritisch Brecht bei aller Hoffnung auf die durch die sozialistischen Kräfte eingeleiteten gesellschaftlichen Veränderungen den weiteren Verlauf des Weltgeschehens sah, hatte er bereits im Oktober 1947 in einer für das „Komitee für unamerikanische Betätigung" geplanten Rede zum Ausdruck gebracht, die er aber nicht halten durfte. „Große Kriege sind erlitten worden, größere stehen, wie wir hören, bevor. Einer von ihnen mag sehr wohl die Menschheit in ihrer Gänze verschlingen. Wir mögen das letzte Geschlecht der Spezies Mensch auf dieser Erde sein. Die Ideen darüber, wie man die neuen Produktionsmöglichkeiten benutzen könnte, sind nicht sehr entwickelt worden seit den Tagen, als das Pferd tun mußte, was der Mensch nicht konnte."[270]

Für diese Vision, die Brecht in den fünfziger Jahren in immer neuen sprachlichen Bildern beschwor, bildeten der Abwurf der Atombombe auf Hiroshima und sein Verhör vor dem „Komitee für unamerikanische Betätigung" die Schlüsselerlebnisse. Das eine zeigte ihm, daß die menschliche Produktivität nur zu konsequenter Vernichtung statt zur Entwicklung der Gattung fortschritt; das andere markierte die Schnelligkeit, mit der sich neue politische Kräfte formierten, die den militanten Antikommunismus, wie ihn die Faschisten betrieben hatten, zu ihrer Sache machten. Deshalb ließ Brecht keine Möglichkeit ungenutzt, gegen das heraufziehende neue Unheil anzukämpfen. Als er nach dem Krieg das erste Mal wieder nach Berlin gekommen war, sprach er zwar nicht auf der Friedensdemonstration, der er beiwohnte, aber er unterließ es nicht, sofort Stellung zu nehmen, als in Westberlin unter der Flagge „Kongreß für die kulturelle Freiheit" eine Gegenbewegung aufgezogen wurde. An diesen Kongreß richtete er eine Adresse, die die Teilnehmer aufforderte, sich bewußtzumachen, daß es keine wichtigere politische Freiheit geben könne, als dafür zu sorgen, ohne Kriege auszukommen. „Die Freiheit, sein Leben zu verbessern – das Wort ‚Leben' im einfachsten Sinn verstanden –, ist die elementarste aller Freiheiten des Menschen. Von ihr hängt die Entwicklung der Kultur ab, und es hat keinen Sinn, über Freiheit und Kultur zu sprechen, wenn nicht diese Freiheit, das Leben zu verbessern, besprochen wird. Die erste Bedingung eines besseren Lebens ist dann der Friede, die Sicherheit des Friedens. Lassen Sie uns doch alle gesellschaftlichen Systeme, an die wir denken mögen, zu allererst daraufhin untersuchen, ob sie ohne Krieg auskommen. Lassen Sie uns zu allererst um die Freiheit kämpfen, Frieden verlangen zu dürfen. Sage keiner: Erst müssen wir darüber sprechen, was für ein Friede es sein soll. Sage jeder: Erst soll es Friede sein. Dulden wir da keine Ausflucht, scheuen wir da nicht den Vorwurf, primitiv zu sein! Seien wir einfach für den Frieden! Diffamieren wir alle Regierungen, die den Krieg nicht diffamieren! Erlauben wir nicht, daß über die Zukunft der Kultur die Atombombe entscheidet. Man hat gesagt, die Freiheit entsteht dadurch, daß man sie sich nimmt. Nehmen wir uns also zu allererst die Freiheit, für den Frieden zu arbeiten!"[271]

Aus diesen Sätzen ist schon zu entnehmen, wie schwer es für Brecht war, sich bei der zunehmenden Verhetzung Gehör und Aufmerksamkeit zu verschaffen. Im Klima des kalten Krieges wurde alles, was nicht irgendwie antikommunistisch eingefärbt war, als „primitiv" diffamiert, nicht zuletzt die offensten und ehrlichsten Absichten, nichts anderes als etwas für den Frieden zu tun. Um den Hetzkampagnen seitens der Westberliner Kulturszene besser begegnen zu können, schlug Brecht vor, eine Gegenbewegung zu organisieren. Dazu kam es dann auch, allerdings in etwas abgewandelter Form. Es wurde das „Großberliner Komitee der Kulturschaffenden" gebildet, dem neben Brecht Johannes R. Becher, Arnold Zweig, Walter Felsenstein angehörten. Noch wichtiger aber war für Brecht, daß sich um ihn ein kleiner Kreis vorwiegend junger Leute aus der Friedensbewegung sammelte, der sich mit ihm über wichtige Ereignisse beriet und über bestehende Schwierigkeiten verständigte. Die Zusammenkünfte fanden in seinem Weißenseer Haus statt. Gegenstand der Weißenseer Gespräche waren viele und sehr verschiedenartige Dinge, wie das bei Brecht gar nicht anders sein konnte, eins zog das andere nach sich. Doch das Grundmotiv der Gespräche bildete die Erörterung von Möglichkeiten, für den Frieden zu arbeiten.

Zu den jungen Leuten dieses Kreises gehörte Werner Haberditzl, österreichischer Staatsbürger, damals Student an der Humboldt-Universität, später ein bekannter Gelehrter auf dem Gebiet der theoretischen Chemie. Als jungen Menschen beeindruckte ihn während dieser Gespräche am meisten, daß Brecht nicht sofort und in erster Linie von der Stärke der Weltfriedensbewegung sprach, worauf der Akzent in der offiziellen Propaganda lag, sondern davon, daß man den Frieden auch mit schwachen, selbst den allerschwächsten Mitteln verteidigen müsse. Diese aus eigener Erfahrung gewonnene Erkenntnis war für Brecht in mehrfacher Hinsicht wichtig. Wenn es um so elementare Belange wie den Frieden ging, fragte er nicht, ob die Wirkung überhaupt den Aufwand lohne. In seinem Verständnis gehörte es zur intellektuellen Redlichkeit, das als richtig Erkannte auch durchsetzen zu wollen. Zum andern wußte er aus eigener Erfahrung, daß gerade die, die die wirklichen Ursachen erkannt haben, dazu neigen, schwache Mittel zu verachten. „Wir sahen also, daß das Unrecht nicht nur in der endgültigsten, seine Ursachen mit einbeziehenden Weise, sondern auch in der allgemeinsten Weise, das heißt mit allen Mitteln, das heißt auch den schwächsten, bekämpft werden muß. Schlimmer als die Illusion, ohne die

Entfernung der Ursachen des unnötigen Elends, könnten seine Folgen entfernt werden, ist nämlich die Illusion, diese Ursachen könnten bekämpft werden ohne die Folgen und getrennt von ihnen und unter Verzicht auf die schwächsten und allerschwächsten Mittel. Ich habe viele beobachtet, die durch ihre Kenntnis der schlimmen Ursachen geradezu verhindert wurden, die schlimmen Folgen zu bekämpfen."[272]

Die Erkenntnis, schwache Mittel nicht ausschlagen zu dürfen, verstand Brecht als strategische Orientierung für die Friedensbewegung. Obwohl er zum Pazifismus keinerlei Neigung besaß und ihn als theoretische wie praktische Richtung verwarf, schlug er ihn bündnispolitisch nicht aus. Die Illusionen des Pazifismus nicht zu teilen hieß für ihn nicht, ihn als Bündnispartner abzulehnen. Stärke, die auf schwache Mittel glaubte verzichten zu können, war für ihn keine Stärke. Nicht zuletzt erwuchs gerade sie aus der Kraft der Schwachen.

In den Weißenseer Gesprächen ging es jedoch nicht nur um philosophisch-strategische Betrachtungen. Oftmals gab Brecht auch ganz pragmatische Ratschläge, gewonnen aus seinen eigenen Erfahrungen in der politischen Arbeit der zwanziger und dreißiger Jahre. So empfahl er Werner Haberditzl, der in der Friedensbewegung in Westberlin arbeitete, sich bei der Suche nach wichtigen Bundesgenossen auf wirtschaftlich unabhängige Leute zu orientieren, die weniger erpreßbar seien als die, die staatlichen Aufsichtsbehörden unterstehen. Bei dem ersten Weißenseer Gespräch, so erinnerte sich Werner Haberditzl, brachte Brecht nach Abschluß des Abends seine Gäste bis vor die Haustür und sagte, das Gespräch resümierend, zum Abschied: „Vergessen Sie nicht, der Dollar denkt scharf."[273]

Als im Jahre 1954, nach der ergebnislos verlaufenen Außenministerkonferenz, von den gesellschaftlich engagierten Kräften in der DDR noch einmal alles versucht wurde, um die Zerreißung Deutschlands zu verhindern, entschloß sich das „Großberliner Komitee der Kulturschaffenden" zu mehreren Diskussionsabenden in Westberlin. Bertolt Brecht und Johannes R. Becher stellten sich zur Verfügung. Nun war das bereits die Zeit, als die Adenauer-Regierung und der Westberliner Senat durchgesetzt hatten, jede gesamtdeutsche Aktivität als kommunistische Unterwanderung zu verfolgen. Dementsprechend schlimm verliefen die beiden Diskussionsabende, an denen sich Brecht beteiligte.

Die Gespräche fanden im Restaurant „Der Sachsenhof" in der Motzstraße nahe dem Nollendorfplatz statt. Bei der Wahl des Ortes hatten die Veranstalter nicht beachtet, daß sich hier der Stammtisch der Sendeleitung des RIAS befand. Sendeleiter war Gerhard Löwenthal, einer der antikommunistischen Großmeister jener und späterer Zeit. Vor Beginn der Diskussionsrunde sammelten sich am Eingang Trupps mit Schlagstöcken, um Tumulte zu provozieren, die der Polizei Anlaß zum Eingreifen bzw. zur Auflösung der Veranstaltung geben sollten. Brecht sagte während des ganzen ersten Abends kein Wort. Sicher weder aus Enttäuschung noch aus Einschüchterung, eher aus der Einsicht, daß hier überhaupt keine Bedingungen zur freien Diskussion und zur sachlichen Argumentation gegeben waren. Wie Brecht über die ganze Diskussion dachte, brachte er beim zweiten Gespräch zum Ausdruck, das am 2. Dezember 1954 unter Leitung des Westberliner Arztes Dr. Wallner stattfand. Gleich zu Beginn stellte der amerikanische Herausgeber der Zeitschrift „Der Monat", Melvin Lasky, an Becher die provokatorische Frage, ob er noch immer zu seiner im „Aufbau", Nr. 8/1950, veröffentlichten Meinung stehe, daß es mit Spitzeln und Kriegsverbrechern keine Diskussion geben könne. Ohne Bechers Stellungnahme abzuwarten, bat Brecht um das Wort zu einer Erklärung. Als er die dann ebenso eindringlich wie leise vortrug, wurde es bald still im Saal. Sich auf Laskys Anfrage beziehend, sagte er: „Ich nehme an, daß Becher immer noch zu jedem Wort steht, das hier geschrieben ist. Ich habe diese Worte nicht geschrieben, aber ich stehe auch zu jedem Wort immer noch, das hier geschrieben ist. Auch ich halte es für vollständig wertlos, mit Kriegshetzern zu diskutieren, dabei kann gar nichts herauskommen. Mit Kriegsverbrechern und Kriegshetzern kann nicht diskutiert werden. Das sind Feinde der Menschheit und sie müssen vernichtet werden, das ist im Sinne der Humanität.“[274] Brecht hatte kaum geendet, da brach ein Tumult aus, der Saal glich in wenigen Minuten einem Hexenkessel. Die Redakteure des RIAS überschrien sich, um zu Wort zu kommen. Für einen Augenblick schien es, als ob nun alles aus sei. Aber das Gespräch ging weiter. Die Akteure um Lasky hatten anscheinend kein Interesse daran, die Runde auffliegen zu lassen.

Eine Diskussion allerdings konnte der weitere Verlauf nicht genannt werden. Die meisten, die sich zu Wort meldeten, stimmten den von Lasky vorgegebenen Ton des Verhörs und der Provokation an. Ein Herr Kurenke fragte Becher, wie er denn von Verständigung reden könne, wenn er doch als Mitglied des ZK der SED nach den „Richtlinien des dialektischen Materialismus zu handeln“ habe. Ernest Salter von der „Zeit“ griff die „Lukullus“-Diskussion auf und zog aus der Tatsache, daß Brecht danach Veränderungen am Text vornahm, die Schlußfolgerung, daß es in der DDR keine Freiheit geben könne. „Und dieses Problem besteht in der Abwesenheit der Freiheit in der DDR. Das betrifft Herrn Brecht in der Frage des ‚Lukullus‘. Er wird uns sagen, daß er nach einer Beratung mit dem Politbüro das Stück geändert hätte.“[275] Brecht war eine solche Meinung viel zu dumm, um darauf auch nur ein Wort der Erwiderung zu verschwenden. Löwenthal wandte sich an Becher und warf ihm vor, der Spitzenkandidat der SED in Westberlin, Prof. Dr. Robert Havemann, habe zugegeben, daß er aus politischen Motiven Studenten von der Humboldt-Universität relegiert habe. Doch davon habe in der Berichterstattung des „Neuen Deutschlands“ kein Wort gestanden. Ein Zwischenrufer wollte nicht mit Becher über deutsche Probleme diskutieren, weil Becher ja kein Deutscher sei. Diese Bemerkung spielte auf Bechers antifaschistisches Exil in der UdSSR an.

Daß die Diskussion nach Brechts Erklärung überhaupt weiterging, mag hauptsächlich darauf zurückzuführen sein, daß Melvin Lasky an diesem Abend vorhatte, Brecht auf seine Weise herauszufordern. Im Laufe des Abends rückte er dann auch mit seinem Vorschlag heraus:

„LASKY: Ich möchte persönlich sehr konkrete Vorschläge hier machen. Ich bin – wie Sie wissen – Mitarbeiter und auch Mitherausgeber einer deutschen, d.h. deutschsprachigen Zeitschrift. Ich möchte vorschlagen, daß Sie bezw. Herr Bert Brecht – vielleicht wird dieser Vorschlag unsere zwei Auffassungen der kulturellen Freiheit aufreißen:
In unserer Zeitschrift in unserer nächsten Nummer, Redaktionsschluß 20. Dezember, stehen 5 Seiten frei für Herrn Bertolt Brecht. 5 oder 7, manchmal schreibt er sehr knapp.

BRECHT: Das ist kein ehrlicher Vorschlag. Die Zeit ist zu kurz.

LASKY: Sie können es selbst in den Umbruch bringen. Sie genießen diese wunderbare Freiheit, Ihre Meinung zu sagen. Ich will es nicht vorher sehen, vielleicht will es Herr Pieck vorher sehen. Sie können schreiben, was Sie wollen, über den Aufbau, über episches Theater, über das Berliner Ensemble. Mit der Bedingung, daß ich in der „Neuen Deutschen Literatur“ oder „Sinn und Form“ oder wo Sie wollen, auch 5 Seiten schreibe.

BRECHT: Ich werde Ihnen meine Bedingungen sagen:
1. Über Ihre Zeitschrift haben Sie die Machtvollkommenheit, zu sagen, ich habe 5 Seiten. Ich selbst habe keine

Zeitschrift und kann das nicht zusagen. Ich kann aber versuchen, daß eine Zeitschrift diese 5 Seiten hergibt.
2. möchte ich Sie fragen, ob das Angebot auch heißt, für Becher.

LASKY: Ich würde vorziehen für Sie. Ich habe einmal einen Aufsatz über Ihre Arbeit veröffentlicht. Ich muß mich schämen, daß ich Sie hier um eine Antwort bitten muß. Sie wollen die Menschen überzeugen, auch die Amerikaner, auch die Engländer.

BRECHT: Prinzipiell bin ich einverstanden, einen Aufsatz zu schreiben. Ich fasse Ihr Angebot so auf – wir sind hier zu zweit erschienen – daß dasselbe Recht Herrn Becher zusteht.
2. den Termin möchte gern ich selbst bestimmen, nicht zum 20. Dezember, nicht zum 20. Januar.

UNBEKANNT: Für die deutsche Einheit, die auf dem Spiele steht, wird es doch möglich sein, so etwas zu schreiben.

BRECHT: Das beantworte ich nicht.

LASKY: Wenn Herr Becher es nicht fertigbringen kann, meinen Artikel in irgendwelcher Zeitschrift zu drucken.

BRECHT: 1. kann vielleicht auch ich das fertigbringen. 2. Ihr Angebot gilt sowohl für Becher als für mich."[276]

Fünf Seiten Lasky im „Aufbau" für fünf Seiten Brecht im „Monat". Welche Anmaßung in diesem Vorschlag lag, dürfte einem berufsmäßigen Provokateur wie Melvin Lasky nie bewußt geworden sein.

Die Erklärung, die Brecht am zweiten Abend im „Sachsenhof" vortrug, entsprach zwar weder seinen taktischen noch seinen strategischen Überlegungen (in der „Maßnahme" forderte er auf: „Umarme den Schlachter, aber / Ändere die Welt"), dafür aber genau seinem Temperament. Jedes Wort, jeder Satz war in dieser Erklärung wohlüberlegt auf die schlimmstmögliche Wendung gebracht. Mehr als alles andere zeigten solche Haßausbrüche, die meist kühl, leise und distanziert vorgetragen wurden, wie Brecht über bürgerliche Intellektuelle dachte, die zu allem und jedem bereit waren.

Während Brecht sich von Diskussionen dieser Art nicht viel versprach, hielt Becher an den von ihm initiierten Ost-West-Gesprächen fest und führte sie in größeren Abständen bis Mitte des Jahres 1955 fort. Das letzte der sogenannten Becher-Gespräche fand im Juli 1955 in München statt. Westberlin erwies sich immer mehr als ungünstiger Ort für solche Unternehmungen. Die Westberliner Presse griff sogar den Inhaber des „Sachsenhofs“ an, weil er sein Haus zur Verfügung gestellt hatte. Die Redakteure des RIAS kündigten ihren Stammtisch auf. Worin Becher dennoch den Nutzen der Ost-West-Gespräche sah, brachte er in der Meinung zum Ausdruck, mit der er den Abend im „Sachsenhof“ abschloß. Er habe nicht gehofft, hier Menschen zu überzeugen, aber er sei der Ansicht, daß er auf diese Weise beigetragen habe, die Gegnerschaft zu reduzieren. So könne verhindert werden, daß Menschen aufeinander schießen. Daß die Gespräche nicht so verliefen, wie sie gedacht waren, lag schon allein daran, daß ein Großteil der eingeladenen Künstler aus Westberlin nicht kam. Auf der Einladungsliste standen vor allem die Namen von Künstlern, mit denen es unmittelbar nach Kriegsende eine gute Zusammenarbeit gegeben hatte, zum Beispiel Boleslaw Barlog, Wolf Völker, Oscar Fritz Schuh, Lucie Höflich, Wolfgang Staudte, Viktor de Kowa, Boris Blacher, Grete Weiser, Käthe Braun, ferner die Maler Carl Hofer, Max Pechstein, Karl Schmidt-Rottluff und andere. Statt dessen bestimmten die RIAS-Stammtischrunde um Gerhard Löwenthal und der Kreis um Melvin Lasky das Bild. Viele Künstler waren durch den Meinungsterror des kalten Krieges derart eingeschüchtert, oft aber auch manipuliert, daß sie solche Diskussionen eher ängstlich mieden. Selbst ein Mann wie Karl Ebert gab dem Versammlungsleiter Dr. Ulrich Wallner in einem Brief zu verstehen, daß er den Dichter Becher früher sehr geschätzt und seine Gedichte in unzähligen Rezitationsabenden vorgetragen habe, aber mit dem „beamteten Experten eines Systems“ wolle er nicht diskutieren. Die ehrliche Offerte der Regierung der DDR und der Sowjetunion, keine Anstrengung unversucht zu lassen, um doch noch einen Weg zur Einheit Deutschlands zu finden, wurde selbst von gutwilligen und aufgeschlossenen Künstlern und Schriftstellern als „Stimmungsmache“ mißverstanden.

Im Oktober 1954 hatten die Außenminister der USA, Großbritanniens, Frankreichs, Belgiens, der BRD, Italiens, Kanadas, Luxemburgs und der Niederlande die Pariser Verträge unterzeichnet, die im Mai 1955 in Kraft traten. Danach war die BRD mit einem möglichen Truppenkontingent von einer halben Million Soldaten Mitglied der NATO. Amerikanische, britische und französische Truppen blieben auf unabsehbare Zeit auf westdeutschem Territorium stationiert. Die Verträge richteten zwischen Ost und West eine Barriere auf, die alle Versuche zur friedlichen Wiedervereinigung Deutschlands unmöglich machte. Die Phase der Konfrontation zwischen den großen Militärblöcken auf deutschem Boden begann. Noch einmal versuchten die Menschen in der DDR, durch eine Welle des Protestes eine Änderung zu erzwingen. Brecht stellte sich an die Spitze dieser Protestbewegung. Gemeinsam mit dem Präsidenten des Deutschen Friedensrates, Prof. Dr. Walter Friedrich, gab er eine Erklärung ab. „Wir wollen nicht die Pariser Abmachungen. Wir wollen keine ‚Vereinigung‘ Deutschlands durch Krieg, und wir wollen kein Deutschland, das in einem Kriegslager steht. Wir wollen ein friedliches Deutschland. Wir erkennen die Pariser Abmachungen, die von der Adenauer-Regierung für ganz Deutschland geplant sind, nicht an. Wir wollen kein Deutschland, das in einem Kriegslager steht, denn ein dritter Krieg würde Deutschland unbewohnbar machen.“[277]

Diese Erklärung war als Aufforderung zu einer Unterschriftenaktion gedacht. Fünfzig bekannte Künstler und Wissenschaftler schlossen sich ihr sofort an. In allen Teilen der Republik gaben Menschen aus künstlerischen, wissenschaftlichen und technischen Berufen ihre Unterschrift. Die Erklärung wurde mit der Hand oder mit der Maschine abgeschrieben, um sie vielen zur Unterschrift vorlegen zu können. In der Akademie der Künste, in den Gliederungen des Kulturbundes sowie auf Gewerkschaftsebene wurde für die Erklärung geworben. Die Mitglieder der Dresdner Philharmonie forderten mit einem Rundschreiben alle Orchestermusiker der Deutschen Demokratischen Republik auf, der Erklärung durch ihre Unterschrift zuzustimmen. Die Lehrer und Erzieher in der Gewerkschaft „Unterricht und Erziehung“ unterstützten die Aktion, mit der sie dagegen protestierten, daß die deutsche Jugend Opfer eines dritten Weltkrieges werde. Auf diese Weise kamen bis zum 8. Februar 1955 176203 Unterschriften zusammen. Auf einer Kundgebung anläßlich des Jahrestags der Zerstörung Dresdens am 13. Februar 1955 übergab der sonst so nüchtern und distanziert wirkende Brecht mit sichtlicher Rührung die gesammelten Unterschriften dem Deutschen Friedensrat. „Heute vor zehn Jahren wurde Dresden, eine der schönsten Städte Deutschlands, in wenigen Stunden durch Fliegerbomben so zerbrochen und verkrüppelt, daß die Verwüstungen heute noch sichtbar sind. (Die Spuren sind schrecklich, aber erschrecken sie jedermann?) Am zehnten Jahrestag dieser Greuel legen wir hier in Dresden ein Dokument vor, das vor Kriegen warnen soll, schrecklicheren noch als die vergangenen, Kriegen, die nicht mehr mit einfachen oder wie die Amerikaner sagen, konventionellen Bomben geführt werden würden. ... Ich übergebe die Unterschriften dem deutschen Friedensrat mit der Bitte, sie auf dem nächsten Weltfriedenskongreß in Helsinki dem Weltfriedensrat zu übergeben. Wir haben die feste Zuversicht, daß auch Wasserstoffbomben den Traum der Menschen von einem glücklichen Leben nicht vernichten können. Noch können sie die großen neuen Ideen vernichten, die ein solches glückliches Leben der Völker ermöglichen.“[278]

In einer Zeit neuer Kriegsvorbereitungen hielt es Brecht für ratsam, seine „Kriegsfibel“ herauszubringen. Zusammengestellt von Ruth Berlau, erschien 1955 diese hauptsächlich in der Emigration entstandene Sammlung von 69 mit Epigrammen versehenen Fotografien. Das Montieren von Foto und Text war eine zeitlebens ausgeübte Lieblingsbeschäftigung Brechts. Sei es bei der Zusammenstellung von Material für neue Werke, sei es bei Eintragungen ins „Arbeitsjournal“ oder auch nur beim Zeitunglesen, immer montierte er gern, indem er den Text gegen das Bild stellte oder Bildinhalte durch Untertitel auf den Punkt brachte, wodurch sich eine ganz neue Aussage herstellte. Auf diese Weise trug er nicht unwesentlich dazu bei, aus einer Vorliebe des 18. Jahrhunderts, unter einen Kupferstich ein Distichon zu setzen, ein neues Genre zu entwickeln. Er nannte es Fotoepigramm. Vor ihm hatte schon Karl Kraus damit begonnen, Fotos mit Epigrammen zu versehen, um die „Lust des Schauens“ zu wecken.[279] Brecht wurde zu dieser Machart vor allem durch die materialästhetischen Versuche während der Weimarer Republik angeregt. Durch die Konfrontation von Bild und Text sollte über das Staunen eine gesellschaftskritische Betrachtungsweise eingeübt werden. Ein anderer Impuls kam von der antiken griechischen Epigrammatik, für die Brecht ein starkes sprachliches Interesse bekundete. So sind seine Fotoepigramme im wahrsten Sinne des Wortes ein Kind des ganz Alten und des ganz Neuen.

In den Jahren des Krieges hatte er Bilder von Nazigrößen, von Kriegseinwirkungen und Kriegsopfern gesammelt und mit Vierzeilern versehen. Das authentische Bild wird genutzt, um den Betrachter in die Hintergründe des Krieges einzuführen. Allein schon die kontrapunktische Anordnung der Bilder liefert einen erhellenden Kommentar: Das Foto des toten Soldaten aus dem Afrika-Korps des Feldmarschalls Rommel verdeutlicht die Spesen des Sieges, wenn auf dem anderen Foto derselbe Feldmarschall zu sehen ist, wie er auf den Sieg trinkt. Bilder vom Spanienkrieg weisen darauf hin, daß der zweite Weltkrieg nicht erst mit dem Einfall in Polen begann. Bereits Mitte 1944 hatte Brecht 60 Fotos aus den verschiedenen Stadien des Krieges mit Vierzeilern versehen. Damals trug er in sein „Arbeitsjournal" ein: „arbeite an neuer serie der foto-epigramme. ein überblick über die alten, teilweise aus der ersten zeit des kriegs stammend, ergibt, daß ich beinahe nichts zu eliminieren habe (politisch überhaupt nichts), bei dem ständig wechselnden aspekt des krieges ein guter beweis für den wert der betrachtungsweise. ... zusammen mit FURCHT UND ELEND DES DRITTEN REICHES, den gedichtbänden und vielleicht FÜNF SCHWIERIGKEITEN BEIM SCHREIBEN DER WAHRHEIT gibt das werk einen befriedigenden literarischen report über die exilzeit."[280]

Die erste, noch in den USA – unter Mitarbeit von Ruth Berlau – vorgenommene Anordnung des Materials zu einer Fibel bestand gleichfalls aus 69 Fotogrammen. In der zweiten Fassung, die 1955 in der DDR erschien, ließ Brecht fünf Fotogramme weg, die sich auf amerikanische Vorgänge bezogen. So das Foto, das die amerikanische Filmschauspielerin Jane Wyman zeigt, mit Kriegsorden am Kleid in Höhe des Geschlechtsteils. Brecht versah das Foto mit dem Vierzeiler:

Die Brust entblößt in militärischem Schnitt
mit alten Kriegsmedalljen vor der Fotze
Macht Hollywood im Hitlerkriege mit.
Blut wird zu Samen, Angstschweiß wird zum Rotz.[281]

Die fünf herausgenommenen Fotoepigramme ersetzte er im wesentlichen durch solche, die die Rückkehr der Menschen aus dem Krieg in eine veränderte Welt zeigen.

Die „Kriegsfibel“ beginnt und endet mit einem Foto von Hitler, dem Verführer und Schlächter. Das letzte Fotoepigramm enthält die Warnung, nicht zu glauben, daß mit dem Ende dieses Mannes auch die Schrecken zu Ende seien. Die unerklärliche Geduld und die Bereitschaft der Menschen wurden schlecht belohnt. Brecht heißt die Völker wachsam sein, wenn sie überleben wollen.

Das da hätt einmal fast die Welt regiert.
Die Völker wurden seiner Herr. Jedoch
Ich wollte, daß ihr nicht schon triumphiert:
Der Schoß ist fruchtbar noch, aus dem das kroch.[282]

Obwohl die „Kriegsfibel“ vom Inhalt wie von der Form her zu dem aufregend Neuen im Gesamtwerk Brechts gehört, fand sie weder in der propagandistischen Arbeit noch durch die wissenschaftliche Analyse jene Aufmerksamkeit, die sich Brecht wünschte.

Pläne, Pläne, Pläne

War das skandinavische Exil die Zeit des intensiven Schreibens gewesen, der raschen Produktion großer Stücke, so war die Zeit in der DDR die der Pläne, der Entwürfe, der Vorschläge, der Anregungen. Seit Brecht in der DDR lebte, hatte sich eines grundlegend geändert. Er mußte nicht mehr wie früher überlegen, wie er an die „großen Apparate" herankam, er verfügte jetzt über ein Theater und besaß Einfluß auf künstlerische Institutionen. Dadurch veränderte sich die Art und Weise, wie er Ideen aufnahm und weiterverfolgte. Stets hatte er sich immer zuerst den Plänen zugewandt, die die meiste Aussicht besaßen, realisiert zu werden. Im Exil, vor allem im amerikanischen, waren jedoch solche Chancen mehr und mehr geschwunden. Jetzt, in der DDR, ging sein Planen vorrangig davon aus, was man mit den anvertrauten künstlerischen Einrichtungen am sinnvollsten bewerkstelligen konnte. Entwürfe entstanden aus der Entwicklung von Kollektiven, waren direkt auf bestimmte Leute und Einrichtungen zugeschnitten. Sie wurden nicht mehr wie früher im Notizbuch festgehalten, um sie bei Gelegenheit an den Mann zu bringen. Jetzt verfügte er selber über einen „Apparat", der ihm erlaubte, seine Pläne nicht nur zu diskutieren, sondern auch notwendige Vorarbeiten einzuleiten und Testversuche durchzuführen. Je mehr Brecht begabte Leute um sich sammelte, die sich dem Berliner Ensemble verbunden fühlten, um so mehr ging er dazu über, einige seiner Ideen an andere zu delegieren. Ausgehend von der praktischen Arbeit, entwickelte er eine Produktivität wie wohl kaum in einer anderen Phase seines Lebens, aber sie richtete sich mehr auf das ihn umgebende Kollektiv als auf das eigene Werk. In einer solchen Rolle fühlte er sich jedoch keineswegs unglücklich. Etwas in Gang zu setzen war ihm ebenso wichtig wie die Arbeit am eigenen Text.

Wenn Brecht in den fünfziger Jahren bei seinen Plänen und Entwürfen vorrangig von den Spielplananforderungen ausging, gab es bei ihm jedoch keine Diskrepanz zwischen seinen Lieblingsideen und dem, was die Öffentlichkeit auf dem Theater sehen wollte. Sosehr er sich von Leitungsinstanzen und von der Literaturkritik verbat, immer schon im voraus wissen zu wollen, wie ein Gegenstand künstlerisch gestaltet sein sollte, nahm er doch die Anforderungen der Gegenwart ganz ernst. Das Reservoir an Stoffen, Fabeln, Formen und Techniken, das er sich im Laufe seines Lebens geschaffen hatte, erleichterte ihm den Zugriff auf das Neue, das sich gerade in der Bearbeitung durch das Theater als spröde, teilweise unergiebig erwies. Aber hier vertrat Brecht den Grundsatz, daß es produktiver sei, sich an dem „schlechten Neuen" als dem „guten Alten" zu erproben.

Seit er in der DDR lebte, richtete sich seine Aufmerksamkeit auf neues Verhalten der Menschen. Es war ja keineswegs so häufig, wie die Zeitungen behaupteten. Die neuen gesellschaftlichen Verhältnisse führten nicht automatisch zu neuem Verhalten. Obwohl sich Brecht der Schwierigkeiten bewußt war, nicht nur an neue Stoffe heranzukommen, sondern sie auch kunstfähig zu machen, teilte er die Ungeduld nach Darstellung des Neuen. Er setzte sich nicht aufs hohe Roß, sondern begrüßte und lobte auch schwache Versuche. Eines der ersten Gegenwartsstücke der DDR-Literatur war Karl Grünbergs „Golden fließt der Stahl". Allein vom dramentechnischen Standard her hatte Brecht es einfach beiseite schieben können, wie es später die Kritik tat, aber er sah sich die Aufführung an und schrieb dem Regisseur Theo Schall einen Brief, in dem er nicht mit Anerkennung und Lob sparte. „Vor allem löst Ihr eines der schwierigsten und wichtigsten Probleme unseres Theaters, die Darstellung des Arbeiters. Die künstlerische Geschicklichkeit, mit der Ihr gesellschaftlich schädliche Haltungen anprangert und nützlichen Haltungen Beifall verschafft, beeindruckte uns ebenso wie die menschliche Zartheit einiger Szenen (wie etwa der Verhaftung Kilians)."[283] Gegenüber Pionierleistungen besaß er großes Feingefühl, da stellte er formale Ansprüche zurück. Dagegen reagierte er allergisch, wenn neue Stücke nur aus politischen Leitsätzen oder Leitartikeln bestanden. Als bei der neugegründeten DEFA darüber geklagt wurde, daß aus den politischen Themenplänen allein noch keine verfilmbaren Stoffe ablesbar wären, empfahl er, Leute auszuschicken, die einfach Geschichten sammeln sollten. Als Dichter verstand sich Brecht als Verhaltensforscher.

Von einem Vorgang, der Brecht zu einem Stück über neues Verhalten anregte, erfuhr er durch die Zeitung. Vom 26. Dezember 1949 bis zum 26. Februar 1950 reparierte der Feuerungsmaurer Hans Garbe bei Siemens-Plania (später VEB Elektrokohle) in Berlin-Lichtenberg einen aus 36 Brennkammern bestehenden Ringofen, ohne daß dieser außer Betrieb gesetzt werden mußte. Die so vollzogene Reparatur kam mit der Hälfte der sonst benötigten Zeit aus. Diese Tat, die nicht nur beträchtliche Produktionsverluste verhinderte, trug wesentlich zur Planerfüllung in der gesamten Republik bei. Presse und Rundfunk machten Garbes Leistung bekannt und werteten sie als Ausdruck einer neuen Einstellung zur Arbeit, die sich daraus ergäbe, daß die Arbeiter über die Produktionsmittel verfügten. Über diesen Vorfall begann Brecht sogleich Material zu sammeln. Als im Dezember 1950 Käthe Rülicke ihre Tätigkeit im Berliner Ensemble aufnahm, wurde sie mit der weiteren Vervollständigung des Materials beauftragt. Inzwischen hatte Brecht bei der Grundsteinlegung des Kulturhauses von Siemens-Plania Garbe selbst kennengelernt und ihn zur Aufführung der „Mutter" eingeladen. Den Plan, aus dem Garbe-Stoff ein Stück zu machen, begann Brecht 1951 mit großer Energie zu verwirklichen. Im April schrieb er eine Probeszene und besprach sich mit Hanns Eisler über die Musik. Brecht dachte vor allem an Chöre. Im Mai lud er Garbe mehrmals zu sich ein. In drei Sitzungen erzählte dieser dem Dichter sein Leben. Käthe Rülicke protokollierte. Im Laufe der Zeit vervollständigte sie die Stoffsammlung und schenkte Brecht einen Großteil des geordneten Materials zu seinem Geburtstag am 10. Februar 1952. Brecht regte an, daraus ein kleines Buch zu machen, das nach vielen Schwierigkeiten im Herbst 1952 unter dem Titel „Hans Garbe erzählt" in Berlin bei Rütten und Loening erschien. Der Garbe-Stoff stieß auch bei anderen Schriftstellern auf starkes Interesse; er wurde zur gleichen Zeit von Eduard Claudius, Karl Grünberg, Maximilian Scheer, später von Heiner Müller aufgegriffen.

Daß andere vor ihm den Stoff verwerten könnten, störte Brecht überhaupt nicht. Das Material interessierte ihn, aber zugleich bezweifelte er, ob es für ein Stück ausreiche. Für ihn bestand die Crux darin, daß die Garbe-Story mit der Übernahme der Arbeit am Ringofen bereits zu Ende war. Als er sich im Juli 1951 in Ahrenshoop aufhielt, studierte er die von Käthe Rülicke protokollierten Garbe-Gespräche. Folgende Linie fand er in dem Stoff: „dieser arbeiter richtet sich auf, indem er produziert. zu untersuchen, was alles sich für ihn und bei ihm ändert, wenn er vom objekt der geschichte zu ihrem subjekt wird – unter der bedingung, daß dies nicht ein rein persönlicher vorgang ist, da er ja die klasse betrifft."[284] Aber bereits aus dem, was Garbe über sein Leben berichtete, konnte Brecht entnehmen, wie widersprüchlich diese Aktivistentat war, wenn sie von den persönlichen und gesellschaftlichen Motivationen her verständlich gemacht werden sollte. Er entdeckte bei Garbe ein aufrichtiges Interesse an der Produktion, am Neuaufbau, andererseits aber stellte er fest, daß Garbe keine Einsicht in den gesellschaftlichen Gesamtprozeß besaß. Mit der marxistischen Theorie war er kaum in Berührung gekommen, und zu der historischen Mission der Arbeiterklasse hatte er nur ein sehr spontanes Verhältnis. Ihm schien, daß dieser Garbe mehr ein „aggressiver Schweyk" als der Typus des revolutionären deutschen Arbeiters auf der Höhe der geschichtlichen Aufgaben sei. Aber gerade in diesen Brüchen, Widersprüchen und Entwicklungssprüngen war Garbe für ihn der Prototyp des fortschrittlichen deutschen Arbeiters, mit dem die sozialen Umwälzungen in der Republik vollzogen werden mußten. Doch ließen sich die Gesamtzusammenhänge der gesellschaftlichen Veränderungen nicht über ihn als Helden ausdrücken. Sosehr Brecht im theoretischen Kalkül die Basisveränderungen in ihrer unmittelbaren Wirkung auf die Bewußtseinsbildung des Proletariats überschätzte, gab er sich doch im Falle des konkreten dramatischen Vorgangs keiner Täuschung hin. Gerade die Glätte, die sich bei anderen Darstellungen des Garbe-Stoffes durch ein mechanisches Aufeinanderbeziehen von Veränderungen der Produktionsverhältnisse und Bewußtseinsveränderungen einstellte, wollte er vermeiden. Im Juli 1951 schwebte ihm „ein fragment in großen, rohen blöcken"[285] vor.

Eine entscheidende Veränderung erfuhren Brechts Gedanken und Szenen-Skizzen über das Garbe-Stück durch den 17. Juni 1953. Wie viel Altes im Denken und Handeln selbst bei den Protagonisten der neuen Klasse noch vorhanden war, wie wenig Einblick in die gesellschaftlichen Gesamtvorgänge sie besaßen, hatte ihm der 16. und 17. Juni 1953 gezeigt. Was Brecht zunächst mehr als formale, dramentechnische Schwierigkeit empfunden hatte, daß dem Garbe-Stoff wohl eine große Tat zugrunde lag, aber als dramatischer Stoff sofort in viele Einzelheiten zerfiel und sich nicht zu einer widerspruchsreichen dramatischen Fabel formieren ließ, wurde ihm jetzt auch vom Inhaltlichen, vom Politisch-Gesellschaftlichen her stärker bewußt. So entschloß er sich, den 17. Juni als dramatischen Vorgang selbst in das Stück hineinzunehmen. Dadurch wurde die Haltung Garbes, der sich aufrichtet, indem er mehr und auf neue Art produziert, mit der von den Arbeitern verhaßten Normenerhöhung konfrontiert. Der individuelle Befreiungsakt der Ringofenreparatur gerät jetzt in Widerspruch zu den noch nicht begriffenen gesellschaftlichen Gesamtinteressen der Arbeiter wie auch zu unzureichenden bürokratischen Leitungsmethoden der Arbeiterregierung. Garbes Aktivistentat charakterisiert somit nicht nur die Entwicklung eines einzelnen Arbeiters, sie zeigt auch die Widersprüche zwischen dem Freisetzen von Produktivität und dem für die Befriedigung der gerechten Ansprüche der Arbeiter noch ungenügenden gesellschaftlichen Reichtum. Brecht wollte diesen Widerspruch in einer Szene gestalten, die am Vortage des 17. Juni spielen sollte. „Kann die Regierung die neuen Normen beibehalten? Nein! Kann sie sie preisgeben? Nein! – Die Regierung gibt die Normen preis."[286]

Zu den Besuchern, die im Sommer 1953 nach Buckow kamen, gehörte auch Hans Garbe. Brecht unterhielt sich mit ihm über den 17. Juni. Doch mit dem Stückentwurf kam er in jenem Jahr nicht weiter voran. Als er im Oktober nach Wien fuhr und dort mit Hanns Eisler zusammentraf, besprach er mit ihm den Zeitpunkt für die Arbeit am Garbe-Stoff. „wir besprechen einen GARBE, im stil der ‚maßnahme' oder ‚mutter', zu schreiben im märz und april, mit einem vollen akt über den 17. juni."[287] Aber im März 1954 bezog das Berliner Ensemble das nunmehr frei gewordene Haus am Schiffbauerdamm. Es gab viel zu tun. Proben hatten Vorrang.

Erst im November konnte sich Brecht wieder dem Garbe-Stoff zuwenden. Er entwarf einen groben Szenenplan für das Stück, das jetzt „Büsching" heißen sollte. Die Expositionsszene zeigt Garbe beim Anwalt, weil er eine Kriegerfrau geschwängert hat. Mit gestohlenen Lebensmitteln versucht er, den Anwalt zu bestechen. Die nächste Szene spielt nach dem Krieg. Garbe arbeitet in einem Privatbetrieb. Als er die Enteignung des Besitzers betreibt, fliegt er aus der Partei. Im weiteren Fabelverlauf führte der Dichter seinen Helden über die Demontage des alten Betriebes zu Siemens-Plania, wo er den Kampf um den Ofen aufnimmt, erfolglos gegen die weitere Herabsetzung der Normen auftritt und als Lohndrücker beschimpft wird. Am 17. Juni hat er die Arbeiter gegen sich. Garbe stirbt. Die Russen retten die Fabrik. Garbes Schüler, der nach dem Westen geflohen war, kommt wieder. „Zu spät, für jetzt, aber nicht für immer."[288]

Der Szenenplan läßt noch keine völlig durchgearbeitete Fabel erkennen. Aber im Unterschied zu den ersten Überlegungen aus dem Jahre 1951 besaß der Entwurf jetzt die große gesellschaftliche Dimension und beschränkte sich nicht nur auf das Gelingen der Ringofenreparatur. Allerdings war der Szenenverlauf nach dem Kampf um den Ofen (also von der 5. bis zur 11. Szene) mehr als vage. Der Gedanke, Garbe mit einem Schüler zu versehen, der ihn in bedrängter Lage verläßt, aber dann wiederkommt, schien mehr dem „Galilei" entlehnt zu sein und nahm sich in der Garbe-Story merkwürdig fremd und konstruiert aus.

Wenn auch der Stückplan trotz umfangreicher und aufwendiger Materialstudien durch Käthe Rülicke in den Anfängen steckenblieb, gibt das „Büsching"-Fragment doch wichtige Hinweise, wie Brecht seine dramatische Produktion weiterzuentwickeln gedachte. Daß er sich von seinen frühen radikalen Kunstentwürfen nicht verabschiedet hatte, sondern diese Experimente mit neuen Gegenständen fortzuführen suchte, läßt sich schon aus den Hinweisen auf die frühen Versuche wie „Fatzer", „Die Maßnahme" oder „Die Mutter" entnehmen. Am Anfang der Arbeit mit dem Garbe-Stoff gab es die ganz praktische Frage, in welcher Form der Stoff am besten bewältigt werden konnte. Sie blieb fast bis zuletzt offen. Möglichkeiten sah er in der Form des Agitprop-Stücks, des Lehrstücks vom Typus der „Maßnahme", aber auch der Chronik. Als sich die Fabel nicht mehr nur auf die Ringofenreparatur beschränkte, schied die Agitprop-Form aus. Brecht hielt dann zwar an der Chronikform fest, aber je mehr er sich der Eigenart des Stoffes und des Heldentypus bewußt wurde, desto weniger schien sie sich für das zu eignen, was er zeigen wollte. Wie der Mensch versucht, vom Objekt zum Subjekt der Geschichte zu werden, ließ sich an der intellektuellen Physiognomie des Helden nicht darstellen. Deshalb dachte Brecht an einen Stücktypus wie die „Maßnahme", der Chöre gestattete – jene Kollektivität, von der aus einsehbar gemacht werden konnte, was sich dem einzelnen entzog.

Eine Erneuerung des Chors im Drama schien Brecht gerade bei den Stoffen möglich, die die Kämpfe des modernen Proletariats zum Gegenstand haben. Dabei ging er davon aus, daß im Unterschied zur Klasse der Bourgeoisie, die sich immer im Individuum vereinzelt und keine in sich geschlossene Kollektivität mehr hervorbringt, das Proletariat jene Kollektivität verkörpert, die die Gesamtheit der Interessen zum Ausdruck bringt und so auch zu Einsichten befähigt sei, die den Erkenntnishorizont des einzelnen Arbeiters und Revolutionärs übersteigen. So gesehen, käme dem Chor bei den modernen Stoffen jene Weisheit zu, die sich aus der Einsicht in gesellschaftliche Gesetzmäßigkeiten ergibt, die eben nur einer Klasse möglich sei, die keine egoistischen Klasseninteressen mehr verfolge. Von diesem Gesichtspunkt aus, wenn auch nicht allein von diesem, gab er einer Stückform vom Typus der „Maßnahme" eine große Zukunft. Deshalb verwundert es nicht, wenn Brecht in einem seiner letzten Gespräche auf die Frage Manfred Wekwerths, in welcher Art von Stücken er die Zukunft des Theaters sehe, antwortete: im Typus der „Maßnahme". Der Zuschauer folgt nicht einfach dem Schicksal des Helden, durch den Chor wird er sozusagen am Modell in die Erörterung der realen Chancen, die ein Mensch in einer bestimmten gesellschaftlichen Situation hat, einbezogen. Auf diese Weise erhebt sich der Zuschauer zum Koproduzenten des Stückeschreibers, die starre Trennung zwischen Kunstproduzenten und Kunstkonsumenten, gegen die die frühen Kunstentwürfe ja vorrangig polemisiert hatten, verschwindet.

Insofern setzte Brecht mit dem „Büsching"-Fragment jene Experimente aus der Zeit vor 1933 fort, von denen er gesagt hatte, daß sie sich nur in einer sozialistischen Gesellschaft verwirklichen ließen. Allerdings war es mehr ein vorsichtiges Abtasten der Möglichkeiten, nicht die politische und ästhetische Freisetzung eines neuen Umgangs mit Kunst. Dafür waren die gesellschaftlichen Voraussetzungen noch nicht gegeben. Wie wenig er allerdings selbst mit seiner geschulten materialistisch dialektischen Weltsicht in gesellschaftliche Zusammenhänge einzudringen vermochte, erwies sich am Beispiel der von ihm gewählten Vorgänge um den 17. Juni. Daß die moderne nichtaristotelische Dramatik Einblick in den gesellschaftlichen Kausalnexus verschaffen könne, blieb in letzter Konsequenz Utopie. Aber gerade mit diesem hohen Anspruch hatte Brecht seine poetische Produktion vorangebracht.

Daß es mit dem „Büsching"-Projekt nicht weiterging, lag sicher nicht daran, daß Brechts Interesse nach 1954 von einem neuen Stoff, einem neuen Stückplan beansprucht wurde. Von jeher hielt er gern mehrere Töpfe am Kochen. Die Erfolge der Physik hatten ihn belehrt, daß der Menschheit nunmehr Mittel in die Hand gegeben waren, mit denen sie die Erde vernichten und sich selbst ausrotten konnte. Das Thema, das er im amerikanischen Exil unmittelbar nach dem Abwurf der Atombombe auf Hiroshima mit der neuen Fassung seines „Galilei"-Stückes aufgegriffen hatte, erwies sich immer mehr als das wichtigste und entscheidendste der Epoche. Die Wissenschaft, auf die Brecht große Hoffnungen setzte, hatte ihr Janusgesicht enthüllt. Daß über den verschiedenen Gebrauch wissenschaftlicher Entdeckungen Entwicklungen in Gang gesetzt werden konnten, die die Gesellschaft in ihrer Totalität betrafen, betrachtete Brecht als einen Vorgang, der sich mit den Mitteln des epischen Theaters gestalten lassen müsse.

Im Juli 1954 erhielt er von seinem Sohn Stefan aus den USA die umfangreiche Verteidigungsschrift des Physikers J. Robert Oppenheimer vor dem Personalausschuß der Atomenergiekommission zugeschickt. In einem groß aufgezogenen Verfahren mit über vierzig Zeugen warfen die Politiker dem „Vater der Atombombe" vor, er habe Verbindung zu kommunistischen und linksradikalen Kreisen gehabt und versucht, den Bau der Wasserstoffbombe zu behindern. Oppenheimer wies diese Vorwürfe zurück und stellte sich als einen guten Amerikaner und Demokraten dar, der nur moralische Bedenken gegen die Verwendung der Atomforschung durch die Politiker und Militärs habe. Brecht las das Material mit großem Interesse. „dieser unglückliche mensch hat geholfen, die erste atombombe zu machen, als im hitlerkrieg die amerikanischen physiker hörten, hitler lasse an einer atombombe arbeiten. zu seinem und seiner mitarbeiter schrecken wurde sie dann über japan abgeworfen. gegen die wasserstoffbombe hatte er moralische bedenken, und jetzt wird er in die wüste geschickt. seine schrift liest sich wie die eines mannes, der von einem kannibalenstamm angeklagt wird, er habe sich geweigert, fleisch zu besorgen, und der jetzt, sich zu entschuldigen, vorbringt, er sei während der menschenjagd beim holzsammeln für den kochkessel gewesen! was für eine finsternis!"[289] So intensiv sich Brecht auch mit dem Fall Oppenheimer beschäftigte, der Gedanke, daraus ein Stück zu machen, kam ihm nicht. An dem Stoff, der später in mehreren Bearbeitungen Furore machte und eine außerordentliche politische Wirkung hatte, ging er vorüber. Merkwürdig ist das auch deshalb, da das Material in Form eines Prozesses vorlag und sich für das Drama direkt anbot. Auf solche Formen griff Brecht sonst gern zurück. Außerdem ermöglichte der Fall Oppenheimer den authentischen Einblick in die Zusammenhänge von Wissenschaft und großer Politik.

Daß Brecht nicht einmal in Erwägung zog, das Oppenheimer-Material für ein neues Stück zu nutzen, mag daran gelegen haben, daß er sich bereits mit dem Plan eines Einstein-Dramas trug. Nun erweist sich aber das authentische Einstein-Material gleich auf den ersten Blick für das Drama als weitaus spröder als das Prozeßmaterial im Fall Oppenheimer. Als Brecht im Mai 1955 mit dem polnischen Physiker Infeld über Einstein sprach, meinte dieser: „‚einstein ist nichts fürs drama, er hat keinen partner, mit wem wollen Sie ihn reden lassen?‘“[290] Selbst wenn man davon ausgeht, daß Brecht für ein modernes, episch gebautes Stück noch andere Lösungen als Infeld sah, dürften ihm die Schwierigkeiten dennoch bewußt gewesen sein. Es muß also für ihn überzeugende Gründe gegeben haben, warum er den Fall Einstein bevorzugte, wobei es hierbei gar keinen „Fall“ im eigentlichen Sinne gab, weil es zu einer derartigen äußeren Zuspitzung wie bei Oppenheimer nie gekommen ist. Gegenüber dem Literatur- und Theaterwissenschaftler Ernst Schumacher wies Brecht darauf hin, daß durch Einsteins Tod – er starb am 18. April 1955 – sich dessen Leben besser objektivieren lasse als bei einer lebenden Person. Tatsächlich nahm Brecht die Arbeit am Einstein-Stoff unmittelbar nach dem Tod des großen Physikers auf, wenn auch erste Überlegungen weiter zurückreichen. Wesentlicher aber scheint, daß Brecht in Robert Oppenheimer, den er in Hollywood persönlich kennengelernt hatte und den er vor allem wegen seiner brillanten Formulierungen schätzte, keine mit Einstein vergleichbare historische Größe sah. Für sein Stück wollte er eine Person des 20. Jahrhunderts haben, die mit der Galileis vergleichbar war. Ein solches Format hatte Oppenheimer nicht. Brecht kam es aber auf die Wendung an, wie eine Entdeckung von einem außerordentlichen Glücksfall für die Menschheit zu einer außerordentlichen Existenzbedrohung wird; wie etwas, was die Glücksgüter der Menschheit mehren, zugleich ihre totale Vernichtung herbeiführen kann. Das alles traf auf Oppenheimer nicht zu. Er war im wahrsten Sinne, wie Brecht in sein „Arbeitsjournal" eintrug, ein „unglücklicher mensch". Dabei übersah Brecht allerdings, daß durch das Vorgehen der USA-Behörden der Prozeß gegen den „Vater der Atombombe" zu einem Symbol des tragischen Widerspruchs von Wissenschaft und imperialistischer Politik im Weltmaßstab wurde, unabhängig davon, wie hoch Oppenheimers Leistung als Physiker einzuschätzen war. Zusammenhänge, die bei Einstein erst sorgfältig aufbereitet werden mußten, lagen bei Oppenheimer auf der Hand. Er war in viel höherem Maße ein Mann der Öffentlichkeit, direkt in die Wissenschaft eingreifend wie in die Politik verstrickt. Bei Einstein existierten solche Bezüge nur sehr vermittelt. Sie mußten als dramatische Vorgänge überhaupt erst einmal sichtbar gemacht werden, um den persönlichen Konflikt des Wissenschaftlers und den gesellschaftlichen Widerspruch zu etablieren.

Aber durch diese Schwierigkeiten ließ sich Brecht nicht abhalten, ein Stück über Einstein zu schreiben. In der Zeit zwischen Mai und Juli 1955 beschäftigte er sich wiederholt mit dem Projekt. Noch war alles ein Sichorientieren über Material, Stoff und Gestaltungsschwierigkeiten. Um mit dem Schreiben beginnen zu können, mußte mehr Material beschafft, mußten Gespräche mit Fachleuten, mit Historikern geführt werden. Im Juli las er zwischen Kriminalromanen über Einsteins Feldtheorie. Hierbei könnte es sich um das Buch von Schilpp „Albert Einstein. Philosopher-Scientist" gehandelt haben. Ohne sich schon über den Szenenablauf, über die Fabel im klaren zu sein, markierte er einige Szenen:

„da zersprang ihm die herzader. (schluß)

kunde von hiroshima erreicht princetown. die bevölkerung sieht mit furcht auf den großen einstein, den vorkämpfer des friedens. einstein sieht seine besten schüler sich von der frage des warum zur frage des wie wenden. (quantentheorie)

die besieger des faschismus geben sich als faschisten zu erkennen. einsteins schüler werden untersuchungen unterworfen; ihre zuverlässigkeit gegenüber den faschisten wird geprüft.

ein arbeiter diskutiert mit einstein. (MASCH) die frage der kausalität."[291]

Bereits aus den wenigen Notierungen geht hervor, daß Brecht von der Form her an ein Parallelstück zu „Leben des Galilei" dachte. Es sollte „Leben des Einstein" heißen und den Physiker von seinem Engagement an der Seite der Arbeiterklasse gegen den Faschismus über die Emigration in die USA bis zur Verdächtigung seiner Schüler in den USA durch die Besieger des Faschismus zeigen. Einen Vorschlag für die Schlußszene notierte er sich auf der Tribünenkarte für die Kundgebung der Werktätigen am 1. Mai 1955. Die Fabel sollte in der Szene gipfeln, in der sich Einstein entschließt, Roosevelt davon zu unterrichten, daß die deutschen Faschisten durch die Hahnsche Entdeckung der Spaltung des Urankerns in der Lage seien, eine furchtbare Waffe zu bauen. Hier lag für Brecht der entscheidende Drehpunkt des Stückes. Aus Furcht, die Faschisten könnten mit Hilfe der Atomwaffe die Welt besiegen, händigte Einstein „dem feind des faschismus die tödliche waffe aus, und der feind des faschismus wird faschist"[292]. Auf diese Weise verschärfte Brecht sowohl den persönlichen Konflikt Einsteins wie die gesellschaftliche Situation in den USA beim Übergang von den vierziger zu den fünfziger Jahren.

Da Einstein weder an der Entdeckung der Kernspaltung noch am Bau der Atombombe direkt beteiligt war, mußte das, was Brecht mit „aushändigen der tödlichen waffe" beschrieb, über sehr komplizierte Vorgänge vermittelt werden. Einstein fühlte sich durch seine Relativitätstheorie als Auslöser jener Entwicklung, die zur Atombombe führte.

Überhaupt zeigten sich die Schwierigkeiten des Einstein-Stoffes darin, daß der weltberühmte Gelehrte an den Vorgängen mit entscheidenden politischen Konsequenzen und Auswirkungen nie direkt beteiligt war. Deshalb machte Brecht aus dem, was Oppenheimer widerfuhr, eine Schülerszene. Den Schülern Einsteins drohen Verfahren und Prozesse. Was den dramatischen Umschlag betrifft: „der feind des faschismus wird faschist", so gab es zwar in jener Zeit des McCarthyismus in den USA durchaus faschistische Tendenzen, aber noch keine unmittelbare faschistische Situation. Doch kam es Brecht weniger darauf an, eine historische Situation in ihrem innerpolitischen Kräfteverhältnis genau zu erfassen, als vielmehr darauf hinzuweisen, daß es unter kapitalistischen Produktionsbedingungen für den Wissenschaftler keine Garantie gibt, daß seine Forschungsergebnisse ausschließlich zum Wohle der Menschheit angewendet werden. Deshalb sollte das Einstein-Stück die Einsicht vermitteln: „fortschritt in der erkenntnis der natur bei stillstand in der erkenntnis der gesellschaft wird tödlich."[293]

Als beträchtliche Schwierigkeit schon beim Formieren des Stoffes empfand Brecht, worauf ihn Infeld aufmerksam gemacht hatte: Einstein hat keinen Partner. Der große Gelehrte schrieb dem Präsidenten der Vereinigten Staaten einen Brief, in dem er darlegte, daß die Faschisten durch die Entdeckung eines deutschen Physikers in der Lage waren, eine „tödliche Waffe" zu bauen. Ein briefschreibender Einstein wäre für den wesentlichen Drehpunkt des Stückes sicherlich ein schwacher, ein dramatisch wenig ergiebiger Vorgang gewesen. Brecht sah sich hier mit einer Problematik konfrontiert, die die Dramatiker in der zweiten Hälfte des 20. Jahrhunderts immer wieder erörterten: daß sich die verschiedenen Ebenen gar nicht mehr berührten, daß Antigone nicht mehr zu Kreon vordrang. Gegenüber Peter Hacks hatte Brecht davon gesprochen, welche Schwierigkeiten es dem Dramatiker bereite, daß die entscheidenden Mächte der Zeit nicht zusammenkommen. Truman und Einstein begegneten sich nicht, und zwar nicht deshalb, weil es der Zufall nicht wollte, sondern weil die Mechanismen der kapitalistischen Wirtschaft und Arbeitsteilung Barrieren aufrichteten, die eine direkte Konfrontation aufhoben. Zwischen dem, was weitreichende Entscheidungen möglich machte, und der Entscheidung selbst gab es keine direkte Berührung mehr. „Er kam also wie gesagt durch die Einstein-Fabel darauf", führte Peter Hacks aus, „die ihm also auch immer sehr große Schwierigkeiten bereitete, und er hatte da sogar Ideen von formalen Neuerungen, also eine Simultantechnik. Ich weiß wirklich nicht genau, worauf er hinaus wollte, ich weiß einfach, daß er gesagt hat, daß man da eine Simultantechnik erwägen müßte."[294] Ausgelöst durch die Zwangslage, in die ihn der Stoff versetzte, ging Brecht abermals daran, die Grenzen dramatischer Gestaltungsmöglichkeiten weiter hinauszuschieben und neue technische Lösungen auszuprobieren.

In der zweiten Hälfte des Jahres 1955 kam er mit der Arbeit am Einstein-Projekt nicht mehr voran. Sein Interesse an diesem Stoff übertrug sich ganz unmittelbar auf die Erarbeitung einer neuen Fassung des „Galilei". Nicht zuletzt bewogen ihn die Vorgänge um Robert Oppenheimer, das Stück in den Spielplan aufzunehmen. Am 14. Dezember 1955 begann er mit den Proben.

Neben der Beschäftigung mit neuen Stoffen wie dem Garbe- und dem Einstein-Projekt erinnerte sich Brecht auch an Ideen, die er im Gedächtnis und in seinen Papieren vergraben hatte, um sie zu gegebener Zeit hervorzuholen. Eine solche Idee war ein Stück über Rosa Luxemburg. Überlegungen dazu gab es bereits im amerikanischen Exil und während seines Zwischenaufenthalts nach dem Kriege in der Schweiz. „Leben und Tod der Rosa Luxemburg" gehörte zu seinen Lieblingsprojekten und wurde vielleicht gerade deshalb immer wieder hinausgeschoben. In Amerika hätte er es gern zusammen mit einem Stück über Konfutse gemacht. „der konfutse wäre das satyrspiel zur LUXEMBURG mit seiner entlarvung des formalismus, der revolution der begriffe, der etablierung des benehmens aus der zeit des urkommunismus."[295] Neuen Auftrieb, dieses Stück zu machen, erhielt er in den fünfziger Jahren durch die Gespräche mit seinem Freund Jacob Walcher, der im unmittelbaren Wortsinne ein Schüler Rosa Luxemburgs war. Walcher verehrte Rosa Luxemburg über alle Maßen. Sie hatte ihn nicht nur in die Gedankenwelt des Marxismus eingeführt, durch sie war ihm auch klargeworden, welche Verantwortung dem Arbeiter für die Geschichte, die gesellschaftliche Entwicklung zukam. Willy Brandt, der Walcher durch die gemeinsame Arbeit in der SAP während des Exils kannte, verhielt sich gegenüber dessen Luxemburg-Kenntnis nicht so frage- und auskunftsbegierig wie Brecht. In seinen Memoiren schrieb er: „Die wiederholte Frage ‚Und was würde Rosa gesagt haben?' begann mir zum Halse herauszuhängen."[296] Die vielen Gespräche zwischen Brecht und Walcher über Rosa Luxemburg und die Geschichte der deutschen Arbeiterbewegung müssen als eine ebenso sorgfältige Materialaufbereitung für ein Stück betrachtet werden wie etwa die Vorarbeiten zum Garbe-Projekt.

Zu den Gesprächen über Rosa Luxemburg kam es vor allem in Buckow. Eine erste größere Darstellung seiner Gedanken gab Walcher Brecht bereits im Sommer 1952. Brecht wußte, daß Walcher in den Jahren 1910/11 auf der Parteischule der SPD einen Lehrgang absolviert hatte und Rosa Luxemburg seine Lehrerin gewesen war. Damals jüngster

Schüler, schrieb er ihre Vorlesungen mit und bewahrte sie durch die Emigration bis ins hohe Alter. Brecht stellte an Walcher sehr verschiedenartige Fragen, zum Beispiel wollte er wissen, wo Rosa Luxemburg in Berlin gewohnt habe. Weiter interessierte ihn, wie Walcher selber über einige Entwicklungen in der Geschichte der Arbeiterbewegung dachte. In einem der Gespräche ging es um das Problem, warum der deutschen Linken im auffallenden Gegensatz zu Lenin ihre revolutionäre Aufgabe im November 1918 zum Verhängnis geworden war. Walcher meinte dazu, im zaristischen Rußland seien eben nicht nur Lenin und die revolutionäre Sozialdemokratie von der Notwendigkeit der Revolution überzeugt gewesen. Dagegen habe im kaiserlichen Deutschland ein viel fester gefügter Staatsapparat bestanden. „Jener selbstgenügsame, opportunistische Glaube an die Stabilität der bestehenden Verhältnisse, von dem Lenin spricht, erfüllte die deutsche Arbeiterbewegung. Davon blieb auch ihr linker Flügel nicht verschont. So erklärt sich, wie es kam, daß von 1900 bis 1914 jemand, der eine Revolution als etwas für die praktische Politik in Frage Kommendes möglich hielt, nicht für ganz ernst genommen wurde."[297] Ein Punkt, der Brecht mit am meisten interessierte, drehte sich um das Verhältnis von revolutionärer Agitation und spontaner Erhebung der Massen. Einerseits war er beeindruckt von Walchers Ausführungen über Rosa Luxemburgs Standpunkt, daß sehr viel dazu gehöre, bevor sich die Massen erheben, daß nichts leichtfertiger sei als der Gedanke, das Proletariat warte nur darauf, auf die Barrikaden zu gehen. Dieser Hinweis fand dann auch Eingang in seine späten ästhetischen Überlegungen und Theorien. Dann aber wieder faszinierte ihn, mit welcher Überzeugung Lenin auf die revolutionäre Theorie setzte, auf das Wort, das die Massen ergreift. Der Mann mit der revolutionären Theorie in der Tasche, der auf den alles entscheidenden Zeitpunkt wartet, war nun einmal eine Lieblingsvorstellung Brechts. „Rosa war überzeugt", erzählte Walcher, „und in dieser Überzeugung wurzelt ihr grundlegender Fehler, daß die Masse ‚in ihrem dunklen Drange' sich des rechten Weges wohl bewußt sei. Es ist keinen Instanzen gegeben, irgendeine Massenbewegung hervorzubringen. Man kann beschließen, aber das wird abfallen wie welkes Laub. Da hat sie unterschätzt die Macht der Organisation, was die ausrichten kann."[298]

Je mehr Brecht in das Material eindrang, desto klarer wurde ihm, daß die hier anstehenden Probleme und ihre wahrheitsgetreue Darstellung bei der gegenwärtigen politischen Lage, da die internationale Reaktion jede Möglichkeit nutzte, um den Zwiespalt in der Arbeiterbewegung zu vertiefen, nicht auf die Bühne gebracht werden konnten. Das würde nur alte Wunden aufreißen. „Der Kampf zwischen Rosa und Lenin um den besseren Parteitypus, um die Spontaneitätstheorie war doch nicht vergessen. Ich hätte in bestimmter Weise gegen die Partei argumentieren müssen. Aber ich werde doch den Fuß nicht abhacken, nur um zu beweisen, daß ich ein guter Hacker bin."[299]

Über Ideen mußte gesprochen werden, und es mußte davon immer ein Überfluß vorhanden sein, um auswählen und sortieren zu können. Brecht liebte es nun einmal, Ideen wie auf einer Börse anzubieten. Sie sollten für den vorrätig sein, der zu gegebener Zeit etwas damit anzufangen wußte. So gab er die Idee über Friedrich II. von Preußen, der seinen Mühlenbesitzer erst prügeln mußte, damit er vor dem Kammergericht sein Recht gegen ihn einklagte, an Peter Hacks weiter. Hacks, der damals in München lebte, gehörte zu den jungen Dramatikern, die durch Brechts Kunst die entscheidende Orientierung zu Beginn ihrer Laufbahn erhielten. In der Zeit des Faschismus aufgewachsen, hatte er keine Gelegenheit gehabt, mit den Werken Brechts in Berührung zu kommen. Zu einer ersten Kenntnisnahme kam es Anfang der fünfziger Jahre, als ihm der Feuilletonredakteur der „Neuen Zeitung", Hans Eberhard Friedrich, den „Versuche"-Band mit Brechts Adaption des „Hofmeisters" zur Rezension übergab. Beeindruckt von Brechts Umgang mit literarischen Vorlagen, schrieb er dem Dichter und schickte ihm einen Aufsatz über Kunstsoziologie, den die „Neue Zeitung" nicht bringen wollte. Hacks erhielt von Brecht eine freundliche Antwort. Bald darauf sah er in München „Mutter Courage" und den „Puntila" auf der Bühne. Diese zweite Kenntnisnahme hinterließ bei ihm einen so tiefen Eindruck, daß er sein Stück „Eröffnung des indischen Zeitalters", an dem er gerade arbeitete, umschrieb. In den beiden Brecht-Werken wie auch in den Klassiker-Sonetten sah Hacks, der sich nach neuen ästhetischen und gesellschaftspolitischen Standpunkten umschaute, den Marxismus in der Dichtkunst zum Ausdruck gebracht. Enttäuschend verlief für ihn dagegen die nächste Bekanntschaft. Der „Dreigroschenoper" und dem Gedichtband „Hauspostille" konnte er merkwürdigerweise nichts abgewinnen, obwohl man meinen könnte, daß gerade diese Werke seinem literarischen Geschmack und seinen Ambitionen entsprachen. Er schickte sein Erstlingswerk „Das Volksbuch vom Herzog Ernst oder Der Held und sein Gefolge" an den Meister am Schiffbauerdamm. Brecht las es nicht, dafür aber Käthe Rülicke, die Brecht günstig darüber informierte und ihm auch einige Lieder daraus vorlas. Hacks wandte sich dann mit einem Brief an Brecht, in dem er ihn um Rat bat, ob er von Westdeutschland in die DDR übersiedeln solle. Brecht fühlte sich dadurch in eine „fürchterliche Situation" gebracht. Sosehr er die DDR als ein Land verstand, in dem eine neue menschliche Produktivität freigesetzt wurde, den besten Platz für einen jungen, eigenwilligen Dramatiker sah er derzeit in der DDR nicht. Kaum in einem anderen Brief hat sich Brecht so gewunden und „diplomatisch" ausgedrückt wie in dem an Peter Hacks vom 15. Januar 1952. „Gute Leute sind überall gut (und können überall besser werden)."[300] Im Klartext hieß das, er riet ihm ab, in die DDR überzusiedeln. Es spricht für Hacks, daß er dennoch kam.

Als er in Berlin erstmals mit Brecht zusammentraf, fand er sich in seinem Eindruck, den er von dem Werk dieses Mannes gewonnen hatte, bestärkt. „Er war höflich und leise. Ein Wunder an sympathischer Aufgeschlossenheit."[301] Von nun an gehörte Hacks zu den Leuten, mit denen sich Brecht gern besprach, denen er Aufträge erteilte. Daß Hacks dennoch immer in einiger Distanz zum Berliner Ensemble blieb, lag nicht an Brecht, der ihn wiederholt einlud und zu sich rief, wenn er Meinungen hören oder einfach zeigen wollte, wie weit man mit den Proben gekommen war. Was Brecht eigentlich immer voraussetzte, daß man für ihn zu jeder Zeit Zeit haben mußte, fand Hacks keineswegs selbstverständlich. Ständig den Proben beizuwohnen erschien ihm nicht vereinbar mit seiner Aufgabe als Schriftsteller. Vormittags hatte er zu arbeiten, da blieb keine Zeit für Probenbesuche. Eine solche Einstellung mußte auf Brecht wirken, als weigere sich einer aus der Gemeinde, dem Gottesdienst beizuwohnen. Wenn Brecht ihn von heute auf morgen zu sich bat, konnte es passieren, daß sich Hacks entschuldigte und sagte, er habe Gäste oder sitze an einer Arbeit. Überdies gehörte Hacks nicht zu denen, die dem Meister, wenn er zum x-tenmal dieselbe Anekdote erzählte, noch immer andächtig zuhörte. So amüsant und anregend Brechts Art war, in Arbeitsgesprächen vom Hundertsten ins Tausendste zu kommen, Hacks behagte sie nicht. Als Mann mit Methode und pädagogischer Veranlagung wollte er eine Aufgabe, ein Problem zielgerichtet angepackt wissen. Brecht schätzte Hacks als hochtalentierten Dramatiker und gescheiten Kopf, aber manchen Einwurf von ihm hielt er für neunmalklug und die kritische Schärfe im Gespräch nicht immer für angebracht. Dabei erinnerte Hacks' Haltung in vielem an den jungen Brecht.

Inzwischen hatte Brecht ein Hacks-Stück gelesen. Eigentlich wollte er, wie er das zu tun pflegte, in die „Schlacht von Lobositz“ nur hineinsehen, las sich dann aber fest. Am nächsten Tage lobte er den jungen Dichter über alle Maßen. Gespielt wurde es am Berliner Ensemble aber ebensowenig wie die zuvor eingereichten Stücke. Dafür kam es zu der merkwürdigen Situation, daß Brecht dem Dichter der „Schlacht von Lobositz“ seine Idee zu einem Friedrich-Stück anbot. Hacks erzählte den Vorgang so: „Ich ging mal zu Brecht und sagte, ich will ein Stück schreiben. Ich weiß nicht genau, was ich machen soll, einfach deshalb, also für ein Zeitstück bin ich nicht lange genug da. Ich habe da eine Idee.“[302] Hacks wollte ein Stück von Raupach bearbeiten, mit dem er sich in seiner Dissertationsschrift beschäftigt hatte. Als er darlegte, daß es sich um eine Posse handelte, meinte Brecht, Possen interessierten ihn nicht. „Und da sagte er, na er würde sich das mal überlegen. Daraufhin hat er dann gekocht mit dem Eisler jetzt, was der Hacks für ein Stück schreiben soll. ... Da gibt es also ein Blatt, wo der Brecht das, was er also von der Fabel sich ausgedacht hatte, aufgeschrieben hat, und das hat er mir vorgelesen. Und als er mir das vorgelesen hat, habe ich gesagt: Gut, das mache ich. Und dann haben wir nie wieder darüber reden können, dann wurde er krank, und dann ging ich weg, und da hat dann weiter nichts mehr stattgefunden. Ja. Doch, er hat an die Antiquariate rumschreiben lassen nach Friedrich-Material.“[303] Hinzugefügt werden muß, daß Brecht einige Historiker zusammenrief, Jürgen Kuczynski und Heinz Kamnitzer, die Hacks behilflich sein sollten, sich in der Zeit Friedrichs II. zurechtzufinden. Von den Historikern wurde Antwort auf die Frage erwartet, warum ein feudaler Monarch immerfort Kriege führte. Doch so simpel diese Frage klingt, sie war keineswegs so leicht zu beantworten. Die damaligen Kriege ließen sich nämlich nicht so direkt aus dem Ökonomischen erklären wie die modernen.

Kein Wunder also, daß Hacks sich keineswegs bedient fühlte, sondern von den Historikern sagte, sie hätten eigentlich auch nicht genau gewußt, warum diese Kriege geführt worden seien.

Die Idee zu dem Friedrich-Stück war bei Brecht nicht ganz so zufällig, wie es den Anschein hat. Sie gehörte zu dem Plan einer deutschen Nationalkomödie. Bevorzugte Prototypen dieses Stücktypus sollten Friedrich II. von Preußen und Otto von Bismarck sein. Brecht wollte den Deutschen das Lachen über ihre miserable nationale Entwicklung beibringen. Die deutsche Knechtsseligkeit habe sich in Friedrich II. und Bismarck ihre Götter geschaffen. Das alles kam bei Brecht mehr aus einem Deutschen- als aus einem Preußenhaß. Da er, der sonst so rational und sachlich wirkte, solche Ideen mit Gefühlsaufwallung und Wut durchdachte, bekam sein Konzept von der deutschen Nationalkomödie sehr schnell gespenstische Dimensionen. Analog zum Prototyp des „Ewigen Juden" wollte er den „Ewigen Deutschen" schaffen, der stets auf der Suche nach einem Führer ist, der ihn in den Arsch tritt. Knechtsseligkeit als deutsches Schicksal sollte durch die Nationalkomödie entlarvt werden. Insofern war der gesamte Gedankenkomplex nicht Ausdruck der Miseretheorie, sondern eher ein Versuch, ihr entgegenzuwirken. Die Theorie von der deutschen Nationalkomödie konnte Brecht nicht mehr verfolgen und ausbauen, weder praktisch noch theoretisch. Und Hacks lenkte die Idee in eine andere Richtung. Brechts Position war insofern fragwürdig, als sie den Haß auf die Deutschen schlechthin zu richten schien. Dadurch blieb außer acht, daß unter ähnlichen gesellschaftlichen Bedingungen derartige menschliche Verkrüppelungen auch in anderen Ländern vorhanden sind. Mit der eigenen Schande aufräumen konnte nicht heißen, sie in anderen Ländern zu übersehen. Hacks ging andere Wege: „Aber: wie gesagt: Die Sache mit dem National-Lustspiel hab ich dann nicht mehr gemacht, sondern ich habe das also dann auf eine sehr konkrete, historische Phase des Kleinbürgertums hin geschrieben ..., als die Deutschen im allgemeinen anzuschießen ... Der Brecht war ja also Deutschenhasser, was eine gute Eigenschaft von ihm war, aber was sich also angesichts der jetzigen Entwicklung in der Welt nicht aufrechterhalten läßt; andere Länder sind ja noch viel schlimmer als unseres."[304]

Eine andere Idee hielt Brecht Mitte der fünfziger Jahre für seinen Freund Hanns Eisler bereit. Für ihn wollte er eine Oper über das Leben des italienischen Tonsetzers und Kochkünstlers Giacomo Puccini schreiben. Boshafterweise lag ihm daran, die These von Marx, daß die Menschen unter den Bedingungen des Kapitalismus selten in der Lage seien, ihre Individualität zu entfalten und Begabung freizusetzen, am Beispiel Puccinis nachzuweisen. Den unglücklichen Menschen, der durch die Ungunst der Verhältnisse dazu gezwungen ist, nicht den Beruf zu ergreifen, den er möchte, und so ein Leben lang seiner eigentlichen Aufgabe, seiner wirklichen Berufung nachtrauert, sah er in Puccini verkörpert. Ein paar biographische Details aufgreifend, entwickelte Brecht die Fabel, nach der Puccini liebend gern Koch geworden wäre, von seinem Vater aber zum Komponisten gezwungen wurde. So sei er recht und schlecht ein Komponist geworden, aber seine eigentliche Neigung habe weiterhin der Kochkunst gegolten. Diese Anekdote wird eigentlich Rossini zugeschrieben. Aber erst in der Übertragung auf Puccini erhielt sie den kunstpolemischen Bezug und eine gehörige Portion Infamie. Brecht erzählte die Geschichte ganz naiv, wobei Ironie und Polemik nicht durch die Art der Beschreibung entstanden, sondern durch den merkwürdigen, zweifachen Gebrauch eines Widerspruchs. Brecht griff zunächst einen echten großen Widerspruch auf, der aber auf den konkreten Fall, auf Puccini, gar nicht zutraf, gerade aber in der Anwendung auf ihn seine kunstpolemische Intention erhielt. Eisler sollte die Musik so einsetzen, daß immer dann, wenn Puccini in seiner Eigenschaft als Tonsetzer auftritt, die originale, schlechte Puccini-Musik erklingt, agierte Puccini aber als Kochkünstler, mußte die gute, die echte Musik her, die von Hanns Eisler. Die Idee ist viel zu boshaft, um sie nur als Ulk abzutun. Sie verstand sich als eine Polemik gegen die „Dummheit in der Musik", die beide, Brecht und Eisler, ebenso engagiert wie erfolglos bekämpften.

Zu der Musik, wie sie vor allem in den Opern- und Konzerthäusern bevorzugt wurde, verhielt sich Brecht sehr polemisch, ja sektiererisch. Allerdings darf man auch hier seine gelegentlichen Äußerungen nicht allzu wörtlich und für jede Situation gültig nehmen. Er liebte vieles, am meisten jedoch – ähnlich wie in der Malerei – die ganz alte und die ganz neue Musik. Wie aggressiv er gegenüber Musik oder einer bestimmten Art von Musik sein konnte, verrät seine Misuk-Theorie. „Es lief ja darauf hinaus, daß er erklärte, Misuk ist ein umfassender Begriff für sämtliche Arten, Geräusche zu erzeugen, wovon Musik nur eine lächerliche Untersparte ist. Und es käme also heute, wo man die Kunst bedeutend revolutioniert, darauf an, diese Untersparte ihres Ausschließlichkeitsanspruchs zu berauben."[305]

In den fünfziger Jahren ging es noch einmal um Filmpläne. Allerdings standen jetzt nicht mehr neue Exposés zur Diskussion wie unmittelbar nach seiner Rückkehr, als Brecht an einen „Eulenspiegel"-Film und an Offenbachs „Hoffmanns Erzählungen" dachte, sondern die Verfilmung seiner erfolgreichsten Theaterstücke. Die DEFA wollte „Mutter Courage und ihre Kinder", der Wien-Film „Herrn Puntila und sein Knecht Matti" auf die Leinwand bringen. Zum Film besaß Brecht immer eine hochherzige Zuneigung. Er hätte es schon ganz gern gesehen, wenn er dort ebenso hätte Fuß fassen können wie auf dem Theater. Aber in dieser Branche war ihm kein Glück beschieden, nicht in der Weimarer Republik, nicht im Exil, nicht in der DDR. Dabei waren die Streitpunkte völlig andere als bei seinem Prozeß 1930 gegen die Nero-Filmgesellschaft. Bei der DEFA brauchte er nicht darum zu kämpfen, seine Figuren und Vorgänge sozial zu motivieren. Auch sein Mitspracherecht stand nie in Frage. Allerdings war sich Brecht bewußt, daß sich in den „großen Apparaten", den Filmgesellschaften, ungewohnte künstlerische Lösungen ungleich schwerer durchsetzen ließen als im Theater. Die ihm allseits entgegengebrachte Wertschätzung als Dichter und Theatermann nützte ihm nichts, wenn er nicht selber einen Fuß in der Branche hatte. In den Streitigkeiten vertrat die DEFA bei allem sonstigen Entgegenkommen insofern einen bornierten Standpunkt, als sie darauf aus war, mit „Mutter Courage" einen internationalen Erfolgsfilm zu realisieren, statt den Mut aufzubringen, sich ganz bewußt auf ein Experiment einzulassen, das zwar kein großes Publikum gefunden, dafür aber vielleicht Wirkungen auf lange Sicht ermöglicht hätte.

Der nachhaltige Eindruck der Brecht/Engel-Inszenierung von „Mutter Courage" bewog die DEFA, das Stück zu verfilmen. Beide Seiten versprachen sich viel davon. Die DEFA hoffte auf einen international erfolgreichen Film in großer Besetzung (ursprünglich war daran gedacht, die Yvette mit Anna Magnani zu besetzen, Luchino Visconti und Guiseppe de Santis wurden als Regisseure in Erwägung gezogen). Brecht selber sah in der Verfilmung eine Gelegenheit, sein Werk einem größeren Publikum vorzustellen. Nicht zuletzt lag ihm daran, der Weigel zu einem schauspielerischen Erfolg zu verhelfen, der über Zonen- und Ländergrenzen hinausging, eine Art Wiedergutmachung für die künstlerische Einbuße während der Emigration, als sie im Film nur in Kleinstrollen beschäftigt worden war. Im September 1949 begann auf Vorschlag von Erich

Engel der Filmautor Robert A. Stemmle mit der Arbeit am Drehbuch. Das ging nicht gut, Brecht lehnte die ersten Entwürfe entschieden ab. Daraufhin wurden Joachim Barckhausen und Graf Alexander Stenbock-Fermor mit dem Projekt beauftragt. Nach einem halben Jahr scheiterten auch sie. Nun schlug Brecht vor, Emil Burri heranzuziehen, mit dem er in den zwanziger Jahren zusammengearbeitet hatte.

Als Regisseur nannte die DEFA Wolfgang Staudte. Er hatte den ersten vielbeachteten DEFA-Film „Die Mörder sind unter uns“ gedreht und galt als unkonventioneller, gegen die alte Ufa-Schablone opponierender, eigenwilliger und sozial engagierter Künstler. Gerade im Hinblick auf die soziale Historisierung der „Courage“-Fabel hätte sich Brecht aus der ersten Reihe des deutschen Films keinen Besseren wünschen können. Doch sie gerieten gleich am Anfang über Besetzungsfragen aneinander. Entsprechend der Bedeutung, die die DEFA dem Projekt beimaß, wollte Staudte für den Film Stars gewinnen, während Brecht vorwiegend an Schauspieler des Berliner Ensembles dachte. Man einigte sich nicht, die für 1952 vorgesehene Verfilmung wurde ausgesetzt, jedoch die Arbeiten am Drehbuch fortgeführt.

Im weiteren Verlauf ging aus der Zusammenarbeit von Burri, Staudte und Brecht ein Drehbuch hervor, das Brecht billigte. In Besetzungsfragen steckte er zurück. Ende August 1955 begannen unter Staudtes Regie die Dreharbeiten. Für die Hauptrollen setzte er bekannte französische Schauspieler sowie „Courage“-Darsteller des Berliner Ensembles ein: Helene Weigel (Courage) Simone Signoret (Yvette), Erwin Geschonneck (Feldprediger), Bernard Blier (Koch), Ekkehard Schall (Eilif), Joachim Teege (Schweizerkas), Sigrid Roth (Kattrin), Hans-Peter Minetti (Müller). Doch bereits nach einem Monat erfolgte der Abbruch der Dreharbeiten. Damit war das Projekt endgültig gescheitert. Der Protest kam von Brecht, der die Kostüm- und Szenenbildentwürfe unmöglich fand, konventionell, operettenhaft. Alles gehe in Richtung eines historischen Kostümfilms. Auch die szenische Grundform, die der französische Filmarchitekt Max Douy als Sandlandschaft vorgesehen hatte, lehnte er mit dem lapidaren Hinweis ab, sein Stück spiele nicht in der Wüste. Die Farbfilmmuster ließen Brecht zu dem Schluß kommen, daß der Film nicht wie vorgesehen in Farbe gedreht werden dürfe. Hinzu kam, daß die französischen Schauspieler nur an wenigen, vorher festgelegten Drehtagen zur Verfügung standen. Helene Weigel wiederum forderte die Verkürzung der täglichen Drehzeiten, da sie abends Theater spielte und sich außerdem intensiv auf diese ihre erste große Filmrolle vorbereiten wollte.

Der tiefere Grund für das Scheitern lag wohl darin, daß die Hauptrichtung der künstlerischen Filmexperimente nach dem zweiten Weltkrieg in völlig entgegengesetzter Richtung zu den Versuchen Brechts verlief. Er wollte seinen Film im optischen Stil der Daguerreotypie gedreht haben. Alles zielte bei ihm auf eine stilistisch überhöhte, verfremdete Machart. Im Verfolgen dieser Grundauffassung ging er sogar so weit, daß er sich gegen jegliche Außenaufnahmen wandte und Landschaftsnachbildungen empfahl. Im totalen Gegensatz dazu rebellierte der moderne Film gegen alles, was wie verfilmtes Theater aussah. Gerade das, was Brecht wollte, „eine gewisse Künstlichkeit der Atmosphäre", empfand der vom italienischen Neorealismus beeindruckte oder beeinflußte Nachkriegsfilm als unerträglich. Brecht dagegen widerstrebte alles, was auf jene hautnahe Unmittelbarkeit hinauslief. Von diesen verschiedenen Moderneauffassungen her, die natürlich nicht als Prinzipien diskutiert wurden, gerieten Brecht und Staudte bei jedem Detail, bei jedem Vorgang einer Figur, bei jedem Kostümvorschlag aneinander.

Nicht viel besser erging es Brecht mit der „Puntila"-Verfilmung durch die damals unter sowjetischer Verwaltung stehende Firma Wien-Film auf dem Rosenhügel. Im Unterschied zu dem „Courage“-Projekt kam dieser Film jedoch wirklich zustande, ein Erfolg allerdings wurde er auch nicht. Die Anregung zur Verfilmung stammte von Brechts Puntila-Darsteller Curt Bois, der nach Leonard Steckel die Rolle am Berliner Ensemble übernommen hatte und seinen Erfolg nun auch im Film wiederholen wollte. Daß sein Vorschlag bei der DEFA nicht viel Anklang fand, erklärt sich sehr einfach: Im Sommer 1953, als die österreichische Presse eine erste Meldung über die Verhandlungen brachte, steckte die „Courage“-Verfilmung gerade in der tiefsten Krise. Von dem amerikanischen Exil her kannte Curt Bois den künstlerischen Studioleiter bei Wien-Film, Hans Winge, der die Idee realisierte. Als Regisseur sagte der Brasilianer Alberto Cavalcanti zu, ein Mann von internationalem Ruf, dessen Name – mehr noch als der Staudtes – ein Markenzeichen des modernen Films war. Das Drehbuch schrieb Cavalcanti gemeinsam mit Vladimir Pozner.

Bis zu dem Tage, an dem Brecht das fertige Drehbuch zu Gesicht bekam, war trotz des nicht einfachen Curt Bois, der sich den größtmöglichen Einfluß auf den Film zu sichern suchte, alles glatt gegangen. Kaum hatte Brecht das Drehbuch gelesen, rief er in Wien bei der Chefdramaturgin Ruth Fischer an und erklärte, ein solcher Film komme überhaupt nicht in Frage. Es sei unglaublich, was da ein Pariser Filmroutinier und ein „schwuler Brasilianer“ aus seinem Stück gemacht hätten. Gegenüber Pozner war die Bemerkung insofern ungerecht, als dieser das Drehbuch in Französisch geschrieben hatte, Brechts Urteil sich aber auf die nicht sehr geglückte deutsche Übersetzung bezog. Ganz entsetzlich fand er, was dieser Film für Farben haben sollte. Entsprechend seiner Methode hatte Cavalcanti das Drehbuch in drei Spalten aufgegliedert: Handlung – Dialog – Farbatmosphäre. Dadurch besaß Brecht eine ziemlich genaue Einsicht, wie dieser Film farblich aussehen sollte. Die

Farbposition spielte in Cavalcantis Filmen immer eine große Rolle. Brecht lehnte rundweg ab. Alle Einwände der Chefdramaturgin, daß an diesem Film nicht nur eine Menge Geld, sondern auch die Verdienstmöglichkeiten von 300 Arbeitern hingen, nutzten nichts.

Daraufhin entschloß sich die Chefdramaturgin, mit ihren zwei sowjetischen Generaldirektoren, die Filmleute waren, und Alberto Cavalcanti nach Berlin zu Brecht zu fahren. Bei diesem Gespräch saß Cavalcanti ganz gebrochen da, während Ruth Fischer und die beiden Russen das Wort führten. Der ehrliche Respekt der beiden sowjetischen Filmleute vor seiner Arbeit nahm Brecht sehr für sie ein, obwohl sie sein ästhetisches Anliegen noch weniger verstanden als Cavalcanti. „Und das hat Brecht dann eigentlich fast mit Rührung aufgenommen“[306], berichtete später Ruth Fischer. Die Gefahr des völligen Abbruchs des Films war gebannt, als Brecht dann dazu überging, sich mit Cavalcanti in Englisch zu unterhalten. Es wurde beschlossen, daß Ruth Fischer und Cavalcanti hier in Berlin das Drehbuch neu machten. Brecht versprach Hilfe durch seine Mitarbeiter. Die beiden sowjetischen Generaldirektoren reisten wieder ab. Da das Drehbuch neu geschrieben wurde, hatte Pozner mit dem Film nichts mehr zu tun. So war es unausbleiblich, daß aus Paris böse Briefe kamen. Im Unterschied zu dem Krach mit der DEFA endete der mit Wien-Film versöhnlich. Nach den Gesprächen meinte Cavalcanti, es stimme gar nicht, daß Brecht nichts vom Film verstehe.

Brecht als Regisseur

In den fünfziger Jahren war Brecht im Hauptberuf Regisseur. Ein bis zwei Inszenierungen pro Jahr stellten, selbst wenn man seine schriftstellerische Arbeit nicht berücksichtigt, eine beträchtliche Arbeitsleistung dar. Dazu kam, daß er in Inszenierungen eingriff, für die er nicht direkt verantwortlich zeichnete. Ebenso beteiligte er sich an den dramaturgischen Vorarbeiten und Stückbearbeitungen für Aufführungen, die von anderen Regisseuren des Hauses gemacht wurden. Daß er sich meist noch einen Coregisseur hinzuholte, war mehr Arbeitsprinzip und weniger Arbeitserleichterung. Das Programm, das Brecht nach seiner Rückkehr als Regisseur bewältigte, sah so aus: 1949: „Mutter Courage und ihre Kinder", Regie: Brecht/Engel; „Herr Puntila und sein Knecht Matti", Regie: Engel/Brecht. 1950: „Der Hofmeister", Regie: Brecht/Neher. 1951: „Die Mutter", Regie: Brecht; „Biberpelz und Roter Hahn", hier zeichnete zwar Egon Monk, aber der eigentliche Regisseur war Brecht. 1952: „Die Gewehre der Frau Carrar", Künstlerische Leitung: Brecht, Regie: Monk; „Der Prozeß der Jeanne d'Arc zu Rouen 1431", Künstlerische Leitung: Brecht, Regie: Besson. 1953: „Katzgraben", Regie: Brecht. 1954: „Der kaukasische Kreidekreis", Regie: Brecht. 1955: „Winterschlacht", Regie: Brecht/Wekwerth. Hinzu kamen 1955/56 61 Bühnenproben zu „Leben des Galilei".

Die Frage, ob Brecht als Regisseur annähernd gleichen Rang wie als Schriftsteller beanspruchen könne oder ob er nur mehr als szenischer Vollstrecker seiner Stücke und seiner Theatertheorien in Betracht komme, wurde nur selten gestellt. Zumeist wertete man seine Regie als das Bemühen eines Dramatikers, der seine Stücke richtig aufgeführt wissen wollte. Der Regisseur Brecht interessierte erst von dem Zeitpunkt an, da man wissen wollte, wie eigentlich eine authentische Brecht-Aufführung beschaffen sein müsse. Der Eindruck, daß sich Brecht aus Sorge um seine Stücke der Regie zuwandte, kam auch dadurch zustande, daß er meist mit einem erfahrenen Regisseur zusammenarbeitete. Daraus meinte man schließen zu können, daß er sich in diesem Metier nicht ganz so sicher fühlte. Aber der Beruf des Regisseurs war für Brecht nicht weniger Berufung als der des Schriftstellers. Hier wollte er als Fachmann, nicht aber als Außenseiter verstanden und behandelt werden. Schauspielern, die erstmals mit ihm arbeiteten, fiel auch nicht sofort das auf, was bei ihm anders war. „Es sei gleich vorweggenommen", sagte die Schauspielerin Angelika Hurwicz, „daß damals der erste Eindruck, den Brechts Arbeit vermittelte, durchaus der einer normalen Regiearbeit war, unterschieden von üblicher Regieführung vielleicht nur durch größere Geduld. Erst nach und nach trat Brechts Eigenart als Regisseur aus vielen Einzelzügen zu einem geschlossenen Bild zusammen."[307]

Für Regie hatte Brecht immer viel Zeit, beim Zusehen ebenso, wie wenn er selbst Regie führte. Das unterschied ihn von vielen seiner Dramatikerkollegen, die Proben zwar interessant, aber viel zu zeitaufwendig fanden. Für Brecht war gerade das die „lustige Arbeit", die er jeder anderen vorzog. Daß er nicht früher in die Regie eingestiegen war, hing mehr mit mangelnder Gelegenheit zusammen, als daß er das Regieführen erst an zweite Stelle nach dem Schreiben gesetzt hätte. Beides gehörte bei ihm zusammen. Wenn er an einem Stück arbeitete, spielte er sich selbst in die entsprechende Stelle hinein, um den Dialog vom Gestischen her aufzubauen. Bereits in den frühen Jahren ließ sich Brecht keine Gelegenheit entgehen, um bei der Regie ein Wort mitzureden. Der Weg zum Regietisch war sein Weg. Als beachtliche Regieleistungen müssen bereits „Leben Eduards des Zweiten von England" 1924 in München und die beiden Berliner Inszenierungen „Lebenslauf des

Mannes Baal“ 1926 und „Mann ist Mann“ 1931 angesehen werden. Die meiste Praxis erwarb er sich an der Piscator-Bühne am Nollendorfplatz. Hier arbeitete er an mehreren Inszenierungen mit, ohne daß sein Name genannt wurde.

Als Brecht Manfred Wekwerth am Berliner Ensemble in die Regie einwies, sagte er zu ihm, Regieführen sei ganz leicht, er müsse nur dafür sorgen, daß man alles gut sieht. Diese lapidare, etwas ironisch klingende Definition ist jedoch in ihrem Untertext eine sehr weise und umfassende Beschreibung einer höchst komplizierten Tätigkeit. Alles sehen, das heißt, den Sinn eines Stückes in Gesten, Haltungen, Bewegungen, kurzum, mit dem körperlichen Material des Schauspielers so zu erfassen, daß der Geist, der Ideengehalt, die Fabel für den Zuschauer zu *sehen* ist.

Von dieser Grundfunktion ausgehend, trug Brecht zur Entwicklung des Regieführens mit zwei Entdeckungen bei, die zugleich auch seine Eigenart und sein Verhältnis zur Regie erklären. Er brachte zwei Dinge wenn auch nicht völlig neu, so doch auf eine radikal neue Art ein: das „erzählende Arrangement“ und die aus einem Netzwerk von Gestus und Gesten sich formierende „soziale Haltung“, die der Schauspieler herausarbeiten muß, um eine bestimmte Situation in ihrer ureigenen Besonderheit wie in ihrer allgemeinen Tendenz zu charakterisieren. Beides entwickelte Brecht aus seiner Theorie und Methode des epischen Theaters, und daraus erklärte sich wiederum der Bezug zwischen Brecht als Dichter und Brecht als Regisseur. Das Arrangement war das Kernstück seiner Regiemethode. Es mußte gefunden werden, bevor der Text durchgearbeitet war; denn aus dem Arrangement sollte der Zuschauer bereits *sehen* können, was der Text dann noch tiefer erschloß. Das verlangte vom Regisseur Erfindungen, die einen Vorgang in seiner ganzen Komplexität, Kompliziertheit und Vielschichtigkeit hervortreten lassen. Vom Regisseur wurde eine ungewöhnliche Bildkraft gefordert. Allein aus der Gruppierung der Figuren sollte der Zuschauer Einsichten gewinnen und selber Entdeckungen über das Zusammenleben der Menschen machen können. Ein Arrangement war in dem Maße gelungen, wie es dem Zuschauer menschliche Vorgänge erzählte. Es mußte spielerisch gefunden werden, es mußte probiert und experimentiert werden. Hierbei verbrauchte Brecht enorm viele Ideen, Vorschläge. Selten gelang da gleich etwas auf Anhieb. Deshalb hielt er sich an den Satz: „Mißtraue deinem ersten Einfall."[308] Ein gutes Arrangement durfte nicht nur für sich stehen, es sollte die Fabel erzählen. Eine großartige bildliche Lösung war unbrauchbar, wenn sie die Fabel nicht fortführte, wenn sie die soziale Aussage nicht präzise traf.

Das Finden sozialer Haltungen stand im Zusammenhang mit der Entdeckung des Gestischen, einer für Brecht allgemeinen ästhetischen Kategorie, anwendbar auf die lyrische Sprache eines Gedichts, auf Dialoggestaltung, Figurenaufbau, Regie. Auf der Bühne wirkte nur das Wort, das sich in einen adäquaten körperlichen, das heißt gestischen Ausdruck umsetzen ließ. Aus der Vielfalt des gestischen Materials, über das der Schauspieler entsprechend seiner körperlichen Mittel verfügte, suchte der Regisseur für einen Vorgang die treffende soziale Haltung mit dem Darsteller zu erarbeiten. Was Brecht hier als Regisseur leistete, war beeindruckend. Zum Beispiel, wenn die Weigel als Mutter Wlassowa mit schiefer Kopfhaltung, leicht nach vorn gebeugt, den Kochtopf vorweist, um auszudrücken, es könne nun nicht länger mehr verborgen bleiben, daß nichts im Topf ist, um dem Sohn eine gute Suppe zu kochen. Oder Hans Gaugler in seiner devoten, gekrümmten Haltung als Hofmeister, aber den Spazierstock graziös zur Seite gespreizt, so Elend, Anspruch und Anmaßung eines Standes zugleich ausdrückend. Das waren Erfindungen, die in ihrer Bildkraft, in ihrem gestischen Ausdruck oftmals mehr aussagten als einzelne Textpassagen. Nun hatten zwar gute

Theaterleute schon seit jeher nicht nur dem Wort, dem Dialog vertraut, sondern mit dem Körper des Schauspielers gearbeitet. Das Neue, das Brecht einbrachte, bestand vor allem darin, daß er als dialektischer Materialist das Gestische von einem sozialen, gesellschaftlichen Blickwinkel aus erfaßte und methodisch ausbaute. Auf diese Weise entstanden ebenso eindrucksvolle wie einprägsame Abbildungen. Der Schauspieler vermochte sich wieder ein Stück der Traumgrenze seines Berufs zu nähern, nämlich eine Haltung, einen Vorgang durch eine Geste dem Zuschauer unvergeßlich zu machen. In diesen methodischen Entdeckungen bestand das „Geheimnis" der Brechtschen Regie, mit dem es ihm gelang, relativ unbekannte oder junge Schauspieler sozusagen über Nacht berühmt zu machen, so daß sich die Kritik veranlaßt sah, von überraschenden Entdekkungen und Schauspielerentwicklungen zu sprechen.

Als Regisseur achtete Brecht sehr darauf, daß einmal erarbeitete Haltungen sich nicht verfestigten. Er warnte die Schauspieler davor, Handlungen und Haltungen als Folge von „Charaktereigenschaften herauszuschälen". „Auf solche Art", sagte er, „wird Charakter behandelt wie ein Fettfleck in der Hose. Da kann man reiben und wischen, wie man will, er druckt sich immer wieder durch. In Wirklichkeit handelt es sich immer darum, wie sich jemand in gerade diesen Verhältnissen und unter gerade diesen Umständen zeigt. Das kann alle Augenblicke anders sein, weil Verhältnisse und Umstände sich jeden Augenblick ändern können."[309] Bei der Inszenierung des „Kaukasischen Kreidekreises" suchte er durch schnelle Wechsel in den Haltungen der Grusche zu verhindern, daß die Figur schlechthin zum Sinnbild des Mütterlichen wurde. Die ganze Skala verschiedener Moglichkeiten, weshalb die Magd Grusche das Gouverneurskind behütet, mußte vom Zuschauer einsehbar sein. „Haltungen sind niemals einschichtig", erklärte Brecht seinen Schauspielern, „sondern setzen sich aus widersprüchlichen Gefühlen und Überlegungen zusammen. ... Wir müssen suchen, wo wir solche Mehrschichtigkeit zeigen können ..."[310]

Über die beiden methodischen Entdeckungen, das „erzählende Arrangement" und die „soziale Haltung", organisierte Brecht seine Regie. Wenn sie auch nicht ganz darauf abgestellt war, bezog sie doch von daher ihre Triebkraft. Es gab aber auch Regiebereiche, die von ihm weniger gut beherrscht wurden, die er dann insofern vernachlässigte, als er sie gern anderen aus seinem Regieteam überließ. So war Erich Engel zum Beispiel ein hervorragender Dialogregisseur, der mit wenigen Eingriffen die Schauspieler zu stimulieren verstand. Eben weil Brecht Regie aus dem Blickwinkel seiner beiden methodischen Entdeckungen führte, besaß er ein viel größeres Interesse daran, in vorgefertigte Arbeiten einzugreifen, als alles von Grund auf selber zu entwickeln. Bei vorgefertigten Inszenierungen machte es mehr Spaß, sie auf jenen Punkt zu bringen, wo das Neue seiner Regieführung sichtbar wurde. Als zum Beispiel Therese Giehse am Berliner Ensemble Kleists „Zerbrochnen Krug" inszenierte, bat sie, da sie ja noch die Marthe Rull spielte, Brecht darum, in den letzten vierzehn Tagen an den Proben teilzunehmen. Brecht ließ sich das nicht zweimal sagen, modelte die gesamte Inszenierung ziemlich um, so daß im BE-Volksmund nicht mehr vom „Zerbrochnen Krug", sondern von der „Zerbrochnen Gießkanne" die Rede war. Über diese Eingriffe regte sich die Giehse mächtig auf, aber später fand sie sie doch ganz berechtigt. Damals sagte er ihr, am liebsten gehe er in eine fertige Sache hinein und hacke dann drauflos.[311]

Wie verliefen nun die Proben, wenn Brecht Regie führte? Die Probenarbeit bildete den zweiten Teil seines Tagespensums, vorher hatte er geschrieben. Gegenüber dem Schreiben bedeutete die Inszenierungsarbeit, so anstrengend und aufreibend sie auch sein mochte, für ihn doch eine Art Entspannung. Bei den Proben war all das möglich, was Brecht liebte und was er sich bei seiner schriftstellerischen Arbeit verkneifen mußte: Gespräche, Lachen, Streit, praktisches Erproben und Beweisen. „Frisch – und meist vor seinen Mitarbeitern – erscheint Brecht auf den Proben. Von dem Augenblick an, in dem er das Theater betritt, ist er in seinem Element und fühlt sich wie ein Fisch im Wasser."[312] So schilderte ihn Ruth Berlau. Daß sich Brecht auf die Regiearbeit freute, daß er da heranging wie einer, der nach ziemlich langwierigen Geschäften nun einmal richtig loslegen konnte, übertrug sich auf die Schauspieler. „Es herrschte eine ausgesprochen heitere Stimmung auf seinen Proben, wobei aber – oder vielleicht gerade deswegen – sehr intensiv und ernsthaft gearbeitet wurde"[313], erzählt Willi Schwabe. Im Unterschied zu den meisten Regisseuren, die mit den Schauspielern auf der Bühne arbeiten oder unmittelbar vor der Rampe ihre Anweisungen geben, setzte sich Brecht stets ins Parkett, in unmittelbare Nähe des Regietisches, wo die Assistenten und Mitarbeiter saßen. Auch das hatte seinen Grund. Arrangements ließen sich auf ihre Bildhaftigkeit und Aussagekraft besser aus einer größeren Entfernung überschauen und beurteilen.

Trotz der Einheit von Stückeschreiber und Regisseur war er nicht das, was man einen „literarischen Regisseur" nennt, einer, der von der Stück- und Figurenanalyse her die Darsteller in das Spiel einführt. Im Gegenteil. Wenn er ein eigenes Stück inszenierte, brachte er es fertig, sich völlig fremd zu seinem Text zu verhalten. Als Regisseur empfand er das eigene Dichterwort nicht heiliger als das anderer. Regie war für ihn, den Text weiter zu konzentrieren und zu verknappen und dafür die gestischen, die körperlichen Ausdrucksmittel zu entfalten. Da Brecht auf Grund seiner Theatertheorie, die die Schauspieler für kompliziert hielten, als ein wissenschaftlich arbeitender Künstler galt, der außerdem noch im Ruf stand, sehr diskussionsfreudig zu sein, meinten viele, in seinen Proben werde fortlaufend diskutiert. Gerade das aber duldete er nicht. Wenn Schauspieler etwas erläutern oder analysieren wollten, sagte er meistens: „Sprechen Sie nicht darüber, machen Sie es vor.“[314] Wenn es einen Vorschlag gab, sollte er gezeigt werden. „Während der mehr als 200 Probestunden des ‚Hofmeister‘ gab es zusammengerechnet nicht mehr als vielleicht 15 Minuten Diskussion zwischen Zuschauerraum und Bühne.“[315] Auch ein vorher am Schreibtisch ausgearbeitetes Regiebuch gab es bei ihm nicht. Dafür achtete er sehr darauf, daß die während der Proben gemachten Entdeckungen festgehalten wurden.

An die alte Sitte, eine Inszenierung mit einer Leseprobe zu beginnen, hielt sich Brecht nur gelegentlich. Er bat dann die Schauspieler, ihre Rollen ohne Ausdruck und ohne Betonung vorzulesen, um zu vermeiden, daß sie sich schon auf bestimmte Betonungen festlegten, bevor das entsprechende Grundarrangement und die jeweilige Haltung gefunden waren. Auch beim Textlernen sollte möglichst erst die Haltung gefunden werden, bevor die Schauspieler den Text beherrschten.

Das aufregendste waren dann die Stellproben. Damit begann eigentlich das Spiel. Da Brecht mit nichts anderem ausgerüstet zur Probe kam als mit der Kenntnis der Szene, an der gearbeitet wurde, mußten Lösungen gesucht, Erfindungen gemacht werden. Alle waren aufgerufen, sich daran zu beteiligen. „Brecht sitzt mit seiner Zigarre im Mund und mit der Mütze auf dem Kopf da und weiß von nichts. Das ist für mich“, so Ruth Berlau, „ein grundlegender Unterschied zu vielen anderen Regisseuren, die alles wissen und immer alles besser wissen. Das macht die Schauspieler faul. Sie warten ab, wo man sie hinstellt, oder sie sind zu ängstlich, um selbst Einfälle zu zeigen. Brecht ist klüger. Mit seiner Methode holt er aus den Schauspielern und auch aus sich selbst mehr heraus. Wenn ein Schauspieler auf der Stellprobe fragt: ‚Soll ich hier aufstehen?', staunen immer wieder alle, wenn Brechts typische Antwort kommt: ‚Das weiß ich nicht.'"[316] Auch Therese Giehse berichtet, daß Brecht richtig verspielt war, wenn er Arrangements ausprobierte, daß er dabei begabten Schauspielern alles abkaufte, was sie anboten; denn nichts war ihm mehr zuwider als Schauspieler, die sich wie Marionetten führen ließen. Ständig wurde verworfen und von neuem ausprobiert. Was man am Tage zuvor noch mit Freude aufgenommen hatte, konnte schon am nächsten Tag als unzureichend eliminiert werden. Immer wieder ging Brecht daran, das Arrangement zu überprüfen: „ob es genügend groß ist, – ob es genügend lange gehalten wird, – ob die Übergänge genügend sprunghaft sind"[317].

Etwas selber vorzuspielen gehörte eigentlich nicht zu seiner Art der Regieführung, und einigen seiner Schüler verbot er es ganz und gar, aber er selber tat es dennoch ganz gerne. Allerdings gab er nur die Ausgangsbasis eines Spiels an. Er stieg in eine Haltung, in ein sprachliches Verhalten ein, um sofort wieder auszusteigen. Vom Regisseur Brecht erzählt die Schauspielerin Angelika Hurwicz: „Bertolt Brecht ist bei den Proben aktiv anwesend. Er spielt so vital vor, daß er in der Zusammenarbeit mit Erich Engel gleichsam sein eigenes Stück ist. Wenn Brecht vorspielt, so tut er es nicht nur, um eine Vorlage zu geben, sondern auch, um die Schauspieler auf einen natürlichen Ton zu bringen, auf die denkbar äußerste Schlichtheit zu reduzieren. Und bei dieser Trockenheit vermittelt er Erlebnisse, wie ich sie stärker nicht durch einen Paul Hörbiger und eine Wessely hatte. Er ist nicht etwa ein Naturtalent. O nein, er versteht das Handwerk; jede Zäsur, jede Handbewegung ist bewußt gesetzt."[318] Die Schauspieler auf diesen trockenen Ton zu stimmen, darauf verwandte Brecht große Mühe. Er war für ihn die Ausgangsbasis jeder Gestaltung.

Erst einmal mußten die Schichten abgetragen werden, die das Theater aufgetragen hatte, und zwar ziemlich dick, wie Brecht fand. Die größte Gefahr sah er darin, daß ein Schauspieler gestaltete, was er bisher als Ausdruck von Haß, Leidenschaft, Liebe, Empörung usw. auf der Bühne gesehen hatte oder ihm übermittelt worden war. Wenn er bei einem Darsteller merkte, daß dieser in einen Ton fiel, der bereits Wiedergabe von Theater war, bat er ihn, die entsprechende Textpassage in seinem Heimatdialekt zu bringen. Meistens zersetzte der Dialekt den „gehobenen", nachempfundenen Theaterton, und die Sprache bekam wieder ihre Lockerheit. Daß er mit seinem Beharren auf dem trockenen Ton manchmal etwas zu weit ging, belegt eine Episode, die Werner Hinz, der erste Feldprediger der Berliner „Courage"-Inszenierung, berichtete: „Ich probierte eines Tages ein wenig müde, ohne Einsatz, da fragte mich Erich Engel (nachdem er schon meine Frau, Ehmi Bessel, die der Probe vom Parkett aus zuschaute, deswegen interviewt hatte): ‚Was ist los, Hinzchen, keine Lust heute? Du probierst so im L.m.a.A.-Ton!' Brecht, der Engels Bemerkung nicht gehört hatte, rief unmittelbar darauf: ‚Herr Hinz, großartig heute, genau so festhalten!' – Der Regisseur hatte das Unbeteiligtsein bemerkt, dem Dichter gefiel wahrscheinlich der dadurch entstandene lockere Ton. Ich fand mich trotzdem zurecht und denke gern an diese schweren und schwierigen, aber fruchtbaren Proben."[319]

Die Arbeit mit den Schauspielern ist der wichtigste und zugleich der heikelste Punkt des Regieführens. Szenische Phantasie, Sinn für Haltungen und Sprache, für Farben und Formen, das alles nützt dem Regisseur nichts, wenn er nicht versteht, mit den Schauspielern umzugehen. Obwohl dies ein ebenso methodischer und technischer Vorgang künstlerischer Arbeit ist wie andere auch, ist er zugleich der allerpersönlichste. Für den Schauspieler ist der Regisseur eine Vertrauensperson, mehr noch als der Arzt. Ihm gegenüber muß er sich offenbaren können, um das ganz Persönliche seines Talents freizusetzen. Das aber kann dem Schauspieler nicht abverlangt werden wie dem Händler die Ware. Der Regisseur muß den Schauspieler dazu bringen, daß er sich „öffnet", daß er bereit ist, sehr intime Seiten eines Menschen zu zeigen, die ja auch zugleich ein Teil dessen sind, der sie darstellt. Wenn sich der Schauspieler da verschließt, ist alles aus. Brecht hatte in dieser Hinsicht wenig Schwierigkeiten, weil er durch seine heitere, spielerische Art den Darstellern die Angst vor einer neuen Aufgabe nahm. Seine Autorität als Dichter trug sicher zu seinem Ansehen als Regisseur bei, aber bei der direkten Arbeit half diese Autorität wenig, weil sie den Darsteller mehr einschüchterte als herausforderte. So war die Arbeit mit den Schauspielern für Brecht nie ganz problemlos. Auch bei ihm gab es da Ängste. Nicht alles, was er für die Gestaltung einer Rolle unbedingt für nötig hielt, konnte er den Schauspielern auch immer sagen. Selbst bei einem Künstler wie Ernst Busch, mit dem er über Jahrzehnte zusammenarbeitete, mit dem er befreundet war, gab es gelegentlich Schwierigkeiten, die sich auf der Bühne nicht austragen ließen, obwohl Brecht dafür bekannt war, daß er den Krach nicht scheute.

Um den Schauspieler mit seiner Rolle vertraut zu machen, um ihn zu aktivieren, etwas anzubieten, besaß Brecht eine ganz bestimmte Eigenart, die man auch Methode nennen könnte, denn sie wies spezifische Merkmale auf und blieb sich bei aller Originalität im einzelnen über Jahre hinweg gleich. Er führte die Schauspieler, indem er ihnen Situationsentwürfe und literarische Figurinen anbot. Um die Besonderheit eines Vorgangs, einer Haltung verständlich zu machen, lieferte er zu der im Text vorgegebenen Situation eine ganze Reihe von Varianten, wie ein Maler, der erst einmal eine Vielzahl von Skizzen macht. Die Phantasie des Schauspielers sollte auf diese Weise angeregt werden, aus der Vielzahl der auf ihn einwirkenden Bilder entsprechend seinem körperlichen Material das eigene Bild, seine Rolle, zu formen.

Bei den „Galilei"-Proben zum Beispiel beschrieb er dem Schauspieler Raimund Schelcher die Haltung, die er als Barberini in der ersten Aussprache, zu der es zwischen ihm, dem späteren Papst, und dem Gelehrten kommt, einnehmen müsse. Das sei eine Unterredung, die sich zwischen Ballsaalunterhaltung und Gelehrtengespräch bewege, die aber, was Galilei erst später bemerke, von Anfang an als scharfe Protokollangelegenheit behandelt würde. „Brecht: Und, Schelcher, was den Grundton betrifft: Der Barberini ist aus einem sehr alten Geschlecht, einem alten römischen Geschlecht. Das ist ein Geschlecht, fast wie die Medici waren; also er hat sehr viel Verstand für Kunst und so weiter. Er sammelt; als späterer Papst Urban der Achte sammelt er. Er ist berüchtigt für diese Art, wie er sammelt, nicht, weil er den Leuten einfach Sachen wegnimmt. Es ist ein Zwischending. Er ist ein eleganter, aber scharfer Mann, nicht, er ist nicht irgendwie mild; interessiert sich selber für Physik und Mathematik, hochgebildet; also ein Lebemann, nicht, eleganter Herr. Hat gar nichts Mildes und vom Klerus überhaupt nichts. Man kann auf keinen Fall erkennen, daß er irgendwie je was zu tun hatte mit Theologie, das hat er ja auch nicht. Denn die Ernennungen gingen nach ganz andern Gesichtspunkten vor sich. Die Kardinäle waren oft neun Jahre alt und so weiter; nicht, die gehörten alten Geschlechtern an ..."[320] Nachdem die entsprechende Stelle nochmals probiert wurde, griff Brecht wieder ein. „Ja, wissen Sie, Schelcher, das ist folgendes; 's ist so: Also Sie sind – Sie haben ja auch studiert Mathematik [gemeint ist hier Schelcher in der Rolle des Barberini – W. M.], aber natürlich als Dilettant, so wie sich das für große Herren gehört. Professionalismus ist natürlich ein bißchen was, bißchen vulgär, nicht? Aber er ist ein großer Mann, er ist sehr berühmt, aber er ist leider Professioneller, nicht? Sie sind Dilettant, das ist die feine Form des Interesses. Also wenn Sie ihm das ‚Ich halte die Vernunft für …'. Es muß immer rauskommen, er (Galilei) will wirklich ein ernstliches Gespräch und ihr wollt eine amüsante Plauderei."[321]

Als er die Szene mit dem kleinen Mönch probierte, forderte er von dem Darsteller vor allem eine Haltung, die verdeutlicht, daß dem Mönch erst beim Sprechen, wenn er Galilei von seinem Vater erzählt, der ein Bauer ist, bestimmte Gedanken richtig klarwerden. Obwohl sich der kleine Mönch auf die Unterredung mit Galilei gründlich vorbereitet habe, müsse er die ganze Konsequenz seiner Gedanken erst beim Aussprechen begreifen. Zunächst aber gab er dem Schauspieler, was er sonst selten tat, ganz konkrete Anweisungen, wo er hinzuschauen, wie er den Kopf zu halten habe, wie ein bestimmter Ton genommen werden sollte. „Brecht: Jetzt geben Sie acht, daß Sie nicht immer … Jetzt schauen Sie vor sich hin so, dann ist nach vorn die Sache: ‚Der Rücken meines Vaters'. Jetzt brauchen Sie nicht mehr diesen, diesen vorsichtigen Ton, jetzt interessieren Sie sich für das Problem, nicht? Ihr Gehirn fängt jetzt an, wirklich zu arbeiten, das ist nicht mehr vorsichtig – – – Nein, nein, Sie bringen jetzt Ihre Sache vor."[322] Sehr bald aber lieferte er dem Darsteller wieder Entwürfe, Skizzen, Figurinen von Haltungen, um ihm so zu helfen, in seine Rolle einzudringen. „Nein, schauen Sie mal rauszukriegen für sich diese Merkwürdigkeit; denn ihre These ist: Regelmäßiges Unglück ist besser als unregelmäßiges Unglück, nicht, weil es vorhersehbar ist; man kann sich darauf einrichten und so weiter und so weiter, nicht? Ganz einfach, einfacher, so einfacher Standpunkt, der ist nicht richtig, aber er ist interessant, nicht? Also ‚Der Rücken meines Vaters' net wahr ‚ist nicht zusammengedrückt auf einmal, da so mit 'nem Schubs wird er krumm, sondern mit jedem Jahr etwas mehr. 'ne bemerkenswerte Sache, ist eigentlich, was Sie jetzt da rausfischen."[323]

Auf diese Weise bekam Brecht nicht nur außerordentlich präzise Haltungen und Vorschläge, er erreichte mit dieser Methode mehr Differenzierung, mehr Vielschichtigkeit, als auf traditionellem Wege herstellbar war. Allerdings beanspruchte diese Art des Regieführens enorm viel Zeit. Brecht nahm sie sich, und man führte dann seine Erfolge darauf zurück, daß ihm für seine Inszenierungen doppelt soviel Zeit und mehr zur Verfügung stünde als sonst einem Regisseur. Es lag aber nicht an dem Mehr an Zeit, sondern an der Methode, an der Persönlichkeit Brechts. Allerdings war er darauf versessen, eine Haltung so auszufeilen, so auf den letzten Schliff zu bringen, vor allem wenn die Schauspieler mitgingen und Angebote machten, daß daraus nicht nur ein Kabinettstück wurde, sondern daß auch die Gefahr bestand, sich in solche Kabinettstücke zu verlieren. Und dann verführte seine Arbeitsweise dazu, mit einer Inszenierung nie fertig zu werden. Die Durchlaufprobe diente dazu, den Fluß der Fabel zu überprüfen. Das Spiel sollte schnell, leicht und kräftig sein. Auf den Durchlaufproben wurde das richtige Tempo eingepegelt und streng darauf geachtet, daß der szenische Ablauf nicht „fußgängerisch" geriet. Erst wenn die Haltungen präzise erarbeitet waren, achtete er auf Tempo, auf Anschlüsse und Übergänge.

Seine Regiearbeit verstand Brecht als eine öffentliche Sache, die jedermann zugänglich sein sollte. Sie diente den jungen Mitarbeitern als Studienobjekt. Wenn er Regie führte, wollte er von seinen Schülern umgeben sein, und zwar nicht nur von denen, die als Regieassistenten arbeiteten. Ihre Vorschläge griff er ebenso gern auf wie die der Schauspieler. Die Schüler wurden von ihm dann auch relativ früh mit selbständigen Regieaufgaben betraut; nicht nur Besson, Monk, Wekwerth, die von Anfang an dafür vorgesehen waren, auch Peter Palitzsch, Angelika Hurwicz, Käthe Rülicke, Carl M. Weber. Brecht beriet seine Schüler und beteiligte sich auch direkt an ihren Inszenierungen, so wie er sie aufforderte, an seinen Regiearbeiten teilzunehmen und Vorschläge zu machen.

Sosehr Brecht darauf bedacht war, daß das Berliner Ensemble Inszenierungen von internationalem Rang zeigte, betrachtete er diesen Ruf doch niemals durch Schülerarbeiten gefährdet. Daß junge, noch unerfahrene Leute an einer der ersten hauptstädtischen Bühnen eine Inszenierung mit den besten Schauspielern machen konnten, das gab es sonst nicht. Bei den Schauspielern fanden die jungen Leute jedoch nicht immer so viel Verständnis wie bei Brecht. Sie sahen da den Unterschied zum Meister, sahen auch die Unsicherheit, die Unbeholfenheit und glaubten durch solche Unfertigkeiten ihr Ansehen bei Presse und Publikum beeinträchtigt. Doch von solchen Stimmungen ließ sich Brecht nicht beeinflussen, wenn er auch sonst Meinungen der Schauspieler nicht in den Wind schlug. Zu Beginn der neuen Spielzeit 1955/56 schrieb er einen Brief an die Mitglieder des Berliner Ensembles, der am Anschlagbrett ausgehängt wurde: „Nicht zum ersten Mal habe ich den Eindruck, daß die Arbeit unserer jungen Regisseure vom Ensemble falsch eingeschätzt wird. Meinen Anteil an ihren Inszenierungen braucht man nicht zu schmälern, aber man braucht ihn auch nicht zu überschätzen. Die jungen Regisseure haben bei uns nicht nur das sogenannte Handwerk gelernt, sie lernen darüber hinaus eine ganz besondere Art Theater, die sich noch in der Entwicklung befindet und mir selbst genug Schwierigkeiten bereitet. So ist immer noch, und hoffentlich noch geraume Zeit, jede Aufführung ein Experiment. Ich werde mich durch ein rückständiges Verhalten der Schauspieler *nicht* davon abhalten lassen, mich an Experimenten des Berliner Ensemble, von wem immer sie vorgenommen werden, zu beteiligen. Das kann man nicht den jeweiligen leitenden Regisseur entgelten lassen."[324]

Brechts Arbeit als Regisseur ist nicht weniger bedeutsam als die des Dichters; auch hat sie das gleiche künstlerische

Format und darf den gleichen künstlerischen Rang beanspruchen. Der amerikanische Regisseur Harold Clurman, obwohl kein besonderer Liebhaber der Brechtschen Methode, hat das sehr prägnant zum Ausdruck gebracht. Er bezeichnete Brecht als „einen der hervorragendsten Regisseure aller Zeiten“. Clurman wußte genau, auf welchen Rang er Brecht hob. „Ich gebrauche das Wort mit Bedacht: es hat in der Theatergeschichte nur ganz wenige gegeben.“[325]

Das letzte Jahr

Am 25. Mai 1955 wurde Brecht, nicht zuletzt durch den internationalen Gastspielerfolg von „Mutter Courage" in Paris, eine Ehrung zuteil, die ihn freute und froh stimmte: im Kreml wurde ihm der Stalin-Preis „Für die Festigung des Friedens unter den Völkern" verliehen. Auf Ehrungen und Auszeichnungen war er nicht erpicht, aber er nahm sie wichtig. Nach seinem Empfinden gehörten sie zu einem Erfolgsdramatiker, der er ja gerne sein wollte. Wenn er sich in der Dramatik gegen die gängige Erfolgsschablone wandte und lieber das risikoreiche Experiment bevorzugte, so nicht, um das Drama an sich zu erneuern, sondern um ein ihm dringliches gesellschaftliches Anliegen mit größtmöglicher Wirkung vorzubringen. An Ehrungen hat es Brecht, seit er in der DDR lebte, nicht gefehlt, aber er wurde damit auch nicht überschüttet. Daß man ihn mit dem Nationalpreis ausgezeichnet hatte, ließ er gern sehen, indem er bei entsprechenden Anlässen die Orden anlegte. Als ihm, kurz vor seinem Tode, die Universität Greifswald die Ehrendoktorwürde verleihen wollte und bei ihm anfragte, ob er sie annehmen würde, stimmte er sofort zu. Zu der Zunft der Wissenschaft zu gehören, und sei es auch nur über ein Ehrendoktorat, freute ihn. Im Erfolg sah er eine freundliche, gütige Stimulierung des Menschen. Erfolg, so meinte er, mache gerecht.

Daß er für den Stalin-Friedenspreis vorgesehen war, erfuhr er durch Anna Seghers, die ihn nachts aus Moskau anrief und ihm mitteilte, daß sie, Fedin und Aragon ihn für den Preis vorgeschlagen hätten, ob er annehmen würde. Als er am nächsten Tag zur Probe ins Theater kam, sagte er schon auf dem Hofe zu seiner Mitarbeiterin Käthe Rülicke: „‚Käthe, ich kriege den Stalinfriedenspreis.' ... Der Brecht war ungeheuer aufgeregt und hat selbstverständlich ja gesagt. Es vergingen zwei Tage; der Brecht kommt wieder ins Theater, wieder aufgeregt, und sagt: ‚Käthe, es steht in der Zeitung, daß ich ihn bekommen habe.‘ Da hatte er noch gar keine offizielle Benachrichtigung, sondern es stand im ND.“[326] Als das Schreiben des Verleihungskomitees eintraf, antwortete er: „Hochverehrter Herr Skobelzyn, ich danke Ihnen und dem Komitee für Internationale Stalinpreise herzlich für die Verleihung des Stalin-Friedenspreises. Ein solcher Preis scheint mir der höchste und am meisten erstrebenswerte von allen Preisen, die heute verliehen werden können. Sobald ich meine Verpflichtungen – ich leite ein Theater der Deutschen Demokratischen Republik – überblicken kann, werde ich Ihnen mitteilen, wann ich nach Moskau kommen kann.“[327] So offiziell, so ganz als Leiter hatte er sich bisher nie genommen. Die ihm zuerkannte Ehrung ließ eine Seite seines Wesens hervortreten, die sonst kaum zu bemerken war, die aber zu ihm gehörte. Was er einst an Thomas Mann so verachtet hatte – der Dichter als Repräsentant –, war ihm unter den gesellschaftlichen Bedingungen des neuen Staates keineswegs gleichgültig. An der Schwelle des Alters wollte er auch Repräsentant sein, Repräsentant der deutschen Literatur und nicht nur ihr großer Außenseiter.

In der zweiten Maihälfte flog Brecht, begleitet von Helene Weigel und Käthe Rülicke, über eine Zwischenstation in Warschau nach Moskau. Sosehr er sich auf Moskau freute, dachte er doch mit einigem Unbehagen daran, dort lauter fremden Leuten zu begegnen. Bei seinem letzten Besuch kurz vor dem Krieg gab es die Kolonie der deutschen Emigranten, gab es Freunde und Bekannte. Um sich an einem fremden Ort wohl zu fühlen, brauchte er zunächst einmal bekannte Gesichter. Noch auf dem Flugplatz wurde er angenehm überrascht. So, als seien nicht Jahre vergangen und ein Weltkrieg gewesen, begrüßte ihn Michail J. Apletin vom sowjetischen Schriftstellerverband. Er hatte Brecht bei dessen letztem Moskaubesuch vorzüglich betreut und sich um die kranke Grete Steffin gekümmert. Brecht war glücklich, als er das vertraute Gesicht erblickte. Käthe Rülicke erzählte über die Ankunft in Moskau: „Wir kommen an, Brecht steigt aus diesem Flugzeug aus, und ich denke, ich kann meinen Augen nicht trauen: Brecht läuft über den Flugplatz, rechts und links eingehenkelt, um ihn herum 20 Leute; Brecht strahlt und lacht und erzählt – er war zu Hause. Wir kommen dann ins Hotel und Brecht sagt: ‚Der Apletin war auf dem Flugplatz. ... Ich habe den Apletin gesehen, und ganz Moskau war in Ordnung.' Das ist eine dieser großen Sachen des Takts, den die Sowjets haben, daß sie daran gedacht haben, den Apletin zu schicken, und daß Apletin daran gedacht hat. Nun war der Brecht echt begeistert von Moskau in diesen ganzen Tagen, er war hingerissen. Er hatte vor 15 Jahren noch alles mit Steinholzpflaster gesehen, jetzt waren breite Asphaltstraßen. Ich habe den Brecht nie so glücklich gesehen wie in diesen 12 Tagen Moskau, restlos glücklich."[328]

Brecht wohnte im Hotel Sowjetskaja. Von Moskau aus nahm er sogleich Verbindung zu seinem alten Freund Bernhard Reich und dessen Frau Asja Lacis auf. Reich gelang es, noch rechtzeitig nach Moskau zu kommen. Beiden lag sehr an einer Begegnung. Der Kontakt war schon vor dem Kriege abgerissen, als Reich von den Repressionsmaßnahmen betroffen wurde. Sein Rehabilitierungsverfahren lief noch, als er nach Moskau fuhr. Brecht versprach, sich für die beschleunigte Rehabilitierung einzusetzen. Er erkundigte sich bei Reich nach dem Schicksal von Carola Neher und dem Grabe von Margarete Steffin. Zu Gesprächen kam es auch mit dem sowjetischen Regisseur Nikolai Ochlopkow und mit Ilja Fradkin. Dabei ging es hauptsächlich darum, welche Stücke man in Moskau und in Berlin auf die Bühne bringen könnte. Reich bot er an, ein sowjetisches Stück wie Wischnewskis „Erste Reiterarmee" zu inszenieren. Auch der Plan, daß das Berliner Ensemble in Moskau gastierte, wurde hier erstmals erörtert.

Wie immer in fremden Städten ging Brecht gern ins Theater, während er zu Hause nur selten Aufführungen anderer Theater besuchte. Und wenn, dann meistens nur, um sich einen Schauspieler anzusehen, der auch an seinem Theater arbeitete, sozusagen aus Höflichkeit und Achtung gegenüber der Arbeit des anderen. Sehr angetan war er von einer Inszenierung im Künstlertheater, wo er Ostrowskis „Heißes Herz" sah: „die ganze größe stanislawskis wird sichtbar."[329] Wie immer, wenn es um gutes praktisches Theater ging, bereitete es ihm keine Verlegenheit, Stanislawski zu bewundern und ihm zu bescheinigen, daß man von ihm enorm viel lernen könne. Dagegen fand er im selben Theater die Inszenierung von Shakespeares „Was ihr wollt" durch einen Stanislawski-Schüler als ausgesprochen schlechtes traditionelles Theater. Das hohle Pathos, die kleinbürgerliche Innigkeit widerten ihn an. Vor allem aber ärgerte er sich über die plumpe Verspottung der Figur des Haushofmeisters, der glaubt seine Herrin lieben zu dürfen. Die seelische Roheit dieser durchaus üblichen Rollenauffassung empörte Brecht. Gedankenlosigkeit dieser Art entschuldigte er bei Marxisten nicht. Reichlich Lob spendete er auch der Aufführung von Majakowskis „Schwitzbad": „ein vitales kammermysterium, sehr lebendig gespielt, von ausgezeichneten schauspielern. realistisches spiel, allüber verfremdungseffekte, komisches pathos."[330] Um so mehr verwundert, daß Brecht nie in Erwägung zog, ein Majakowski-Stück in den Spielplan des Berliner Ensembles aufzunehmen, betrachtete er doch die Verfilzung von neuem und altem Bürokratismus als ein Übel, dem zu Leibe zu rücken er dringend für geboten hielt.

Seine Gastgeber, die ihm gern und mit großer Freude jede Bitte erfüllten, brachte er aber bald in arge Verlegenheit. Als es nämlich darum ging, seine Rede bei der Entgegennahme des Stalin-Friedenspreises zu übersetzen, stellte Brecht Ansprüche. Eine solche Rede war für ihn keine Gelegenheitsarbeit, mit der linken Hand zu erledigen. Bloße Höflichkeitsfloskeln und Dankesworte haßte er. Das Verfassen von Aufrufen, Erklärungen, Reden betrachtete er als verantwortungsvolle politische Arbeit. Hierfür investierte er genausoviel Zeit wie für seine Dichtungen, oftmals mehr. Gerade weil solche Texte sofort einem großen Leserkreis bekannt wurden, nahm er sie wichtig. Und wenn sich Schriftsteller direkt zur Politik äußerten, sollten sie das als Meister des Wortes tun und Politik durch ihre spezifischen Mittel zur Wirkung bringen. Denn das, was häufig gesagt wurde – und Politik versteht sich als fortdauernde Wiederholung des Wichtigen und Dringlichen –, mußte der Schriftsteller so ausdrücken, daß es neu und nachhaltig wirkte. Vor seiner Reise nach Moskau hatte sich Brecht die Dankreden von Becher und Anna Seghers heraussuchen lassen, die vor ihm den Preis erhalten hatten. Seine Achtung und Wertschätzung des Preises, seine ganz persönliche Haltung zur Sicherung des Weltfriedens als gegenwärtig wichtigstem Problem der Menschheit sowie seine Eigenart, seine Lebensauffassung als Dichter sollten in einem kurzen Text zum Ausdruck kommen. Das machte mehr Arbeit als das Schreiben einer Szene.

Brecht kam mit einem fertigen Text nach Moskau und dachte gar nicht daran, diesen Text, wie es üblich war, von dem ihm zugeteilten Dolmetscher übersetzen zu lassen. Brecht verlangte Boris Pasternak als Übersetzer. Nun dürfte ihm zwar Pasternak als Lyriker und Übersetzer von Goethe und Shakespeare bekannt gewesen sein. Doch war er in der russischen Literatur wiederum nicht so zu Hause, daß er Pasternaks Rang hätte einschätzen können. Sicher hatte ihm schon in Berlin jemand die Empfehlung gegeben. Die Gastgeber schienen über den Vorschlag zunächst mehr erstaunt als verlegen. Damals war Pasternak noch nicht der

Autor des „Doktor Schiwago", und es gab auch noch nicht die besonderen Spannungen der späteren Jahre um seine Person. Der Vorschlag überraschte vor allem deshalb, weil der politische Dichter gerade jemanden als Übersetzer haben wollte, den man für einen ganz unpolitischen Menschen hielt. Man glaubte gar nicht daran, daß Pasternak sich dazu bereit erklären würde. Zudem lebte er abgeschieden von der Moskauer Öffentlichkeit auf seiner Datsche in Peredelkino. Doch Brecht meinte, versuchen könne man es doch, und bestand darauf, daß man Pasternak seinen Wunsch übermittelte. Er fügte seiner Rede ein kleines Schreiben hinzu: „Lieber Pasternak, ich bitte Sie um Ihre Hilfe. Übersetzen Sie meine Rede."[331] Umgehend kam Antwort von Pasternak: „Lieber Brecht, ich bin froh, daß ich Ihnen behilflich sein konnte."[332] Er ließ alles stehen und liegen und übersetzte die Rede. Dabei dürfte er nicht viel mehr von Brecht gewußt haben als Brecht von ihm. Pasternak hat dann auch bekannt, daß er bisher von Brecht eine ganz falsche Vorstellung gehabt hätte. Ihm sei er als ein Agitationsdichter bekannt gewesen, und entsprechend seiner poetischen Auffassung hielt er davon nicht viel. Erst beim Übersetzen der Rede sei ihm bewußt geworden, welche sprachliche Kraft und welcher poetische Sinn diesem Dichter eigen seien. Später schickte Brecht Pasternak seine Lenin-Gedichte. Er verband damit den Wunsch, Pasternak möge sie übersetzen. Eine Antwort blieb aus.

Die festliche Verleihung des Preises fand am 25. Mai 1955 im Swerdlow-Saal des Kreml durch den sowjetischen Dichter Nikolai Tichonow statt. Konstantin Fedin und Boris Polewoi überbrachten die Glückwünsche des sowjetischen Schriftstellerverbandes, Nikolai Ochlopkow die des sowjetischen Theaterverbandes. In seiner Rede sagte Brecht: „Der Friede ist das A und O aller menschenfreundlichen Tätigkeiten, aller Produktion, aller Künste, einschließlich der Kunst zu leben. ... Das ganze Leben kämpfen die

Menschen im Kapitalismus um ihre Existenz – gegeneinander. ... Die Völker, die sich eine sozialistische Wirtschaft erkämpft haben, haben eine wunderbare Position bezogen, was den Frieden betrifft. ... Der Fortschritt hört auf, ein Vorsprung zu sein, und die Erkenntnisse werden niemandem mehr verheimlicht, sondern allen zugänglich gemacht. Die neuen Erfindungen können mit Freude und Hoffnung empfangen werden, anstatt mit Entsetzen und Furcht. Ich selbst habe zwei Weltkriege erlebt. Jetzt, an der Schwelle des Alters, weiß ich, daß von neuem ein ungeheurer Krieg vorbereitet wird. Aber ein Viertel der Welt ist jetzt befriedet. Und in anderen Teilen befinden sich die sozialistischen Ideen im Vormarsch."[333]

Der Zufall wollte es, daß er den Rückflug von Moskau nach Berlin gemeinsam mit Paul Wandel antrat, der so viel für ihn getan hatte. Von ihm erhielt Brecht noch kurz vor seinem Tode einen Brief, in dem er seinen persönlichen Eindruck mitteilte, den er beim Lesen der „Tage der Commune" gehabt hatte. Die freundlichen Worte, mit denen ein so erfahrener Politiker und Revolutionär sein Stück bedachte, das selbst im engen Freundeskreis mehr Zurückhaltung als Zustimmung fand, berührte ihn sehr.

Die Preisverleihung trug Brecht Glückwünsche aus nah und fern ein. Nicht zuletzt brachte sie einige skeptische Kulturfunktionäre und Literaturwissenschaftler im Lande, denen seine Kunst immer noch nicht sozialistisch-realistisch genug war, dazu, jetzt mit größerem Respekt von seinem Werk zu sprechen. In der Bundesrepublik führte die Preisverleihung jedoch zu einem abermaligen Versuch, Brecht-Aufführungen zu verhindern. In Recklinghausen nahm man den Preis zum Anlaß, um eine bevorstehende Inszenierung zu Fall zu bringen. In einem Brief informierte Brecht den Frankfurter Intendanten Harry Buckwitz über seine Moskauer Rede und wie dieser Preis „Für Frieden und Verständigung zwischen den Völkern" zu werten sei.

Ein Vorgang wie in Recklinghausen, so fand er, „heischt einen Kampf". „Lieber Buckwitz, ich hoffe meine Moskauer Rede in Ihren Händen. Sie behandelt den Weltfrieden vom Standpunkt eines Sozialisten aus. Der Preis ist kein gewöhnlicher Stalin-Preis, der für bestimmte Werke, sondern ein internationaler Friedenspreis, etwa entsprechend dem Nobel-Preis, der für Bemühungen um den Weltfrieden verliehen wird. Im letzten Jahr wurde er u. a. an Charlie Chaplin verliehen."[334] Die westdeutsche Presse spielte Brecht übel mit. Verärgert und zugleich belustigt über die Anmaßung, ihm vorzuschreiben, was er zu tun und zu lassen habe, wenn er an westdeutschen Bühnen aufgeführt werden wollte, meinte er: „Die Herren verlangen nächstens noch eine Bescheinigung, daß ich Kirchensteuer zahle."[335]

Zu den großen Freuden seines letzten Lebensjahres gehörte der geradezu triumphale Erfolg, den das Berliner Ensemble bei Gastspielen 1954 und 1955 in Paris errang. Die Pariser Gastspiele brachten ihm den ersehnten internationalen Durchbruch. Jetzt war er an den Bühnen Europas wirklich präsent. Ein Stück von ihm aufzuführen bedeutete kein Wagnis mehr. Befriedigt schrieb er am 28. September 1955 an seinen Freund Feuchtwanger: „Zumindest seit Paris ist es ja kaum noch gefährlich, in Westeuropa ein Stück von mir zu spielen."[336] In diesem Brief unterrichtete er Feuchtwanger davon, daß er mit Peggy Ashcroft, John Gielgud und George Devine gesprochen habe, die von den Aufführungen des Berliner Ensembles sehr angetan gewesen wären und helfen wollten, sie nach London zu bringen. Das Londoner Gastspiel, das Brecht nicht mehr erlebte, fand dann auch ein Jahr später mit einem ähnlich großen Erfolg wie vorher in Paris statt. Dabei war Brecht noch vor einem Jahr in Frankreich ein unbekannter Autor gewesen. Trotz der Aufführung von „Mutter Courage" durch einen so bekannten und erfahrenen Regisseur wie Jean Vilar am

T.N.P. wollte in Paris niemand wahrhaben, daß es sich hier um einen der bedeutendsten Dramatiker des 20. Jahrhunderts handelte. Das national betonte französische Theater und der nationalliterarisch beherrschte Kunstmarkt der französischen Metropole räumten einem ausländischen Autor so schnell keinen Platz ein.

Doch was unmöglich schien, wurde nach dem ersten Gastspiel Realität. 1954, anläßlich des ersten Internationalen Festivals der dramatischen Kunst, gastierte das Berliner Ensemble mit „Mutter Courage“ im Théâtre Sarah Bernhardt und erhielt den ersten Preis für das beste Stück und die beste Inszenierung. Vom 20. bis 24. Juni 1955 trat das Berliner Ensemble mit dem „Kaukasischen Kreidekreis“ in Paris auf. Diesmal wurde der während des ersten Gastspiels geprägte Begriff der „révolution brechtienne“ zum Schlagwort. Gab es 1954 durch den rechtsorientierten „Figaro“ noch eine einzelne Gegenstimme im Pariser Presseecho, so war sich die Kritik beim Gastspiel 1955 einig in dem Bravo für Brecht und das Berliner Ensemble. Elsa Triolet schrieb in „Les Lettres françaises“: „Paris hat dem ‚Kaukasischen Kreidekreis‘ zugejubelt, es hat Bertolt Brecht, dem Autor des Stückes, und den Darstellern, dem Berliner Ensemble, zugejubelt. Von Paris, dieser unbeständigen, überschwenglichen, anspruchsvollen, nervösen und kaltblütigen Stadt bejubelt zu werden ist herrlich. Paris gewinnen und nie mehr verlieren ... Wenige haben das erreicht: Bertolt Brecht hat die Anerkennung der französischen Hauptstadt gewonnen ...“[337] Ob es Brecht als so herrlich empfunden hat, von Paris bejubelt zu werden, ist nicht überliefert. Sicherlich hat er es genossen, denn er kannte das literarische Klima dieser Stadt. Er wußte, warum er in den dreißiger Jahren nicht als Emigrant hier geblieben war. Völlig unbekannt in Skovsbostrand zu leben war zu ertragen, ohne Ruhm und Anerkennung die Jahre in Paris zu verbringen hieß für ihn, literarisch dahinzuvegetieren. Er setzte darauf, daß seine

Zeit noch kommen würde. Als er 1947 aus New York in Paris eintraf, wußte er nach den ersten Abenden, daß in diesem Klima sein Weizen nicht blühte, und er verließ Paris sehr rasch. Erst an der Schwelle des Alters fiel ihm der Ruhm zu. Der lange Marsch durch die Erfolglosigkeit hatte ihn nicht aufgerieben. Da er seine Kunst als gesellschaftlichen Auftrag ansah, wußte er, daß es gesellschaftlicher Bedingungen bedurfte, sie zur Wirkung zu bringen. Ein Teil der französischen Kritiker begriff auch, daß dieser Dichter mit seinem Ensemble aus „Allemagne-Est" auf dem Boden einer neuen Gesellschaftskultur arbeitete und von hieraus verstanden werden wollte. Der Pariser Erfolg regte Brecht viel weniger auf als die Verleihung des Stalin-Friedenspreises, aber er verschaffte ihm eine tiefe innere Befriedigung, sein Werk mit einer richtigen Strategie über viele Etappen hinweg zur ersehnten internationalen Anerkennung geführt zu haben. Der „Abstieg" in den Weltruhm war erreicht. Was er sich als Jüngling in Augsburg vorgenommen, als er sich in die von der Statue Schillers geräumte Nische des Augsburger Theaters gestellt und bekanntgegeben hatte, er werde in den kommenden Jahrzehnten diesen Platz einnehmen, konnte nach Paris gewissermaßen als eingelöst betrachtet werden.

Am 11. und 12. Januar 1956 fand der IV. Deutsche Schriftstellerkongreß in Berlin statt. Brecht nahm daran teil und hielt eine kurze, aber vielbeachtete Rede, in der er – wie schon in Moskau – die Künste und die Kunst zu leben zu verbinden suchte. Daß es in Westdeutschland im Unterschied zur DDR nicht zu den gesellschaftlichen Veränderungen als notwendiger Voraussetzung für eine neue Lebensweise gekommen war, empfand er nach wie vor als die exemplarische Tatsache, von der aus die Dinge beurteilt werden mußten. Er ließ nicht mit sich reden, wenn von dieser Tatsache abgesehen wurde. In der BRD war die Restauration der alten gesellschaftlichen Kräfte betrieben worden, davon ging er in seiner Rede aus: „Immer noch lebt der größere Teil Deutschlands im Sumpf der bürgerlichen Barbarei, und der Sumpf steigt wieder. ... Wir schreiben unter neuen Bedingungen. Die sozialistische und realistische Schreibweise, die wir als Sozialisten und Realisten für unsere neuen Leser, Erbauer einer neuen Welt, entwickeln, kann, wie wir sahen, für den großen Kampf in vielfacher Weise dichterisch ausgebaut werden, nach meiner Meinung besonders durch das Studium der materialistischen Dialektik und das Studium der Weisheit des Volkes. Bauen wir doch unseren Staat nicht für die Statistik, sondern für die Geschichte, und was sind Staaten ohne die Weisheit des Volkes!"[338] In den Reden der fünfziger Jahre prägte sich der Altersstil Brechts aus. War Brecht schon immer daran gelegen, etwas einprägsam zu formulieren, so kam jetzt das Bemühen hinzu, als Repräsentant verstanden zu werden, dem Weisheit anstehe, der der aufreizenden Polemik zu entsagen habe, weil zur Weisheit Würde und Güte im Sinne der sanften Gewalt der Vernunft gehören.

Die Arbeit des Kongresses vollzog sich jedoch nicht nur im Plenum, wo wohldurchdachte Reden gehalten wurden. Zu einer lebhaften Diskussion kam es in den Sektionen. In der Sektion Dramatik meldete sich Brecht mit einem Vorschlag zu Wort, der in den kommenden Jahren auf dem Gebiet der Kunst, aber auch der Politik Wirkungen zeitigte wie in so unmittelbarer Weise wohl kaum ein Kongreßvorschlag zuvor. In seinem Diskussionsbeitrag fragte Brecht, „wie wir, abgesehen von dem großen Stück für die Theater, wieder zu kleinen, wendigen Kampfformen kommen, wie wir sie einmal in der Agitprop-Bewegung gehabt haben"[339]. Seine Rede auf diesen einen Punkt eingrenzend, verwies er auf die gegenüber der Agitprop-Bewegung früherer Jahre größeren Möglichkeiten, die jetzt einfach durch die neuen gesellschaftlichen Verhältnisse gegeben seien. Diese wendigen kleinen Trupps sollten sich mit den Alltagssorgen der

Menschen in der Republik beschäftigen, und zwar in unmittelbarer Zusammenarbeit mit den örtlichen Organen. So empfahl er zum Beispiel, das Wissen der Bezirkssekretäre um die bestehenden Schwierigkeiten zu nutzen. Auf diese Weise entstünden neue Impulse sowohl für die politische Arbeit als auch für die Dramatik.

Diese Seite seines Vorschlags, die Zusammenarbeit mit den örtlichen Organen, mit den Bezirkssekretären, ließ sich am wenigsten durchsetzen, obwohl Brecht gerade hier Ansätze für eine Kultur des öffentlichen Denkens sah, eine Möglichkeit, die Dialektik zur Gefühlssache des Volkes zu machen. Die enorme, geradezu dynamische Wirkung, die von Brechts Vorschlag ausging, bestand darin, daß der Bann über die Agitprop-Kunst, über die revolutionären Kunstentwürfe aus der Zeit der Weimarer Republik gebrochen wurde und man sich diesem Erbe wieder zuwandte. Die Agitprop-Kunst geriet von neuem zu einem Studienobjekt, zum Experimentierfeld. Bereits ein Jahr zuvor hatte er in einem Gespräch „Über Malerei" auf die undialektische, scheinmarxistische Argumentationsweise hingewiesen, daß das Proletariat die Etappe der Agitprop-Kunst überwunden habe und jetzt Kunstwerke wünsche. Dadurch habe man auf das Leichtere den Stempel des Primitiven gedrückt und es der Verachtung preisgegeben, ohne es überhaupt erst einmal geschaffen zu haben. Später, in der Phase des Bitterfelder Weges, griff die Kulturpolitik wieder auf diese Begründung zurück, jedoch ohne die Agitprop-Bewegung als künstlerisches Erbe preiszugeben.

Daß der Bann 1956 gebrochen werden konnte, lag jedoch nicht so sehr an der Autorität und der Überzeugungskraft Brechts. Auf Grund der vom Bonner Bundestag am 27. Februar 1955 vollzogenen Ratifizierung der Pariser Verträge ließ sich die bisherige Deutschlandpolitik auf die Dauer nicht mehr fortführen. Das bewußte Ausschalten oder stillschweigende Übergehen der revolutionären Kunstentwürfe aus der Zeit der Weimarer Republik, das Negieren, ja Verächtlichmachen der Agitprop-Kunst hatte ja zu tun mit Bündnisanstrengungen, die darauf gerichtet waren, doch noch die Einheit Deutschlands zu erzwingen. Brechts eminenter Sinn für den richtigen Zeitpunkt verlieh seinem Vorschlag die Kraft einer zündenden Idee. Es entstand die Richtung des „didaktischen Theaters“, wobei die Etikettierung nicht gerade in einem produktiven Sinne gemeint war. Die dialektische Dimension, die dialektische Denkkultur, die Brecht mit seinen Lehrstückversuchen verband, wurde nicht einmal im Ansatz erreicht, dafür kam es jedoch zu einer von Brecht nicht minder erwünschten Politisierung der dramatischen Kunst und des Theaters.

In der zweiten Februarwoche 1956 fuhr Brecht, begleitet von Elisabeth Hauptmann und seiner Tochter aus erster Ehe, Hanne Hiob, nach Mailand. Dort fand am Piccolo Teatro unter der Regie von Giorgio Strehler die Premiere der „Dreigroschenoper“ statt. Die internationale Beachtung, die sein Werk jetzt fand, suchte Brecht, soweit es sein Gesundheitszustand erlaubte, in den wichtigsten Stationen zu verfolgen. Strehler hatte ihn bereits in Berlin besucht, sonst aber kannte Brecht den jungen Regisseur und seine Arbeit kaum. Strehler gehörte zu der Generation, deren eigentliche Entwicklung erst nach dem Kriege begann, für die 1945 die wichtigste Zäsur ihres Lebens bedeutete. Wie die meisten dieser Generation war auch er ohne direkte Lehrer, ohne die Obhut großer Meister zum Theater gekommen. Um so dankbarer empfand er die Einflüsse großer Vorbilder. Geprägt wurden seine Regiehandschrift und seine künstlerische Auffassung hauptsächlich durch den französischen Theatermann Louis Jouvet und durch Bertolt Brecht. Diese Mischung schien für sein Naturell außerordentlich förderlich zu sein. Das von ihm praktizierte Theater zeigte sich ebenso stabil wie modern, ebenso originell wie traditionsbewußt. Mit Paolo Grassi gründete er 1947 das

Piccolo Teatro, ein Unternehmen, das Brecht für sehr geeignet und befähigt hielt, wichtige Aufführungen durchzusetzen.

In Mailand angekommen, ging Brecht schnurstracks in die Generalprobe. Er kam unbemerkt in den Zuschauerraum, und auch als Strehler ihn entdeckte, bat er, sich nicht um ihn zu kümmern und so weiterzuarbeiten, als sei er nicht anwesend. Aus seinen eigenen Regieerfahrungen wußte er, daß man zur Generalprobe den Kopf frei haben mußte für das, was auf der Bühne vor sich ging. Und was er da sah, verfolgte Brecht mit Staunen und Spaß. Giorgio Strehler verfuhr mit den Spielangaben des Stückes ziemlich freizügig. Der Pferdestall, in dem die Hochzeit von Mackie Messer stattfindet, war bei Strehler eine Garage. Auch das Spiel der Darsteller bewegte sich gestisch in anderen Dimensionen, als es Brecht von den bisherigen Aufführungen gewohnt war. Aber er sah sofort, daß hier auf ganz andere Weise großartiges Theater gemacht wurde, mit wunderbaren Schauspielern. Spontan lachte Brecht laut los. Aber hier war man so unbekümmertes, lautes Lachen bei Proben nicht gewohnt. Die Schauspieler zeigten sich eher verschreckt und irritiert als angeregt und bestätigt. Strehler ging zur Bühne. „Einer der Schauspieler beugt sich zu mir herab und flüstert mir zu: ‚Wer ist dieser Flegel, der da unten dauernd losprustet? Wir sind Schauspieler und keine Hampelmänner, über die sich deine Freunde lustig machen können. Sorg bitte dafür, daß er aufhört!‘ Kühl sagte ich: ‚Es ist Brecht, der da lacht‘, drehe mich mit theatralischer Geste um und gehe an meinen Platz zurück. Verwirrung und verschwörerisches Flüstern auf der Bühne. Vom Zuschauerraum her rufe ich ihnen in direktoralem Ton (das gehört zur ‚Rolle‘) zu: ‚Bitte, Herrschaften! Die Probe geht weiter!‘ Und sie geht weiter. Nach und nach wird sie animierter; nach und nach bewirkt die Gegenwart des Autors – die wir Darsteller im Grunde immer fürchten, die dieses Mal aber so unbefangen, so voller Bereitschaft ist, sich verzaubern zu lassen, sich an sich selbst und an uns zu vergnügen –, daß eine schöpferische Atmosphäre entsteht, die allen hilft, sich zu entspannen, sich zu geben."[340]

Am Abend der Premiere nahmen Brecht und Strehler den Applaus des Publikums entgegen. „Das ewig sich wiederholende Ritual des Applauses, und am Schluß das Erscheinen des Autors und des Regisseurs. Die Schauspieler, die wie stets zur Kulisse hinsehen, wo, wie sie wissen, der Regisseur steht oder stehen müßte. Dann kommt irgendwer und nimmt dich bei der Hand. Brecht war in solchen Momenten genauso unglücklich wie ich. Ich sah ihn leiden und sich, da er wußte, es war vergebens, mit sanfter Schüchternheit bemühen, nicht ‚nackt' hinauszugehen vor das applaudierende Publikum. Und das ist bestimmt keine Indifferenz. Es ist ein anderes, viel tieferes und ernsthafteres Gefühl, das ich nicht einmal nach so langer Zeit erklären kann. Wie eine Art demütiger Scham, ein Gefühl von Unnützsein, Ausgehöhltsein und wer weiß was noch. Wir sind auch damals hinausgegangen, zusammen, und haben uns gegenseitig die Hand gedrückt, den Oberkörper ein wenig vorneigend wie zwei brave deutsche Kinder, denen man beigebracht hat, wie man es macht."[341] In einem Brief, den Brecht später aus Berlin an das Ensemble schickte, lobte er das Spiel der Mailänder Künstler unter ihrem „großen Regisseur". Sie hätten Feuer und Kühle, Lockerheit und Exaktheit geboten und dem Werk zu einer echten Wiedergeburt verholfen. Er bedankte sich auch für die kleine Ausstellung im Foyer des Theaters über sein Werk und sein Theater. An Ruth Berlau, die sich in Kopenhagen befand, schrieb er begeistert: „... die Aufführung – glänzend in Anlage und Detail und sehr aggressiv."[342] Strehler, den er ebenso kühn wie vorausschauend den „besten Regisseur Europas" nannte, hatte ihn regelrecht verzaubert, so daß er zu allem bereit war, zum höchsten Lob wie zum weitreichendsten Angebot. „Lieber Strehler, ich wollte, ich könnte Ihnen in Europa alle meine Stücke überlassen. Eins nach dem anderen. Danke Bertolt Brecht“[343]

Anfang Mai 1956 begab sich Brecht wegen einer Virusgrippe in die Charité. Es sei eine Endokarditis, schrieb er aus dem Krankenhaus seinem Freund Lion Feuchtwanger, aber schon im Abklingen. Doch in der Folgezeit besserte sich sein Gesundheitszustand nicht grundlegend. Statt Termine zu vereinbaren, sah er sich gezwungen, fortlaufend welche abzusagen. Er war froh, daß Erich Engel die „Galilei“-Proben übernahm, Ende April mußten sie dann doch ausgesetzt werden. Etwas bekümmert schrieb er an seinen Hauptdarsteller Ernst Busch: „Ich muß trotz aller Besorgnisse zugeben, daß ich *sehr* bedauert hätte, nicht bei der Endgestaltung Ihres Galilei hätte teilnehmen [zu] können. Besonders nach der letzten Probe der letzten Szene sah ich, wie ich glaube, deutlich, wie sich eine herrliche Gestalt bildete! Für Sie ist die Verschiebung natürlich am schlimmsten, besonders das Loch Mai–Juni, das bekümmert mich wirklich, ich fange an zu schwitzen, wenn ich daran denke. Aber die Pause mit der Erholungsmöglichkeit für mich *und für Sie* kann auch ein wenig nützen. Ich bin jetzt so sicher, daß wir eine gute Arbeit abliefern werden.“[344] Einen Monat später war er genötigt, wegen seines schlechten Gesundheitszustands der Akademie der Künste mitzuteilen, daß er nicht an der Sitzung teilnehmen könne, auf der über die Verleihung der Nationalpreise gesprochen werde. Aber er machte Vorschläge. Willi Bredels neues Werk „Gastmahl im Dattelgarten“ wie die Gedichte von Maurer und dessen theoretische Arbeiten über Lyrik hielt er für auszeichnungswürdig. Im Juni hatte sich sein Befinden noch nicht so gebessert, daß er etwas zu unternehmen wagen konnte. An der Wiener Scala wurde als letzte Inszenierung dieses Hauses, das zur Schließung gezwungen wurde, der „Galilei“ aufgeführt. An Wolfgang Heinz und Karl Paryla schrieb

Brecht, daß er nun doch nicht nach Wien kommen könne, um sich die Aufführung anzusehen. Paryla fragte er, ob er nicht Lust hätte, in der nächsten Saison am Berliner Ensemble den Fedja im „Lebenden Leichnam" zu spielen.

So viele Termine er zwischen Ende April und Juni auch absagen mußte, hielt er es doch für wichtig, junge Leute, die er für begabt hielt, zu beraten. Da hatte ihm zum Beispiel Peter Hacks einen Aufsatz mit dem Titel „Einige Gemeinplätze über das Stückeschreiben" zugeschickt, der ebenso gut wie frech geschrieben war. Brecht mochte da vieles an seine eigene Jugend, an eigene Fehler und Verirrungen erinnert haben. Hacks hielt er für sehr begabt, außerdem fühlte er sich ihm verpflichtet, weil dieser gemeinsam mit seiner Frau Elisabeth Wiede ein schwieriges Stück für das Ensemble mit großem Geschick übersetzt hatte. Mit der Komödie „The Playboy of the Western World" von John Millington Synge gedachte Brecht das Repertoire etwas aufzulockern. Er bot Manfred Wekwerth die Regie unter der Bedingung an, er fände jemanden, der innerhalb von vierzehn Tagen eine neue Übersetzung zustande brächte. Wekwerth fand Hacks. Brecht sprach mit dem jungen Dichter. Doch dem kam das Angebot keineswegs gelegen, denn er saß gerade über einer größeren Arbeit. Brecht stimmte ihm zu, daß er sich davon keinesfalls abhalten lassen dürfe, aber die Übersetzung des Synge-Stücks sei schließlich eine Sache, die in zwei Wochen zu erledigen wäre. Hacks sagte zu.

Um den poetischen Reiz des Stückes von Synge zu erfassen, mußte eine Art Kunstsprache erfunden werden, die ebenso natürlich wie poetisch wirkte. Eine enorm schwierige Aufgabe. Hacks und seine Frau lösten sie wenn auch nicht ganz in der von Brecht vorgegebenen Zeit, so doch in einer überraschend kurzen Frist und erstaunlich gut. Das Theater nahm dann zwar noch eine weitere Bearbeitung vor, die Hacks nicht schmeckte, da sie die Inszenierung von vornherein auf einen Comic-Stil festlegte. Auch den Titel „Held der westlichen Welt", den Hacks für ganz und gar unangemessen hielt (bei ihm hieß es „Der Held des Abendlandes"), erfand das Theater. Doch Hacks hatte seine Arbeit getan und kümmerte sich jetzt nicht weiter darum, was mit der Übersetzung gemacht wurde. Die Regisseure Wekwerth und Palitzsch führten das Stück zu einem großen Erfolg, der das Brecht-Theater am Schiffbauerdamm von einer ganz neuen Seite zeigte. Das Publikum amüsierte sich köstlich. Seit dem „Puntila" hatte es auf der Bühne des BE nicht mehr einen so handfesten Spaß und soviel skurril anmutende Poesie gegeben. Inszenierung und Premiere fanden zu einer Zeit statt, als Brecht ins Krankenhaus ging und sich danach nicht wieder recht erholte.

Auf dieses wenig gespielte Stück von Synge war Brecht durch den großen Publikumserfolg des Deutschen Theaters mit Werner Bernhardys „Ein Polterabend" unter der Regie von Curt Bois gekommen. Da er nichts von Possen hielt, hätte er sonst kaum von dieser Silvesterpremiere Notiz genommen. Aber in diesem Stück spielte seine Tochter mit. Ihr, die unter dem Namen Barbara Berg zum Berliner Ensemble gehörte, hatte er die Aufgabe gestellt, sie müsse bei ihm das Handwerk erlernen und außerhalb des Berliner Ensembles einen Erfolg verbuchen können. Das erreichte sie an jenem Silvesterabend 1952. Die Kritik lobte neben Horst Drinda vor allem Barbara Berg wegen ihrer in Deutschland so seltenen Begabung für „exzentrische Komik". Sie habe aus einer Rolle, die im allgemeinen mit einer Statistin besetzt werde, eine „darstellerische Groteskleistung" gemacht. Der Publikumserfolg und die exzellenten schauspielerischen Leistungen der überwiegend jungen Darsteller veranlaßten Brecht, nach einem ähnlichen Stück für sein Theater zu suchen. Ernst Busch empfahl ihm das Synge-Stück, das ihm von den zwanziger Jahren her in Erinnerung geblieben war. Brecht fand, Buschs Tip sei durchaus das Richtige, nur müsse eine andere Übersetzung her. So kam es zu dem Auftrag für Peter Hacks und Elisabeth Wiede. Der Erfolg, den die Regisseure Manfred Wekwerth und Peter Palitzsch mit diesem Stück und die jungen Schauspieler wie Heinz Schubert, Ekkehard Schall, Barbara Berg erzielten, übertraf noch den des Deutschen Theaters mit Bernhardys „Polterabend". Die Kritik lobte Ekkehard Schall wegen seiner „geradezu choreographisch bestimmten Leichtigkeit und artistischen Genauigkeit". Diese poetisch und artistisch überaus reizvolle Inszenierung, mit der junge Regisseure und Schauspieler, die in den kommenden Jahren das Profil des Ensembles prägen sollten, ihren Talentbeweis lieferten, hat Brecht nie gesehen.

Nach der Lektüre von Hacks' „Gemeinplätzen über das Stückeschreiben" war Brecht zu dem Schluß gekommen, daß sich der Autor den denkbar schlechtesten Dienst erwies, wenn er den Aufsatz veröffentlichte. Man würde seine Stücke aus der Sicht der hier dargelegten Theorien beurteilen. Ein junger Autor nahm sich so die Möglichkeit, die poetische und dramatische Kraft seiner Werke vor einer unvoreingenommenen Öffentlichkeit auszuprobieren. Solche Fehler hatte Brecht selber zur Genüge gemacht und dafür lange zahlen müssen. Davor wollte er Hacks bewahren. Er rief ihn an und sagte: „Lieber Hacks, ich hab also mit dem, was ich geschrieben hab früher einen so fürchterlichen Ärger gehabt, daß man also ganz vorsichtig sein soll, wenn man auch nur eine Zeile Theorie schreibt, und vielleicht sollte man sich das doch überlegen."[345] Er schlug dann vor, bei sich eine kleine Konferenz abzuhalten. Man könnte einige gescheite Leute wie Harich, Hermlin, Cwojdrak einladen und deren Meinung hören. Das geschah dann auch. Für Brecht bedeutete das bei seinem Gesundheitszustand eine fürchterliche Anstrengung. Anwesend waren dann neben Brecht, Hacks und Elisabeth Wiede Harich, Cwojdrak und Käthe Rülicke.

Zu einer wirklichen Diskussion kam es merkwürdigerweise nicht. Harich stimmte der Argumentation Brechts ohne größere Einschränkungen zu. Das veranlaßte Hacks zu glauben, Harich habe seinen Aufsatz nur „unvollkommen“ gelesen. Cwojdrak sagte nur wenig. „Der einzige Mensch, der was sagte, war Brecht, und Brecht“, so Peter Hacks, „machte also einen wunderbaren Einwand, von dem ich erst viel später begriffen habe, wie wichtig das war. Ich hatte in diesem Artikel gebraucht den Begriff ‚plebejisch‘ ... ein Theaterstück mußte plebejisch und rationalistisch sein. Und darauf insistierte also Brecht außerordentlich hartnäckig darauf, daß ‚plebejisch‘ ein völlig verwaschener Begriff sei, wenn man ihn nicht konkret-historisch anwendet. ... aber was hätte das mit heute zu tun, was ich damit meine, ob ich proletarisch meine. Na gut, ich hab ihm klargemacht, was ich sagen wollte, nämlich ich brauchte einen allgemeinen Begriff für die Unteren, eben einen nicht klassenmäßig bedingten Begriff, weil ich sehr allgemeine Thesen formulieren wollte, Thesen, die für alle Leute aller Richtungen, sofern sie nur einigermaßen progressiv sind, brauchbar sind, was er natürlich sofort verstand, weil er sich lange darüber ausließ, ... das ist eine biblische Sprache, das könne man gerade mal in einem Gedicht machen, aber das sei an sich kein wissenschaftlicher Terminus. Nachdem er aber durch diese Einwände genau zu verstehen gegeben hatte, daß er wußte, worauf ich hinaus wollte, fuhr er fort, sich so zu stellen, als verstünde er mich nicht, offenbar in der sehr vernünftigen Absicht, mich darauf zu bringen, daß man eben mit einem klassenmäßig nicht genau definierten Begriff nicht operieren kann, daß das albern ist. Ich hab es also wirklich nicht eingesehen ... Ja, und dann war noch ein Punkt, dann störte ihn also der Begriff Ideologie. Ich redete von marxistischer Ideologie, wie das alle Leute taten ... und er sagte, das sei ganz schlecht, man müßte das Wort Ideologie benützen, so wie es Marx und Engels in der ‚Deutschen Ideologie' benutzt haben, also im ursprünglichen Wortsinne. Ideologie ist also ein Lügengebäude, ja?, heilige Geschichte und so. Er fand also nicht, daß man Ideologie positiv benutzen könnte, sondern war der Meinung, daß man das nur gebrauchen kann als philosophische Systeme, die man kritisiert, die man entlarvt als klassengebunden und infolgedessen falsch, während ich der Meinung war, man kann ..."[346]

Hacks blieb bei seiner Meinung. Dem kranken Brecht gab er zu verstehen, daß er den Artikel auf alle Fälle zu veröffentlichen gedenke, man werde ja dann sehen, wie darüber diskutiert werde. Daß der junge Mann so gar nicht auf ihn hörte, kränkte Brecht sehr. Er war aus dem Bett aufgestanden, hatte im Lehnstuhl die ganze Zeit mit großer Kraftanstrengung durchgestanden, aber seine Einwände fanden kein Gehör. Brecht meinte an diesem Tage, Hacks sei ja sehr talentiert und er schätze ihn sehr, aber er lerne nicht, er höre nicht zu, was man ihm sage, vor allem, er ändere nicht.[347] Hacks' Artikel erschien dann auch in der „Neuen Deutschen Literatur" und löste heftigen Widerspruch aus. Es kam, wie Brecht gesagt hatte: Bis in die sechziger Jahre hinein wurden Hacks' neue Produktionen hauptsächlich von der theoretischen Plattform her attakkiert, die er selbst geliefert hatte. Seine Theorie ging den Stücken voraus wie ein Steckbrief. Hacks nahm den Begriff des „Plebejischen" bereits ein Jahr später zurück („Das realistische Theaterstück"), beharrte aber auf der Meinung, daß „Ideologie" einfach ein anderes Wort für „Überbau" sei und eine Ideologie folglich ebensogut wahr wie falsch sein könne. Völlig unentmutigt fuhr er fort, sich durch Darlegung seiner ästhetischen Erkenntnisse Schwierigkeiten zu bereiten.

Im Februar 1956 hatte in Moskau der XX. Parteitag der KPdSU, der erste nach Stalins Tod, stattgefunden, auf dem Nikita Chruschtschow die Folgen des Stalinschen Personenkults analysierte. Seine Ausführungen riefen tiefe Bestürzung bei den fortschrittlichen Menschen in aller Welt hervor. Ereignisse der internationalen Arbeiterbewegung verfolgte Brecht stets mit größter Aufmerksamkeit. Selbst als er sich im Mai in die Charité begeben mußte, ließ er sich durch Wekwerth alle zur Verfügung stehenden Parteitagsdokumente und -materialien bringen. Obwohl Brecht Stalin schon in den dreißiger Jahren immer historisch kritisch zu sehen bemüht gewesen war und weder Stalins nichtmarxistische Maßnahmen und Methoden noch dessen Verdienste beim Aufbau sozialistischer Produktionsverhältnisse unter schwierigsten Bedingungen aus seiner Bewertung ausgeschlossen hatte, erschütterten ihn Chruschtschows Enthüllungen. Daß sich der Parteitag jedoch mit diesen schwerwiegenden Verfehlungen beschäftigte, betrachtete er als einen ersten Schritt zu einer Regeneration des Marxismus von seiner „totalen Verweltanschaulichung zu totaler Verweltlichung“[348]. Zu den Freunden, mit denen sich Brecht in den Monaten nach dem XX. Parteitag unterhielt, gehörte auch der Schweriner Dompprediger Karl Kleinschmidt. In den fünfziger Jahren war dieser Mann eine der markantesten Persönlichkeiten, ein Symbol der Bündnispolitik des jungen Staates mit christlich denkenden Menschen. Da er sich im kulturpolitischen Leben der Republik ebensogut auskannte wie in der christlichen Lehre, beeinflußten seine Diskussionsfreudigkeit, sein polemisches Temperament wie seine weltanschauliche Toleranz breite Kreise der kulturellen Öffentlichkeit. Daß Kleinschmidt mit Brecht zusammentraf, ergab sich bei dessen engen Verbindungen zum Theater, zur kulturpolitischen Szenerie ganz selbstverständlich und folgerichtig. In einem seiner Gespräche kam Kleinschmidt auch auf die Frage der Erweiterung der Demokratie zu sprechen. Ihn beschäftigte dieses Thema sehr. Wie viele Menschen sah er nach dem XX. Parteitag, der das Ziel gestellt hatte, die Folgen des Stalinschen Personenkults zu überwinden, mit Hoffnung auf neue Möglichkeiten und Initiativen. Brecht, der sich immer skeptisch verhielt, wenn Demokratie wie eine Zauberformel beschworen wurde, mit der alles gelöst werden könne, war jetzt viel mehr als früher geneigt, dieses Terrain praktisch zu nutzen und die Anstrengungen nicht nur auf Vorstöße zu neuen Formen menschlichen Zusammenlebens zu lenken. „Zur Demokratisierung gehören Demokraten“, sagte er. „Man kann sie weder beschließen noch anordnen und auch nicht so durchziehen, wie Sie sich das vorstellen. Die Demokratie erweitert sich in dem Maße, in dem Subalterne zu Demokraten werden. Im wilhelminischen Deutschland saßen die Demokraten unten und die Autorität oben. Wir haben das Untere nach oben gekehrt. Jetzt sitzen die Demokraten oben; aber je tiefer man nach unten kommt, um so autoritärer wird regiert. Helfen Sie die unteren Extremitäten unserer Republik zu demokratisieren, wenn Sie die Demokratie erweitern wollen. Sonst erweitern Sie nur die Bürokratie.“[349] Durch Stalin war in die internationale Arbeiterbewegung eine kulthafte Verherrlichung gekommen, hatte sich ein Verhalten herausgebildet, alle Fortschritte mittels Begeisterung verständlich zu machen. Was einst notwendig gewesen war, um Schwung und Begeisterung für die Sache zu wecken, um etwas ins Bewußtsein zu rükken, wurde zu etwas Geläufigem. Selbst die Begeisterung war zur Routine erstarrt. Hier gedachte Brecht, wie er sich gegenüber Kleinschmidt äußerte, „ätzende Säure auf das ranzige Fett Ihrer Begeisterung zu gießen“[350].

Andererseits verwahrte er sich sehr gegen eine ungehemmte Kritik am Sozialismus. Die Erschütterung, die Chruschtschows Analyse des Stalinschen Personenkults hervorgerufen hatte, dürfe in keiner Situation verdecken, daß der Sozialismus tiefgreifende Veränderungen gebracht habe, daß unter den schwierigsten Umständen viel erreicht worden sei. Deshalb war er auch gegen die Veröffentlichung der Rede, die Chruschtschow in der geschlossenen Sitzung des Parteitages gehalten hatte.[351] Ein solcher Standpunkt verwundert sehr, da er doch immer betonte, daß es zu jeder Zeit nötig sei, die Widersprüche schonungslos aufzudecken. Was ihn veranlaßte, so zu argumentieren, war die nicht ganz unbegründete Furcht, jetzt werde man sich nur mit den Fehlern des Sozialismus beschäftigen. Einen „fehlerhaften" Sozialismus hielt er nicht nur für besser als gar keinen, vor allem aber meinte er, daß man mit diesem „fehlerhaften" Sozialismus vorankommen müsse, denn eine andere Lösung böte sich nicht an. In einem Gespräch mit Peter Hacks suchte er das auf folgende Weise verständlich zu machen: „Ich habe ein Pferd / Das Pferd schielt, lahmt, hat die Räude / Einer kommt, sagt: das Pferd / Schielt aber, und es lahmt / Und sehen Sie nur, es hat / Die Räude / Er hat recht, aber was nutzt / Es mir? / Ich habe kein anderes Pferd / Es gibt kein anderes / Am besten, ich denke / Sowenig wie möglich / An seine Fehler."[352]

In diesem Gespräch mit Peter Hacks verwies Brecht aber auch darauf, daß man die Materialien des XX. Parteitages über Stalin genau studieren müsse, denn darin seien erstmals die großen Widersprüche und Konflikte festgehalten, denen sie, die Schüler, sich mit ihren künftigen Werken zu stellen hätten. Die Verirrungen Stalins zu entlarven, müsse man nach dem XX. Parteitag als einen Auftrag an die junge Dramatikergeneration verstehen.[353]

Keine Schonung gönnte sich Brecht im Auffinden und Unterstützen von Initiativen zur Sicherung des Friedens, des „A und O aller menschenfreundlichen Tätigkeiten", wie er in seiner Moskauer Rede gesagt hatte. Seit dem 9. Mai 1955 gehörte die Bundesrepublik Deutschland der NATO an und forcierte den Aufbau der Bundeswehr. Bereits in den vergangenen Jahren hatte sich Brecht als Mitglied des PEN dafür eingesetzt, in diesem Gremium eine Resolution gegen die Atomwaffen und gegen die Versuche mit ihnen einzubringen. Auf dem Kongreß in Wien scheiterte diese Initiative. Ihn enttäuschte das keineswegs, war doch auch ein Mann wie Winston Churchill Mitglied des internationalen PEN. Als ihn Bodo Uhse aufsuchte, um ihn für die Teilnahme an der PEN-Tagung in London zu gewinnen, lehnte er schroff ab, aber er drängte Uhse, daß man die in Wien abgelehnte Resolution in London wieder vorlege. „Nur keine falsche Scham", sagte er. „Die Sache ist gut. Also geniere ich mich gar nicht, selbst mit dem Hute in der Hand, immer wieder an die gleiche Tür zu klopfen. Damit vergebe ich mir nicht das geringste. Bleibt die Tür verschlossen, ist das keineswegs peinlich für mich, den Bittsteller, wohl aber für den, der nicht öffnet."[354] Als Uhse nach dem Kongreß Brecht berichtete, die vorgeschlagene Resolution gegen die Atomwaffen sei nunmehr vom PEN als Haltung der internationalen Organisation angenommen, wenn auch in abgeschwächter Form, lächelte Brecht, aber ohne alle Ironie. Zu Uhse sagte er: „... man soll das nicht überschätzen. Aber etwas ist damit doch getan, nicht viel, eine Kleinigkeit. Die Resolution ist gut. Sie drückt aus, was die Menschen beschäftigt. Sie ist auch deshalb gut, weil sie Leute, die sonst nicht viel miteinander zu tun haben, in dieser wichtigen Frage zusammengeführt hat. Ein Schritt vorwärts also. Wenn man weit zu gehen hat, braucht es vieler Schritte. Aber jeder ist wichtig, denn man kann bekanntlich den nächsten nicht ohne den vorhergegangenen Schritt tun."[355]

Als im westdeutschen Bundestag über die Wiedereinführung der Wehrpflicht entschieden werden sollte, entschloß sich Brecht abermals zu einem „Offenen Brief". Entsprechend seiner Devise, keinen Schritt unversucht zu lassen und auch mit den geringsten Mitteln sich gegen den Verlauf der Dinge zu wehren, wandte er sich diesmal direkt an die Abgeordneten des Bundestages. „Wollt Ihr wirklich den ersten Schritt tun, den ersten Schritt in den Krieg? Den letzten Schritt, den in das Nichts, werden wir dann alle tun. … Keines unserer Parlamente, wie immer gewählt, hat von der Bevölkerung Auftrag oder Erlaubnis, eine allgemeine Wehrpflicht einzuführen. Da ich gegen den Krieg bin, bin ich gegen die Einführung der Wehrpflicht in beiden Teilen Deutschlands, und da es eine Frage auf Leben und Tod sein mag, schlage ich eine Volksbefragung darüber in beiden Teilen Deutschlands vor."[356]

Der Brief blieb ohne Wirkung. Weder das ernste Anliegen noch die Autorität eines Dichters, der noch im gleichen Jahr unangefochten zu den größten dieses Jahrhunderts gezählt wurde, veranlaßten die Parlamentarier, den Brief zu erörtern. Doch es gab viele Menschen in der Bundesrepublik, wenn auch nicht genug, die sich couragiert hinter Brecht stellten. Der Intendant des Göttinger Deutschen Theaters, Heinz Hilpert, hängte Brechts „Offenen Brief" an das Anschlagbrett des Theaters und fügte ihm handschriftlich hinzu: „Ich glaube, daß meine und auch Eure Einstellung zur Wiedereinführung der Wehrpflicht nicht tiefer, klarer und habhafter ausgedrückt werden kann, als in dem Brief von Bert Brecht geschehen ist. Alle, die sich hinter diese Ausführungen stellen, bitte ich um ihre Unterschrift, damit wir auch einen Protestbrief an den Bundestag richten können."[357] Wenige Tage später hatten alle, Reinemachefrau und Schauspieler, den Brief unterschrieben.

Der Tod

Seit dem Frühjahr, als sich Brecht wegen einer Virusgrippe in die Charité begeben hatte, kam es zu keiner grundlegenden gesundheitlichen Besserung. Der Dichter fühlte sich müde und abgespannt. Vorgenommene Arbeiten blieben liegen, abgesprochene Termine wurden verschoben. Auf einer Probe bekam er plötzlich hohes Fieber, so daß Prof. Dr. Brugsch gerufen werden mußte, der dann anordnete, daß Brecht auf seine Station in der Charité gebracht wurde. Nach ärztlicher Empfehlung sollte Brecht auch nach der Genesung seine Probentätigkeit auf zwei Stunden am Tage einschränken.

Im Mai, während seines Aufenthalts in der Charité, schrieb er das Gedicht „Als ich in weißem Krankenzimmer der Charité", es wurde zu einer seiner letzten dichterischen Arbeiten überhaupt. Es liest sich wie ein wohldurchdachter Abschluß eines Lebenswerkes. Am Ende seines Lebens griff der Dichter, dessen Lied stets dem Verändern gewidmet war, zum Thema des Unabänderlichen, des Todes.

> Als ich in weißem Zimmer der Charité
> Aufwachte gegen Morgen zu
> Und die Amsel hörte, wußte ich
> Es besser. Schon seit geraumer Zeit
> Hatte ich keine Todesfurcht mehr. Da ja nichts
> Mir je fehlen kann, vorausgesetzt
> Ich selber fehle. Jetzt
> Gelang es mir, mich zu freuen
> Alles Amselgesanges nach mir auch.[558]

Doch als es Brecht schrieb, dachte er nicht ans Sterben. Mit dem Tod beschäftigte er sich viel, sprach auch öfter darüber. Aber daß ihm selbst nur noch wenig Zeit bliebe, das ängstigte ihn nicht. Todesahnungen plagten ihn nicht. Auch der Brief an den Direktor der Akademie der Künste vom 15. Mai 1955, in dem er verfügte, was im Falle seines Ablebens geschehen sollte, darf nicht so verstanden werden, als habe Brecht sein nahes Ende geahnt. Der Brief läßt sich auf einen ganz konkreten Anlaß zurückführen. Im Jahre 1955 starb der Dichter F. C. Weiskopf, Mitglied der Akademie der Künste. Daß innerhalb so kurzer Zeit viele seiner Generation an Herzleiden starben (Friedrich Wolf, F. C. Weiskopf) oder schwer erkrankt waren (Johannes R. Becher, Willi Bredel, Louis Fürnberg, Anton Ackermann), bedrückte Brecht sehr. Weiskopf wurde in der Akademie der Künste öffentlich aufgebahrt, Mitglieder der Akademie hielten die Ehrenwache. Dazu wurde auch Brecht gebeten. Da er von jeher zu Weiskopf einen guten Kontakt gehabt hatte, kam er der Bitte sofort nach. Doch von dieser Totenwache kehrte er ganz verstört zurück. Daß ein Toter öffentlich „ausgestellt" wurde und Leute an ihm vorbeizogen, empfand er als eine ganz abscheuliche Sitte. Er setzte sich sofort hin und schrieb jenen Brief an Rudolf Engel. Daß er zu Bodo Uhse mit dem Hinweis auf seine räumliche Nähe zum Friedhof wenige Monate vor seinem Tode sagte, „ich werde es nicht weit haben, wenn für mich die Zeit kommt, andere nicht mehr zu stören"[359], war eher eine beiläufige Bemerkung.

Dem Tod maß er im Leben keine Bedeutung zu, weder als Thema seiner Kunst noch als intimem Gedankenbezug. Für ihn galt das selbstgesetzte Motto: „Keinen Gedanken verschwendet an / Das Unänderbare!" Doch die Arbeit am „Werk der Verbesserung" hieß für ihn nicht Verdrängen der Todesgewißheit. Brecht tat sich schwer mit der Todesproblematik. Viel Abergläubisches, aus der Augsburger Kindheit Überliefertes schleppte er bis an sein Lebensende mit. Die Überwindung der Todesfurcht war ihm nicht bloß eine Sache des Wissens, sondern der persönlichen Anstrengung. Über diese Stufe mußte der Dialektiker kommen, nicht mit Wissen, sondern mit Weisheit, die von persönlicher Erfahrung, aus der aufgebrachten Mühe kommt.

In den Gedichten, in denen er vom Tod spricht, ist das Charité-Gedicht das persönlichste. Es geht über den gedanklichen Dialektikbezug, der den Tod als Teil des Veränderns begreift, hinaus. „Schon seit geraumer Zeit / Hatte ich keine Todesfurcht mehr.“ Bei dieser Aussage verharrt das Gedicht nicht, sondern will verständlich machen, was ihn über die Schwelle der Todesangst geführt hat:

… Da ja nichts
Mir je fehlen kann, vorausgesetzt
Ich selber fehle. …

Das Sich-in-Übereinstimmung-Bringen mit Natur und Gesellschaft geschieht hier nicht aus dem Wissen, sondern aus persönlicher Erfahrung. Nur der, der bei den Anstrengungen um die leidende Menschheit nicht gefehlt hat, fehlt sich selber nicht. Die Welträtsel sind nicht gelöst, aber von neuem gestellt, so daß auch neue Anstrengungen möglich sind. Wer dazu beigetragen hat, ist zugleich ein Teil dessen, was kommen wird. Aus dem Gedicht spricht eine große innere Befriedigung, die sich nicht auf das Erreichte bezieht, sondern aus der aufgebrachten Arbeit und Mühe sich ergibt. Das, worum er sich mühte, blieb in Bewegung, und mit der Bewegung bleibt die Hoffnung.

Als sich im Sommer noch keine grundlegende Besserung einstellte, beschloß Brecht, sich in Behandlung des mit ihm befreundeten Arztes Dr. Schmitt nach München zu begeben. Die Ärzte hatten ihn bisher auf Magen behandelt. Erst als ihn Dr. Schmitt in der Charité besuchte, wurde die Diagnose „Herz“ gestellt.[360] Ende Juli ging es ihm vorübergehend etwas besser. Trotzdem hielt er an dem Plan fest, sich in das Schmittsche Sanatorium zu begeben. Er stellte sich den Aufenthalt dort jedoch mehr als eine Kur vor. Da sich sein Verleger Peter Suhrkamp seit längerer Zeit gleichfalls in keinem guten gesundheitlichen Zustand befand – Brecht hatte ihn Anfang Februar in einer Westberliner Klinik besucht, bevor er nach Mailand fuhr und sich dann selbst ins Krankenhaus begab –, schlug er ihm vor, mit ihm das Schmittsche Sanatorium zur Nachkur aufzusuchen. Gedacht war an die letzte Augustwoche und die ersten beiden Septemberwochen. Die behandelnden Ärzte, insbesondere Professor Brugsch, schienen von den Methoden ihres Münchner Kollegen nicht so überzeugt zu sein. Aber Brecht hatte doch gute Argumente, die er Suhrkamp unterbreitete: „Seine Ansichten und seine Behandlungsmethoden sind unkonventionell, und wo die konventionelle Medizin nicht weiterkommt, sollte man ihn unbedingt hören. Ich habe erstklassige Kuren bei ihm festgestellt, und wir können in München uns gut unterhalten. ... Ich warte auf Ihre Zustimmung in bezug auf die Schmittsche Klinik, damit ich sofort ein Zimmer für Sie bestellen kann."[361]

Daß Brecht die praktische Theaterarbeit, die „fröhliche", aufgeben mußte, suchte er sich dadurch zu erleichtern, daß er sich einredete, jetzt mehr Zeit zum Schreiben zu haben. Sich während des Sommers vom Theater zurückzuziehen fiel ihm nicht allzu schwer, da er diese Zeit stets zum Schreiben genutzt hatte. Dennoch ließ er sich über alles genau berichten und gab eigentlich zu keiner Zeit die Fäden aus der Hand. Als Anfang August die Vorbereitungen für das London-Gastspiel begannen, gab er brieflich genaue Anweisungen an die Schauspieler: „Für das Gastspiel in London müssen wir zwei Dinge beachten. Erstens zeigen wir den meisten Zuschauern nur eine Pantomime, eine Art Stummfilm auf der Bühne, da sie nicht Deutsch können. (In Paris hatten wir Festspielpublikum, internationales Publikum – und wir spielten nur wenige Tage.) Zweitens besteht in England eine alte Befürchtung, die deutsche Kunst

(Literatur, Malerei, Musik) sei schrecklich gewichtig, langsam, umständlich und ‚fußgängerisch'. Wir müssen also schnell, leicht und kräftig spielen."[362]

In den Sommermonaten 1956 ging es Brecht weiterhin sehr schlecht. An Isot Kilian schrieb er: „liebe ise, heut ist einer der schwarzen samstage und ich schleppe die 2 millionen toter kolibakterien mit mir, als wiegten sie 2 millionen pfunde."[363] Und in einem anderen Brief hieß es: „ich liege aber viel; jetzt, bei den höheren impfdosen brauche ich zweieinhalb tage mich davon zu erholen."[364] Eine Krankenschwester für Nachtwachen wurde eingestellt. Dennoch versuchte er ständig etwas zu arbeiten. Bereits Ende Mai ließ er sich seine gesamten Gedichte nach Buckow bringen, um eine neue Ausgabe vorzubereiten. Auch wollte er seine Notate über die Dialektik auf dem Theater weiterführen. Vor allem empfing er Besuche, die ihm willkommen waren, weil er durch die Ruhe, zu der ihn die Krankheit zwang, erstmals in seinem Leben etwas wie Langeweile verspürte. Sein Sohn Stefan kam aus den USA nach Buckow. Der Ministerpräsident Otto Grotewohl besuchte ihn, ferner Johannes R. Becher und Erwin Strittmatter. Konrad Swinarski, ein junger polnischer Regisseur, der seit einiger Zeit als Meisterschüler der Akademie am Berliner Ensemble arbeitete, hielt sich in Buckow auf.

Ende Juli und Anfang August arbeitete Brecht, soweit seine Kraft reichte, mit Manfred Wekwerth und Benno Besson in Buckow. Seinen beiden Schülern hatte er den Auftrag gegeben, „Die Tage der Commune" in Karl-Marx-Stadt zu inszenieren. Er betrachtete diese Arbeit als Test für eine Aufführung am Berliner Ensemble. „Die schönen Augusttage gestatteten uns, im Freien zu arbeiten, unter dicht behangenen Apfelbäumen. Brecht arbeitete nicht gern im Freien; die Versuchung, sich stören zu lassen, sei zu groß. Aber schon seit Monaten hatte Brecht leichte Temperatur, und die Arbeit ermüdete ihn schnell. Aus diesem Grund nahm er mit der Natur vorlieb. Wir kamen gut voran, obwohl Brecht nur noch etwa eine Stunde am Stück arbeitete, um dann über alles mögliche zu sprechen. Eisler, der manchmal kam, sorgte schnell dafür, daß die ‚Gespräche über alles mögliche' zu den interessantesten Gesprächen wurden, die wir mit Brecht hatten. Er verstand es, Brecht ohne Anstrengung Gedanken abzuverlangen, wie einst der Zöllner dem Laotse."[365] An dem Inszenierungsplan von Besson und Wekwerth fand Brecht die politischen Drehpunkte noch nicht deutlich genug ausgearbeitet; in dem „Commune"-Stück, meinte er, müsse alles politisch sein, auch die Liebesszenen.

„Wir waren am 8. August 1956 mit der Arbeit an der ‚Commune' ganz gut vorangekommen, und Brecht schlug vor, die Zeit bis zum Mittagessen noch ein bißchen mit Reden herumzubringen. Eisler, der auch anwesend war, begrüßte es; denn es hatte vorher gerade einen Streit über die Verwendung der Musik in der ‚Commune' gegeben; und Eisler hatte geäußert, daß es Brecht zum erstenmal in der ‚Commune' gelungen sei, ‚kulinarische Genüsse' ohne Polemik zu beschreiben. (Brecht ärgerte sich zunächst über Eislers Behauptung.) Eisler nannte das Lied vom Père Joseph und seinem Verlangen, auch als armer Hund auf dem Schnittlauch zum Salat zu bestehen, ohne welchen ihm das Essen keinen Spaß machen würde. Eisler lachte und sagte, nun sei der Weg zum wirklichen Klassiker offen; denn zu ihm gehöre nicht Unachtsamkeit und Flüchtigkeit gegenüber den sinnlichen und fleischlichen Genüssen, sondern ihre Philosophie. Die Dialektik des Speisens. Der Materialismus des Trinkens. Eisler zitierte auswendig Gespräche zwischen ‚Goethinger' und Eckermann, worin Goethe große Erinnerungen an Festessen darlegt. Nur die Klasse habe gewechselt; denn bei Brecht beanspruche ein armer Hund diese Genüsse, wodurch sie revolutionär würden.

Brecht war sich bei Eisler immer nicht ganz sicher, ob er es ernst meinte. Deshalb war auch seine Antwort vorsichtig. Er müsse sich wirklich etwas darum kümmern, daß man sein Theater nicht als Ort ‚geistiger' Genüsse betrachte. Oder gar als einen Ort des ‚Denkens'. Man müsse wieder Genüsse beanspruchen, damit niemand auf den Gedanken käme, die neue Klasse sei etwa sparsamer oder rationalistischer oder denkerischer. Sie biete gerade soviel an Gedanken auf, wie sie brauche, um gut zu leben. Sie strenge sich nur an, um Genüsse zu erlangen. Und wenn sie ihr verwehrt würden (wie in den letzten zehntausend Jahren), dann müsse sie sich zur Revolution entschließen."[366]

Am Freitag, dem 10. August, fuhr Brecht von Buckow nach Berlin zurück. Er wollte sich vor dem London-Gastspiel noch einige „Kreidekreis"-Proben ansehen. Obwohl er sich auch an diesem Tag bereits früh wieder müde und abgespannt fühlte, steuerte er seinen BMW-Sporteinsitzer selbst. Im Theater bat Brecht Wekwerth, er möge vor der Probe durchsagen, ihn solle bitte niemand fragen, wie es ihm gehe. Er fahre zur Kur, und nach der Kur würde er über sich selbst und alles andere gern Auskunft geben. Bei den Durchlaufproben ging es Brecht um weitere Straffungen des Stücks, um ein größeres Tempo und kräftigere Übergänge. Die Proben liefen gut. Brecht war zufrieden und überließ Wekwerth das Weitere. Er wollte später mit ihm über eine neue Verabredung sprechen.

Gegen 12.00 Uhr brachte ihn Isot Kilian in seine Wohnung in die Chausseestraße. Merkwürdigerweise bestand Brecht darauf, daß der Chauffeur über die Friedrichstraße fahre. Obwohl das der übliche und auch kürzeste Weg war, mied man zur Zeit die Strecke wegen Bauarbeiten. Noch am selben Tag wurde Prof. Brugsch verständigt, der sich jedoch von Oberarzt Prof. Dr. Hennemann vertreten ließ. Dieser suchte Brecht auf, und da auch er etwas am Herzen feststellte, forderte er ein EKG-Gerät aus dem Regierungskrankenhaus an.

Über das Wochenende verschlechterte sich Brechts Gesundheitszustand rapide. Am Montagabend rief er im Theater an und sagte Vereinbarungen ab. In der Nacht vom Montag zum Dienstag wurde sein Zustand bedenklich. Als am Dienstag, dem 14. August, kurz vor Mittag die Walchers kamen, fanden sie den Dichter schlafend. Gespräche waren nicht mehr möglich. Bis zuletzt hatte man gehofft, Brecht werde trotz der eingetretenen Verschlechterung nach München fahren können, und hatte einen Schlafwagen, später einen Salonwagen bestellt. Der herbeigerufene Arzt, der Kreislaufspezialist Prof. Dr. Beyer, stellte fest, daß Brecht bereits vor Tagen einen Herzinfarkt erlitten hatte, der aber nicht bemerkt worden war. Gegen 18.00 Uhr verlor Brecht das Bewußtsein. In der Nacht rief Helene Weigel die engsten Freunde an und teilte ihnen den Tod mit. Der erste, der anderen Tags beim toten Brecht war, war Hanns Eisler.

An Ärzten waren hinzugezogen worden: Prof. Dr. Dr. Brugsch, sein eigentlich behandelnder Arzt, Prof. Dr. Beyer, Dr. Krocker und Brechts Jugendfreund Dr. Müllereisert. In dem ärztlichen Bulletin hieß es: „Schon im Frühjahr traten Krankheitserscheinungen auf, die eine Krankenhausbehandlung durch Prof. Brugsch erforderten. Nach vorübergehender Besserung verschlechterte sich Brechts Befinden. Trotzdem führte er am 10. August eine Probe im Theater durch, nach der er sich außerordentlich erschöpft fühlte. In den folgenden Tagen nahmen Müdigkeit und Abgeschlagenheit zu, ohne daß sich irgendwelche auf eine Herzerkrankung hinweisende Symptome zeigten. Eine akute Verschlechterung im Befinden des Kranken trat in der Nacht zum 14. August ein. Am nächsten Tag wurde der Herzspezialist Prof. Beyer hinzugezogen, der einen bedrohlichen Kreislaufkollaps feststellte, dessen Ursache zunächst nicht zu klären war. Erst das Elektrokardiogramm deckte einen ausgedehnten Herzinfarkt auf. Trotz intensiver Stützung des Herzens und des Kreislaufs war das zunehmende Versagen des Herzens und des Kreislaufs nicht aufzuhalten. Bertolt Brecht starb um 23.45 Uhr."[367]

Was im Falle seines Todes geschehen sollte, hatte Brecht dem Direktor der Akademie der Künste mitgeteilt. Begraben werden wollte er „auf dem Friedhof neben dem Haus, in dem ich wohne". Der Begräbnisort war von Brecht wohl überlegt und gut ausgesucht. Dort lagen Hegel und Fichte begraben. Und einen Platz an der Seite des großen Philosophen und Dialektikers Hegel hielt Brecht, der immer bestimmte Ansprüche an seine Aufenthaltsorte gestellt hatte, so auch an den letzten, für angemessen. Daß ihm keineswegs gleichgültig war, wo er beigesetzt wurde, geht auch aus seiner Verfügung hervor, die festlegte, was geschehen sollte, wenn sich eine Grabstelle auf dem Dorotheenstädtischen Friedhof nicht erwerben ließe. Dann wollte er auf seinem Grundstück in Buckow begraben werden. Obwohl er wußte, daß Beisetzungen auf Privatgrundstücken nicht gestattet waren, gab er diesen Ort an, weil sich dort bereits ein Grab befand. Die Tochter des ehemaligen Besitzers hatte in den letzten Kriegswochen den Tod gefunden und war dort begraben worden, weil damals die entsprechenden Einrichtungen nicht funktionierten und niemand zur Verfügung stand. Brecht dachte, wenn dort schon ein Grab sei, werde man auch ihm seinen letzten Platz dort gestatten. Sollte auch das nicht möglich sein, wollte er in seiner Vaterstadt Augsburg beigesetzt werden. Doch Helene Weigel erwarb einen Platz auf dem Dorotheenstädtischen Friedhof. Die Wahl hing von den derzeit freien Begräbnisstellen ab. Sie fand eine, die dem Haus unmittelbar gegenüberlag, an der Grenze zum Hugenottenfriedhof. Von hier aus konnte man das Fenster sehen, an dem Brecht gesessen und gearbeitet hatte. Die schon etwas verfallene

Friedhofsmauer wurde bis zur Beisetzung in Ordnung gebracht.

Bei den Begräbnisvorbereitungen stellte sich heraus, daß Brecht, den viele für einen ausgesprochenen Rationalisten hielten, einige Merkwürdigkeiten mit sich herumgeschleppt hatte, die den Tod betrafen. So hatte er verfügt, daß ihm die Ärzte die Herzschlagader öffneten, denn er ängstigte sich zeitlebens, er könne scheintot begraben werden. Der Eingriff wurde am 15. August mittags vorgenommen, bevor man den Sarg schloß. Weiterhin wollte er in einem Stahlsarg begraben werden. Erst einen Tag vor dem Begräbnis erfuhr man davon. Es gehörte zu den Eigenarten Brechts, Einfälle auf Zetteln festzuhalten, die er dann in seinen Schreibtischkasten legte. So hatte er auch diesen Wunsch auf einem Zettel notiert, den Helene Weigel erst beim Ordnen der Papiere entdeckte. In einer Nachtschicht fertigte ein Berliner Betrieb einen solchen Stahlsarg an. Die Arbeiter fanden in ihrer Verehrung für den Dichter noch so viel Zeit, den Sarg mit weißer Seide auszuschlagen.

Aus solchen Details zu schließen, daß es in Brechts Denken eine verborgene Schicht gegeben habe, in der das Wunderbare, das Abseitige und Geheimnisvolle nisteten, wäre ganz verfehlt. Bei Menschen, die ihr ganzes Leben unter eine große Aufgabe gestellt haben, bleibt meist ein Rest, der nicht in Übereinstimmung zu bringen ist mit den Denkgewohnheiten, die sie ein Leben lang verfolgen. Brecht selber wußte darum, daß nicht alles in einem Menschen auf einen Nenner zu bringen ist, daß Abseitiges bleibt, ohne daß es das Wesen in Frage stellt.

Brechts früher Tod berührte viele Menschen. Er war in dem letzten Jahrzehnt geworden, was er selbst herbeigesehnt hatte, ein Dichter, von dem das Volk sprach, den der Mann auf der Straße kannte, dem Größe und Würde zukamen. Der Präsident der Republik, Wilhelm Pieck, schrieb an Helene Weigel: „Deine Mitteilung vom Tode Bert

Brechts erfüllt mich mit schmerzlicher Trauer. Er war uns allen nicht nur der bedeutendste Dramatiker unserer Gegenwart. Er war zugleich Sprecher und Lehrer der einfachen werktätigen Menschen, die er vor den tragischen Fehlern der Vergangenheit warnte, denen er eine bessere Zukunft durch friedliches Schaffen kündete."[368]

In seiner an die Akademie der Künste gerichteten Verfügung hatte Brecht auch festgelegt, daß an seinem Grabe keine Reden gehalten werden sollten. Es war an eine Beisetzung im kleinen Kreis gedacht. An dem Begräbnis nahmen nicht viel mehr als zwanzig Personen teil: Helene Weigel und die Kinder, Hanns und Hilde Eisler, Slatan Dudow, die Walchers, Paul Wandel, Johannes R. Becher, Ernst Busch, Erwin Strittmatter, vom Ensemble Ruth Berlau, Elisabeth Hauptmann, Isot Kilian, Käthe Rülicke und die junge Hausangestellte, die Brecht sehr gern gehabt hatte. Die Schüler trugen den Sarg. Beigesetzt wurde er am Freitag, morgens 8.45 Uhr.

Am darauffolgenden Tag, am 18. August, fand ein Staatsakt im Berliner Ensemble statt. Der Hintergrund der Bühne war mit dem Vorhang, der Picassos Friedenstaube zeigte, ausgeschlagen. Davor ein graues Leinentuch mit Brechts Namenszug und ein Strauß roter Nelken. Der erste Stellvertreter des Vorsitzenden des Ministerrates, Walter Ulbricht, der Minister für Kultur, Johannes R. Becher, der Sekretär im Zentralkomitee der SED, Paul Wandel, hielten die Gedenkreden. Es sprachen auf diesem Trauerakt auch Erwin Strittmatter und Georg Lukács. Daß sich Georg Lukács am Grabe Brechts einfand, verstand sich nicht nur als noble Geste. Für ihn war Brecht zu einem Großschriftsteller geworden, der nunmehr von ihm als Literaturwissenschaftler nicht mehr ausgeschlagen wurde. In den letzten Jahren verband sie zwar mehr als in den früheren, aber es waren eher dieselben Sorgen über die Entwicklung der Literatur in einer sozialistischen Gesellschaft als ihre Lösungsvorschläge, die sie zusammenführte. Die Gedenkrede Georg Lukács', die als Übereinstimmung und Zustimmung gedacht war, machte noch einmal klar, daß sie, Brecht und Lukács, die beiden großen Kontrahenten der marxistischen Ästhetik waren und blieben. Beide hatten die marxistische Ästhetik methodisch vorangebracht, aber jeder in einer anderen Richtung. So blieb es nicht aus, daß Lukács auf jenen Punkt zu sprechen kam, in dem sie sich radikal unterschieden, auf die aristotelische Katharsis. Gerade hier suchte der Lebende mit dem toten Dichter den Ausgleich. „Das aber war der tiefste Sinn der aristotelischen ‚Katharsis'", sagte Georg Lukács. „Sie sollte – so verstand sie mit Recht Lessing – die Erschütterung in eine Fertigkeit zum Sittlichen erheben. Weil Brecht dies wollte und in seinen besten Werken verwirklichte, war er ein wirklicher Dramatiker. Nach Ibsen, Tschechow und Shaw war es Brecht, der für unsere Zeit diese ‚ewige' Frage mit aktuellen Inhalten, in einer aus diesen Inhalten erwachsenden Form aufwarf."[369] So begann der Nachruhm des Bertolt Brecht, wie die Aufnahme seines Werkes zu Lebzeiten begonnen hatte, mit einem Irrtum.

Als er starb, war in vielen Teilen der Welt die Zuversicht noch groß, die Welt könnte so werden, wie er sie erhofft hatte: freundlich, der Mensch dem Menschen ein Helfer, der Frieden das A und O aller menschlichen Betätigung und der Kunst zu leben. Nur eine kurze Spanne, und es wurde die Zuspitzung der ärgsten Gefahren sichtbar, gegen die er sich aufgelehnt und vor denen er gewarnt hatte. Es zeigte sich sogar, daß er, der Weitsichtige, der radikal Denkende, nicht einmal alle der ärgsten Übel erkannt hatte. Seine Vorschläge und mit ihnen nicht wenige, die mehr als zweitausend Jahre einen guten Klang besaßen, galten als überholt und nicht mehr vorzeigbar. Doch wenn man sie zusammenträgt und vergleicht, was in dieser Nachzeit an Lösungen unterbreitet wurde, damit dem

Menschen die Erde unter den Füßen bleibt, dann geht eigentlich nichts über die Vorschläge hinaus, mit denen er sich zu behaupten versuchte. Ein Dichter, der den Lebenden riet, auf nichts mehr zu bauen als auf die Widersprüche, besteht vor der Nachwelt, weil den Menschen in ihren bedrohlichsten Situationen gerade noch soviel an Ausweg bleibt. Die Welträtsel werden nicht gelöst, aber wehe der Welt, die die Anstrengung verweigert, so zu leben, als könne man sie lösen.

Anhang

Anmerkungen

Kurztitelverzeichnis

Arbeitsjournal	Bertolt Brecht, Arbeitsjournal 1938–1955. Hrsg. von Werner Hecht. Mit einem Nachwort von Werner Mittenzwei. Berlin und Weimar 1977.
BBA	Bertolt-Brecht-Archiv der Akademie der Künste der DDR.
Briefe	Bertolt Brecht, Briefe. 1913–1956. Hrsg. und kommentiert von Günter Glaeser. 2 Bände, Berlin und Weimar 1983, Band 1: Texte, Band 2: Anmerkungen.
Gedichte	Bertolt Brecht, Gedichte. 10 Bände, Berlin und Weimar 1961–1978, Band 1–4: Berlin 1961, Band 5–6: Berlin und Weimar 1964, Band 7–9: Berlin und Weimar 1969, Band 10: Berlin und Weimar 1978.
Prosa	Bertolt Brecht, Prosa. 4 Bände, Berlin und Weimar 1973–1975, Band 1–3: 1973, Band 4: 1975.
Schriften zum Theater	Bertolt Brecht, Schriften zum Theater. 7 Bände, Berlin und Weimar 1964.
Schriften zur Literatur und Kunst	Bertolt Brecht, Schriften zur Literatur und Kunst. 2 Bände, Berlin und Weimar 1966.
Schriften zur Politik und Gesellschaft	Bertolt Brecht, Schriften zur Politik und Gesellschaft. 2 Bände, Berlin und Weimar 1968.
Stücke	Bertolt Brecht, Stücke. 14 Bände, Berlin und Weimar 1955–1968, Band 1–4: Berlin 1955, Band 5–8: Berlin 1957, Band 9–10: Berlin 1958, Band 11–12: Berlin 1959, Band 13–14: Berlin und Weimar 1968.
Tagebücher 1920–1922	Bertolt Brecht, Tagebücher 1920–1922. Autobiographische Aufzeichnungen 1920–1954. Hrsg. von Herta Ramthun. Berlin und Weimar 1976.
Texte für Filme	Bertolt Brecht, Text für Filme. 2 Bände, Berlin und Weimar 1971.

In den USA
Wie aus dem Zeitalter herausgenommen

1 Alexander Granach an Lotte Lieven-Stiefel, 9. Oktober 1940; Nachlaß Alexander Granach, Archiv der Akademie der Künste, Berlin [West].
2 Alexander Granach an Lotte Lieven-Stiefel, 16. [?] Juli 1941; ebenda.
3 Ebenda.
4 Vgl. Ludwig Marcuse, Mein zwanzigstes Jahrhundert. München 1960, S. 266.
5 Arbeitsjournal, S. 288; 16. Juli 1942.
6 Brecht an Erwin Piscator, [Juli/August 1941]; Briefe, S. 412 f.
7 Brecht an Karl Korsch, [August 1941]; Briefe, S. 415.
8 James K. Lyon, Bertolt Brecht in Amerika. Frankfurt a. M. 1984, S. 55 und 56.
9 Arbeitsjournal, S. 178; 1. August 1941.
10 Ebenda, S. 180; 9. August 1941.
11 Ebenda, S. 188; 22. Oktober 1941.
12 Ebenda, S. 219 f.; 21. Januar 1942.
13 Ebenda, S. 220.
14 Ebenda, S. 256; 21. April 1942.
15 Lyon, Bertolt Brecht in Amerika, S. 73 f.
16 Arbeitsjournal, S. 226; 18. Februar 1942.
17 Ebenda, S. 255; 18. April 1942.
18 Brecht an Max Reinhardt, [Ende Mai 1942]; Briefe, S. 427.
19 Hermann Kesten, in: Der Aufbau, New York, 5. Juni 1942; zitiert nach: Brecht in der Kritik. Rezensionen aller Brecht-Uraufführungen sowie ausgewählter deutsch- und fremdsprachiger Premieren. Eine Dokumentation von Monika Wyss. München 1977, S. 194.
20 Brecht an Ruth Berlau, [Ende Mai/Anfang Juni 1942]; Briefe, S. 429.
21 Deutsche Exilliteratur seit 1933. Band 1: Kalifornien, Teil 1, hrsg. von John M. Spalek und Joseph Strelka, Bern–München 1976, S. 679.
22 Arbeitsjournal, S. 201; 4. Dezember 1941.
23 Ebenda, S. 219; 19. Januar 1942.
24 Die Freundschaft und Zusammenarbeit zwischen Brecht und Ferdinand Reyher wurde vor allem durch James K. Lyon erforscht und dokumentarisch belegt: Bertolt Brecht's American Cicerone. With an Appendix Containing the Complete Correspondence Between Bertolt Brecht and Ferdinand Reyher. Bonn 1978; ders., Bertolt Brecht in Amerika. Frankfurt a. M. 1984.
25 Arbeitsjournal, S. 182; 4. Oktober 1941.
26 Lyon, Bertolt Brecht in Amerika, S. 79.

27 Gottfried Reinhardt, Der Liebhaber. Erinnerungen seines Sohnes Gottfried Reinhardt an Max Reinhardt. München–Zürich 1973, S. 268.
28 Arbeitsjournal, S. 198; 2. Dezember 1941.
29 Bertolt Brecht, Das soziale Räderwerk der Epoche als Protagonist. In: notate, Berlin, 5/1981, S. 14 f.
30 Arbeitsjournal, S. 251; 8. April 1942.
31 Salka Viertel, Das unbelehrbare Herz. Ein Leben in der Welt des Theaters, der Literatur und des Films. Hamburg–Düsseldorf 1970, S. 414 f.
32 Deutsche Exilliteratur seit 1933, Band 1, S. 291 (den Interviews mit John Viertel vom 22. und 30. Juli 1971 folgend).
33 Arbeitsjournal, S. 275; 5. Juni 1942.
34 Fritz Lang, Die Erinnerung von Fritz Lang. In: Filmkritik, München, Heft 223, Juli 1975, S. 304.
35 Arbeitsjournal, S. 292; 5. August 1942.
36 Lang, Die Erinnerung von Fritz Lang, S. 302.
37 Ebenda.
38 Arbeitsjournal, S. 312; 24. November 1942.
39 Lyon, Bertolt Brecht in Amerika, S. 105.
40 Arbeitsjournal, S. 255; 20. April 1942, und S. 256; 21. April 1942.
41 Ebenda, S. 256.
42 Hanns Eisler, Gespräche mit Hans Bunge. Fragen Sie mehr über Brecht. Übertragen und erläutert von Hans Bunge. Leipzig 1975, S. 43.
43 Gedichte, Band 6, S. 57 (Hollywood-Elegien).
44 Ebenda, S. 58.
45 Ebenda.
46 Ebenda, S. 7.
47 Arbeitsjournal, S. 239; 16. März 1942.
48 Ebenda, S. 283; 30. Juni 1942.
49 Gedichte, Band 6, S. 49 (An Walter Benjamin, der sich auf der Flucht vor Hitler entleibte).
50 Ebenda, S. 82.
51 Ebenda, S. 55 (Liefere die Ware!).
52 Ebenda, S. 54 (Das will ich ihnen sagen).
53 Ebenda, S. 8.
54 Helene Weigel, Gespräche über Brecht mit Hans Bunge. Tonbandskription; BBA, Mappe 2163, Blatt 37.
55 Gedichte, Band 6, S. 34 f.
56 Bertolt Brecht. Sein Leben in Bildern und Texten. Hrsg. von Werner Hecht. Berlin und Weimar 1978, S. 210.

57 Gedichte, Band 6, S.165.
58 Arbeitsjournal, S.206; 17.Dezember 1941.
59 Ebenda, S.88; 7.Juli 1940.
60 Lion Feuchtwanger, Der Teufel in Frankreich. Erlebnisse. Mit einem Bericht von Marta Feuchtwanger: Die Flucht. Berlin und Weimar 1982, S.158 f.
61 Lion Feuchtwanger, Zur Entstehungsgeschichte des Stückes Simone. In: Neue Deutsche Literatur, Berlin, 6/1957, S.57.
62 Eisler, Gespräche mit Hans Bunge, S.52.
63 Ebenda, S.137.
64 Lyon, Bertolt Brecht in Amerika, S.383 f.
65 Ernst Josef Aufricht, Erzähle, damit du dein Recht erweist. München 1969, S.224.
66 Arbeitsjournal, S.202 f.; 8.Dezember 1941.
67 Ebenda, S.198 und 577; 2.Dezember 1941.
68 Ebenda, S.203; 8.Dezember 1941.
69 Ebenda, S.293 und 294; 12.August 1942; 14.August 1942.
70 Lyon, Bertolt Brecht in Amerika, S.151.
71 Arbeitsjournal, S.321; 12.Februar 1943.
72 Brechts Lai-tu. Erinnerungen und Notate von Ruth Berlau. Hrsg. und mit einem Nachwort von Hans Bunge. Darmstadt–Neuwied 1985, S.149.
73 Ebenda, S.165 f.
74 Ebenda, S.166.
75 Lyon, Bertolt Brecht in Amerika, S.368.
76 Brecht an Archibald MacLeish, 9. Dezember 1941; Briefe, S. 423; vgl. auch: Briefe, Band 2, S.154.
77 Paul Dessau, Notizen zu Noten. Leipzig 1974, S.47 und 40.
78 Ebenda, S.41.
79 Arbeitsjournal, S.322; 16.Februar 1943.
80 Vgl. Joachim Radkau, Der Emigrant als Warner und Renegat. Karl August Wittfogels Dämonisierung der „asiatischen Produktionsweise“. In: Exilforschung. Ein internationales Jahrbuch. Band 1, München 1983, S.81.
81 Arbeitsjournal, S.321; 16.Februar 1943.
82 Vgl. Lyon, Bertolt Brecht in Amerika, S.152.
83 Arbeitsjournal, S.323; März, April, Mai 1943.
84 Ebenda, S.321; 14.Februar 1943.
85 Viertel, Das unbelehrbare Herz, S.263.
86 George Grosz an [Hermann Borchardt], 16. Februar 1943. In: Grosz, Briefe 1913–1959. Hrsg. von Herbert Knust. Reinbek bei Hamburg 1979, S.312 f.

87 Arbeitsjournal, S. 322; März, April, Mai 1943.
88 Ebenda, S. 350; 30. September 1943.
89 George Grosz an [Hermann Borchardt], 21. Februar 1943. In: Grosz, Briefe 1913–1959, S. 314.
90 George Grosz an [Hermann Borchardt], 10. März 1943. In: Grosz, Briefe 1913–1959, S. 316.
91 Über Kurt Weill. Hrsg. von David Drew. Frankfurt a. M. 1975, S. 165.
92 Arbeitsjournal, S. 253; 15. April 1942.
93 Aufricht, Erzähle, damit du dein Recht erweist, S. 223.
94 Arbeitsjournal, S. 288; 15. Juli 1942.
95 Vgl. Lyon, Bertolt Brecht in Amerika, S. 159.
96 Arbeitsjournal, S. 323 f.; 27. Mai 1943.
97 Stücke, Band 10, S. 129.
98 Ebenda, S. 130.
99 Ebenda, S. 130 f.
100 Aufricht, Erzähle, damit du dein Recht erweist, S. 223 f.
101 Gottfried Reinhardt, Der Liebhaber, S. 269.
102 Viertel, Das unbelehrbare Herz, S. 417.
103 Gottfried Reinhardt, Der Liebhaber, S. 270.
104 Thomas Mann, Freund Feuchtwanger. In: Mann, Altes und Neues. Kleine Prosa aus fünf Jahrzehnten. Berlin 1956, S. 308.
105 Deutsche Exilliteratur seit 1933, Band 1, S. 336 f.
106 Gottfried Reinhardt, Der Liebhaber, S. 273.
107 Eisler, Gespräche mit Hans Bunge, S. 48 f.
108 Arbeitsjournal, S. 191; 27. Oktober 1941.
109 Ebenda, S. 199; 3. Dezember 1941.
110 Ebenda.
111 Ebenda, S. 234; 27. Februar 1942.
112 Ebenda, S. 235; 28. Februar 1942.
113 Ebenda, S. 235 f.
114 Ebenda, S. 192; 1. November 1941.
115 Ebenda, S. 211; 29. Dezember 1941.
116 Ebenda, S. 221; 24. Januar 1942.
117 Gottfried Reinhardt, Der Liebhaber, S. 270.
118 Arbeitsjournal, S. 212; 31. Dezember 1941.
119 Ebenda, S. 188; 25. Oktober 1941.
120 Deutsche Exilliteratur seit 1933, Band 1, S. 308.
121 Vgl. Lyon, Bertolt Brecht in Amerika, S. 284.
122 Arbeitsjournal, S. 253; 17. April 1942.
123 Ebenda, S. 339; 14. August 1943.
124 Eisler, Gespräche mit Hans Bunge, S. 77.
125 Ebenda, S. 78.

126 Arbeitsjournal, S.339 f.; 14. August 1943.
127 Ebenda, S.276; 8. Juni 1942.
128 Eisler, Gespräche mit Hans Bunge, S.22.
129 Zitiert nach: Lyon, Bertolt Brecht in Amerika, S.353. – Auf diese frühen Besprechungen von Brecht-Stücken durch Thomas Mann hat erstmals Barbara Glauert aufmerksam gemacht (Brecht-Jahrbuch 1976, Frankfurt a.M. 1976, S.210 f.).
130 Eisler, Gespräche mit Hans Bunge, S.23.
131 Arbeitsjournal, S.357; 11. November 1943.
132 Katia Mann, Meine ungeschriebenen Memoiren. Frankfurt a.M. 1977, S.152.
133 Ebenda, S.150 f.
134 Brechts Lai-tu, S.180.
135 Eisler, Gespräche mit Hans Bunge, S.22 f.
136 Arbeitsjournal, S.193; 16. November 1941.
137 Ebenda, S.396; 20. Januar 1945.
138 Ebenda, S.181; [August 1941].
139 Ebenda, S.219; 18. Januar 1942.
140 Max Horkheimer, Zur Kritik der instrumentalen Vernunft. Frankfurt a.M. 1967, S.165.
141 Eisler, Gespräche mit Hans Bunge, S.32.
142 Arbeitsjournal, S.265; 12. Mai 1942.
143 Eisler, Gespräche mit Hans Bunge, S.55.
144 Arbeitsjournal, S.242; 18. März 1942.
145 Ebenda, S.244; 23. März 1942.
146 Ebenda, S.242; 18. März 1942.
147 Eisler, Gespräche mit Hans Bunge, S.40 f.
148 In der Diskussion zu „Brecht und die Naturwissenschaften" (Brecht 73) sagte Prof. Herneck: „Reichenbach war jedenfalls kein Neopositivist von der ‚reinen' Art, wie etwa Carnap es war. Deshalb scheint mir diese Informationsquelle nicht die schlechteste gewesen zu sein, die Brecht in den USA haben konnte. Zumindest auf alle Fragen der Theorie der modernen Physik, der Quantentheorie und ähnliche Probleme trifft dies zu." (Brecht 73. Brecht-Woche der DDR, 9.–15. Februar 1973. Dokumentation. Hrsg. von Werner Hecht. Berlin 1973, S.183.)
149 Arbeitsjournal, S.329; 3. bis 6. Juli 1943.
150 Brecht, Gesammelte Werke. Supplementband 4, Frankfurt a.M. 1982, S.397.
151 Eisler, Gespräche mit Hans Bunge, S.49.
152 Arbeitsjournal, S.376; 10. August 1944.
153 Ebenda, S.296; 22. August 1942.

154 Fritz Kortner, Aller Tage Abend. München 1959, S. 504 f.
155 Lyon, Bertolt Brecht in Amerika, S. 63 und 107.
156 Ausführliche Angaben über die FBI-Akten zu Brecht machte erstmals James K. Lyon auf dem Brecht-Symposium der Universität von Maryland. Die Kopie eines Teils der FBI-Akten befindet sich im BBA.
157 Lyon, Bertolt Brecht in Amerika, S. 107.
158 Peter Beicken, Brechts Schatten. FBI und CIA überwachten den Stükkeschreiber während der gesamten Zeit seines Exils. In: Die Zeit, Nr. 24, 8. Juni 1979.
159 Geschichte des Großen Vaterländischen Krieges der Sowjetunion. Band 2: Die Abwehr des wortbrüchigen Überfalls des faschistischen Deutschlands auf die Sowjetunion. Die Schaffung der Voraussetzungen für den grundlegenden Umschwung. Hrsg. vom Institut für Marxismus-Leninismus beim ZK der KPdSU. Berlin 1963, S. 396.
160 Arbeitsjournal, S. 250; 5. April 1942.
161 Ebenda, S. 253; 12. April 1942.
162 Ebenda, S. 256; 21. April 1942.
163 Ebenda, S. 347; 25. September 1943.
164 Ebenda, S. 397; 28. Januar 1945.
165 Ebenda, S. 377; 15. August 1944.
166 Ebenda, S. 340; 20. August 1943.
167 Ebenda, S. 266; 15. Mai 1942.
168 Ebenda, S. 287; 9. Juli 1942.
169 Ebenda, S. 332; 20. Juli 1943.
170 Ebenda, S. 335; 1. August 1943.
171 Ebenda.
172 Ebenda, S. 336.
173 Ebenda, S. 336; 2. August 1943.
174 Ebenda, S. 336 f.
175 Ebenda, S. 338; 9. August 1943.
176 Deutsche Exilliteratur seit 1933, Band 1, S. 66.
177 Gedichte, Band 8, S. 197 und 199.
178 Arbeitsjournal, S. 373; 21. Juli 1944.
179 Thomas Mann an Agnes E. Meyer, 9. August 1943; Deutsche Exilliteratur seit 1933, Band 1, S. 71.
180 Lyon, Bertolt Brecht in Amerika, S. 369.
181 Ebenda, S. 371 f. und 372.
182 Deutsche Exilliteratur seit 1933, Band 1, S. 79.
183 Brecht an Thomas Mann, 1. Dezember 1943; Briefe, S. 460.
184 Ebenda, S. 459.
185 Ebenda, S. 460.

186 Thomas Mann, Briefe 1937–1947. Hrsg. von Erika Mann. Berlin und Weimar 1965, S. 363.
187 Ebenda, S. 364.
188 Ebenda, S. 364 f.
189 Brecht an Paul Tillich, April 1944; Briefe, S. 464 f.
190 Deutsche Exilliteratur seit 1933, Band 1, S. 293.
191 Arbeitsjournal, S. 373; 3. Juli 1944.
192 Eisler, Gespräche mit Hans Bunge, S. 195.
193 Arbeitsjournal, S. 368 f.; 15. Juni 1944.
194 Stücke, Band 10, S. 303.
195 Vgl. Betty Nance Weber, Brechts „Kreidekreis", ein Revolutionsstück. Eine Interpretation. Mit Texten aus dem Nachlaß. Frankfurt a. M. 1978; zitiert nach: Klaus Völker, Brecht-Kommentar. Zum dramatischen Werk. Mitarbeit Hans-Jürgen Pullem. München 1983, S. 248.
196 Brechts Lai-tu, S. 199–201.
197 Lyon, Bertolt Brecht in Amerika, S. 302 f.
198 Arbeitsjournal, S. 196; 20. November 1941.
199 Brechts Lai-tu, S. 171.
200 Elisabeth Bergner, Bewundert viel und viel gescholten ... Elisabeth Bergners unordentliche Erinnerungen. München 1978, S. 222.
201 Lyon, Bertolt Brecht in Amerika, S. 321.
202 Bergner, Bewundert viel und viel gescholten ..., S. 224.
203 Lyon, Bertolt Brecht in Amerika, S. 186 und 189 f.
204 Erwin Piscator an Brecht, 15. Juni 1945; zitiert in: Lyon, Bertolt Brecht in Amerika, S. 194.
205 Vgl. ebenda, S. 193.
206 Aufricht, Erzähle, damit du dein Recht erweist, S. 226.
207 Arbeitsjournal, S. 395; 16. Januar 1945.
208 Ebenda, S. 400; 10. März 1945.
209 Joseph Goebbels, Tagebücher 1945. Die letzten Aufzeichnungen. Hamburg 1977, S. 196.
210 Arbeitsjournal, S. 403; 8. Mai 1945.
211 Ebenda, S. 407; 5. August 1945.
212 Brecht an Berthold Viertel, März 1945; Briefe, S. 477.
213 Ebenda, S. 476; [Februar/März 1945].
214 Arbeitsjournal, S. 359; 29. April 1944.
215 Brecht, Aufbau einer Rolle. Laughtons Galilei. Berlin 1965, S. 7.
216 Arbeitsjournal, S. 403; 3. Mai 1945.
217 Brecht, Aufbau einer Rolle, S. 6 f.
218 Arbeitsjournal, S. 378 f.; 28. August 1944.
219 Ebenda, S. 390; 10. Dezember 1944.
220 Brecht, Aufbau einer Rolle, S. 9.

221 Ebenda.
222 Vgl. Lyon, Bertolt Brecht in Amerika, S.329.
223 Arno Behrisch, Größtes Ereignis der Geschichte. In: Deutsche Volkszeitung, Nr.38/39, 22.September 1983, S.8.
224 Stücke, Band 8, S.197 (Ungeschminktes Bild einer neuen Zeit. Schlußbemerkung zur amerikanischen Aufführung).
225 Ebenda, S.195 (Vorrede zur amerikanischen Fassung).
226 Behrisch, Größtes Ereignis der Geschichte. In: Deutsche Volkszeitung, Nr.38/39, 22.September 1983, S.8.
227 Arbeitsjournal, S.413; 10.Oktober 1945.
228 Vgl. Lyon, Bertolt Brecht in Amerika, S.254 f.
229 Vgl. ebenda, S.268.
230 Arbeitsjournal, S.398; 4.März 1945.
231 Eisler, Gespräche mit Hans Bunge, S.21.
232 BBA, Mappe 1206, Blatt 01.
233 Daniel Yergin, Der zerbrochene Frieden. Der Ursprung des Kalten Krieges und die Teilung Europas. Frankfurt a.M. 1979, S.274.
234 Ebenda, S.13.
235 Lillian Hellman, Die Zeit der Schurken. Frankfurt a.M. 1979, S.10.
236 Sind oder waren Sie Mitglied? Verhörprotokolle über unamerikanische Aktivitäten 1947–1956. Hrsg. von Hartmut Keil. Reinbek bei Hamburg 1979, S.18.
237 Giuliana Muscio, Hexenjagd in Hollywood. Die Zeit der schwarzen Listen. Frankfurt a.M. 1982, S.83.
238 Brechts Lai-tu, S.185.
239 Vgl. Helene Weigel im Gespräch mit Werner Hecht. Tonbandaufzeichnung.
240 Lyon, Bertolt Brecht in Amerika, S.424.
241 Vgl. Hermann Budzislawski, Zum Geleit. In: Bertolt Brecht und Helene Weigel in Buckow. Brecht-Zentrum der DDR. Berlin 1977.
242 Werner Hecht, Brecht im Gespräch. Diskussionen und Beiträge. Berlin 1977, S.37.
243 Ebenda.
244 Ebenda, S.38.
245 Ebenda, S.38 f.
246 Ebenda, S.43 f.
247 Ebenda, S.47 f.
248 Ebenda, S.49 f.
249 Stücke, Band 5, S.57 (Lob des Lernens).
250 Hecht, Brecht im Gespräch, S.52.
251 Ebenda, S.52 f.
252 Ebenda, S.56.

253 Arbeitsjournal, S.430; 30. Oktober 1947.
254 Lyon, Bertolt Brecht in Amerika, S.435.
255 Rudolf Vapenik, Brecht in ernster Gefahr, ersucht um kurzfristigen Paß. In: notate, Berlin, 6/1983, S.14.

Sondierung der Lage für einen Neuanfang

1 Brecht an George Pfanzelt, [Sommer 1947]; Briefe, S.521.
2 Ernst Niekisch, Der Existentialismus. Eine neofaschistische Nachkriegsmode. In: Tägliche Rundschau, 10. Januar 1947.
3 Brecht an Caspar Neher, Dezember 1946; Briefe, S.514.
4 Ernst Leopold Stahl, Die politische Zeitbühne. In: Die Quelle. Zeitschrift für Theater, Musik, Film, Konstanz, 5/1948, S.117.
5 Arbeitsjournal, S.431; 3. November 1947.
6 Ebenda; 4. November 1947.
7 Ernst Niekisch, Erinnerungen eines deutschen Revolutionärs. Band 2: Gegen den Strom 1945–1967, Köln 1974, S.25.
8 Brecht an Ruth Berlau, 5. [November] 1947; Briefe, S.528.
9 Brecht an Ruth Berlau, 3. November [1947]; Briefe, S.528.
10 Carl Zuckmayer, Als wär's ein Stück von mir. Horen der Freundschaft. Frankfurt a.M. 1977, S.469 f.
11 Arbeitsjournal, S.444 f.; 12. April 1948.
12 Brecht-Chronik. Daten zu Leben und Werk. Zusammengestellt von Klaus Völker. München 1971, S.117.
13 Alexander Lernet-Holenia, Zwei deutsche Dichter. In: Forum 3 (1956), Heft 33, S.322.
14 Brecht an Erwin Piscator, März 1947; Briefe, S.518.
15 BBA, Mappe 814, Blatt 23.
16 Ebenda, Mappe 1122, Blatt 14–16.
17 Ebenda, Blatt 11.
18 Ebenda, Mappe 528, Blatt 16.
19 Brecht an Karl Korsch, April 1948; Briefe, S.533.
20 Brecht an Kurt Hirschfeld, [Frühjahr 1949]; Briefe, S.576.
21 Max Frisch, Tagebuch 1946–1949. Frankfurt a.M. 1970, S.149.
22 Ebenda, S.285.
23 Arbeitsjournal, S.448 f.; 11. Juni 1948.
24 Frisch, Tagebuch 1946–1949, S.286 und 285 f.
25 Interview mit Max Frisch. In: Literaturnaja gaseta, Moskau, Nr. 32, 7. August 1985.
26 Arbeitsjournal, S.437; 2. Januar 1948.

27 Die Angaben über Feldmeilen stammen aus einem Gespräch zwischen Reni Merten und Gerhard Seidel, November 1981 in Zürich; Protokoll im BBA.

28 Brecht-Chronik, S.120.

29 Leopold Lindtberg, Reden und Aufsätze. Zürich 1972, S.121.

30 Ernst Ginsberg, Abschied. Erinnerungen, Theateraufsätze, Gedichte. Zürich 1965, S.149.

31 Arbeitsjournal, S.446; 15. April 1948.

32 Brecht-Chronik, S.126.

33 Arbeitsjournal, S.444; 2. April 1948.

34 Harald Engberg, Brecht auf Fünen. Exil in Dänemark 1933–1939. Wuppertal 1974, S.208.

35 Texte für Filme, Band 2, S.355.

36 Arbeitsjournal, S.432; 16. Dezember 1947.

37 Stücke, Band 11, S.101 (Zur „Antigone des Sophokles". Vorwort zu „Antigonemodell 1948").

38 Richard Biedrzynski, Schauspieler – Regisseure – Intendanten. Heidelberg–Berlin–Leipzig 1944, S.41.

39 Helene Weigel im Gespräch mit Werner Hecht, Tonbandaufzeichnung.

40 Brechts Lai-tu. Erinnerungen und Notate von Ruth Berlau. Hrsg. und mit einem Nachwort von Hans Bunge. Darmstadt–Neuwied 1985, S.213 f.

41 Brecht an Hans Curjel, 7. Februar 1948; Briefe, S.532 f.

42 Brecht an Caspar Neher, 7. Februar 1948; Briefe, S.533.

43 Brecht in der Kritik. Rezensionen aller Brecht-Uraufführungen sowie ausgewählter deutsch- und fremdsprachiger Premieren. Eine Dokumentation von Monika Wyss. München 1977, S.275 f.

44 Vgl. James K. Lyon, Bertolt Brecht in Amerika. Frankfurt a. M. 1984, S.222 f.

45 Helene Weigel im Gespräch mit Werner Hecht, Tonbandaufzeichnung.

46 Schriften zum Theater, Band 7, S.11.

47 Ebenda, S.53.

48 Ebenda, S.54.

49 Brecht an Ferdinand Reyher, April 1948; Briefe, S.535.

50 Weltpresse, Wien, 7. November 1947; zitiert nach: Kurt Palm, Vom Boykott zur Anerkennung. Brecht und Österreich. Wien–München 1983, S.64.

51 Lindtberg, Reden und Aufsätze, S.122.

52 Brecht an Gottfried von Einem, [Mai 1949]; Briefe, S.575.

53 Brecht an Gottfried von Einem, April 1949; Briefe, S.566 f.

54 In allen Fragen der Paßangelegenheit und der Beziehungen Brechts zu Österreich unmittelbar nach 1945 stützte ich mich auf die sehr aufschlußreiche und gründliche Dissertation von Kurt Palm: Brecht und Österreich. Verbreitung, Aufnahme und Wirkung seines dramatischen Werkes von 1945–1980. Diss. Salzburg, April 1981; publiziert unter dem Titel: Vom Boykott zur Anerkennung (vgl. Anm. 50).

55 Brecht an Rehrl oder Hurdes (Briefentwurf), 20. April 1949; Melchinger, Bertolt Brechts Salzburger Totentanz. In: Stuttgarter Zeitung, 5. Januar 1963 (Beilage); zitiert nach: Palm, Vom Boykott zur Anerkennung, S. 70.

56 Brecht an Helene Weigel, 21. April 1949; Briefe, S. 567.

57 Salzburger Nachrichten, 2. Oktober 1951; zitiert nach: Palm, Vom Boykott zur Anerkennung, S. 83.

58 Linzer Volksblatt, 12. Oktober 1951; ebenda.

59 Verhandlungen des Salzburger Landtages der 3. Session der 2. (6.) Wahlperiode 1951/52. Maschinenschriftliches Protokoll, 21. November 1951, S. 169; ebenda, S. 87.

60 Ebenda, S. 170; ebenda, S. 88.

Zeit der Hoffnung

1 Arbeitsjournal, S. 452; 18. Oktober 1948.

2 Ebenda, 19. Oktober 1948.

3 Ebenda.

4 Ebenda, S. 454; 22. Oktober 1948.

5 Ebenda, S. 419; 20. Februar 1947.

6 Ebenda, S. 454; 23. Oktober 1948.

7 Ebenda, S. 457; 27. Oktober 1948.

8 Alexander Dymschiz, Ein unvergeßlicher Frühling. Literarische Portraits und Erinnerungen. Berlin 1970, S. 309 f.

9 Arbeitsjournal, S. 455; 23. Oktober 1948.

10 „Haben" von Julius Hay, in Max Reinhardts Deutschem Theater, Berlin. In: Theaterdienst, Berlin, Heft 43/1948, S. 3–5.

11 Wolfgang Harich, Furcht und Elend des Dritten Reiches. Sieben Bilder aus Bertolt Brechts Szenenfolge im Deutschen Theater. In: Tägliche Rundschau, Berlin, 1. Februar 1948.

12 Klaus Gysi, Bilanz. In: Aufbau, Berlin, 11/1948, S. 941.

13 Carl Zuckmayer, Das Wiedersehen. In: Telegraf, Berlin, 24. November 1946, Nr. 194.

14 Arbeitsjournal, S. 458; 6. November 1948.

15 Ebenda, S.473; 18.Januar 1949.
16 Ebenda, S.459; 12.November 1948.
17 Ebenda, S.458; 5.November 1948.
18 Brecht an Kurt Weill, 6.Dezember 1948; Briefe, S.545.
19 Brecht an Berthold Viertel, 14.Dezember 1948; Briefe, S.546.
20 Brecht an Caspar Neher, 29.Dezember 1948; Briefe, S.547.
21 Daniel Yergin, Der zerbrochene Frieden. Der Ursprung des Kalten Krieges und die Teilung Europas. Frankfurt a.M. 1979, S.360 f.
22 Ebenda, S.362.
23 Arbeitsjournal, S.447; 20.April 1948.
24 Walter Ulbricht, Referat auf der erweiterten Sekretariatssitzung des ZK der KPD am 19. und 20. November 1945. In: Ulbricht, Zur Geschichte der deutschen Arbeiterbewegung. Band 2: 1933–1946, Zusatzband, Berlin 1966, S.303.
25 Arbeitsjournal, S.436; 1. Januar 1948.
26 Ebenda, S.460; 9.Dezember 1948.
27 Ebenda.
28 Ebenda.
29 Ebenda, S.439; 6. Januar 1948.
30 Ebenda, S.461; 9.Dezember 1948.
31 Ebenda.
32 Ebenda, S.465; 11.Dezember 1948.
33 Ebenda.
34 Ebenda, S.440; 6. Januar 1948.
35 Prosa, Band 1, S.375.
36 Arbeitsjournal, S.469; 29.Dezember 1948.
37 Arbeitsjournal, S.468, 21.Dezember 1948.
38 Gedichte, Band 7, S.35.
39 Hans Bunge, Gespräch mit Paul Dessau über Bertolt Brecht, 30. September 1958; BBA, Mappe 2164, Blatt 68.
40 BBA, Mappe 583, Blatt 18.
41 Brecht an Peter Suhrkamp, September 1948; Briefe, S.544.
42 Ebenda, S.543.
43 Peter Suhrkamp an Brecht, 24. Juli 1948. In: Siegfried Unseld, Seine Verleger hatten es nicht leicht mit ihm. In: Brecht-Jahrbuch 1974, S.99.
44 Aufbau-Verlag an Wieland Herzfelde, 26. Oktober 1948, BBA, Mappe 568, Blatt 03.
45 Arbeitsjournal, S.475; 12.Februar 1949.
46 Wigand Lange, Theater in Deutschland nach 1945. Frankfurt a. M. 1980, S.258.
47 Arbeitsjournal, S.458 und 459; 11.November 1948.
48 Ebenda, S.473; 17. Januar 1949.

49 Fritz Erpenbeck, Einige Bemerkungen zu Brechts „Mutter Courage". In: Die Weltbühne, 2/1949, S.101.
50 Ebenda, S.103.
51 Wolfgang Harich, „Trotz fortschrittlichen Wollens …". In: Die Weltbühne, 6/1949, S.215.
52 Erpenbeck, Einige Bemerkungen zu Brechts „Mutter Courage". In: Die Weltbühne, 2/1949, S.101.
53 Ebenda, S.102.
54 Harich, „Trotz fortschrittlichen Wollens …". In: Die Weltbühne, 6/1949, S.216.
55 Ebenda, S.217.
56 Arbeitsjournal, S.474; 28.Januar 1949.
57 Max Schroeder, Bertolt Brechts Bühnenstil und die Berliner Aufführung der „Mutter Courage". In: Neues Deutschland, 16. Januar 1949.
58 Susanne Alterman, Wo beginnt die Dekadenz? Bemerkungen zur Polemik um Brechts „Mutter Courage". In: Tägliche Rundschau, 12. März 1949, S.2.
59 Ebenda.
60 Ebenda.
61 Brecht an Johannes R.Becher, 20.Februar 1949; Briefe, S.554.
62 Brecht an Helene Weigel, [Ende Februar 1949]; Briefe, S.557.
63 Brecht an Erwin Piscator, 9.Februar 1949; Briefe, S.553.
64 Brechts Lai-tu. Erinnerungen und Notate von Ruth Berlau. Hrsg. und mit einem Nachwort von Hans Bunge. Darmstadt–Neuwied 1985, S.220.
65 Odd Eidem, Vorwort zu: Nordahl Grieg, Die Niederlage. Berlin 1947, S.5 f.
66 Brecht an Helene Weigel, [Ende Februar 1949]; Briefe, S.556.
67 Brechts Lai-tu, S.221 und 222.
68 Brecht an Albert H.Schreiner, Oktober 1949; Briefe, S.587.
69 Brecht an Elisabeth Hauptmann, [Frühjahr 1949]; Briefe, S.572 f.
70 Stücke, Band 10, S.412.
71 Ebenda, S.386.
72 Ebenda, S.368.
73 Brecht an Helene Weigel, [Ende Februar 1949]; Briefe, S.556.
74 Stücke, Band 10, S.366.
75 Grieg, Die Niederlage, S.103.
76 Stücke, Band 10, S.306.
77 Karl Marx, Der Bürgerkrieg in Frankreich; MEW, Band 17, S.350.
78 Brecht an Helene Weigel, [6. März 1949]; Briefe, S.559.
79 Brecht an Helene Weigel, [April/Mai 1949]; Briefe, S.570.

80 Brecht an Helene Weigel, [Ende Februar 1949]; Briefe, S. 557.
81 Brecht an Leonard Steckel, 24. Januar 1949; Briefe, S. 548 f.
82 Brecht an Helene Weigel, [April/Mai 1949]; Briefe, S. 569 f.
83 Brecht an Berthold Viertel, [März/April 1949]; Briefe, S. 564.
84 Brecht an Ilse Kasprowiak, [Mai 1949]; Briefe, S. 571.
85 Brecht-Chronik. Daten zu Leben und Werk. Zusammengestellt von Klaus Völker. München 1971, S. 133.
86 Brecht an Helene Weigel, [Anfang März 1949]; Briefe, S. 560.
87 Institut für Marxismus-Leninismus beim ZK der SED, Zentrales Parteiarchiv, Bestand Walter Ulbricht, NL 182/931, Blatt 79.
88 Arbeitsjournal, S. 471; 6. Januar 1949.
89 Brecht an Erwin Piscator, Februar 1947; Briefe, S. 517.
90 Brecht an Erwin Piscator, März 1949; Briefe, S. 561.
91 Erwin Piscator an Arthur Pieck (versehentlich Walter Pieck), 5. März 1950; Wieland-Herzfelde-Archiv der Akademie der Künste der DDR.
92 Erwin Piscator, Brief an Wilhelm Pieck, 25. Oktober 1949.
93 Brechts Lai-tu, S. 218.
94 Brecht an Eric Bentley, 12. November 1949; Briefe, S. 589.
95 Brechts Lai-tu, S. 225.
96 Brecht an Martin Hellberg, 9. Januar 1950; Briefe, S. 597.
97 Archiv des Berliner Ensembles, Probennotate zu „Puntila".
98 Ebenda.
99 Friedrich Luft, Stimme der Kritik. Berlin (West), 13. November 1949. In: Brecht in der Kritik. Rezensionen aller Brecht-Uraufführungen sowie ausgewählter deutsch- und fremdsprachiger Premieren. Eine Dokumentation von Monika Wyss. München 1977, S. 284.
100 Ebenda, S. 282.
101 Arbeitsjournal, S. 481; 13. November 1949.
102 Luft, Stimme der Kritik. In: Brecht in der Kritik, S. 281.
103 Wolfgang Böttcher, Die Regie Berthold Viertels. In: Theaterarbeit. Hrsg. vom Berliner Ensemble/Helene Weigel, Berlin 1967, S. 58.
104 Brecht an Berthold Viertel, 17. Januar 1950; Briefe, S. 597.
105 Willy Brandt, Links und frei. Mein Weg 1930–1950. Hamburg 1982, S. 446.
106 Wilhelm Pieck, An der Wende der deutschen Geschichte. Antrittsrede des Präsidenten Wilhelm Pieck auf der Tagung der Volks- und Länderkammer am 11. Oktober 1949. In: Pieck, Reden und Aufsätze. Band 2, Berlin 1950, S. 303.
107 Brecht an Wilhelm Pieck, 2. November 1949; Briefe, S. 590.
108 Gedichte, Band 7, S. 55.
109 Institut für Marxismus-Leninismus beim ZK der SED, Zentrales Parteiarchiv, Bestand Walter Ulbricht, NL 182/931, Blatt 70.

110 Brecht an Arnold Zweig, [Juni/Juli 1949]; Briefe, S.582.
111 Brecht an Paul Wandel, Dezember 1949; Briefe, S.593.
112 Arbeitsjournal, S.478; 18. Juni 1949.
113 Ebenda, S.477; 7. Mai 1949.
114 Brechts Lai-tu, S.232.
115 Manfred Wekwerth, Aufzeichnungen; Manfred-Wekwerth-Archiv, Berlin (privat).
116 Brecht an die Assistenten; ebenda.
117 Brecht an die Assistenten, Dezember 1952; ebenda.
118 Vgl. Brechts Lai-tu, S.104.
119 Schriften zum Theater, Band 5, S.104.
120 Manfred Wekwerth, Aufzeichnung eines Gesprächs mit Werner Mittenzwei, August 1982. – Das Schüler-Kapitel stützt sich vorwiegend auf Gespräche mit Manfred Wekwerth, Hans Bunge, Käthe Rülicke, Isot Kilian.
121 Arbeitsjournal, S.482; 22. Dezember 1949.
122 Brecht an Hans Mayer, 25. März 1950; Briefe, S.604.
123 Ursula Wertheim, Die marxistische Rezeption des klassischen Erbes. Zur literaturtheoretischen Position von Gerhard Scholz. In: Positionen. Beiträge zur marxistischen Literaturtheorie in der DDR. Hrsg. von Werner Mittenzwei. Leipzig 1969, S.489.
124 Jakob Michael Reinhold Lenz, Werke in einem Band. Berlin und Weimar 1980, S.99 f.
125 Schriften zum Theater, Band 6, S.286.
126 Ebenda, S.265.
127 Stücke, Band 11, S.121.
128 Lenz, Werke in einem Band, S.99.
129 Ebenda, S.130 f.
130 Stücke, Band 11, S.177.
131 Hanns Eisler, Gespräche mit Hans Bunge. Fragen Sie mehr über Brecht. Übertragen und erläutert von Hans Bunge. Leipzig 1975, S.133 f.
132 Brecht an Ruth Berlau, [19. April 1950]; Briefe, S.605.
133 Brecht in der Kritik, S.294 und 290.
134 Ebenda, S.292.
135 Beschluß der II. Parteikonferenz der SED zur gegenwärtigen Lage und zu den Aufgaben im Kampf für Frieden, Einheit, Demokratie und Sozialismus. In: Walter Ulbricht, Die gegenwärtige Lage und die neuen Aufgaben der Sozialistischen Einheitspartei Deutschlands. Referat und Schlußwort auf der II. Parteikonferenz der SED, Berlin, 9. bis 12. Juli 1952. Mit Anhang. Berlin 1952, S.171.
136 Schriften zur Politik und Gesellschaft, Band 2, S.218 (Vorschlag an den Parteitag der SED. 11. Juni 1952).

137 Kurt Magritz, Die Bedeutung des nationalen Kulturerbes für die Arbeiterklasse. In: Neue Welt, 10/1951; zitiert nach: Studienmaterial zur Kunstdiskussion für die künstlerischen Lehranstalten der DDR. Berlin o. J., Reihe 2, Heft 5, S. 51.

138 A. Shdanow, Über Kunst und Wissenschaft. Berlin 1951, S. 68.

139 Der Kampf gegen den Formalismus in Kunst und Literatur, für eine fortschrittliche Kultur. Referat von Hans Lauter, Diskussion und Entschließung von der 5. Tagung des Zentralkomitees der Sozialistischen Einheitspartei Deutschlands vom 15.–17. März 1951. Berlin 1951, S. 157.

140 Magritz, Die Bedeutung des nationalen Kulturerbes; zitiert nach: Studienmaterial ..., Reihe 2, Heft 5, S. 50.

141 Ebenda, S. 73.

142 Der Kampf gegen den Formalismus in Kunst und Literatur ..., S. 160.

143 Schriften zur Literatur und Kunst, Band 2, S. 334 f. (Notizen über die Formalismusdiskussion).

144 Walther Pollatschek, Die Bühne als Anleitung zum Handeln. In: Tägliche Rundschau, 14. Januar 1951.

145 Nationalzeitung, 14. Januar 1951.

146 Brecht in der Kritik, S. 147.

147 Der Kampf gegen den Formalismus in Kunst und Literatur ..., S. 51.

148 Ebenda, S. 51 f.

149 Ebenda, S. 131 f.

150 Paul Dessau, Aus Gesprächen. Leipzig 1974, S. 78.

151 Ebenda, S. 79.

152 Ebenda.

153 Arbeitsjournal, S. 491 f.; 15. Januar 1951

154 Dessau, Aus Gesprächen, S. 81.

155 Brecht an Anton Ackermann, 25. März 1951; Briefe, S. 617 f.

156 Brecht an Wilhelm Pieck, 6. April 1951; Briefe, S. 619 f.

157 Brecht an Walter Ulbricht, 19. März 1951; Briefe, S. 617.

158 Brecht an Paul Wandel, 19. März 1951; Briefe, S. 616.

159 Arbeitsjournal, S. 497; 3. Juli 1951.

160 Ebenda, S. 501; 1. Februar 1952.

161 Schriften zur Literatur und Kunst, Band 2, S. 312 (Notizen zur Barlach-Ausstellung).

162 Brecht im Gespräch. Diskussionen und Dialoge. Hrsg. von Werner Hecht. Berlin 1977, S. 205 und 208.

163 Bertolt Brecht, Über die bildenden Künste. Hrsg. von Jost Hermand. Frankfurt a. M. 1983, S. 27.

164 Helene Weigel, Gemeinsam studieren. In: Theater der Zeit, 5/1953, S. 7 f.

165 Harald Hauser, Abstraktion. In: Theater der Zeit, 6/1953, S. 13 und 14.
166 Wolfgang Langhoff, Aus dem Schlußwort. In: Theater der Zeit, 6/1953, S. 11.
167 Kleine redaktionelle Einmischung in die Debatte. In: Theater der Zeit, 6/1953, S. 14.
168 Schriften zum Theater, Band 7, S. 223 f. und 222 (Einige Gedanken zur Stanislawski-Konferenz).
169 Ebenda, S. 225–227.
170 N. Orlow, Wege und Irrwege der modernen Kunst. In: Studienmaterial zur Kunstdiskussion für die künstlerischen Lehranstalten der Deutschen Demokratischen Republik. Hrsg. von der Staatlichen Kommission für Kunstangelegenheiten. Hauptabteilung künstlerischer Nachwuchs und Lehranstalten, Reihe 1, Heft 4, S. 41.
171 Ebenda.
172 Ebenda, S. 50.
173 Ebenda, S. 42.
174 Ebenda, S. 46 f.
175 Ebenda, S. 53.
176 Gedichte, Band 7, S. 105 (Deutschland 1952).
177 Ebenda, S. 154 (Aber das Neue muß Altes bezwingen).
178 Arbeitsjournal, S. 465; 11. Dezember 1948.
179 Zitiert bei: Manfred Wekwerth, Schriften. Arbeit mit Brecht. Berlin 1975, S. 99.
180 Arbeitsjournal, S. 480; 10. September 1949.
181 Zitiert bei: Wekwerth, Schriften, S. 101.
182 Ebenda, S. 99.
183 BBA, Mappe 1583, Blatt 01. Zitiert bei: Peter Schmitt, Faust und die „Deutsche Misere". Erlangen 1980, S. 114.
184 Schriften zum Theater, Band 7, S. 68–70.
185 Zitiert bei: Wekwerth, Schriften, S. 102.
186 Schriften zum Theater, Band 7, S. 70.
187 Eisler, Gespräche mit Hans Bunge, S. 58.
188 Arbeitsjournal, S. 505; 25. bis 30. August 1952.
189 Ernst Fischer, Doktor Faustus und der deutsche Bauernkrieg. In: Sinn und Form, 6/1952.
190 Wilhelm Girnus an Werner Mittenzwei, 9. November 1984.
191 Die Debatte um Hanns Eislers „Johann Faustus". Dokumentation von Hans Bunge. Manuskript, S. 51; Hanns-Eisler-Archiv der Akademie der Künste der DDR, Berlin.
192 Ebenda, S. 221 f. und 233.
193 Schriften zur Literatur und Kunst, Band 2, S. 347 (Thesen zur Faustus-Diskussion).

194 Ebenda, S. 344.
195 Die Debatte um Hanns Eislers „Johann Faustus“, Manuskript, S. 110.
196 Karl Marx, Zur Kritik der Hegelschen Rechtsphilosophie. In: Marx/Engels, Werke. Band 1, Berlin 1957, S. 381.
197 Die Debatte um Hanns Eislers „Johann Faustus“, Manuskript, S. 167.
198 Ebenda, S. 266.
199 Ebenda, S. 205.
200 Brecht an Otto Grotewohl, 15. Juni 1953; Briefe, S. 655.
201 Meldung des RIAS, Berlin (West), 16. Juni 1953, 19.30 Uhr, dann stündlich wiederholt.
202 Erklärung des Politbüros zur Normenfrage. In: Dokumente der SED. Band 4, Berlin 1954, S. 432.
203 Gespräch zwischen Hertha Walcher und Werner Mittenzwei am 7. Juni 1982 in Berlin-Hohenschönhausen.
204 Schriften zur Politik und Gesellschaft, Band 2, S. 214 ([Das Bild Deutschlands nach allgemeinen Wahlen. Antwort auf eine Anfrage]).
205 Bertolt Brecht, Gesammelte Werke in 20 Bänden. Band 10, Frankfurt a. M. 1967, S. 1003 f. (Fragment).
206 Brecht an Walter Ulbricht, 17. Juni 1953; Briefe, S. 655.
207 Brecht an Otto Grotewohl, 17. Juni 1953; Briefe, S. 656.
208 Brecht an Walter Ulbricht, 17. Juni 1953; Briefe, S. 655.
209 André Müller/Gerd Semmer, Geschichten vom Herrn B. Frankfurt a. M. 1967, S. 80.
210 Gedichte, Band 7, S. 93.
211 Hans Bunge, Gespräch mit Käthe Rülicke über Brecht, 13. Dezember 1958; BBA, Mappe 2164, S. 11.
212 Ebenda, Blatt 25.
213 Die folgenden Zitate aus den Betriebsversammlungen des Berliner Ensembles in: Protokoll über die Diskussion des Berliner Ensembles über die Lage, Probenhaus am 24., 25. und 26. Juni 1953; Archiv des Berliner Ensembles, I/12, I/6–8, III/4, I/7, II/4, II/6 f., II/7, III/11.
214 Brecht an Peter Suhrkamp, 1. Juli 1953; Briefe, S. 657.
215 Ebenda, S. 658.
216 Ebenda, S. 658 f.
217 Arbeitsjournal, S. 515; 20. August 1953.
218 Ebenda.
219 Ebenda.
220 Ebenda.
221 Entschließung der 15. Tagung des ZK der SED vom 24.–26. Juli 1953. Berlin 1953, S. 122.

222 Otto Grotewohl, Die gegenwärtige Lage und der neue Kurs der Partei. Referat auf der 15. Tagung des ZK der SED vom 24.–26. Juli 1953. Berlin 1953, S. 55.
223 Gedichte, Band 7, S. 108.
224 Walter Besenbruch, Über berechtigte Kritik und über Erscheinungen des Opportunismus in Fragen der Kunst. In: Neues Deutschland, 19. Juli 1953, S. 4.
225 Ebenda.
226 Ebenda.
227 Schriften zur Literatur und Kunst, Band 2, S. 352.
228 Ebenda, S. 354.
229 Ebenda, S. 352.
230 Ebenda, S. 355 f.
231 Ebenda, S. 353.
232 Wolfgang Harich, Es geht um den Realismus. Die bildenden Künstler und die Kunstkommission. In: Berliner Zeitung, 14. Juli 1953, S. 3.
233 Ebenda.
234 Ebenda.
235 Besenbruch, Über berechtigte Kritik und über Erscheinungen des Opportunismus in Fragen der Kunst. In: Neues Deutschland, 19. Juli 1953, S. 4.
236 Arbeitsjournal, S. 502; 14. Februar 1952.
237 Gespräch zwischen Hertha Walcher und Werner Mittenzwei, 7. Juni 1982.
238 Bertolt Brecht. Sein Leben in Bildern und Texten, S. 276.
239 Arbeitsjournal, S. 515; 20. August 1953.
240 Kuba, Wie ich mich schäme! In: Neues Deutschland, 20. Juni 1953.
241 Gedichte, Band 7, S. 9.
242 Ebenda, S. 11.
243 Ebenda.
244 Gedichte, Band 7, S. 13.
245 Ebenda, S. 18.
246 Ebenda, S. 14.
247 Ebenda, S. 5.
248 BBA, Mappe 559, Blatt 01–02.
249 Stücke, Band 14, S. 7.
250 BBA, Mappe 499, Blatt 11.
251 Ebenda, Mappe 499, Blatt 17.
252 Ebenda.
253 Ebenda, Mappe 559, Blatt 62.
254 Stücke, Band 14, S. 121.
255 Arbeitsjournal, S. 516 f.; 13. September 1953.

256 James K. Lyon, Bertolt Brecht in Amerika. Frankfurt a. M. 1984, S. 306.
257 Brecht an Ruth Berlau, 31. Oktober 1955; BBA, Mappe 169, Briefe Brechts an Berlau.
258 BBA, Mappe 972, Blatt 83; Notizen und Briefe im Stehpult.
259 BBA, Mappe 971, Blatt 92.
260 Brecht an Ruth Berlau, 20. Januar 1956; BBA, Mappe 169, Blatt 41–44.
261 Brecht an Peter Suhrkamp, 8. März 1954; Briefe, S. 676.
262 Brecht an Paul Wandel, 4. August 1953 (nicht abgeschickt); Archiv des Berliner Ensembles.
263 Programmerklärung des Ministeriums für Kultur der Deutschen Demokratischen Republik zur Verteidigung der Einheit der deutschen Kultur. In: Neues Deutschland, 25. März 1954, S. 4.
264 Deutsche Volkszeitung, Nr. 24, 16. Juni 1983.
265 Walter Felsenstein, Der Eiserne Vorhang des Herrn Tiburtius. In: Tägliche Rundschau, 9. September 1951.
266 Berliner Intendanten schreiben Boleslaw Barlog. Ein Brief an den Intendanten des Westberliner Schiller-Theaters zum Appell der Volkskammer: In: Neues Deutschland, 19. Oktober 1951.
267 Schriften zur Literatur und Kunst, Band 2, S. 293.
268 Ebenda, S. 294.
269 Ebenda.
270 Schriften zur Politik und Gesellschaft, Band 2, S. 190 f. (Anrede an den Kongreß für unamerikanische Betätigungen).
271 Ebenda, S. 210 f. (An den Kongreß für kulturelle Freiheit).
272 Ebenda, S. 77 (Man muß das Unrecht auch mit schwachen Mitteln bekämpfen).
273 Werner Hecht, Vortrag im Brecht-Zentrum der DDR, Berlin, 4. Oktober 1979.
274 Protokoll des Gesprächs im „Sachsenhof"; BBA, Mappe 924, Blatt 04.
275 Ebenda, Blatt 07.
276 Ebenda.
277 Schriften zur Politik und Gesellschaft, Band 2, S. 243 f. (Erklärungen [Zu den Pariser Abmachungen]).
278 Ebenda, S. 244 und 245 ([Warnung vor Kriegen]).
279 Vgl. Georg Knepler, Karl Kraus liest Offenbach. Erinnerungen. Kommentare – Dokumentationen. Berlin 1984, S. 183.
280 Arbeitsjournal, S. 369; 20. Juni 1944.
281 In: Der Spiegel, Hamburg, Nr. 40/1982, S. 10.
282 Brecht, Kriegsfibel. Hrsg. von Ruth Berlau. Berlin 1977.
283 Brecht an den Regisseur und die Schauspieler von „Golden fließt der Stahl", 11. Dezember 1950; Briefe, S. 614.
284 Arbeitsjournal, S. 498; 11. Juli 1951.

285 Ebenda.
286 BBA, Mappe 925, Blatt 01.
287 Arbeitsjournal, S. 517; 15. bis 30. Oktober 1953.
288 BBA, Mappe 925, Blatt 01.
289 Arbeitsjournal, S. 519; 8. Juli 1954.
290 Ebenda, S. 520; [Mai 1955].
291 BBA, Mappe 1206, Blatt 01.
292 Ebenda, Blatt 03.
293 Ebenda, Blatt 02.
294 Hans Bunge, Gespräch mit Peter Hacks und Anna Elisabeth Wiede über Brecht, 17. Februar 1958; BBA, Mappe 2163, Blatt 78.
295 Arbeitsjournal, S. 380; 10. September 1944.
296 Brandt, Links und frei, S. 190.
297 Erzählung von Jacob Walcher, August 1952 in Buckow. Deutsche Arbeiterbewegung/Rosa Luxemburg. Im Besitz von Hertha Walcher.
298 Ebenda.
299 Ernst Schumacher, Er wird bleiben. In: Erinnerungen an Brecht. Leipzig 1964, S. 332 f.
300 Brecht an Peter Hacks, 15. Januar 1952; Briefe, S. 635.
301 Peter Hacks, Gespräch mit Werner Mittenzwei, 2. Mai 1984.
302 Bunge, Gespräch mit Peter Hacks und Anna Elisabeth Wiede über Brecht, 17. Februar 1958; BBA, Mappe 2163, Blatt 60.
303 Ebenda, Blatt 61.
304 Ebenda, Blatt 62 und 61.
305 Ebenda, Blatt 63.
306 Hans Bunge, Gespräch mit Ruth Fischer über Brecht, 15. Februar 1958; BBA, Mappe 2165, Blatt 05.
307 Angelika Hurwicz, Brechts Arbeit mit dem Schauspieler (1955). In: Erinnerungen an Brecht, S. 172.
308 Manfred Wekwerth, Schriften. Arbeit mit Brecht. Berlin 1973, S. 117.
309 Hans Joachim Bunge, Brecht probiert. In: Sinn und Form, Zweites Sonderheft Bertolt Brecht, S. 324.
310 Ebenda, S. 327 und 325.
311 Vgl. Hans Bunge, Bericht über ein Gespräch mit Therese Giehse, 4. April 1958; BBA, Mappe 2163, Blatt 81.
312 Brechts Lai-tu, S. 238.
313 Willi Schwabe, Wannst den Text nicht mehr weißt, hörst auf! In: Schauspieler erzählen … über sich und andere. Hrsg. von Renate Sydel. Berlin 1981, S. 187.
314 Theaterarbeit. 6 Aufführungen des Berliner Ensembles. Hrsg. vom Berliner Ensemble/Helene Weigel. Berlin 1967, S. 131.
315 Ebenda.

316 Brechts Lai-tu, S. 238.
317 Wekwerth, Schriften, S. 132.
318 Angelika Hurwicz, Einige couragierte Mitteilungen über „Mutter Courage". In: Mutter Courage und ihre Kinder. Materialien. Berlin 1968, S. 23.
319 Stimmen von Freunden: Werner Hinz. In: Erich Engel, Schriften. Über Theater und Film. Berlin 1971, S. 226.
320 Galilei – Proben, 22. Dezember 1955; BBA, Tonbandskription.
321 Ebenda.
322 Ebenda.
323 Ebenda.
324 Brecht an die Mitglieder des Berliner Ensembles (Aushang), 27. September 1955; Briefe, S. 718 f.
325 Lyon, Bertolt Brecht in Amerika, S. 136.
326 Hans Bunge, Gespräch mit Käthe Rülicke über Brecht, 13. Dezember 1958; BBA, Mappe 2164, Blatt 41.
327 Brecht an das Komitee zur Verleihung der Internationalen Stalinpreise/Dmitri W. Skobelzyn, 4. Januar 1955; Briefe, S. 687 f.
328 Hans Bunge, Gespräch mit Käthe Rülicke über Brecht, 13. Dezember 1958; BBA, Mappe 2164, Blatt 42.
329 Arbeitsjournal, S. 521; [Mai 1955].
330 Ebenda, S. 520.
331 Zitiert nach: Hans Bunge, Gespräch mit Käthe Rülicke über Brecht, 13. Dezember 1958; BBA, Mappe 2164, Blatt 44.
332 Ebenda.
333 Schriften zur Politik und Gesellschaft, Band 2, S. 246 und 248 f. (Rede anläßlich der Verleihung des Lenin-Preises „Für Frieden und Verständigung zwischen den Völkern").
334 Brecht an Harry Buckwitz, 6. Juni 1955; Briefe, S. 707.
335 Brecht-Chronik, S. 153.
336 Brecht an Lion Feuchtwanger, 28. September 1955; Briefe, S. 719.
337 Les Lettres françaises, Paris, 30. Juni 1955.
338 Schriften zur Literatur und Kunst, Band 2, S. 369 f.
339 IV. Deutscher Schriftstellerkongreß, Januar 1956. Protokoll. I. Teil. Berlin 1956, S. 156.
340 Giorgio Strehler, Für ein menschlicheres Theater. Geschriebene, gesprochene und verwirklichte Gedanken. Hrsg. und aus dem Italienischen übertragen von Sinah Kessler. Berlin 1977, S. 75 f.
341 Ebenda, S. 76.
342 Brecht an Ruth Berlau, 11. Februar 1956; Briefe, S. 730.
343 Brecht an Giorgio Strehler. In: Mitteilungen der Akademie der Künste der Deutschen Demokratischen Republik, Nr. 3, Mai/Juni 1983, S. 14.

344 Brecht an Ernst Busch, 30. April 1956; Briefe, S. 735.

345 Wiedergegeben von Peter Hacks in: Hans Bunge, Gespräch mit Peter Hacks und Anna Elisabeth Wiede, 17. Februar 1958; BBA, Mappe 2163, Blatt 68.

346 Ebenda, Blatt 68 und 69.

347 Hans Bunge, Gespräch mit Käthe Rülicke über Brecht; BBA, Mappe 2164, Blatt 46.

348 Karl Kleinschmidt, Wir sind der Mensch von Sezuan. Bert Brecht – Erinnerung und Vermächtnis. In: Neue Zeit, Berlin, 19. August 1956.

349 Ebenda.

350 Ebenda.

351 Erinnerungen Peter Hacks' an Brecht. Aufgezeichnet in einem Gespräch zwischen Peter Hacks und Werner Mittenzwei, 2. Mai 1984.

352 Ebenda.

353 Ebenda.

354 Bodo Uhse, Von alter und neuer Weisheit. In: Erinnerungen an Brecht, S. 256.

355 Ebenda.

356 Schriften zur Politik und Gesellschaft, Band 2, S. 253 (Offener Brief an den deutschen Bundestag Bonn).

357 Beim Pförtner hing ein Brief von Brecht. In: Süddeutsche Zeitung, 21. September 1956.

358 Gedichte, Band 7, S. 140.

359 Uhse, Von alter und neuer Weisheit. In: Erinnerungen an Brecht, S. 256.

360 Barbara Brecht-Schall an Werner Mittenzwei, 30. Oktober 1984.

361 Brecht an Peter Suhrkamp, 25. Juli 1956; Briefe, S. 741.

362 Brecht an die Mitglieder des Berliner Ensembles (Aushang), 5. August 1956; Briefe, S. 742 f.

363 Brecht an Isot Kilian, [Juni 1956]; BBA, Mappe 1451, Blatt 11.

364 Brecht an Isot Kilian, [Juni 1956]; BBA, Mappe 1451, Blatt 10.

365 Wekwerth, Schriften, S. 76.

366 Ebenda, S. 77.

367 Ärztliches Bulletin. In: Neues Deutschland, 16. August 1956, S. 2.

368 Präsident Wilhelm Pieck an Helene Weigel. In: Neues Deutschland, 16. August 1956, S. 1.

369 Georg Lukács, Erwecker heilsamer Krisen. In: Sonntag, 26. August 1956, S. 8.

Chronologische Übersicht

1898 *10. Februar*: Eugen Berthold Friedrich Brecht in Augsburg, Auf dem Rain 7, geboren. Vater: Berthold Friedrich Brecht, Kaufmann (6. November 1869–20. Mai 1939), Mutter: Sophie Brecht geb. Brezing (8. September 1871–1. Mai 1920).

20. März: Taufe in der evangelischen Barfüßerkirche.

18. September: Umzug in die Wohnung Bei den sieben Kindeln 1.

1900 *29. Juni*: Geburt des Bruders Walter.

12. September: Umzug in die Haindlsche Stiftung, Bleichstraße 2.

1904 Einschulung in die Volksschule bei den Barfüßern.

1908 Aufnahme in das Königliche Bayerische Realgymnasium.

1912 *29. März*: Konfirmation in der Barfüßerkirche.

1913 Schreibt als Schüler der Untersekunda das Stück „Die Bibel“, das in der Schülerzeitschrift „Die Ernte“ im Januar 1914 erscheint.

1916 *13. Juli*: Die „Augsburger Neuesten Nachrichten“ veröffentlichen „Das Lied der Eisenbahntruppe von Fort Donald“; zeichnet zum erstenmal mit Bert Brecht.

1917 *Vor Ostern*: Notabitur.

September: Hauslehrer am Tegernsee bei Kommerzienrat Kopp.

Ende September: Zieht nach München, wohnt zunächst bei einer Tante Caspar Nehers in der Maximilianstraße 43, dann Adalbertstraße 12.

2. Oktober: Immatrikulation an der Philosophischen Fakultät der Ludwig-Maximilians-Universität München, im 2. Semester Wechsel zur Medizin.

1918 *14. Januar*: Musterung für den Kriegsdienst, auf Gesuch des Vaters bis zum 15. August 1918 zurückgestellt.

1. Mai: Umzug in die Kaulbachstraße 63 A.

Mai–Juli: Niederschrift des „Baal“. April 1919 Erarbeitung einer zweiten Fassung, die Brecht an verschiedene Verlage und Theater schickt.

1. Oktober 1918–9. Januar 1919: Militärdienst, Sanitätssoldat in einem Augsburger Reservelazarett.

1919 *Januar–Februar*: Das Stück „Trommeln in der Nacht“ entsteht, die erste Fassung trägt den Titel „Spartakus“.

30. Juli: Frank, Sohn Brechts und Paula Banholzers, in Kimratshofen geboren.

Herbst: Schreibt die Einakter „Die Kleinbürgerhochzeit“ (zuerst unter dem Titel „Die Hochzeit“), „Der Bettler oder Der tote Hund“

(zuerst unter dem Titel „Der tote Hund"), „Er treibt einen Teufel aus", „Lux in tenebris", „Der Fischzug".

1920 *21. Februar–13. März*: Erste Berlinreise, wohnt bei Frank Warschauer, Eislebener Straße 13.

13. März: Rückkehr nach München.

1921 *Herbst*: Beginn der Arbeit an dem Stück „Im Dickicht der Städte".

7. November 1921–26. April 1922: Zweite Berlinreise. Verhandlungen mit dem Drei Masken Verlag, mit Kiepenheuer und dem Erich Reiss Verlag.

29. November 1921: Exmatrikulation.

Dezember: Schließt Bekanntschaft mit Arnolt Bronnen.

24. Dezember: Vertrag mit dem Erich Reiss Verlag über den Vertrieb seiner Stücke und Bücher.

Ende: Die Gedichtsammlung „Hauspostille" liegt vor. Obwohl von Kiepenheuer für 1922 angekündigt, erscheint sie nicht. 1925 erneute Durchsicht der Sammlung gemeinsam mit Elisabeth Hauptmann, Brecht ändert den Titel in „Taschenpostille". Von dem fertigen Satz druckt der Verlag lediglich fünfundzwanzig Exemplare als Privatdruck. Erst 1927 erscheint die Sammlung unter ihrem ursprünglichen Titel „Hauspostille" im Berliner Propyläen-Verlag.

1922 *26. April*: Rückkehr nach München.

29. September: Uraufführung von „Trommeln in der Nacht" in den Kammerspielen München. Regie: Otto Falckenberg. Darsteller: Erwin Faber, Hans Leibelt, Kurt Horwitz.

Oktober: Anstellung als Dramaturg an den Münchner Kammerspielen.

8./9. Oktober: Wieder in Berlin. Verhandlungen mit dem Deutschen Theater über eine Aufführung von „Baal" und „Hannibal".

14. Oktober: Zurück nach München.

3. November: Eheschließung mit Marianne Zoff in München.

Ende November: Verleihung des Kleist-Preises in Berlin.

Dezember: Begegnet bei Proben zu „Trommeln in der Nacht" zum erstenmal Helene Weigel.

21. Dezember: Rückkehr nach München.

1923 *Ende Februar/Anfang März*: Kurzer Aufenthalt in Berlin.

12. März: Hanne, Tochter Brechts und Marianne Zoffs, geboren.

9. Mai: Uraufführung von „Im Dickicht" im Residenztheater München. Regie: Erich Engel. Bühnenbild: Caspar Neher. In den Hauptrollen: Otto Wernicke und Karl Graumann.

Herbst: Bearbeitet mit Lion Feuchtwanger Christopher Marlowes Stück „The Troublesome Raigne and Lamentable Death of Edward the Second, King of England". Ende 1923 liegt das Stück „Leben Eduards des Zweiten von England" in einer ersten Fassung vor.

1923 *8. Dezember*: Uraufführung von „Baal" im Alten Theater in Leipzig. Regie: Alwin Kronacher. Titelrolle: Lothar Körner.

1924 *18. März*: Uraufführung von „Leben Eduards des Zweiten von England" in den Kammerspielen, München. Regie: Bert Brecht. Bühnenbild: Caspar Neher. Darsteller: Erwin Faber, Oskar Homolka, Kurt Horwitz.

April–Juni: Mit Marianne Brecht-Zoff auf Capri. Besucht Caspar Neher in Positano.

Anfang September: Übersiedlung nach Berlin zu Helene Weigel, Spichernstraße 16.

September: Jahresvertrag als Dramaturg des Deutschen Theaters.

November: Lernt Elisabeth Hauptmann kennen, die zu seiner ständigen Mitarbeiterin wird.

3. November: Stefan, Sohn Brechts und Helene Weigels, geboren.

Ende: Greift auf einen Stückplan von 1920 über den Bürger Galgei zurück. Ende 1925 nennt er das Stück „Mann ist Mann".

1925 *Ende*: Kontakt zur „Gruppe 1925", an deren Vorhaben er sich beteiligt. Besucht die Zusammenkünfte am 1. März und am 13. April 1926.

1926 *25. September*: Uraufführung von „Mann ist Mann" im Landestheater Darmstadt. Regie: Jacob Geis. Bühnenbild: Caspar Neher. Hauptrolle: Ernst Legal.

11. Dezember: Uraufführung von „Die Hochzeit" (später „Die Kleinbürgerhochzeit") im Schauspielhaus Frankfurt am Main. Regie: Melchior Vischer.

Ende 1926/Anfang 1927: Es entstehen die zehn Gedichte, die Brecht zu dem Zyklus „Aus einem Lesebuch für Städtebewohner" zusammenstellt. Der Zyklus erscheint im 2. Heft der „Versuche", Berlin 1930.

Winter 1926/27: Durch den Maler Rudolf Schlichter Bekanntschaft mit dem Soziologen und Nationalökonomen Fritz Sternberg.

1927 *4. Februar*: Als Preisrichter eines Lyrikwettbewerbs entscheidet Brecht, keinem Einsender den Preis zuzuerkennen. Einzig den Song „He, He! The Iron Man!" von Hannes Küpper empfiehlt er zum Abdruck.

März: Beginn der Koproduktion mit Kurt Weill. Auf der Grundlage der Mahagonny-Gesänge der „Hauspostille" entsteht das Songspiel „Mahagonny".

17. Juli: Uraufführung des Songspiels „Mahagonny" im Rahmen der Musikfestwochen in Baden-Baden. Musik: Kurt Weill. Regie: Bert Brecht. Bühnenbild: Caspar Neher.

1927 *Herbst*: Mitglied von Piscators „Dramatischem Kollektiv" am Theater am Nollendorfplatz.

„Bertolt Brechts Hauspostille" erscheint im Propyläen-Verlag, Berlin.

1928 *Anfang*: Elisabeth Hauptmann legt Brecht ihre Übersetzung von John Gays „Beggar's Opera" vor. Er bearbeitet einige Szenen und zeigt sie Ernst Josef Aufricht, der ein Eröffnungsstück für das von ihm gemietete Theater am Schiffbauerdamm sucht. Brecht und Kurt Weill schreiben die „Dreigroschenoper" als Auftragswerk.

Mitte Mai–Juni: Mit Helene Weigel, Kurt Weill und dessen Frau Lotte Lenya in Le Lavandou in Südfrankreich. Arbeit an der „Dreigroschenoper".

31. August: Uraufführung der „Dreigroschenoper" im Berliner Theater am Schiffbauerdamm. Musik: Kurt Weill. Regie: Erich Engel. Bühnenbild: Caspar Neher. In den Hauptrollen: Harald Paulsen, Erich Ponto, Kurt Gerron, Lotte Lenya, Roma Bahn, Rosa Valetti.

16. September: Die Ehe mit Marianne Zoff wird geschieden.

Herbst: Nach dem Erfolg der „Dreigroschenoper" Arbeit an der Oper „Aufstieg und Fall der Stadt Mahagonny". Musik: Kurt Weill.

November: Umzug in die Hardenbergstraße 1a.

9. Dezember: In der „Berliner Illustrirten Zeitung", Nr. 50, erscheint die Erzählung „Die Bestie", Brechts Beitrag zu einem Preisausschreiben, zu dem die Zeitung im Juni aufgerufen hatte. Er erhielt einen ersten Preis.

1929 *Beginn*: Schreibt das kleine Stück „Der Lindberghflug" (später: „Der Ozeanflug").

Frühjahr: Schreibt für die Baden-Badener Musikfestwochen das „Badener Lehrstück" (im Druck: „Das Badener Lehrstück vom Einverständnis"). Musik: Paul Hindemith.

März/April: Inszeniert mit Jacob Geis am Theater am Schiffbauerdamm Marieluise Fleißers Stück „Pioniere in Ingolstadt".

10. April: Eheschließung mit Helene Weigel.

6. Mai: Bezieht im „Berliner Börsen-Courier" Stellung zu Alfred Kerrs Vorwurf, er habe bei der Verwendung von Vorlagen für seine Songs neben dem Namen Villon den des Übersetzers K. L. Ammer nicht genannt.

Mai: Durch Asja Lacis Bekanntschaft mit Walter Benjamin.

27. Juli: Uraufführung des Stücks „Der Lindberghflug" („Der Ozeanflug") im Rahmen der Musikfestwochen in Baden-Baden. Musik: Paul Hindemith und Kurt Weill. Regie: Ernst Hardt. Dirigent: Hermann Scherchen.

28. Juli: Uraufführung des „Lehrstücks" („Badener Lehrstücks vom Einverständnis") im Rahmen der Musikfestwochen in der Stadthalle von Baden-Baden. Musik: Paul Hindemith. Regie: Bertolt Brecht. Darsteller: Gerda Müller-Scherchen, Theo Lingen, Karl Paulsen, Benno Carlé, Valeska Gert in einem eingeblendeten Tanzfilm.

1930 *9. März*: Uraufführung von „Aufstieg und Fall der Stadt Mahagonny" im Opernhaus Leipzig. Musik: Kurt Weill. Regie: Walther Brugmann. Bühnenbild und Projektionen: Caspar Neher. Dirigent: Gustav Brecher.

Frühjahr: Nach einer japanischen Vorlage schreibt Brecht das Lehrstück „Der Jasager". Die Reaktionen auf die Uraufführung am 23. Juni durch die Musikabteilung des „Zentralinstituts für Erziehung und Unterricht" veranlassen ihn zu einem Gegenentwurf: „Der Jasager und Der Neinsager".

Mai Juni: Mit Elisabeth Hauptmann und Emil Burri in Le Lavandou. Arbeit an der „Heiligen Johanna der Schlachthöfe" und an dem Lehrstück „Die Ausnahme und die Regel".

Herbst: Mit Bernard von Brentano, Walter Benjamin, Herbert Jhering plant Brecht bei Rowohlt die Gründung einer Zeitschrift mit dem Titel „Krisis und Kritik".

28. Oktober: Barbara, Tochter von Brecht und Helene Weigel, geboren.

13. Dezember: Uraufführung des Lehrstücks „Die Maßnahme" in der Berliner Philharmonie. Musik: Hanns Eisler. Regie: Slatan Dudow. Sprecher: Alexander Granach, Helene Weigel, Ernst Busch; Sänger: Anton Maria Topitz.

1931 *Januar*: Inszeniert das überarbeitete Stück „Mann ist Mann" im Berliner Staatstheater, Premiere 6. Februar.

19. Februar: Filmpremiere „Die Dreigroschenoper" im Berliner Atrium. Regie: Georg Wilhelm Pabst. Kamera: Fritz Arno Wagner. Musik: Kurt Weill. Darsteller: Rudolf Forster, Carola Neher, Reinhold Schünzel, Fritz Rasp, Valeska Gert, Lotte Lenja, Hermann Thimig, Ernst Busch u. a.

Mitte Mai–Mitte Juni: Mit Elisabeth Hauptmann und Emil Burri in Le Lavandou. Begegnungen mit Kurt Weill, Lotte Lenya, Bernard von Brentano, Walter Benjamin.

Mitte Juni: Sommerurlaub mit der Familie in Unterschondorf am Ammersee.

Herbst: Wird zur Arbeit an der Dramatisierung des Romans „Die Mutter" hinzugezogen, die Günther Weisenborn und Günther Stark im Auftrag von Maxim Gorki angefertigt hatten. Mit seinem Kollektiv, zu dem Slatan Dudow, Hanns Eisler, Elisabeth Hauptmann und Emil Burri gehören, erarbeitet Brecht eine völlig neue Bühnenfassung.

1931 *November*: Fertigstellung der Bühnenfassung und des Druckmanuskripts der „Heiligen Johanna der Schlachthöfe", deren Vorarbeiten bis ins Jahr 1928 zurückreichen. Angeregt durch Ludwig Bergers Vorschlag, Shakespeares „Maß für Maß" für die Berliner Volksbühne zu bearbeiten, entsteht das Stück „Die Rundköpfe und die Spitzköpfe"; ein erster vollständiger Entwurf liegt 1932 vor.

1932 *Januar*: Lernt bei den Proben zur „Mutter" Margarete Steffin kennen, die seine ständige Mitarbeiterin wird.

17. Januar: Uraufführung des Stücks „Die Mutter" im Komödienhaus am Schiffbauerdamm. Musik: Hanns Eisler. Regie: Emil Burri. Bühnenbild: Caspar Neher. Darsteller: Helene Weigel, Ernst Busch, Gerhard Bienert.

11. April: Ursendung der „Heiligen Johanna der Schlachthöfe" in der Berliner Funkstunde von Radio Berlin. Regie: Alfred Braun. Sprecher: Fritz Kortner, Carola Neher, Helene Weigel, Ernst Busch, Peter Lorre, Paul Bildt, Paul Dahlke, Friedrich Gnaß.

18. April: Beteiligung an einer Protestkundgebung in den Berliner Sophiensälen gegen das Verbot des Films „Kuhle Wampe".

Mai: Brecht und Slatan Dudow folgen einer Einladung nach Moskau anläßlich der dortigen Uraufführung des Films „Kuhle Wampe". Zusammentreffen mit Sergej Tretjakow, Asja Lacis, Bernhard Reich, Erwin Piscator.

14. Mai: Uraufführung von „Kuhle Wampe" in Moskau. Regie: Slatan Dudow. Musik: Hanns Eisler. Darsteller: Ernst Busch, Hertha Thiele, Marta Wolter, Lilli Schönborn, Adolf Fischer, Max Sablotzki, Alfred Schäfer.

1933 *Februar*: Blinddarmoperation.

28. Februar: Verläßt nach dem Reichstagsbrand mit Helene Weigel und Sohn Stefan Deutschland. Fährt zunächst nach Prag.

März: Von Prag nach Wien. Während Helene Weigel noch bei ihren Eltern in Wien bleibt, begibt sich Brecht nach Zürich. Hier Begegnung mit Alfred Döblin, Anna Seghers, Bernard von Brentano, Kurt Kläber, die alle aus Deutschland geflohen sind.

April: Aufenthalt bei Kläbers in Carona. Helene Weigel kommt aus Wien in die Schweiz.

Mai: Reist nach Paris. Schreibt für die Tänzerin Tilly Losch das Ballett „Die sieben Todsünden" (später „Die sieben Todsünden der Kleinbürger").

4. Juni: Margarete Steffin trifft in Paris ein.

7. Juni: Uraufführung der „Sieben Todsünden der Kleinbürger" im Théâtre des Champs-Elysées, Les Ballets. Musik: Kurt Weill. Choreographie: Georges Balanchine und Boris Kochno. Bühnenbild: Caspar Neher. Hauptdarsteller: Tilly Losch (Anna I), Lotte Lenya (Anna II).

1933 *20. Juni*: Folgt einer Einladung der dänischen Schriftstellerin Karen Michaelis und begibt sich von Paris nach Thurø, wo Helene Weigel mit den Kindern bereits eingetroffen ist.

9. August: Kauft ein Haus in Skovsbostrand bei Svendborg auf der Insel Fünen.

Spätsommer: Lernt die Schauspielerin Ruth Berlau kennen.

10. September: Reist nach Paris. Mit Margarete Steffin Vorbereitung des Zyklus „Lieder, Gedichte, Chöre" für den Druck bei Editions du Carrefour, wo er im Frühjahr 1934 erscheint.

Mitte September: Fährt nach Sanary-sur-mer zu Lion Feuchtwanger.

Herbst: Arbeit an dem „Dreigroschenroman", der im Sommer 1934 abgeschlossen wird. Die Buchausgabe erscheint im November 1934 bei Allert de Lange, Amsterdam.

Dezember: Einzug in Skovsbostrand.

1934 *März*: Hanns Eisler in Skovsbostrand. Mit ihm und Margarete Steffin Arbeit an der Neufassung des Stücks „Die Rundköpfe und die Spitzköpfe oder Reich und reich gesellt sich gern". Das „Einheitsfrontlied" entsteht.

Ende Juni–August: Walter Benjamin in Skovsbostrand.

September: Besuch in Dragør, einem Badeort bei Kopenhagen, wo sich Helene Weigel mit den Kindern aufhält.

Oktober–Dezember: Aufenthalt in London. Zusammenarbeit mit Leo Lania an einer Filmstory über Semmelweis.

Jahresende: Beginn der Arbeit an dem Lehrstück „Die Horatier und die Kuriatier".

1935 Auf Anregung von Slatan Dudow beginnt Brecht nach Augenzeugenberichten und Zeitungsmeldungen mit der Arbeit an der Szenenfolge „Furcht und Elend des Dritten Reiches". Die Hauptarbeitsphase fällt in das Jahr 1937.

Januar–26. März: Karl Korsch in Skovsbostrand.

Frühjahr: Reise nach Moskau. Begegnung mit Sergej Tretjakow, Carola Neher, Asja Lacis, Bernhard Reich.

11. Juni: Im „Deutschen Reichs- und Preußischen Staatsanzeiger" wird bekanntgegeben, daß Brecht zu denen gehört, denen entsprechend einer Verfügung des Reichsministers des Innern vom 8. Juni die deutsche Staatsangehörigkeit aberkannt wurde, „weil sie durch ein Verhalten, das gegen die Pflicht zur Treue gegen Reich und Volk verstößt, die deutschen Belange geschädigt haben".

21.–25. Juni: Mit Karen Michaelis Teilnahme am Ersten Internationalen Schriftstellerkongreß zur Verteidigung der Kultur in Paris.

Brecht hält seine Rede „Eine notwendige Feststellung zum Kampf gegen die Barbarei".

1935 *7. Oktober*: Reise nach New York, um an den Proben zur Aufführung der „Mutter" durch die Theatre Union im Civic Repertory Theatre teilzunehmen.

19. November: Premiere der „Mutter" in New York.

29. Dezember: Ursprünglicher Termin für die Abreise von New York, die Brecht um fünf Wochen verschiebt.

1936 *April*: Reist nach London. Arbeitet mit Fritz Kortner an einem „Bajazzo"-Film für Richard Tauber.

August: Wieder in Skovsbostrand. Walter Benjamin trifft ein.

4. November: Uraufführung des Stücks „Die Rundköpfe und die Spitzköpfe" im Riddersalen, Kopenhagen. Regie: Per Knutzon. Musik: Hanns Eisler. Hauptdarsteller: Asbjörn Andersen, Lulu Ziegler, Sigurd Langberg, Astrid Schmahl.

1937 *März*: Regt in Briefen an Theaterleute, Schriftsteller und Künstler die Gründung einer „Diderot-Gesellschaft" an.

Sommer: Schließt die erste Fassung der „Gewehre der Frau Carrar" ab.

Anfang Oktober: Besucht Lion Feuchtwanger in Sanary-sur-mer.

16. Oktober: Uraufführung der „Gewehre der Frau Carrar" in der Salle Adyar in Paris. Regie: Slatan Dudow. Bühnenbild: Heinz Lohmar. Darsteller: Helene Weigel, Steffie Spira, Günter Ruschin.

Ende Oktober: Wieder in Skovsbostrand.

1938 *Februar*: Beginnt den Roman „Die Geschäfte des Herrn Julius Caesar" zu schreiben. Die Arbeit, immer wieder unterbrochen, zieht sich bis Januar 1940 hin und bleibt Fragment.

März: Band 1 und 2 der „Gesammelten Werke" erscheinen im Malik-Verlag, Prag.

1. Mai: Uraufführung des Lehrstücks „Die Ausnahme und die Regel" in hebräischer Sprache im Kibbuz Givat Chaim, Palästina. Regie: Alfred Wolf. Bühnenbild: Anatol Gurevitsch.

Mai: Reist nach Paris zur Einstudierung von Szenen aus „Furcht und Elend des Dritten Reiches".

21. Mai: Uraufführung von „Furcht und Elend des Dritten Reiches" im Salle Iéna, Avenue d'Iéna, Paris, unter dem Titel „99%". Regie: Slatan Dudow. Musik: Paul Dessau. Bühnenbild: Heinz Lohmar. Darsteller: Helene Weigel, Hans Altmann, Steffie Spira, Friedel Ferrari, Erich Schoenlank, Erich Berg, Günter Ruschin.

Juni: Rückkehr nach Skovsbostrand.

Sommer: Für die „Gesammelten Werke", die Wieland Herzfelde in vier Bänden in London herauszubringen versucht (es erscheinen jedoch nur die ersten beiden Bände mit Stücken), stellt Brecht eine

Lyriksammlung des Exils unter dem Titel „Svendborger Gedichte" zusammen.

1938 *Juni–Oktober*: Walter Benjamin in Skovsbostrand.
November: Beendet innerhalb von drei Wochen die Arbeit an der ersten Fassung von „Leben des Galilei" (dänische Fassung).

1939 *Jahresanfang*: Angeregt durch Galileis „Discorsi", beginnt Brecht die Arbeit an dem „Messingkauf", um seine Vorstellungen vom epischen Theater zu erläutern. Das Werk bleibt unabgeschlossen.
März: Greift auf einen Plan von 1926 zurück und schreibt das Parabelstück „Der gute Mensch von Sezuan".
22. April: Reist zu einem Vortrag an der Studentenbühne nach Stockholm. Benutzt diese Einladung, um nach Schweden überzusiedeln.
Mai: Brechts Familie verläßt Dänemark und siedelt nach Stockholm über. Vorläufige Wohnung: Hotel Pallas, Klarabergsgatan 37.
4. Mai: Vortrag „Über experimentelles Theater" an der Studentenbühne Stockholm.
20. Mai: Tod des Vaters in Darmstadt. Er wird in Augsburg begraben.
Frühjahr: Schreibt den Einakter „Dansen".
2. Juni: Beendet das kleine Stück „Was kostet das Eisen?". Uraufführung im August in der Volkshochschule Tollare in Stockholm. Brecht zeichnet mit dem Pseudonym John Kent.
Juli: Bekanntschaft mit dem deutschen Vagabundenmaler Hans Tombrock, an dessen Arbeiten er großen Anteil nimmt.
Mitte Juli: Zieht mit seiner Familie in das von der schwedischen Bildhauerin Ninnan Santesson zur Verfügung gestellte Landhaus auf der Insel Lidingo.
27. September: Beginnt die Arbeit an dem Stück „Mutter Courage und ihre Kinder" und beendet sie innerhalb von fünf Wochen.
7. November: Beendet die Arbeit an dem Radiostück „Das Verhör des Lukullus", einer Auftragsarbeit für den schwedischen Rundfunk.

1940 *17. April*: Verläßt mit seiner Familie und Margarete Steffin Schweden und siedelt nach Helsinki über.
17.–25. April: Wohnt im Hotel „Hospiz", Vuorikatu 17.
26. April: Bezieht eine kleine Wohnung im Helsinkier Arbeiterbezirk Tölö, Linnankoskenkatu 20 A 2.
12. Mai: Ursendung des „Verhörs des Lukullus" durch Radio Beromünster (Schweiz). Regie: Ernst Bringolf.
5. Juli: Die finnische Schriftstellerin Hella Wuolijoki lädt Brecht mit seiner Familie und Margarete Steffin auf ihr Gut Marlebäck in Kausala ein. Später folgt Ruth Berlau.
19. September: Beendet das Stück „Herr Puntila und sein Knecht Matti" nach Erzählungen und einem Stückentwurf von Hella Wuoli-

joki. Mit dem Werk beteiligen sie sich an einem Wettbewerb des finnischen Dramatikerverbandes.

1940 *Oktober*: Entschluß, den „alten Ziffel-Plan" wieder aufzunehmen, und Beginn der Niederschrift der „Flüchtlingsgespräche". 1944 nimmt sich Brecht die Arbeit erneut vor, aber das Werk bleibt unabgeschlossen.

3. Oktober: Infolge wirtschaftlicher Schwierigkeiten ist Hella Wuolijoki gezwungen, ihr Gut Marlebäck zu verkaufen.

7. Oktober: Bezieht mit seiner Familie eine Wohnung im Hafenviertel von Helsinki, Repslagaregatan 13, Nr. 5.

1941 *10. März–1. April*: Niederschrift des Stücks „Der aufhaltsame Aufstieg des Arturo Ui".

19. April: Uraufführung von „Mutter Courage und ihre Kinder" im Zürcher Schauspielhaus. Regie: Leopold Lindtberg. Bühnenbild: Teo Otto. Musik: Paul Burkhard. In den Hauptrollen: Therese Giehse, Karl Paryla, Wolfgang Langhoff, Wolfgang Heinz, Sigfrit Steiner, Erika Pesch.

2. und 12. Mai: Erhält die für die Einreise in die USA notwendigen Visa.

13. Mai: Verläßt mit seiner Familie und seinen Mitarbeiterinnen Margarete Steffin und Ruth Berlau Helsinki.

Zweite Maihälfte: Über Leningrad trifft Brecht in Moskau ein. Wohnt im Hotel „Metropol". Margarete Steffins Gesundheitszustand verschlechtert sich so, daß sie die Reise nicht fortsetzen kann. Sie wird in ein Krankenhaus gebracht.

4. Juni: Brecht erhält während der Fahrt im Transsibirien-Expreß ein Telegramm, daß Margarete Steffin gestorben sei.

13. Juni: Verläßt mit dem schwedischen Frachter „Annie Johnson" Wladiwostok.

21. Juli: Ankunft in San Pedro, dem Hafen von Los Angeles. Wird von Marta Feuchtwanger und Alexander Granach begrüßt. Bezieht eine Wohnung in Hollywood, 1954 Argyle Avenue.

August: Umzug nach Santa Monica, 25. Straße, Nr. 817. Arbeit an zahlreichen Filmstorys, von denen er keine verkaufen kann.

1942 *15. April*: Eisler zieht von New York nach Pacific Palisades, um besser mit Brecht zusammenarbeiten zu können.

Anfang Mai: Ruth Berlau reist nach Washington. Von dort siedelt sie nach New York über, wo sie für das Office of War-Information arbeitet.

28. Mai: Absprache mit dem in die USA emigrierten deutschen Filmregisseur Fritz Lang, gemeinsam einen Film über das Heydrich-Attentat in Prag zu schreiben.

1942 *Anfang Juni*: Deutschsprachige Aufführung von Szenen aus „Furcht und Elend des Dritten Reiches" in New York. Regie: Berthold Viertel.

Juli–Dezember: Mit Fritz Lang und John Wexley Arbeit am Drehbuch „Hangmen Also Die".

12. August: Umzug in die 26. Straße, Nr. 1063.

August–September: Auf Anregung von Hanns Eisler entstehen die „Hollywood-Elegien".

Ende Oktober: Mit Lion Feuchtwanger Arbeit an dem Stück „Die Gesichte der Simone Machard". Erste Szenen entstanden bereits zwischen dem 17. und 19. Dezember 1941 unter dem Titel „Jeanne d'Arc 1940", dann „Die Stimmen".

1943 *4. Februar*: Uraufführung des Stücks „Der gute Mensch von Sezuan" im Zürcher Schauspielhaus. Regie: Leonard Steckel. Bühnenbild: Teo Otto. Darsteller: Maria Becker, Heinrich Gretler, Mathilde Danegger, Karl Paryla, Ernst Ginsberg, Fritz Delius, Hermann Wlach, Therese Giehse, Kurt Horwitz, Wolfgang Langhoff.

8. Februar: Reist für drei Monate nach New York. Wohnt bei Ruth Berlau in der 57. Straße.

6. März: In New York Brecht-Abend der „Tribüne für freie deutsche Literatur und Kunst in Amerika".

26. März: Uraufführung des Films „Hangmen Also Die". Produktion Arnold Pressburger. Arnold Productions – United Artists. Drehbuch: Fritz Lang, Bert Brecht, John Wexley. Nach einer Story von Fritz Lang und Bert Brecht. Regie: Fritz Lang. Musik: Hanns Eisler. Darsteller: Brian Donlevy, Anna Lee, Walter Brennan, Alexander Granach, Hans Heinrich von Twardowski, Reinhold Schünzel.

17. April: Einwöchiger Besuch bei Kurt Weill und Lotte Lenya in New City, einem Vorort von New York. Brecht schlägt Kurt Weill ein Schweyk-Stück vor, zu dem dieser die Musik schreiben soll. Ernst Aufricht, der die erfolgreiche Zusammenarbeit Brecht–Weill wieder aufleben lassen will, sichert das Projekt finanziell und vertraglich ab. Im Juni ist das Werk abgeschlossen. Weill und Aufricht zeigen sich enttäuscht.

Ende Mai: Abreise von New York nach Santa Monica.

9. September: Uraufführung von „Leben des Galilei" im Zürcher Schauspielhaus. Regie: Leonard Steckel. Bühnenbild: Teo Otto. Musik: Hanns Eisler. Darsteller: Leonard Steckel, Erika Pesch, Mathilde Danegger, Robert Bichler, Wolfgang Heinz, Karl Paryla, Kurt Horwitz.

13. November: Frank Banholzer, Brechts Sohn, kommt an der Ostfront bei einem Bombardement auf Porchow ums Leben.

1943 *15. November*: Erneute Reise nach New York, diesmal für vier Monate.

1944 *Februar–Juni*: Durch die Schauspielerin Luise Rainer wird Brecht angeregt, aus dem Kreidekreis-Stoff ein Stück zu machen. Die erste Niederschrift des „Kaukasischen Kreidekreises" erfolgt im Juni.

4.–5. Februar: Vereinbarung über eine Broadway-Produktion des „Kaukasischen Kreidekreises".

22. März: Abreise von New York nach Santa Monica.

Ende März: Lernt im Hause von Salka Viertel Charles Laughton kennen.

Juni: Ruth Berlau erwartet ein Kind von Brecht und kommt nach Santa Monica.

3. September: Ruth Berlau muß sich im Cedars of Lebanon Hospital einer Tumoroperation unterziehen. Frühgeburt des Kindes, das kurz darauf stirbt.

Oktober: Mit Salka Viertel und Vladimir Pozner Arbeit an der Filmstory „Silent Witness".

November: In der amerikanischen Übersetzung von Eric Bentley erscheint im Verlag New Directions „Furcht und Elend des Dritten Reiches".

Dezember 1944–April 1945: Arbeitet mit Charles Laughton an einer amerikanischen Fassung des „Galilei".

1945 *März*: Beginnt das „Kommunistische Manifest" in Hexameter als Lehrgedicht zu fassen.

19. Mai: Reist für zwei Monate nach New York, beteiligt sich an der Inszenierung von „Furcht und Elend des Dritten Reiches".

12. Juni: Premiere von „Furcht und Elend des Dritten Reiches". Regie: Berthold Viertel.

15. Juli: Abreise aus New York nach Santa Monica.

September: Mit Peter Lorre und Ferdinand Reyher Arbeit an der Filmstory „All Our Yesterdays".

Ende Dezember: Ruth Berlau muß infolge eines Nervenzusammenbruchs in die Klinik eingewiesen werden.

1946 *4. Februar*: Reist für drei Monate nach New York. Besucht Ruth Berlau. Zusammenarbeit mit W. H. Auden an „The Duchess of Malfi".

8. Mai: Rückkehr nach Santa Monica.

22. September: Fährt an die Ostküste.

26. September: Ankunft in Boston. Besucht die Aufführung von „The Duchess of Malfi". Weiterreise nach New York.

Anfang Dezember: Rückkehr nach Santa Monica.

1947 *24. Juni*: Beginn der Proben zu „Galileo". Brecht beteiligt sich an der Regie. Offizieller Regisseur: Joseph Losey.

1947 *30. Juli*: Premiere des „Galileo" im Coronet-Theatre in Hollywood.

19. September: Erhält die Vorladung vor den Ausschuß für unamerikanische Betätigung.

Mitte September: Verkauf des Hauses. Vorbereitung zur Rückkehr nach Europa.

16. Oktober: Abreise von Santa Monica.

30. Oktober: Erscheint als Zeuge vor dem Ausschuß für unamerikanische Betätigung.

31. Oktober: Verläßt die USA. Abflug nach Paris.

1. November–5. November: Aufenthalt in Paris. Begegnung mit Anna Seghers, die aus Berlin eingetroffen ist.

5. November: Reist nach Zürich weiter. Tags darauf begleitet ihn Caspar Neher ins Zürcher Schauspielhaus.

9. November: Autorentreffen in der Wohnung von Kurt Hirschfeld. Brecht begegnet Carl Zuckmayer, Horst Lange, Erich Kästner, Alexander Lernet-Holenia, Werner Bergengruen und Max Frisch.

15. November: Bezieht ein Atelier in der Gartenstraße 38.

19. November: Helene Weigel und Tochter Barbara treffen aus Paris in Zürich ein.

22. November: Umzug nach Feldmeilen, Bünishoferstraße 14.

1948 *16. Januar*: Fährt nach Chur, um im Stadttheater seine Bearbeitung der „Antigone" zu inszenieren. Brecht, Helene Weigel und Caspar Neher wohnen im Hotel „Stern".

10. Februar: Zu Brechts 50. Geburtstag veranstaltet Hans Curjel im Ratssaal von Chur einen Einführungsabend zur „Antigone"-Inszenierung.

15. Februar: Uraufführung der Bearbeitung „Die Antigone des Sophokles" im Stadttheater Chur. Regie: Bert Brecht. Bühnenbild: Caspar Neher. Darsteller: Helene Weigel, Hans Gaugler.

17. Februar: Wieder in Zürich.

22. Februar: Gottfried von Einem besucht Brecht in Feldmeilen, um ihm den Plan nahezubringen, ein Stück für die Salzburger Festspiele zu schreiben.

4. April: Uraufführung des „Kaukasischen Kreidekreises" in englischer Sprache im Nourse Little Theatre, Northfield (Minnesota). Übersetzung: Eric und Maja Bentley. Regie: Henry Goodman. Musik: Katherine Griffith.

5. Juni: Uraufführung des Stücks „Herr Puntila und sein Knecht Matti" im Zürcher Schauspielhaus in Brechts Regie. Offizieller Regisseur: Kurt Hirschfeld. Bühnenbild: Teo Otto. Darsteller: Leonard Steckel, Gustav Knuth, Helen Vita, Blandine Ebinger, Therese Giehse, Angelika Arndts und Regine Lutz.

1948 *18. August*: Zusammenfassung seiner Theatertheorie in 77 Thesen unter dem Titel „Kleines Organon für das Theater". Veröffentlichung im Brecht-Sonderheft von „Sinn und Form", 1949.

17. Oktober: Auf Einladung des Kulturbundes zur demokratischen Erneuerung Deutschlands reisen Brecht und Helene Weigel über Prag nach Berlin.

22. Oktober: In Bad Schandau werden Brecht und Helene Weigel von Otto Buchwitz, Helmut Holtzhauer und Ludwig Renn begrüßt. Weiterfahrt im Auto. An der Stadtgrenze von Berlin heißt Alexander Abusch sie willkommen.

24. Oktober: Brecht und Helene Weigel nehmen an einer Kundgebung im Berliner Admiralspalast teil, mit der der Kulturbund seine Veranstaltungswoche „Berlin und der Frieden" eröffnet.

12. Dezember: Mit Wolfgang Langhoff Absprache über ein eigenes Ensemble im Rahmen des Deutschen Theaters.

Jahresende: Im Mitteldeutschen Verlag Halle erscheinen Brechts „Kalendergeschichten".

1949 *11. Januar*: Deutsche Erstaufführung von „Mutter Courage und ihre Kinder" im Deutschen Theater. Regie: Bertolt Brecht und Erich Engel. Bühnenbild: Heinrich Kilger unter Verwendung des Bühnenbilds von Teo Otto. Darsteller: Helene Weigel, Werner Hinz, Paul Bildt.

20. Februar: Als zukünftige Leiterin beginnt Helene Weigel mit dem Aufbau des Berliner Ensembles. Bezieht ein Büro im Haus des Theaterclubs „Die Möwe" in der Luisenstraße.

23. Februar: Brecht fährt noch einmal nach Zürich. Mietet ein Zimmer im Haus „au Bien Etre", Hottingerstraße 25.

März–April: Schreibt nach Nordahl Griegs Drama „Die Niederlage" das Stück „Die Tage der Commune", mit dem er das Berliner Ensemble zu eröffnen beabsichtigt.

Pfingsten: Wieder in Berlin. Bezieht ein Haus in Berlin-Weißensee, Berliner Allee 190.

28. August: Reist nach München.

3. September: Besucht seine Vaterstadt Augsburg. Begegnung mit alten Freunden.

4. September: Wieder in Berlin.

2. November: Übersendet dem ersten Präsidenten der Deutschen Demokratischen Republik, Wilhelm Pieck, zu dessen Amtsantritt das Gedicht „An meine Landsleute".

12. November: Eröffnung des Berliner Ensembles mit dem Stück „Herr Puntila und sein Knecht Matti". Regie: Bertolt Brecht und Erich Engel. Darsteller: Leonard Steckel, Erwin Geschonneck, Gisela Trowe, Therese Giehse.

1950 *24. März*: Auf der Gründungsveranstaltung der Deutschen Akademie der Künste zum Akademiemitglied berufen.

12. April: Erhält die österreichische Staatsbürgerschaft.

15. April: Uraufführung der Bearbeitung der Komödie von J. M. R. Lenz „Der Hofmeister" im Berliner Ensemble. Regie: Bertolt Brecht. Bühnenbild: Caspar Neher. Titelrolle: Hans Gaugler.

2. September: Fährt mit Ruth Berlau nach München, um an den Kammerspielen „Mutter Courage und ihre Kinder" einzustudieren.

8. Oktober: Premiere der „Courage" in den Münchner Kammerspielen. Titelrolle: Therese Giehse.

11. Oktober: Zurück nach Berlin.

1951 *12. Januar*: Premiere der „Mutter" im Berliner Ensemble. Regie: Bertolt Brecht. Bühnenbild: Caspar Neher. Fotoprojektionen: John Heartfield/Wieland Herzfelde. Darsteller: Helene Weigel, Ernst Kahler, Ernst Busch, Friedrich Gnaß, Gerhard Bienert.

17. März: Uraufführung der Oper „Das Verhör des Lukullus" von Brecht und Dessau in der Deutschen Staatsoper, Berlin. Regie: Wolf Völker. Bühnenbild: Caspar Neher. Dirigent: Hermann Scherchen. Titelrolle: Alfred Hülgert.

24. März: Premiere der Brechtschen Bearbeitung von Hauptmanns „Biberpelz" und „Roter Hahn" am Berliner Ensemble. Regie: Egon Monk. Darsteller: Therese Giehse, Gerhard Bienert, Harry Gillmann, Angelika Hurwicz, Erwin Geschonneck.

5. August: Anläßlich der 3. Weltfestspiele der Jugend und Studenten in Berlin Uraufführung des „Herrnburger Berichts" im Deutschen Theater. Regie: Egon Monk. Bühnenbild: Caspar Neher. Musik: Paul Dessau.

26. September: „Offener Brief an die deutschen Künstler und Schriftsteller" mit den Schlußsätzen: „Das große Carthago führte drei Kriege. Es war noch mächtig nach dem ersten, noch bewohnbar nach dem zweiten. Es war nicht mehr auffindbar nach dem dritten."

7. Oktober: Nationalpreis I. Klasse.

1952 *14. Februar*: In Buckow am Schermützelsee pachten Brecht und Helene Weigel ein Landgrundstück.

Herbst: Bearbeitung des Hörspiels „Der Prozeß der Jeanne d'Arc zu Rouen 1431" von Anna Seghers und Beginn der Proben.

23. November: Uraufführung der Bearbeitung „Der Prozeß der Jeanne d'Arc zu Rouen 1431" am Berliner Ensemble. Regie: Benno Besson.

1953 *24. Februar–23. Mai*: Inszeniert „Katzgraben" von Erwin Strittmatter am Berliner Ensemble. Premiere: 23. Mai.

17.–19. April: Stanislawski-Konferenz in Berlin, auf der u. a. Helene Weigel spricht. An einem der Konferenztage ist Brecht anwesend.

1953 *13., 27. Mai und 10. Juni*: Teilnahme an den Diskussionen der „Mittwoch-Gesellschaft“ in der Akademie der Künste über Hanns Eislers Opernlibretto „Johann Faustus“.

16. Juni: Begibt sich von Buckow nach Berlin. Ruft am Abend seine Mitarbeiter zu sich in sein Haus nach Weißensee.

17. Juni: In Briefen an Walter Ulbricht und Otto Grotewohl erklärt Brecht seine Verbundenheit mit der Sozialistischen Einheitspartei Deutschlands. Wendet sich gegen die faschistischen Provokationen und tritt für eine umfassende Volksaussprache ein.

Sommer: Aufenthalt in Buckow. Schreibt „Turandot oder Der Kongreß der Weißwäscher“ und „Buckower Elegien“.

Oktober: Umzug in das Hinterhaus der Chausseestraße 125.

Zweite Oktoberhälfte: Fährt nach Wien, um an den Proben zur „Mutter“ im Theater in der Scala teilzunehmen, die Manfred Wekwerth leitet. Begegnung mit Hanns Eisler.

1954 *Januar*: Berufung in den Künstlerischen Beirat des Ministeriums für Kultur unter Kulturminister Johannes R. Becher.

19. März: Das Berliner Ensemble zieht in das Theater am Schiffbauerdamm ein. Eröffnung mit Brechts Bearbeitung von Molières „Don Juan“. Regie: Benno Besson. Hauptdarsteller: Erwin Geschonneck.

Juni: Berufung zum Vizepräsidenten der Deutschen Akademie der Künste.

Ende Juni: Mit dem Berliner Ensemble in Brügge, Amsterdam und Paris, wo man mit „Mutter Courage“ gastiert.

7. Oktober: Deutsche Erstaufführung des „Kaukasischen Kreidekreises“. Regie: Bertolt Brecht. Musik: Paul Dessau. Darsteller: Angelika Hurwicz, Ernst Busch, Helene Weigel, Erwin Geschonneck, Raimund Schelcher, Ekkehard Schall.

1955 *12. Januar*: Premiere von Johannes R. Bechers „Winterschlacht“ im Berliner Ensemble. Regie: Bertolt Brecht und Manfred Wekwerth. Darsteller: Ekkehard Schall, Raimund Schelcher.

13. Februar: Auf einer Kundgebung anläßlich des Jahrestages der Zerstörung Dresdens übergibt Brecht dem Deutschen Friedensrat 176203 Unterschriften gegen die Pariser Verträge.

Mai: Entwirft Szenen für das Stück „Leben des Einstein“.

Zweite Maihälfte: Mit Helene Weigel und Käthe Rülicke in Moskau.

25. Mai: Verleihung des Internationalen Stalin-Preises „Für die Festigung des Friedens unter den Völkern“ im Kreml.

14. Juni: Mit dem Berliner Ensemble zum Gastspiel nach Paris („Der Kaukasische Kreidekreis“).

1955 *19. September*: Premiere der Brechtschen Bearbeitung von George Farquhars „Pauken und Trompeten" im Berliner Ensemble. Regie: Benno Besson.

1956 *6.–13. Februar*: Mit Elisabeth Hauptmann und Hanne Hiob nach Mailand zur Premiere der „Dreigroschenoper" im Piccolo Teatro. Regie: Giorgio Strehler.

Anfang Mai: Charitéaufenthalt, um die Folgen einer Virusgrippe auszukurieren.

Juni–Juli: Wegen seines schlechten Gesundheitszustandes zumeist in Buckow.

4. Juli: Veröffentlicht im „Neuen Deutschland" einen „Offenen Brief an den Deutschen Bundestag", in dem er sich gegen die Wiedereinführung der Wehrpflicht wendet.

10. August: Nimmt an den Proben des „Kaukasischen Kreidekreises" für das bevorstehende Gastspiel in London teil.

14. August: Stirbt an den Folgen eines Herzinfarkts.

17. August: Beisetzung auf dem Dorotheenstädtischen Friedhof.

Register

Register der Werke Brechts

Dramatik

Stücke

Bearbeitungen

Projekte/Fragmente

Lyrik

Sammlungen

Gedichte

Prosa

Erzählende Prosa

Schriften

Film

Texte für Filme

Pläne für Filme

Personenregister

Das Register wurde von Gisela Förster angefertigt.

Inhalt

In den USA
Wie aus dem Zeitalter herausgenommen

Sondierung der Lage für einen Neuanfang

Zeit der Hoffnung

Anhang